焦糖冬瓜 / 著

图书在版编目（CIP）数据

越界狙击. 2 / 焦糖冬瓜著. — 广州：羊城晚报出版社，2022.12
 ISBN 978-7-5543-1138-7

Ⅰ. ①越… Ⅱ. ①焦… Ⅲ. ①幻想小说－中国－当代 Ⅳ. ①I247.5

中国版本图书馆CIP数据核字(2022)第217723号

越界狙击 2

YUEJIE JUJI 2

责任编辑	黄初镇　张灵舒
特约编辑	刘兆兰　岳弯弯
责任技编	张广生
出版发行	羊城晚报出版社
	（广州市天河区黄埔大道中309号羊城创意产业园3-13B　邮编：510665）
	发行部电话：（020）87133824
出 版 人	吴　江
经　　销	广东新华发行集团股份有限公司
印　　刷	恒美印务（广州）有限公司
规　　格	685毫米×980毫米　1/16　印张 20　字数 320千
版　　次	2022年12月第1版　2022年12月第1次印刷
书　　号	ISBN 978-7-5543-1138-7
定　　价	49.80元

版权所有 侵权必究

本书如有印装质量问题，请与广州天闻角川动漫有限公司联系调换。
联系地址：中国广州市黄埔大道中309号 羊城创意产业园3-07C
电话：（020）38031253　传真：（020）38031252
官方网址：http://www.gztwkadokawa.com/
广州天闻角川动漫有限公司常年法律顾问：北京市盈科（广州）律师事务所

001	CHAPTER 01 第一章	黑火	168	CHAPTER 14 第十四章	一位故人
014	CHAPTER 02 第二章	如果能重来	179	CHAPTER 15 第十五章	开普勒的三层世界
023	CHAPTER 03 第三章	白驹停隙	189	CHAPTER 16 第十六章	奇迹
032	CHAPTER 04 第四章	约定	198	CHAPTER 17 第十七章	星星之火
044	CHAPTER 05 第五章	夏娃	211	CHAPTER 18 第十八章	"他"
052	CHAPTER 06 第六章	似曾相识	223	CHAPTER 19 第十九章	宣战
064	CHAPTER 07 第七章	第一只鸿蜮	234	CHAPTER 20 第二十章	守住北辰
079	CHAPTER 08 第八章	桥	246	CHAPTER 21 第二十一章	扶桑树
095	CHAPTER 09 第九章	探视	254	CHAPTER 22 第二十二章	决战前夕
110	CHAPTER 10 第十章	谈墨VS洛轻云	266	CHAPTER 23 第二十三章	并蒂莲
119	CHAPTER 11 第十一章	海斯提阿	278	CHAPTER 24 第二十四章	全面进化
135	CHAPTER 12 第十二章	传奇	287	CHAPTER 25 第二十五章	人有重逢时
151	CHAPTER 13 第十三章	父母之爱子	300	CHAPTER 26 第二十六章	万物奔流,生生不息

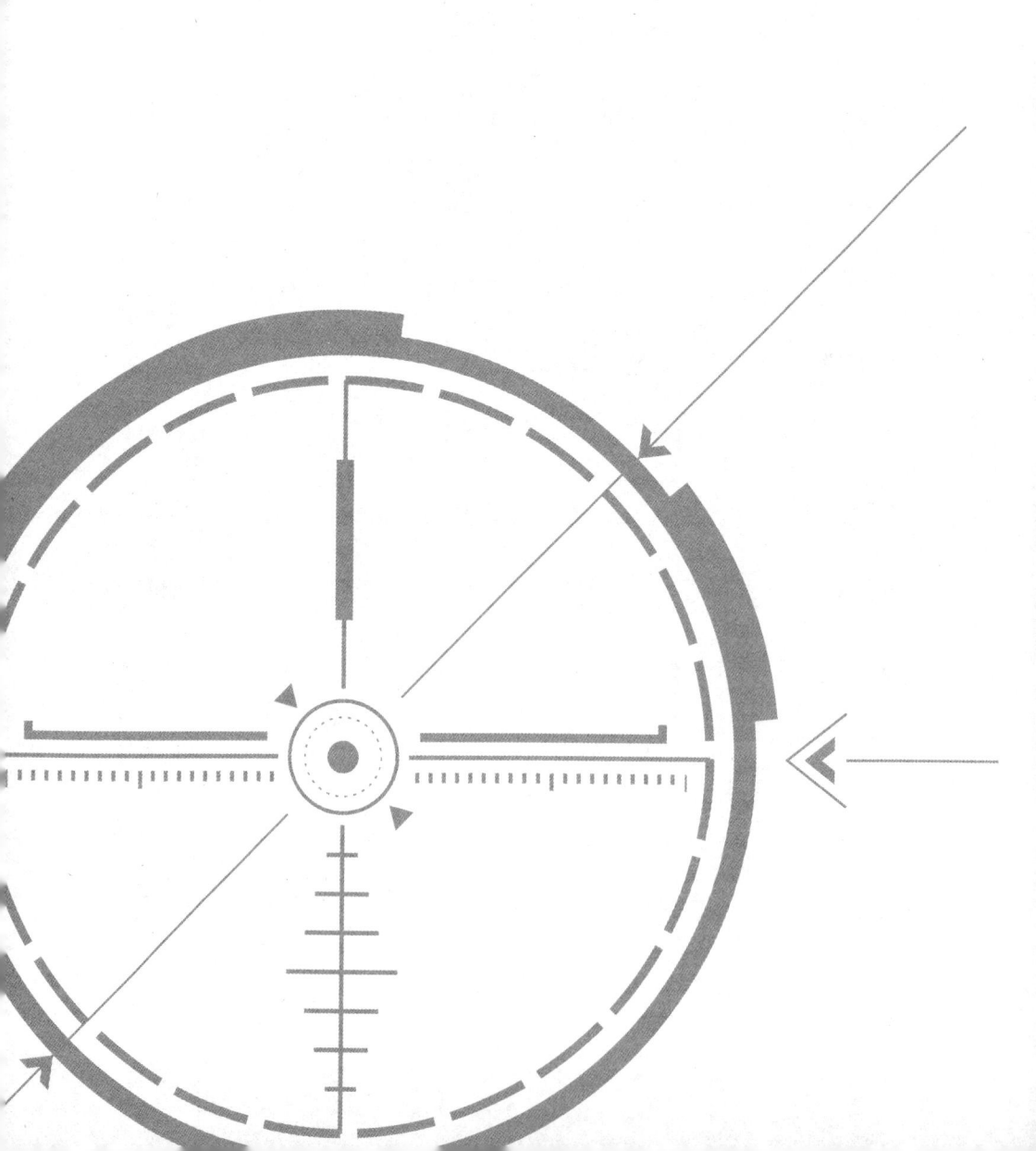

第一章
黑火

　　谈墨用力吸了一口气，空气灌入肺腔，他黯淡的瞳孔瞬间亮了起来。被子弹击中的痛苦还残留在身体里，让他的痛觉神经像是被挑断了一般，冷汗直冒。

　　他睁开眼睛，看见洛轻云。

　　洛轻云仍旧保持着原先的姿势，一手指尖点在谈墨的脑袋旁，另一只手撑在谈墨的耳边，他的双眼、他的肌肤，乃至他的发梢都不断有蓝色的粒子溢出，谈墨意识到他还在释放自己吸收的克莱因之瓶的能量。

　　他刚才又被洛轻云带入了开普勒世界。这一次洛轻云带他去的是开普勒世界的第二层——客我世界。

　　之前去过的本我世界是记忆重现，是事实，什么都无法改变，谈墨只是一个旁观者；但是客我世界不同，谈墨可以和这个世界里的洛轻云交流，可以改变这个世界里的细节，也就是说谈墨能变成这个世界里的一部分。

　　至于这个世界的作用，谈墨猜想洛轻云可以将不同的客体带入这里，测试每一个客体或者不同的选择是否会影响某个曾经发生的事件的结局。

　　这个客我世界很适合在战斗结束之后做复盘工作，比那些乱七八糟的模拟测试和演习要实用千万倍。

　　只是这一次，他真的明白了任何一个人在变得无情和强大之前，一定是有什么伤害过乃至摧毁了他的温暖与柔软。

　　谈墨叹了口气，抬起了脸。

　　"就这一次。"谈墨轻声说，掌心在洛轻云的后背上很轻地拍了拍。

　　但是洛轻云很显然还没能出来，他的脸上依旧没有表情，开普勒能量还在外泄。

　　"儿子诶，该醒了！"

　　谈墨张开了嘴，抬起洛轻云的手，带着几分坏心眼狠狠地咬了下去。

　　疼痛顺着食指的指尖传导向洛轻云的大脑深处，洛轻云微微一颤，游离的能量迅速回流，涣散的视线收拢，世界再度明亮起来，他看到了谈墨。

　　谈墨毫不留情地给了他一个膝击，洛轻云皱了一下眉，谈墨趁机溜了出去。

　　"早知道领盒饭就能出来，我就应该早点。"谈墨笑了笑，一双眼睛弯成了月牙。

　　洛轻云看着对方的眼睛有些失神，他直起背，抬起手就看到了食指上的齿痕。谈墨咬得根本没留情面，出血了。

　　"洛队，你要是再不清醒，我们就又要喂虫薛了。"

　　谈墨转过身来，手里拿着一个药剂手榴弹，他们要回到地铁隧道，但路口被厚实的虫薛堵住了。

　　洛轻云看着谈墨的背影说："你可真淡定啊。"

　　谈墨摊了摊手："了解了您的能力之后，我当然淡定。别告诉我，您连区区虫薛都搞不定！您吸收了克莱因之瓶的能量对吧，吃饱了该干活了，洛队！"

001

洛轻云低下头，叹了口气，然后抬起眼，轻轻吹了一口气。

虫藓被驱使着向洞外散开，给他们让出一条离开的路。

吴雨声和常恒的声音传来："洛队！谈副队！"

他们终于得以和队员们会合了。

"不是说要生态隔离吗？怎么隔离？难不成要把地铁空间都封闭吗？"谈墨问。

"现在的银湾市至少有两个开普勒领域，其中一个领域被另一个所驱使。"洛轻云一边戴上手套一边走过来，"就算封闭了虫藓生态区，没找到另一个更高级别的种子，还是白搭。"

"你是说，那个由魔鬼号角和克莱因之瓶组成的生态区是另一个领域？"

"是的，它的级别更高，能够驾驭虫藓。之前虫藓占领宠物医院的时候，我没有办法夺取对虫藓的控制权，就是因为有更高级别的开普勒种子在驱使它。如果我没有猜错，就是克莱因之瓶孕育的种子。"洛轻云指了指身后。

这个种子没在现场，而是藏身在别的地方，这也是高级开普勒生物的聪明之处。

"天啊，那要怎么排查？"江春雷一听就头大。

"城市地铁的地下空间有多大？况且万一那个种子根本不在地下，已经混迹于人类当中了呢？"吴雨声说。

"以洛队的感知力，这个种子如果真的在银湾市内，不可能不被发现啊。除非它在休眠。但如果它是潜入银湾市之后才开始休眠的，这个潜入过程洛队也不可能一点感觉都没有。"谈墨抓了抓后脑勺，猜测着说，"要么种子根本不在银湾，只是在附近，而市内的开普勒生态是感知到这个种子的存在，才突然变得活跃起来。要么……像之前米诺斯虫潮那样，有人直接把休眠期的种子带进了银湾市。"

"那还真是自取灭亡的行家。"洛轻云笑了笑。

"儿子啊，爹还是要教育你一下，这种时候就别笑了。"谈墨摆出长辈的表情，转过身来，在洛轻云的胸口上戳了戳，"你既然要'假装人类'，那就要好戏做到底，可不能旁观银湾市的沦陷。"

洛轻云的笑意更加明显了。谈墨很清楚洛轻云带他去的那个世界映射的就是洛轻云最真实的感情，无论是对人类的，还是对开普勒生物的。

谈墨明明看到了人类是如何失去了洛轻云的信任，而洛轻云又是如何不择手段地生存下来的，他却没有多问过洛轻云一句。

有一些话尽在不言中。有些事他懂了，而洛轻云也知道他懂了。

"谈副队，你这样拿我'假装人类'的事情来奚落我，就不怕我露出真面目吗？"

谈墨抬起自己的手，摸了摸洛轻云的头。旁边围观的人都惊讶得张大了嘴。

"儿子，你虚伪的样子在爸爸看来很可爱。就像小孩子非要穿大人的高跟鞋。说吧，怎样找到这个高危生态区的种子？"

"好吧，谈副队……克莱因之瓶最初的目标是你还是我？"洛轻云问。

"当然是我。被虫藓控制的老鼠把我引入了这个洞穴，魔鬼号角的味道让我产生了幻觉，如果你没有来我就跳下去了。"谈墨回忆道。

"那个种子一定会看着你被老鼠拐跑，在你面前演戏，全程欣赏你掉入陷阱的傻样，这会让它充满成就感。"洛轻云说，"所以，你这一路上接触过谁？"

谈墨愣了一下。他一把拽过吴雨声，吼道："通知治安部队，要小心和我一起乘坐地铁的乘客，特别是一对母女，还有电力公司一个叫陈念的职工！"

"收到！"吴雨声立刻开始通讯。

"进行乘客排查的负责人是谁？"谈墨又问。

"江心源处长。"

这个答案让谈墨捂住了眼睛。

"怎么了？"吴雨声凑过来问。

"我们赶紧过去吧。就江心源那个书呆子，我不认为他有那么好的演技能够瞒过开普勒生物。肯定会出事。"

谈墨转身，朝着洞穴的方向掷出了手榴弹，凝剂炸裂开，将整个通向洞穴的通道填满，凝固。

所有人顺着隧道迅速赶往排查点。

排查点就设立在中转站的出站口，站台里是全副武装的治安部队在把守，几百名乘客在站台附近排队接受检测。恐慌笼罩在乘客之间，他们交头接耳地讨论着，声音越来越大，场面也在一点一点地失控。

"忽然封闭地铁车厢还有站台，肯定是因为发现了开普勒生物！"

"这还用说吗？所有乘客排队接受检测，说明我们之中有人被感染了啊！"

"就这速度，十几分钟才放行了一个人！万一那个被感染的人发作了怎么办？"

乘客们不耐烦了，不断催促检测速度快一点。

他们相互推搡着，一堆人向前挤，差点挤到正在做样本测试的江心源面前。

乌泱泱一群人，每个人脸色都不好看。有点社恐的江心源踉跄着向后退了一步。

"你们的检测到底有没有问题！那个小白脸——就是你！所有检测人员里就你动作最慢！"

乘客们闹了起来，其中一个四十多岁的大叔忽然倒地不起，身旁的人赶紧给他急救，又是掐人中又是心肺复苏的。

"看到没有！这都有晕倒的了！"

"听我说——检测的速度这么慢说不定就是拿我们当诱饵！引出那个被开普勒生物感染的人！"大叔的儿子高喊起来。

这就像是往柴火堆里扔了炮仗，情绪激动的乘客们不断地向前挤。

"放我们走！我们不要待在这里！"

"拿我们来喂开普勒生物，草菅人命啊！"

"拍下来了！发网上去！"

他们都拿出通信器来拍摄，说要让全世界看看这里发生的事情。

治安部队只能拦着他们，又无法动武。场面混乱起来，江心源背上冷汗涔涔。

隧道里冷不丁传来两声枪响，乘客们被镇住了，不约而同地回过头来。

洛轻云和谈墨他们匆匆赶来。大叔的儿子指着他们高声说："快看啊——治安部队的人开枪了！开枪了！是不是想把我们都杀了！一刀切是吧！"

谈墨笑了笑，高声道："不好意思啊诸位，我们跟那边心慈手软的治安部队不同，我们是外勤部队的，拥有直接处决开普勒生物的权力。"

怒意沸腾的乘客们顿时脸色煞白，一个个地向后退，距离谈墨起码四五米远。

谈墨走到大叔身侧蹲下，用手指比出枪的样子，抵在大叔的额头上："早不昏倒，晚不昏倒，一到要进行开普勒检测的时候就昏倒，怎么回事？失去意识是被开普勒感染后的典型症状，为了节约大家的时间我就……"

谈墨的另一只手扣在腰间的配枪上，故意发出上膛的声音。

一直闭眼死磕的大叔赶紧坐起身："我没被感染！你不能杀我！不能……"

谈墨扯出一抹坏笑，嘴巴里"叭叭叭"地模仿枪响，吓得大叔抱头趴了下来。

"外勤部队滥杀无辜了！我要告你们！告你们！"大叔高喊起来。

周围人看着这一幕，都不说话了。尴尬的气氛弥漫开来，之前起哄厉害的那几个低着头，估计脚趾都能在地上抠出一幢别墅了。

"喂喂喂，你睁开眼睛看看。"谈墨笑着说。

大叔抱着头睁开一只眼睛，才发现抵着自己脑袋的不是枪，而是谈墨的手指。

他的儿子向后退了一大步，赶紧挤进人群里，生怕被认出来。

"我们外勤部队滥杀不滥杀，你说了不算。同样的，你无辜不无辜，得检测小组的人说了算。"谈墨一把将大叔拎了起来，推到了治安部队那里。

"谈副队，这……"

"这什么？等他做完了检测，有问题一枪崩掉，没问题就送去好好劳动改造，装病还扰乱公共秩序，这是把这么多乘客的性命当儿戏！"

谈墨的话掷地有声，闹事的乘客们纷纷低下头，生怕被谈墨看清楚他们的脸。

"愣着干吗？排队接受检测！我们外勤部队的就在这里看着，无论谁被开普勒感染了，我第一个把他的脑瓜子打烂。谁想耽误检测速度，谁就继续闹事，跟那个装病的大叔一起交罚款！同吃同睡接受治安教育！通报到你们的社区、公司，让你们的邻居、亲戚、朋友和同事们都看看！"

谈墨话音落下，所有人立刻排成两队，检测顺利继续进行。

江心源露出感激的表情，朝着谈墨的方向说了声"谢谢"。

检测的速度确实有点慢。谈墨和洛轻云并肩站在不远处，看着检测口的江心源。

"江处长是个很谨慎的人，他要确保自己放出去的都是人类，对银湾市负责。"

谈墨认真地看着每一个人，问洛轻云道："那个种子对你是不是有迷惑性？比如级别相近什么的，它能对你隐藏自己的领域？"

"嗯，如果它不进行领域扩展，始终让自己休眠，还真有可能。"洛轻云的声音很温和，但谈墨听出来他是担心的口吻。

"真麻烦。"谈墨隐隐有种不安，他咂了咂嘴。

"抱歉。"洛轻云忽然说。

"你道个什么歉？这里又不是你的开普勒生态区。"谈墨好笑地说。

"你想吃糖了，但是我没有带。"

谈墨张了张嘴，转过头去找常恒要了一根烟，并无视地铁里禁止吸烟的规定，在角落里蹲下抽了起来。他一边吞云吐雾，一边盯着队伍，然后看到了那个陈念。

阴影笼罩在谈墨的头顶，不需要抬头，他也知道是洛轻云。

"我已经知道那个种子在谁身上了。"洛轻云说。

"嗯，我打赌那个种子也在盯着你。一旦你有所动作，它就会暴走。"

陈念已经排到队伍的前列，手里还牵着之前车厢里的那个女孩，但女孩的妈妈不在旁边。透过自己吐出来的烟圈，谈墨一直看着他俩。

就在这个时候，女孩开始哭闹。

"我不要……我不要抽血……我要妈妈！我要我妈妈！"

小女孩怕疼很正常。陈念一边把她抱起来一边哄她。

"孩子，你听我说，你妈妈不在了。等我们抽完血，一起去找你爸爸好不好？"

听到这里，谈墨有种怪异的感觉。

陈念和这对母女是遇到了开普勒生物的袭击吗？如果是，陈念怎么可能带着个孩子逃出来？如果不是，孩子的妈妈又去哪儿了？

谈墨把烟在地上碾灭，走向他们二人，洛轻云一言不发，跟在他的身后。

谈墨拨开要给孩子抽血的工作人员，在她的对面半蹲下来。

"你还记得我吗？"谈墨轻声问。

女孩点了点头说："记得。是你赶走了那只大老鼠，但是后来……后来……"

"后来什么？"谈墨问。

"后来它又回来了。"

女孩抬起眼睛，嘴角噙起一抹笑。谈墨身边的检测人员忽然发出尖叫。

密密麻麻的虫蘚从女孩儿的指甲里爬了出来，还好谈墨穿着作战服，否则这些虫蘚早就爬进他的身体里了。它们越来越多，缠绕上谈墨的胳膊。

乘客们发出惊恐的叫声，四下乱跑，不惜冲过治安部队的封锁线。

"是她——就是她——快放我们走！"

"我们会被吃掉的！放我们走！"

谈墨挣扎着取出手枪，迅速对着她的头部连开三枪，但是女孩的身体就像沙粒一样散落下来，虫蘚喷涌而出。

"副队——"吴雨声冲了上来。

谈墨睁大眼睛，经验驱使他将手伸向另一把枪，那里面装着药剂弹。

可是他离得太近了，虫蘚即将冲进他的眼睛里，他的鼻尖已经感触到了它们的湿润和温度，他感觉自己要完蛋了。

一只手从后面伸出来，挡在谈墨的脸前。

飞扑而来的虫蘚群僵在半空中，像是被某种无形的力量束缚住了，扭曲着疯狂地想挣脱。随即是一阵噼里啪啦的声响——它们开始把彼此当成食物，互相吞噬。

吴雨声挡在江心源的面前，常恒和其他队员上前保护民众。但是恐慌是无法被控制的，他们冲向治安部队，只想立刻离开这个危险空间。

洛轻云的手挪开了，谈墨看到吴雨声不得不先把检测人员带走。踩踏事件已经发生，惊叫声和受伤后的痛苦呻吟声此起彼伏。

"它就混在里面！这就是它的目的！"

只要趁着恐慌，那个真正被种子寄居的人类就能跟着人群一起冲出地铁站。

那个高级开普勒生物玩得好一手声东击西、金蝉脱壳！

"你不是知道种子在谁的身上吗？"谈墨一把拽过洛轻云的领子，"洛队，别玩了。它会让银湾市开出第二朵克莱因之瓶！"

洛轻云只是用一种很专注的目光看着他。

"你知道，刚才我被吓到了吗？"

洛轻云向前走了半步，谈墨下意识后退，他的手正要松开对方的领子，却没想到洛轻云反而扣住了他的手，侧过脸靠近他。

"你……要干什么？"

四周兵荒马乱，洛轻云却淡定得像是置身事外。他越靠越近，谈墨非常紧张，直到洛轻云吹了口气。

谈墨耳边的发梢颤了颤，一粒虫藓掉落了下来。

"我已经帮你把它找出来了。"洛轻云的视线掠过谈墨的耳畔。

"啊——"乘客中响起了尖叫声，"那是什么？！"

"他被感染了！被感染了！"

谈墨回过头来，就看到有一个人浑身上下都覆盖着虫藓，而且越来越厚实。

他高喊着"救救我啊"，挥舞着手东倒西歪，其他人拼命地远离他。

之前装病昏倒的那位大叔冲了过去："儿子！那是我的儿子啊！快救救他啊！"

治安队员赶紧将大叔按住："危险！不能过去！"

谈墨眉梢一挑，举枪瞄准："种子竟然在这个人身上？还真是意想不到啊。"

洛轻云站在谈墨的身后，没有半点要出手的意思。当然，他能用虫藓束缚住那个种子就已经够给面子了。

谈墨正要扣下扳机，没想到虫藓之下的人竟然开口了："为什么要选择和人类在一起呢？为什么要帮助人类呢？开普勒的世界远比你想象的更加浩瀚精彩。"

谈墨回头瞥了一眼洛轻云，按照常理，它应该是在对洛轻云说话。可不知道为什么，谈墨觉得它是在对自己说话。

它一步一步靠近他们，吴雨声和常恒齐齐开枪，洛轻云控制的那部分虫藓虽然束缚住了它的行动，但也像防弹衣一样替它挡住了硅弹。

从洛轻云还是个孩子开始，开普勒生物就在寻找他，想带走他。他对于开普勒世界来说，一定有着非同寻常的意义。

它明明知道洛轻云拥有掠夺领域的能力，却还是执着地要走到他的面前来，哪怕洛轻云是一口剧毒，它死也要将他咽下。

这到底是怎样一种致命的吸引力？

"洛轻云。"谈墨伸手往后面摸了一下，确定洛轻云还在自己身后。

"嗯？"洛轻云鼻间溢出一声轻哼，居然还有点享受这种被保护的感觉。

"无论它说什么都不要信。"谈墨握着枪后退，洛轻云也随着他后退，"什么浩瀚精彩，它都是开普勒生物了，哪里懂人类的快乐？又什么和开普勒世界对比？"

"开普勒的世界我每时每刻都在体会着。"洛轻云看着挡在自己面前的谈墨，露出微微的笑意，"但我还是觉得人类更可爱。"

虫藓瞬间散开，谈墨看到里面出现了一个人，而那个人竟然长着自己的脸！

"你想要什么，我们都能给你。"它说。连声音都和谈墨一样。

谈墨傻了眼，这是什么情况？

洛轻云淡定道："学得挺像。可惜……我想要的，你们给不了。"

虫藓里的人勾着嘴角笑了一下，露出另外半张脸。

狭长的眼尾轻微向上扬起，那颗红色的小疤像是要开出这世上最艳丽的花，摇曳生姿，攀附视线，俘虏大脑。

让人甘之如饴，想将心脏都奉上。

"是我们给不了，还是你不敢要呢？"它笑着问。

目光流转，荡漾得人心悸不止。

谈墨气到爆炸，咆哮道："不要顶着老子的脸做这么做作的表情！给谁看啊！"

洛轻云却绕到了谈墨的面前，像是要把他和那个假谈墨隔开，戏谑道："不用生气，谈副队，真作假时假亦真嘛。"

洛轻云声音里的漫不经心让谈墨火气更大了，他直接用枪在洛轻云的后腰上戳了戳："洛队，麻利点赶紧把它解决了！"

洛轻云向前走去，主动靠近它。他比它高出了半个头，这会儿揣着口袋垂着眼，露出似笑非笑的表情，就像是在等它幻化出更加诱人的姿态。

整个空间骤然膨胀之后又极为用力地收拢，仿佛一场心跳的博弈。

一时之间，谈墨竟然搞不清楚，到底是它在诱惑洛轻云，还是洛轻云在诱惑它。

"谈副队不高兴了，我得快点了。"

下一秒，洛轻云的手伸出去，扣住它的脖子。

最外层的虫藓率先失去了光泽，流沙一般滑落，窸窸窣窣掉了一地。

洛轻云的另一只手握着枪，枪口被虫藓一点一点拽了进去。

"你拥有的欲望，不是金钱、名誉、地位或者爱情所能填补的。你所渴望的，在人类的世界里永远无法得到满足——只有高维度的开普勒世界能满足你……"

洛轻云侧了侧脸，很有礼貌地说："这些外交辞令，我已经听过无数遍了。还有更有新意的说法吗？"

由于洛轻云的力量，它原本酷似谈墨的脸逐渐扭曲，眼底绿色的潮水泛滥。

洛轻云连扣三下扳机，硅弹击中了它的心脏，它的骨骼肌肉失去支撑，出现一道一道机体熔化后的裂隙，里面的五脏六腑也正在消融。

死亡近在眼前，它盯着的却不是取走它性命的洛轻云，而是站在后面的谈墨。

——你属于我们。

它的口型似乎是这个。

只是这句话到底是对谁说的？

洛轻云侧过脸，换一个角度看它的表情，发现那是一种诡异的笑容。

它垂下胳膊，洛轻云松开手，它就像破布一样掉了下来。

"这个种子……死得太容易了点。"洛轻云眯起了眼睛，手指收拢又打开。

人群中忽然传来惊呼声。

"快看啊！那是什么——是要裂开了吗？"

"站台要塌了！快跑啊！"

滚滚的沙砾噼里啪啦地从头顶落下，站台顶部的裂痕也越来越明显，谈墨才刚冲到站台的立柱下，成片的天花板就坍塌了下来。

"那是什么……竟然把地铁站给蛀空了！"吴雨声抬起头，看到植物的根茎纵横交错于水泥石之中，仿佛整个地铁站有了生命，而这些根茎就是它的血管经脉。

这些根茎移动起来，发出咀嚼般的声响，不时有疑似动物的碎骨落下。

江心源低下头，用镊子夹住一小块碎骨，还没看清，骨头就成了齑粉。

"咳咳……咳咳……"一个老人家在慌乱中跌倒。

眼看着她就要被踩伤，江心源赶紧去扶。

"别碰她——"谈墨冲了过去，一枪击中老太太伸向江心源的手。

江心源把手一收，一屁股坐地上："你……你干什么啊！"

谈墨来到了老太太的身边，用脚尖把趴在地上的老太太翻了过来，只见她脸上的皱纹正逐渐舒展开，皮肤也变得白皙细腻。

"这……这怎么回事？"江心源想凑近看清楚，却被谈墨挡在身后。

老太太的眼睛忽然睁开，缓缓坐了起来，仰头朝谈墨微笑："你才是最合适的。"

谈墨的眉头皱得死紧。

又来了，这种开普勒生物在向他传递信息的感觉又来了！

下一秒，常恒果断一枪击中了老太太。她的容颜转眼间变得枯槁，一双眼睛仍然睁得大大地盯着谈墨。

"你还愣着干吗？走！"洛轻云冲过来，随手把自己的替换弹夹扔给谈墨。

"这到底是怎么回事？"谈墨一边把江心源拉起来一边看向头顶。

密密麻麻的根茎奔涌而下，直坠谈墨的面门。那气势，就像是联通着另一个世界的巨大桥梁从天际坠落。

一切都太快了，谈墨下意识想躲开，但他突然在那些根茎的中央看到了一个人，而那个人竟然跟自己长得一模一样！

那人用一种审度的目光看着谈墨，就像透过镜子看着自己。

那些根茎还没来得及闭合，一股力量扣住谈墨的肩膀将他一把带了出去，摔在地上的时候，他全身骨头都要散架了。

"我叫你走你愣着干吗？！"洛轻云低吼道。

他一只手撑在谈墨的耳边，另一只手高高抬起，那些根茎畏惧他的手，僵持在四周不敢上前。

洛轻云凭借一己之力，将这个根茎扭曲而成的通道给撑住了！

谈墨愣在那里，他还是第一次见到洛轻云发火。

之前洛轻云才刚吸收了克莱因之瓶的营养，按道理此刻能量充沛，可是这个东西明显给了他巨大的压力。

洛轻云的反应让谈墨明白他们正处于巨大的、前所未有的危险之中，而且危险程度远高于正面遭遇克莱因之瓶！

"我……我刚才在那些根茎的中央看到了……看到了一个和我长得一样的人。"

谈墨吞了一下口水，他现在处于洛轻云和根茎牢笼的双重压迫下，而洛轻云带给他的压迫感更加直接。

"是凌氏镜像桥。"洛轻云说着，牙关轻轻颤动，汗水从他的额头上滑落下来，滴落在谈墨的耳边。

"'凌氏镜像桥'？"谈墨全身神经瞬间战栗，"那明明只是个理论而已啊！"

凌氏镜像桥——一座仅出现于学者凌喻的推测中，跨越开普勒和人类世界，无法证明其实际存在的生物桥。

"你再不出去，是真的想走过镜像桥吗？"洛轻云冷声说。

谈墨用胳膊肘撑着自己，一点一点艰难地在洛轻云的保护下爬了出来。尴尬的是，因为仰面的姿势，他只能两条腿并行用力，膝盖差点撞在洛轻云的脸颊上。

洛轻云抬起下巴，侧过了脸。

"你快点。"他沉声说。

谈墨以肩部和手臂发力，不管三七二十一，一个后翻利落地脱身。

"那你要……"

谈墨没想到的是，整座凌氏镜像桥就这样轰然砸下，从天花板撞进地面，整个车站像经历了一场地震，完全把洛轻云给吞了进去。

"洛轻云——"

谈墨飞扑过去，他在藤蔓的缝隙间看到洛轻云被一股巨大的力量压垮，恐惧笼罩在谈墨的心头，让他的肾上腺素狂飙。眼看着他就要抓住洛轻云了，却有只手拎住了谈墨的后衣领，一把将他拽了起来。

"他那么辛苦把你推出来，你怎么还上赶子送人头？"

清冷的声音从身后传来，谈墨转过身，看到一个半长发丝扎在脑后、穿着作战服的男人。一缕碎发随风扬起，透过护目镜，是一双向上微扬的眼睛，如同柔软的锋刃，乍一看漂亮得惊心，再细品，又锐利得让人望而却步。

他挺拔地站在谈墨的身后，就像最坚定的船锚扎进深海里，任海浪翻滚，他仍然镇定自若。

"阿哲——"谈墨眼睛一亮，想也不想就张开双臂抱上去，"你回来得可太是时候了！"

李哲枫眉心一蹙，嘴上说着"脏死了"，但是当谈墨搂住他肩膀的时候，他还是很给面子地在谈墨的后背上拍了拍。

锦上添花容易，雪中送炭却难。李哲枫绝对是来雪中送炭的。

他们根本没时间叙旧，头顶上的开普勒生物发了狂，形成巨大的漩涡，空气也变得沉闷，世界跟着扭曲。

外勤队员们齐射子弹，却没有任何作用。眼看着这一大片开普勒生物距他们头顶不到半米，李哲枫一把扣住谈墨的脑袋，向下一按。

"别看，伤眼。"

谈墨听到耳边有风声呼啸而过。李哲枫抬起手，指尖擦过藤蔓，像在黑暗中擦亮一根火柴，随即黑色的火焰哧啦啦燃烧起来。火焰中某种粒子迸裂，释放出能量，烽火连天、气势汹汹。

火焰冲杀着进入开普勒生物的体内，肆意狂涌，像不找到出口就不会停歇。

"是黑火！天啊，是黑火！"

"李队！"常恒高声呼喊。

"太好了！是李队回来了！"吴雨声眼里满满写着"得救"两个字。

正在操纵无人机扫描头顶那些藤蔓的江春雷也"娇躯"一震，抬起头来："什么！二队队长李哲枫！"

这一分神，他的无人机就被翻滚着的藤蔓击中，掉进藤蔓之间，"嘎吱"两声就被彻底碾成了金属垃圾。

黑色的火焰迅速席卷开普勒生物的躯体，藤蔓之间能看到无数黑色的细纹蔓延。藤蔓的生物结构被破坏，扭曲挣扎着，大块的灰烬飘扬而下，像是一朵朵轻纱制成的葬仪花朵，碰到队员们的发梢和枪口，就立刻化作了粉末。

黑色的痕迹像是浓墨晕开，延伸进入镜像桥。镜像桥被烧得支离破碎，不断有尘埃纷飞。然而被烧毁的部分飘散之后，镜像桥仍然扎根于天花板和地面之间，像坚不可摧的堡垒，没有任何缺口可以窥探到它的内部。

"你烧不到里面去吗？"谈墨的心脏沉得更厉害了。

"它再生的能力太强了。"李哲枫把手掌覆上去，又是用力一按。

仿佛在暗无天日里点亮熊熊火把，黑火化作幽深的海潮，冲涌沸腾，镜像桥被淹没其中。谈墨侧耳都能听到它细胞破裂的声音，紧接着就像时光倒流一样，它们又迅速愈合了。

"还以为你会是它的克星呢。原来也只是雷声大雨点小嘛。"

李哲枫冷声道："你废话怎么那么多？"

"你到现在还没把我烧成骨灰，我斗胆猜测你就喜欢我的废话。"谈墨嘴上开着玩笑，心里片刻都无法放松。

他心系洛轻云的安危，但理智告诉他，就算是只存在于传说中的"凌氏镜像桥"也没办法那么轻易杀死洛轻云。

李哲枫的队员也赶来了，配合治安部队守在地铁的入口，将逃出来的乘客带上专用的隔离车。

李哲枫对着通信器说："你们就守在外面不要进来，通知耿劲柔……一级戒备。"

"一级戒备？李队！里面有什么？"外面的队员焦急地问。

李哲枫压低了声音问谈墨："刚才洛轻云说那玩意儿是什么？"

"凌氏镜像桥。"谈墨也压低了声音回复他。

李哲枫对着通信器回复："听到了没有，凌氏镜像桥！银湾市地铁里的开普勒生态区是被超级种子所控制。至于这个种子到底在生态区内还是遥控，我将会和谈墨进行排查。让灰塔做好放弃银湾市的准备。"

他没有给对方废话的机会，直接挂断了通信。

谈墨心里还在想洛轻云。他真希望下一秒洛轻云就能像吸收克莱因之瓶那样吸收了镜像桥，然后全须全尾地从里头钻出来。

李哲枫用脚尖一挑在地上的弹夹，弹夹腾空而起。

"接着。"

谈墨一把接住。

这是洛轻云刚才扔给他的弹夹，如果洛轻云'挂'了，就变成遗物了。

"你的样子看起来就像要守寡了一样。"李哲枫给了谈墨一个鄙夷的眼神。

"可不是吗！兄弟，你要是没来，我都快当三朝元老了！这个副队长做得不吉利啊！"

"咕咚——"

巨大的声响从隧道深处传来，蔓延至他们的头顶和脚下，他们意识到自己正在被包围，隧道深处似乎潜伏着什么。

所有队员齐齐举枪瞄准，头顶上的藤蔓还在移动着，向隧道另一端涌去。

"这是什么声音？"江春雷紧张了起来，失去了无人机，他觉得自己就像个废物。

吴雨声把他拉了起来，安抚道："小朋友，武力值低就跟在我和常恒身后。"

他和常恒两人一前一后，戒备在江春雷的身边。

李哲枫还在继续观察着镜像桥，它表面由藤蔓缠绕而成，却从顶部贯行而下，穿透了地面，将洛轻云封闭在里面。关键是这些藤蔓仍然在蠕动着，让人不由得猜想这些藤蔓到底从哪里来，又会去向哪里。

是什么在给镜像桥提供能量，让它在李哲枫的黑火之下不断愈合？

谈墨取出战术刀，在藤蔓上割开一道小口子，无数细小的丝线在里面涌动。

"这一整条隧道像不像是一个开普勒生命体，我们就在它的肚子里，正在被它消化？"李哲枫突然说。

这比喻一点也不幽默，甚至让人毛骨悚然。

又是"咕咚"一声，所有人保持安静，仔细聆听。

"像吞咽的声音，又像是心跳声。"谈墨咬了咬牙，顺着李哲枫的思路去想，不说整个通道，至少这个枢纽站确实像是开普勒生物的腹腔。

"洛轻云不会死在镜像桥里。如果我没猜错，他是'不入虎穴焉得虎子'。"李哲枫用战术刀在镜像桥的外部敲了敲，像在试一个西瓜熟没熟。

他这么一说，谈墨就明白了过来。

如果说克莱因之瓶只是可以把"肉体"从人类转化为高级开普勒生物，那么镜像桥则是"思想"的囚笼和刑场。它能够在不转化一个人类的肉体的情况下，将人类的思想拽入开普勒的世界，要么进行摧毁，要么永远封闭在里面。

谈墨仔细回想之前在灰塔学习的知识。他知道那个叫凌喻的科学家是开普勒生物学的奠基人，她对于开普勒生态有很多像科幻小说一般的理论，而这些理论随着开普勒生态的不断发展逐渐成为现实。

但是凌氏镜像桥理论却一直没有被证实，因为它形成的条件很苛刻。理论假设：某个人类被转化为超级开普勒生物——它被命名为"该隐"。而在人类中有一个和该隐存在亲缘关系的对象——"亚伯"。

如果该隐想巩固自己的领域并实现领域发展，他就需要培养更强大的力量——幼种。这时候亚伯就会因为拥有和该隐相似的基因，成为最完美的幼种候选人。

然而亚伯和该隐的基因越是接近，领域内的开普勒生物就越容易接纳亚伯的控制，亚伯一旦成长到极致，注定要取代该隐成为这个开普勒领域里新的王者。该隐并不愿意面对这样的威胁。

镜像桥就是该隐为了摧毁亚伯的思想而创造出来的。

一旦亚伯的思想通过镜像桥被禁锢在开普勒的高维世界里，亚伯的躯体就会成为最完美的幼种——拥有强大的力量，却没有自我思考的能力。

他不能反抗，也不存在超越该隐的可能，他会成为提线木偶供该隐驱策。

而现实里，镜像桥几乎不可能存在的原因有两个：

第一，能够成为高级开普勒生物的人类都已经是万中无一，乃至百万中无一了，更不用说超级开普勒生物。

第二个原因……谈墨当时听课开小差，想不起来了，貌似是和亲缘关系有关。

洛轻云甘愿进入镜像桥，就是想进入这个超级开普勒生物的高维世界，查找其身份的蛛丝马迹。

这个超级开普勒生物在不在银湾市？它是怎样渗透进来的？最重要的是，它到底选中了谁来做它的幼种？

"我在镜像桥里看到了我自己。镜像桥的最初目标也许是我。"谈墨低着头说。

李哲枫却把手指点在谈墨的眉心，微微摇了摇头，否决了他的猜测："老师教凌氏镜像原理的时候，你是不是在睡觉？进入镜像桥，看见的都会是自己。不然怎么叫'镜像'呢？"

"那现在怎么办？不能真就这么让洛轻云在里面待着吧？万一他越界了呢？"

"万一他越界了，监察员的标准程序你不知道吗？"李哲枫瞥了谈墨一眼。

谈墨脸上没什么表情，心头却像是被扎了一下，反应过来的时候，每个细胞都在阵痛。

他忽然明白洛轻云把弹夹扔给他是什么意思了。

一个监察员，特别是他洛轻云的监察员，必须时刻预备充足的子弹。

李哲枫走到立柱边，将战术刀狠狠扎了进去，左手压住右手，硬生生把水泥桩子都给切开了。

"果然，这个站台被开普勒化了。"

谈墨走过去一看，发现立柱里面都是游走的开普勒生物。就算他外勤任务出了不少，死里逃生的次数十根手指都数不过来，还是心惊。

没有任何犹豫，谈墨就做了一个决定。他走向江春雷，朝他勾了勾手。

"干……干啥？"江春雷一脸蒙地问。

"弹夹、药剂手榴弹、药品补给，统统交出来。"

"那我怎么办？"江春雷问。

"老常会保护你的。"谈墨一本正经地说，"当个公主不好吗？"

"你才公主呢！你全家都公主！"江春雷嘴上不饶，但还是老老实实地把所有弹药都上交了。

吴雨声开口问："谈墨，你要去哪里？"

"整个地铁站都已经被吞进这个开普勒领域了，我们得找到这个领域的核心。"

把这个核心毁掉，才能阻止镜像桥的复生，被困在里面的洛轻云才能得救。

"刚才洛队不是已经把这个开普勒领域的种子杀了吗？"江春雷不解地问。

"还有更高级别的开普勒生物在控制这里。洛轻云干掉的那个，只是被扔出来的炮灰而已。"

说完，谈墨走到了李哲枫的面前，侧了侧下巴。

李哲枫却冷冷地瞥了一眼困住洛轻云的镜像桥，凉飕飕地说："你还真是'有事钟无艳，无事夏迎春'啊。我让你当我的副队长你就哭哭啼啼好像我逼良为娼，现在可好，为了个洛轻云，你这条咸鱼都着急要跃龙门了？"

"阿哲，你这么说就不对了。你这样的美貌，怎么可能是钟无艳呢？"谈墨一脸真诚地说。

"拉倒吧你。"李哲枫一把拽过谈墨的后衣领，把他往肩头一扛，轻松地跳进了隧道里，谈墨都没来得及挣扎，就被李哲枫的肩膀撞得差点把胃给吐出来。

"我也去！"吴雨声说完，也追了上去。

"那我们呢？要不要在这里守着这个什么……什么桥？"常恒问。

隧道深处传来李哲枫的回答，自带回音效果："撤——"

常恒立刻左手拉着江春雷，右手拽起还在认认真真取样的江心源，快速冲向地铁站的出口。

开普勒生物蠢蠢欲动，从水泥墙面中竟然伸出一条又一条人类的手臂。

"救救我们——"

"求求你救救我们……"

这些都是刚才一窝蜂想要逃出去的乘客。他们先是被开普勒生物拦截俘获，成了开普勒生物的营养，现在又成了绊住外勤队员们的诱饵。

江春雷还在犹豫要不要救他们，常恒却高声道："愣着干吗——开枪冲出去！"

第二章
CHAPTER 02
如果能重来

　　镜像桥内，无数流动着的银蓝色丝线伸向洛轻云，洛轻云试图将它们拨开，用战术刀挥过去才发现它们居然是没有实体的。
　　"有意思。"洛轻云抬起眼来，在镜像桥的深处看到另一个握着战术刀的身影。
　　洛轻云虽然平日里没有照镜子自恋的习惯，但是那个站姿一看就是他自己。
　　耳边响起轻声细语，竟然也是他自己的声音。
　　"选择进来，意味着你将直视你心底的欲望。"
　　洛轻云无奈地笑了一下，心想难不成自己平时说话也是这样欠抽的调调，怪不得谈墨总是看他不顺眼了。
　　得改改。
　　"你可以吸收多少开普勒能量？你不想知道吗？"耳语依旧不停。
　　"对啊，我想知道……我的尽头到底在哪里。"
　　洛轻云摘下自己的手套，那些蓝色的流光旋转着落在他的手心，渗透进他的肌肤、血肉。他感觉到了源源不断的巨大能量，并没有大海那样汹涌，也不像高山倾颓那样轰然，它细密而绵延地入侵着每一个细胞，似乎取之不尽，用之不竭。
　　而他自己也成为无穷时间内的沧海一粟。
　　那个声音持续在耳边轻吟："我会弥补你这一生最大的遗憾。"
　　洛轻云好笑地弯起唇线。
　　我这一生最大的遗憾吗？
　　遗憾，代表错过。而所有的错过都是不可挽回的。
　　比如当他眼睁睁看着梁教授从窗台上跳下去。
　　比如梁幼洁最后一次拥抱他的时候，他没有挽留她。
　　比如杨峻跟他说过那么多句话，他却没有对杨峻微笑过哪怕一次。
　　什么，才算是他这一生最大的遗憾？
　　……
　　不断下沉的思维骤然悬停，洛轻云耳边传来装甲车的车轮碾压过地面碎石的声音，还有车载通信器里的广播声。
　　"此次丹霞县开普勒生物入侵级别为初级。请各单位不要恐慌，积极组织群众避险，排查率必须达到百分之百……"
　　洛轻云的眉头皱了起来。
　　"报告，四号位无法在三分钟内到达！请求支援！"严肃又带着几分少年气的嗓音穿透了周遭一切嘈杂。
　　那是……五年前谈墨的声音。
　　像被遗忘已久的八音盒，洛轻云曾经把它弃置积灰；五年之后，他将所有灰尘都擦拭干净，小心翼翼地将它打开。

洛轻云猛地睁开眼，发觉自己坐在装甲车的车顶，正在执行任务。

窗外的日光明晃晃地掠过他的脸，面前是排队接受检测的群众，灰塔正在发送广播安抚他们。

"请大家放心，丹霞县此次开普勒感染的级别仅为初级，为了安全起见，请大家排队接受检测。"

"以家庭为单位的本地群众请在一号、二号和三号检测点接受检测，请以个人为单位的本地群众前往四号检测点，外来务工人员前往五号检测点……"

原本撑着下巴晒太阳的洛轻云在那一刻醒过神来。

这里是丹霞县，是那次遇到刚当上实习监察员的谈墨的任务。

这些理应已经过去了。

没有任何一种开普勒能量能让时间倒流，发生过的一切都无法改变。

丹霞县的任务重现，只有一种可能——那就是控制镜像桥的开普勒生物入侵了洛轻云的客我世界，想给他展示不同的可能性。

比如，不曾错过谈墨，让他一直留在自己身边的可能性。

这是饮鸩止渴，是来自那个种子的诱惑……明知道这一切都是镜像桥的力量，结局不可逆转，做出的决定不会改变事实结果，洛轻云还是动摇了。创造这一切的开普勒生物看穿了洛轻云的遗憾，给了他选择另一个结局的机会。

洛轻云点了一下自己的通信器："请再汇报一遍。"

"报告，四号位无法在三分钟内到达！请求支援！"

心脏一沉，喉咙在那一瞬间烧了起来，洛轻云听到自己的心跳乱了节拍。

那是谈墨，五年前的谈墨，声音里带着倔强，像是透明的日光斜照入密林，不肯曲折，于是只有那么一小束能抵达地面，剩下的沦为淡淡投影。

"我相信你不需要进入预定的距离，也能命中目标。"洛轻云用平稳的声音说。

"洛队……我……"

"我就陪在你的身边，现在扛起你的枪，跑起来。你应该能看到一棵树，朝它跑过去。"洛轻云说。

"收到！"谈墨的声音里没有丝毫的怀疑。

洛轻云听到那个年轻人奔跑时肺腔里的共鸣，像是来自遥远不可追的地方，穿过所有伪装出来的冷漠，来到他的耳边。

洛轻云推开车门，拽下来一辆丛林机车。

副队长不解地问："洛队！你去哪里？"

"接一个人。"

"那任务怎么办？"

"会完成的。"洛轻云跨上了机车，"噌"的一下冲了出去。

"报告洛队，我来到树下了！"谈墨的声音传来。

他呼吸不稳，就像有一阵没一阵的风，又像广阔海面上的微澜，他很疼，一直忍耐着那刻骨的疼痛。

而洛轻云的心脏也跟着疼了起来。

"爬上去，找一个合适的瞄准角度。"洛轻云冲进林中。

傻孩子在爬树了，洛轻云可以想象他咬着牙忍受腿部剧痛的表情。

"你爬树这声音,有点让人想入非非啊。"洛轻云故意说,他得转移谈墨对疼痛的感觉,哪怕一点点也好。

那边传来"哗啦"一声。洛轻云眉头一蹙,冷声道:"谈墨!你怎么了?"

"洛队……想入非非这个词不是这么用的!还有……你怎么知道我是谁?"

傻孩子已经找到了合适的位置,洛轻云听见了架设狙击枪的声音。

"因为你漂亮。"洛轻云的眼前浮现出谈墨在机舱里低头朝自己要烟的样子。

"诶?"

"因为你枪开得很漂亮。现在你看到目标了吗?"洛轻云问。

"看到了,但距离很远,不是很有把握。"

洛轻云来到一片山沟前,看见那一整片美得不可方物的爱德拉之花在风中摇曳,淡香悠远,却给谈墨带来了最彻骨的疼痛。

引擎轰鸣,洛轻云猛地冲了过去,像是一匹白驹,企图奔过那道不存在的间隙。

"先击中这一次的目标,我再给你定下一次的目标。"洛轻云说。

"收到。"

像心有灵犀一般,洛轻云停下机车,侧耳倾听,子弹出膛的声响带着洛轻云心绪飞向远方。

几秒之后,他收到来自副队长的信息:洛队,目标已凝固,任务完成。

洛轻云淡淡地回了句:"你先收枪,树上等我。"

他一路飞驰,车轮都快要迸出去了,终于以最快的速度来到那棵树下。扬起脸,他看到一个抱着枪靠着树干的身影,两条长腿挂在树上随着呼吸轻轻摇晃。太阳快要落山了,谈墨半仰着下巴,年轻的脖颈轻微起伏。

傻孩子在哭。

太疼了。

任务结束,所有强行筑起的坚强坍塌,此时的谈墨疼到无法呼吸。

洛轻云仰望着他,拍了拍树干,开口道:"下来。"

谈墨怔了一下,狠狠地抹开脸上的眼泪,低下头露出惊讶的表情。

"洛……洛队?"

"嗯,是我。下来。"洛轻云朝他勾了勾手。

"马上!"

谈墨转过身,把枪转到身后,抱着树准备一点点滑下来。

然而他的那条伤腿根本无法用力,瞬间摔了下来。他一把拉住自己身上的安全绳,整个人弓着脊椎被吊在半空中晃荡。

洛轻云站在树下一动不动,眼睛却红得厉害。他知道这些不是真的,但当年的谈墨呢?他是怎么从树上下来的?是不是也像这样挂在半空中,差点脑袋着地呢?

半空中的谈墨努力保持平衡,洛轻云取出战术刀,切断了谈墨的安全绳。

谈墨直坠而下,洛轻云双手上前,稳稳地接住了他。

"洛队!"

洛轻云低着头,透过谈墨的护目镜看着他。

五年前的谈墨还没有被大大小小的任务打磨得机灵圆滑,没有见识过真正意义上的死亡,他的眼角还没有那道小疤,他很专注地看着自己。

洛轻云把谈墨放到机车的后座上，发动引擎，把车开了出去。全程谈墨都听从着他的安排，放在现实里，谈墨绝不会这么乖巧。

风从耳边猎猎而过，洛轻云知道自己在镜像桥里越走越远。

但是他忍不住去想，桥的尽头到底是什么？真的能将所有遗憾都填平吗？

谈墨的额头抵着自己的后背轻轻颤抖，洛轻云再也无法思考了。

他们来到撤离的飞行器前，副队长正焦急地等待着他们。

"洛队——你去哪里了？还以为你被开普勒生物招去当驸马了呢！"

洛轻云把车一停，自己先下车，后面谈墨一瘸一拐地跟着他。

"哟，是实习的监察员吧？最后一枪挺不错的。"副队长看着谈墨竖起大拇指。

谈墨后背都被冷汗浸透了，却还是强忍着回答："我的经验还不够丰富，希望前辈们多多指教。"

"行嘞，任务结束，我们赶紧回去吧！"

飞行器起飞，规避气流的时候震动了一下，谈墨没有站稳，跌坐在地上，随着斜飞的角度下滑，差一点撞在凸起的消防箱上。

洛轻云一把托住了他，拎着他的后衣领把他拽起来，摁在座椅上。

"安全带。"

傻孩子手忙脚乱地把安全带系上，根本看不出五年之后会变得那么自信又那么爱挑衅，一枪打爆鳞鸟的头，脑浆子血沫子溅了洛轻云满身。

"裤子，脱了。"洛轻云蹲在谈墨的面前说。

整个机舱的人都愣住了。

谈墨也愣住了，手指扣紧，就是一动不动。

"扎到脚踝了对吧？"洛轻云抬了抬下巴。

"我……我可以忍。"谈墨低下头回答，又露出头顶上那个小小的发旋。

"我当然知道你能忍。你比所有人都能忍。"洛轻云缓缓脱掉自己的手套，覆盖在对方的腿上，"但我希望你把自己的忍耐力用到更重要的地方。"

谈墨用惊讶的目光看着洛轻云："这感觉……好奇怪……"

他试图把自己的腿收回来，洛轻云却纹丝不动。

"我跟你说过我这双手的能力，那是实话，只是你不信而已。"洛轻云仰着头，看着谈墨。

明知道眼前这个愣头青一样的傻孩子是假的，他的疼痛是假的，他的眼泪是假的，乃至他对自己的感激都是假的，洛轻云却有一种……就这样也未必不好的感觉。

飞行器降落在北辰市的第一医院。谈墨被注射了止疼剂，经过及时治疗，爱德拉之花的毒素并未对他的身体产生过大的影响。

他出院的时候，洛轻云带着一把黄色的小野花来接他。

谈墨就坐在床边，盘着腿玩游戏，听见有人推门而入的声音才抬起头来。

"洛队！你这……这花哪儿来的？不是买的吧？"

"我摘的。"洛轻云说。

"洛队，我想到一句话。"谈墨接过那一把花，装进床头刚喝完的牛奶瓶里，"万花丛中过，能摘一大把！"

洛轻云笑了一下，突然说："你敢不敢做我的监察员？"

谈墨顿住了。他抬起头来看向洛轻云："洛队，你说什么？可我还在实习啊！"

"嗯，好好努力，争取实习转正。"洛轻云笑着揉了揉他的头顶。

许久的惊喜与沉默之后，谈墨忽而反问："我为什么不敢？"

那双眼睛明亮得要命。

洛轻云俯身在他面前，看进他的眼睛里："那你要记住，你是我的监察员了。你要仔细地看着我，认真地观察我，记住我的每一个表情每一个反应，斟酌我每一次决定。我是你瞄准镜里永远的中心。"

"我会保护你的。"谈墨很认真地说。

洛轻云的眼睛红了："对，你会保护我……只有你能保护我了。"

之后，洛轻云如愿以偿地带着谈墨进行各种任务。每次在深入生态区之前，洛轻云习惯给他找一个最安全的位置。

"你就在这里待着，你的任务就是守住这个位置。"洛轻云说。

"洛队，你在担心什么啊？这里距离目标生态区远远超过监察距离了！我都起不到作用！"谈墨不甘心地说。

洛轻云揉了一把他的脑袋："你在等着我，对于我来说就是最大的作用。"

"这还真是明目张胆的偏爱啊。"副队长吃味地叹了口气。

也许执行一百个任务都平安无事，就会让人误以为自己是被幸运之神眷顾的。而往往那第一百零一次会给出真正的致命一击。

他们进入一个初级生态区，目标是回收一架研究用无人机上的硬盘。因为无人机坠落区域的磁场异常，加上植被茂密，无法派遣飞行器，只能派出外勤部队进入。

当他们进入山谷深处时，副队长脚下踩中了什么，发出"啪嚓"一声，绿色的液体从土壤里溢出来。

洛轻云抬起手，握拳，示意所有人停止前进。

"怎么了洛队？是这玩意儿有什么问题吗？"副队长问。

"你踩到了魔鬼藤的种子。"洛轻云说。

所有人的警戒心瞬间提了起来。

"这里的地下应该都是魔鬼藤的种子。我们暂时撤退，联络灰塔。"洛轻云说。

"洛队，就因为遇到魔鬼藤的种子我们就要放弃任务吗？这些都是休眠期的种子吧？没有足够的营养它们会一直沉睡！就此撤退根本无法跟灰塔交代啊！"

洛轻云冷笑了一下："磁场异常，说明这个区域很可能有繁育期的开普勒生物在孕育幼种，而遍地魔鬼藤的种子，说明那个幼种周围一定会有大量成熟期的魔鬼藤。植被茂密影响飞行器降落，同时会加剧区域生态开普勒化，你们确定要前进吗？"

副队长深吸一口气，不得不赞同洛轻云的分析，于是向北辰市灰塔请求撤离。

北辰市灰塔指挥中心拒绝了。

——洛队，此次回收任务非常重要。请务必取回硬盘。

洛轻云早就知道结果。据说硬盘里储存着的是开普勒学者凌喻生前最后三天的录像资料。他回了一句："全军覆没也要那么做吗？"

——洛队，以你的能力不可能全军覆没。

洛轻云耸了耸肩膀，回头看了一眼自己的副队，说了声："对不住了。"

"啊?"

"对不住……这个时候我的能力还没有那么强大,保护不了你们所有人。"

副队长愣了一下,拍了拍洛轻云的肩膀说:"将军百战死,马革裹尸也是常态。生死有命,不由你。"

他们走进密林,进入山谷的深处。这里的地形很奇怪,山丘起伏,布满苔藓般的植被。小巧的野花随风摇摆,风中弥漫着一股淡淡的甜味。

树荫过分茂密,导致日光无法投射到地面,明明是白天,却犹如身处黑夜。

"这儿的花挺香的。"跟在队伍中央的医疗兵开口道。

洛轻云回头瞥了他一眼:"这是开普勒生物求偶时候的味道。"

话音落下,整个队伍都紧张了起来。存在处于繁育期的开普勒生物,意味着这里的危险级别将大幅攀升。

谈墨的声音突然从通信器里传来:"求偶的味道?有多好闻?"

副队长半开玩笑地说:"哟,咱们小谈动了凡心了啊。"

监察员阿城也调侃道:"这味道闻了,就要留在开普勒世界当驸马咯。"

"我就是好奇嘛。"谈墨虽然在说笑,但声音低沉而紧绷,洛轻云知道他正非常专注地观察着这片生态区。

"回去给你闻。"洛轻云回答。

"怎么给小谈闻,难不成洛队你还要把空气采集回去?"副队长好笑地问。

"谁再拿我开玩笑,我就请他吃子弹了。"谈墨佯装警告。

"大家动作小一点,走我踩过的地方,不要再弄坏魔鬼藤的种子了,它们的母亲会生气的。"洛轻云说。

一行人跟在他的身后前进,身边的苔藓丘陵似乎随时会流动起来。抵达山谷中央之后,他们发现一个极深的坑洞,而坑洞之中竟有一朵枯萎的克莱因之瓶!

"我的老天……"副队长向后踉跄了一下。

"它……它是已经死了吧?不然生物扫描的时候不会感应不到啊。"医疗兵说。

洛轻云摇了摇头:"它只是进入了深层休眠,只要有足够的养分,它就会苏醒。"

"哪里来的养分?"医疗兵又问。

洛轻云看了看他,回答说:"你们。"

"洛队……你这算是对我们的警告吗?"副队长冷汗直流。

更加不妙的是,他们的无人机就落在那朵克莱因之瓶上。必须有人架设绳索,然后滑过去,在不惊动克莱因之瓶的基础上,把硬盘摘下来。

"无人机可真是摔在一个好位置上啊。"队里的技术员表示无语。

"无人机的坠落也许不是巧合,而是开普勒生物不想让人类得到里面的资料。"洛轻云一边说一边检查自己的绳索,看着其他人说,"我过去回收硬盘,你们……如果发生什么情况,立刻撤离,不用管我。"

"洛队,你……"

副队长的话说到一半,就被洛轻云打断了。

"我会活着,请你们相信我。"洛轻云说完,就抓住了滑索,随即点了一下耳边的通信器,"小谈,你在吗?"

"洛队,我看着你呢。"谈墨的声音传来,很坚定。

"我呢，没有你想象的那么对生命漠然。我只是尊重他们的想法，让他们按照他们想要的方式活着。其实没必要对死亡那么感伤，所有人类都要经历死亡。当然这不意味着死亡并不沉重，有时候我不得不让自己站在旁观者的角度才能解脱。"

"洛队，你为什么要跟我说这些？"

"因为，在现实里我没跟你说过。就算我这么说，你……大概也不会信。"

说完，洛轻云一跃而起，滑向那朵克莱因之瓶。

他很小心地让自己悬于瓶口上方，一个翻身，用脚尖挂着绳索，开始拆除无人机上的硬盘。

现实里，是队里的技术员前来进行拆除的，但是对方的身手不如洛轻云那么敏捷，过程中差一点掉下去，惊醒了克莱因之瓶，导致整个生态区的异变。

为了获取营养，克莱因之瓶唤醒魔鬼藤，把整队的队员都吞没了，洛轻云也掉进了克莱因之瓶中。

九死一生，洛轻云在还剩下最后一口气的时候逃了出来。他吸收了那朵克莱因之瓶的能量，杀死了所有胎果，毁掉了整个生态区。

所有人都把那场战斗当成传奇，只有洛轻云知道它有多么残酷。

一如副队长所说，生死有命，不由你。

那次回到灰塔之后，洛轻云拆掉了无数个无人机。他不断在想，如果当时他会拆硬盘，如果当时他能亲自动手，说不定就能不惊动那朵克莱因之瓶。

而这一次，洛轻云顺利地拆下硬盘，滑行归来。所有队员们都松了一口气。

然而就在他们转身的一瞬，卡在瓶口的无人机残骸竟松动坠落了下去！

翅膀顺着克莱因之瓶的外沿滑落的声响就像刀片切过神经。

洛轻云心神一凛，一把拽过副队长，大喊："走——"

林中的山丘起伏涌动，正在孕育胎果的魔鬼藤破土而出！

一根巨大的藤蔓冲向他们，发出刺耳的声响，仿佛是为了唤醒同伴。

洛轻云企图夺走这个生态区的领域，但是和上一次不同，他没能从克莱因之瓶里获得更强大的力量，无法一举从种子那里夺取控制权。

这就是一场悖论。

"砰——"

一声枪响，是监察员阿城的子弹。

洛轻云对着通信器说："阿城，这个生态区会扩展，你现在的位置不安全，撤！"

阿城没有动作："看情况。"

又是几枪，好几根试图吞噬他们的魔鬼藤被爆破弹击穿。

魔鬼藤越来越多，整座山谷就像即将沸腾的水朝他们涌来，沉眠于地下的魔鬼藤拱起身体，纷纷破土而出。

埋伏在更远处的谈墨也开枪了。来自两个方向的狙杀给他们破开一条求生之路。

生态区扩展速度比阿诚想象得更快，魔鬼藤已经兵临城下，就在一根魔鬼藤向他埋伏的地点撞击的时候，远处的谈墨一枪命中。

"城哥，快撤了！"

阿城说了声"谢了"，在谈墨的掩护下撤离。

他们冲上了装甲车，所有人靠着车厢深吸一口气。

阿城拍着胸口说:"还好有小谈,这小子弹无虚发,真是厉害。"

洛轻云对着通信器说:"小谈,你可以驾驶飞行器离开了。"

谈墨却突然问:"洛队,如果我变成了胎果,你会杀了我吗?"

那一刻,原本平静的神经像被无数根细针刺穿,成百上千倍的痛感涌入大脑。

阴影笼罩上他们的车顶。所有人回过头,看到一棵巨大的魔鬼藤螺旋着开山拓土而来。

"小谈——你马上撤!"

耳边响起更换弹夹的声音,紧接着大口径狙击弹破风袭来,冲进这株魔鬼藤的体内,轰隆一声,绿色的血雾笼罩而下。

"洛队,世事无法尽如你愿。这一次,你也要做到旁观。"

谈墨的声音响起,冷冰冰的,洛轻云所熟悉的少年热情荡然无存。

驾驶员一个转向,堪堪避开倒下的魔鬼藤,尘土扬起,耳朵里是嗡嗡的声响。

"小谈?"洛轻云摁着通信器喊他的名字,"谈墨!谈墨你收到了没有!"

"小谈的位置应该很远吧?"副队长问。

"洛队你别着急,小谈也许在赶过来了,我们可以开飞行器去接他!"医疗兵说。

某种预感涌上心头,洛轻云忽然明白镜像桥要他看的到底是什么。

飞行器近在眼前,洛轻云让其他人先走,自己开车掉头冲往谈墨的方向。

越是接近,洛轻云的心就越是冰凉,生态区呈缎带状向前延伸,魔鬼藤的种子都已孵化,无数条纤细的藤蔓蜿蜒着攀附在一起,朝着谈墨的方向移动。

"谈墨——谈墨——"

洛轻云顺着魔鬼藤攀上山岩高处,看到谈墨就靠坐在那里,闭着眼睛,像是睡着了一样。

而他的身侧,是一朵正欲绽放的克莱因之瓶。

"谈墨?"洛轻云念他的名字。

这朵克莱因之瓶就是这个生态区新生的种子,它骗过洛轻云,捕获真正的目标。

谈墨一直很特别,特别到总是迅速找到生态区的种子;而这种吸引力是双向的,生态区的种子也会非常想得到他。

洛轻云轻轻掰过谈墨的脸,"啪嗒"一声,谈墨手中的枪掉了下来。颅侧出血很少,说明他对着自己扣下扳机时没有犹豫。

——洛队,如果我变成了胎果,你会杀了我吗?

监察员三大守则之一:如果局面不可逆转,不要让自己站到人类的对立面上。

洛轻云的视野变得模糊了起来,他第一次觉得听起来理所应当的守则,残忍到让人喘不过气。

他明知这个守则符合人类的利益,合情合理,能避免并肩作战的人某一天不得不互相伤害彼此。

但是……为什么是谈墨?

洛轻云扣着谈墨的脑袋,摁进自己的怀里,他知道自己哭了。

梁教授坠楼的时候他没有哭,因为在他的心里,梁教授是从痛苦里解脱。

灰塔的人告诉他梁幼洁牺牲在零号基地里,遗体无法回收的时候,他也没有哭,因为零号基地是梁幼洁的心之所向,而她死得其所。

杨峻说他就是被派来杀自己的时候,洛轻云连落泪的冲动都没有。因为杨峻也终于不需要再伪装,可以对他坦诚一切了。

但谈墨不一样……

洛轻云哪怕将自己摔碎了,也无法结束这样的痛苦。

以谈墨的性格,他不会让任何人为自己的死背上沉重的枷锁。

他一定会自我了断。

洛轻云第一次感受到某个人在自己怀里失温是这么可怕,他怎么可以不再呼吸?他怎么可以不再说话?不再思考?

洛轻云用力捂着谈墨额角的那个伤口,好像这样就能将他的思想永远留下。

原来,死亡不只是每个人类必然走向的结局。

它还是极致的冰冷,和极致的绝望。

克莱因之瓶感应到洛轻云的存在,骤然绽放,瞬间将他们吞没。

无边的黑暗落下,沉得让人无法呼吸。

洛轻云听到了另一个自己的声音。

"你现在有没有很庆幸,五年前他没有跟着你。否则现在这就是你给他的结局。"

站在桥那头的身影说。

"你一直试图把他放在最安全的地方,你觉得只要有人在等你,你就不会越界。但这世上最安全的地方不在人类的世界,而是这里。"

"其实最好的结局,就是把他交给我们,而你也越过来。"

洛轻云一动不动。

第三章
白驹停隙

李哲枫扛着谈墨在地铁隧道里飞奔，头顶的开普勒生物游动得飞快，谈墨拍着李哲枫的后背艰难地说："我快死了——脑出血了——"

"闭嘴吧。"李哲枫忽然停下来，一把将谈墨扔在地上。

"干什么啊你！"谈墨灰头土脸地爬起来。

"看看这里是哪儿？"李哲枫抬了抬下巴。

隧道里黑漆漆的，一点光都没有。谈墨无奈地说："你要我看什么？黑夜给了我漆黑的眼睛，我却用它寻找光明！"

李哲枫打了一个响指，周围的开普勒生物瞬间被点燃，黑火顺着隧道的墙壁烧得嚣张，在摇晃的火光里，谈墨看到了站台名字——学研站。

"不……不会吧？"谈墨眨了眨眼睛。

学研站是银湾市地下交通的一个大站。这一带有许多银湾市的高等学府，其中最有名的银湾理工大学在开普勒生物学上颇有建树，学院内还有独立的开普勒生物实验室。

李哲枫打开通信器，调出了学研站的空间图。

"看看这个，你还有什么想说的？"李哲枫问。

谈墨瞥了一眼，发现学研站和理工大的生物实验室之间直线距离其实非常近，难不成这一次的侵蚀起源于那里？

吴雨声跟了上来："李队，你也太快了吧！"

"是啊，我扛着这废柴都很快。"李哲枫指了指谈墨，"小吴，你要锻炼身体了。"

吴雨声尴尬地咳嗽了一下："上梁不正下梁歪嘛。"

谈墨脑门上血管突突跳，怒道："我就不明白了，怎么啥都要带上我？我跟你们是不同的好嘛！我是普通人类，就是要享受融合者保护的！"

李哲枫手指点着谈墨的脑门把他推开，取出枪，对着隧道的墙面"砰砰砰"射了三枪，每一枪都打在同一个位置。

墙壁里传来"呜呜"的悲鸣声，绿色的血液滴滴答答顺着弹孔流了出来。

"不是吧，还真的中彩了？"谈墨说，"还好我们不是银湾理工毕业的。"

"说得好像你考得上一样。"

李哲枫通知灰塔，立刻封闭银湾理工大学。

他们没法等支援了，再拖下去就来不及救洛轻云了。李哲枫是个行动派，三人确定计划之后，径直进入校园。

由于之前市内宠物医院的虫藓事件，学校已经暂时停学，目前校内空无一人；而现在又遇上地铁虫藓爆发，整个银湾市都在分批次疏散民众。

"李队，那个创造镜像桥的种子有没有可能已经混在民众里离开了？"吴雨声问。

"不可能。既然造出了镜像桥，它就肯定有自己想捕获的目标。如果现在离开银湾，距离远了，控制力有限，它就没办法抓住像洛轻云这么美味可口的猎物了。"李哲枫看向谈墨，眉梢一扬，"脑子不灵光的谈副队，你现在有什么想法？"

"我脑子很好，只是动起来太累。"谈墨很认真地为自己辩白，"镜像桥一开始是朝着我的方向塌下来的，但我爸妈早就没了，在福利院待了那么久，也没见有什么亲属来认我。哪位跟我有血缘关系的人成为该隐，会来银湾市找我这个亚伯？"

"再想想，想不出来的话，洛轻云这以身犯险实在亏。"李哲枫说。

谈墨怔了一下，不是很确定地问："你是说……镜像桥的目标由始至终都是洛轻云？以洛轻云的身手，镜像桥要捉到他的成功率为零，于是镜像桥就转而攻击我。洛轻云为了弄明白镜像桥为什么要攻击我，他就会心甘情愿地进去找答案……"

"是啊，虽然你一向智商感人，但总算说到了问题核心。镜像桥如果装作以你为目标，洛轻云就一定会想知道原因，只有知道了原因，他才能防患于未然。"

"我有这么重要的？"谈墨眨了眨眼睛，"我是不是该自我膨胀一下？"

"别膨胀了，你也就骗骗洛轻云这种没见过世面的男人。"李哲枫回答。

谈墨没有心情跟李哲枫打嘴仗了，得知洛轻云是为了自己才进去的，他更加不能让洛轻云玩完了。他直接一个电话打到灰塔办公室。

耿劲柔的声音响起："哎哟，小谈啊，稀客稀客，你竟然会打电话给我？"

"我问你，洛轻云有什么亲戚和银湾理工大学有关系吗？"谈墨说。

"我是你上级的上级的上级，你起码要对我有最基本的尊重。"耿劲柔嘴上这么说，但已经快速进入系统搜索了，"他……还真没有活着的亲戚了，死的倒是有，尸体在理工大学的医疗储藏间里。"

"你说的是不是洛明筠？她的遗体不是因为存储不当被销毁了吗？"而且洛明筠这种高级机密样本，银湾理工大学的生物实验室根本没有资格研究它。

"母亲没有了，不还有父亲吗？不然洛轻云是从石头缝里蹦出来的？"

谈墨愣了一下，他理所应当地忘记了这回事。

李哲枫眉梢一挑，开口道："耿先生，麻烦你把可以透露的信息一次性说完。时间有限，等洛轻云走到了镜像桥的另一边，成了开普勒大魔王，你的脑袋未必还能在你的脖子上了。"

那厢耿劲柔立刻觉得凉飕飕的，他咳嗽了一声，继续道："洛轻云的父亲也是一名研究员，名叫许令飞，是银湾理工大学的开普勒生态学教授。据说当年那次事件就是许令飞和洛明筠一起进行户外考察遇险，飞行器前往营救的时候，许令飞为了逃生，解开了洛明筠的安全绳，导致洛明筠掉进生态区，还被克莱因之瓶给吞了。"

"渣男啊。"李哲枫一把拽过谈墨示意他别发呆，三人一边听故事一边走到学校的开普勒生物研究室。

"不是所有被克莱因之瓶吞掉的人类都能完成转化，那朵克莱因之瓶没有得到足够的养分，所以枯竭了。前线把它视作珍贵的样本带回了中心城基地，当研究员把洛明筠从里面剖出来的时候，发现虽然她已经没有了生命指征，肚子里的孩子却还活着。这是多年来的开普勒研究中从没有遇到过的事。"

"所以洛轻云不是自然分娩的，而是剖腹取出来的？"谈墨问。

"是的。经过检测，洛轻云的各项开普勒指数都没有越界，他是个融合者。许令飞作为洛轻云的生父，拥有洛轻云的监护权。为了在学术界爬上去，他签了字把洛轻云移交给中心城基地，从此开启了飞黄腾达的人生。"耿劲柔说。

"他怎么死的？"李哲枫问。

谈墨呵呵两声："还能是怎么死的？当然是缺德缺死的呀！"

"你也挺缺德的，现在不还好好的？"李哲枫笑了一下。

谈墨被哽了一下，决定不和李哲枫掰扯这个话题了，他继续问耿劲柔："既然许令飞已经死了，那他的尸体怎么会在银湾理工大学？"

"他生前签了遗体捐赠协议。"耿劲柔说，"我现在把他的遗体编号发给你，你们可以去看看他还在不在。祝你们任务顺利，我还要继续银湾市的市民疏散工作。"

两人的通信器同时颤动，耿劲柔的信息发过来了。谈墨都不得不感叹今天的耿劲柔效率特别高。

"走吧。"李哲枫扬了扬下巴，谈墨立刻跟上。

他们根据耿劲柔的信息，来到学校的医疗大体储藏间。

整个走廊里空荡荡的，保存室的电闸长年不关，只是紧急情况下，电力供应断断续续的。头顶上的灯光一闪一闪，他们投在地面上的影子也时隐时现。

这里安静得让人心慌，唯一的声响大概是解剖室的水龙头没关紧，每隔两秒就能听到"滴答"一声。

李哲枫一脚把储藏间的门踹开。冰冷的空气涌了出来。李哲枫迅速突入，谈墨和吴雨声跟上。

这个封闭空间里没有灯，幽暗阴冷的感觉让谈墨不大舒服。

他们一进来就列作三角形，彼此背靠着背，迅速观察情况。

"滴答"。有什么落了下来，正好掉在谈墨的肩膀上。

谈墨一边抹一边抬起头，才发现天花板上……蹲着一个人！

这个人狰狞地笑着，口水在嘴边晃荡，眼球大到要爆出来，两条畸形的胳膊末端已经看不出双手的形态，骨头形成镰刀的模样。

"有泰坦！"谈墨利落地开枪射击。那家伙飞快地沿着天花板奔跑，子弹擦着它的脚跟打进天花板里。

"吴雨声看好谈墨！"说完李哲枫追了出去。

谈墨也想跟去，却被吴雨声拦住了："那家伙不可能是李队的对手，李队收拾完它就会回来了。"

谈墨看了一眼吴雨声，内心感到悲哀："我才是你的副队长，可你好像从来没听过我的指令？"

吴雨声来到储藏许令飞尸体的格子前，回敬道："您什么时候高升队长嘛！"

"估计得等追任了。"

话还没说完，吴雨声就一巴掌打他脸上了："童言无忌，老天莫信！"

谈墨恨恨地捂着脸。

"你刚才看清楚那东西了吗？"吴雨声握住把手问。

"看清楚了，但你知道泰坦会和其他生物基因融合，我认不出刚才的泰坦是不是许令飞。况且……"谈墨咬了咬嘴唇，继续道，"如果许令飞真的是那个能创造出凌氏镜像桥的该隐，那他就不可能只是这么低级的泰坦。"

想知道盒子里面到底藏着什么，就只有一个办法——把盒盖打开。

吴雨声将格子一把拖了出来，里面只剩下裹尸袋，其他什么也没有。

谈墨弯下腰，把脑袋都探了进去。空空如也。

"所以许令飞的遗体要么被人带走了，要么就变成了刚才的泰坦。"吴雨声说。

不好的预感涌上谈墨的心头，他握紧了手中的枪："创造镜像桥的开普勒种子……搞不好已经逃走了。"

这个幕后种子早就料到了他们会怀疑许令飞，于是引导他们来寻找许令飞的遗体。这家伙把泰坦关在这个大体储藏室，目的就是为了让泰坦袭击他们之后立刻离开，而他们为了线索，只会跟着泰坦跑。

好一出引君入瓮，调虎离山！

把他们引到了理工大学，又用泰坦调走了战斗力最强的李哲枫！

谈墨突然听到走廊上响起逐渐远去的脚步声，仿佛有人正一步一步走向深渊，他没有丝毫犹豫就追了出去。

"副队——"吴雨声想要拽住他，但已经晚了，只能跟上，"你要去干什么！"

"我听见脚步声了！有人去了楼顶！"

吴雨声顿了一下，他也是融合者，虽然级别没有洛轻云和李哲枫那么高，但他的听力肯定远远高过身为普通人类的谈墨。为什么他什么都没有听见？

谈墨在通道里一路狂奔，吴雨声在后面拼命地追，一边追一边联系李哲枫。

"李队，你在哪儿？谈副队说听见有人去顶楼，就追上去了！我在追他！"

"顶楼？"李哲枫沿着墙壁狂奔，一把将那头泰坦摁倒在地，"顶楼距离你们起码十二层，他能听见个毛线！"

那头泰坦"咕噜咕噜"地发出瘆人的呜咽声，面前就是大楼的正门，正门之外是静谧的校园，自由近在眼前。

它的尾巴一个甩动，发出"哗啦啦"的声响，一节一节带着棱角的骨骼弯曲，绕到了李哲枫的后背，尾部的尖刺折射出森冷的光，猛地扎向李哲枫！

"找死。"

李哲枫的手掌向下用力，胳膊带动身体向上腾空而起，"咔嚓"一声，泰坦的脊骨被他压碎了，而原本要袭击李哲枫的尾巴也从他的腰侧穿过，扎进了泰坦自己的身体里。

泰坦发出悲鸣，李哲枫的手掌离开的时候，带起一阵黑火。泰坦动弹不得，只能在黑火中被焚尽。

李哲枫转身要奔回去，却踢到了一个塑料牌子，是从灰烬里露出来的。

他捡起来一看，上面写着：

许令飞　男　50岁

泰坦是低阶的开普勒生物，根本不可能创造出凌氏镜像桥，他现下也搞清楚了：许令飞只是个钓他的幌子。

李哲枫闭上眼睛感受开普勒领域，那些从地铁里一路渗透进入学校的开普勒生物已经在退散，这也说明那个种子已经不在学校了。

"被耍了。"李哲枫咬牙切齿，立刻联系耿劲柔。

"李队，又有什么问题？"

此时的耿劲柔正在收拾他那套白瓷咖啡杯，灰塔下达的命令是全员撤离，该带上的重要物品当然不能落下。

"许令飞呢？许令飞还有没有什么血亲？"李哲枫一边跑回去一边问。

"许令飞……根据灰塔的信息，洛明筠遇难之后，得救的许令飞开启了'海王'人生。你看看洛轻云那张脸就知道许令飞的长相绝对不俗，这片海里的美人鱼真的有不少，有他的学生、治安队的女队长，甚至女明星和商界名媛等等。"

"她们有孩子吗？"李哲枫已经跑进了安全通道，听到了谈墨和吴雨声的脚步声。

"你等等，她们人数众多，需要资料库比对筛选一下。"

"快点！"

李哲枫不明白谈墨为什么要冲到楼顶，以他的感觉判断，那里绝对没有开普勒生物。但是做了那么久的同学和战友，李哲枫能从谈墨奔跑的声音里听出他的情绪。

——疯狂和执着。

绝对有什么吸引了谈墨，而且不是一般的吸引。

谈墨还在奔跑着，四面的墙壁就像荧幕，浮动着不存在的字句，那是从空气里传来的声音。

他能想象，那个控制这一切的种子是如何穿着西装、踩着皮鞋不紧不慢地向上走去，他留着精英气质的发型，一边走一边整理自己的领带，微笑着留下这些信息。

"我不知道你是否能够听到我的留言。这毕竟是我们开普勒生物独有的能力——白驹停隙，而人类给了它起了一个很无聊的名字，叫作'原景留声'。"

谈墨咬着牙，还有三层就到楼顶了！

"你是属于我们的，我代表开普勒世界向你传递信息，请你回到我们的身边。"

"洛轻云要真那么想回去，我放鞭炮欢送啊！问题是他不觉得自己属于你们啊！"

有这么按着人家的脑袋来"认祖归宗"的吗？

"你和开普勒世界有着最紧密的通感。人类世界让你沦为平庸，而你在开普勒世界却能成为主宰。"

谈墨冷笑一声，真有趣啊，没想到洛轻云在开普勒世界里有王位要继承呢！

他狠狠推开天台的门，风"呼啦啦"地灌了进来，楼顶空无一人。

谈墨愣了一下，难不成那个种子上了楼之后，又跳楼跑了？

自己拼了老命跑上来，膝盖都软了，闹半天白费了？

这时候，李哲枫冲了上来，大声说道："那个种子不是许令飞，而是姜怀洋！"

"啊？谁？"谈墨愣了一下，"三大科技巨头之一的姜怀洋？"

姜怀洋的背后，就是控股深宙科技集团的姜氏财团。除了当初资助开普勒探索联盟，其下至今还把控着许多生物和通讯科技公司的股份，渗透的深度和广度都是一般财团望尘莫及的。

李哲枫看向远方，那里有一架直升机正驶入落日的余晖里。

它即将离开银湾市。

"你可以先把你的狙击枪架起来，至于要不要扣下扳机，你自己选。"李哲枫说。

谈墨立刻把狙击枪组装起来，架上了肩膀。

"根据灰塔搜集到的信息——姜氏家族有一种遗传性疾病，那就是脑部肿瘤，家族内发病的概率高达百分之五十。姜怀洋就是那不幸的百分之五十之一。姜氏为了脱离这个诅咒，才会致力于开普勒生物的研究……"

李哲枫的话还没有说完，就被谈墨打断了："你只要告诉我，他跟洛轻云之间有没有血缘关系！他是不是那个种子？！"

"我只能告诉你他很有可能是洛轻云同父异母的弟弟，并且为了治疗自己的脑瘤，他故意让自己感染了开普勒生物的基因。"

"我知道了。"

谈墨透过瞄准镜，看向那架直升机。直升机现在是背对着他们，谈墨只能看到机体尾部，不能锁定姜怀洋的位置，甚至不能确定姜怀洋本人到底在不在上面。

"阿哲，替我联系耿劲柔，无论如何不能让姜怀洋的直升机离开。"谈墨冷声道。

如果他真的是创造镜像桥的种子，他就不是去避难的，而是直接前往开普勒生态区的。

"好。"李哲枫回答，立刻用通讯器联络银湾。

通讯器那头，抱着瓷杯走出办公室的耿劲柔深深地叹了一口气："深宙集团不是我们能得罪得起的。如果姜怀洋死了，姜氏的股票大跌，数以千亿计的资金流失，多少攸关民生大计的项目会遭到重创，这个后果不是你能承担的。谈墨，你能确定姜怀洋是那个种子吗？"

"我只要看到他，我就能知道他到底是不是种子。"谈墨已经调整好了自己的状态，他知道必须拼一把。

如果放任姜怀洋回到开普勒世界，就等于为洛轻云埋下了不定时炸弹。以后洛轻云出任务，分分钟可能遇到姜怀洋的镜像桥。

这将会是没完没了的精神折磨，必须要斩断镜像桥。

"耿劲柔，你再不做决定，姜怀洋就要飞出我的射程了。"谈墨的声音沉了下去。

那厢耿劲柔眯起眼睛，谈墨的声音通过电波传递过来，一呼一吸之间都透着镇定和果决。哪怕不在现场，耿劲柔内心深处也生出一股强烈的直觉——谈墨的决定是对的。

几乎就在下一刻，银湾市灰塔便朝姜怀洋的直升机释放了电离子弹。直升机的电路系统随即发生故障，机体失去平衡，在半空中打转。

这是耿劲柔能够给予谈墨的最大助力。他无法越过灰塔上级直接发出杀死姜怀洋这样的指令。谈墨无论成功或失败，都必须自行承担后果。

无形的风，落日最后一丝镶金的亮边，返巢的倦鸟……在谈墨的世界里变得无比缓慢。

直升机旋翼的转动清晰得就像在4K视频中看到的一样，在侧面窗口转向谈墨的那一刻，姜怀洋的侧脸出现在瞄准镜里。

他一如谈墨所想，穿着熨帖笔挺的黑色西装，打着极有质感的领带。他的鼻骨和洛轻云有着相似的优雅。仿佛知道自己被锁定了，姜怀洋转过脸来看向谈墨的方向，唇上抿起一抹似有似无的笑。

他可以创造镜像桥，他越界之后的危险程度说不定远超高炙。

谈墨就像一尊雕像，手指扣在扳机上。他必须杀了这个种子，不然洛轻云会被困在镜像桥里直到越界。

姜怀洋转回身，淡定地整了一下领带。在他看来，谈墨已经失去了最佳的时机。

而直升机恢复了平衡，再度以尾翼面向谈墨。

谈墨用舌尖抵着自己的上颚，扣下扳机。

子弹飞快地穿过银湾理工大学大半个校园，从市中心神州科技的双子楼中央破空划过，抵达直升机的尾翼。

它冲破金属舱，冲进直升机的内部，姜怀洋瞬间感觉到什么，正要侧身，子弹已经从他的后背直贯而入。药剂涌进他的血液，迅速开始破坏他体内的开普勒基因。

他睁大眼睛，捂住了自己的胸口。

"先生！姜先生！"

身旁的助理试图帮他摁住伤口，却发现从他体内流出的血液是蓝色的，吓得慌忙躲到了一边。

直升机最后一次旋转，也是姜怀洋和谈墨在瞄准镜里最后一次对视。

"这不是结束。"姜怀洋以口型道。

电影里反派挂掉的时候都要说这句台词。

谈墨收了枪，对着通信器说："耿劲柔，你可以派人去收尸了。如果运气好，还能留一口气给你向深宙集团交差。"

毕竟他用的是药剂弹。谈墨自认为对耿劲柔仁至义尽，让姜怀洋享受了一把高炙的待遇。

"算你狠。"耿劲柔转过身，把自己的那套瓷器又放了下来。

谈墨深深吸了一口气，之前过度紧张的心情骤然放松，他差一点没站稳，被李哲枫一把扶住。

"讲道理，姜怀洋这样的身份地位，是大BOSS的配置，没想到被你一枪解决了。"李哲枫接过谈墨的枪，交给吴雨声，"我都怀疑你也是个隐藏的大BOSS。"

谈墨扯了扯嘴角，苦笑道："那你现在对我好点儿，说不定以后要抱我大腿呢！"他回想着事情的来龙去脉，思路歪了一下，"你别说，姜怀洋长得跟洛轻云一个路数——斯文败类型。基因这玩意儿，诚不欺我。"

"这要是在电影里，这么大一帅哥出场还不到五分钟就领盒饭了，女观众们该把你突突了。"李哲枫转过身来，背朝谈墨。

"阿哲，你这是什么意思？"

"我看你腿软，应该是走不了了。"李哲枫皱起眉，"要不然你用绳索飞降下去？"

"我腿脚好着呢！你才软了！"谈墨心情轻松，开启和李哲枫的贫嘴模式。

李哲枫没耐心地一把将谈墨扛上肩："给你VIP待遇不要，非要找虐。"

才走了两步，就听见谈墨在耳边嚷嚷："阿哲！阿哲！快看那边！"

"不看。"

"有包烟！我想抽烟！你帮我捡一下！"

"谈墨——你是有捡垃圾的瘾吗！你现在不是该赶紧联系一下洛轻云，看看他从镜像桥里出来了没有？"

李哲枫故意颠了一下，谈墨被他的肩膀撞到岔气，猛烈地咳嗽起来。

洛轻云怀里已经冰冷的谈墨就像流沙一样，越是用力抱紧，就流失得越快。到最后他怀里什么都没有了，只剩下洛轻云漠然伫立在那里，像一尊凝固的石像。

有人曾经说过他生性凉薄，最疼爱他的梁教授跳楼的时候，他都没有掉一滴眼泪，甚至就站在窗口眼睁睁看着梁教授和地面剧烈地相撞。

但是没有人知道，那骨骼碎裂的声音在他听来，就像整个世界裂开的声音。

那摊红色越晕越大，映在他的眼底，怎么擦都擦不掉。

失去，是洛轻云人生的常态。与他的出生相伴的就是母亲的死亡。

而此刻，镜像桥的幻境让他更加透彻地了解到，如果他把谈墨强留在身边，结局也只不过是一种凌迟般的痛苦。

镜像桥的那头传来声音：

"还记得他刚才的样子吗——没有笑容，没有呼吸，没有温度，他的思想不会再和你有任何交集。"

洛轻云呼吸一滞。

"想想那些人类吧，他们只是把你当成对付开普勒生物的武器。当灰塔发现你在乎他的时候，他就会成为那根拴住你，乃至最后勒死你的绳索。"

洛轻云心底某个地方被极为用力地扯了一下。

"你知道的，其实谈墨根本不在意你在界限的这边还是那边。"

洛轻云想起之前谈墨对自己说过的话。

"为什么非要选人类或者开普勒……你就做洛轻云不就好了……

"如果有人类对你好……你就对他们好……如果有开普勒生物认同你……你就做它们的王……你那么强大，为什么不随心所欲一点？"

洛轻云的心底有个声音告诉他，他可以走过去，走到桥的另一边。在开普勒的世界里，他会获得完整的开普勒形态，他再也不用担心谈墨的死亡。

洛轻云抬起脚，向前迈了一步，他感觉到前所未有的轻松。

然而就在他的脚即将落地的刹那，有什么呼啸而来——那是子弹出膛的声响。

膛线深刻而果决地划过洛轻云的心脏，巨大的震动让整个世界天翻地覆，撕裂出一道缝隙，光乍泄而下。

一切看到的、触碰到的景象被剥离开来，互相拉扯着，将断不断。

在缝隙里，洛轻云看到了无数个并不美好却真实的世界碎片——挤压变形的地铁车厢，砸落在地面的水泥砖块，破损的地铁站牌，乘客掉落在地上的包和逃跑时被踩落的鞋子，被开普勒生物袭击后的尸体……

镜像桥土崩瓦解，像是被最强大的炮火摧毁，碎成了一颗颗微粒，洋洋洒洒地飘浮在空气里，泛着淡金色的光泽。

洛轻云的神思跟着这些微粒游荡，仿佛旧诗黄纸中的故梦还没有醒。

直到通信器里传来谈墨的声音。

"洛轻云，你要是死了我就翻阳台到你公寓拿烟。如果还活着，给我开门。"

那声音并不像平时的谈墨，声音压得低沉，洛轻云甚至能分辨出他喉间因为紧张发出的吞咽声。

与其说谈墨在意他的生死，不如说更在意他是否属于人间。

洛轻云的瞳孔一颤，灵魂回归躯体，大脑神经开始对四周一切进行分析和辨别，而其中最清晰的莫过于谈墨的声音。它从耳朵钻进他的精神，像势不可挡的战车，撞毁了他的城墙，碾过那些台阶和庭院，浩浩荡荡停到他跟前。

第三章 白驹停隙

"洛轻云？你是死了还是越界了？"谈墨的声音再度响起。

洛轻云用力地吸了一口气。他在镜像桥里亲眼看到谈墨倒在那里，永久地沉眠，周围开满暖洋洋的金黄色小花，洛轻云的心却苍老衰败到有如万物凋零。

然而此刻，他却再一次听到了谈墨的声音，鲜活的、真实的，独立而倔强，不依附于任何人生长，这个任何人里也包括洛轻云。

洛轻云用力闭上眼睛，眼角似乎被这声音沾湿了。

"再说点什么吧，谈墨，我还想再听听。"洛轻云躺在原地，一动不动地说。

"啥？你有病啊！叫了你半天不回话！"

洛轻云笑了起来。

镜像桥的余烬像幽深夜空里的星，伸手一抓，就在手心熄灭了。

原本封闭的地铁出口被破开，有很多人冲了进来。

"洛队！洛队在这里！""快点！扶他一把！""洛队你有没有受伤?！"

庄敬跟安孝和一左一右把洛轻云扶了起来。

而洛轻云的眼光下意识地寻找谈墨，他消耗了太多的能量，疲惫和沉重都涌上心头，而那个足以慰藉他的人却不在。

"啊……好想抽根烟……"洛轻云自言自语道。

大概是被谈墨那句话给馋的。

一边走，安孝和一边向洛轻云讲述这一个多小时里发生的事。

"现在整座城市都在撤离，但是其他城市不敢贸然收留我们的市民，必须挨个儿进行排查！中心城的调查组还有一个小时就会抵达！你是不是还不知道创造镜像桥的种子是谁——深宙集团的董事长姜怀洋啊！"

洛轻云走出了站台，看到治安部队和外勤部队的人正在进行现场勘查。

曾经繁华的城市街道变得寥无人烟，电力系统转向低负荷供应，高楼灯火熄灭，晚风吹起落叶，有一种万籁俱寂的荒凉。

他的同事们都很忙碌，除了一个人。那人靠着悍马的车门，低着头正在摇烟盒，打火机的火光亮起，掠过他的眉眼，浮现出一种恰到好处的温度。柔韧和刚强交织而过，夜幕默默燃烧，当他抬头看向洛轻云的时候，磅礴的朝阳奔涌而来。

洛轻云晃了一下，很快又站稳了身子，他拍了拍安孝和，示意对方他自己能走。

他走到谈墨身侧，想了很多，最后只是笑了笑问："这不是从我公寓里摸的吧？"

"地上捡的，还是好牌子呢。"谈墨用手指夹着烟，也冲他笑了笑。

"我也想抽。"洛轻云看向他的手。

即便谈墨什么都没有说，洛轻云也知道，这是那双救了自己的手。

第四章
约定

远远地传来李哲枫的声音:"缺心眼儿的——回去灰塔汇报了。"

谈墨愣了愣,哑着声音回答:"知道了!"

李哲枫走了过来,看了谈墨一眼:"怎么了?"

"被烟呛着了。"谈墨挥了挥手背,从脖子到耳朵都红了。

谈墨本来想和李哲枫走的,他真不能跟洛轻云坐一辆车,那能尴尬到脚趾把悍马车底都抠穿。

谁知道洛轻云却勾住他的后衣领,食指指节很轻地在他的后颈上碰了一下。那感觉就像年少时看见落叶载着一只小虫掉下来,谈墨于心不忍接住了,把它放回树下,看着它安然无恙地爬开。

"谈副队,你知道的,我刚从镜像桥里出来,不知道有没有什么后遗症。"洛轻云的手指挪开了。

"我看你头脑清晰、能说会道,应该没问题。"谈墨嘴上这么说,却没有迈开跟上李哲枫的脚步。

"镜像桥会对我的精神造成摧毁性打击,你觉得我的身体脱离了镜像桥,精神在哪里?"洛轻云又说。

谈墨的指节颤了一下,开口道:"万一你越界了,我还坐你身边,那不是找死吗?"

洛轻云侧过身,样子是一副由他去的意思,但又偏偏加了一句:"我本来有很重要的话想对你说。"

可恶。谈墨不想承认自己有被收买到。

坐洛轻云的车总感觉会发生什么危险的事情,可不坐,又感觉会错过一个亿。

这家伙怎么那么喜欢给人出送命题呢?

谈墨决定跳出洛轻云的出题框架。

"我能自己坐一辆车吗?"谈墨说,"您看好几辆悍马呢,为什么非要挤在一起?"

"这么多车,肯载你的不就只有我这一辆吗。"说完,洛轻云拉开驾驶位的车门。

谈墨震惊地看着站在原地擦护目镜的李哲枫,以口型质问道:你不救我?

李哲枫歪了歪脑袋,以口型回复:好死不送。

吴雨声开着另一辆悍马来到李哲枫的身边,车门打开,李哲枫一步跨了进去。

驾驶席上的吴雨声有些担忧地说:"谈副队好像总踩不到洛队的点,让人担心啊。"

李哲枫冷笑了一声,抱着胳膊靠着窗闭目养神:"也许他步步都踩对了呢?"

之前李哲枫在地铁站里出现,犹如天降神兵,现在暂时安全了,他的脸上逐渐显露出疲惫。

他是刚结束任务就披星戴月地赶回来,还来不及休息就去地铁站救援了。

如果是在从前的下班高峰期,穿过闹市应该会堵到寸步难行,但今天却通畅到让人不习惯,连红绿灯都失去了意义。

第四章 约定

吴雨声还是很遵守交通规则地停在了十字路口。

"其实,我本来没有那么放心谈墨跟着洛轻云的。在我看来,没有人比高炙更可靠,包括我自己在内。"李哲枫开口道。

"嗯,"吴雨声点了点头表示认同,"其实洛队刚被派来银湾市的时候,我们看过他毁掉一整个生态区的视频……他的手段远没有他的笑容看起来那样圆润温和,但我们并不知道真实的他到底是个怎样的人。"

"一个面不改色将队友结成的胎果杀死的人,不外乎两种。"李哲枫回答,"第一种,没有人类感情的人,放在过去就是所谓的反社会人格吧。"

"那么第二种呢?"吴雨声侧过脸,看向旁边的李哲枫。

"第二种可能就是——这个人太擅长压抑自己的情绪,强行让自己成为旁观的'死亡执行者'。"

李哲枫的声音很平静,仿佛并不是在描述一个他们都认识的人,而是轻描淡写地评价了一下某部电视剧里的剧情。

吴雨声沉默了两秒。

"你这样说,我忽然觉得自己是不是把洛队的强大看得太过于理所当然了。"

吴雨声说着,瞥了一眼李哲枫。

李哲枫的五官生得漂亮,天生一种艳丽而不可近的气场,整个银湾市都知道灰塔培训期间,谈墨是李哲枫不折不扣的"颜狗"。

他们在做同学兼同事的时候,谈墨对李哲枫采取的就是个完全不要脸的态度;后来李哲枫成了融合者,谈墨对他却开始绕道走。

一开始大家还以为谈墨和李哲枫之间过命的交情已经破裂了,日子一长才发现,完全是因为谈墨自知已经不是李哲枫的对手了,生怕自己年少轻狂时犯过的贱被李哲枫秋后算账。

"我不愿意谈墨跟着洛轻云,是不希望洛轻云对谈墨也用最理智的标准来衡量得失,任他深陷危机却无动于衷。"李哲枫轻声道。

"但是这一次,你没想到洛队会为了谈副队进入镜像桥。"吴雨声说。

"嗯。"李哲枫很轻地应了一声,不再言语。这一回他是真的睡着了。

安孝和本来也想坐上洛轻云的车,谁知道洛轻云直接把车门给锁死了。

"洛队?"安孝和露出像小狗被抛弃的表情。

"你去跟常恒他们一起,既然都是队友了,培养一下感情。"洛轻云说。

"培养……培养感情?谁要和那个大老粗培养感情啊……?"

洛轻云还是不为所动,一只手伸到谈墨的面前,给他把安全带拉过来,然后"咔哒"一声系上了。

谈墨一脸蒙地看着洛轻云:"你……你让我开车?"

"不然呢?我一个队长,还给副队长开车?"洛轻云反问。

谈墨灵机一动,用眼神示意了一下车门外面:"那什么,既然要我开车,我要吃糖!那边那个便利店看到了吗?给我搞点糖。"

洛轻云点了点头,还真下车了。谈墨勾着嘴角坏笑,狠狠踩下油门直接闪人!

谁知车子发出"轰"的一声,洛轻云单手扣住窗沿反方向一拽,车愣是没开走。

谈墨傻眼了："洛轻云你竟然能单手拖住悍马车！你还是人吗?!"
还没走的安孝和笑得前俯后仰："谈副队……手刹啊……手刹！"
谈墨这才意识到自己没放下手刹。
洛轻云从车子正面绕过去，回到副驾驶，抓着谈墨的手放在手刹上，摁了下去。
"走吧，谈副队。"洛轻云抬了抬下巴，"你连飞行器都会开，车却不会？"
"放屁！"
谈墨踩下油门，他们的车顺顺当当地开了出去。
整辆车上就他和洛轻云两个人，在谈墨看来真够浪费空间的。
常恒开着车从他们身边经过，副驾驶位置上的安孝和朝谈墨挥了挥手。
"哟，谈副队开车呢？条条大路通罗马啊！"常恒笑嘻嘻地冲他抛了个媚眼。
谈墨做了个呕吐的表情。
接着是治安部队的车超过了他们，他们队长看着驾驶席上的谈墨，吹了一声口哨："愿为您的人生导航。"
"呸——"谈墨挥手驱散他。
他俩的车就这么逐渐和大部队脱离，到最后变成世界末日旅行，二人成团游了。
"这些人开那么快赶着去投胎吗！"谈墨咬着牙说。
洛轻云撑着下巴，看向谈墨，这家伙一直不敢看自己，洛轻云当然知道。
"谈墨，你在怕我吗？真的担心我越界了，还是觉得我本来精神就不大正常？"洛轻云问。
"当然没有。"谈墨只是知道了洛轻云的身世，而他们势必会在一起讨论许令飞的事情，如果人多一点，谈墨觉得也许不会那么尴尬。
"那我问你几个问题，你好好回答。"洛轻云说。
"开车要专心，你不要和我说话。"
谈墨打开了车上的广播，但是广播电台也没人上班，怎么换频道都只有沙沙声。
"这样吧，你回答我一个问题，我也回答你一个问题。我们都要对对方诚实。"
"我又不知道你说没说谎。"
"我以我母亲的名义起誓。"洛轻云说。
谈墨扣着方向盘的手指很轻微地颤了一下。
他相信，母亲对于洛轻云来说有着非同寻常的意义，尽管他从没有表露过。
"第一个问题，算是热身吧，让我们谈副队放松一下不要太紧张。"洛轻云的声音里带着一点快乐的语调。
谈墨在心里呵呵，老子为什么要紧张？
"你问吧。"
"我和李哲枫，谁比较帅？"洛轻云问。
这算什么鬼问题？谁帅有什么用？靠脸能在开普勒生态区活下去吗？
"你。"谈墨不是很甘心地回答。在他看来，帅和美是两种不同的定义。
洛轻云瞥了一眼谈墨，看着他气呼呼的表情，有点想动手，但是忍住了。
"轮到你了。"
"为什么进入镜像桥？"谈墨问。
"你明知故问。"洛轻云很轻地叹了一口气。

第四章 约定

"那行，我也给洛队几个选项。选项一，你对所有高危开普勒生物充满求知欲；选项二，你想试探自己的临界点到底在哪里；选项三，你怀疑控制镜像桥的开普勒生物跟你有血缘关系，你想知道对方是谁。选项四……"

谈墨卡了一下，他觉得说出来有点自作多情。

"选项四，当镜像桥压下来的时候，我只是想救你而已。"洛轻云说。

谈墨有点不知道该说什么。同样的选择，李哲枫也好，高炙也好，还有队里的吴雨声、常恒，甚至自称最没本事的江春雷也一样会做，但不知道为什么洛轻云的这句话在谈墨的心里尤其不一样。

大概是因为谈墨从来没有觉得洛轻云真的会想去救某个人。

"那么，我要继续我的问题了。你以前在灰塔受训的时候很崇拜我。是真的吗？"

"真的。这答案你都知道，你问出来不等于浪费配额？"

对于这件事，谈墨很坦荡。

"不浪费，可以自我满足一小会儿。"

"世上偶像千千万，这个不行我就换。"谈墨不留情面地补刀。

他听到洛轻云很轻地在笑。

谈墨刚张开嘴，话却没有说出口。一阵沉默，他们的车已经开过了整个街区。

"谈墨，你想问什么我都会诚实地回答你。你都去过我的开普勒世界了，你的问题我没有任何回避的必要。"洛轻云说。

"好，你的开普勒能力到底是什么？除了掠夺领域之外。"谈墨问。

在今天之前，他觉得有些问题是洛轻云的隐私，但现在谈墨不这么认为了。既然自己无法退役，灰塔也非要他待在洛轻云的队里，那么他就必须要知道洛轻云的能力到底是什么，界限又在哪里。

他不想再像今天这样担心这家伙的死活了。

他真的想保护他。

"关于掠夺这个能力，我跟你说过的，我只能完全掠夺比我能力低至少三个级别的开普勒种子的领域。"

越强大的能力往往有越多的限制，谈墨猜测这个能力不是那么好发挥的。

"如果碰上能力和我相当的种子，比如这一次镜像桥的创造者，一旦对方反抗，我就无法做到完全掠夺。而且掠夺领域这个事，次数越多，我消耗的能量就越多，需要恢复的时间就越长。"洛轻云说。

"那看来你办不到的事情，我倒是办到了。"

姜怀洋创造了镜像桥，洛轻云搞不定他，但这家伙却被谈墨一枪击中了。

"你别得意了，姜怀洋只不过是一个傀儡，他背后一定有更强大的开普勒种子，这个超级大BOSS在开普勒生态圈里通过遥感控制他。关于这个问题，我会向中心城派来的专员反馈。"洛轻云难得收起戏谑的表情，唇线也绷得比以往要紧。

谈墨心想，还真被李哲枫说对了。

"再比如高炙越界的那一次，高炙的级别很高，越界之后更是开普勒能量全开，我没办法以掠夺领域的能力来控制他。而且那一次距离我从零号基地生不到半个月，我空瓶得厉害，所以帮不到你们，真的对不起。"

这一次的"对不起"是真心的。

最容易让人心软的大概就是一个强大且骄傲的人用最真实的语气向你道歉了。

"洛队也有走下神坛的时候啊。"谈墨咂摸着他话里的意思。

"谈副队开心就好。"

洛轻云还是笑。大街上漆黑一片,路灯都暗了,每当谈墨转向,建筑物反射的车灯就会掠过洛轻云的脸。忽明忽暗之间,这个男人所有天衣无缝的克制里,有某种情绪悄无声息地呼啸而来。

谈墨下意识撇开头不看,他怕自己会被洛轻云流露出的那种无法描述的力量吞没。可是当自己回避的时候,内心深处某个地方却涌起一抹不甘。

意识到这一点的谈墨握紧了方向盘。

洛轻云的声音响起,有点娓娓道来的意味。

"我的另一种能力……就是摄取开普勒生物在繁育状态时的养分,简单来说,吃掉它。你应该看过那段视频了——我带领我的小队去一个初级生态区回收无人机上的硬盘,那个硬盘掉在一个休眠状态的克莱因之瓶上。"

谈墨愣住了,差一点撞上电线杆,他把车停下,看向对方:"所以你……吃掉了那朵克莱因之瓶?"

"一开始,我也以为那就是个嗷嗷待哺的中级生态区。"洛轻云很难得地别过脸,手指在下巴上无意地敲了敲,从谈墨的角度只能看到他的耳朵和后颈,但是漆黑的车窗映照出了他的表情。

他的目光很深也很远,像是要延伸到黑暗的尽头。

"我们的技术员滑到克莱因之瓶上方,在拆除硬盘的过程中惊动了它。整个生态区复苏,对我们进行狩猎。我被吞进克莱因之瓶,和这个生态区产生共感,我眼睁睁看着我的队友被吞噬殆尽,变成胎果,我想救他们,但是办不到。"

洛轻云的声音似乎古井无波,过去的事情已经过去,但就像古建筑物上的刻痕,时间的流逝里确实有什么事情曾经发生。

"无论对于地球生物还是开普勒生态,进化都是共同的特性,进化的目的就是生存。而我为了活下去,费尽力气去掠夺那个生态区的种子,与此同时,生态区的种子又想要利用克莱因之瓶来吸收我。"

"在这场抗衡里,我夺走了克莱因之瓶的开普勒能量,我的身体无法消化这股能量,于是我反过来用它掠夺了半个生态区,让它们互相厮杀。"

谈墨终于明白自己在录像里看到山谷里那些魔鬼藤自相残杀的原因了。

"我把我的队友都找了出来。其实我并不想杀害他们,既然我能得到这个生态区的控制权,就意味着哪怕他们都变成了开普勒生物,也能听我驱使。只要我活着他们就不会伤人。"洛轻云说。

谈墨愣了一下,沉下声来说:"不,你必须杀了他们。因为魔鬼藤杀死了他们的大脑,他们将化作没有自我意识的泰坦。灵魂已灭,肉体又有什么意义?"

"真的吗?谈副队,你可别是在安慰我。"

谈墨看向远方的灰塔,顶端的灯光在云层里忽明忽暗。他沉声道:"如果常恒或者江春雷他们身上发生这样的事,我也会这么做。在我的心目中,从他们的思想被抹杀的那一刻起,我就已经失去了他们。"

"谢谢。不过……对老常还有春雷表示抱歉,我还是希望他们长命百岁。"

第四章 约定

谈墨立刻拍了拍自己的嘴："呸呸呸，童言无忌大风吹去！"

洛轻云笑起来，那是胸腔跟着振动发出的笑声，很低很沉，很有磁性，很好听。

谈墨立刻转过头去。

这下谈墨终于明白了，洛轻云并不是任何开普勒生物的能量都能摄取，仅限于繁育状态的才行。

"这一次在地铁站里吸收了那朵克莱因之瓶的能量，如果不是用在你的身上了，我倒是可以用来挣脱镜像桥。"洛轻云感叹道。

"你不也是没料到吗？谁能想到之后会出现一座镜像桥啊？"

"我根本没想过'之后'，只是那一刻很冲动地想邀请你来我的世界做客罢了。"

谈墨笑了起来："其实我刚才就是这么想的。"

洛轻云有些出神地看着谈墨的侧脸。

"我笑起来是不是很帅？"谈墨也看了洛轻云一眼。

他忽然觉得在洛轻云面前，自恋一下也可以。

"何止，你现在就算脱了鞋抠脚，我大概也会觉得帅吧。"洛轻云淡淡地说。

谈墨被呛了一下，非常认真地澄清："我从不抠脚。也请你不要想象那个画面。"

"我已经想象过了。"洛轻云不给面子地回答，声音里仍然带着笑意。

谈墨意识到，从洛轻云坐进这辆车里起，他的笑容就没有一丝假意，能让他这样笑着的人是自己，这让谈墨有一种莫名的成就感。

"我觉得，邀请其他人进入你的开普勒世界，这不仅仅需要勇气，更需要承担不被理解的后果的决心。有的人去到你的世界，也许会觉得你其实还算个不错的人，比如说像我这样心智强大的监察员。而有的人，可能会恐惧你、疏远你，甚至提出需要隔绝你和他人的联系。所以……谢谢你，洛队，谢谢你这么看得起我。"

"也谢谢你救了我。"洛轻云的声音很轻，轻到几乎被悍马的引擎声掩盖，但谈墨还是听到了。

"哪一次？"他故意用很大的声音问。

"……每一次。"洛轻云回答。

天色已深，洛轻云抬起眼看了一眼天空，有航班闪烁着灯光掠过灰塔上方，应该是中心城基地的人已经抵达了。

"谈副队，你有没有觉得我们好像离灰塔越来越远了？"洛轻云敲了敲车窗。

"呃……我这不是和洛队说着话吗？说着说着，可不就开错道了吗？"

"可我怎么觉得谈副队是以螺旋路线远离灰塔呢？"洛轻云又问。

谈墨咳嗽了一声，踩下油门，同时将他们的话题引回正途："所以洛队你的能力就是掠夺开普勒领域和吸收繁育状态的开普勒生物的能量咯？"

"是啊。"

谈墨长长地呼出了一口气，也不知道是豁然开朗了什么。

洛轻云看着谈墨的侧脸，忽然笑了，他抬起手动了动自己的手指："还有我之前和你说过的那个。"

谈墨一分神，一个方向盘没打好，差一点撞上灯柱，旁边的洛轻云伸出手，扣住方向盘稳稳地转了回去。

"接下来你负责回答问题，还是换我开车吧。"洛轻云说。

谈墨瞬间五脏六腑都顺畅了起来。

"好吧，你问。"反正谈墨觉得自己那些小秘密比起洛轻云都不算什么。

"你从前在灰塔很崇拜我，为什么？总不是因为我长得比李哲枫帅吧。"

谈墨瞥了对方一眼，发现洛轻云的表情居然还挺认真的。

"你的传说满天飞，崇拜你的不止我一个。"

"你是个把传说当八卦的人，没有亲身经历，你不会崇拜任何人。"洛轻云毫不留情地揭穿他的敷衍。

"行行行，我告诉你！我在灰塔培训班的第三年有一次外勤学习，我们的车被困在了一个成长中的二级生态区，车轱辘都开掉了就是出不去……"

"别告诉我开车的人是你。"洛轻云已经发现了谈墨开车不认路这个毛病，宽敞大道能被他开出鬼打墙的效果。

他算是明白刚才路过他们的那帮家伙挤眉弄眼的意思了。

估计也就只有刚调来银湾市的洛轻云不晓得谈墨的这个"小缺点"。

"不是我！我当时在副驾驶的位置。"谈墨矢口否认。

"按照故事发展逻辑，应该是我救了你？"

"是啊。我们的车掉进山谷里了，当时的救援方式是飞行器从高空降索，钩住车的四个角，直接把整辆车带出山谷。只是车刚出谷口，鳞鸟就来了，把车门、车窗都撞开了，我后排的同学安全带断了，从敞开的车门掉了出去，我为了抓住他……就把安全带解开，然后抓着安全带去够他。"

洛轻云的眼睛眯了起来，似乎在回想这件事："胆儿还挺肥，我好像记得你。"

好像？谈墨扯了扯嘴角，你这辈子出任务救过那么多人，你记得我是哪一个？

"在我差点脱手的时候，洛队你飞降下来，把我们都塞回飞行器里，而且就一眨眼的工夫，鳞鸟都死了。"谈墨轻描淡写地把当时的详细情形一笔带过。

当时那个差点掉出去的同学两年前已经殉职，记得这件事的只有谈墨一人了。

风像是从地狱里翻涌上来的，鳞鸟刺耳的叫声提醒他们死亡近在眼前。

谈墨大可以就这么坐在车上，等着整辆车被拉上去。但是那个同学在呼救，他没法视而不见。

谈墨拽着安全带，让自己的身体离开车身。风那么大，谈墨要抓住自己的同学，首先他得臂力惊人，其次他还得祈祷安全带不会断裂，而最重要的是在他们进入飞行器之前，鳞鸟不会把他们叼走。

那个同学早就慌了神，谈墨冲他大吼，要他把枪拿出来射击，不然两个人一起死。

飞行器也开启了攻击系统，炮击那群鳞鸟。

但还是有四五只鳞鸟飞了过来，其中一只撞掉了车子一角的锁钩，失去平衡的车子垮下去，那个震动让谈墨脱了力，两人即将一起直直下坠。

此时有人飞降而下，抓住了他，将他俩一同带回了飞行器的机舱。

整个过程不到一秒钟，谈墨看到的只有洛轻云转身跨入内舱的背影而已。

"我救了你，所以你就拼命努力，想当监察员？"洛轻云问。

谈墨轻哼了一声，心想老子的崇拜哪有那么肤浅。

"你知道当监察员是有射击考核的吗？我在模拟系统里练了一百万次射击，但

第四章 约定

距离监察员的门槛还是差了百分之零点零三。"

那个时候，谈墨并不是最出彩的学员，李哲枫的准确率远高于谈墨，他才是灰塔默认的最佳监察员候选。

"然后呢？"洛轻云问。

谈墨沉默了一下，乐了："然后你来了。你看了我的射击之后，对我说……'你知道什么是和开普勒生物共感吗？'"

洛轻云摸了摸下巴，匪夷所思："我真这么说过？你又不是融合者。"

按道理谈墨是不可能跟开普勒生物有共感的，但洛轻云隐隐能感觉到，谈墨有那种瞬时的判断力，那一刻他仿佛不是人类，而是掌控着开普勒世界流动的关卡。

"对啊，我又不是融合者，可你竟然跟我讲什么开普勒生物共感。"

谈墨给了洛轻云一个口型：老骗子。

洛轻云摊了摊手。

"你说——开普勒世界是流动着的，但所有的流动都有相对静止，你让我好好体会那暂停的瞬间。那个瞬间，所有生物的行动、所有自然界的元素包括风和水的轨迹，乃至我自己的呼吸和心跳达到统一，那一刻就是我的灵犀一瞬。在那个时候扣下扳机就对了。"谈墨说。

"有用吗？"洛轻云问。

"废话，没用我还能是监察员？不过你那番理论，精神胜利远多于实际效果吧。"

如果谈墨没有通过监察员测试，也就不会有那次实习任务，他更不会被爱德拉之花刺中，然后……发现洛轻云根本不记得自己，而自己在洛轻云的面前无足轻重。

他不该为别人而活着，应该为自己活着。

谈墨解开安全带，打开车门跳下车："我已经回答完洛队的问题了，为了早日回到灰塔，请洛队开车吧。"

洛轻云和谈墨交换了座位，谈墨才刚把安全带系上，洛轻云就把车窗摇了起来，"吧嗒"一声，车门也上锁了。

"啧，洛队安全意识很强啊。"谈墨说。

"李哲枫说你缺心眼，看来是真的。"洛轻云靠向谈墨，唇线弯起。

耳边染上温热的气流，洛轻云的笑容常常带着恰到好处的彬彬有礼，此刻却有一丝痞气。

"你在镜像桥里，看到了什么？"谈墨突然问。

他本来以为这是一个很简单的问题，但洛轻云沉默了。

谈墨想，那大概就是洛轻云的软肋。也许是陪伴了洛轻云整个童年的梁教授，也许是未曾谋面却深爱着他的母亲洛明筠，也许是多年前殉职的梁幼洁……有很多人走过了洛轻云的人生，留下了很深的痕迹，却终究只是陪伴了他风雪一程。

"我看到了我最害怕发生的事情。

"看到了我最想得到的生活。

"看到了开普勒世界……对我而言最难以抵抗的诱惑。"

他们的车距离灰塔越来越近，可莫名其妙地，谈墨竟然希望这条路长一点，再长一点。

"谈墨，你有没有哪怕一瞬间怀疑过……"洛轻云看向谈墨，"我已经越界了。"

谈墨怔在那里。

"我把你单独拎进这辆车，就没想过带你回灰塔。"

车载广播里响起了老常的声音："呼叫洛队！呼叫谈副队！你们车开到哪里去了？该不会真的开到罗马去了吧？"

洛轻云没有回应，直接关掉了广播。

"我想带你去开普勒的世界。人类的法则左右不了我的选择。"洛轻云说，"你知道连铮和白烃吗？"

"监察员守则中的'不可越界'不就是因为他们俩吗？连铮是中心城外勤第二队的队长，白烃是他的监察员。据说这两人同桌吃饭、同排开会的次数都很少，根本没有任何端倪。但是有一次任务连铮越界了，白烃一枪都没有开，就等着连铮来到他的面前，把他带走了。后来中心城派了很多人去追捕他们。"谈墨说。

"是我跟梁队一起去执行的那个任务。如果我说我羡慕连铮，你相信吗？"

"因为连铮有一个愿意和他一起走的监察员？你可别在我身上抱这样的指望。"

"为什么？"

"我吃得饱穿得暖，没事还能斗地主，我干吗要去开普勒世界里流浪啊？"

洛轻云顿了一下，无语道："你就不能有点更高的追求？比如强大的开普勒能力之类的？"

"洛轻云，你再牛，只要有'朱雀'在手，老子还是能崩了你。"

"说得好像你击中过我一样。"洛轻云笑了笑，心情依然很好。

"那连铮和白烃的结局怎么样了？被你和梁队解决了还是成功跑了？"

"秘密。"

"啧，不愿意说，肯定是吃了瘪。我估计，你和梁队联手也没能拦住那两人。"

"秘密。"洛轻云要守口如瓶的时候，这瓶盖还真的掀不开。

谈墨决定换一个话题："你好像很喜欢去危险的地方，比如克莱因之瓶，还有这一次的镜像桥。"

"谈副队不是经常说我神经病吗？"洛轻云停下车，双手搭在方向盘上看着谈墨。

那是一种审度的视线，一寸一寸探入谈墨的世界，获取他最真实的想法。

"以前，我以为你是在越界的边缘疯狂试探。但现在我好像明白了你想干什么。"谈墨没有回避对方，看进了洛轻云的眼睛里。

"我想干什么？"洛轻云饶有兴趣地反问。

"你在寻找反抗开普勒化的方法。越界意味着被征服，你是不会容忍自己被开普勒的本能控制的。所以你想要反制于它，你想要超脱于这一切。所有的冒险都会成为你下一次反抗的经验。"

"你刚才说想带我去开普勒世界，我的回答是，行啊。等你征服了那个世界，想带我去哪里都可以。"

谈墨的笑容坦荡。

那一刻，洛轻云的眼睛里仿佛诞生了一个细小的宇宙，哪怕天上的星月都熄灭了，它还是灼灼发亮。

"谈墨，其实我不记得第一次见到你的事情，不记得你对我说的第一句话，也不记得我第一次教你射击的情景。"

第四章 约定

谈墨摆了摆手："谁叫我曾经只是个无名小卒，万千仰望你的普通学员之一呢。"

而且现在回想起来，洛轻云指点他射击时说的那段话，更像是胡说八道，想忽悠谈墨赶紧把射击位让出来。

洛轻云接着说："可我现在变得惶惶不可终日，我想记得跟你有关的一切，就怕你也变成'曾经'。"

像梁教授，像梁幼洁，像他被葬送在开普勒生态区的队友。

洛轻云如此郑重，谈墨能料想到他在镜像桥里看到的东西可能和自己有关。

哪怕洛轻云对开普勒生态的反抗之路是无底深渊，谈墨也希望他手中的火把永不熄灭。

"想开点，你已经是我的'曾经'了。"谈墨拍了拍对方的肩膀，"我现在那么牛，以后会更加牛，自己崇拜自己，再不用仰望别人了。"

洛轻云别过脸去，谈墨知道他在笑。

车子再次开动，他们终于抵达灰塔。这座建筑物是目前银湾市唯一灯火通明的存在。

洛轻云看了一眼自己的通信器，对谈墨说："有一件事你需要知道。"

"关于姜怀洋？我用的药剂弹，可他还是挂了？"谈墨眯起了眼睛。

姜怀洋要是挂了，意味着谈墨将要面对超长的检讨，降薪降级，甚至小黑屋。

"挂了。不过不是因为你那一枪，而是颅内肿瘤破裂。据说肿瘤也吸收了开普勒能量，就算没有你那一枪，他也没办法坚持到逃往开普勒生态区。"洛轻云说。

谈墨的目光沉了下来："所以我一直觉得开普勒生态区的成长和侵蚀很畸形。它们只想着占领，根本不考虑未来。"

车子停到关卡。

关卡的守卫人员看到洛轻云的时候忍不住问："洛队！其他人早就到了，你怎么这么晚才到？耿先生都派无人机出去找你们了。"

谈墨难得沉默。毕竟在银湾市大街上找不到北不是什么值得宣扬的事。

他们通过了身份辨识和生物扫描，把车开进停车场。

谈墨的通信器已经炸了，有几十通未接来电和上百条未读信息。

洛轻云把车门打开，很有耐心地看着谈墨确认信息的样子。

通信器的亮光衬得谈墨的睫毛细密纤长，他本来就很白，在电子灯光下，像是白釉一样。

越是这么看着，洛轻云的眼神越沉暗。

"停车场没有人，是个办事的好地方。"洛轻云突然说。

"啊？你要干吗？"谈墨抬起眼来。

"你说呢？"洛轻云捏了一下自己的指尖，一副要把手套取下来的架势。

"我去，我马上下车！"

谈墨解开安全带，洛轻云的手就搭在车门上，谈墨低下头，像泥鳅一样，"嗖"地就从洛轻云的胳膊下面滑了出去。

但是他没想到，洛轻云反身一捞，竟然扣着他的腰直接把他托了起来，放到了悍马车的车顶上。

"你干什么——"

谈墨瞪向对方，他手腕上的通信器一直在闪，是耿劲柔的电话。

但洛轻云扣住他的手腕，既不让他下车，也不让他接电话，只是仰着头看他。

"我问你最后一个问题，我想你认真地回答我。"

谈墨挣扎起来，这样被洛轻云轻易举高到悍马车顶，让谈墨怀疑自己最近吃的是不是不够多。

"洛队，你还有啥问题？赶紧问！我一定好好回答！"谈墨无奈地说。

"你在执行监察任务的时候，遇到繁育期的克莱因之瓶，你已经来不及逃走了，这个时候，你会怎么做？"

停车场的昏暗光线里，洛轻云的眼底盛满了阴影。

"我……"

谈墨不得不认真想象着那个场景，当那朵克莱因之瓶为他绽放，当结局不可逆转，他会……谈墨下意识去看自己的配枪。

"我会杀了我自己。"

这个答案明明应该在洛轻云的意料之内，可他却露出了近乎绝望的表情。

谈墨恐惧起来，他不知道自己答错了什么，但他知道这绝不是平时的洛轻云。

洛轻云松开了他，一只手捂住了他的眼睛，另一只手压住了他的配枪。

"如果那样的情况真的发生了，请你相信我。"

谈墨看不到洛轻云的脸，他试着要把对方的手挪开，但是洛轻云就是不放。

"你到底在说什么？"

我不想你像解决你之前的队友一样亲自杀了我，我不想被迫与我为敌。

"我会来救你的。我会为了你解决掉那个生态区的种子，无论它有多强大，我都会征服它的领域，我会让你自由。所以……

"无论你遇到看起来多么强大的克莱因之瓶，都绝对不要伤害你自己——请答应我，这把枪的枪口绝不能对着你自己。"

胸腔里的振动一下接着一下，越来越响，也越来越不受控制。

谈墨明白洛轻云话里的意思。

——我会为你披荆斩棘，承你为王。

"说你答应我。"洛轻云的声音很郑重。

这个约定违反了灰塔的监察员守则，谈墨知道自己不该回答。但是他不想拒绝洛轻云。

他听到洛轻云很轻地叹气。

这个强大的人，没有他伪装得那么巧言令色，在面对谈墨的时候，他只有用这样笨拙的、随时可能被拒绝的方式，去说一句"我在意"。

谈墨突然觉得心中产生了一种莫名其妙的歉疚。

"再说一遍你的答案。"洛轻云看着谈墨的眼睛问。

他的眼睛已经红了，谈墨不知道自己的答案怎么就戳中了洛轻云的伤口，明明任何一个监察员都会说出同样的答案。

"我……我会……"

"说出来，或者我现在就带你去开普勒的世界，让你跟着我颠沛流离。"

洛轻云的手就托着谈墨的背，隔着手套谈墨也能感觉到他比平常更高的温度。

事实上，这个威胁对于谈墨来说非常温和，还没有平常李哲枫的"打断你的腿""打爆你的脑袋"有威慑力，但就是让谈墨有一种束手无策的感觉。

"我会等你。"谈墨不敢相信自己会说出这个答案。

"还有呢？"洛轻云仰着脸，继续问。

"我不会……给自己喂子弹……"

"你在跟我玩文字游戏吗？"洛轻云的目光冷了下来。

这世上杀人的武器又何止子弹，他还有战术刀，哪怕随手从路边捡起一块石头都能办到。

谈墨很想问他到底在镜像桥里看到了什么，但什么都问不出口。

"我——

"我……绝不会自杀。"

第五章
夏娃

耿劲柔的联络带来一个好消息和一个坏消息。

其实不用他说谈墨也猜得到,坏消息是深宙集团的姜氏派人来为姜怀洋的死兴师问罪了;而好消息就是,姜怀洋已经被确认越界了,谈墨的行为符合灰塔制度,饶是姜氏也对此无可奈何。

谈墨和洛轻云一道登上灰塔十八楼会客室,据说姜怀洋的弟弟正在等待他们。

会客室里,耿劲柔坐在会议桌的尽头。他的左侧坐着两个人,其中一个很年轻,穿着西装打着领带,看起来很不自在,一直在调整领带结的位置,这应该就是姜怀洋的弟弟,姜怀漾。

传闻中他从未参与过深宙集团运作不说,甚至都未曾在公开场合露面过。

年轻人身边坐着一个年长的男人,表情严肃,估计是姜氏的律师。

耿劲柔见到谈墨和洛轻云的时候,明显地松了一口气。

"二位,可真是千呼万唤始出来啊。"

谈墨拉开椅子,本来想坐,再看一眼对面,姜怀漾露出一抹笑容。

"您就是洛轻云洛队吗?"

谈墨咳嗽了一下,立刻起身,故意隔了两三个座位才拉开椅子坐下,摇摇手说:"抱歉,我不是洛队。"

姜怀漾面色不改,继续微笑:"那就是一枪结果了我哥哥的谈副队了。"

谈墨搞不清楚这是夸奖还是讽刺。

洛轻云这厮明明腿那么长,却走得慢悠悠的,老半天才进来。并且他非常自然地拉开了谈墨旁边的椅子,也是和耿劲柔隔了好几个空位,理所当然地坐了下来。

这让他们看起来不像这次会议的主角,而是来……旁听八卦的。

"哎,你俩坐那么远干什么?怎么跟读书时候故意要坐到后排离老师远点一样?"耿劲柔不爽地敲了敲桌面。

负责会议流程的夏乘风踩着高跟鞋进来了,那"哒哒哒"的声音听得谈墨肝颤。

"离老师远才方便搞小动作嘛。"她又语出惊人了。

"能不能随便造谣吗?"谈墨非常认真地说。

洛轻云低着头很轻地笑了一下:"造谣?"

"行了,我们不谈论你俩的事情了。"耿劲柔看向姜怀漾,"姜先生不要介意,我们外勤队员面对生死考验,压力很大,所以喜欢……开一些玩笑来放松一下。"

姜怀漾笑了笑说:"没关系的。让我们进入正题吧。我只是想知道我的兄长姜怀洋在过世之前到底做了什么,详细的情况是什么样子。"

姜怀漾身边的律师托了一下眼镜,开口道:"如果无法说服我们的话,我们将向灰塔提起诉讼,并且对你们的研究项目撤资。"

"好的好的。"耿劲柔点了点头,示意夏乘风可以开始了。

夏乘风打开了会议桌上的全息电脑，展示姜怀洋的尸检报告。

"根据灰塔守则第二十二条，很抱歉姜怀漾先生你无法亲眼见到，也无法回收你兄长姜怀洋的遗体了。根据对他遗体的测试，他的开普勒数值超标了近五百倍。检测报告已经发送到了你的邮箱，检测全程都是由你们深宙集团研发的主电脑和测试系统完成的，我们无法作弊……"

姜怀漾做了一个暂停的手势，笑道："我想您误会我的意思了。对于我兄长越界这件事，我相信是真的。以我们深宙集团的影响力，灰塔还不敢公然射杀我们的家族继承人。我想问的其实是，越界之后，我哥脑袋里的肿瘤——还在吗？"

现场大概有两秒的安静，讲解担当夏乘风没有想到姜怀漾会这么直接地问出这个问题。

但是姜怀漾的目光很坦荡。

谈墨能明白姜怀漾的想法：兄长已经死了，越界也是板上钉钉，去责难灰塔毫无意义，而且还会失去在开普勒问题上的盟友。那么兄长走的路到底值不值得，这才是姜怀漾需要关心的事情。

昨日之事不可追，更重要的是当下。

这一点倒是跟洛轻云很像，谈墨下意识瞥了洛轻云一眼，洛轻云倒是很给面子地一直看着夏乘风，虽然谈墨一点都不相信他在认真听报告。

"这个……经过脑部扫描，姜怀洋颅内的肿瘤几乎挤占了他大脑的三分之二。他最后死于肿瘤破裂，在他的肿瘤里，我们发现开普勒值超标近六百倍。我们合理怀疑是开普勒能量导致了他肿瘤加剧恶化。"夏乘风说。

姜怀漾闭上眼睛，轻轻叹了一口气："失败了啊。"

"'失败了'？"耿劲柔的眼睛眯了起来，声音从之前的客气变得暗含愠怒："小姜总，你不会真以为你哥哥这条路有可能走得通吧？你真以为和开普勒基因融合之后就能治愈你们的肿瘤？不是每个人都那么好命能成为融合者的！整个开普勒世界的侵蚀就像癌症，你哥哥肿瘤的恶化就是最明显的标志！你即将成为深宙集团的下一个掌舵人，难道拎不清这件事的轻重吗？"

面对耿劲柔的质问，姜怀漾不但没有生气，反而有一种不符合年纪的平静。

"我哥走的路，和探索联盟从异星球把开普勒生物带到地球上有什么区别？一样都觉得自己可以控制开普勒生物，一样都没有成功罢了。"姜怀漾反问。

一直沉默的洛轻云终于开口了："你真的了解开普勒生态吗？"

姜怀漾愣了一下，随即那双沉敛的眼睛里闪烁起了光亮，那是崇拜。

谈墨好像看到了自己的学生时代，每次谈起洛轻云的时候，自己的眼睛应该也是那样闪烁的。

"洛队，我当然不可能像您那样了解。如果您愿意告诉我，我会很认真地学习。"姜怀漾一脸真诚地说。

那样子，仿佛他是学校里坐第一排的好学生，而洛轻云则是他最喜欢的老师。

"开普勒生态拥有它们严明的等级，同一个生态区里的所有生物在共同的思维网里，完全服从于它们的种子，而种子往往是这个生态区内最尊长的存在。听到这里，你是不是觉得你哥哥做了种子就可以高枕无忧——尽情享受控制领域内其他开普勒生物那神明般的优越感了？"洛轻云说。

姜怀漾没有正面作答，只是诚恳道："事实上，我兄长所选择的确实是历史非常悠久的开普勒生物的基因——我所说的历史并不是它们在地球上的，而是从开普勒22B上的年龄开始计算的。"

谈墨在心里呵呵，果然当初深宙集团参与开普勒探索的时候，就存了私心。

"古老悠久，就像吸血鬼家族一样，你觉得你哥哥姜怀洋拥有的是处于金字塔顶端的血脉？"洛轻云笑了，笑容很轻，但又有一种清醒的残忍，"但即便是越界之后成为'高级开普勒种子'的他，也被另一个超级开普勒生物所控制着。"

"你……这是什么意思？"姜怀漾的目光终于有所动摇。

"还要我说得更明白吗？你的哥哥为什么要创造镜像桥来对付我呢？为什么不坐着他的直升机回到开普勒生态区，而是要暴露自己呢？这是因为有另一个等级比他更高的开普勒生物控制着他。"洛轻云的每一个字都温和、清晰，那双含笑的眸子里，无形的压力涌向姜怀漾。

姜怀漾张了张嘴，却没有说出话来。

"小朋友，你觉得为什么所有融合者都畏惧越界？"洛轻云问。

姜怀漾回答："因为越界之后就不再是人类了？"

洛轻云笑出声来，颇有一种嘲笑的意味。

"是因为融合者还保留着人类的思想，这就意味着思维的独立。我们自己为自己做每一个决定，用我们自己的标准来衡量每一个人、每一件事的价值。但是越界之后就不一样了，哪怕你体内的开普勒基因来自最古老的生态区，也不代表你是开普勒的万物之源。你注定会臣服于另一个更高级别的种子，你的哥哥姜怀洋就是最好的例子。"洛轻云说。

姜怀漾沉默了，他咬着下唇，似乎有点不甘心。

洛轻云看向耿劲柔说："时候也不早了，明天还要陪中心城的专家做评估，我和谈副队就回去……"

"如果我们能找到开普勒的'万物之源'呢？"姜怀漾忽然开口。

听长篇大论听困了的谈墨昏昏欲睡，此刻被"万物之源"四个字惊醒，整个会议室里的人都看向了姜怀漾。

"你是说开普勒生物的初始样本吗？那最早就不存在了。"洛轻云说。

"那个样本……"姜怀漾的话还没有说完，就被旁边的律师给制止了。

"姜先生，我们和灰塔之间有保密协议。如果灰塔认为洛队长可以知道初始样本的信息，他自然会知道，而不是由我们来告知。"

耿劲柔也笑了一下："姜先生，如果没有其他的事，今天……"

姜怀漾拳头握紧，冷不丁站了起来，他的目光忽然从之前的懵懂，变得有一股不达目的不罢休的韧劲。

"洛队，如果我雇佣你呢？"

谈墨听到这里，眼睛亮了起来："哦豁，跟灰塔抢人！"

耿劲柔完全没想到这一茬，张了张嘴，一时之间竟然不知道说什么。

洛轻云深谙谈判之道，笑而不答。

姜怀漾十有八九脑子里也有肿瘤，所以才会急不可待地向洛轻云伸出橄榄枝，这也是洛轻云探一探深宙集团底线的最佳时机。

律师想阻止姜怀漾继续说下去，但姜怀漾看见洛轻云站起身打算离开的样子，就已经沉不住气了。

洛轻云走过了谈墨的身后，一只手勾住谈墨的后衣领，将他拎了起来："我和我的副队长累了一天了，该回去睡觉了。"

姜怀漾离开了座位，高喊道："洛队！"

谈墨被拽了个踉跄，叹了口气说："姜先生，你赶紧把条件甩出来吧！千万别说给他钱，这家伙不缺钱！"

走那么着急干什么啊，这热闹他还没看够呢！

姜怀漾开口道："你知道凌喻是怎么死的吗？"

谈墨顿了一下，他发现坐在主座上的耿劲柔脸色变了。

洛轻云转过头来，终于露出了"有点意思"的表情。

"灰塔的教科书里不是说，她为了防止研究基地里的开普勒生物样本逃逸，所以自杀了吗？"谈墨说。

虽然在灰塔培训的时候，谈墨就不喜欢上理论课，但好歹他所有科目都及格了。

凌喻这样的天才学者，也是在开普勒生物学领域里走得最深最远的学者，她的死亡被教科书描述成救世主一般，类似于科幻电影里那种一颗彗星即将撞击地球，宇航员驾驶飞船炸掉了彗星牺牲自己拯救全人类的故事。

"凌喻牺牲的时候，刚满三十岁。"姜怀漾说。

"嗯，正是大好年华，是一位女性有了一些阅历，褪去稚气、走向成熟的年纪。然后呢？"谈墨摊了摊手，追问道。

耿劲柔咳嗽了一下，示意夏乘风先出去，也给了谈墨一个眼神。

到这里就算是傻子也明白凌喻的死有猫腻，只不过她之前的理论研究太过出众，以至于灰塔无法抹杀她的存在，只能美化她的死。

谈墨拍了拍洛轻云拎着自己后衣领的手，遗憾道："兄弟，这秘密我不能听。您自己享受接触灰塔核心机密的优越感吧。"

谁知道洛轻云一把将谈墨摁回了椅子上，冷声道："谁也不许离开。"

谈墨被洛轻云扣在肩膀上的手捏疼到五官变形，赶快改口："不走不走！一个都不走！洛队不就是怕只有他知道了灰塔的核心机密结果被灭口吗？要死大家一起死！一个都不能少！"

耿劲柔这次是真被呛到咳嗽，他瞪向谈墨说："信不信我现在把你灭口！"

"还说吗？不说我就带着我的副队长回去睡觉了。"洛轻云淡淡道。

耿劲柔的表情沉了下来，他企图暗示姜怀漾闭嘴："既然今天大家都累了，那就回去睡觉吧。明天中心城的评估专家还有问题要问洛队。"

但是姜怀漾不为所动，开口道："凌喻不是自杀，她是被自己的孩子杀死了。"

这句话就像深水鱼雷炸下来，每个人的心里都是巨浪滔天。

凌喻不是自杀？凌喻竟然有孩子？

这么多年大家都感慨凌喻这样的高智商人类没有孩子简直就是浪费了大好基因，闹了半天人家其实是有孩子的？

凌喻才三十岁，她孩子年纪多大了，竟然能干掉自己的妈？

无数个问题在谈墨的脑海中回荡。

"姜怀漾！"耿劲柔"唰"地站了起来。

姜怀漾的声音有些紧绷，这个秘密估计除了灰塔的高管，就只有深宙集团的董事会核心才知道，但他还是坚持说了下去："凌喻……她确实是个天才，但她也是人类。你们想想她凭什么对开普勒生态那么了解？正是因为她才是我们人类之中的第一个融合者！"

这个消息太震撼了，谈墨有点消化不良。

"她是融合者，她的孩子也只可能是融合者，怎么就……"洛轻云的话说到一半，似乎明白了过来，"你是说她的爱人也是融合者？但两个融合者生下……"

"您想明白了？"姜怀漾走到了洛轻云的面前，看向他的眼睛，"凌喻是开普勒生物选择的'夏娃'，感染她的就是最原始的开普勒基因，她的爱人就是被选中的'亚当'。这两人的孩子，拥有完整的开普勒能力，他不仅能适应地球的生态环境，而且很可能连接着整个地球的开普勒生态。只要找到他、干掉他——洛轻云你就自由了。你再也不用担心越界后失去独立思考的能力，就算你越过去了，以你的开普勒生物级别，也没有人能控制你。"

这是非常大的诱惑。

洛轻云游走于危险之中，无论是在克莱因之瓶中挣扎，还是走入镜像桥，都是为了摆脱开普勒世界的控制。

如今，姜怀漾向他提供了一个获得自由的可能性，这确实很难拒绝。

"能力卓著的融合者有很多，虽然我声名在外，但你的选择并不是只有我。为什么要告诉我这个秘密？"洛轻云问。

"……你有一双和我哥哥很像的眼睛。"姜怀漾轻轻说。

洛轻云很轻地笑了，接着就像是听到什么极为荒谬的事情，笑声越来越大。

大家不知道他为什么发笑，但是谈墨在他的笑声里听出了寒凉的自嘲。

"抱歉，我不是你哥。故事编得不错，但你没对我说实话。"

这一次，洛轻云一点停顿都没有地走了。

谈墨看向耿劲柔，发现他的表情放松了不少，这就说明洛轻云说得没错——姜怀漾讲的并不是全部的事实，至少不是灰塔真正的核心机密。

"那什么，我也回去睡了。"谈墨揣着口袋说。

银湾市被开普勒生态入侵的最主要原因多半是姜怀洋，现在姜怀洋已经死了，银湾市在经过评估和调查之后，估计就要进行重建，预计一到三个月之后市民就能恢复正常生活了。

只是那个控制姜怀洋的更古老的超级开普勒生物，到底在哪里？

谈墨跟着洛轻云的身后进了电梯。

洛轻云从离开会议室开始，整个背影轮廓都变得冷硬了起来。

谈墨知道这人的本质是生人勿近的，但当他毫不掩饰地表现出疏离感的时候，自己又难免有点不舒服。

"那啥……你跟那个姜怀洋是同父异母吧？"

洛轻云没答话，谈墨自讨没趣，也就不说话了。

直到电梯抵达地下车库，洛轻云才开口说："问我这个问题，谈副队的头真铁。"

"不是，姜怀漾那意思，就是说你跟你爸的眼睛长得很像嘛。"谈墨又说。

洛轻云转过身来看向谈墨，眸子里没有一点温度，他看着谈墨，像是想从他那里获得某种慰藉，可如今只有满心失落。

"谈副队，我没记错的话，你刚才还对我退避三舍。现在黏上来……"

"我见过你爸。"谈墨直接打断了洛轻云的话，"你爸长得可难看了，眼珠子都是爆出来的，还把口水滴到我衣服上。我就是想告诉你，小姜总说你眼睛长得像他哥之类的，都是放屁，是在跟你套近乎博同情。"

"哦？"洛轻云的唇线终于绷得没那么紧了。

"你从头到脚好的、漂亮的、让人有好感的基因，肯定都是洛明筠给你的。"

洛轻云看着谈墨，像是要从他的话语里捕捉到什么，但是谈墨后退一步回到电梯里，摁下了关门键。

洛轻云无奈地一笑："你既然想安慰我……那还躲得那么快干什么？"

电梯里的谈墨也冲他笑了一下："我乐意！"

回到一楼，谈墨刚走出去，就看到月亮底下有个骑着机车的身影在等他。

谈墨咧嘴一笑，立刻冲过去，想也不想地蹿上后座："阿哲！你在等我对不对？"

"你最好给我解释一下，为什么我这辆车的侧面被蹭掉了漆？"李哲枫的声音从头盔里传出来。

"啊……这个……正常磨损嘛。"

"我出勤的这段时间你是不是天天骑我的车？蹭掉漆了你也不去补？"

"我这不是想累积起来一起补嘛！"

李哲枫的白眼都要翻出头盔了："我看你是在累积你的脸皮厚度吧！"

他们开回公寓，李哲枫和谈墨住在不同的单元。分别之前，李哲枫忽然叫住他。

"问你一下，在理工大学你说你听到了上天台的脚步声……那个是怎么回事？"

"哦，那个啊……姜怀洋说那叫什么'白驹停隙'……估计是原本用来吸引洛轻云的，但没想到被我给听到了。"

李哲枫目光一沉，走了过来。

"怎么了？"

李哲枫把手摁在谈墨的头顶，闭上眼睛。谈墨一开始还不明白发生了什么，但转念一想忽然反应过来了。

"白驹停隙"是开普勒生物的能力，按道理只有开普勒生物或者融合者能够感应到姜怀洋留在原地的信息，可为什么自己听到了？

心脏的跳动一下比一下更加沉重，胸腔也跟着震颤不已，谈墨不断地回溯，自己到底是在什么时候被开普勒生物感染的？

是克莱因之瓶吗？

不，他在掉下去之前就被洛轻云接住了。

或者，是洛轻云邀请自己进入他的开普勒世界的后遗症？

谈墨的额头一疼："哎哟，你干啥！"

李哲枫在他的脑门上敲了一下。

"没感觉到你体内有开普勒能量。"李哲枫说。

"那我为什么……能听见姜怀洋的'白驹停隙'？"谈墨问。

"这个……我不知道，但我们可以一起找答案。但是有一点你必须记住。"李哲枫的目光沉了下来。

"你说。"

"明天在中心城的人面前，死都不要说这件事。"

谈墨不解地问："为什么？我不该向中心城的人反馈吗？"

"当时吴雨声就跟在你的身边，他也是融合者，为什么吴雨声却听不到？姜怀洋身为深宙集团的董事长，可能拥有一些连灰塔都未必拥有的高尖技术，我当时不在现场，无法辨别这到底是真正的开普勒能力，还是只是某种留声技术。如果你贸然跟中心城的人坦白，你信不信自己马上就会被关起来当成小白鼠？"李哲枫说。

"而且，就算我的感应出错，不至于洛轻云也感应不到你体内的开普勒能量吧？"李哲枫的分析确实逻辑清晰，很有说服力。

"明天针对所有银湾市灰塔人员会有血液检测和细胞扫描。就算你真的能避开我和洛轻云的感应，总不至于连检测手段都对你没用。"

谈墨点了点头："那我不想那么多了，回去睡觉了。"

"嗯，早点睡。明天见着中心城的专家，可别现在这副被掏空的样子。"

"你才被掏空呢。"

谈墨回了自己住所，一进门他就有点儿紧张。

不知道洛轻云回来了没有。

唉，想那么多干什么，阳台门关好，窗子锁上，蒙上被子倒头就睡，他就不信洛轻云还能跳阳台过来找他。

由于银湾市进入一级戒备，灰塔的公寓区显得无比寂静。

在他隔壁的公寓，洛轻云靠着沙发坐下。他听见谈墨回来的声音，甚至能分辨出对方走出电梯时踌躇的停顿。他有点无可奈何地笑了一下。

姜怀漾那句话依然像针一样扎在洛轻云的心头。

洛轻云也曾经对自己的父母好奇过。

他只看过母亲的照片，眉眼漂亮，气质大方，是个毋庸置疑的美人。从自己的五官里能够找到许多洛明筠的影子，洛轻云一直以为自己长得像洛明筠。

后来他被梁幼洁收养，离开了中心城基地，开始正常的人类社会生活，甚至考上了北辰市的重点高中。

高三那年，银湾市理工大学到他们高中来提前招生，当时已经贵为学术界泰斗的许令飞在他们学校演讲。

他穿着一身笔挺的西装，明明年近五十，却以睿智文雅的气质俘虏了几乎一整个学校的师生。

仰望着他的洛轻云忽然意识到自己跟这个男人长得有多么相似，特别是那双眼睛，眼窝深邃，轮廓精致，就连文质彬彬的虚伪气质……都一模一样。

就是这双眼睛，让未经世事的洛明筠陷入爱河，也是这双眼睛让洛明筠从绳索上坠落的时候……陷入无限的绝望。

没有人知道，母亲把最深刻的记忆留给了他，她爱许令飞的眼睛，生命最后看到的却是那双眼睛里人性的扭曲和丑恶。

偏偏今天，姜怀漾又要提起自己那双和许令飞相似的眼睛，大概是以为这样能唤起自己对血缘的少许眷恋。

可惜，洛轻云从来都没有享受过半点来自血亲的温暖。

如果说有，也是谈墨说的——因为洛明筠深爱着他，母爱的强烈本能影响了高度思维化的开普勒生态基因，才让他在婴儿时期没有被开普勒完全侵蚀，保留了身为人类的独立性。

还是今天，如果不是谈墨说"你从头到脚好的、漂亮的、让人有好感的基因，应该都是洛明筠给的"，洛轻云都怀疑自己今晚会不会把姜怀漾那小子掐死。

洛轻云来到了阳台，点了一根烟。

远处是暗淡到荒芜的城市夜景，他的邻居阳台门紧闭，窗子都锁上了，一副"防火防盗防洛轻云"的架势。

"你就是打上钢梁，我想进去你也拦不住啊。"

洛轻云朝着对面吹了一口烟。

谈墨进了厨房，本来想拿罐可乐，结果发现冰箱里什么库存都没有。

已经凌晨两点多了，谈墨扯起衣领闻了闻，自己身上都有点臭了，这一整天实在太惊险。

他进了浴室，打开花洒。累了一天能冲个热水澡，就是人生中最幸福的事。

谈墨捋一捋头发，随口哼起了歌。

"我的宝贝宝贝，给你一点甜甜，让你今夜都好眠……"

隔壁的洛轻云本来打算回卧室小睡一会儿，但是浴室那头传来的没心没肺又完全不在调上的歌声，让人睡意全消。

洛轻云打开了冰箱，取了一瓶矿泉水，走进自家的浴室，向后贴着浴室的墙。

这世上一切让他烦恼的东西，开普勒生态也好，许令飞也好，都是多余。

第六章
似曾相识

　　第二天会议开始前,谈墨抵达灰塔,首先迎接他的就是血液检测,江心源亲自为他采血。
　　"谈副队,你手颤得有点厉害?你该不会在紧张吧?"江心源问。
　　是的,他就是在紧张。他能听到姜怀洋的"白驹停隙",还被洛轻云带去了开普勒世界,搞不好已经感染了。
　　当然,这些只能放在心里。谈墨笑着回答江心源说:"什么克莱因之瓶还有镜像桥我都见过了,验个血我紧张什么?今天早上没吃饭而已。"
　　这时候,有人将一块巧克力面包直接搋在了他的脸上。众人齐齐看了过去,只见穿着一身灰塔制服的李哲枫从谈墨身边走过去。
　　他表情冷硬,漂亮的五官自带威慑力,吸引着目光,却又杜绝了一切遐思。长期在外没时间打理的长发被一丝不苟地扎成马尾,不显柔美,反而增添了几分利落。
　　谈墨把袋子拆了,狗腿地笑着咬了一大口,巧克力奶油都挤到了脸颊上。
　　"白痴。"李哲枫走了进去。
　　无数的目光追随着李哲枫的背影。
　　"李队回来了……气场就是不一样!"
　　"你是没看到李队一把黑火烧光了地铁站里的开普勒生物,真是厉害!"
　　"啧啧,李队回来了,谈副队又要叫苦连天了吧?"
　　谈墨皱起眉头,不满意地回嘴:"什么意思啊?什么意思??"
　　江心源扯了一张餐巾纸,示意谈墨擦擦嘴角的奶油:"谈副队,你的血液检测没有问题,请进行细胞扫描。"
　　谈墨呼出一口气来,走进了扫描通道。无数光线掠过他的身体,他心跳得有些厉害,直到他走出通道,看到显示屏上的"正常",这才终于完全放下心来。
　　来到最大的那个会议室门口,谈墨探着脑袋往里瞅,不为别的,就是要确定洛轻云在哪儿,自己得找个离他远远的位置。
　　这次的会议出席人数很多,除了轮值和在外执勤的部队,其他部门从银湾市灰塔管理层、外勤部队、治安部队、装备处,到属员庞大的后勤保障部门,全到齐了。
　　近千人都穿着统一的制服,还真的挺难一眼找到洛轻云的。
　　"这样的话,随便坐就好啦!"
　　谈墨松了松领口,刚直起背,耳边拂过一阵温热气息,带着笑意的声音响起。
　　"我看了你十多分钟,你到底在找什么呢?"
　　谈墨头皮一麻,向后一退,后背撞上了某人的胸膛,对方纹丝不动。
　　不用回头也知道是洛轻云。谈墨立刻向前一步拉开距离。
　　"我看……看李哲枫坐哪儿。"谈墨说。
　　洛轻云的双手揣在口袋里,低下头凑向谈墨:"哦——然后呢?"

第六章 似曾相识

谈墨立刻解释："当然是他坐哪儿我就不坐哪儿，省得他妨碍我开小差。"

"我还以为你在找我呢。"

洛轻云还是靠得很近。谈墨匆匆瞥了一眼，洛轻云抬起眼睛的时候，眼睫毛就跟要扫过他的眼球似的。

走廊那头传来了脚步声，应该是中心城的专家来了，可他俩还在这里聊天。

谈墨突然就领悟了——洛轻云就是故意想要中心城的人看见他和自己副队长很亲近，关系很好。

这就像是一种示威，中心城曾经剥夺了洛轻云做普通人的权利，而洛轻云想让中心城的人知道，这世上还是会有人和他维持正常而亲近的人际交往。

脚步声越来越近，还能听到耿劲柔和某位专家说话的声音。

谈墨一手搭在洛轻云的肩膀上，笑着说："要是你也不乐意开会，咱俩可以一起坐在最后一排斗地主、看电影，坐着不动溜号也行。"

"朗朗乾坤，青天白日，谈墨你这家伙也太肆无忌惮了吧，这是要把洛队带坏？"耿劲柔的公鸭嗓响起。

"耿先生。"洛轻云侧过脸颔首一笑。

谈墨趁机一弯腰，从洛轻云的身边快速溜进会议室。

江春雷一眼就看到了他，热络地朝谈墨挥手："谈副队——这边！这边！"

不愧是他谈墨的旧部，吴雨声、常恒以及写完报告的实习医疗兵王小二都非常有默契地坐在倒数第三排。他们这位置就算开桌麻将，讲台上的领导也未必能看见。

谈墨赶紧坐了过去，长长地呼出一口气来。

他发现再前面一排坐着的就是庄敬和安孝和他们，并且还留了个空位，估计是给洛轻云的。

谈墨捅了一下安孝和："像你们这样的精英，不应该主动坐到前三排去吗？"

安孝和笑了笑："谈副队，天下乌鸦都是一样黑的。"

洛轻云不紧不慢地走进来，来到谈墨的前面，弯腰坐下的时候，低声说了一句："谈副队，你的铭牌掉出来了。"

"啥啊？"谈墨低头，看到的只有少系了一个扣子的衣领，铭牌好端端地在衬衫里面呢。

洛轻云就是故意逗他的。

会议很快开始，耿劲柔上了讲台，开始念那份冗长的报告，分析银湾市遭遇开普勒生态侵袭的主要原因——姜怀洋利用从非正规渠道获得的开普勒生物将自己感染，最终越界。这些，他们外勤一队早已烂熟于胸。

底下开始斗地主，谈墨一骑绝尘，快把老常女儿的奶粉钱都赢光了。

整个会场忽然响起一阵掌声，坐在前排的灰塔管理层纷纷站起身来，簇拥之下，一位五十岁左右的男人走上了讲台。

"竟然是中心城基地的何映之，目前最权威的开普勒生物学家，也是凌喻的师弟。"吴雨声用胳膊撞了撞谈墨，示意他不要玩了，给专家一点尊重。

谈墨也没有料到中心城竟然会把何映之派过来，他可是国宝级的学者，出入都有专人保护。银湾市这一次开普勒入侵到底有什么特别之处，竟然能出动何映之？

何映之和谈墨印象中的学者不同，他不像许令飞那样非常注重外表，没有穿西装,甚至连副学究气质的眼镜都没有。他就穿着一件没什么版型的线衫,肩头部分微微起了毛球,他站在讲台上显得还有点紧张,摸了摸自己耳边翘起的碎发,看着就是一个有社交恐惧症的实验室研究员。

"那个大家好,我是……何映之,今天我来是跟大家部署一下银湾市清除开普勒生物的工作。昨天夜晚,我们已经派出千余架无人机对全市进行生物扫描,并发现了一些较为低级的开普勒生物残余。对此,灰塔不能掉以轻心,在全部清理完成之前,广大市民还无法恢复正常的生活和工作。"

谈墨撑着下巴,看着何映之。

"谈副队,你听得好认真啊。我还以为像何教授这种说话慢悠悠的风格,催眠效果成倍,你会立刻睡着呢。"吴雨声说。

谈墨眯起眼睛道:"你们觉不觉得这个何教授……看着有种很熟悉的感觉?"

"熟悉的感觉?"吴雨声仔细思考了一下,"他发表的学术论文很多,教科书上也有他的照片。"

"不……不是在报纸杂志上看到名人的感觉,好像……我们认识很久了一样。"

吴雨声还没来得及接茬,台上耿劲柔就开始宣布接下来的分工——由一队负责保护何映之进入已封闭的地铁站,实地勘查出现过克莱因之瓶和镜像桥的位置。

吩咐完,耿劲柔又来了句"我再说两点",谈墨忍不住大声叹气,毕竟这两点耿劲柔可以发挥出两个小时来。倒是何映之及时阻止了他。

"耿先生,我们还是赶紧进行清理和勘查吧。时间就是生命,遗留的生物痕迹随时有可能消失。对于细节,等之后我们再研究也可以嘛。"何映之的表情真诚到让耿劲柔接不出下一句话。

谈墨忍不住鼓起掌来:"可以啊,何教授实干型!"

实在是太明目张胆,太不给耿劲柔面子了。为了掩护自家副队长,吴雨声和常恒也非常有默契地跟着鼓掌,顺利带动了周边,很快整个会议厅都鼓起掌来。

铁青着脸的耿劲柔就是想找出第一个鼓掌的人都难了。

会议总算是结束了,洛轻云和谈墨被叫去办公室与何映之见面。洛轻云很显然是认识何映之的,两人一直都在说话。

谈墨只要在洛轻云高超的社交能力下插科打诨就行了。

洛轻云当然是察觉到了谈墨的小心思,故意放慢了脚步,走过转角的时候,他向何映之做了一个"稍等"的手势,点开自己的通信器状似要给某人发信息。

忽然的安静让谈墨以为自己跟丢了,加快脚步,转了个弯就撞上了何映之。

"啊呀!"

何映之的保温杯掉了下来,谈墨眼明手快,一个半蹲,轻松接住了他的杯子。

洛轻云笑了:"谈副队,你在后面磨磨蹭蹭地干什么呢?"

谈墨知道洛轻云是故意的,没理他,先把杯子递给了何映之:"何教授,不好意思撞到你了。"

"没事没事,是我没拿稳嘛。"何映之好脾气地笑了一下,抬眼和谈墨对视。

那一瞬,他很明显地怔住了,手伸出去,却没有接住杯子,而是靠近谈墨的脸。

他的指尖刚碰上谈墨的脸颊,就被洛轻云挡住了。

"何教授,您怎么了?"洛轻云微笑着问,但很明显地将谈墨挡在了自己的身后。

第六章 似曾相识

何映之瞬间回过神来，露出腼腆的笑容："不好意思，真不好意思……我看到这位……"

"这是我的副队长谈墨。"洛轻云说。

"哦哦，我看到谈副队眼角的这个……这个小疤……应该是被米诺斯虫伤到的吧？"何映之一边说，一边把保温杯接过来。

"何教授好眼力。很多人还以为是颗痣呢。"谈墨心里很清楚，何映之刚才的表情并不是对自己眼角的疤感到好奇，而是一种……难以置信。

但是，当试图触碰自己的时候，谈墨非但没有抵触的感觉，反而想去亲近。

何映之身上是和自己一样的、灰塔统一配置的洗衣液味道，但除去这些，谈墨好像还能闻到他身上某种特别的味道。

像被人抱着，晒着暖暖的太阳。温柔而溺爱。

"那洛队、谈副队，一会儿的考察工作，就麻烦你们了。"何映之微笑着说。

"那是当然。"洛轻云点了点头，"我们去趟装备处，一个小时后来接您。"

"好。"何映之点点头，便离开了。

何映之这么多年被灰塔保护得很好，基本没有在公众场合露过面；而且他的研究室在中心城，谈墨压根就没怎么去过中心城。

谈墨看着何映之的背影，思考着自己在哪里见过他的可能性。

"你好像很在意何教授？"洛轻云的声音响起。

"目前开普勒生物研究领域就数他德高望重，有谁会不在意吗？"

谈墨觉得这问题莫名其妙，说完也没等洛轻云，转头就走了。

领完了装备，一队的队员们开始做最后的确认。谈墨一个人找了个角落检查自己的配枪、弹夹还有其他狙击配件。

吴雨声在谈墨的身边坐下，用胳膊肘撞了撞他，压低了声音说："怎么，你跟洛队又闹不开心？"

"哈？你这个结论是怎么得出来的？"谈墨反问。

"是不是因为你盯着何教授看了一个上午？"吴雨声又问。

谈墨一脸问号："你上课的时候不看教授，看天花板吗？"

"别装了，你上课一定是玩游戏的。你那么认真地看了何教授整整三个小时……让我不得不怀疑何教授是不是长在了你的审美点上？"

"李哲枫才是我的审美好吗？要不是他太凶，我会把眼睛挂他身上。"谈墨没好气地回答。

不远处的洛轻云很轻地笑了一下。为了李哲枫的人头，谈墨立刻闭嘴了。

大家陆陆续续离开装备室，停车场停着几辆严阵以待的SUV。上了车，其他人自动留了两个相邻的位置给他们的正副队长。

何映之一直被中心城的一支小队保护着，不住灰塔，而是留在飞行器上。一旦有任何危险情况，这台飞行器会带着何映之直接起飞。

当谈墨他们抵达的时候，就看见何映之穿着防护服走了出来。

技术控江春雷凑到谈墨的耳边说："谈副队！谈副队！看到没有，那是灰塔最高级别的防护服，稀有金属制造的，整个灰塔不超过三套。"

"听说过。"谈墨点了点头,"据说穿着这套防护服,就算被克莱因之瓶吞了,也能坚持至少三个小时……当然是在氧气充足的情况下。"

"谈副队,你想不想摸一下,感受一下代表最高科技结晶的防护服是什么手感?"江春雷技术宅的毛病又犯了。

"擦一下你的口水,小心被何教授的警卫员打爆头。"谈墨抬了抬下巴。

江春雷这才注意到何映之的身后跟着一个身型高大、面容严肃的男人,从装备来看应该是外勤部队出身,而且多半也是融合者,名字好像是叫贺泷。

何映之上的是另一辆车,上车之前视线和洛轻云相对,何映之微微颔首,看来还挺把洛轻云当成一号人物。

而洛轻云也很难得地收起敷衍的笑意,向对方点了点头。

"洛队,你认识何教授?"江春雷问。

"那当然,我们洛队可是中心城灰塔直接培养的人才。"安孝和一脸自豪地说。

洛轻云看向谈墨问:"谈副队对何教授的防护服也有兴趣吗?"

谈墨回答说:"大家都会感兴趣的吧。毕竟这种技术如果能用于外勤部队的作战服,以后外勤任务的成功率和生还率都会高很多。"

洛轻云朝着谈墨伸出了自己的手,谈墨立刻向后靠,后背紧贴着椅背。

"干什么?"

"给你研究啊。"洛轻云的手指微微弯曲,又打开,特殊的光泽感在他的手套上流动起来。

"我才不想研究你的手。"谈墨托住洛轻云的胳膊肘,将他的手推回去。

洛轻云笑了:"谈副队,想什么呢?我的手套与防护服是同一种材质的。"

江春雷这个大傻瓜把脑袋伸了过来:"是真的吗?让我摸摸行吗?"

他的手还没伸过去,吴雨声就一把将他捞了回来。

"你可长点心吧!也不知道看看气氛!"

江春雷稀里糊涂的,还摸不着头脑,车厢里早已陷入一片清明的寂静。

谈墨能感觉到大家的视线若有若无地瞥向自己,在心里冷笑。

小兔崽子们,给你们机会多看我两眼,一会儿我就请你们吃子弹。

抵达目的地,坐在外面的庄敬和楚好先下了车,洛轻云也在谈墨之前下去了。等谈墨下车的时候,候在车门外的洛轻云托了一下谈墨的胳膊肘。

谈墨心头一慌,差点崴到脚。但他避开洛轻云,没事人一样昂首挺胸向前走。

"谈副队,你同手同脚了。"洛轻云站在车门边,看着谈墨的背影说。

谈墨充耳不闻,走向被封闭的地铁站口。

李哲枫已经带着队伍守在外面了,他看见谈墨,开口说:"我们研究了一下,从这个位置开道,可以直接进入被隔离的生态区。我们留在外面接应,有事情叫我们。"

何映之的车也很快抵达,车门打开,他从车里走了出来。

谈墨从车子的反光镜里看到何映之下车之后,好几次看向自己的方向,短短五六分钟,何映之起码看了五次了。每当谈墨转过头去回视,他就会立刻装作无意的样子跟自己的警卫员聊天或者看资料。

这么来来回回的,有话又不说,谈墨的眉头皱了起来。

"谈副队,你跟何教授表演'视线交错'起码五个来回了。"洛轻云的声音在谈墨耳畔响起。

谈墨本能地要后退，但他告诉自己一定要适应洛轻云的"神出鬼没"，他一脸平静地回答："对啊，我都要怀疑这个何教授是不是暗恋我了。"

"何教授大了你二十岁。"洛轻云说。

谈墨摸了摸下巴，恍然大悟："哦，所以搞不好——我是他流落在外的儿子呢！"

恰好此时，江春雷对隔离区进行了爆破，"砰"的一声巨响。何教授惊得向后一退，被他的警卫员贺泷扶住。

而谈墨没有被吓到，因为洛轻云的双手就捂在他的耳朵上。

常恒扯着嗓子大声骂："江春雷你个龟孙！起爆前不知道跟大家说一声吗！"

大家虽然在抱怨，但都麻利行动了起来，不是架设仪器就是操控无人机飞进去探查隔离区的情况。

只有谈墨站在原地一动不动。

洛轻云掌心的温度透过金属手套传递到谈墨的耳郭上。

整个世界旋转起来，有那么一瞬间谈墨找不到自己的重心，而洛轻云的指尖就轻轻碰在他的额边，仿佛自己只要动一动，就会有无形的力量透过对方的指尖，进入他的大脑。

洛轻云的手放了下来，从后面扣住谈墨的肩膀晃了晃："谈副队，你怎么了？"

谈墨醒过神来，一把挥开洛轻云的手。

"没什么。洛队，一会儿我们就要进入生态区了。我知道你能力卓著没什么怕的，但是我不一样，如果我不专注的话，我没办法完成自己的职责。"

"嗯。"洛轻云点了点头，示意谈墨继续说下去。

"何教授身份特殊。开会的时候我还在想，他一个顶级学者为什么要跑到我们这样的边境城市来，后来他说要考察地铁站里的生态区的时候，我才明白了。他是来对镜像桥进行研究的。他不是融合者，只是个普通人类，他本可以留在飞行器里观看无人机传递的影像就好，但他选择亲自考察。我很尊重他，所以想保护好他。"

谈墨吸了一口气，把心里的话说了出来。

洛轻云看着谈墨的眼睛，缓缓地收起了所有的表情。

"谈墨，我问你一个问题，你回答我实话。"

谈墨叹了一口气，这家伙又来了。

"你也会为了要保护我而无法专注吗？"洛轻云问。

谈墨愣了一下。

江春雷的声音突然响起："洛队！谈副队！我们要进去了！"

"来了——"谈墨一边赶紧回答，一边回头看了洛轻云一眼，"我专不专注，洛队难道不知道吗？"

洛轻云的目光微微呆了一下，嘴唇弯起很浅的弧度。

身为融合者的洛轻云第一个进入隔离区。

脚踩在药剂凝固后的碎粒上，发出"咔嚓咔嚓"的声响。地铁站里的电路已经中断了，洛轻云凭借高超的夜视力，将里面的一切看得很清楚。

无人机在他的前面飞行，扫描地铁站里的情况，并形成3D图像回传。

洛轻云感觉不到任何高级开普勒生物的存在，之前融合嵌入墙体的开普勒生命体也在衰亡。它们失去了姜怀洋这个种子，如同失去了大脑，没有大脑的调度，又被封闭在这里，无法获取营养，即将走向生命的尽头。

洛轻云压低了声音说："目前安全，下来吧。"

何映之回了句"收到"，就带着自己的警卫员贺泷来到入口。常恒与安孝和走在前面，楚妤端着枪走在后面，她的身旁跟着庄敬。何映之和贺泷一起下去，谈墨和吴雨声殿后。

"那个，你不是监察员吗？是不是应该留在外面戒备以防万一？"何映之回头问。

谈墨抬了抬下巴："我要监察的对象已经下去了。我在外面待着是没办法以防万一的。"

"哦，我很少见到监察员会下到真正的一线。距离监察目标太近的话，也很容易第一个就被干掉。"

"被监察目标干掉，是我们监察员逃脱不了的宿命，不是这一个，就是下一个。"

谈墨抬了抬下巴，示意何映之小心脚下。

走在地铁站的楼梯上，旁边的墙上还留有被吞噬的乘客呼救时挥舞的双臂，已经呈现完全脱水的状态，稍有震动便化作齑粉散落下来。

何映之属于全副武装的状态，头上戴着特制的面罩，呼吸的也是防护衣自带的氧气。谈墨只能从他面部的透明镜片看到他部分的表情。

"谈副队，你在一线多久了？"何映之一边分析扫描数据一边问。

"五年。"谈墨回答何映之的问题，同时很认真地观察着四周。

"那并不算很久，但是你能成为洛轻云的监察员，必定万里挑一。"何映之回答。

"何教授，其实五年已经很久了，我很多同期的队友，都不在了。成为洛轻云的监察员需不需要万里挑一我不知道，但能活下来的，可不止万里挑一。"

谈墨的语气很平静，却让何映之沉默下来。

他们继续向前，来到之前那个站台。

崩毁的天花板里还能看到开普勒生物的痕迹，之前的尸体已经找不到了，早就成了生态区的食物。但现在有洛轻云这个高阶的融合者坐镇，整个生态区就算饿到疯狂也只能压抑着。

谈墨握着枪，肩背始终绷着，他的枪口顺着墙体移动，总感觉会有开普勒生物破墙而出。

"谈副队，你看起来很紧张。"何映之的声音忽然在谈墨的耳边响起。

谈墨肩头微颤，何映之的手扣住谈墨的枪口，将它压下来。

"这里如果有危险，洛轻云一定能感觉到。"何映之说。

"我知道。"谈墨并没有放松下来。

何映之又问："能告诉我，你这么紧张的原因吗？"

"这整个地铁站都是某个开普勒生态的腹地，墙体里的生物是它的肌肉血脉，只要仔细去听，我能听到血液在流动，心脏在缓慢地跳动。"谈墨知道自己像在说疯话，何映之估计会让他去看心理医生。

"谈副队，你知道高级的开普勒生物有一种特别的能力，叫作'白驹停隙'吗？"

谈墨猛地想起了李哲枫对他的警告——千万不能让外人知道他曾经感应到姜怀

第六章 似曾相识

洋的"白驹停隙"。

"之前在灰塔的时候也学到过，但当时老师说只有开普勒生物或者融合者才能感受到。而且能使用'白驹停隙'的开普勒生物也很少，所以对这种能力……我并不了解。"谈墨回答。

何映之回答说："灰塔教你了一部分，但并没有教你全部。"

谈墨等待他说下去，但何映之似乎突然对地上的黑色灰烬产生了浓厚兴趣。

那是黑火焚烧的镜像桥的残余。

何映之对这里没有丝毫畏惧，他甚至将手伸进墙体中的开普勒生命体里，闭上眼睛，仿佛在感受它生命的流逝。

谈墨见过许多研究员，他们本能地对开普勒生物心存恐惧，待在名为"安全"的笼子里，永远只能摸到这种异星生物的表面；而何映之却像是在与之交流一般。

"何教授。"贺泷及时走过来，扣住他的手腕，将他带离了墙体。

"很可惜，镜像桥被毁灭得很彻底。这些灰烬估计无法重现镜像桥的生物结构。"何映之叹了一口气。

站在不远处的洛轻云忽然开口了："何教授，你刚才说关于'白驹停隙'，灰塔只教了我们一部分，另一部分呢？"

何映之还是没有回答，反倒问他："洛队，你到底在镜像桥里看到了什么呢？"

"开普勒的世界许给我一个愿望。"洛轻云说。

"哦？什么愿望呢？"何映之又问。

"永生。"洛轻云回答。

听到这里，谈墨嗤之以鼻。就算不越界，洛轻云体内的开普勒能量也能让他比平常人类长命，足够活到腻味了。

何映之微微一笑："洛队，永生只是你在镜像桥里看到的一部分，还有另一部分更重要的答案，你不愿意说。公平起见，我也不会对你全盘托出。"

谈墨眨了眨眼睛，这算是洛轻云第一次吃瘪了吧？真想给何教授鼓掌啊。

"那么如果我告诉您完整的答案，您也会告诉我们灰塔没有教我们的那部分吗？"洛轻云走向何映之，目光却看着谈墨。

谈墨有种预感，洛轻云的答案恐怕不是自己想听到的，而且洛轻云对待他的那种直白态度，就是从他脱离镜像桥之后开始的。

"这个问题我们……还是离开这里之后再探讨吧。"谈墨很认真地说。

"灰塔有灰塔的规定。在调查镜像桥的形成时，我提出一些相关的信息，交流讨论，是研究需要，离开这里之后，我就没有正当理由违反规定了。"何映之说。

谈墨愣住了，这样的话是可以直接说出来的吗？

他身旁的警卫员不会向中心城汇报吗？

谁知道贺泷一句话都没说，反而接过何映之手中的采样器去采集墙体里的生物样本了。

"一开始，我看到了自己日思夜想的俗欲——独占、掌控，不惜越界也想挽回和保护的偏执。"洛轻云的声音很低。

最喜欢听墙角的安孝和这一次竟然跟他们很有默契地离得远远的，他们既是出于对洛轻云的尊重，也是出于对那道界限的敬畏。

"但是当我走过镜像桥的另一头，只看到了我和他在人类世界里的悲惨结局。开普勒世界许给我的永生，是关于他的。"洛轻云说。

何映之似乎对此并不惊讶："他们许诺你绝对的占有，可以战胜人类的脆弱。"

"嗯。"洛轻云垂下了眼。

谈墨忽然猜到了真相——在镜像桥里，他死在了洛轻云的面前。

洛轻云从没在他的面前表露过任何哀伤，但谈墨的心此时像是被狠狠挖走了一块，痛了起来。

"好，那我也告诉你们吧。"同样地，何映之看向的不是洛轻云，而是谈墨，"人类也能感应到'白驹停隙'，前提是，这个人类曾经去过镜像桥。"

谈墨有点迷惑。在他的记忆里，他绝对没有去过镜像桥。最接近的那一次，洛轻云把他推出来了。

"开普勒的世界分为物质世界和精神世界。物质世界就是你们看到的、触摸到的一切，每一种生物都有它的实体，而在精神世界里，唯有精神永存。而镜像桥，就是人类的大脑与那个精神世界的链接。一旦一个普通人类走过镜像桥，就意味着他的思想已经开始和开普勒的精神世界相联系了，这种联系让他可以感应到开普勒生物留下的信息。"何映之说。

"可问题在于，一个普通人类如果走过了镜像桥，又要如何全身而退地回到人类社会，告诉何教授你这一切呢？"洛轻云摸着下巴，他的视线里带着一种审度，评估着何映之话里的真假。

"洛轻云，如果有一天你真的走到那座桥的另一头，也许会有人阻止你越界的。"何映之突然说，"比如洛明筠，比如梁幼洁，比如你以为自己已经失去的所有人，他们都会挡在那一头，保护你，提醒你——在人类的世界里还有人等着你回来。有时候，你心底那个让你魂牵梦绕无法摆脱的欲望并不一定会摧毁你，而是会成为那一刻拽住你的最强大的力量。"

"何教授，谁守在镜像桥的另一头挡着你？"洛轻云突然问。

何映之没有回答他，而是说："这里什么都没留下。带我去一趟那个发现克莱因之瓶的地方吧。"

谈墨看着何映之的背影，用胳膊肘撞了洛轻云一下："无论是谁保护了何教授，那个人肯定已经不在了。"

洛轻云低下头，靠在谈墨的耳边小声说："那个人是凌喻。"

凌喻……开普勒生物学的奠基人之一，姜怀潆口中被自己的孩子杀死的天才学者，也很有可能是人类最早的融合者。

"你猜何映之为什么要来这里？"

"因为这里出现了镜像桥？"

洛轻云摇了摇头，补充道："镜像桥带来了一种可能性——这里可能会有高级开普勒生物的'白驹停隙'。"

在人类的字典里，有"白驹过隙"这个词，出自《庄子·知北游》：白马从狭窄的缝隙间一闪而过，比喻时间飞逝。

开普勒生物的"白驹停隙"，指的是让某一刻停留在原地。那是一种超越时空的对话，相隔十年甚至百年，过去和现在之间进行交流。

第六章 似曾相识

"所以，何映之来到这里，是为了和凌喻对话的？"谈墨问。

洛轻云笑了一下："如果可以，我也想拥有这种能力。"

"你想拥有这种能力？和未来的谁对话？"谈墨好笑地反问。

洛轻云侧过脸，仿佛是很认真地在思考。良久，他开口道："还是你拥有这种能力比较合适。"

"嗯？为什么？"

"因为我注定活得比你久。这样等有一天，你寿终正寝了，我可以学何教授到你去过的地方，和过去的你聊聊天。"

洛轻云说得挺轻松的，生老病死在他的世界一直没有明确的界限。

谈墨看着他的背影，心脏忽然沉了起来。所有人都看到他的冰冷和强大，却无法理解他的孤独。

"万一我成了融合者，我会好好学的。"谈墨说。

洛轻云笑了："你学？谈副队，你的勤快估计在灰塔已经用光了吧。"

"谢谢你这么了解我。"

"不过开普勒的世界确实很精彩——有你想象不到的波澜无边，群山壮阔。"

"那还是人类世界好。"谈墨耸了耸肩膀。

洛轻云转过身来，好笑地问："怎么个好法？"

谈墨旋即打开通信器里收到的一则奶茶广告，跟着广告词一本正经地念："'海澜浩瀚有舟可渡，高岭通天有路可行——这一点甜让你忘却人间疾苦'。"

整个地铁站里漆黑一片，只有谈墨打开的屏幕光线流转，像是一匹一匹的白马，从他的脸前似流云而过。

洛轻云向他轻轻侧着头，听得很认真。

曾经生长过克莱因之瓶的那个洞穴让人惊叹。何映之用全息技术复原了里面的开普勒生物痕迹。他利用绳索滑下悬崖，洛轻云和谈墨紧跟在他的身边。在洞穴的底部，隐隐还能看到克莱因之瓶的残骸。

何映之半蹲了下去，仔细地观察。

"这朵克莱因之瓶成长得非常完整，拥有这个开普勒生态领域的种子应该十分强大。"何映之开口道。

谈墨蹲在何映之的身边，何映之就像对待自己的学生一样，一边用镊子拨开克莱因之瓶的残骸，一边向谈墨分析它的结构："你看，克莱因之瓶的根就像神经网，可以渗透到地面之下几十米甚至上百米，从一切有机物里吸取养分。它的神经纤维是流动的，根据我们的研究，它的神经纤维入侵到猎物的身体里，就像母亲通过脐带给胎儿传送养分一样，能将开普勒的生物基因送进猎物的每一个细胞……"

"何教授，它的神经纤维只存在于花瓣里吗？根茎里面没有？"

何映之笑了，轻轻拍了一下谈墨的脑袋："有趣的想法。它的神经纤维无处不在，当然包括它的根茎。"

谈墨想到了什么，闷闷地笑了起来，就像上课开小差神游太虚了。

"谈副队有了什么有趣的想法？说来听听。"何映之歪着脑袋看着谈墨。

那样子就像带着自己的孩子踏青，对于孩子看到花草虫鸟所展开的所有天马行空的想象都很感兴趣。

洛轻云看着蹲在何映之身旁的谈墨，目光渐渐沉了下去。

吴雨声来到洛轻云身边说：“洛队，你觉不觉得何教授好像很喜欢咱们谈副队？”

"大概吧。"洛轻云脸上没有太多的表情。

"洛队，你在看什么？"吴雨声顺着洛轻云的目光看过去。

"我在听声音。"洛轻云回答。

说完，洛轻云走过去，弯下腰，靠近谈墨的头顶。

"何教授，你说克莱因之瓶有没有可能把真正的种子藏在地底下，也就是它的根茎之下，就像花生？"谈墨说完就感觉到头顶笼下阴影，他下意识抬手撑住洛轻云的下巴，仰起头不爽地看着他。

洛轻云一动不动，他的表情很冷，看不出喜怒，却让谈墨感觉到一种压迫感，让他全身的神经都紧张了起来。

似乎有什么危险即将临近。

一旁的何映之还在用镊子拨开泥土："嗯，你的这个想法很有意思，从理论上来说可以实现。但这需要形成茧才能保证营养不流失——比如米诺斯虫系的开普勒生物就可以做到。"

谈墨又用力撑了一下洛轻云，但洛轻云保持着那个姿势，纹丝不动。

谈墨看着洛轻云的眼睛，辨识着他的情绪。他身经百战，知道什么时候不能开玩笑。

比如现在，洛轻云很认真。

谈墨问："你在听什么声音？"

"你的心跳。"洛轻云一边说，一边顺势把谈墨拉了起来。

一旁的何映之仰头看了他们一眼，洛轻云将手指放在唇间示意何映之安静。

气氛骤然紧张起来，安静的洞穴里似乎酝酿着巨大的危险。

谈墨刚被拽起来，洛轻云的双臂就环过他的身体，洛轻云低下头，将耳朵贴在谈墨的胸口上，眼睛却直直盯着谈墨脚底。

"它来了。"洛轻云的表情很冷。

他随即一把将何映之拽开，将绳索反向一拉，何映之就被绳索带了上去。贺泷二话不说，立刻跟了上去。

吴雨声反应也非常快，一把扛过江春雷，射出绳索即刻离开。

紧接着，谈墨的脚下发出声响，地面出现一道轻微的裂隙。

有什么东西正从地底爬出来。

洛轻云扣住了谈墨，拉紧绳索用力一荡，将他带离了洞穴。

落地的时候，洛轻云用力推了谈墨一把，谈墨跑了两步，回头的瞬间就惊呆了。

无数荧蓝色的触须像是万丈烟花一样四散开来，声势浩大。

——那就是何映之口中的神经纤维！

谈墨迅速拔出配枪，换上定向瞄准弹。他刚摸到扳机，洛轻云忽然抬起手，他的手上是滑索的按钮，滑索的另一头已经被他发射去了隧道的另一头，按钮一摁，滑索猛地就把谈墨给拽走了。

谈墨扣下扳机。克莱因之瓶的神经纤维骤然将洛轻云包裹起来，拖拽而下。

数百发定向瞄准弹爆裂开来，将隧道照亮。

谈墨摔在地上，不顾狼狈地爬起来，高喊："洛轻云——"

吴雨声一把将他拽住："谈副队！你下去就是送死！赶紧通知李队！"

"到底……怎么回事啊？"安孝和冲了过来，"不是说这个生态区的种子已经被毁掉了吗？为什么洛队还会被……"

谈墨深深吸了一口气，他得镇定下来才行。越是慌乱越容易做出错误的决定。

洛轻云在进来这里之后肯定察觉到了危险，否则不会无缘无故过来抱住他，也不会无缘无故说要听他的心跳，他最后那有点轻浮的行为目的是什么？

一个想法闪过谈墨的心头。

——地底下有个开普勒生物一直在模仿谈墨的生物讯息，将它的心跳和谈墨的一直保持一致，并且待在地下几百米的深度，避开了洛轻云的感应。

洛轻云产生了怀疑，故意来扰乱谈墨的心跳。

地下那个开普勒生物始料未及，没能跟上，这就让洛轻云发现了它的存在。而它在暴露之后也就不再隐藏，从地下蹿了出来，对他们发起进攻。

"何教授，有没有开普勒生物可以模拟人类的心跳、脉搏和呼吸？甚至在高级融合者面前隐藏它们的存在？"谈墨问。

何映之的视线明显一滞，忽然一把拽过了谈墨，高声对贺泷说："走——马上带这个孩子走！"

贺泷闻言就要来扣住谈墨的肩膀，谈墨猛地压低重心想躲避，但贺泷反应很快，一个箭步向前又把谈墨拖了回来。

"我不走！你先告诉我是什么带走了洛轻云？！"

"那不是你用子弹就能杀死的开普勒生物！它的开普勒级别远高于洛轻云！"

何映之双手摁住谈墨的脸，与他四目相对，极为用力地说："你不可以折在这里，绝对不能折在这里。"

谈墨揣摩着何映之的话。

自己快二十六了，可何映之却把他称为"孩子"，这是家里的长辈才会用的语气。

"你认识我对吗？"谈墨问。

何映之松开谈墨，收起所有的情绪。

"……我只是对你一见如故。"

何映之抬了抬手，贺泷明白了他的暗示，冷不丁在谈墨的后颈上敲了一下，谈墨没来得及反抗就倒了下去，被贺泷扛上肩膀。

迷迷糊糊之间，他听到何映之说："通知耿劲柔，银湾市发现远古S级开普勒生物——鸿蜮！通知全市撤离后进行生态隔离！"

第七章
第一只鸿蚖

城市上空响起了三长一短的警报声。两个小时后银湾市全市范围内都将进入生态隔离区域,城市重建计划泡汤,人类的生存空间又要缩小了。

李哲枫简单了解了事情原委,沉默着从贺泷手中接过被敲晕的谈墨送进车里。车队的引擎迅速发动,车轮与地面发出刺耳的摩擦声,他们以最快的速度撤离。背后,生态区入口正在被迅速封闭。

周围萧条的建筑物快速地掠过。天空灰蒙蒙的,像是要塌陷下来,车里是一片长久的死寂,空气闷到让人喘不过气。

谈墨就靠在李哲枫的肩头。一路上李哲枫都在观察着坐在对面的何映之的表情。

天色越来越沉,暴雨将至。

李哲枫看了一眼窗外,貌似无意地开口道:"何教授,你既然决定了进入这个创造过镜像桥的生态区,就应该做好心理准备。"

何映之把拳头握得很紧,肩头轻轻颤抖着。

"你觉得我是落荒而逃吗?年轻人,我去过的生态区比这危险百倍!那是……"

"那是原始生态区,编号为零。"李哲枫说,"你是当年逃离的极少数人之一。既然已经见过了深渊,为何还怕一道裂缝?"

何映之抬头看了一眼李哲枫,回答道:"你不知道鸿蚖的可怕……我当年的同事不知道有多少人曾死在那东西的手上。它能在没有空气也没有养分的情况下蛰伏寻找机会,它只要有一部分肢体存在就能再生,它的神经纤维渗透能力超强,它的茧同化能力超过克莱因之瓶……"

"可就算那样,击中了它的心眼,它还是会湮灭。"李哲枫开口道。

何映之愣了一下,无奈地说:"那是灰塔教给你们的理论。现实里,能够靠近鸿蚖并找到心眼的情况几乎不存在……"

"可是三年前,靠着我睡觉的这个家伙办到了。"李哲枫抬起手,轻轻摸了摸谈墨的脑袋。

三年前 生态区07A边缘

谈墨叼着一根水晶棒棒糖,这是时下小学生里最流行的"仙女棒"。他靠着车窗小憩,耳机里传来李哲枫冷硬的声音。

"谈墨,我要去执行护送专家的任务,不能管你了。"

谈墨的嘴角微微翘起,懒洋洋地回答:"哟嚯,好走不送哈。"

李哲枫冷哼了一声:"老老实实听你们高队的话,不许深入生态区,待在你该待的位置上。不然我回来就拆你的骨头。"

"遵命!李副队你放心地走吧,你活着我是你的竹马,你死了我是你的继承人。"

"滚。"李哲枫的眼皮子一直在跳,他隐隐有一种不好的预感。

第七章 第一只鸿蜮

通信结束了,谈墨微微睁开眼睛看向窗外。在开普勒生物入侵前,这一片应该是所谓的雅丹地貌,风蚀性明显。日光落在起伏的陡峭山丘上,满眼都是荒凉。

这里本身生物不多,即便有开普勒生态入侵,也无法获得足够的养分,难以形成高级别的生态区。卫星扫描发现了米诺斯虫的活动痕迹,但能量强度并不高。经过调查小组评估,灰塔决定在这里建立一个基地。

一个月前,有工程组来到这里做勘查,勘查结束的时候他们的飞行器引擎出了问题,银湾市灰塔遣派高炙的二队前来协助维修。高炙向工程组的组长确定了坐标,随后带人进入生态区。

根据监察员守则,谈墨会在生态区外围选择一个合适的位置,作为观察点。

分别之前,高炙叮嘱吴雨声说:"无论如何,别让谈墨开车。他方向感太差,能把车开进沟里去。"

正在检查狙击枪的谈墨冷哼了一声:"高队,你仔细看看,这地方有沟吗?我把车开进你的心沟沟里还差不多!"

话音落下,随队的医疗兵笑了起来。

那孩子有一头微微的卷发,眼睛又圆又大,脸很白净,跟漫画里的人物似的,一看就让人充满保护欲。他刚从医疗班毕业六个月,被分到了他们二队。

大概是都喜欢打游戏和斗地主的缘故,他总爱黏着谈墨,射击考核和近身格斗都是谈墨手把手教出来的。只是这孩子运气不大好,明明牌技不错,但分到的牌总是很差,输多赢少,给谈墨贡献了不少外快。

打游戏就更不用说了,时常因为各种突发状况出不了新手村,和谈墨搭档的时候死法那叫一个出人意料。还好谈墨游戏段位高,经常带着这倒霉孩子躺赢。

一来二去,谈墨执行任务的时候,也会多看顾他一些。

毕竟是自己"奶"出新手村的娃娃嘛,再倒霉,也是有感情的。

"周叙白,你还敢笑?你给我过来。"谈墨朝对方招了招手。

周叙白背着医疗箱,两三步就跑到了谈墨的面前:"哥,什么事啊?"

"小倒霉,卫星显示那里有米诺斯虫,你怕不怕?"谈墨抬了抬下巴。

"我会穿好防护服的。尽量……不怕呗。"周叙白笑起来,一双眼睛弯弯的。

谈墨倒是很想拍一拍他的脑袋,但别看周叙白长了张娃娃脸,却有一百八十五厘米的身高,比谈墨还高了那么点。

周叙白大概是看出来谈墨的企图,很乖顺地微微低下头,让谈墨狠狠揉了一把。

"进去之后,听高队的话,跟在高队的身边。那些虫子不敢靠近他,明白了吗?"

周叙白低低地笑了起来:"刚才李副队也是这么嘱咐你的。"

"咱们不谈那个'金刚芭比'行吗?"谈墨很认真地说,"小白,你这身肌肉也不能再长了,不然也跟李哲枫一样,脸蛋漂亮,身材跟悍匪似的,就不讨人喜欢了。"

周叙白又说:"可我就想和李副队一样厉害。我也想保护墨哥。"

常恒从旁边走过,打了个招呼:"小白要加油,争取下一次测试的时候,给谈墨来个过肩摔。"

周叙白羞涩地摸了摸鼻尖:"我哪里有本事撂倒墨哥啊。"

飞行器陆续进入生态区。谈墨和吴雨声乘坐双人飞行器,抵达外围一处高岩。

日头晒得要命,吴雨声支起帐篷,谈墨就趴在飞行器的滑翔翼下面,用高倍率望远镜观察地貌。他看着高炙他们与工程队相遇，工程队粗略地标记了地基的位置，并且把高炙带去深入检查。

虽然不知道他们在说什么，但是从高炙的表情可以看出来，有什么事情很棘手。

几分钟之后，高炙主动联系谈墨。

"昨夜，预备打地基的位置忽然坍塌，出现了一个洞。工程队放了无人机进去侦测，里面很深，像迷宫一样，应该是米诺斯虫地下活动造成的，无人机只能绘制出部分的地下结构。我们计划有变，可能需要下去勘察。"高炙向他简要介绍情况。

谈墨皱起了眉头，微微转动望远镜，粗略地算了算工程队的人数。

"是不是工程队有人不见了？"

高炙点了点头："对，一个晚上有五个人不见了，其中一个还是副总工程师。进入地下探查的无人机带回了副总工程师身上的生物芯片，恐怕凶多吉少。"

谈墨摸了摸身旁粗粝的沙地，有点硌手。要在这里建基地，构造肯定和普通建筑不同，需要专门的工程师。那个副总工程师，灰塔培养出来一个能用的不容易，生要见人死要见尸，不能就这么放着不管。

"收到，我会注意洞口情况。地下情况复杂，小心驶得万年船。"谈墨说。

高炙带人下去了，包括医疗兵周叙白也跟着一起。万一在洞里面找到受伤的工程队员，肯定需要紧急救治。

谈墨侧过身，将左耳贴在地上，搭好帐篷的吴雨声接过望远镜，继续观察。

"谈墨，你在听什么呢？"吴雨声好奇地问。

"不知道……我好像能听到一种从很深很远的地方传来的声音，有点像呼吸，又有点像心跳……再仔细听吧，也许只是风声而已。"谈墨回答。

"应该就是风声吧。按照工程队的勘测，这片地下被米诺斯虫蛀空了，有空气通过这些孔洞和通道，怎么可能没有声音呢？"吴雨声让他不要多虑。

谈墨对着通信器问："老高，你能听见我说话吗？"

"当然。"

"我要你全程保持通信状态。"

高炙回复说好。

进入地下，光被落在身后，转弯之后，就看不到光亮了。

高炙身为融合者，本身夜视能力很强，在前方开路。常恒跟在他的身后，接着是队里操控无人机的技术员陈蕴和医疗兵周叙白。

地下的洞穴四通八达，是名副其实的迷宫，进去了未必能出来。所以他们只能在无人机记录下来的范围内行动，而且越深入，就越有一种不可预知的危机感。

高炙看了一眼手臂上显示的探测数值，提醒道："所有人戴上氧气面罩，记录氧气剩余，一旦氧气消耗过半，我们就立刻撤离。"

洞壁的砂石细缝之间已经能看到一些米粒大小的米诺斯虫，因为高炙的到来，它们本能地躲避着，纷纷熄灭了周身的荧蓝色光泽。

他们行进了二十多分钟，终于抵达先前无人机发现副总工程师生物芯片的地方。

这里就是个枢纽，四周起码还有十几个洞穴，每一个看起来都又黑又深。

高炙仔细观察着环境，下令说："现在我们进行勘察——如果能在这些洞穴的

第七章 第一只鸿蜮

入口找到有人进去或者被拖进去的痕迹，我们就进行救援工作。如果没有，就不要继续深入了。"

"收到。"

所有人分散行动。周叙白来到其中一个洞口，打开扫描灯光一寸一寸地照过。他专注地分析砂石的纹理，米诺斯虫活动的痕迹像是丝线一样，但是人的脚印或者人被拖行的痕迹都是成片的……

周叙白微微一顿，他看到类似人类五指按压过的痕迹，但这个痕迹在他的头顶。

要怎样才能将指印留在头顶呢，难不成这人还能在洞顶上爬行吗？

扫描的灯光晃过这条洞穴的深处，周叙白目光撞上某个东西的眼睛，浑身一震，他倒吸一口冷气。

那里貌似蹲着一个人，衣衫褴褛，头发乱糟糟地遮着脸，只露出一只大而无神的眼睛看向他，眼瞳很黑很大，眼白很少。

将光线集中过去，那个人却不在了。

周叙白确定自己没有产生幻觉，他向后退到高炙的身边，低声说："高队，刚才有东西在里面，虽然像是人，但是……"

"不像活人？"

周叙白点了点头。

刚才那东西被光扫过之后的眼球很凝滞，他作为医疗兵，可以判断它至少失去了活体反应。

"这里是初级生态区，按理米诺斯虫不具备将人类变成泰坦的能力。"高炙看了一下时间，"刚才你看到的东西应该没有戴氧气面罩吧？"

"没有。也不像穿了防护服。"周叙白说。

高炙皱起了眉说："我们过去看看，在救援目标的氧气消耗完毕之前，我们不能轻易放弃。"

"明白。"常恒和陈蕴回答。

周叙白看了看四周，他的空间感很好，来的路上默默记下了地形。他总觉得有什么地方不协调："高队，我怎么觉得这里跟我们最初进来的时候不大一样了？"

"不一样？哪里不一样？小周你可别胡乱吓人啊！"常恒战战兢兢地握着枪。

陈蕴立刻打开之前的无人机扫描记录，对比现在的成像，他猛地侧过脸，指着对面说："那边——那边多出了一个洞口！之前根本不存在！"

常恒说："不可能，我们好几个人在这里，不可能无缘无故多了个洞都没发现。"

其他的洞年头已经很久了，足够让人直着身子走进去，但那个新的洞只有半人高，如果要探查，就只能爬进去。

周叙白建议先放无人机去看看。

无人机在狭窄的洞中飞行，陈蕴一边操作一边看着屏幕，飞了约莫二十多米，洞越来越窄，就在陈蕴决定收回无人机的时候，前方突然被堵死了。

摄像头赫然拍摄到一张狰狞的脸——半面眼窝空洞，肌肉尽毁，脸骨上被蛀出了密密麻麻的小洞；另外半张脸却基本完好，眼睛睁得很大，死死盯着摄像头。

"啊——"陈蕴向后一缩，指着屏幕说，"这……这好像是那个工程师！"

高炙立刻看了过来，心也沉了下去："没错，是他。人在这种状况下不可能还活着，已经没有援救的价值了。我们立刻撤离。"

"这个洞应该是米诺斯虫储存食物的地方，本来应该是被封住的，为什么会忽然出现呢？"周叙白越来越觉得不对劲了。

高炙看了眼时间，只给了两个字："撤离。"

陈蕴正要回收无人机，没想到那个人嘴唇竟然动了动，气若游丝地说："救……我……"

"不是吧！他都成这个样子了怎么还能活着？"

周叙白凑过去一看，瞬间神情更加冷峻了："我们赶紧走！他的喉咙都被蛀空了！是米诺斯虫用丝线控制了他的声带，故意发出声音，吸引我们逗留在这里！"

听他这么一说，陈蕴也发现视频里的人半侧的喉咙都被蛀咬得颈骨可见，肌肉裂开的部分已经被溶解出蛋白丝，米诺斯虫分泌出的触丝牵动其中，令人毛骨悚然。

"有别的东西在靠近，我们立刻走！"

高炙冲向他们之前进来的那个洞口，周叙白和陈蕴跟在他的身后，常恒殿后。

一道身影从周叙白之前勘查的那个洞口蹿了出来，差一点将他扑倒。高炙伸胳膊一拦，凭借臂力将那东西挥开。

它撞在石壁上，"啪嚓"一声之后，整个洞穴里由远及近地传来"嗡嗡"的声音。

"是虫群的声音！"高炙的脸色愈发难看了。

通信器里传来谈墨的呼喊："你们快点撤出来！我在外面帮不到你们！"

倒在地上的东西发出"咯咯"的声响，它的胳膊和腿都拧到了身后，却像只手脚倒转长的蜘蛛一样爬了起来，甚至沿着岩壁爬到他们的头顶。常恒接连发了好几枪都没能打中这鬼玩意儿。

周叙白从地上捡到一个铭牌，上面的名字显示对方就是消失的五人之一。

"它是泰坦了吗？"

如果能把人类同化成为泰坦，说明这里绝对不止是初级生态区。

它忽然落下来，猛地趴在周叙白的肩头，张大嘴巴就要咬在周叙白的脖子上。

"小周——"常恒果断地开了好几枪，都打在它的脸上。它的头骨都被打穿了却还是攀扯着周叙白。

"等等，让我仔细看看！"周叙白扣住它的嘴，用蛮力把它的下巴掰扯开，只听见"咔嚓"一声，它的脑袋就被掰成了上下两半。

这个人，或者这个曾经的人，他体内的肌肉纤维和血液已经没有了，取而代之的是米诺斯虫的触丝。米诺斯虫就寄居在这些干枯的血管里，操控着这个躯壳。

"小周——你身手了得啊！每次格斗训练输给谈墨，该不会是装的吧？"

周叙白的眉头却皱得更紧了，一把拽过了常恒："我们走！必须马上走！"

他们以最快的速度在洞中奔跑。

常恒边跑边问："小周，为什么你忽然怕了？之前还比我这根老油条还冷静！"

周叙白咬牙道："冷静个锤子！米诺斯虫都不畏惧高队来攻击我们了！这还不够明显吗？"

——这个生态区的种子级别至少和高炙同级，甚至在高炙之上。

"我去！那卫星扫描为什么把这里定义为初级生态区？！"

陈蕴一边操控无人机一边回答："最有可能的原因就是生态区的种子因为缺少能

第七章 第一只鸿蜮

量和营养一直处于休眠状态,卫星没有扫描到它的开普勒能量波动。"

周叙白担心常恒这个直线思维还理解不了,解释道:"那五个工程队的人变成了这个生态区的营养,激活了生态区里的种子!"

常恒恍然大悟:"如果不来这边建什么基地,就没有这茬了!"

"你懂个屁——这个地方如果能建立通信基站,以后就算进入生态区执行任务也能有信号!还能延长无人机的信号,无人机就能飞更远!"陈蔚说。

可惜,基站没建成,他们反倒是羊入虎口,给生态区送营养来了。

这些互相连通的洞窟就像传音筒,被米诺斯虫操控的尸体正在追逐他们,而四面八方的岩壁上的小孔里也不断有米诺斯虫渗透出来。

高炙动用自己的开普勒能力,强行让这些虫子静止在原处。

在最前面负责带路的陈蕴忽然停住了。

"小陈你干什么!快跑啊!"常恒背对着陈蕴,枪口指向洞穴深处,他向后退一步,正好靠在陈蕴的背包上。

"前面没路了……"陈蕴说。

常恒和高炙一起回头,他们之前来过的洞口竟然被米诺斯虫封死了。

周叙白当机立断取出腿侧的战术刀,狠狠一刀扎向洞口。"哧哧"的声音传了出来,是米诺斯虫被战术刀扎破外壳的声响。

常恒冲上来连开四五枪,面前的米诺斯虫岩壁很快凝固脆化,噼里啪啦地碎开。

陈蕴带着无人机上前引路,才迈开一步,一阵风从地下涌了上来,周叙白心中一惊,伸手去抓陈蕴的背包。

"小心——"

那堵墙的后面竟然是一个更深的不知道通往何处的洞窟!

陈蕴摔了下去,周叙白也跟着摔下去。常恒一把拽住了周叙白,被拖行了两米,幸好他反应快,向上射出了绳索,挂住了他们三个。

"高队——这里多出个大坑——"

常恒猛地负担起两个人的重量,差一点胳膊脱臼。

这才是米诺斯虫封闭出口的真正原因——让他们在打通出口的第一时间往外冲,忽略了脚下才是更大的陷阱!

这个生态区不简单,它有很强的主观能动性。

"高队!高队你在吗!拉我们一把啊!"常恒高喊道。

高炙却站在原地一动不动,他微眯的眼底泛起荧光,这是他能量临界的标志。

"快走……离开这里……这里有……比我级别高很多的种子……"

高炙像是被什么掐住了咽喉,这几句话说得非常勉强。

地下的风不断向上涌,带着沉厚的呜咽声,黑暗之中仿佛有什么正沿着岩壁向上攀爬。无数闪烁着蓝色荧光的神经线像是炸裂的烟花,穿透了陈蕴和周叙白的身体,瞬间将他们拽了下去。

陈蕴在掉下去的瞬间扔出了手中的无人机遥控器。

"小陈——小周——"

常恒正要放开绳索下滑,高炙的声音响起。

"常恒冷静!你马上出去——找到谈墨和吴雨声!你们立刻离开!"高炙命令说。

常恒一咬牙，果断转身朝洞的对面射出绳索，滑了过去。

那些蓝色的神经线又要来拽他，但是高炙和它们抗衡，减缓了它们的速度，给常恒以平稳落地的机会。常恒用力抹了一把眼泪，拿着陈蕴的无人机遥控器，根据记录下来的地貌，继续冲向出口。

天色已暗，橘色的夕阳笼罩在这片在荒芜中起伏的山丘上。

吴雨声靠在谈墨的身边说："通信还是没有恢复。"

谈墨保持着一动不动的姿势，从瞄准镜里看着高炙他们进入的洞口。

"他们出事了。"谈墨的声音里透着一种肯定。

吴雨声心里也有不好的预感，眉头皱得很紧："我们应该联系灰塔指挥中心，让耿先生派增援过来。"

"我要下去。"谈墨一边说，一边收枪架。

"下去？你疯了吗？能让高队深陷其中的生态区……你哪里有命回来？"

谈墨的声音里没有任何起伏，回答道："你知道高队对我来说意味着什么。评级为B的监察员会被退回灰塔重新受训，但我不一样，我有伤，如果被退回灰塔就是直接退役。是高队选择了我，我才能成为监察员。"

吴雨声顿了一下，语气也放缓了许多："可是高队更希望你活着。"

"他选我，就是因为他相信如果他越界了，只有我能制止他。"谈墨捶了一下吴雨声的胸口，拳头停在他心脏的位置，"士为知己者死。高炙如果折在了这里，我活着没有任何意义。"

就在这个时候，吴雨声在望远镜里看到了常恒，他从洞口爬了出来，满身灰土，非常狼狈，朝着谈墨他们的方向跟跄着奔跑。

"常恒！常恒！怎么只有你一个人出来——其他人呢？"谈墨问。

常恒的声音很沉很哑，有点精疲力竭，"高队还有其他人……都在里面……下面有个很高级别的种子……高队要你们离开这里……"

谈墨的心脏瞬间沉入一片冰海，血液都凉透了。

常恒将他们在下面发生的事情描述了一遍给谈墨，扣住他的手腕说："谈墨，高队最后的命令就是你必须走。咱们二队不能都折在这个生态区里！"

谈墨垂着眼，看着不远处的那个洞穴，目光冷硬。

"常恒，你知道这下面的是什么吗？"

"不知道……但至少跟高队是一个级别的。"常恒说。

谈墨冷笑了一下，反问："在地下活动，能够避开卫星的开普勒能量扫描，用蓝色发光的神经线来狩猎，还能把高队困到不得动弹，属于米诺斯虫系。你们认为符合这些条件的开普勒生物有多少？"

吴雨声想到了："你是说——被最原始的开普勒基因感染的生物，鸿蜮？"

谈墨点了点头。

吴雨声僵在那里，鸿蜮可不是他们能对付得来的。

谈墨打开卫星通信，联系耿劲柔。

"老耿，得跟你汇报一个大消息。工程队挖到了鸿蜮的老巢，还送上了人头和营养，把沉睡状态的鸿蜮唤醒了。"

第七章 第一只鸿蛾

那边的耿劲柔听到这个消息，脑子都要爆炸了。

"那你们还不赶紧滚回来！"

谈墨活动了一下脖颈，又说："还有个更烂的消息，高队被鸿蛾给困住了。"

通信器那端沉默了将近五秒，良久才开口道："你是想说，高炙比起普通人类，可以为鸿蛾提供更多开普勒能量和营养，让鸿蛾的力量彻底复苏？"

"嗯，一只苏醒的鸿蛾，胃口大开，你觉得接下来它想要的会是什么？"

"领域扩张，它会吞噬周围的低级别生态区，营养越来越不够，它就会想要吞噬处于交界区的城市。"

"比如北辰市，还有我们银湾市。"谈墨准确地指出。

耿劲柔长长地叹了一口气："灰塔是可以发射导弹，把鸿蛾的巢穴炸开。但你要知道以鸿蛾的再生能力，我们是炸不死它的。"

"我知道，除非能击中它的心眼。"

"那是天方夜谭。"耿劲柔说。

"我要救高队。就算救不了他，我也会杀了他……不能让他成为鸿蛾的营养。"

谈墨的声音并不用力，却有一种让人深信不疑的坚定。

耿劲柔评估了一下情况的紧急程度，很快做出判断："好吧，你们做好标记，五分钟内我们会启动精准打击武器。如果过程中看到高炙，请你执行监察员的任务。"

谈墨拍了拍吴雨声的肩膀，示意他启动飞行器。

吴雨声先用双人飞行器把老常送去了相对安全的地方，然后和谈墨徘徊在生态区边缘，等待导弹抵达。

"吴雨声，考验我俩默契的时刻就要到来了。"谈墨在猎猎风声中开口。

吴雨声哼了一下："咱俩有过这东西吗？"

远处是导弹来袭的声响，吴雨声立刻拉高飞行器，谈墨拉下隔音耳罩。

"轰隆——"一声巨响之后，烟尘滚滚直冲云霄。

谈墨垂下眼，透过护目镜观察着地下的情况。地下早就被蛀空，哪里承受得住这一下，顷刻塌陷，形成一个巨大的深坑。

"嗡嗡嗡——"成片的米诺斯虫穿过烟尘朝他们飞来。

吴雨声再度拉高飞行器，驶向云间。

谈墨联系耿劲柔说："虫子太多了，我们需要一场人造雨！"

耿劲柔回答："对付米诺斯虫的积雨弹是城市防控用的，每座城市只有一发。"

"你现在不用，银湾市就玩完了！"谈墨回答。

他话音刚落，积雨弹穿云而来，天空响起一声闷雷，紧接着下起滂沱大雨。米诺斯虫群碰到雨水，立刻被腐蚀，发出"嘶嘶"的声音，乌泱泱地坠落。

它们想躲回地下，但是这样的地貌渗水性很强，它们还来不及钻入更深的地底，就被灭尽了。

日光已完全隐没，夜幕低垂，零星的星子泛着冷光，谈墨坐在飞行器上俯瞰。

"有没有找到老高？"吴雨声问。

论动态视力，吴雨声还真没见过比谈墨更厉害的。哪怕是一闪而过的动作，都躲不过谈墨的眼睛。

谈墨在护目镜上轻轻敲了一下，护目镜自动连接卫星扫描图。他看到了一团开普勒能量聚积在地下，而在这团开普勒能量之中，还有另一团能量，是个人影。

如果没有猜错，那就是被鸿蜮强行留在地下的高炙。

"我们把它逼出来。"谈墨说。

吴雨声呼出一口气："这算是自寻死路吗？"

谈墨架起了狙击枪，瞄准了卫星图景中那团巨大的能量团上疑似鸿蜮眼睛的位置："我们这是在长见识——探索人类的未知之地。"

如果这一次他们真的死在这里了，至少他们传回的数据资料还能够帮助到之后面对鸿蜮的战友。

谈墨连开三枪，穿透了坑底的岩石，击向同一个位置。

第一枪穿透了岩石，第二枪顺着第一枪的轨迹冲了进去，击中了鸿蜮的眼睛却没有造成威胁，但是第三枪紧接而至，正在消化高炙的鸿蜮终于动了动。

"沙沙……沙沙……"

谈墨的耳边传来通信器的信号声。

"谈墨……是你吗……我不是说了让你撤离吗？"高炙的声音充满疲惫和痛苦。

谈墨冷声道："我走了，谁来帮你干掉它？"

坑底剧烈震颤起来，一道一道的裂隙越来越深，地面涌起鼓包，宛如地狱开放。

吴雨声咬着牙关说："你好像招惹了一个大东西。"

谈墨哼了一声，避开高炙所在的位置，朝着那团能量团又是几枪。

嘶鸣声震耳欲聋，两只巨大的爪子伸出来，土地崩裂而开。谈墨看到无数只篮球那么大的复眼正恶狠狠地盯着自己。

就在谈墨被这些复眼吸引注意力的时候，有什么东西迅速从岩石深处蹿出，瞬间到达他们的飞行器下方。

"小心——"谈墨扣下扳机，子弹打在那东西上面，略微改变了它的角度。

吴雨声一个大回转避开，这才发现那东西竟然是鸿蜮的尾巴！

一节一节的，被刚硬的铠甲覆盖着，形似蝎尾，速度却比蝎尾快太多了。

他们在尾巴的攻击下狼狈逃避，每一瞬都惊心动魄。

谈墨不得不求助于高炙："给我哪怕一秒钟的停顿，让我打断它的尾巴！"

高炙的回答很勉强："我要抵御它的压制已经很困难，实在没办法让它更慢了……你们快走吧！"

谈墨眯起眼睛，这时候就是想走也难了！

耳边再次传来新的信号声。鸿蜮的老巢被炸，被它屏蔽的通信讯号也略有恢复。

谈墨仔细听，那是有人在呼吸，对方像是受了很重的伤，但还没有咽气。

"墨哥……咳咳……"

"小周？是你吗？你在哪里？"谈墨点了一下护目镜，扩大扫描范围，却寻找不到其他生命存在的迹象。

"我在……一个茧里……陈蘊牺牲之前把他的氧气面罩给了我……"

周叙白艰难地睁开眼睛，他的护目镜已经碎了，按道理他在黑暗里是什么都看不清的，现在他却能看清楚包裹着自己的，一根一根、密密麻麻的开普勒能量线。

他艰难地低下头，咒骂了一声。

周叙白打游戏的时候运气很差，但就算输到天怒人怨的地步他也从没爆过粗。

第七章 第一只鸿蚘

"小周……你是不是变成鸿蚘的幼种了？"谈墨问。

周叙白扯出一抹难看的笑，回答道："是啊……我好想死啊……但是我的身体被鸿蚘的神经线穿透了……它们在我的大脑里……我所有的想法它都知道。墨哥，给我个痛快吧。"

卫星扫描不到周叙白所说的茧，这个茧极大可能被藏在鸿蚘的身体下方。

周叙白还能清醒地和谈墨交谈，这就说明他还没有完全被开普勒基因同化。

还有机会。

谈墨咬紧牙关，对吴雨声说："我们赌一把，赢了得道升天，输了就上西天。"

"你想怎样？"

谈墨屏蔽了和周叙白的通信，为了不让鸿蚘从周叙白那里窃听他们的计划。

"我要打击鸿蚘的腹部，让它把困住小周的茧露出来。然后我要打断它用来控制小周的所有神经线！"

世间一切都遵循能量守恒定律，开普勒生物也是一样的。

它被谈墨击伤后不可能无缘无故恢复，必须要从高炙那里获取能量，只要高炙能扛住，周叙白就能成功脱离鸿蚘的控制，成为融合者，成为他们的助力！

"你还真是胆大包天，想人所不敢想啊！"

如果是其他人，吴雨声会觉得是天方夜谭。但这计划从谈墨的嘴里说出来，就像至暗中划开的星星之火。

也许渺小，也许燎原。

吴雨声将飞行器贴着地面，来了个大回转，那条尾巴紧随而至，像巨大的锁链，差一点将他们穿了个透心凉。

鸿蚘的腹部还藏在地下，随着尾巴的移动而转动，谈墨更换了穿透力更强的子弹，这样的子弹他只有三发，所以这一发必须要中！

谈墨深深吸了一口气，体会着身边的一切，等待着那天时地利的一刻。

他们贴着地面滑行而过，扬起了一片沙尘，当飞行器转向的瞬间，鸿蚘轻微地抬起身体，巨大的尾尖向他们甩来。

谈墨扣下扳机，子弹从尾巴的分节之间穿过，爆破声传来，鸿蚘坚硬的外壳上出现了一道碎痕。

紧接着谈墨开了第二枪，还是瞄准同一个位置。

鸿蚘已经领略过这位监察员的本事，它晃动着身体避开，那只茧终于露了出来，在月光和星子之下泛着荧光。触丝厚重得密不透风，鸿蚘的神经线没入其中。

"吴雨声掩护我！"

吴雨声立刻操控飞行器上的机枪，对着鸿蚘疯狂扫射，鸿蚘恼羞成怒，喷出无数神经线，吴雨声不得不拉高飞行器，但飞行器的尾翼还是被穿透了。吴雨声的腿部也受了伤，他果断用战术刀割断了那些神经线，血液从他的伤口渗透出来，滴滴答答，随着飞行器的高速滑行在空中洒出一片红色弧线。

谈墨更换了定向瞄准弹，对着茧和鸿蚘的腹部之间扣下扳机。

定向瞄准弹飞驰而去，鸿蚘意识到了谈墨的意图，想要挪动身体挡住自己的茧。然而高炙再度施展自己的力量，尽全力束缚鸿蚘的行动，哪怕只有一秒！

——一秒也够了！

定向瞄准弹炸开的瞬间形成数百颗微爆弹，如同火树银花，鸿蜮的神经线在同一时刻断裂，谈墨找准了机会，对着那茧又是一阵扫射。

困在茧中的周叙白倏忽感觉紧紧绷起，即将被拽走的思想恢复了自由。

他眼前浮动着氧气用完的警报，意识逐渐模糊，覆盖周身的厚实的茧壁正在被某种力量击打着，但始终无法穿透。

耳机恢复了通信，谈墨紧绷的声音传来——

"周叙白，你他妈的要是还剩一口气，就给老子自己出来！"

周叙白迷迷糊糊的，他试着动了动手指，指节还真的弯曲了。

他现在……可以控制自己的身体了？

周叙白试着动了一下，全身都在剧痛，脑子就像要爆炸一样。但他确实能动了。

"周叙白你听好了！我已经毁掉了你和鸿蜮之间的神经线联系，高队和鸿蜮对峙分散了它对自己领域的控制，你脱身的机会来了！"

谈墨的话让周叙白为之一振。

他并没有沦为失去思想的泰坦，他还保留自己的分析和思考能力，这意味着他并没有完全被同化——他是融合者！

周叙白咬紧了牙关，活动自己的胳膊，将那些神经线从自己的体内狠狠拽出。

"呃啊啊——"撕心裂肺的痛苦让他的心脏都要停止跳动。

他要出去，他必须要活着出去。

高队和谈墨付出了全部的代价来换他，他绝不能沦陷在这里！

周叙白抓住了茧丝，用力地扯开，全身肌肉都绷了起来，额头上青筋暴起。

他要出去！

谈墨和吴雨声还在和鸿蜮周旋，吴雨声看了一眼仪表，对谈墨说："这样的飞行我们坚持不了三分钟。"

谈墨死死盯着那只茧，眼见着鸿蜮又要挪动身体把它盖住了。

"休想！"谈墨朝着那只茧射出绳索，吴雨声会意猛地拖拽，将那只茧扯了出来。

但这也极大地降低了他们的速度，鸿蜮的尾巴狠狠击打在了他们的飞行器上，他们直接坠落下去！

吴雨声转身一把护住谈墨，他以后背着地，谈墨只感觉到巨大的震荡，吴雨声却一口血喷了出来。

"唔——"即便是融合者，受了这么重的伤，吴雨声也无法再继续战斗了。

鸿蜮发出咆哮，尾巴朝着谈墨拍击下来，这一次是真的避无可避了。

谈墨只能闭上眼睛，阴影笼罩在谈墨的头顶，预想中的剧痛却没有到来。

"墨哥——你愣着干吗！"熟悉的吼声传来。

谈墨睁开眼睛，发现鸿蜮尾部被无数银蓝色的丝线缠绕着，顺着紧绷的丝线看过去，才发现那赫然是周叙白。

"你……出来了……"谈墨醒过神来，拖着重伤的吴雨声向后退。

鸿蜮发现自己的幼种竟然敢反抗自己，勃然大怒，尾巴一甩就将周叙白给甩了出去。而周叙白拽紧了自己释放的神经线，利用鸿蜮甩动的力量一晃，直接落在鸿蜮的背上。

第七章 第一只鸿蛾

周叙白身姿灵敏，眨眼的工夫就到达鸿蛾的嘴边。

他的大脑剧痛无比，鸿蛾在试图以种子的力量来控制他。

但是他还是强忍着痛苦，用双手扒开了鸿蛾的嘴，鸿蛾的腹腔里传来了高炙的声音："周叙白——你快点保护谈墨他们离开！"

周叙白吼道："这家伙不死，我无论到哪里都会受它的摆布——我要么干掉它成为种子！要么死在这里！"

它的心眼到底在哪儿？

周叙白转而用双腿踩住鸿蛾的嘴，取出配枪，朝着鸿蛾的嗓子眼一阵射击。

高炙的能力使用濒临界限，他就快不能阻止鸿蛾释放神经线了。

空中一道阴影划过，一台飞行器破空而来。

"老常——"谈墨喜出望外。

常恒低空飞行，一把将谈墨拽了上来。

"没有我常恒你说你们能干点啥！"说完，他扔给谈墨一个弹夹。

谈墨一下子战意澎湃，他看着那只挣扎中的鸿蛾——只吸收了五六个人的营养就能强大到这个地步，绝对不能放它活着离开！

谈墨对周叙白说："小周，你把这混账玩意儿的上嘴皮和尾巴捆一起！"

周叙白会意，用神经线绕过鸿蛾的嘴部，随后沿着鸿蛾的尾巴一阵飞速狂奔。以前他还是普通人类的时候，连谈墨都打不过，但现在，他奔跑的速度就像风。

鸿蛾的尾巴回卷，扎向周叙白，周叙白凌空一跃，神经线如同瀑布一般飞溅而出，绕在鸿蛾的尾部，周叙白咬紧牙关，死命地拽住。

而另一面，常恒的飞行器朝着鸿蛾的下颌射出绳索，引擎全开。

鸿蛾的嘴被迫大张，但是它怎么可能甘于被摆布，它的身体整个从岩石里爬了出来，引起周遭地面的剧烈震动。它身体一转，常恒的飞行器反而被拽了回去。

"我去你的——引擎的力量不够啊！"

远处传来"轰隆轰隆"的声响，竟然有三辆重型工程车在向他们驶来。

谈墨的通信器接收到工程队的联络信号。

"兄弟！银湾市灰塔通知我们，你们需要增援。哥几个就来帮你们了！"

"所以，你们都还没走？"谈墨心头一热。

"废话！该怎么办你就说！我们工程车的牵引力那是杠杠的！"

"好，你们将工程车的牵引绳索射向鸿蛾的下颌，然后向外拉！我们要让这怪物闭不上嘴！"

谈墨又联系高炙，开口道："高队，请你帮我们尽量束缚鸿蛾的行动，多一秒我们就多一分胜算。这就是最后一击了！"

高炙只回答了两个字："收到。"

当重型工程车开进了绳索的射程范围，十几道绳索从三个方向射向它的下颌，狠狠钻了进去，接着绷直。工程车加大马力，朝着三个方向牵扯。

鸿蛾猛地发出嘶吼，空气剧烈震荡，附近的岩石都被掀了起来，形成一股泥石流的巨浪。

要不是重型工程车的抓地能力强悍，早就被掀翻了。

而控制着鸿蛾上颌还有尾巴的周叙白也快要力竭，眼睛、耳朵还有鼻子都开始往外渗血,头晕目眩,他对鸿蜮的抵抗力也越来越薄弱,好几次差一点松开了手。

鸿蜮的嘴巴被死死拉开,身体还在奋力挣扎。

"我们上!"

常恒驾驶飞行器全速冲到了鸿蜮的上方,这家伙的喉管里还有一层一层的啮齿,看着让人恶心。高炙控制着让这些啮齿全部张开,尽管只有那么一瞬,谈墨的视线透过瞄准镜,利落地捕捉到它的心脏。

子弹高速出膛,周遭的一切仿佛被这颗子弹的力量带动着,整个空间朝着鸿蜮隐隐露出来的心脏塌陷。

子弹从一层一层闭合的啮齿之间穿过,惊险却又微妙得恰到好处。鸿蜮能感受到子弹带动的气流从它的齿缝之间掠过,它的防御本能让它不顾一切喷出了神经线。

神经线四散而出,穿透周叙白,周叙白被甩了出去。

与此同时,子弹打进鸿蜮的心脏,药剂迅速扩散。

鸿蜮惊叫起来,疯狂地挣扎,但它跳动的心脏正逐渐失去活力,整个躯体上霸气蛮横的光泽一点点消失。

周叙白跌落在地,全身骨头都碎了,视线模糊,只能看到垂死的鸿蜮又向着天空喷出它的神经线。

每一道神经线都绷得很直,直入高空——它恨透了谈墨!

"墨哥……"周叙白伸长了手,仿佛他能替谈墨挡下这一切。

谈墨和常恒万万没有料到这怪物最后竟然还能来一波更猛的!简直不死不休!

他们的飞行器被神经线穿透,冒着烟直坠而下。

谈墨的左眼疼得厉害,他知道自己的眼睛被戳穿了,但他始终没有放下手中的枪,从瞄准镜里,他看到有个巴掌大的纯白色蜘蛛般的生物从鸿蜮的尾部爬了出来。

脑海中一个声音闪过——那才是鸿蜮真正的心眼。

失去了躯壳,只要心眼还在,它还能再生。

谈墨迅速从高处落下,在瞄准镜里锁死了那只想要躲进岩石缝隙里的白色蜘蛛。

当他的下坠速度和目标达到某个角度的时候,他的脑海中突然产生了一种无法描述的预感,让他扣下扳机。

子弹冲出枪膛。枪口的震颤让谈墨回过神来,他已经要和鸿蜮的躯壳相撞了。

大概这一次真的到此为止了吧……

谈墨闭上眼睛,他能抱紧的只有手中的枪。

有什么从他的身边掠过,是常恒驾驶的飞行器,常恒拽住谈墨的同时,也被谈墨的速度带到失去平衡,摔了下去。

飞行器飞出了几十米远,撞在山岩上,发出巨响。

常恒那么一拽,给了谈墨极大的缓冲。他摔下去的时候,高炙正好从鸿蜮的躯壳里爬了出来,没有多一秒,也没有迟一秒,正好接住了谈墨。

常恒及时按下弹射,跳离了飞行器。已经透支的高炙又向后栽倒下去。常恒爬过去,趴在他砸出的大口子上,吓得魂都要飞走了。

"高队——"

高炙有气无力地说:"没死……看看其他人……"

常恒从鸿蜮的身上滑了下去,先是去看看昏倒的吴雨声,发现对方还有一口气,

第七章 第一只鸿蛾

又赶去了周叙白那里,才发现周叙白全身上下都是鸿蛾的神经线,血流得到处都是。

"小周……小周……"常恒颤抖着来到周叙白的身边,摸了摸他的脉搏。

虽然很微弱,但至少还在跳动。

"吓死老子了……"常恒直接在周叙白的身边躺了下来。

高炙也没有力气动了,他侧了侧脸,看到谈墨的左眼有大量的血液流出来。

"瞎了?"高炙问。

谈墨哼了哼,想说话但还是没说出口,他的身体颤抖得厉害。

高炙明白了,他不光左眼疼,他的左腿也在疼。之前要杀死鸿蛾,谈墨的大脑高度集中,所以忽略了痛觉,但是现在一切都结束了,疼痛成百上千倍的来袭,谈墨的牙关都在咯咯作响。

高炙连喘口气都费力,只能安慰说:"小谈……就算你现在原地挂掉,也可以了无遗憾了。灰塔这么多的监察员里,你是第一个干掉鸿蛾的,可以封神了……"

夜晚的温度降得更加厉害,谈墨恒温的作战衣早就因为破损失去了保温的能力,不仅仅是疼痛,还有零下十几度的寒冷,谈墨的意识越来越模糊。

忽然有亮光照射下来,谈墨已经没有力气睁眼了。

迷迷糊糊之间,他好像听到了李哲枫的声音。

"谈墨!谈墨别睡,谈墨你醒醒……"

谈墨这一昏迷,就是两天。

当他再度醒来的时候,感觉到病床边坐着人,还不止一个。

"醒了就吱个声,睡了四十八个小时了,再睡下去就要生褥疮了。"李哲枫微凉的声音响起。

谈墨眼皮子颤了颤,终于睁开了眼睛。头顶的灯光照进眼睛里,谈墨下意识歪过了头,然后他看到了李哲枫以及……周叙白。

"阿哲,是你……"谈墨伸手想摸一摸他,总觉得李哲枫的漂亮是那么不真实。

李哲枫托住谈墨的手指,像是怕握疼他一样轻轻扣住。

"我跟你说的话你都没放在心上?你还敢跟鸿蛾正面对枪?你有几条命啊!"

李哲枫眼眶发红,他赶回来看到遍体鳞伤的谈墨时,没有人能体会他有多崩溃。

谈墨抬起食指,笑着说:"就一条。不过我还能看到你们,说明我命好……"

这一下,一直没有说话的周叙白低下头,捂住自己的脸,肩膀颤抖得厉害。

"小白……你哭什么?你这次做得很好……"谈墨朝他比了个大拇指。

"谢谢你……墨哥。"

"谢什么,没有你,我们根本对付不了鸿蛾。你看你这一次就不是躺赢的,你是实实在在地战斗到了最后一刻。"谈墨艰难地坐起来,揉了揉周叙白的脑袋,"而且我们的战斗给灰塔带来了多么宝贵的经验和信息!"

"是啊,在你们之前,鸿蛾就是洪荒传说。有谁能想到,鸿蛾的心眼才是真正的种子,外面那个庞然大物只是容纳种子的躯壳呢。"李哲枫说。

谈墨呼出一口气来:"你们能知道这个,说明我击中了那个心眼吧?"

李哲枫点了点头:"是啊,恭喜你。它已经被制成标本,送去中心城基地了。它是目前世界上唯一一个鸿蛾的心眼标本。你的一颗子弹,让人类迈出了了解开普勒生态的一大步。一战成名，你的监察员级别就快顶天了。"

谈墨笑了笑，开口道："这样看来，我的退休金应该不会少。"

"你已经升为二队的副队长了！监察员的黄金年龄，还拥有那么重要的战斗经验。退休？你想得美啊。"李哲枫没好气地说。

"什么？我都瞎了一只眼了，还不让退休？"谈墨指着自己的左眼，义愤填膺。

李哲枫冷哼了一声："瞎了？你要不再仔细感觉一下你的左眼还在不在？"

被这么一提醒，谈墨闭上右眼，他发现自己不但看得清，似乎还看得更清了！

"这……这到底怎么回事？"

他明明记得鸿蝛的神经线几乎要把他的左眼给搜出来了，这还能不瞎？

李哲峰侧了侧脸，示意周叙白的方向。

谈墨眯起眼睛："小白，不会是你治好了我的眼睛吧？"

周叙白抬起双手，在谈墨的面前十指相触，拉开无数条肉眼难辨的神经线。

"这是……你身为融合者的能力？"谈墨问。

周叙白点了点头："是的，这些神经线既可以像鸿蝛那样对猎物发起进攻，也可以搭建神经。我就是用这些神经线修复了你的左眼。"

谈墨看了周叙白良久，开口道："……兄弟，你要不要那么实诚？你可以等到灰塔批准我光荣退役，支付我养老金和抚恤金之后再治好我的眼睛！你这样子，我就得继续服役了！你忍心吗？"

李哲枫甩了个白眼，而周叙白完全没有料到谈墨会是这个反应，呆滞道："啊？"

谈墨深深地叹了一口气，决定放过这个实诚孩子："我们队伤亡情况呢？"

李哲枫回答："高队还在隔离，吴雨声和常恒多处骨折，恐怕没那么快出来。就是你们队的技术员陈蕴牺牲了，评估小组进入生态区之后，找回了他一半的遗体。"

另外一半应该是被米诺斯虫消化了。

谈墨侧过脸，眼眶有点干。

周叙白说："墨哥，你要是想哭就哭吧。"

"陈蕴是我的同班同学。这才几年啊，这帮人一半都没剩下了。"谈墨转了个身。

李哲枫摸了摸谈墨的后脑勺："还有我呢。"

"对，你也是我的同班同学……你一定得像小强那样打不死。"

"还有，墨哥……我要离开二队了。"周叙白说。

谈墨没转身，他在知晓周叙白成为融合者的那一刻就知道他会离开了。

这么高级别的融合者，只要多加训练，掌握了自己的能力，他会比高炙还厉害。

"去哪儿高就啊？"谈墨闷闷地问。

周叙白回答："去四队，当副队长。"

"可以啊，老子这么多年才混了个副队长。你毕业才多久啊，就副队长了。"

周叙白没吭声。

"小子，万事多小心……我不想在瞄准镜里看到你。"谈墨说。

周叙白笑了，还是那样，有点孩子气："我想保护你，墨哥，就像每次你带我出新手村一样。"

第八章
桥

车队转过最后的街口,灰塔近在眼前。

何映之听完李哲枫所言,看向谈墨的左眼上方:"所以,这就是那个疤?"

"是的。"李哲枫点了点头,又说,"我们曾经战胜过鸿蛾,现在你要谈墨扔下洛轻云就这么离开,他这辈子都不会甘心。"

何映之很严肃地看向李哲枫:"李队,你心里也很清楚,那一次你们能干掉鸿蛾其实非常侥幸。"

李哲枫认同道:"当年那只鸿蛾只消化了五个人类,没有获得足够的营养,并没有全面苏醒。而地铁站下方的那只鸿蛾到底有多大的能力,我们无法估量。况且当时地形空旷,有发挥空间,现在在地铁站里,我们恐怕连躲避神经线攻击都很艰难。此外,当年还有高队在束缚鸿蛾的行动,这一次没有人能够帮我们这么做了。"

"既然你清楚这些,为什么还要冒险呢?"

"因为这一次鸿蛾如果复苏,它会比三年前的那一只带来更大的危害。被它捕获的可不是普通的融合者,而是洛轻云,他体内蕴含着你们中心城至今还无法准确测量的开普勒能量。如果鸿蛾得到他的能量,别说一个小小的银湾市了,我怀疑这只鸿蛾可以在地下开疆拓土,直捣中心城。"

何映之眼瞳一颤。李哲枫说得没错,绝不能让鸿蛾吃掉洛轻云。

"我们的装备比上次更全,技术更成熟,我可以替代高队的位置,用黑火来抵抗鸿蛾。"李哲枫说。

何映之摇了摇头:"你的黑火原理是在开普勒生物体内产生大量的电流,让它们的细胞自爆。但是像鸿蛾这样级别的开普勒生物,它会抵御你的生物电流入侵它的内脏,你就算能毁掉它的躯壳,也动不了它的心眼。"

"不是还有洛轻云在它体内吗?像是他这样的人,哪里会甘心被鸿蛾消化?要对付鸿蛾,就要趁着洛轻云还能帮上忙的时候,犹豫得越久,洛轻云的消耗越大,我们的胜算就会越低。"李哲枫侧过脸看了看谈墨,又说,"这里是银湾市,我们的地盘,各种打击型武器应有尽有,比起三年前,我们有赢的资本。如果说地下空间狭窄不够我们和鸿蛾周旋,炸平了就好。"

何映之张了张嘴,看了一眼谈墨,缓慢地说:"我可以同意你们的行动。我还可以向中心城要求给你们提供更强大的远程打击,但是谈墨要留在我的身边,这是我唯一的条件。"

李哲枫眯起眼睛:"果然,我早就猜到了,你刚才立刻宣布撤离,就是因为谈墨。他跟你到底是什么关系?你为什么把他看得那么重要?"

"虽然我不确定……但如果我的推测是真的,那么,这孩子的父母曾保护过我。我本来应该抚养他长大的,可就在避难的途中我把他给弄丢了。"

何映之缓缓低下头,双手捂住自己的脸。

"我以为那孩子早就没了……可是我第一眼见到他的时候我就有一种感觉，他就是那个孩子。他的眼睛、鼻子和嘴，都跟他爸妈长得太像了。我不能让他出事，我的恩人就这么点骨血了。"

何映之的喉咙像是被掐住了，回忆涌上心头，将他的肩膀压垮。

一直沉默在旁的贺泷拍了拍何映之的肩膀，表达一种无言的安慰。

"我的父母是很勇敢的人吗？"谈墨的声音突然响起。

何映之意识到谈墨听到了他们之间的谈话。他顿了一下，用很坚定的语气回答："他们是这个世界上最勇敢的人……"

李哲枫扣着谈墨的后颈将他拉开："醒都醒了，还靠我身上占我便宜。"

"不占白不占嘛。"谈墨笑了笑，看向对面的何映之，神情认真起来，"何教授，既然我的父母是这世上最勇敢的人，那他们的儿子怎么能成为懦夫呢？"

他的目光里有一种让人无法回避的坚定。

"何教授，其实第一眼见到你时，我就觉得熟悉，靠近你都觉得你身上的味道好闻。我猜想，小的时候你一定抱过我，哄过我，保护过我。我们每个人都是父母留下的独一无二的骨血，都有人盼着我们回家。但是何教授，我必须要去战斗。"

"你和他们不一样！"何映之忽然情绪失控地吼了出来。

"哪里不一样？不都是灰塔训练出来的外勤队员吗？被鸿蜮吞下去的是我的队长，虽然那家伙总是喜欢让自己陷于危险之中，对他而言只有在极致的危险中才能获得极致的力量，但我知道他并没有人们以为的那么无坚不摧。现在，他需要我。"

何映之强行让自己冷静了下来，尽量平缓地开口道："你并没有融合者那样的能力，你去或者不去对于这场战斗都没有那么大的影响。"

谈墨回答道："可我自信——我是灰塔最厉害的监察员。"

忽然，他们的车顶发出"哐啷"一声，车轮抓地不稳，摇晃了一下。

"怎么回事？"何映之看向驾驶员。

"不知道啊！好像有什么东西跳到车上了！"

贺泷员立刻取下腰间配枪，子弹上膛的声音格外响亮。

李哲枫却一把摁下对方的枪口："别担心，自己人。"

谈墨扯出一抹笑，一把将车窗拉开，半边身子都探了出去。

风刮过他的脸，发丝飞扬而起。

车顶坐着一个年轻男人，微卷的头发，大而圆的眼睛，带着一丝天真气的脸庞。

"周叙白！果然是你回来了！"

周叙白侧过脸，伸长手臂，一把将谈墨的脑袋塞回了车内。他一个转身，单手挂在车窗边，两条腿敏捷地伸长，轻而易举地蹿了进来。

"小白！"谈墨一把抱住周叙白，把他的头发搓了个乱七八糟。

周叙白露出腼腆的笑容，和李哲枫对视之后互相点头致意。

"周队，跟你介绍一下，这位是来自中心城的专家何映之教授，他和谈墨……的父母是旧识。"李哲枫介绍说。

周叙白露出了惊讶的表情："您好，我是三队的队长周叙白。"

"周队……你是怎么到车顶上去的？"何映之好奇地问。

周叙白笑了，把拇指和食指捏住又分开，其中连着一条细若游丝的荧蓝色丝线。

第八章

"我本来坐飞行器回灰塔复命，中途看到车队，感觉到李队和墨哥在车上，就用神经线飞降下来，想吓唬一下你们，没想到墨哥一下子就猜到是我了。"

何映之睁大眼睛："你的神经线可以延伸到这么长？"

周叙白莞尔："当然。"

谈墨一把搂过周叙白的肩膀说："这家伙比蜘蛛侠还厉害呢！蜘蛛侠的丝线的作用范围就那么一点点，我们周队的神经线却能像瀑布一样，万马奔腾啊！"

周叙白歪过脸，反手就把谈墨的脑袋给摁下去了："你还敢说！我给你打了那么多次卫星电话，你都不接！"

"接了你的电话也没什么好事！不是叫我少吃糖就是叫我多锻炼！"谈墨好不容易把自己的脑袋从周叙白的手下拯救出来。

周叙白看了看李哲枫，再看了看何映之："气氛好像很紧张啊。是因为二十分钟之前发现的鸿蜮吗？"

"是。"李哲枫点了点头，"一队的队长洛轻云被它捕捉了。"

周叙白眉梢一扬："洛轻云？那个单人干掉一整个四级生态区的洛轻云？"

谈墨点了点头："那家伙没死。但我们再不去捞他，他就真的会变成大便，被鸿蜮拉出来了。"

周叙白张了张嘴："我才……刚吃了个汉堡。"

李哲枫看向何映之说："何教授，周队也回来了，我们的胜算又多了几成。我知道您顾虑谈墨的安危，但是身为监察员，他的职责是在制高点寻找机会射击，危险系数比直面鸿蜮的我还有周队都小。"

周叙白也开口道："我认识的墨哥，不会扔下自己的队友，不会放弃一切希望。他不是温室里的小花，他是……我们的定海神针。"

"小白，你对我的评价这么高？"谈墨非常感动。

周叙白露出了一个嫌弃的小表情："你自己几斤几两心里没点数吗？哪一次大闹天宫完了不是我们给你擦屁股？"

贺泷突然开口道："何教授，大丈夫有所为有所不为。一个人一旦自己坚守的原则和骄傲都被折断了，活着也跟死了没什么不同了。"

何映之闭上了眼睛，咬着牙："你是不是一定要去？"

"是。"谈墨的回答很坚定。

"那你……一定要活着回来。"何映之睁开眼睛，看向谈墨。

谈墨点点头："等我活着回来，请您告诉我……关于我父母的故事。"

中心城下达了全力对抗鸿蜮的指示，银湾市灰塔进入前所未有的战备状态。

全体成员召开十分钟紧急会议，何映之负责进行作战讲解。谈墨他们则先去了装备库，黄丽丽和夏乘风等后勤人员万分紧张地为他们做最后的装备检查。

谈墨照例从韩准那里领取朱雀，交接的时候，韩准拉了他一下。

"怎么了，韩大工程师有何指教？"谈墨笑着问。

"你……你要活着。我们都守在这里，如果你们打不过那只大怪物，我们就会被它吃掉了。"韩准说。

就算再天才再高智商，韩准也只是十多岁的孩子，会害怕的孩子。

谈墨笑道:"我会让你平安长大,变成人见人嫌的糟老头子。"

"滚啊。"韩准毫不客气地踹了谈墨一脚。

临别的时候,黄丽丽给了谈墨一个拥抱:"老弟,本来姐姐还想开个赌局,但是大家都赌你会灭了那家伙。"

谈墨笑了一下,拍了拍黄丽丽的后背:"那挺倒霉的,赢不了钱了。"

谈墨刚要离开,就被人叫住了。是贺泷。

"谈副队,何教授要我送东西给你。"

谈墨接过来一看,发现是何映之的防护服,一下子就着急了:"他把这个给我干什么?他怎么办?"

"谈副队,何教授不是那种会让你苟且于当下的人,他那么不愿意你去前线必然有他的原因。请你理解他,也不要让他寝食难安。"

谈墨顿了顿,接过那件防护衣:"我明白了。"

李哲枫正在擦拭自己的战术刀,只瞥了谈墨一眼,耳边的通信器忽然提示有机要频道的联系。他抬起手指点了一下,那一头传来何映之的声音。

"李队,此刻我所说的只有你知道,没有第二个人能听见。"

李哲枫淡淡地"嗯"了一声。

"首先,谈墨绝对不能被开普勒生态同化。他很大概率不会成为像你和周队那样的融合者,他会直接越界。"

李哲枫的神情顿了一下,继续若无其事地检查自己的弹夹。

"第二,他一定要活着。只要他活着,只要他还是人类,开普勒生物就无法达到它们的巅峰。

"我是不愿意让他亲身赴险的,但匹夫无罪,怀璧其罪。既然这样,就把鸿蜮当成他的磨刀石吧。其他的我不能多说,但我要告诉你,为了让他活下来,有很多人付出了生命的代价。"

李哲枫没有出声,掐断了联络。

其实李哲枫的内心深处早就明白谈墨是特别的。

一个普通的人类,要如何做到一次又一次准确命中高级生态区的种子?要如何才能一次又一次地接收到开普勒生物的讯息?

那不是命运也不是巧合,那是一种天赋,一种源于基因深处的天赋。

敢于面对这种天赋,并承担相应的责任,才是让那么多人甘愿保护谈墨的理由。

谈墨已经换上了防护衣,背着枪登上飞行器。

他回头看了一眼李哲枫,李哲枫很难得地朝他浅浅地笑了一下。

为了全面配合他们的行动,中心城同一时刻发射了三枚导弹。它们在空中高速穿行,地面的部队抬起眼,只能看到一闪而过的痕迹。

巨大的爆炸声传来,强烈的冲击波向着四面八方蔓延,楼宇垮塌,砖石尽毁,电磁脉冲直入地下上百米,目的就是把地下藏身的鸿蜮逼出来,也是为了荡平战场。

在"黑色皇后"里的谈墨看着卫星传送来的画面,那个巨大的坑洞非常夸张。

"这就算真把鸿蜮收拾了,以后重建的成本也很高吧?"吴雨声说。

"鸿蜮这种级别的开普勒生物入侵人类领地,对于中心城来讲,是要不计一切代价去阻止的。"谈墨唏嘘道。

导弹的余威没有消退，四周仍然有高楼像多米诺骨牌一样坍塌，而坍塌的范围就是电磁脉冲的影响范围。

而在那个巨大坑洞的边缘，有什么东西拱了起来。

江春雷凑过去，紧张极了："这个……是鸿蛾要出来了吧？"

谈墨摇了摇头："应该不是鸿蛾。一方生态区霸主，怎么可能连个前哨都没有？"

果然，有三只巨大的蝴蝶状生物破土而出，它们飞行的速度极快，翅膀红光如血流动，就像着了火一般，冲向灰塔指挥中心。

那是攻击力极强的米诺斯虫系生物——血珀蝶。

还有一只朝空中的"黑色皇后"飞来，江春雷立刻闪避："它们想干什么？"

谈墨回到自己的座位，系上了安全带："它们出来觅食，给鸿蛾提供养分。鸿蛾的养分越足，就越能尽快消化和吸收洛轻云。"

"哒哒哒哒哒"，一阵密集的炮火之后，血珀蝶的翅膀被打穿，艳红的液体在空中飘洒，一串连着一串，但这些血液仿佛有自己的意识，很快像凝胶一样恢复如初。

"这玩意儿打不死啊！"江春雷表示很心烦。

广播里传来何映之的声音："不要去打血珀蝶的翅膀，打它们小腹之下的凹槽，那是它们真正的大脑。"

"还是何教授知识丰富。"江春雷想瞄准血珀蝶的腹部，但是血珀蝶的飞行速度太快，他连连射失。

谈墨开口道："要不要我来？"

江春雷感到一种深深的羞辱，之前他遥控狙击枪就被高炙说过准头太差，他练了好久，真的是不甘心就这么放弃。

"论狙击，我当然不如谈副队。但是论操纵无人机，我江春雷说第二，没人敢说第一！"

"哦嚯，你挺膨胀啊。"谈墨乐了。

江春雷赶紧补充："我是说在银湾市灰塔。"

说完他打开操作面板，两架无人机"嗡嗡"飞了出去。

它们的速度比飞行器更快，江春雷升级了瞄准系统，一旦锁定目标，它们就会一直跟随。其中一架无人机逼得这只血珀蝶侧翼飞行，另一架果断射击，命中！

血珀蝶在半空中扑腾，血点四散开来，很快只剩一副骨架，摔了个粉碎。

谈墨朝着江春雷伸出了大拇指："平地一惊雷，你终于闪亮登场了！"

"那是。"江春雷得意地摸了摸鼻尖。

卫星扫描显示，被炸开的大坑里出现了大量开普勒生物正在活动的痕迹。

无数米诺斯虫从地下冒了出来，乌泱泱一片，就像行军蚁一样，遮天蔽日。

耿劲柔冷笑，他等的就是这一刻。

人类的领地，可不是那么好入侵的，既然来了，就要付出代价。

灰塔顶端一道亮蓝色的光束直冲云霄，在抵达极限后，忽然向着四面八方散开，如同一把巨大的雨伞。

无数微小的定向瞄准弹像是暴雨倾盆般落下。

飞行器里的外勤队员们都看呆了。

"天啊——这是最新的研发成果吗?"江春雷这个技术控都要把脸塞进屏幕里了。

谈墨笑了一下:"看来灰塔这回是下了巨大的血本了。"

那些定向瞄准弹准确地在米诺斯虫的身上炸开,形成一大片密集的能量团。

爆炸经过十几分钟才停了下来,领域内的生物尽数被毁,这对于鸿蛾来说也是极大的打击。

"那鬼东西还是不肯出来?"江春雷挠了挠头。

"没关系,我们自然有人能逼它出来。"谈墨冷声道。

一台飞行器从坑洞的上空掠过,周叙白一跃而下,落在坑底。他半蹲下来,一只手撑在地面上,无数神经线从他的体内延伸而出,钻入地下,向下穿行,追击着那只鸿蛾。

地面上出现了一个又一个巨大起伏的波浪,那是鸿蛾逃跑的动静。

"轰"一声巨响之后,这只庞然大物从地下钻出了半截身子。无数的复眼颤抖,极为凶悍地瞪着周叙白。

周叙白向后一翻,手中的神经线弹动,折射出无数细密的荧蓝色淡光,裹住鸿蛾的脑袋。

"妈呀,这看起来就像蚍蜉撼大树?"常恒担忧地说。

周叙白没有丝毫畏惧,向后又是一退,用尽全力要把这东西拽出来。而鸿蛾也不是省油的灯,立刻也朝着周叙白喷出了密集如洪水泄堤一般的神经线。

双方的交战就像两股浪潮拍击,神经线之间的互相撕咬看得人心惊肉跳。

就在这个时候,李哲枫从飞行器上一跃而下,刚好落在鸿蛾的脑袋上方。他重心往下,一手向后压在鸿蛾的身上,滑雪一样从鸿蛾的头部向下而去。双手所到之处,燃起熊熊黑火。鸿蛾释放出大量的神经线试图捕捉李哲枫,周叙白也不遑多让,释放出神经线来抵御。

谈墨看呆了:"周叙白……什么时候变得这么厉害了?"

常恒也叹为观止地点头:"是啊,是啊,人家已经不是你的大白兔奶糖了!"

洛轻云在鸿蛾的腹中已经待了将近两个小时了。无数细微的神经线将他重重包裹,一点一点摄取着他的能量。它们就快要和他融为一体了。

洛轻云能感觉到有什么在流逝,尽管他尽全力抵抗着。他知道自己在寻找答案,一个关于开普勒生物,又或者说是关于自己力量起源和界限的答案。

他行走过各种致命的危险,他对"活着"本身并没有那么大的期待。

没有人惦记他,没有什么真正挽留他,没有什么让他热爱。

所以他才放肆地,不顾一切地去追逐那个宛如镜花水月的答案。

可是此刻,他竟然有点不甘心。

他还没能体会那个人的情谊和温暖,没有被他从瞄准镜之外的地方锁死,没有在生死的尽头看到对方最原本的样子。他不知道如果自己真的消失在这个世界上,那个人会不会长久地怀念他。

还是说自己对于他来说就和那些阵亡在一线的队友没有什么两样。

他会对着他冰冷的墓碑洒一杯酒,又或者点一支烟。

遗憾凝聚成莫名的力量朝他涌来,让他费尽力气也想爬出这个密不透风的躯壳。

第八章 桥

他不可以死在这里。他绝对不能死在这里。

洛轻云的思想拼了命地上浮，那一瞬，他想到的全部是那个人的模样。

——他低下头向自己要烟时云淡风轻，却在洛轻云心底留下连天烽火的笑容。

——他托着枪专心致志地瞄准，生死不为所动的坚定。

——他那眼睫上经停过一只瓢虫的温柔。

洛轻云猛地睁开眼睛，发现自己竟然处于一片荒漠之中。

沙海起伏，日光灼灼，绵延没有尽头的天际，荒凉到让人绝望。

他就像个孤独的旅客，每一步都在向着死亡迈进，却无法回头。

他不行了，他真的不行了。

谈墨。谈墨。谈墨。

你还会像之前那样千方百计地来救我吗？

他觉得自己无法得知答案了。

坠落的瞬间，有人一把托住了他。

"谈……墨……"他用干哑的嗓音念出那个名字。

平和如云卷云舒的声音响起："既然你还心有执着，为什么不回头？"

洛轻云艰难地抬起眼睛，看到一个身着迷彩服的男人。

他是谁？他为什么会在这里？

逆着光，洛轻云看不清对方的样子，却感觉到一种难以解释的亲切。对方侧了侧脸，洛轻云惊觉这人侧脸的轮廓和谈墨极为相似。

"再向前，你就要越界了。"对方开口道。

洛轻云费力地想要看清楚对方："谈墨吗？你为什么……在这里？"

"我不是谈墨，但我知道他在等你。所以我来到这里，阻止你继续向前——这里是开普勒的高维世界，也是脱离了物质凭依的世界。你还没有到越界的时候，所以你该回去了。"男人开口道。

"回去？我要怎么回去？"

男人低下了头，洛轻云这才看清楚他的眉眼，他眼部的轮廓和谈墨很像，但比谈墨显得更成熟，有一种历经沧桑和生死之后的超然和坚毅。

"在开普勒的物质世界里，能量是流动的。你的双手，是连接两个世界的桥梁。让能量从桥的这一边，去到那一边吧。"

洛轻云还在思考着这句话里的意思，男人的手却在他的肩膀上推了一下，洛轻云朝后倒下。

他猛地惊醒，还没来得及睁开眼，就感觉自己的身体已经被鸿鹕的神经线完全占领了。这种神经线不是用来进攻的，更加纤细且富有韧性，是鸿鹕用来吸收和团聚能量的渠道。

洛轻云想反抗，但是他正在变得衰弱。他试着动了动，发现自己已经失去了对身体的控制力。

——开普勒世界的能量是流动的。

洛轻云还是不知道要怎样才能让自己的能量流回来，反而有更多的神经纤维从他的体内游离而出，从他的血管里，从他调动肌肉的每一根神经里，经由他的肌肤渗出，互相交织，隐隐形成一个人的形状。

它缓缓低下头靠近洛轻云，像是在观察着他的表情和样子，它越靠越近，直到轻轻贴着洛轻云的眼角，像是在提取他最不为人所知的记忆细节。

它在模仿和复制。

周叙白想要束缚鸿蜮，但是没有支点。

"黑色皇后"从他头顶盘旋而过，周叙白立刻明白了谈墨的意思，释放出大量的神经线缠在飞行器引擎上，随后他一跃而起，绕着鸿蜮的头部足足转了两周。

但还远远不够。

鸿蜮摇头晃脑，撞得周叙白一身狼狈，肋骨都裂了。

李哲枫踩在周叙白的神经线上借力一弹，战术刀扎进鸿蜮脑袋中央的细缝里，黑火沿着战术刀的刀刃淬入鸿蜮的外壳之下，终于烧到了它的血肉。

"呜呜呜……喀啦喀啦……"鸿蜮剧痛难忍，周身的壳甲都竖了起来。

李哲枫借着刀柄用力翻身，惊险地避开鸿蜮的攻击。

"黑色皇后"将神经线绷成直线，引擎全开，将鸿蜮整个翻了过来，露出泛着荧光的腹部。

谈墨和吴雨声则乘坐小型双人飞行器从"黑色皇后"中离开，吴雨声保持匀速驾驶，而谈墨托枪瞄准。

这一次他使用的是特制的爆破弹，能量足以炸开一栋十层的楼。

"可别把洛队给炸死了。"吴雨声说。

谈墨没什么感情地回答："别小看人……就算真炸死了，那也是他命不好。"

说完，谈墨扣下扳机。这一发冲击力很强，双人飞行器也跟着颤了一下，但是谈墨的射击没有失去准头，他成功命中了鸿蜮腹部那个明亮的蓝色光斑。

"砰——"的一声巨响，鸿蜮的腹部应声被炸开了一个大洞！

米诺斯虫系特有的蛋白丝极尽所能地想让鸿蜮大开的腹部愈合，但李哲枫一跃而起，在蛋白丝上跳过，黑火汹涌地烧了进去，无数细胞在同一时间破裂。

鸿蜮的腹部彻底裂开了，里面密密麻麻，流动着千丝万缕的神经线。

吴雨声立刻拉升飞行高度。谈墨睁大了眼睛，企图在这些厚实的神经线里寻找洛轻云。

"这是一大碗发光的过桥米线吗？"谈墨吐槽道。

就快精疲力竭的周叙白在通信器里回答："我可吃不下……"

指挥中心里，何映之通过卫星传送的图像看着这一切，眉头皱了起来。

"何教授，怎么了？"黄丽丽端来一杯咖啡放在他面前。鸿蜮都被开膛破肚了，这位大教授的表情看起来却更严肃了。

"这不对劲。"

何映之接通和谈墨他们的通信频道。

"谈墨，你三年前见到的那只鸿蜮腹腔内有这么多的神经线吗？"

谈墨回答："没有。"

"我怀疑，这是凌喻曾经提出过的一个理论——开普勒能量成像。"

谈墨叹了口气说："我文化程度不高，众所周知的灰塔三年义务教育漏网之鱼。"

"我是在说……"

第八章

何映之话还没有说完，一只手就从那堆厚实的银蓝色"粉丝"里伸了出来。

谈墨眼睛一亮，吴雨声立刻压低飞行高度。

谈墨认出来了，那是洛轻云的手。虽然没有戴手套，但这家伙手指修长，指节比例匀称，甲盖比一般人要长，有一种独特的美感。

"拉他出来。"

谈墨已经顾不上会不会被那只手的力量影响，把半个身子都探出了飞行器，就要去拽洛轻云。

"别——它不是——"

何映之的呼喊声在谈墨耳边响起，和着电磁的波动非常刺耳。

那一瞬间，危机感涌上谈墨的心头。

谈墨勾起自己的指尖，眼看着他就要和洛轻云的手指错过，那只手却毫无预兆地向上一伸，扣住了谈墨的手腕。那股力量大到不可抗拒，直接将谈墨从双人飞行器上拽了下来。

"谈墨！"吴雨声想抓住他，但只够到了谈墨下意识扔回去的"朱雀"。

周叙白释放出大量的神经线，快如闪电，却连碰到谈墨的机会都没有，谈墨就这么被鸿蜮体内的神经线包裹淹没了。

"老天……"吴雨声呆呆地看着眼前的场景，他实在不敢相信。

周叙白的脸色难看至极，正要冲进去，却被李哲枫一把拽了回来。

"冷静，谈墨身上穿着何教授给的防护衣，他没那么容易被鸿蜮吸收。"

李哲枫的话让周叙白瞬间冷静下来。他们不能慌。

李哲枫接通了何映之的通信，开口道："何教授，现在怎么办？"

何映之用左手扣住自己颤抖的右手，尽量让自己的声音冷静下来："周队，你是医疗兵出身对吧？"

周叙白回答："是的。"

"把它腹腔里的神经线全部切除。鸿蜮拥有超强的再生能力，为了阻止它的神经线再生，请李队灼烧所有神经线的切口，毁坏它的切面细胞。"何映之说。

李哲枫又问："你之前想说的是什么？"

"我是想警告谈墨——那只伸出来的手未必是洛轻云，很可能是鸿蜮体内的那个心眼！"

李哲枫冷笑了一下："心眼都长成洛轻云的样子了？真有意思——等解决了它，何教授给我们好好上上课！"

周叙白的神经线倾泻而下，喷珠飞雪，破风直泻，撞进鸿蜮的腹部。

紧接着李哲枫的黑色火焰迸起，声似奔雷。

守在屏幕前的人都被这气势如虹的场面给镇住了。

谈墨意识飘忽，透过氧气面罩，他看到夜空银河旋转后留下的无数缎带，接着是洛轻云低着眼专注地看着他。

"我在这里呢，谈墨。别害怕。"语气温柔而亲昵。

他的指尖点在谈墨的氧气面罩上，仿佛在寻找着什么。

他想打开它。

谈墨呼吸着，他戴着的氧气面罩是何映之的，据说抗压能力堪比深海潜水艇。

他感觉到有什么东西在自己的身上游走，寻找着缝隙，想渗进他的防护衣。

谈墨难看地笑了一下，此刻他真的超感激何映之，要不是这身防护服，自己已经成为鸿蛾的营养了。

"谁啊——肖想脱老子的衣服？"谈墨开口道。

一个极其漂亮的男人完全现身于谈墨的面前，他的身上还留有许多淡蓝色的神经线，这些神经线一部分和鸿蛾的本体连接在一起，另一部分缠绕在谈墨的身上。

"是我。"依然是洛轻云的声音。

谈墨闭上了眼睛，这声音见鬼的温柔，不只让人心软还让人腿软。

难不成这就是所谓的"温柔乡"？

"打开它。"洛轻云的指节曲起来，很乖巧地在面罩上敲了敲。

谈墨抬起了手，轻轻捏着洛轻云的发丝，又摸了摸他的脸颊和脖子。

"你真漂亮。"谈墨说。

没有了那种横跨生死的冷漠，也没有了那种对人性的疏淡，就连眉骨和下颌透出来的果决也变得无比柔和。

而现在那双眼睛里是一种带着乞求意味的渴望，与平日里洛轻云不经意间透出的让人害怕的控制欲完全不同。

"可我碰不到你。"洛轻云靠着谈墨说。

谈墨之前的段位一直不如洛轻云，这一次总算能扳回一城了。

"得不到的才想要嘛。"谈墨懒洋洋地说。

洛轻云笑了一下，唇线弯出一抹邪气："所以你很清楚我想要你，还这么恶劣地钓着我？你真的很懂得利用自己的优势啊。"

谈墨慢悠悠地抿了一下上唇，重音道："'你'也很懂得利用自己的优势啊。你都知道洛轻云的眼睛眉毛就连指甲盖都长在我的审美上了。可惜，他脾气不大好，还总是吓唬我。"

"我吓唬你什么了？"

那双手隔着防护衣游弋着，先是卸掉了谈墨的配枪，接着是战术包和战术刀。

"总是一副要吃了我的样子。"谈墨回答。

洛轻云似笑非笑，双手握在谈墨的脖子上。

"打开你的面罩。"

谈墨回答："不要。"

"打开。"

温柔的语气变得阴冷起来，那双手施加的力气变大，谈墨感觉到有点窒息。

"你可真没耐心……我才不打开……"

实际上，谈墨也无法打开。氧气面罩是何映之设定的，只有何映之才能打开它。

"打开它！"

洛轻云掐着谈墨的脖子撞了过来，"咚"的一声，一瞬间谈墨看到了洛轻云狰狞的表情和那双眼睛里的凶狠。

那是饥饿至极的猛兽不顾一切求生的疯狂。

谈墨闭上眼睛忍受着对方发狂的敲击，内心只想冷笑。

"你才是真正的鸿蛓……对吧?"谈墨问。

掐着他的疯子停了下来,隔着面罩,用一种难以描述的目光仔细打量着谈墨,然后极为肯定地回答说:"我是洛轻云。"

谈墨的心底已经有了最坏的预料。

这个神经病,啊,不对,洛轻云本来就有那么点神经病,应该说这个怪物在强调自己就是洛轻云,也就是说它目前所拥有的一切都来源于洛轻云。

洛轻云……很可能真的被鸿蛓消化了,然后鸿蛓把自己的心眼塑造成洛轻云的模样,目的就是为了取代洛轻云。

"没用的,你仿造得了他的身体,但你复制不了……"

对方的手指捏在面罩上,面罩发出"喀拉喀拉"的声音,谈墨额角上的青筋都绷了起来。

"你复制不了他的开普勒世界。"

谈墨闭上了眼睛,他知道身为普通人类的自己已经无能为力了,只能寄希望于外头的李哲枫和周叙白能救他出去。

"哈哈哈哈哈——"

它大笑起来,像是听到了一个离谱的笑话。

"可我能复制他所有想对你做的事情。"

又是一记重击,谈墨的耳边传来轻微的声响。

"我会让你哭出来。

"我会让你求饶。

"我会让你深深明白——你的归属!"

谈墨睁开眼睛,惊觉自己的氧气面罩已经被对方砸出了一道裂隙。他倒吸一口凉气,耳边传来防护服系统的警报声。

"警报,警报,氧气面罩受损!"

它凑近了看着谈墨,那道裂隙就在它的双眼之间。目光灼然,贪婪和欲望交织,顺着谈墨的眼睛,烧进他的大脑,让他全身的血液沸腾一般鼓噪。

完蛋了。

它隔着面罩轻轻贴着谈墨:"你知道我有多想……把你变成我的幼种,统治你,让你沉沦。"

谈墨连呼吸都要克制,它的力量已经从那道小小的裂隙里渗进来了。

"在你的每个细胞里都留下标记,让整个开普勒世界都知道你为我所有……"

它用最温柔的语气说着最让人毛骨悚然的话。

那只和洛轻云一模一样的手覆在谈墨的小腹上,明明隔着防护服,谈墨还是能感觉到一种阴冷。

而洛轻云的掌心是不同的,总是带着温度提醒谈墨——他的心其实是热的。

"我要到达……我要占领你的一切。"

怪物抬起手掌,指尖却用力点在谈墨小腹上,嘴角扬起恶劣的笑容。

谈墨背脊一片发凉。

它又是一撞,氧气面罩再也承受不住那重量,碎裂开来。谈墨的心脏猛地一跳,无数神经线涌了进来,将他身上的防护衣扯开。

"你是我的了。"

它扣紧了谈墨的后脑,低下头。

洛轻云——洛轻云你这没用的东西真的死了吗!

一只手从突然从黑暗深处伸出来,扣住怪物的脖子,将它拽起。

它露出难以置信又凶狠的表情,咬牙切齿说:"你还有力气呢?"

那只手力气极大,掐得它的骨头咯咯作响。原本缠绕在谈墨身上的神经线都缩了回去,涌进黑暗当中,谈墨看清了,那尽头是一只密不透风的茧。

"谁让你碰他!"发狠的声音响起。

是洛轻云,真正的洛轻云还在那个茧里面!

它想拧断洛轻云的手,没想到反被洛轻云拖了过去,后背抵在厚实的茧壁上。

谈墨濒临窒息,意识逐渐模糊,只是挣扎着抬起手想去够洛轻云。

这家伙还活着……他没死……他还没死……

洛轻云体内为剩不多的能量就快被鸿蜮吸收尽了,他大脑里所有的记忆都被鸿蜮渗透进来的神经线摄取,而茧外的那个复制品也越来越像他。

"我就是你……我就是你……那些将你困在中心城的人类,他们把你当成小白鼠,把你当成异类……我会让他们后悔,你所有的痛苦我会让他们成百上千倍地偿还——而你想要的,我会为你得到……谈墨,他是我们的了……"

洛轻云的大脑细胞正逐渐衰死,他已经快要记不得中心城里那些冷漠的脸,也快要忘记那些对自己抱有善意却已经永远消失的人,他的呼吸越来越费力。

本能却驱使着他不断向外挣脱,就是将血肉剥离,就算这个身体荡然无存,他也有必须要握住的东西。

他要抓住他,他必须要抓住他。

那是被最坚定专注的力量击穿的孔洞,是光漏下来的地方……

洛轻云拖拽着万千神经线,将那只茧撕开,挤了出来,他的双眼没有焦距,银蓝色的血丝在他的眼瞳中聚积。

谈墨已经彻底无法呼吸了,失去意识的瞬间,洛轻云的指尖终于碰到了他。

就像充满执念的行尸走肉,洛轻云一把将谈墨扣入自己的怀里。

鸿蜮的神经线疯狂摄取着洛轻云最后的开普勒能量,但就在洛轻云用手掌扣住谈墨后背的那一刻,他眼前那片蔓延无尽的黄沙荒漠仿佛被某种力量扯开,蜕变为深蓝色的海洋和幽绿色的茂盛大陆,无穷的能量从中磅礴而出。

洛轻云看到那个穿着迷彩服的男人就站在海陆之间,对他说:"记住我的话——开普勒的能量是流动的,而你是那座独一无二的桥梁。"

强大到几乎不可驾驭的力量冲进洛轻云扣着谈墨的那只手,仿佛谈墨就是那个生机迸发的世界本身。

这是一场波澜壮阔的升变,洛轻云从来没有意识到过自己原来这样强大,他的力量蓬勃而出,那些纠缠他的神经线像被高压水流冲击挤迫,瞬间爆裂开来。

壮阔的洪流在鸿蜮的体内穿行,摧枯拉朽。

它的心眼眼看着自己的身体崩溃毁灭。

"不可能的……这怎么可能……"

洛轻云的意识一点一点地恢复了,他视线聚焦,看到怀里的谈墨,失而复得的

第八章

喜悦涌上他的心头。而整个空间里，从那些剧烈的荧蓝色亮光里，洛轻云看见了无限微观的、无法用语言描述的力量。

直觉告诉他，那就是流动着的开普勒能量。

鸿螈的躯壳被轰然摧毁，像一场声势浩大的行星爆炸。周叙白束缚着鸿螈的神经线尽数断裂，李哲枫的黑火被另一股力量碾灭，二人都被震出了几十米远。

尘埃跌宕，烟尘之中隐隐看到一个人影。

全息屏幕前的每一个人都紧张万分。

黄丽丽颤着声自言自语："发生……什么了？"

何映之死死盯着屏幕，直到烟尘散开，露出洛轻云的侧脸。

他的怀里抱着谈墨，双眼茫然，思维还在别的地方。

"洛队——"坐在双人飞行器上的吴雨声露出惊喜的表情。

他刚要下降高度就收到来自何映之的警告："别去！你不知道他到底是谁！"

李哲枫和周叙白的身形略微摇晃，他们已经精疲力竭了。

"何教授，现在什么情况？"李哲枫问。

何映之回答说："根据我对鸿螈的研究，它体内的神经纤维拥有吸收和再造的能力。它可以为自己的心眼创造出一个和洛轻云一模一样的躯壳，取代他。"

李哲枫的目光冷下来："这才是鸿螈捕捉洛轻云真正的原因吧？"

代替洛轻云的身份，进入人类的世界。

它如果连洛轻云的记忆都吸取了，他们还能如何分辨真假？细想之下，真是令人毛骨悚然。

周叙白呼出一口气来："无论真假，谈墨都在他的手上啊。"

卫星拉近镜头，何映之看到谈墨的氧气面罩都被毁了，额角上冷汗直流。

"你们先把谈墨带回来。"

李哲枫和周叙白交换了一个眼神，周叙白甩出一张网，李哲枫一跃而起，顺着网丝滑向洛轻云，伸手要将谈墨拽出来，却没想到洛轻云忽然一把拽住了网。

他们要带走怀里的人。带走他的所有，他的一切，只属于他的世界。

洛轻云抬起眼，眼底淬着寒意，视野所及之处，万物凋零衰败。

——你是那座桥，能量从这一头，到那一头。

周叙白周身一颤，他感到体内的能量正沿着自己释放的神经线流向洛轻云。

"怎么……回事……"

李哲枫还没碰到谈墨就摔了下来，单手撑地，危机感让他瞬间撤出十几米远。

"周队！"

周叙白的身体表面有无数蓝色的粒子飘散而出，朝洛轻云的方向汇聚。

洛轻云侧着脸，看着周叙白，声音冰冷："他是我的。他只是我的。"

周叙白的骨骼咯咯作响。

看着这一幕的何映之猛地坐了起来，"李队！你马上断开周队和洛轻云的连接！洛轻云在吸收周队的开普勒能量！"

李哲枫一阵心惊，迅速上前，指尖滑过周叙白的神经线，仅仅是触碰他就感应到自己体内有什么被夺走了一些。

黑火沿着神经线一阵燃烧，在即将熄灭的瞬间，周叙白终于将它们扯断，向后跌坐了下去。

"这是……这是什么鬼……"周叙白差点喘不上气。

何映之颤着声音说："他失控了……他的能力……年幼的时候是掠夺比自己级别更低的生态区……到后来他变得可以吸收克莱因之瓶的能量……而现在，他已经可以直接吸收你们的能量了。"

"卫星扫描结果呢？"李哲枫问。

何映之看着眼前的数值，开口道："开普勒值已经超过界限六十多倍了。"

李哲枫和周叙白的神情冷了下来。

屏幕前的耿劲柔也如坠冰窖。没想到好不容易消灭了鸿蜮，洛轻云却越界了。

"我现在就派监察员过去。"耿劲柔说。

高炙走了进来，看着眼前的场景，冷静道："不用了。唯一有可能击中洛轻云的监察员就在他手上。"

"那我能怎么办？融合者越界，派出监察员是标准操作！"

高炙眯着眼睛看着洛轻云，良久开口道："你没有发现吗？只要不去动谈墨，洛轻云就没有什么攻击性。我们赌一把吧。"

高炙联系上何映之，开口道："何教授，现在这个情况，按照常理，你只能通知中心城基地，像对付鸿蜮一样对付洛轻云，把那一片夷为平地。"

何映之的喉咙动了一下："不可能。那样谈墨会死。"

"那我们只能赌一把——相信洛轻云不是越界，而是像过去那样，能量负载，只要等他把能量消耗掉，就能恢复正常。"

"那如果他把谈墨带走呢？"何映之问。

高炙回答："带走……也好过死了。"

被洛轻云抱在怀里的谈墨突然胸腔一颤，猛地吸了一口气，接着他用力大口地呼吸起来，不远处传来周叙白和李哲枫的呼喊声。

"谈墨！谈墨你醒过来了吗？"

谈墨睁开眼，映入眼底的就是洛轻云的眼睛。

他的思维像是被那双眼睛吸走了，谈墨抬起手拽住洛轻云。

"洛……洛轻云……"

不知道是不是因为洛轻云的手掌就这么托着他，他所看到的一切都变了样子。

无数带着亮光的细丝正汇聚着涌入洛轻云的身体，他就像个巨大的能量聚集体。

大概是听到了谈墨的呼唤，洛轻云的眼睫颤了颤。

"开普勒世界的能量是流动的……"洛轻云说。

谈墨想起上一次在地铁站里洛轻云吸收完克莱因之瓶的场景，立刻反应过来："我愿意再去一趟你的开普勒世界……我可以……"

"不是我的开普勒世界……而是你的。"

谈墨还没能理解洛轻云的意思，身体突然失重下沉。当他睁开眼睛的时候，他看到的是一片烈日荒漠。

荒漠之中，有人正逆着风徒步前行。

他的背影挺拔坚毅，谈墨看见他的第一眼就有一种强烈的熟悉感和安全感。

第八章

谈墨狂奔过去，刚碰到对方的肩膀，对方就向后退了一步。

"是你？我见过你！"

这是一个陌生又熟悉的男人，他穿着迷彩服，五官硬朗成熟。那一次谈墨被虫薛覆盖，就看到这个男人在被一个十三四岁少年的追杀，那个少年还对他释放了克莱因之瓶，可男人身手逆天，成功逃入了隔离区。

"你是谁？"谈墨想要上前抓住他，对方却又后退了一步。

男人说："你该回去了。"

"这里是哪里？你到底是谁？你为什么在这里？"

"这里吗？"男人抬眼看了看天空，"这里是人类世界和开普勒世界的交界处。至于我在这里干什么……当然是守着你。"

谈墨歪了歪脑袋，开口问："守着我？"

"再不回头，你和洛轻云就都回不去了。"男人说。

"我要怎么才能回去？"

"闭上你的眼睛，体会这个世界能量的流动，就像瀑布急坠也会落入深潭，江河奔流最终会回到海洋，夜的尽头是黎明，一切都是周而复始。"

在他的话里，谈墨好像看到了沧海桑田、万物枯荣。

"再见，孩子。"

孩子？他喊自己孩子？

谈墨猛地睁开眼睛，头顶上一片阴影盘旋而过，是空中低飞的"黑色皇后"。他短暂地去了一趟开普勒世界，然后又回到了现实。

洛轻云把手从谈墨的后脑勺上撤开，压抑着声音说："你……走……"

中心城很快就能通过卫星发现洛轻云的开普勒能量超过界限，他既是中心城最强大的武器，也是中心城的喉中芒刺。

洛轻云双手扣住自己的额头，谈墨可以清晰地看到有无数的微粒从自己的身上溢出，转而进入洛轻云的体内。

这是怎么回事？这些能量是什么？

谈墨从未看见过这些东西，但潜意识告诉他，这些能量的流动是一直存在的。

周叙白的神经线甩过来，绕过谈墨的腰又骤然收拢，要将他从洛轻云身边拽离。

不，我不可以走，我不能就这样走掉……

直觉告诉谈墨，洛轻云没有越界，他是清醒的。

只是有一股巨大的能量在他的体内，他不知道该怎么驾驭而已。

就在身体腾空的那一刻，谈墨一把扣住洛轻云的手腕。

洛轻云低着头咬着牙关说："我叫你走啊——否则你永远都走不了了！"

周叙白也傻了眼："谈墨你快松手——"

但是谈墨没有丝毫动摇，他死死拽着洛轻云："看着我，洛轻云！你找到答案了吗？你知道你的能力来自哪里了吗？"

洛轻云抬起眼来看向他："你说……你说什么？"

"能量不会无缘无故地来！也不会无缘无故地消失！"

谈墨知道他们的对话会被很多人听见，他用口型对洛轻云说：我看得见。

洛轻云在谈墨的眼睛里看到了一种力量，那和开普勒摧毁性的能量不同，它坚决到可以穿透一切犹豫和绝望，却又包容而笃定，是一股可以狠绝地扯下宿命的翅膀，自己主宰自己的力量。

——在桥梁上，能量可以引渡，也可以回溯。

"……是你选的我。"洛轻云轻声说完，双手抬起来，捂住谈墨的耳朵。

谈墨看见洛轻云的身上那些四散的微粒迅速朝自己涌来，瞬间将他淹没。

无数凌乱的画面和片段浮上谈墨的脑海，他甚至来不及辨认。

"啊——"谈墨觉得脑袋都快炸开了。

这让李哲枫和周叙白紧张无比。周叙白用力地拖拽谈墨，李哲枫的黑火也顺着周叙白的神经线烧了过去，洛轻云的双手燃烧起来。

他却像是什么也感觉不到一样，只是专注地看着谈墨的眼睛。

而谈墨的思维顺着洛轻云的双瞳深入，看到了另一个截然不同的世界。

洛轻云的双眼就像桥梁，让谈墨得以通往这个被遗忘的、被忽略的，抑或只是还没被他发现的世界。

谈墨看到年轻的何映之不顾一切地飞扑上来，好像要保护的东西比生命更重要。

他看到逆光下一个温柔的女人满脸泪水，又微笑着对他说"再见"。

他还看到那个身着迷彩服的男人，将额头抵在一个孩子的额上，最终毅然决然转身离去，只留下背影的轮廓。

谈墨拼了命地想抓住这些片段，但他能抓紧的只有洛轻云的双手。

有什么不可知的力量通过谈墨的身体，流向另一个广袤无边的空间。

洛轻云忽然松开手，闭上眼睛，向后倒去。

就像历经了一场浩劫。

而谈墨被立刻拽进了周叙白的怀里。

"谈墨！谈墨你怎么样！"李哲枫也来到他身边，拍着他的脸颊让他恢复意识。

谈墨侧过眼，看见不远处满目疮痍，和洛轻云垂在地上的手。

指挥中心内，黄丽丽忽然喊出声来："快看卫星扫描的结果——洛轻云的开普勒值竟然回到正常范围了！之前超标了那么多，竟然恢复正常了？！"

何映之站起身来倾向全息屏幕，难以置信地看着数值。

贺泷低声问："何教授，我们现在该怎么办？"

何映之沉思良久，用一种平静而客观的声音说："向中心城汇报，银湾市内潜伏的鸿蜮已经被消灭。鸿蜮的心眼试图消化洛轻云并且替代他的存在，但被洛轻云反过来吸取了能量。现在洛轻云暂时控制住了自己的能量，数值处于正常范围，没有越界，但仍然需要密切观察。"

没有人看到桌子下面他紧握到指尖发白的手终于松开了一点。

第九章
探视

耿劲柔派人前往战区善后。

在完全失去意识以前,谈墨看到高炙带人来给洛轻云重新戴上了金属手套,并且将他送进了一个特制的休眠舱。

谈墨知道自己被抽了许多血,做了许多的检测,为了确定他是否被感染。

他好像做了很多光怪陆离的梦,但每当从一个梦境去到另一个梦境,他就记不起自己之前梦到了什么。

"何教授,喝点水。"耿劲柔亲自将一杯热水递给了守在病床边的何映之。

何映之的眼睑下一片乌黑,疲倦而憔悴,下巴上的胡茬都冒了出来。他接过耿劲柔递过来的杯子,只是象征性地喝了一口之后,就又看着熟睡中的谈墨了。

谈墨隐隐感觉到有人在身边,他的眼皮子动了动,刚睁开一条缝,他就因刺眼而转过头去。

"谈墨,你醒了?"何映之沙哑的声音响起。

和鸿蜮战斗的画面涌入脑海,谈墨瞬间清醒过来,猛地坐起,脑袋差点砸到何映之的下巴。

周围仪器的声音和药水的味道,告诉谈墨他现在身处医院。

他用力摁了摁自己的脑袋,刚才的起身用光了他的力气,他浑身就像被抽空了一样,又倒了回去。

"何教授……鸿蜮呢?"

何映之将谈墨扶了起来,回答道:"鸿蜮已经被消灭了。"

"那么我的队友呢?李哲枫还有周叙白他们都没事吧?"

"他们没事。两个小时之前他们才来看过你,现在应该在执勤。"何映之回答。

谈墨很口渴,喝了两口水,才压低声音问:"那……洛轻云呢?他怎么样了?"

洛轻云最后的那个状态,很明显已经难以自控了,而且他开普勒值爆表的事情中心城肯定也知道了。

何映之沉默了两秒,又问:"你好像很在意洛轻云?"

谈墨无奈地笑了笑:"何教授,那是我的队长,我是他的监察员。"

"那你履行监察员职责了吗?"何映之很严肃地反问。

谈墨叹了一口气,用尽量平缓的语气说:"我一直以为我们监察员是融合者的保险栓,而不是他们的催命符。我们给予融合者的是希望,而不是终结。"

"你是个理想主义者,谈墨。你可以给洛轻云希望,但你必须明白,在这件事上你有绝对不能摒弃的立场。"何映之说。

谈墨闭上眼睛回答:"我明白,如果他越界,他就会和开普勒生态一起占领人类生活的区域,把我和我们想保护的人统统杀死。但是……我没有办法用这个立场去衡量,这样的话,洛轻云永远是被抛弃的那个。"

何映之愣了一下，张了张嘴，一时不知道能说什么。

"已经有太多的人站在人类生存的角度来考量了，在洛轻云的世界里，他也早就认定了自己是一个棘手的难题。所以他去所有危险的地方，寻找他的界限，企图让越界来得迟一点，再迟一点——没有人能救他，他只能自救。何教授，我敢说他在开普勒世界一定更加如鱼得水，但他并没有选择那边。而我想说的是，在数亿的人类里，哪怕有一个人能把他的安危放在首位……也不枉他这些年的出生入死了。"

谈墨的话很平静，没有指责的意味，却让何映之内疚了起来。

是的，所有人都理所当然地认为洛轻云应该站在人类这边，认为洛轻云一旦越界就应当接受被监察员杀死的命运。

可是……凭什么呢？

谈墨笑着凑到何映之的面前道："何教授，请相信我做的每一个决定都是在那一瞬间最好的决定，至少我认为最好的决定。而且我不知道该怎么去解释，我就是有一种预感……"

"洛轻云没有越界，他会回来。"

何映之无奈地一笑："我说服不了你，倒是你说服了我。"

"我什么时候能见到洛轻云？"谈墨问。

他想确认，他在开普勒世界的那片荒漠里见到的男人，洛轻云是不是也看见了？

"现在暂时不行。他至少要被隔离一个月，如果他的开普勒值能持续稳定一周以上，我可以向中心城申请，让你见他。"何映之说。

"行吧，我筋疲力尽，也需要至少一周的时间来恢复。"

谈墨心很大地又躺回到了病床上，他转过身，背向何映之。

"何教授，当时，我拉住洛轻云的时候，好像看到了一些幻觉。"

"什么幻觉？"何映之紧张了起来。

"我看到了一个婴儿，而你抱着那个婴儿躲避开普勒生物的袭击。"

何映之把手伸过来，在谈墨的后脑上轻抚了一下，又极为克制地收了回去。

"你看到的这些，不要告诉别人，特别是中心城的调查组。"

"所以……那些不是幻觉？"

"谈墨，记住你叫谈墨，也永远不要怀疑自己存在的价值。"

"何教授……我该不会真的是你的儿子吧？老实说……咱俩长得不是特别像。"

何映之回答得倒是挺坦然的："我这么不惜代价地保护你，不管咱俩像不像，你都是我儿子了。怎么，我这个爸爸，你还不满意？"

"满意啊！"多大、多稳的靠山啊！

之后的一周里，谈墨好吃好睡，终于稳稳妥妥地休了他想要的年假。

高炙亲自下厨，又是糖醋排骨又是拔丝地瓜，甜嗖嗖的，谈墨吃得不亦乐乎。

李哲枫和周叙白来看他，谈墨一听到走廊里他们的脚步声就盖被子装死，李哲枫拧着谈墨的耳朵，把他从被子里拎了出来。

"你有胆子拉着洛轻云的手不放，没胆子跟我们解释解释？"

周叙白拉了椅子过来，一脸笑容。

根据谈墨对周叙白的了解，这家伙自从当上队长之后就变了。以前他的笑容就是发自内心的天真笑容，现在他的笑容……笑得越烂漫代表谈墨惹的事情越严重。

"谈副队，洛轻云才当了你几天的队长啊？迷魂汤就灌得你要拉着他的手同生共死了啊？"

谈墨立刻赔笑："哎呀，小白，瞧你说的，这要是你，我也死死拉住你的手和你同生共死啊。"

"喔唷，你可拉倒吧，我还不知道你对我这么用情至深呐！"

李哲枫很简明扼要地说了一下银湾市现在的情况。这么大的破坏，银湾市是无法在短期内恢复正常城市功能的，将被直接改造成对抗开普勒生物的前线基地。他们这些外勤人员会继续驻留在灰塔，只是以后的生活恐怕也只有废墟和冷月相伴了。

至于洛轻云，他的血样已经被送往中心城。这家伙的研究价值和危险系数成正比，中心城舍不得消灭他，也不敢把他带走，于是决定派专家团队来进行实地评估。

一周后，谈墨顺利出院，而何映之也为他争取到了探视洛轻云的机会。

高炙特地来给谈墨送了制服，亲自给他整理好衣领。

"我感觉自己不是去看洛轻云的，而是去参加他的葬礼。"谈墨整了整被扣得太紧的领口。

高炙在他的脑袋上拍了一下："估计你玩完了，洛轻云还在玩我们呢。"

"他的开普勒值怎么样？"谈墨一边离开病房一边问。

"有史以来最低。"高炙回答。

"你说……啥？"谈墨怀疑自己听错了。

"他的开普勒能量低得接近空瓶了。从中心城来的专家怀疑洛轻云掌握了控制开普勒能量释放的方法，只要能知道这种方法的核心，其他融合者也能避免越界。"

谈墨皱着眉，小声说："为什么要认定为那是'方法'？"

"你认为那是什么？"高炙问。

"也许是……进化？"

高炙没有说话，他们走出了病房，车子就停在阳光下。

"你说的，跟何教授说的一样。"上车之前，高炙忽然开口。

"何教授也认为那是'进化'。正因为那是进化，所以洛轻云没有办法教会其他人使用这种能力。"

车子开动起来，谈墨看向窗外。

曾经高楼林立的商业区已经消失不见了，破败的楼宇安静地晒着太阳，废墟之间阴影交错，仿佛有什么会从地底涌出来，将仅剩的这些残垣都碾碎。

之前的生活比较安逸，都让人忘记了这是一座边境城市，是防守开普勒生态入侵的重要前线。

谈墨不由得想，如果洛轻云对开普勒值的控制是一种进化，那么自己看到开普勒能量的流动也是进化吗？

可自己是人类，是被检测证明过无数遍的人类。

洛轻云所在的隔离室就在这座城市的边缘，位于建筑物的最高层，一旦他开普勒值飙升或企图逃逸，导弹就会瞬间把这片区域夷为平地。

经过一系列的身份核实，谈墨和高炙进入这栋建筑。

出了电梯，谈墨走在明亮冰冷的通道里，脚步声回响，有一种空洞无情的感觉。

就是在这样的地方，洛轻云已经待了整整一周了。

高炙开口说："谈墨，你心里要有点数，现在的洛轻云……和之前有所不同。"

谈墨顿了一下，走进隔离间的门。

他来之前还能心情轻松地和高炙开开玩笑，但一踏入这道门，心绪便陡然一阵下沉，整个空间变得冷郁、扭曲。

谈墨心跳一点点地变快，手心也起了一层薄汗。

他的面前是一面单向金属墙，只有墙这边的人可以看到隔离间里的人。

洛轻云穿着白色的隔离服，很安静地坐在一张椅子上，两条腿随性地叉开着，一手搭在扶手上，另一手撑着下巴，腕骨的曲折弧度很漂亮。

头发长长了一些，刘海半遮着眼睛。不知道是不是灯光的原因，他的肤色白到显得病态，泛着冷釉的光泽。

明明这个人一动都没有动，却能让人感觉到一种强烈的侵略性，但是谈墨不觉得反感。

他像一个孩子在自己熟悉的、信任的人面前放下了伪装，变得任性起来。

谈墨拿起通信耳机戴上。

洛轻云没有说话，只是一直看着谈墨的方向，唇线弯起的弧度变得更明显了。

他的眼窝似乎比之前更深，下颌线收放的角度利落中带着一丝张扬，五官更加立体，也更加像之前那个被鸿蜮复制出来的洛轻云了。

但是，谈墨仔细看他一会儿，又觉得没有什么变化，一切只是光影造成的错觉。

耳机里传来洛轻云的呼吸声，和往日一样平稳，又隐隐透出几分被压抑之后得以放松的轻快。

那种轻快的喜悦在瞬间被掩饰了下去。

谈墨笑了一下，抬手打了个招呼："那什么……在这空空如也的鬼地方待一周，无聊透了吧？"

明明来探视只是想确认他的状态，鼓励鼓励他一个月很快就会过去之类的，但现在真见面了，谈墨却又有一种缺了什么的感觉。

洛轻云就像知道谈墨在想什么一样，指尖轻轻拨开刘海，发梢从他的眉眼间掠过，也扫过了谈墨的心头。

洛轻云笑了一下："我很想你。"

喉咙紧了一下，谈墨的心脏也跟着高高提起。

"哦，是吗？哈哈！老铁，我知道你这人在中心城面前也是百无禁忌，可我俩的聊天记录会被上传的，中心城问起来的时候，我会很尴尬的。"

谈墨企图用开玩笑的方式提醒他隔墙有耳。

"想现在立刻马上出去见你。"

洛轻云的视线落在谈墨的身上，一点一点浸透他的肌肤，渗入他的血脉，侵蚀他的细胞，将他心底那些不被发现的、不被在意的渴望一点一点翻出来。

"洛队……你就是在这里待得太无聊了。"

"我想念你的眼睛，你看着我的样子。"洛轻云的食指指尖在自己眉角碰了碰。

一般人看不到这样微小的动作，但从对视的那一刻起，谈墨所有的感官就像被对方拽住了一样。

第九章 探视

他的视野所及是洛轻云，他的耳朵分辨着所有来自洛轻云的声音，他的大脑思考着洛轻云每一个小动作之下的意义。

"我想念你的温度，你抓紧我的力量。"

耳机里洛轻云的声音很轻，哪怕知道这个男人在金属墙的另一面，他也觉得这家伙就像贴着自己，故意在自己耳畔说话。

"你穿着制服的样子很好看。"

谈墨脚趾蜷缩，还好靴子绷住了，什么也看不出来。

"我也觉得自己穿制服很好看。"

洛轻云早就看穿了谈墨的那一点手足无措，很轻地笑了一下。

那一点气息仿佛过了电，透过耳机，谈墨的听觉神经一阵发麻。

"你以为我夸你的制服，是为了调侃你？"洛轻云的笑意更加明显。

"难道不是吗？"谈墨的喉咙有点紧。

"不，我只是纯粹觉得好看。你所有的线条都被制服框了起来，其他人也许觉得你有点不守规矩，偶尔还很任性，但我知道，你比我更尊重原则，更自律，也更克制。这套制服最像你。"

谈墨像是听到了一个笑话，仿佛洛轻云出了一个重大纰漏，而谈墨终于收回了对这段对话的掌控权。

他微微前倾，似是要将洛轻云的表情看清楚。

"我如果真的尊重原则，就会杀了你。"

洛轻云摇了摇头，说："你的原则，从来不是灰塔守则，而是你自己内心的原则。在你心里，任由我越界，对我不管不顾就是错误的，就算全人类都要你杀了我，只要你认为这是错的，你还是不会放弃我。"

谈墨内心某个地方像是被什么狠狠勾了一下。

洛轻云抬了抬手，用嘲讽的语气说："你看，我消灭了鸿蜮，但还是没被灰塔当作自己人。"

谈墨直视着他的眼睛，良久开口："人类嘛，一贯的想法就是'非我族类，其心必异'。都在人类世界里混了这么久了，还没学会呢？"

"学会什么？"洛轻云难得地弯起眼睛笑了，放肆中带着一点天真。

"世界那么大，自己去玩自己看。理那群垃圾干什么？"

洛轻云放下手，目光变得专注，似乎他的世界里除了谈墨，其他事物都不存在。

这时，隔离室的守卫人员来提醒谈墨，十分钟的探视时间到了。

没想到他和洛轻云什么正经事都没聊。当然，在被监控的情况下也聊不了什么。

谈墨站起身，朝洛轻云的方向点了点头。

他刚要把耳机摘下来，洛轻云的声音又响起。

"等一下。"

洛轻云从椅子上起身，走到金属墙前，落定，一只手撑在了墙上。

他的掌纹与指纹清晰可见。

明明两人隔了四五米远，谈墨却觉得对方的手就压在自己的耳边。

"谈墨，你走近一点，让我好好看看你。"

谈墨的耳朵很痒，有什么沿着他的听觉神经直入他的脑仁深处，他下意识向后退，只见洛轻云的指尖略微弯曲，像是要隔着金属墙抓住什么一样。

然后他的指尖抬起，在墙面上敲了一下。

很轻微的声音，戴耳机都未必能录进去，但鬼使神差地，谈墨仿佛透过厚实的金属墙面听到了那声响，甚至从那声响中感受到洛轻云专注于他的神经，比平日里更踊跃的心跳，还有他蓄势待发的肌肉。

谈墨看了一眼守卫人员，刻板地回答说："今天时间到了，我们下次再见。"

他的脚跟向后，却做不出转身的动作。

"你过来，或者我出去看你？"洛轻云靠得更近了。

他的鼻尖轻轻触碰在墙面上，是温柔的姿态，却让谈墨血液里每一个细胞都叫嚣着危险。但所谓的危险顶天了也不过是洛轻云真的破窗而出捞起他就一起奔赴自由的开普勒世界，哪怕一瞬间，谈墨都没有想过这个男人会伤害自己。

这面金属墙确实困不住他。

他用眼睛告诉谈墨，我甘心被囚于此，只是遵守你的原则而已。

谈墨喉咙滚动一下，他向前走了一步。

"谈副队？"守卫人员有点紧张。

"再近点。"洛轻云轻声说，声音听起来是诱哄的意味，却有种不容抗拒的坚决。

谈墨又上前了一步。

"谈副队，你怎么了？"守卫人员上前，来到谈墨的身边。

谈墨发现自己大脑就像把外界屏蔽了一样，根本无法控制自己的双腿。

他和洛轻云之间有一种奇妙的共感。

他再次上前一步，走到金属墙前，抬起自己的手，覆上洛轻云手掌的位置。

洛轻云比他高，垂着眼看着谈墨的额头。

额头上被一阵不存在的温暖触碰，转瞬即逝。

谈墨好像做了个梦。恍惚间身边扬起干燥的风，和着沙粒擦过脸颊，微微发疼。

那个穿着迷彩服的男人站在风沙之间。

谈墨心中惊喜，终于又见到他了！遂飞奔过去，但无论怎样追不上他。

"等等！你到底是谁？你叫什么名字？"

男人缓慢地转过身去，他的身影在谈墨的眼中被截成一格一格的画面。

他的臂章上是六芒星和两条杠，再往下一点……

那三个字在谈墨的面前一闪而过，从阴影到日光，又回到了阴影里。

"别走——等等我！"

谈墨摔倒了，沙砾窜进他的眼睛里，膝盖一阵剧痛。

他猛地惊醒，手掌下面撑着的是有些粗糙但是却很干净的地面。

这里是……灰塔安排的临时宿舍。

床铺窄小，他刚才在午睡，又梦见了那个男人，只是一翻身就摔下来了，还差点磕伤自己的膝盖。

额头上起了一层薄汗，风沙拂面的触感仿佛还停留在脸上。

如果是梦就算了，但如果是真的，那么自己为什么……会去到开普勒世界？

他首先想到去问何映之，但是何映之最近一直在观察洛轻云，根本见不着人；

第九章 探视

只能退而求其次，去找一个可以"拜访"灰塔人员系统的人了。

谈墨溜达着去了射击训练场，找到江春雷，并很有耐心地等着江春雷把三十发子弹打完，对方正要查看自己的命中率，谈墨上前勾住他的脖子，将他拉到一旁。

"唉，有什么好看的，三十发子弹，命中二十八。"

江春雷不满地说："谈副队，你不能自己百发百中了就妨碍下属好好练习！"

"冰冻三尺非一日之寒。打扰你一天练习也改变不了你需要我补枪的结局。"

谈墨从口袋里摸出一根烟递给他，江春雷摇了摇头，谈墨又摸了根糖。

"谈副队，黄鼠狼给鸡拜年没安好心啊……"

"死小子你瞎说什么呢？"谈墨在江春雷的脑袋上用力拍了一下。

他抬了抬下巴："我想你帮我查查一个男人的身份。"

"全球好歹有三十多亿男人，你叫我怎么帮你查？"江春雷没好气地说。

"我当然还有其他信息。他应该也是外勤部队的，但似乎是在灰塔成立之前，他的臂章上有六芒星标志和二道杠。"

"说明他既是监察员又是队长？挺牛啊。但就这点信息，够干啥？"

"他的名字叫谢阑冰。"这是谈墨从他的臂章上看到的，他相信自己无法虚构出这么个名字来。

"'瀚海阑干百丈冰'的阑冰？"

谈墨咳嗽了一下："你副队长没文化，不要跟我吟诗。"

"行，我帮你查查数据库。不过这人应该是快三十年前的人了，如果还活着，估计已经是中心城的高层了，身份应该是保密的。"江春雷说。

"那你小心一点，别被逮住了。"谈墨叮嘱道。

他平日里和队友插科打诨惯了，真的正经起来又很有威信。

江春雷也认真起来："那谈副队，你跟我来吧。"

谈墨跟着江春雷来到他的宿舍，看着他从床底下拉出来一台电脑，一看外观就知道是古董级别的。

"普通的全息电脑都被编码化了，所有的数据都能追本溯源，就算我们成功进入了数据库，也会被查出来。而这台电脑是开普勒生物入侵之前的款式，我升级了里面的配件，设计了一个独一无二的操作系统……"

"你不用跟我解释那么多，你只要告诉我如果用它来入侵数据库会怎么样？"

"这就是用老古董的好处。它的处理器没有被登记，发出的信息无法被溯源，就算被发现有入侵，也抓不到我们头上。"江春雷露出得意的表情。

谈墨摸了摸下巴："那岂不是用它入侵金库数据都没问题？"

"呸！现在都数字化了，你的账户里忽然多出钱来，灰塔能发现不了？"

"行了，赶紧帮我找谢阑冰的信息。"

江春雷开始一系列的操作。按道理这种数据资源库都是独立配置网络，不和其他网络连接的，但江春雷竟然入侵了中心城的电力系统，让中心城数据中心停电，重新启动电力需要主管授权，江春雷就利用这个主管的授权直入了数据库。

他们只有十秒的时间，还好有谢阑冰的名字作为关键词，江春雷在警报响起之前把目标信息全部下载了下来。

他深深呼出一口气，用袖子擦掉额角的汗水。

"再多来几次，我估计就要心肌梗死了。"

谈墨迫不及待地打开文件夹。

第一张图片是谢阑冰的简历，贴在右上角的照片没有经过任何修饰，但江春雷还是忍不住赞叹："好帅啊！"

谈墨仔细看了看这张照片，总觉得谢阑冰的眉眼之间说不清地眼熟。

他隶属于开普勒探索联盟，是高级行动指挥官，资料显示他参与过开普勒22B的样本回收工作。

第二张图片是他的简历被更新，显示他是开普勒生物零号基地的安全防卫负责人，婚姻状况发生了改变，显示为"已婚"，而他的配偶……竟然就是那位鼎鼎大名的学者凌喻。

凑着脑袋在一旁看的江春雷露出了羡慕的表情。

"这可真是近水楼台先得月啊！他的老婆竟然是凌喻，这简直就是把基因优化到了极致啊。"江春雷说。

"基因优化是什么鬼？"谈墨皱了皱眉头。

江春雷回答说："这还不明显吗？谢阑冰能担当监察员，又能担任队长，说明他的战斗能力是人类中的翘楚，而且长得又这么帅！我打赌在整个封闭的基地里，他一定是所有女性的男神！"

"你怎么不说在那个封闭的基地里，搞不好凌喻还是唯一的女人呢？"谈墨没好气地反问。

"等等，你看……这里有个申请，是谢阑冰希望探索联盟能派专门的妇产科医生团队过来——凌喻怀孕了！"

谈墨表情冷了一下。他想起姜怀漾说过，凌喻是死在自己的孩子手上的。

凌喻的孩子就是谢阑冰的孩子，虫薜给谈墨再现过谢阑冰被一个十三四岁的少年追杀的场景，而那个少年称呼谢阑冰为"父亲"。

一切隐隐有了联系。

谢阑冰最后的履历写的是"阵亡"，阵亡理由是"不详"。

他是真的死了。可自己却能在开普勒的世界里看到他活着的样子？

如果说开普勒的世界分为物质世界和高维精神世界，身体是物质，就算消亡了也精神不灭，那么自己看到的是谢阑冰的精神体？

那么……意味着谢阑冰是越界变成了开普勒生物，死亡让他去了那边？

可是谈墨翻遍资料夹，都没有说到谢阑冰是如何越界的。

文件夹里还有一个加密视频，江春雷费尽力气想解开，但那个密码是用虹膜锁住的，很大几率是谢阑冰的虹膜。

谈墨摸了摸下巴说："用虹膜作为密码，说明这段视频要么给他自己看，要么只给特定的人看。"

"灰塔中心城应该保留有谢阑冰完整的生物信息，包括他的指纹和虹膜。"

"所以他们会知道视频里到底说了什么吗？"

"还有何教授，他一定知道。"江春雷说。

谈墨拍了拍江春雷的肩膀说："如果你还想领退休金，就……"

"我会守口如瓶。"江春雷做了一个拉上嘴巴拉链的动作。

第九章 探视

看完这些资料，谈墨除了了解到谢阑冰和凌喻是夫妻之外，几乎一无所获。

有一个特别的想法涌上心头，谈墨突然将自己的眼睛凑到屏幕前去。红色的光线扫过他的眼球，谈墨的心脏又变快了。他能在开普勒的世界里见到谢阑冰，是不是意味着自己和谢阑冰之间有着什么特别的联系？

这段视频，有没有可能是谢阑冰留给他的？

扫描结束，屏幕上跳出大写加粗的"验证不通过"。

谈墨顿了一下，好像某种巨大的期待忽然落空。紧接着，他自嘲地笑了。

这段视频，也许是留给他的妻子凌喻的。

谈墨本来想回自己的房间，却在走廊里看到一队荷枪实弹的外勤人员，而且这些人自己从未见过，绝对不是银湾市灰塔的人，恐怕来自中心城。

谈墨面不改色地走过去，为首的一个出声叫住他。

"请问是银湾市一队副队长谈墨吗？"

"我是。"谈墨点点头，心想该不会江春雷这个废物点心这么快就被发现了吧？

"麻烦跟我们走一趟。"

谈墨脸上带着笑，眉梢却不怎么配合地向上一挑："凭什么？"

"洛轻云。"

谈墨长长地"哦——"了一声，早说嘛！吓得他差点夺枪逃跑呢。

该来的终于来了。他在心中酝酿着，等见到中心城那些人时一定要声泪俱下，表示自己这些日子受到洛轻云的各种折磨虐待，这个队长故意对自己的副队长举止不端，目的就是为了把最有可能命中他的监察员换掉！

谈墨坐上车，两侧外勤人员死死扣着枪，蓄势待发，一副随时会有人来劫囚的架势。谈墨不禁怀疑，难道洛轻云真的跑了？马上就要来找他一起奔赴自由天地？

这一次，他没有被带去洛轻云的隔离间，而是耿劲柔的办公室。

原本属于耿劲柔的位置上坐着一个四十来岁的女人，她的头发扎起来盘在脑后，几缕碎发缀在耳边，面容严肃，不过在看见谈墨的时候很淡地笑了一下。

"何映之跟我说了，你是他战友的遗孤。而我是他在中心城研究基地的搭档，这已经是我们一起从事工作的第二十个年头了。我叫陆颖，你可以叫我陆阿姨。"

"陆阿姨好。"谈墨从善如流。

"你从进来开始，就在观察我了。对我有什么想法吗？"陆颖一边问，一边用耿劲柔的茶具给谈墨倒了杯热茶。

"能让耿劲柔让出自己的办公室，说明您的级别比一个区域的灰塔负责人还高，在中心城应该是核心管理人员，位高权重啊。"谈墨说。

陆颖笑了："还有吗？"

"何教授是个醉心于研究的人，您说您和他搭档，那我估计应付官僚的工作应该是您来做。何教授享受的保护和待遇，应该也是您为他争取的。"

陆颖点了点头："让他全心全意做研究，就是我的工作。"

"您对我也进行过深入的调查。"

"是的。你的父母是救援飞行器的驾驶员，飞行器遇袭之后坠落，你的父母把你交给了何教授，他在逃亡的路上把你弄丢了。所以他一直很内疚。"

救援飞行器的驾驶员……谈墨在心里不动声色地呼出一口气来，谢阑冰可不是开救援飞行器的，也就是说自己不是谢阑冰的崽儿。

不知道为什么，有点小失落。

"我可以知道我父母的名字，看看他们的照片吗？"谈墨问。

"当然，不过你也要帮我一个小忙。"陆颖一直打量着谈墨，笑容愈发神秘。

"您先说。"谈墨相信，那绝对不是一个小忙。

"我们需要你说服洛轻云配合我们。"

"以他的能力，他可以去任何地方，可现在还乖乖留在隔离室里，这还不够配合你们吗？"谈墨觉得自己听到了一个天大的笑话。

"我们需要知道他怎样让自己爆表的开普勒值回归正常的。"

"他连你们都不告诉，难道会告诉我？"

"从看到你的第一眼起，我就有种感觉，你和洛轻云遇到过的所有人都不一样。"陆颖徐徐说道，"洛轻云从小是在中心城的基地里生活的，虽然有我们抚养他长大，但是他从来不信任身边的人类，他对自己的认知很明确——他不属于人类，也不属于开普勒世界。这孩子的教育问题让灰塔很头疼，他有着难以估量的潜力，会是我们战胜开普勒生态非常重要的一环，但首先……他得把自己当成人类的一员。"

"你们抚养他长大？你确定那叫'抚养'？还是把他当成重要的活体样本来观察、研究？你们教他人类的知识只是想测试他的智商，而你们给他吃给他喝，是为了让他活着。你们所谓的'教育'也只是让他认同人类的价值观，要他为了人类而战，要他认同他一越界就会被抛弃被处决的命运！"

谈墨的语速并不快，没有特别起伏的情绪，只是陈述着多年以来的事实。

中心城的遮羞布这样被谈墨扯开，陆颖的脸上却一点怒意都没有，相反她的笑容越来越明显。

"果然，映之把你看作自己的孩子是有理由的——你看待洛轻云的看法和映之一模一样。人类之中，真正和洛轻云建立情感联系的人只有两个：一个是梁教授，一个是梁教授的女儿梁幼洁。"

"他们都已经死了。"谈墨回答。

"嗯，一个太孤独太辛苦的人，只要吃过一点点蜜糖就会留恋那个味道。但留恋终归会被本能所取代，除非我们能给他实打实的蜜糖。"陆颖说。

谈墨的表情瞬间冷了下去。

"你们疯了，真的疯了。"

说完，谈墨站起身来快步走向门口。

陆颖想要他能成为第二个梁教授或者梁队长，想要用人类的情感牵绊住洛轻云越界的脚步，想要谈墨成为被洛轻云含在口里的蜜糖。

他们把洛轻云当成什么了？又把他谈墨当成什么了？

"我知道这很难。但是谈墨，他已经认定了你，他会不惜一切代价把你吃下去。"陆颖打开了面前的全息电脑，"你不想知道他在隔离室的这一周都发生什么了吗？"

谈墨停下脚步。

随即陆颖打开了一段视频。

"别过来！别过来！我什么都不知道！不知道！"

第九章 探视

惊恐的声音响起，接着是金属坠地的声响，守卫人员的枪掉在地上。

冰冷的、没有感情的声音从全息影像里传来。

"谈墨呢？他在哪里？你们把他藏到哪里去了？"

那是洛轻云？

他说话总是很温和，让人充满好感，什么时候会用这种看似带着笑意却冷到骨子里的口气说话？

谈墨转身，看见视频里洛轻云毫不费力地掐着那个警卫的脖子，将他拎了起来。

洛轻云仰着头，眼底是一种执着。这种执着和鸿蜮的复制出来的不同，像挤压着黑暗挣脱而出的红色花朵，既无法逃脱黑暗的晕染，又追逐着遥不可及的光亮。

"谈墨在哪里？"洛轻云看着那个警卫的眼睛，放轻了自己的语气，像是在安抚对方的情绪。

可他越是温和，警卫就越是恐惧，求生欲让那个警卫颤抖着去摸自己的战术刀。

洛轻云淡淡地说："我劝你不要这么做，你的手但凡摸到那把刀，我就能把它拧过三百六十度，不过你应该感觉不到手腕的疼，因为我会先掐断你的脖子。"

说着，洛轻云手下施力，对方惊恐地晃动起来。

"谈……谈墨还在医院里……他还没醒但是……没有生命危险……"

洛轻云松开手，警卫员摔落在地。他们接受过成百上千次的训练，就算是生死之际，训练出来的本能也让他第一件事就是捡起自己的枪，转身就朝洛轻云射击。

洛轻云唇上的笑意轻冷，像是看幼儿园小孩耍大刀。

他侧身之后撑着墙面一个抬腿，没有一发子弹沾到了他，手一握，他甚至抓住了一颗子弹，伸到警卫员的面前。

"该我了。"

洛轻云的表情瞬间变得阴郁，哪怕画面只是一闪而过，谈墨高超的动态视力也分辨得一清二楚。

——他要将那枚子弹拍进警卫员的额头。

"住手！"画面里高炙冷喝一声。

他刚赶来就碰上这个场面，一整条通道的警卫员都已经被洛轻云干翻了，不知生死。他取出自己的配枪，朝洛轻云的后背果断射击。

洛轻云转身避开，子弹擦着他脸颊的碎发穿行而过，在金属墙面上刮出火星。

"高队……"洛轻云的笑容比之前要和蔼许多，但谈墨只觉得头皮发麻。

洛轻云曾经直白地告诉谈墨，他羡慕乃至嫉妒高炙。

"洛队，你还在隔离期，没到可以出来的时候。"高炙的枪口一直对着洛轻云。

"这种隔离，你觉得有意义吗？"洛轻云用指骨在金属墙面上敲了一下，留下一个很轻的凹痕。

"是没有意义。但至少，别让谈墨觉得你不够安全。"

"他人呢？"洛轻云一把扯过跌在地上的警卫员，就像拉扯着一条破布烂衫，丝毫不在乎高炙手中的枪，一步一步走过来。

他在恐吓高炙。在高炙开枪击中他之前，他可以先一步拧断这个警卫员的喉咙。

这是洛轻云吗？

那个一直收敛着自己的攻击性，在所有人面前微笑，被他的队友们极度信任的洛轻云？谈墨其实不在乎他对着其他人戴着怎样的面具，只要他活得舒适，没人伤害他，他也没对其他人造成伤害，谈墨根本不介意他怎么装。

反正，洛轻云已经把所有真实的东西都给他看过了。

只是现在，是什么让洛轻云放弃了自己的伪装？

洛轻云向前走，高炙就后退，保持着看似安全却压根没什么用处的距离。

高炙开口道："他消耗了很多精力，极度疲惫，在医院里休养，用的药物都是补充营养的氨基酸和葡萄糖，你大可放心。"

洛轻云冷笑了一下，向上拽起警卫员的衣领，对方被勒得无法呼吸，只能狼狈地拿双手去拽洛轻云的胳膊。

"放心？"洛轻云歪了一下脑袋，露出讽刺的表情，"那些要我对他们放心的人，现在连骨头都找不到了。"

现在他想见的只有谈墨，他必须亲眼看见谈墨安然无恙。

洛轻云唇线弯起："哦，对了……高队，你还要在这里和我耗下去吗？那些来自中心城的专家怕是要装进裹尸袋里了。"

高炙猛地意识到什么，冲到走廊的尽头，在原本关洛轻云的那间隔离室里，四名专家正拍打着墙面，他们的脸上满是惊恐，大口呼吸却像是被什么掐住了喉咙。

外部控制面板显示，隔离室里的空气正在被抽走，氧气含量已经降到警报范围。

高炙赶紧上前打开隔离室的门。

那些专家靠着墙面滑了下去，个个惊魂未定。

而洛轻云则乘坐电梯直下到首层。电梯门开启，洛轻云正要抬腿迈出去，忽然停住，他伸出手掌，轻声道："雕虫小技。"

谈墨眯起眼睛，才发现那是周叙白的神经网。

这些丝线细到难以分辨，充满韧性，吹发可断。普通人留意不到，走过去，就会被这张网切得七零八落。

洛轻云指尖压上其中一根丝线，轻轻一勾，整张网就像凋零的花，瞬间湮灭。

如果只看全息视频，根本不知道发生了什么，但谈墨的视力让这段视频无限延缓。时间为他放慢脚步，他看清洛轻云的指尖在丝线上弹勾了十几下，以高频振动的方法毁掉了周叙白的陷阱。

洛轻云堂而皇之地走了出去。门口警卫人员列队，空气中弥漫着紧绷的气氛。

头顶上一个身影从天而降，是李哲枫！

洛轻云骤然伸出双手，撑住了李哲枫的双手，不给他在自己身上制造电流的机会，接着猛力一甩，就把李哲枫给扔了出去。

李哲枫单膝着地，冷然看向洛轻云。

"啊……是李队。"洛轻云的眼睛里泛起杀意，那明显是像被什么给点燃了，无法被压抑的杀意。

看着这一幕，谈墨手指收拢，掌心都是冷汗。

洛轻云想杀了李哲枫……为什么？

明明面对高炙的时候，洛轻云都没有这么强烈的敌意。

李哲枫拨开自己耳边的乱发，他扎在脑后的头发因为洛轻云的那一摔已经散开了，配上他的五官，整个人有种冷艳的味道。

录像中的洛轻云一步一步走向李哲枫，气氛变得紧张。李哲枫站起身，目光淬着冷寒："我不会让他跟着你。"

洛轻云笑了："你真的太坏了。"

气氛危在旦夕，门口列阵的警卫员里有一个没稳住，开了枪！

子弹冲向洛轻云的面门，与此同时李哲枫一跃而起，气势惊人。

他的腿狠狠踹向洛轻云，又在即将被洛轻云的手臂格挡的瞬间凌空改变方向，手刀砍向洛轻云的后颈，就像某种舞步。洛轻云向一侧挪开脚步，李哲枫的指尖擦过他的发丝，黑火燎过发梢，发出"噼里啪啦"的脆响。

洛轻云抬起手来捻了捻自己的头发，黑色的灰烬落下来，他的神情变得冰冷。

"李队，你知道，如果我杀了你，他会恨我，会把我当作真正的异类，会不惜一切代价追杀我……你是因此才有恃无恐的吗？"洛轻云不紧不慢地问。

李哲枫没有回答，只是长身而立，两人隔着不到三米的距离对峙。

有人拨开警卫列队走了出来，正是陆颖。

"洛队，如果你是在担心谈副队的话，那大可不必。他很好，只是需要好好睡觉。人睡不好的时候就会发脾气，你也不想谈副队对着你发脾气吧？"

陆颖点开自己手腕上的通信器，即时全息影像弹了出来。

那是谈墨躺在病床上熟睡的样子，为了安抚洛轻云，拍摄的距离很近，近到连谈墨睫毛留在眼睑上的阴影都清晰可见。

洛轻云一步一步走近，而警卫员们惶恐着要把陆颖围起来，陆颖却挥了挥手。

周叙白在陆颖身侧，向李哲枫皱了皱眉，李哲枫立刻会意，来到陆颖的另一侧。

但是洛轻云再也没有攻击的架势了。他来到影像前，专注地看着谈墨熟睡的样子，想用手指碰一碰谈墨的脸颊，但这些只是全息数据，洛轻云的手穿了过去。

他遗憾地叹了一口气。

陆颖开口了："洛队，我知道你很担心谈副队，这是正常的心理现象。"

洛轻云扯起嘴角，笑了："陆主任，你觉得我现在的心理很正常？我倒是觉得自己现在……用人类的话来说——非常反社会啊。"

陆颖非常沉得住气，表情一点变化都没有。

"你想干掉我们所有人，你觉得我们都很多余，你觉得人类就是没有丝毫美感、贪婪、不知好歹的低级生物，你觉得开普勒世界更符合你的审美，这是你的权利，也是我改变不了的东西。但是有一点我得提醒你。

"谈墨，他是人类。他的价值观、是非观都属于人类，他可以对你有同理心，他能接受你一切反感这个世界的理由，他可以为了保护你不顾自己的性命。可是你要明白，如果你伤害任何一个对他来说重要的人，你就等于去到他的对立面了。"

洛轻云不以为然地说："如果我越界了，以我的开普勒等级可以创造出自己的克莱因之瓶，然后把谈墨同化，那么人类的价值观和是非观对我们来说就无所谓了。"

陆颖摇了摇头说："你不会的。如果你同化了谈墨，他会成为你开普勒领域里的一部分，服从你，听命于你，你身为种子对他有着绝对的支配权。"

"那样不好吗？我完全拥有他了。"

"是完全失去他了。因为吸引你的，恰恰是他身上的人性面。你永远不会抹杀他独立的思想和在你看来最接近你理想的灵魂。"

谈墨觉得陆颖说的一切真够美化自己的了。什么思想？什么灵魂？他的思想向来没有深度，灵魂更加浅薄。

但是影像里，洛轻云脸上的笑意全部消失了，那从骨子里透出来的孤冷，让在场所有人都无比紧张。

"你可以现在就去医院找谈墨，带他离开，我们没有人能拦住你。但你也可以遵守我们的隔离规则，一个月后回到自己的岗位上。你继续去寻找你要的一寸微光，而谈墨也会一直从瞄准镜里看着你。"

陆颖的话音落下之后，是一段让人心绪紧绷的沉默。

最后洛轻云转过身去，走回电梯，关门的时候才开口道："我每天都要看到他。"

"我答应你。"陆颖点了点头。

至此，全息影像播放结束。

谈墨的心境久久不得平静，他的手握得很紧，食指像扣在扳机上一样僵硬。

"放松一点，谈副队。你的竹马李哲枫还活着，你一直关照的后辈周叙白还活着，你尊敬的高炙也还活着。他们没受到半点伤害，就是因为你在乎他们。"

陆颖将茶杯向前推了推。

"谈副队，你注意到了吗？洛队从进入隔离间到现在，他的开普勒值都很低。也就是说他说的、做的都是他的本意，是他身为人类的本意。"

谈墨冷笑了一下："您是想说，身为人类的洛轻云本身就有反社会人格吗？"

"不，我是想说……他有PTSD（创伤后应激障碍）。"

"什么？"谈墨怀疑自己是不是听错了。

"他即将越界的那一刻，是你拉住了他。你是他和人类世界唯一的联系，也是最强大的联系。这一次对战鸿蠛，他可以算是置之死地而后生。一个人劫后余生却见不到自己坚持下来的那个理由，他会出现应激反应。而你，是他的应激源。"

谈墨无奈地一笑："我好荣幸啊。"

"他不是你的责任。但问问你自己的心，难道你真的什么都不在乎？"

"您找我来谈洛轻云的事情，到底出于什么目的？"

陆颖垂下眼，眉眼间掠过一丝遗憾。

"人与人之间的联系真的很难得，就像一条线，牵动着彼此，一呼一吸都有默契。我这次来的意图是，如果你恐惧他的力量，觉得自己的精神还不够强大到和洛轻云一起分担这一切，我们中心城可以直接批复你的调离申请。"

一边说，陆颖一边点开谈墨很早之前上交的离职请示。

"你不用担心，我很了解洛轻云，他会一直记得你，就像记住梁教授和梁幼洁那样，也会为了让你感到安全而远离你。他的自制力，超乎你想象。他现在所做的一切，只是因为他知道你会包容。"

谈墨怔在那里。他以为陆颖和中心城那些把洛轻云当成小白鼠的研究员一样，只是把他当作一个少见的样本，一个强大却又无法被操控的武器。

但现在看来，陆颖想做的，似乎是保留洛轻云人性的部分。

谈墨低下头来笑了："我以为您是反派来着。"

这回轮到陆颖愣住了，良久才问："为……为什么？"

"大概是因为您的言谈举止被我归为官僚主义典型吧。但是人以群分，您既然能成为何映之的搭档，就说明您和何教授应该是同一种人。他保护了我，而您在保护洛轻云。"谈墨说。

陆颖闭上眼睛，似乎不想被谈墨看穿自己的情绪："那你的答案呢？"

"那我就继续当他的副队长吧。反正无论我被调去哪里，还是要做监察员，既然这样，还不如选洛轻云。虽然他去的地方总是最危险，做的事情也最危险，但他现在能控制自己的开普勒值啊，他不会越界，我可不就轻松多了！"谈墨回答道。

"谢谢。"陆颖不着痕迹地呼出一口气，谈墨却觉得那更像一声叹息。

"您……好像非常在意洛队。"谈墨说。

陆颖回答说："好歹也是我看着长大的孩子。"

谈墨的视线落在陆颖的左手上，又说："是因为梁队吧。"

陆颖只是惊愕地看着他。

谈墨意识到自己失言了，别人放在心底的事情，自己不应该这样说出来。

但是陆颖追问了下去："你怎么知道的？"

谈墨想了想，冲她抬了抬下巴："您左手无名指上的戒指，和梁队的是一样的。"

陆颖愣了一下："你为什么……？"

谈墨的食指在自己的脑袋上轻轻敲了敲："我去过洛轻云的开普勒世界，看到了一些他小时候发生的事情。中心城基地遇袭，是梁队打通了通风管道，在基地被封闭前救走了洛轻云……她就像从天而降的神明一样。那个时候，她的手上就戴着和你一样的戒指。"

陆颖捂住眼睛笑了起来，肩膀也跟着颤动。

"哈哈哈……真的……真的好久没有人这样说起她了……"

"对于洛轻云来说，她就是这样的。"

陆颖侧过脸，看向不知道哪里的虚空："真羡慕你……还能看到她的样子。可惜花有重开日，人无……"

"人有重逢时。"

谈墨微微一笑，离开了陆颖的办公室。

第十章
谈墨 VS 洛轻云

在那之后的三周里,谈墨享受到了超高规格的待遇,不仅陆颖带来的一整支警卫队日夜守在寝室外的走廊里,就连李哲枫周叙白高炙他们仨大忙人也时不时来寝室看看他,摆桌麻将陪他搓两圈。这天的牌局,让谈墨怀疑自己是不是中了邪。

"我怎么一局都没赢过?再跟你们打下去,我明早连食堂的豆浆都要喝不起了!"谈墨把袖子捞了起来。

"难不成这就是传说中的赌场失意……"李哲枫的话说了一半,被谈墨吹胡子瞪眼睛地堵下去。

周叙白倒是合情合理地接上来了:"墨哥,今天这麻将打得还不痛快吗?这可是开学前最后的狂欢,你得感激我们。"

谈墨啧了一声,心想你们当然打得痛快,因为输钱的就我一家!

"开学前的狂欢",亏周叙白能打出这个比喻。

——明天洛轻云就要从隔离室出来了。从此以后,祸福难料啊。

吃完晚饭回了寝室,谈墨躺在自己床上发呆。

他尽量让自己不去想洛轻云的事,而是想着谢阑冰、凌喻还有何映之。很明显这三个人曾经在一起共事过。自己不会无缘无故地在对付鸿蜮时看见这三个人,也不会无缘无故地觉得素未谋面的谢阑冰眼熟……

难不成自己才是谢阑冰的儿子?

不不不,这不可能,根据现有的资料,谢阑冰和凌喻的孩子一生下来就越界了,还把自己的亲娘给弄死了。而且这孩子的成长速度惊人,生下来才七十二个小时就长到十三四岁,追杀自己的老爹一路追到隔离区。

而谈墨自从进入灰塔系统之后,每个月都会定期接受开普勒生物测试,一直都是平平无奇的人类。而且,陆颖也说他的父母是开飞行器的……说不定他是谢阑冰的什么亲戚?比如侄子、外甥什么的?

想着想着,谈墨就困了,翻了个身,随手扯过被子入睡。

迷迷糊糊之间,谈墨闻到了一阵很淡又很透润的幽香。

它并不甜腻,相反有一种沁入肺腑的渗透力,就像百年陈酿埋藏多年,起开了一条游丝般的缝隙,那撩人又孤冷的味道就溢了出来……它不需要迷倒众生,也不需要太多人的附和,只是为了吸引某个人而存在。

这是什么味道呢?谈墨在记忆里搜索着,脑海中忽然浮现出在KTV里米诺斯虫化作女人的样子来诱捕他的时候,也散发过类似的甜香!

只是现在这味道揉融着若有似无的欲念,就像不计后果的热烈和冷静的自制力在经历了深久的矛盾之后,骤然爆发,让人莫名心颤。

这感觉让谈墨想起某个人来……

"你怎么出来的?"他没睁开眼睛,只是对着空气问出这句话。

第十章 谈墨 VS 洛轻云

他听到头顶传来洛轻云的笑声:"零点都过了,我还不能出来了吗?"

谈墨觉得自己做了一晚上浮浮沉沉的梦,时而看到洛轻云鬼魅般似笑非笑的脸,时而看到李哲枫、周叙白还有高炙他们忧心忡忡的眼光。早上七点,他跟着闹铃醒了过来,狭小的寝室里除了他自己,并没有任何人的身影。

他来到公共盥洗室,正低着头在水池边刷牙,忽然有人走到后面拍了他一把。谈墨单手撑住池边,脑袋差点撞水龙头上。

江春雷雀跃的声音响起:"谈副队!你听说了吗?咱们洛队回来了!他没有越界,还通过了中心城专家团队的评估!他的开普勒值比之前还要低,而且一直保持在那个水准!"

"知道了!"谈墨额头上青筋突突。

现在已经过了执勤人员洗漱的时间,人并不多,说话的时候还会有微微的回响。谈墨穿着宽敞的马裤和白色的背心,修劲的身形透着几分还没褪去的少年气。他漱完口,用冷水洗了一把脸,一转身就撞到了洛轻云。

熟悉的气息和温度让谈墨惊弓之鸟一般立刻就要从旁边溜出去,洛轻云却一伸胳膊把他拦住了,顺带拿走了他的杯子。

"干……干什么?"

"等我一起去吃早饭。"洛轻云说。

"我等你个鬼!"

轮休期间是可以穿自己的衣服的,谈墨换了件清爽的卫衣和运动裤,憋着一口恶气就去找李哲枫和周叙白吃早饭了。

才刚端着餐盘坐下,李哲枫就开口问:"他什么时候回来的?"

"晚上一点多……"谈墨低着头说。

"怎么一点声都没有?"李哲枫又问。

"他不就是跟鬼一样,没声音吗?"谈墨有点心虚地说。

周叙白给谈墨剥了个溏心蛋,放进他的盘子里:"他半夜里回来,睡的哪儿?"

"我的床。"

"哦,那你睡哪儿?地板吗?"周叙白又问。

谈墨戳起鸡蛋,塞进嘴里,含糊不清地说:"我当然也睡我的床。"

"这么窄,你们不热吗?"李哲枫凉飕飕地反问。

"是很热。"谈墨表示自己没有胃口了。

"他回来了,你们连一句话都不说,就直接睡觉了?"李哲枫又问。

"老子没机会说话!你们再问下去我们就做不了兄弟了!"谈墨瞪向对方,顺便捂住周叙白即将发话的嘴。

"叫你不等我?"洛轻云的声音从谈墨的头顶响起。

谈墨全身一绷,他的手掌被洛轻云从周叙白嘴上拿下来。

洛轻云端着餐盘,在谈墨的对面坐下,将衬衫的袖子扣解开,折到胳膊肘。他的小臂线条流畅利落,同时有种让人心悸的力量感。

"复职手续都办好了?"李哲枫淡淡地问。

洛轻云微笑着回答:"办好了。很快我们一队就能参与任务了,你们两队的压力就能减轻很多了。"

李哲枫又问："中心城的陆处长什么时候回去？"

只有陆颖回去了，洛轻云的事才算真的过去了。

"估计没那么快，我还挺有研究价值的。"洛轻云回答。

李哲枫沉默了，低下头吃了一会儿饭，临餐盘空了，他放下筷子，没站起身也没抬头，只淡淡道："洛队，我想我们有些事需要好好谈谈。"

洛轻云同样淡然地点了点头说："我想也是。"

"等会儿，十点，训练室见。"

李哲枫说的"谈谈"，当然是要动手的。

也不知道是谁传出去的消息，训练室里乌压压挤满了观众。一队的常恒、安孝和这些老看热闹的必然到场，二队和三队的队员们也有来的，还有黄丽丽和夏乘风。

今天高炙在指挥中心当班，实在过不来，委托了江春雷当摄影师。

洛轻云穿着白色背心和迷彩裤来到场地中央，瘦削健劲的身材十分吸睛。

他对面的李哲枫看上去也准备就绪了，正和周叙白小声交谈，新剪的短发潇洒，更衬眉目漂亮。见洛轻云走来，李哲枫轻轻挡开周叙白忧心的目光，迎了上去。

黄丽丽抬了抬下巴："来了。我们银湾市灰塔的塔花李队和洛队的终极之战。"

谈墨有点紧张起来——李哲枫明天还要出任务，如果在这种场合受伤了，可能会有危险。

他倒是不大担心洛轻云。

洛轻云朝四周看了看，视线在谈墨所在的位置多停了一秒，很快回到李哲枫身上。他笑道："李队，给我这个新来的队长一点颜色看看而已，现在闹得这么大，我怕你不好收场。"

"你想多了，洛队。"训练室的灯光是冷白色的，落在李哲枫的脸上，就像刚出鞘的利刃透着冷光，"我只是找个理由揍你而已。"

话音刚落，他们两边同时离地出手。普通人类基本看不清发生了什么，但谈墨可以清楚看见，是洛轻云先主动攻击逼近李哲枫的。这两人的战斗路数相近，没有什么花哨的招式，每一击都目的性明确，速度极快。

同样能看清战局的吴雨声和周叙白这些融合者们脸色都变了。

洛轻云的手刀直劈李哲枫侧颈，李哲枫压低重心，横扫洛轻云的下盘，洛轻云遂抓住李哲枫的肩膀腾空一跃，避开李哲枫的腿风，转而用膝盖顶向他的胸口。

这就是融合者的攻击速度和反应能力，这两人都旨在取对方性命！

电光火石之间，李哲枫撑住洛轻云的膝盖，一拳向上，正中洛轻云的下巴。"砰"一声巨响，谈墨毫不怀疑洛轻云的下颌骨裂了。

"好样的！"谈墨拍起手来。

洛轻云捂住下巴向后踉跄了两三步，"咔嚓"一声，把自己的下颌复位了。

安孝和这才反应过来发生了什么，他忍不住问旁边的吴雨声："雨声哥，咱洛队刚被卸了下巴颏儿，谈副队叫好干什么？他是没看清吧？"

吴雨声摇了摇头，小声说："你还不明白？你的洛队欺负谈副队，惹谈副队生气了，谈副队又打不过他，只能找好竹马李队来教训他！"

"洛队不是今天早上刚回来吗？谈副队这就生气啦？"安孝和还是稀里糊涂的。

第十章 谈墨 VS 洛轻云

"别说了,你还嫌事不够大啊?"楚好赶紧捂住了安孝和的嘴。

捂嘴也晚了,场上洛轻云和李哲枫两个听力变态级别的融合者早就听见了他们的对话,此时不约而同,都朝他们这边看来。

谈墨赶紧趁机拉架:"你俩差不多得了!要是真闹到中心城去,谁都不好看!"

洛轻云充耳不闻,转脸又冲李哲枫笑道:"李队,你揍也揍了,我俩这算两清了吧。怎么说,你还真想替你的白菜做一回娘?"

这意思,根本就是说刚才那一下,是他洛轻云让给李哲枫的!

李哲枫一拳砸向洛轻云的面门:"我要你的命——"

洛轻云向后折腰,展现出惊人的柔韧性,李哲枫意识到拳头挥空的瞬间便立刻改以肘击向下,那气势,完全是要把洛轻云的腰砸断。

不承想洛轻云单手撑地一晃,避开了不说,还一把摁住李哲枫的肩膀,将他猛扯到地上。

李哲枫被迫背对洛轻云,此时洛轻云突袭,看势是要捏碎李哲枫的脊椎!

"妈呀——"谈墨惊起一身冷汗,想也没想扑上战场。

李哲枫的反应也是极快的,双臂迅速反剪出人类意想不到的角度,抓住洛轻云的手腕,洛轻云以全身的力量下沉,但李哲枫提前一步让洛轻云的手腕脱臼了。

李哲枫翻身而起,洛轻云随即一脚踹出去,将李哲枫踹出几米远。

两人都受了不可小觑的伤,谈墨紧急冲到他们之间叫停。他之前确实很希望有人能给洛轻云一点教训,让他知道既然回了灰塔,他就有需要遵从的规则和律令。现在谈墨算明白了,教训了洛轻云又怎么样?这家伙根本没有把任何东西放在眼里,只有他自己想或不想的区别。

洛轻云转动自己的手腕,强制扭回了腕骨。而李哲枫吐了一口血,慢悠悠地站了起来。

周围异常安静,气压异常低。李哲枫擦掉了嘴角的血,对谈墨说了句:"下去。"

谈墨了解李哲枫,他们俩在同一个福利院里度过童年,一起进入灰塔,"竹马"这种词形容他们两个的关系显得太轻飘了。李哲枫变成融合者之后,就把保护谈墨变成了自己的责任。

但是他们之间的保护本该是双向的。

谈墨挡在李哲枫的面前,冷冷地看着洛轻云说:"洛轻云,现在,我想跟你约法三章。第一,不可越界。"

洛轻云的神情柔软了下来,看着谈墨的目光却很认真,他歪了歪脑袋,就像个没理解问题的孩子。

"你指的是什么'界'?"

"人类与开普勒的界限,队长和副队长的界限,目标和监察员的界限。"

洛轻云抹了一下嘴角,笑容里带着嘲讽和残忍:"你这是恃宠而骄,要求真高。"

"第二,不允许伤害我的人。"

洛轻云走近了一步,低下头靠近谈墨,细细打量他的眼睛:"'你的人'?你的人可太广泛了,李哲枫是你的人,周叙白是你的人,高炙是你的人……还有那边,和你一起出过任务的甲乙丙丁,那都是你的人。"

凌晨时分,刚从隔离室解放的洛轻云突如其来地出现在谈墨的寝室里,让他都没来得及冷静思考。直到现在能看着洛轻云的眼睛，分辨他所有或困惑或委屈的情绪，谈墨才变得稍稍清醒了一点。

"你也是我的人。"谈墨说。

他点着洛轻云的鼻子，郑重道："所以不要再独自去危险的地方，不要再让自己受伤，不要用自己来试探我的底线。"

他的声音理智而客观，却像最热烈的火种，引燃了洛轻云冰冷的心头。

一点一点，冰原上融化的水流填平了深壑。

"那第三点呢？"洛轻云轻声问。

谈墨的拳头在洛轻云的胸口上砸了砸，回答道："你自己知道。"

洛轻云笑了一阵，像听到了什么有趣的事情，最后说："这点我办不到。谈墨，这是天性。"

谈墨叹了口气："你别逼我揍你。"

"你也不是我的对手。"

谈墨笑着回答："我当然不是你的对手，所以，只要我能有效打中你一次，就算我赢吧，如何？"

"一次都不可能会有。"洛轻云俯身向谈墨的耳边，开口道，"如果你输了，那这个约法三章，不成立。"

谈墨握紧拳头，一阵又松开了，他转过去对李哲枫说："阿哲，你明天还有任务，先回去休息吧。"

李哲枫眉头紧蹙，他太了解谈墨了，在他下定决心去做什么危险的事情时，就会露出这样的表情。

"你想怎么样？"

谈墨活动自己的肩膀和手腕，冷声道："我自己的事情，当然是我自己解决。"

"你打不过他的。"李哲枫拽住他。

谈墨轻轻挣脱李哲枫，回过头用口型道：别担心我。随即走到洛轻云面前，唇线弯起，有一种和洛轻云如出一辙的冷锐。

他看向洛轻云的眼睛，用云淡风轻的语气说："洛队，请指教啊。"

李哲枫走下场来，被周叙白拉过去坐下，后者焦急地问："你怎么不阻止他？"

"让谈墨自己去解决吧。既然灰塔安排他做洛轻云的监察员，他要怎么让洛轻云听话，就是他自己的事情。"李哲枫低下头休息，不打算看谈墨之后的惨样，"他是宁为玉碎不为瓦全的性子，最后妥协的，一定是洛轻云。"

其他人都议论纷纷，黄丽丽捂住眼睛说："谈墨这回估计得缺胳膊少腿了……"

夏乘风心里打鼓，嘴上不饶人："他这是要碰瓷洛队吧？一击倒下，然后休假？"

在众人的眼里，这场胜负没有任何悬念。

谈墨闭上眼睛，脑海中自动回顾起方才李哲枫和洛轻云之间的较量，洛轻云的每一个反应，他的肢体在发动进攻时的状态，他瞬间的判断，以及其他一切细枝末节都从谈墨的脑海中掠过。

他调整着自己的呼吸，睁开眼睛，看向对面的男人。

谈墨全身肌肉骤然绷起，毫无预兆地冲向洛轻云，胳膊肘撞击他的肩部下方。

第十章 谈墨 VS 洛轻云

那是极其迅速且让人想为之鼓掌的进攻，以人类的程度来说。

没人看清洛轻云是如何出手的，只有和他面对面的谈墨感受到那一瞬间洛轻云的爆发力，对方轻松地将他的肘击压了下去。谈墨立刻反踹，洛轻云顺势将他双手反剪，狠狠压在地上，一条腿顶住他的后背。

谈墨脸都憋红了，也没能爬起来。

"认输吗？"洛轻云垂着眼，轻声问。

"不认。"谈墨咬着牙想要爬起来，但洛轻云连晃都没有晃一下。

骨头被死死勒住的声音比平时要更加响亮。

一开始还有人起哄，喊什么"墨哥，算了，认输又不会死""谈墨我们不会看不起你"，然而十几分钟过去了，谈墨依然在坚持着，把牙关咬得咯咯响，明知不可为而为之，几乎让人觉得他在这种被绝对压制的情况下仍有可能逆转局势。

大家渐渐不再说话了，只是看着他们。

洛轻云垂着眼，看着谈墨的后颈，谈墨的身体绷得很紧，就像垂死挣扎的幼兽，让洛轻云产生了一种既爱怜又想毁掉的渴望。

他希望谈墨别再倔下去了，这样的挑衅和坚持只会让他更想越界。

越过所有看得见和看不见的界限，完全地……占有。

洛轻云略微施加力量，谈墨的肩膀向后，再差一点就要脱臼了。

"输了没？"

"你拧我肩膀……算什么本事？有种你拧断我脖子啊？"谈墨闷着声说。

冷汗从他的额角掉下来。很疼，而且肩膀拧到这个角度更加不可能爬起来了。

江春雷看不下去了，高声道："谈副队！咱们认输吧，输给洛队不丢人的！"

黄丽丽也心疼得要死："阿墨，咱们点到为止！你……你赶紧认输了，我们都饿了想吃饭了！姐姐请你吃大餐！"

可谈墨死活不认输。

一种莫名的烦躁涌上洛轻云的心头，这种烦躁就像在隔离室里醒来看不到他，哪里都找不到他，明明知道他就在自己面前可怎么样都得不到他，让人抓狂。

洛轻云心里很清楚自己和谈墨在战斗力上有着天壤之别，自己根本没必要和他较真，但是心底有个声音在告诉他真相——谈墨是在用自己征服他。

要他心疼，要他不忍，要他后悔试探那道界限的存在，要他永远不敢越过去。

洛轻云眼睛微微发红，牙关一紧，手下愈发用力。

"唔——"谈墨的脑袋里一片发白。

周叙白拳头握了起来，他咬着牙对李哲枫说："这样不行，我们得阻止他！"

李哲枫却一直垂着眼，没有往场上看。

"这是谈墨的选择。我了解他……他想让洛轻云从那种为所欲为的状态里走出来，如果你现在阻止他，他之前受的苦就全白费了。"

周叙白欲言又止，只能别开脸。

洛轻云的声音沙哑了起来，他再次靠在谈墨的耳边说："输了没？"

谈墨侧着脸，用冰冷而挑衅的目光看着洛轻云，他看穿了洛轻云所有不为人知的恐惧，看穿了他对规则的轻蔑背后隐含的迷惘，看穿了洛轻云最极致的渴望——他一直都在等，有人能理解和拥抱他的孤独。

"我没输……"谈墨笑了一下。

洛轻云听见自己的血液里有什么即将喷涌而出，就像一颗种子在他的血管里生根发芽，穿透一切束缚，铺天盖地地绽放，想被某个人知晓，想给某个人看到。

因为缺氧，谈墨的大脑越来越迟钝，他无法分辨洛轻云眼神里的情绪。他觉得自己整个人变得很轻，像是顺着流沙往一个很深的地方陷落下去。

有人一把将他从沙子里拽了出来，粗糙的手掌裹住他的皮肤，带着一阵微疼。

谈墨睁开眼睛，烈日高悬之下，他看到了一个熟悉的、穿着迷彩服的身影。

"臭小子，你怎么又掉进来了？"

谈墨愣愣地看着对方，念出那个人的名字。

"谢……谢阑冰？"

紧接着，谈墨的脑袋就被狠狠拍了一下。

"就这样叫我的名字？谁教你的这么没礼貌？"谢阑冰好笑地看着他。

谢阑冰已经阵亡了，可自己总能在幻觉……不，应该说是在开普勒世界的边沿见到他，这是谢阑冰的开普勒精神体吗？

"我在灰塔的系统里查到了你的名字。"谈墨老实回答。

谢阑冰吹了一声口哨："宝贝，你还没回答我，你怎么又来这里了？"

这声"宝贝"一点都不轻浮，用谢阑冰浑厚的嗓音念出来，完全是那种长者对小辈的溺爱。

"我跟洛轻云较量呢，我打不过他，估摸着要嗝屁领盒饭了，就到这儿来了。"

谢阑冰眯起了眼睛："就那个长得挺好看的小白脸儿啊？你怎么能打不过他呢？你是不是被他的脸骗了？"

谈墨笑出声来，听谢阑冰损洛轻云，心里那叫一个爽啊。

"他是融合者，我是普通人类，我能打赢他，那就是世界奇迹了。"谈墨摇摇头，"估计这会儿那家伙该给我急救了。"

谢阑冰拍了拍谈墨的脸颊："男人，怎么能觉得自己不行呢？洛轻云啊……充其量就是你的桥，你的能力，超乎你自己的想象。"

"我的桥？"谈墨听不明白谢阑冰的话。

"要不然，你怎么每次总能通过他到这儿来呢？"谢阑冰说。

对啊，上一次来到这里时，他就是握着洛轻云的手。

而这一次……洛轻云也一直抓着他不放。

"我在这里也挺无聊的，不如这样，你叫我一声'爸爸'，我教你怎么修理他？"谢阑冰坏笑着说。

谈墨眼睛都亮了起来："那别说叫你'爸爸'，要我叫你'爷爷'也成！"

"呸呸呸，你爷爷知道了非抽你大嘴巴子。快点，快点。"谢阑冰打着响指说。

"爸爸！快点教我！"谈墨笑嘻嘻地说。

谢阑冰顿了一下，捂着眼睛笑了笑："你别说，还真好听。"

"你快点的啊。一会儿我真该挂了。"

"听好了，崽，能量是流动着的。洛轻云是你的桥，你就可以从他那里得到开普勒能量，以彼之道，还施彼身。让能量形成回环，听懂了吗？从他那里得到，再还给他。"

第十章 谈墨 VS 洛轻云

谈墨整个蒙了："这位爸爸，你好像弄错了，我是普通人类，不是融合者，我可没有开普勒能量！"

"啧，不都跟你说了，通过洛轻云从开普勒世界里拿能量吗？你怎么这么笨啊？"

"哈？"

谈墨还想问清楚，身体却陡然一阵下沉。他睁开眼睛，就看到洛轻云那张精美绝伦到无比欠抽的脸。洛轻云的双手交叠在谈墨的胸口上，正在给他做心肺复苏。

周围一片吵闹，有人在叫他的名字，还有人在呼叫医疗。

"洛轻云你给我滚开——我来！"周叙白的吼声响起。

洛轻云执意地不肯走，他咬牙切齿地对谈墨吼道："我知道你还活着，我能感觉到你！你在威胁我……你在吓唬我……你赢了！给我起来！呼吸啊——谈墨！"

谈墨没有焦距的目光一点一点地聚拢，他看清了洛轻云的眼睛。

那双琥珀色的眼瞳仿佛与深渊连接……啊，不是的，那是另一个更加广阔的、深不可测的世界，是另一个维度——洛轻云的视线像破空直坠的瀑布，如雪崩泻，无数细小的微粒四散开来，形成一道又一道微小的银河，进入谈墨的体内。

那是开普勒能量。

洛轻云的发丝随着他的动作荡起，他的眼神越来越绝望。

他就要失去他了，他成功地报复了他的占有欲……

蓦地，谈墨抬手扣住洛轻云，向上猛地一抬，一切发生得太快了，洛轻云向后仰去，谈墨已经弹身而起。

"我去——谈副队诈尸了！"江春雷吓得跌坐在地。

紧接着谈墨的腿挂上了洛轻云的肩膀，借力而起，身体随惯性一晃，一个锁十字直冲洛轻云的脖颈，速度之快让一旁蹲着的周叙白始料未及，差点栽倒。

洛轻云迅速以双手格挡住谈墨的腿，谈墨却顺势一荡，猛地架住洛轻云双肩，一拳砸向洛轻云的脑袋。

从来没有这样的危机感，洛轻云头皮一阵发麻，他一把扣住谈墨的手腕要将他扯下来，而谈墨似乎早已看穿了洛轻云的反击模式，反扣住那只手。只听见"咔嚓"一声，洛轻云原本脱臼过一次的手腕，再一次脱臼了。

"我的老天爷……谈墨是吃了什么药吗？"黄丽丽看不清发生了什么，只知道谈墨忽然之间有如神助。

他的攻击利落、敏捷，甚至未卜先知。

谈墨借力弹起，左膝狠狠砸向洛轻云的肩膀，洛轻云不得不闪避，他意识到了谈墨展现出来的完全是开普勒级别的战斗力，必须全力应对。他好不容易扛下了谈墨的膝击，谈墨的另一条腿却立刻以他的脖子为支点绕了半圈，随即头朝下，手指指向洛轻云的脊椎。

这完全是洛轻云对付李哲枫的招数，真是所谓的以彼之道，还施彼身。

洛轻云感受到谈墨指尖靠近的力度，一瞬间毁灭的预感涌上心头，与此同时是一种让他竭力渴望的……连接。

他竟然在期待谈墨的手指嵌入自己的骨骼。

而谈墨的手指只是顺着洛轻云的骨节而下，扣住他的后膝，一个釜底抽薪，洛轻云摔趴下去，若不是他及时单手撑地，差一点脸就要砸在地上。

所有人都惊呆了，连话都说不出来。

洛轻云刚要转过身，谈墨已经腾空而起，砸进他的怀里。

"唔……"

洛轻云看着眼前的谈墨，他的表情决绝，但是没有杀意。

现在的谈墨，是一台分析洛轻云行为模式的机器，招招精准，而不致命。

洛轻云撑住了谈墨的重量。他看着谈墨，冷声道："我输了。"

这三个字让谈墨陡然清醒过来。他感觉自己的肌肉骨骼比平时更加轻盈，身体的每一个细胞都充盈着某种能量，他比平时反应更加迅速，甚至放倒了洛轻云！

而洛轻云也看见无数淡金色的微粒从自己的肌肉和骨骼里溢出，沿着血液，透过毛细血管，接着浮现在皮肤表层，然后漫溢着涌向谈墨。

——开普勒的能量是流动的，从这一端到那一端。

就在谈墨放松警戒的时候，洛轻云转而扣住谈墨的手，向下一拽。

原本在担心谈墨会被洛轻云憋死，后来又担心洛轻云被谈墨揍死的围观者们，眼下都沉默了。

江春雷呆呆地问："这是我们不充值就可以看的内容吗？"

吴雨声挡住了他的摄影镜头："我确定这是咱们高队想充值销毁的内容。"

周叙白站在旁边歪着脑袋，说了句："我怎么觉得自己不该上来？"

李哲枫狠狠地咳嗽了一声。

谈墨回过神来，发觉洛轻云紧紧圈着他不肯放。而他的胳膊正环过洛轻云的肩膀，轻轻地拍着他的后背。

洛轻云终于停止颤抖，半睁着眼睛，谈墨还是第一次看到他这么狼狈的样子。

"好了，都过去了。我一直都在。"

谈墨才刚离地不到五厘米，又被洛轻云摁了回去，紧接着耳边传来洛轻云沙哑的声音："我会保护你的。"

谈墨心里咯噔一下。

他意识到自己在这么多人的注视下放倒了洛轻云，绝对会被中心城密切关注。

李哲枫和周叙白上前来，一左一右扣住谈墨的肩膀，要把他拖走，检查伤势。

"如果我的体内检查不出开普勒侵蚀的痕迹，那就皆大欢喜。我还是你的监察员。"谈墨突然说。

洛轻云躺在原地不动，没有说话，微微侧过脸，目光沉得让人不敢对视。

谈墨用手覆着他脸颊上的伤："如果我真的被开普勒同化了……"

洛轻云抬起眼，等待着谈墨的答案，又或者说一个审判。

谈墨的手掌离开，指尖蹭过洛轻云耳边的发，口型是：我跟你走。

洛轻云微微一怔，而谈墨已经挪开他的手，任自己被带走了。

第十一章
海斯提阿

纸包不住火。不到半个小时，中心城的专家们就派人来了，他们要对谈墨做进一步的检查。

负责评估谈墨的是陆颖，身边还跟着两位助手。

谈墨被扫描、被抽血，做了一系列繁复细致的检测，这一次他对自己没有任何信心——他怎么可能是普通的人类？

但测试结果表明，他就是普通的人类。

他的体内除了爱德拉之花的神经毒素，没有任何其他开普勒能量流动的痕迹，一切正常。

他的肌肉密度、骨骼成分、血液分析结果都只能证明他比普通市民的身体素质更好，是外勤队员中的佼佼者。

陆颖没有任何表情，把江春雷拍摄的画面播放给谈墨看。

"你觉得怎么样？"

谈墨终于看到了当时的自己，攻击流畅，气势惊人。

"超厉害。这……真的是我吗？"谈墨的身上带着测谎仪，能扫描大脑的活跃区域来判定他是否说谎。

"这确实是你。现场有五六十号人可以作证。"

"哦……那我可真想再来一次。我的战斗力都媲美李哲枫和周叙白了。"

"这绝对是开普勒级别的力量。你怎么得到这种力量的，你还记得吗？"

"我记得洛轻云一直不肯放开我，我呼吸不了，他靠得很近，问我认不认输，我看着他的眼睛……然后就变得很奇怪。"

谈墨不能撒谎，但他可以选择只说一部分，剩下的交给洛轻云就好。

"我就像是知道洛轻云会怎么进攻、怎么防守，他的动作我也能看清楚了，然后我就学他的样子，把他放倒了。"谈墨说。

陆颖点了点头，侧身对自己的助手说："大脑扫描正常，他没有撒谎。"

至于洛轻云那边，情势比谈墨这边要紧张很多。

之前被洛轻云关进隔离间，差点缺氧而死的专家们，真的一点都不想和洛轻云面对面聊天。

要不是李哲枫和周叙白就在旁边端坐着看着洛轻云，专家们总觉得自己随时可能小命不保。

"你知道你的副队长谈墨，战斗力忽然提升的原因是什么吗？"

洛轻云很淡地笑了一下："是因为我体内的开普勒能量流动到他那里去了。"

"什……什么？谈墨是普通人类，他的检查结果也显示他没有被开普勒能量侵蚀！你体内的开普勒能量是怎么到他那里去的？"

洛轻云向后靠着椅背，呈完全放松的姿态："有了开普勒能量，他才能赢我啊。"

"赢你？说的好像是你让他赢的？"

"他不赢我，就会一直跟我较劲，他差点被我弄死了，你没看到吗？"

"说得好像你很在乎谈副队似的。"几位专家冷笑。

洛轻云也学着他们的样子冷笑，摊了摊手说："我以为我对谈副队的那点想法，是路人皆知呢。闹了半天，你们不知道啊？"

周叙白差点从椅子上掉下去，满脸尴尬。

"我想让谈墨开心，我想让他得到他想要的一切，包括力量。他想赢我，我就让他赢我而已。"洛轻云回答。

专家们瞬间抓住了重点，某种狂喜的情绪涌上他们的眼底。

"你的意思是说，你可以把自己的开普勒能量转移给人类？"

"如果是那样，普通人类就都能对抗开普勒生物了！"

洛轻云像是听到了什么荒谬至极的理论，笑出声来："你们为什么会觉得，我会乖乖配合你们，把我的能量分给任何人？"

洛轻云不紧不慢地补充道："很可惜，那么多的普通人类，只有谈墨对我来说是独一无二的。同样的，他说要统治开普勒世界，我就会为他披荆斩棘。他要我毁掉灰塔，我就不会给灰塔留一个活口。"

整个房间都笼罩在明亮的灯光下，洛轻云面容白净，带着半透明的质感，优雅沉凝中透出无机物般的冰冷，阴郁的气氛在空气中弥漫。

他微笑着，唇线依旧是恰到好处的弧度，勾人心弦的同时也暗含杀机。

被死亡驾驭的恐惧涌上那些专家们的心头，他们下意识向后靠着椅背，自以为隐蔽地在桌子下面握紧了拳头。

洛轻云的警告太过于明显——不要肖想把谈墨变成试验的小白鼠。

"不过，你们很幸运，我的副队长毕竟是一个看起来不拘小节，但其实相当有原则的……普通人类。"

一句话而已，紧张到凝滞的空气骤然流动起来。

"开普勒能量可不是谁想要就能要的。何映之没告诉你们吗？我吸收和转移开普勒能量的能力是一种进化，每一种进化都有它的适应性。我一直不明白这种能力的作用，直到今天谈墨给了我答案。"洛轻云缓缓地说道。

专家们不约而同坐直了背脊，这个答案很可能是开普勒生物研究的重大进展。

洛轻云单手撑着椅子扶手，前倾着看向那一双双贪婪的眼睛，勾起了嘴角："为了在进行一些特别的'联系'时，别把重要的人给弄死了。"

一旁的李哲枫别过眼，周叙白没忍住咳嗽了一下。

专家们愣在那里，还在分析着洛轻云话里的意思。

李哲枫真的不想拖下去了，他直接替洛轻云翻译说："洛队的意思是，想得到他的开普勒能量，至少得和他保持密切的关联。开普勒生物是高度思维化的生物，一个和洛队没有任何'联系'的普通人类，是接收不到他的开普勒能量的。"

洛轻云笑了一下，权当认同了："很多事情，你情我愿才完美。李队，你说呢？"

李哲枫的脸色难看得要死，根本不打算接洛轻云的话茬。

专家们不死心地问了许多问题，做了各种检查，就差没把洛轻云活体解剖了。

洛轻云倒是显得比之前更有耐心，反而这些专家们始终战战兢兢的。陆颖过来时看了看他们的记录，闭目沉思了一会儿，说："洛轻云说的可能是真的。你们可以对比一下我对谈墨的调查。这是他能量转移的手段，就像之前对付鸿蜮的时候一样。他现在不需要手套就能控制自己的开普勒能量了。"

"那我们现在该怎么办？总不可能让洛轻云一直这么藏着掖着吧。他到底是怎么做到把自己的开普勒能量转移给谈墨这个普通人类的？"

陆颖冷声道："一次是偶然，两次、三次就是必然了。我们只能继续观察洛轻云和谈墨，等待下一次他把能量转移给谈墨的时候，把握机会，深入调查。"

"陆处长，你真的相信洛轻云说的，他是为了让谈墨赢自己，才把能量转移给他的？"

"有什么不信的？"陆颖瞥了对方一眼，"他留在这里，不也是因为谈墨吗？"

说完，陆颖就在调查报告上签了字，同意让谈墨和洛轻云离开隔离室。

在电梯前，陆颖和洛轻云擦身而过。陆颖一把拽住了洛轻云，低声道："下次你再一本正经地胡说八道，我可……"

洛轻云的脸上难得露出柔和的表情，说了声："谢谢。"

谈墨离开了隔离间，就发了一条信息给洛轻云：老子出来了。

很快，通信器就振了一下。

洛轻云：我也出来了。

谈墨本以为洛轻云要和那些专家纠缠很久，没想到竟然这么快。

紧接着洛轻云的第二条信息就来了：宿舍见。

谈墨的唇线下意识就弯了起来，回复：好。

宿舍，比起开普勒世界还是安全许多的。

他想了想，又很认真地加上一句：不见不散。

是的，不见不散。

无论发生了什么，我们都不能再从对方的世界里离开了。

洛轻云走在回去宿舍的路上，他看了一眼通信器，停下脚步，一遍又一遍地看着那四个字。

从没有人对他说过"不见不散"，他是第一次知道有一个人会在与他分别之后还期待与他重逢。

洛轻云：嗯，不见不散。

谈墨没有忘记自己的兄弟，怎么着也得去看看李哲枫和周叙白。

进了医疗间，那俩人一个正在挂水，一个手腕上缠着绷带。

李哲枫瞥了谈墨一眼，把椅子踢过去："手续办完了？坐吧。"

谈墨坐下来，有点内疚："你俩明天出任务之前可得痊愈了。不然……"

周叙白直接扔了个苹果砸到谈墨脑袋上："墨哥，你能不能盼着我们点好啊！"

李哲枫仰了仰下巴，那得天独厚的下颌线看了就让谈墨嫉妒："谈墨，这下你可风光了。不跟我们说说，你这超强战斗力哪儿来的？"

谈墨对他俩根本没什么好隐瞒的，确定外面没有人听墙角，他便老老实实地讲起了谢阑冰和开普勒世界边界的事。

"谢阑冰？"周叙白皱起了眉头，"这个人在灰塔里也只是传说。他应该是最早的融合者，已经牺牲很多年了，你看到的……是他的精神体？真的不是幻觉？"

"恐怕不是幻觉。我每次都在差点玩完的时候才去了那个地方，如果我说是谢阑冰教我的怎么通过洛轻云来吸收开普勒能量，你们信吗？"

他以为这两人会觉得他疯了，但他们比谈墨想象中的要更加平静。

李哲枫冷静地说："其实我一直觉得，你和开普勒生物之间有一种独特的共鸣。"

周叙白也犹疑道："而且，好像你和开普勒世界的联系比我们这些融合者还要紧密，我也好，李队也好，都是在你的帮助下才能成为融合者……"

谈墨一时有点蒙，没想到在这俩人眼里，自己早就有这些异于常人之处了。

太多的疑问，谈墨想破了脑袋也不会有结果，只能找个机会去问何映之。

"我想知道当年在零号基地到底发生了什么，谢阑冰是怎么殉职的，凌喻又是怎么死的？陆颖说我父母是开飞行器的，但我觉得她说的不是真的。"

李哲枫前倾，看着谈墨的眼睛，压低声音说："陆颖如果在你父母身份上有所隐瞒，未必是怀有恶意。毕竟她和梁幼洁关系匪浅，对何映之也非常维护。可能当时情势不佳，她不能说实话。我有一种预感，你的身世和你展现出来的能力息息相关。"

谈墨点了点头，表情突然又变得高深莫测起来。

"我父母是谁可以先放一边，毕竟他们已经驾鹤仙去很久了。现在最让我发愁的另有其人——"

"你是在想，洛轻云要是下定决心把你办了，你还有没有命活吧。"李哲枫冷哼一声，他太了解谈墨的那点小心思了。

谈墨一把抓住他的手，恳切地说："对啊，老铁们，我该怎么办啊！"

周叙白为难地捏着自己的耳朵："什么锅配什么盖，能被洛轻云看上你也算朽木雕成花了吧？"

"周叙白！你怎么阴阳怪气的？你还是那个可爱的大白兔奶糖吗？！"

三人又开了会儿玩笑，就一起到食堂吃晚饭去了。吃完饭，谈墨独自跑到平常食堂卖早餐的小窗口去，敲了敲玻璃。

"哟，谈副队啊。晚上没吃饱，还是没吃好？"后勤部负责配菜的大姐走了过来。

"我想喝杯奶茶……"谈墨挺不好意思地说。

还没等谈墨说完，大姐就摇了摇头："这时候哪儿来的奶茶啊。你又不是不知道，中心城的导弹一来，寸草不生。"

"姐，就给我做一杯嘛。红茶兑牛奶，再加点糖就成。我又不要珍珠。"谈墨用恳切的目光看着对方，"我有旧伤，腿一疼，就想这一口。"

大姐笑了起来："谈副队都这么大的人了，还跟小孩儿一样。那我先说清楚啊，就是红茶兑牛奶，其他的我是真没办法了。"

不一会儿，谈墨就成功拎着一杯用食堂打包豆浆的杯子装的奶茶，回到宿舍。

这杯奶茶不是给谈墨自己的，而是给洛轻云的。

不知道为什么，虽然知道洛轻云比他能耐，比他更让中心城来的调查组头疼，可谈墨就是想找个由头对他好，想哄哄他。

一想到之前奶茶店里洛轻云那个表情，谈墨心里就有点难过。

谈墨想和他分享一点热的、甜的，自己喜欢的东西。

第十一章 海斯提阿

一进门，谈墨就看到书桌的灯亮着，洛轻云戴着一副眼镜，似乎在修什么小物件。

他的侧脸本就好看，再加上神情专注，就连微微上翘的睫毛都被灯光晕染出几分温柔色彩来。

"回来了？"洛轻云没有抬眼，还在继续手里的活。

"嗯。"谈墨本想要把奶茶给对方，但难得洛轻云这么岁月静好的样子，谈墨便把杯子放在一旁的架子上，自己躺到床上打起了游戏。

他想的是等一会儿洛轻云跟他说话的时候，他再把奶茶拿过去，这样不会显得太刻意。

结果半个多小时过去了，洛轻云还在搞他手里那个小东西。

游戏已经结束了，谈墨表面上看着界面，实际上一直用余光在观察洛轻云。

他似乎在修什么很精细的东西，手指很灵巧地拿着镊子，镊子上夹着非常细小的部件。灯光在他手指边缘留下橘黄色的光晕，他连颤都没颤一下，平稳地将部件放到正确的位置上。

不知不觉，谈墨忘记了游戏，而是看着洛轻云，他像几十年前电影里的匠人，指尖在光阴之间留下痕迹。

"你要是感兴趣，可以过来看。"洛轻云的声音很轻。

"不要。"谈墨说完就后悔了。这口是心非的坏毛病，得改。

洛轻云放下镊子，看向他笑了："怎么，和李哲枫周叙白密谋了那么久，还没商量好怎么对付我吗？"

现在的他很温柔，和面对那些专家学者时的态度判若两人。

谈墨起身走到洛轻云的身边，才发现他桌子上的是一块怀表，上个世纪的机械款，无法记录任何电子数据，显得古朴而珍贵。

"这是我的老师梁幼洁留下的。"洛轻云说。

谈墨顿了一下。

那不仅仅是他的老师，也是令他对"母亲"这个词产生了具体认知的人。

"时间久了，机械里面潮了，走时也不准了。"

谈墨凑了过去，眯起了眼睛，在数字化的现代，这样的机械表简直就是古董级别的艺术品。

那些小巧的零件，相互契合的齿轮，都太过精妙了。

"你看这些齿轮……它们的瞬心线、齿距、中心距，还有转动的速度，那么多的要素都得恰到好处，才能让整块表转动起来。我觉得从前的东西，要更有心意。"

洛轻云侧过脸，就看见谈墨趴在桌子上，盯着表盘里的齿轮看。

几秒过去了，谈墨没听见洛轻云的声音，抬起了眼，对上了一双深潭似的眼睛。

见他看过来，洛轻云笑了一下，离得太近，谈墨将他眼角的笑纹看得一清二楚。

"我来教你怎么修这块表吧。这要很小心，不然零件就散了。"

洛轻云托着谈墨的手腕，拿起一个细长的塑料小瓶，移动到怀表的零件之间。

"先用这个，把里面的灰尘吹掉。"

洛轻云以手指扣在谈墨的手指上，轻轻一捏，塑料小瓶子就瘪了，气体从细长的瓶口里出来，正好吹走了零件之间的灰尘。

谈墨的心一直吊在嗓子眼里，他看的不是那些零件，而是洛轻云的指尖。

洛轻云松开谈墨的手,又拿了一个小镊子给他:"看得到那个小铁片吗?用这个镊子把小铁片夹起来,盖上去。记得这个小凹槽要对上那个小口子。"

洛轻云站起身,将双手撑在桌子两侧,给谈墨留出发挥空间。

谈墨捏起小铁片,挪动到怀表的上方,犹豫地寻找合适的角度把它放上去。洛轻云就在后面看着,这让谈墨有点紧张。

"别紧张。你扣扳机都不怕,还怕一个小小的怀表零件吗?"洛轻云轻声问。

"术业有专攻,我擅长击杀,不擅长修复。"谈墨半开玩笑地说。

洛轻云侧过来看着谈墨正儿八经的表情,又笑了一下:"零件放错位置,可以重来,扣扳机的时机不对,你就打不中我了。"

"闭嘴吧你。"

洛轻云又问:"我可以碰你的手吗?"

谈墨回答:"我不同意,你就会不碰吗?"

"你怕我会对你使用能力,可我只是想以人类的方式和你相处,并不是代表开普勒世界在引诱你。"

他的声音平缓、温和,完全就是谈墨从小到大期待的那种被人温柔以待的感觉。

谈墨知道自己应该保持一点距离,一点属于监察员的最后的距离感。

但是洛轻云的温柔,哪怕尽头是没有光亮的黑夜,谈墨也想走下去。

"好吧。"

说完这两个字,尽管脸上没有表情,谈墨知道自己的耳朵一定红了。

洛轻云随即托起谈墨的手,耐心道:"轻一点,别那么用力捏着它。你看你的手腕都在抖。很好……慢一点,放下去。"

小铁片落在了正确的位置上,谈墨终于放下心来。

洛轻云带着谈墨,又把一枚一枚细小的螺丝钉拧回了原位,渐渐地,那些比米粒还小的零件一一回到它们应该在的位置上。

眼看着齿轮转动起来的时候,谈墨笑了:"诶!它们动了,真的动了啊!"

"嗯,是啊。"洛轻云把表的背壳拿起来,正要盖上,被谈墨拦住了。

"你等一下,再让我看会儿。原来机械表的内部是这样的?每一个细小的零件都有它的用处,而且零件之间彼此联系……"

谈墨看向一旁的洛轻云,发觉对方其实也一直看着他。

那双眼睛深邃明亮,像是有万千火光在为他摇曳燃烧。

那里不是开普勒的世界,而是洛轻云的世界。

这时候洛轻云的通信器颤了一下,他收到一条信息。

"我出去一下,看完了回去睡吧。"

洛轻云说完,轻轻碰了一下谈墨的额角,就拎起迷彩服外套出去了。

谈墨托着腮看着他离开的背影。

寝室走廊的尽头,一个穿着迷彩服、背脊挺拔的身影似乎恭候洛轻云许久了。

"李队,伤好了?"洛轻云笑着问,仿佛上午他们的近身肉搏没发生过。

李哲枫点了点头,主动提起道:"还好谈墨拦住了你,不然我现在应该已经送停尸间了。"

第十一章 海斯提阿

倒是实诚。"

洛轻云转过身来，向后靠着窗子，晚风吹进来，撩起他的发梢，夜空中零零落落的星子让这个基地显得更加凄凉。

"从我担任一队的队长开始，就一直很想见一见李队。"

李哲枫摸出烟含在嘴边，点燃之后抽了一口，又把烟盒递向洛轻云。

"想见我？你又不是谈墨那种颜控。难不成洛队容不下有人比你好看？"

洛轻云用手指在烟盒上弹了一下，笑着说："这不就是我想要你命的理由吗？连烟的牌子，你俩都是一样的。"

"这无所谓。你想杀我，很公平。我也想杀你。"李哲枫的声音很平静，听不出半分杀气。

洛轻云的笑容更明显了："为什么？"

"因为你是一把双刃剑。你和我都清楚，谈墨一定不是一个普通人类，否则他怎么能击中种子，又怎么能从你那里拿走开普勒能量？当真相大白的时候，也许只有你能保护他，但也许，只有你能伤害他。至于其他方面……"

"嗯？"洛轻云很有兴趣地问。

李哲枫难得露出一丝笑意："我是他兄弟，又不是他妈。"

李哲枫说完，洛轻云就笑出声来。

"你知道，我有的时候还是很嫉妒……你对他很重要。"

李哲枫仰着头，长长地呼出一口烟圈。

"我和谈墨，从有记忆开始，就是在同一家福利院里生活。别看他现在这副十以内加减法都要掰着手指算的傻样，但是在福利院里的时候聪明得不行，初中生的数学和物理他八九岁就能自学。而且他长得好看，所以很快就有收养的家庭了。"

"是他已经过世的养父母吗？"洛轻云问。

李哲枫摇了摇头："不是。他就待了一个多月又被送回来了，理由是他太聪明了，让那对夫妻原本的孩子变得自卑。从那以后，谈墨就不再花心思学习了。而那对夫妻又看上了我。"

"李队小时候应该也是漂亮的孩子。"

"他们看上我可不是因为漂亮，而是我瘦弱、内向、寡言和好控制。"李哲枫弹了弹烟灰，"我成了那个孩子的佣人，附带宣泄情绪的沙包。一个月之后我忍不了了，离家出走，结果被抓回去，狠揍了一顿关在地下室里。他们不给我亮灯、不给我吃饭，直到第三天北辰市治安中心的人来突袭检查，把我救了出来。"

李哲枫闭着眼睛继续回忆："我被温暖的毯子裹着，握着装有热水的杯子，治安中心的人告诉我是福利院的其他孩子发现我连续三天没有去学校上学，给他们打了电话。"

"是谈墨？"

"嗯。"李哲枫点了点头，"其实在福利院里，我们俩根本没有怎么说过话。但从我被那家人带走开始，他每天都会溜出福利院，去我的学校确认我的情况。后来，我又被送回了福利院，每次吃饭、上洗手间、做早操、睡觉，无论什么时候他都会跟着我，像一只沉默的大狗。他后悔没有更早就揭穿那家人的真面目，所以他用这种笨拙的方式补偿我、保护我。"

洛轻云指间夹着的烟就快烧尽了，但他一动不动。

"后来呢？你们怎么进入灰塔的？"

"我们最后被治安中心的人收养了。他和我的养父母都是同事，我们一起上学放学，那是我们青少年时代最平稳安逸的日子了。"

"所以，他说你们是发小。"

"算是吧。没过多久我们父母都因为开普勒生物入侵事件而殉职，我们还没满十八岁就又成了孤儿。谈墨偶然在路上看到一则招生简章，就决定去考灰塔了——考上了就有生活费，一毕业就有工作，不怕饿死。"

"他去了，你就跟着去了？"洛轻云有一搭没一搭地接着茬。

"是啊。那是他最蠢的岁月了，你救了他一次，他就把你当成神明来崇拜。他日以继夜地练习射击，做着有朝一日成为你监察员的春秋大梦；灰塔内网论坛里关于你任何的消息，他都会读上几十上百遍；他会因为分配成为你的实习监察员而几个晚上睡不着觉，还会因为不想被你轻视而强忍下疼痛。我眼睁睁看着他成为一个以你为中心的蠢货。"

从来没有谁的过去能让洛轻云眼眶发红，除了谈墨。

"所以我当时很感激高炙能把他从北辰市调来银湾，高炙是一个坚实的人，谈墨知感恩、重情义，他能成为高炙的监察员，比把你当成理想去追捧，更让我放心。"

两个人的烟都烧完了。李哲枫点燃了第二根，而洛轻云将烟头包进了掌心里。

"李队又是怎么成为融合者的？"

李哲枫顿了一下，回忆道："那是四年前的事情了。我还在北辰市的灰塔，跟着我的队长，到生态区A447执行任务。"

当时的李哲枫身为北辰市外勤第三中队监察员，和小队一同去寻找开普勒探索联盟当年在这一带丢失的黑匣子。根据卫星扫描，这里生长着大面积的中级开普勒生物"活树"，它们是一些枝丫枯朽、长不出哪怕一片叶子的树，但枝干非常密集，遮天蔽日，其体内流动着大量的开普勒能量，潜藏着人类还无法估量的危险。

李哲枫就是在这片诡异的树林里失去了所有队友的联络。北辰市灰塔得知情况后，派出了谈墨所在的银湾市二队前去增援。而李哲枫想在增援到达前的十五分钟里下场确认一下队友的生存情况，却直接被这片黑暗的活树林吞没了。

四年前 生态区A447

李哲枫现在处在相当不妙的境地，他在活树林中迷路了。不知道是不是相似的景色引起的错觉，他总觉得这些细密的枝丫是会移动的，来时的方向已经被活树林遮蔽，连之前自己所在的制高点都看不到了。

他刚才捡到了队伍里的医疗兵的任务记录仪，仪器古怪地掉在一片黑灰之中，让李哲枫对队友的安危产生了最坏的想法。他试图查看里面的内容，但画面上都是噪点，声音也是断断续续的。

——别……别管我……"沙沙"……"沙沙"……快走！

——楚队！你要干什么……"咔嚓"……"沙沙"……

画面上隐约可见他的队友们在地上打滚，周围有什么跳跃起伏着，就像是……火焰燃烧。

第十一章 海斯提阿

刚才自己就在高处，如果林子起火，不可能一丝烟都没看到；但是这片黑色的灰烬，又确实像是什么东西被焚烧过后留下的。

安全起见，李哲枫戴上了氧气面罩，将自己全身都严严实实地封闭起来。

他还没有太过深入这片树林，目前最理智的选择就是待在原处等待救援，一旦看到谈墨他们中队的飞行器就释放求救信号。

但是，这里既然有某种力量能引起诡异的燃烧，那么也有可能毁掉飞行器。特别是为了搜救，飞行器必然会低空飞行，而越是靠近这片活树林，就越危险！

李哲枫咬紧牙关，他还是得想办法离开这里，并且提前和谈墨取得联系。

前方不远处似乎有什么东西一跃而过，李哲枫神经一紧，取出腰间的配枪。

"哒……哒……哒哒……"

有动物在奔跑，蹄子踩在地面上，发出越来越急促的声响。

李哲枫两眼一颤，只见一头鹿不知从哪里蹿了出来，雄健有力，鹿角直戳他的胸膛！

生态区里不可能有正常的动物。李哲枫果断扣下扳机，三发子弹出膛，分别击中了鹿的左眼、腹部还有后腿，那头鹿与他擦身而过，摔在地上。

随即李哲枫才发现这头鹿根本不是血肉之身，而是由活树的树枝交缠而成的，它被击中之后枝杈就散开来，露出里面的内脏……和一颗头颅。

那发顶上有两个旋，李哲枫认得，是他的副队长。

"孟副队……"李哲枫的眼睛瞬间充血了。

这是一只异化失败的泰坦，说明这个生态区里有高级的开普勒种子。

李哲枫半蹲下来，将孟副队的眼睛合上。他没有找到任务记录仪，也没有看到铭牌，携带着这些东西的身体部分应该已经被生态区消化掉了。

想来活树林里还有其他的泰坦，或许还有攻击力更强的生物。

李哲枫刚站起身，地下那具泰坦的尸体突然发出"刺啦"一声，好像一根干燥的火柴划过磷石，毫无预兆地燃烧了起来。这是李哲枫第一次亲眼看到黑色的火焰，都来不及眨眼，一切已经化作了灰烬。

他下意识捞了一把，什么都没碰到，但能感受到一种瞬间的高温过后的余热。空气中浮现出极其细小的淡蓝色尘埃，缓慢飘摇着。那些尘埃落到李哲枫手腕的通信器上，通信器先是闪烁红点，随即"咔"一下黑了。

就是这个……就是这些尘埃中断了他们的通信，还毁掉了他们所有的仪器！

就在此刻，大地一片震颤，李哲枫周围几棵高大的活树的树根从地下钻出来，树杆隐隐振动，像是有什么东西要破茧而出。

"哗啦"一下，树杆裂开了，一只又一只形貌扭曲的生物从中钻出来，四肢和背脊上都连着无数条植物纤维状的丝线。它们扯断束缚，纷纷朝李哲枫冲来！

这些东西融合着人类和其他野兽的残骸，属于"畸融兽"的范畴，大部分身上都能看到被灼伤后留下的溃烂孔洞。

李哲枫转身就是狂奔，这些畸融兽身手敏捷，他一直盯着地面上的影子，感觉到有一头即将扑上来，他立刻拔出战术刀，压低重心，转手狠狠把刀插进那头畸融兽腹部。他的左手扣紧右手的手腕，惯性使得这条口子从腹部一直开到尾部，畸融兽的血液浇灌下来，隔着作战服，李哲枫感受到巨大的热量，他脸上的面罩也发出

"噗噗"的声响，随时可能开裂。

另外两头畸融兽已近在眼前，李哲枫也顾不上会不会伤到自己，把腰间的爆破弹扔了出去。爆炸的能量将李哲枫震飞，他一屁股摔上一棵活树，整棵活树即刻化作黑色灰烬，洋洋洒洒飘落，温度已经高到透过作战服都能感到烫的程度，李哲枫迅速远离这棵树。

而那另外两头的畸融兽也被炸得四分五裂。

李哲枫喘着粗气，四周干干巴巴的活树让他感到天旋地转，不知道自己身在何处，只知道黑暗里还有大量的畸融兽正在接近他，准备袭击他。

李哲枫苦笑了一下，冷汗从额角滑落。他突然想起过去在福利院里，谈墨非凑到他跟前给他讲的小红帽的故事。谈墨故事里的这个小红帽不小心走进了一片黑森林，黑森林里都是开普勒怪物，小红帽被怪物追着跑，终于见到了黑森林的终极BOSS，也是最后小红帽的救命恩人——精灵王子。

"精灵王子，你在哪儿？"李哲枫自嘲地问。

他的通信器坏了，屏幕濒临碎裂，只能隐隐地透出模糊的屏保画面。屏保上是一张合影，李哲枫自己的面容已经看不清了，但是搂着李哲枫的那个神采飞扬的少年却很清晰。

那是他们被收养之后一起放的第一个暑假，他们一起去了游乐园，玩了梦寐以求的云霄飞车。谈墨全程都在欢呼，李哲枫却被吓得喘不过气来。

他一直抓住谈墨的手，捏得谈墨骨头疼，从欢呼变成龇牙咧嘴地求李哲枫松手。

谈墨总以为李哲枫嫌他太吵闹，却不知道李哲枫在每一个恐惧的时刻，想抓住的人只有他。

谈墨是他的救命稻草，是他的精神寄托，是他唯一的兄弟与家人，也是他归属感的来源。

但是这一次，李哲枫觉得自己回不去了。

畸融兽的包围圈越来越近，他做好了同归于尽的准备，手扣在另一颗爆破弹上。

就在这个时候，有人沿着滑索飞速而来，手中战术刀的寒光一闪而过，一齐排畸融兽被削开了脑袋。

此人稳稳落地，一脚朝着李哲枫踹过来，李哲枫下意识低头，从后方扑向李哲枫的一头畸融兽立刻被踹了出去，力道之大，撞裂了一棵活树。

"楚……楚队！你还活着！"李哲枫叫道。

楚洺一把拽过了李哲枫，说："我们走！"

两人协力突破包围圈，李哲枫一边跑一边问楚洺："楚队！这个生态区到底是怎么回事？中级生态区的开普勒活跃度会有这么高吗？！"

楚洺一拳擦着李哲枫的脸颊而过，击中一头畸融兽。那个扭曲的脑袋爆开，脑浆和血点都飞落在李哲枫的作战衣上，腾起黑色的火焰，瞬间烧没了。

"活跃度不高的前提是种子没有受到刺激！还记得吗，无人机探查到，那个黑匣子掉在这里一棵树的裂口里，随着树的生长，黑匣子就长进了树中。这棵树被开普勒基因感染之后，表皮变得非常坚固，普通的外部打击根本无法撼动它，我们为此还专门带了工程切割线——但是，在我们来之前，这里发生了一场雷暴。"

"雷暴？那么是雷劈中了我们目标的那棵树……"

第十一章 海斯提阿

又是一群畸融兽围了上来，李哲枫是普通人，体力已经在战斗中透支了，楚洺为了省事，直接把李哲枫扛上肩膀，在林间疯跑起来。

"那棵树就是这个生态区的种子！那道天雷激活了它！而它的能力就是驾驭开普勒生物静电，雷电让它储蓄了充足的能量！"

"我看到的那些淡蓝色像灰尘一样的微粒，难道就是……"

"引起黑火的能量团！"

黑火是开普勒生态区独有的物理现象，它的原理是开普勒生物细胞的碰撞产生生物电流，导致高温起火，火焰是死亡的黑色。

这个现象极其罕见，因为细胞碰撞产生的电流能量必须十分巨大并保持高频稳定，否则根本无法形成黑火。

周围的活树密集程度比之前更盛，逼仄的压迫感让李哲枫无比眩晕想吐。

楚洺忽然停了下来，而那些追赶他们的畸融兽也不见了踪影。

有什么不对劲，但李哲枫说不上来。

楚洺把李哲枫放下，说了声："到了。"

李哲枫一回头，看见一棵巨大的活树，它由无数棵活树汇聚缠绕而成，和之前卫星扫描以及无人机拍摄回来的画面截然不同。

"这就是有黑匣子的那棵树吗？"李哲枫怀疑地问。

一阵细微的风吹拂而来，好像那棵活树的呼吸。

楚洺点点头，开口道："这棵树有个挺好听的名字。"

"什么？"李哲枫不记得灰塔提供的信息里还有这棵树的名字。

"翻译成人类的语言，对应的应该是空间女神——海斯提阿。"楚洺出神地望着那棵树。

"楚队……这是你给这棵树起的名字吗？……我们队伍的其他人呢？除了季宁还有孟副队的其他人呢？！"

"也在里面。"楚洺轻声道。

冰凉的感觉瞬间涌上李哲枫的心头，他立刻去摸自己的配枪，却发觉自己的枪套空了！

楚洺转过身来，手指勾着一把枪，歪了歪脑袋问："你在找它吗？监察员。"

"楚队！你越界了？"

现在就算去卸背上的狙击枪也来不及了。李哲枫的第一反应就是后退。

从那棵活树的方向传来一阵又一阵呼喊声，像是从地狱深处溢出来，带着空洞的回声。错综缠绕着的活树枝干之间，忽然伸出了无数只手，手指根根扭曲，竭尽全力仿佛要抓住前方的什么。

"李哥……救我们……救救我们……"

李哲枫的双腿仿佛灌了铅，向后退了两步又停下了。

他知道那不可能是自己的队友，但是……

楚洺已经走到了李哲枫的面前，看着他的眼睛问："你怎么不去救他们？"

李哲枫猛地用战术刀刺过去，却被楚洺稳稳扣住。但李哲枫早已想到这一招，手伸向背包下面，那里还挂着一颗爆破弹，他狠狠拉下了保险栓！

他宁可和楚洺同归于尽，也不甘心成为开普勒生物的营养。

"嘀嘀嘀"的倒数声，下一秒，那颗爆破弹突然被楚洺抢走了，李哲枫自己也被他一把推出了三丈远。

　　李哲枫反应过来，这可能是楚洺最后一丝神识在和他的开普勒本能搏斗。

　　一声巨响，被楚洺摁进怀里的爆破弹炸开，楚洺就在李哲枫面前被炸成了碎片。

　　李哲枫被冲飞出去，刚好摔在海斯提阿树根底下，而楚洺推他的那只手落在他的身前。

　　这时候他才发觉楚洺的断臂之中根本不是血肉，而是无数植物纤维，它们在断口处蠕动着，迫切地像是想跟什么相连接。而在远处的，则是楚洺被炸裂的尸骸，其中也延伸出无数纤维，在召唤着李哲枫面前的断手。

　　李哲枫咬紧了牙关，他的每一个队友都被这个生态区给吞噬了。

　　连楚队……也成了这里的一部分。

　　李哲枫的配枪就摔在他的脸颊边，他取过枪，对着楚洺的脑袋开了一枪。这是他身为监察员对楚洺最后的责任。

　　下一瞬间，楚洺身体的其他部分燃烧了起来，黑色的火舌猛烈欢愉，舔舐着楚洺躯体里的能量。随着温度升高，成片蓝色的微粒蒸腾到半空中，时不时碰上李哲枫的面罩，发出轻微的噼啪声，像是有无数小手在敲门。

　　李哲枫晃了一下，他的作战服已经扛不住了，他像蒸桑拿一样在不停冒汗。

　　而他身后那棵巨大的海斯提阿也在燃烧。李哲枫回过头，就见它周身笼罩在黑色的火焰之中。黑火宛如一条黑色的巨龙盘桓在这棵树上，烈焰熊熊，要烧尽天地。

　　李哲枫笑了笑，他明白自己到此为止了。

　　他颠了颠自己的配枪，确认里面还有一颗子弹。

　　——别来救我了，谈墨。

　　李哲枫扣下了扳机，但就在子弹即将碰上他太阳穴的那一刹那，那些蓝色微粒骤然集结起来，形成另一颗子弹的形状。两颗弹头撞击在一起的瞬间，李哲枫的子弹碎为齑粉。

　　李哲枫愣在那里。

　　与此同时，海斯提阿向李哲枫展开了它的腹腔，一株巨大的透明的克莱因之瓶从中挤了出来，流水般的花瓣向着四面八方延展开来，几乎占据了他的全部视野。

　　半透明的花瓣娇嫩欲滴，美得耀眼夺目，荧蓝色的微粒轻轻扬扬地散开，形成了生物静电的云雾，忽明忽暗，发出轻微的迸裂声。

　　这是海斯提阿在向他示好。

　　——它想要他。

　　李哲枫一秒都没有犹豫，抄起战术刀狠狠扎向自己的心脏，而巨大的克莱因之瓶迅速掀起雾海巨浪，将李哲枫一口吞没。那把战术刀，李哲枫最终还是没能握住。

　　生物电流窜入他的体内，细胞不断破裂又不断愈合，他的身体正在被重组，植物纤维穿透他的大脑，进入他的血管，他所有关于这个世界的记忆一点一点地被抹去，而属于另一个世界的洪流不可抵挡地潮涌而来。

　　在福利院里清冷的岁月逐渐被洗成了月白。

　　那个站在校门口确认他有没有来上课的少年，他殷切的表情正渐渐变得模糊。

　　李哲枫用力地想把他刻在脑海里，可是所有的痕迹都被那些蓝色的微粒填平。

第十一章 海斯提阿

不行……我不能忘掉他……我不想忘掉他。

李哲枫看到自己被送回福利院，独自坐在角落里，那个少年跑过来，趴在自己旁边睡觉。

他是谁……他叫什么来着？

他是谈墨……我怎么差点忘掉他了？

那张屏幕上的照片正在破碎，所有的像素点向半空中隐没，李哲枫拼命地追，却追不回来。

他的大脑逐渐放弃了思考，被某种力量淹没，沉入没有一丝光明的深渊。

一切安静了下来。

呼吸、心跳、脉搏，一点点从他的身体剥离，他即将失去所有还活着的证明。

不知道过了多久，好像有什么在他思维深处扎了一下，细若游丝的疼痛感越来越明显，随即遍布他的四肢百骸。

他动了一下，还无法睁开眼睛，却能感知到正在发生的事。

负责救援的谈墨和高炙带领队伍抵达这片活树林时，底下已经是一片黑色的火海。他们的飞行器盘旋在活树林上空，找不到合适的落点。

在他们完全联络不上楚洺的外勤队伍之后，该死的北辰市灰塔才终于说了实话。

——丢失在活树林里的黑匣子记录的根本不是什么研究信息，而是多年前开普勒探索联盟封闭在稀有金属保管箱里的黑火微粒。

雷暴赐予的能量使得这片中级活树林毁坏了保管箱，黑火微粒泄露，与活跃的生物电流相辅相成，碰撞爆裂。

高炙下令让飞行器硬着陆到活树林之外，自己发动能力，从生态区的边缘渗透而入，碾压过去，驱退熊熊黑火。

而谈墨穿着隔热作战服，直接降落在海斯提阿面前。

"李哲枫——李哲枫——你在哪儿给老子应一声！李哲枫——"

刚才高炙感应到，这个生态区处于高度防御状态，说明它的种子正在繁衍孕育幼种。

而谈墨从空中第一眼看到这棵树起，就知道它是种子孕育幼种的孕囊。李哲枫身体好、脑瓜好，长得也漂亮，只要这个生态区的开普勒生物审美正常，谈墨相信，现在这棵树里的幼种一定是李哲枫。

这么好的繁衍素材，百年难得一见，种子绝对会很珍惜。

一旦自己的攻击让这棵树感觉到威胁，说不定就能让它的种子现身！

于是，在号称空间女神的海斯提阿面前，谈墨盘腿坐下，把自己的枪架了起来，他以自身为枪架，瞄准了它。

他只是只微小的蝼蚁，此刻却妄图撼动参天巨树。

谈墨卸掉了狙击枪所有的电子功能元件，受到静电微粒的影响，它们已经没有什么用了。这一次他得凭借自己的经验来判断，一切都要回归到最原始的技巧上面。

他观察到这棵树最接近中央的地方有一道缝隙，果断朝那里开了一枪。

静电微粒飘摇而下，形成细小的粒子盾，竟然将那一枪的子弹拦截了下来。

这些粒子看起来轻如鸿毛，怎么会有这么强的防御力！

海斯提阿无法容忍谈墨妨碍自己的繁育，它的枝丫迅速朝谈墨的方向延伸，形成遮天蔽日的巨伞，随时会俯冲而下，将谈墨一口吞下。

但谈墨扛着狙击枪一动不动。

散落下来的蓝色微粒越来越近，和地面一触碰，就点起黑色的火焰，燃烧肆虐。这是来自海斯提阿的威胁。

作战衣里的温度越来越高，但谈墨知道自己就算跑也跑不过这个火焰的蔓延速度，而一旦他离开这个位置，他就彻底失去了瞄准的机会。

就让他赌一把！

谈墨的汗水从额头滑落，在他的眉毛上挂了一下。

在他的瞄准镜里，所有如同雪花一般下坠的蓝色微粒化作一帧一帧的静态画面。

瞬间，谈墨仿佛抓住了这世间万物所有的轨迹，扣动扳机，连续三下。

"砰——砰——砰——"

第一发子弹穿过了上百米的黑色火海，蓝色微粒就像被延迟了动作，总是落在子弹的后头，当那发子弹距离海斯提阿五十米的时候，才堪堪被拦截下来。

也正如此，蓝色微粒盾的周围形成了空当，第二发子弹穿梭而过，在距离目标二十多米的时候，被另一个微粒盾给挡住了。双方撞击，形成轻微的空气动荡，紧接着第三发子弹接踵而至，蓝色微粒集结不及，子弹破空，终于命中了树中央那道狭窄的缝隙。

顿时，药剂在活树纤维里迅速蔓延，盘绕在一起的枝丫化作死灰，扑簌簌掉落下来，露出腹部半透明银蓝色的类似花瓣的隔膜。活树反应飞快地运转起来，立刻填上新的枝丫，彼此缠绕得更加紧密，形成肌肉般的纹理，就这样重新"愈合"了。

虽然只有短暂的一刻，谈墨还是看到了——李哲枫就悬浮于那层隔膜背后的空间里。

海斯提阿的枝丫发狂一般朝谈墨鞭来，像无数条吐着信子的巨蟒，黑火也直坠而下，眼看就要把谈墨覆没。

但谈墨按部就班地更换弹夹，死死瞄准着李哲枫所在的位置。

呼吸声，心跳声，微粒攻击即将撞裂他面罩的声音都不复存在，枪柄已经滚烫到他几乎拿捏不住。

——还有机会，还有机会找到那个种子。

它一定会留守在李哲枫的周围，它一定不会让任何人伤害自己的幼种。

黑火在碰上谈墨的那一瞬，突然停住。

谈墨似乎听见了不远处高炙的声音："做你想做的事，但记住……我能为你创造的机会只有子弹出膛的那一瞬！"

黑火烈烈，高炙的声音却带着一种让人清醒的沁凉。

这个充满复杂要素的环境忽然被简化到极致，只剩下风、距离与谈墨的目标。

高炙的控制起到了关键作用，两股开普勒能量开始争夺这片领域的控制权，高炙忍受着巨大痛苦，吸引着海斯提阿的攻击。

四周的蓝色微粒逐渐变得稀疏，谈墨果断地扣下扳机！

微粒已经来不及拦截，所有活树的枝丫都朝着那一枪的方向流动，层层加固，就为了将子弹挡住。

第十一章 海斯提阿

谁知道谈墨朝着海斯提阿的侧面迅速补了第二枪！

这一招声东击西，让对手始料未及。子弹直落落地打了进去，再次给予繁育状态的海斯提阿重击。

这一发药剂弹渗透了中心的纤维隔膜，海斯提阿疯狂地颤动了起来，整个生态区都跟着咆哮不已。

黑火沸腾着涌向他们，温度骤然提高到了另一个等级。

高温让谈墨缺氧。

高炙毫不保留地将自己的能量开到最大，活树形成的巨蟒逆向奔袭自己的本体，撞击海斯提阿的中心。

蓝色微粒争先恐后地附上巨蟒的表面，黑火轰然烧起，将坚固的活树一层一层地剥落。

随着这些微粒的流动，谈墨在万千缝隙之中，捕捉到一个黑色的粒子，哪怕它只是在瞄准镜里一闪而过，谈墨也下意识被它吸引，视线紧密追逐，某种预感涌上心头。

——所有的活树都只是它释放能量的载体，巨大的海斯提阿也只是它的容器，巨蟒已经被摧枯拉朽般地毁灭，但只有这个是它最后的残烬，在距离不到十米的地方，飘摇而落。

谈墨眯起了眼睛，血液涌向指尖，就在心脏的跳跃与那个黑色粒子的振动达到一致的瞬间，他再次开枪。

子弹冲破洋洋洒洒的灰烬尘埃，跃动的黑火一刹那仿佛静止。

巨浪即将翻涌而起，天地也要跟着颠覆，整棵海斯提阿发出震耳欲聋的嘶鸣。

温控系统发出最后警报，作战衣已经抵达防护的上限，开始熔化。谈墨脸上的氧气面罩也同时发出悲鸣的声音，碎裂开来。

谈墨捂住自己的耳朵，赶来的高炙一把将他扑倒在地，末日狂欢一般的黑火在高炙身上燃烧。谈墨感觉到高炙肌肉骨骼都在颤抖，他想翻过来，但高炙紧紧勒住他不让他动。

黑火烧上谈墨的腿，谈墨的手指都抠进了土里，他疼到腮帮都在痉挛。

眼泪涌上来，他哭了。

缠绕在海斯提阿外部的活树一层一层地干枯、散落，失去生命的能量，化作灰烬飘荡，整个世界都被黑色烟尘笼罩。

海斯提阿的核心逐渐露了出来，是一朵克莱因之瓶。

失去了种子，克莱因之瓶的能量正在流失，蓝色的流光从花瓣闭合的顶端一点一点地朝着花萼之下流淌。

谈墨艰难地咬着牙关，一路就这么爬到克莱因之瓶前，取出自己的战术刀，用尽全身的力气扎进那些紧密的花瓣之间。

第一刀下去，才扎进一半，谈墨嘶吼着向里压。克莱因之瓶的能量流失得越多，花瓣之间也越是纤薄，第二刀、第三刀下去，刀尖终于碰到了里面的纤维神经。

"李哲枫——你要还算个人，你就他妈给老子出来——"

谈墨第四刀扎进去，总算切断了几根纤维神经，可以窥见里面隐隐的人形。而谈墨的力气终于还是用完了，摇晃了一下，向后倒去。

头顶不再是活树林鬼魅般的枝丫，而是一片干净的夜，星子繁复，皎月当空。

谈墨的手又试图挥了一下，指尖只是碰到战术刀的刀柄。

失重的感觉让他疲惫到睁不开眼。

直到一只手从克莱因之瓶里伸出来，一把扣住了他的手腕。

……

回忆就像被晚风吹亮的烟头，在基地宿舍的窗前忽明忽暗。

洛轻云垂着眼，想象着谈墨承受的痛苦，安静地听完了整个故事。

"你知道我为什么会从北辰市灰塔调来银湾吗？"李哲枫问。

"为了保护他。"洛轻云回答说。

李哲枫轻轻点了点头，继续道："我申请过来之后，头三个月一直跟着高队，他教我如何使用自己的开普勒能量。三个月之后，三队的队长阵亡，耿劲柔说我是银湾市辖区内，高炙以外级别最高的融合者，他希望我能担任三队的队长。我答应了，但提出了一个要求。"

"什么要求？"

"让我去执行最危险的任务。如果有一天我越界了，不要派谈墨来杀我。"李哲枫说。

洛轻云沉默了一会儿，开口道："我看过他腿上的黑火痕迹。那不是他烧伤愈合后的疤痕，那是开普勒标记。"

"怎么，你以为我像你想的那么龌龊？"李哲枫给了洛轻云一个冰冷的眼神，"那是我在他身上留下的标记。如果我不在他的身边，他遇到开普勒生物的袭击，这个标记会保护他。"

洛轻云顿了一下，良久，捂住自己的眼睛笑了一下："李队这是在警告我吧。"

"我只是想提醒你，天干物燥，小心火烛。"

李哲枫从洛轻云身边走远了，留下淡淡的烟气。

第十二章

传奇

谈墨本来还想着洛轻云回来再和他唠两句有的没的,结果一直等到大半夜,洛轻云还是没回来,他自己倒是先困得厥了过去。第二天醒来的时候,旁边的床还是空的。洛轻云的被子折得整整齐齐放在床尾,他的制服也挂在床尾的架子上。井井有条的风格跟谈墨形成了鲜明的对比。

谈墨打了个哈欠,闭着眼睛拐到洗漱间,正刷着牙,有人站到他身边,光听脚步声谈墨也知道是江春雷。

"小春雷……你也刚醒呢……"谈墨吐了口牙膏沫子。

"嗯,是啊……下午不是有巡查任务吗?"江春雷瞥了一眼谈墨,嘟嘟囔囔地说,"唉,谈副队,你说废墟有什么好巡查的?都炸没了……"

谈墨以过来人的身份搭上江春雷的肩膀道:"巡查被炸毁的城市遗址可是危险系数最小的工作了。怎么,有福不享,想吃苦啊?"

"我才不是那个意思!"

他们笑闹着走出洗漱间,刚路过走廊的窗沿,就正好看到洛轻云从窗边跑过。

他穿着白色的背心和黑色的运动短裤,戴着头戴式耳机,不知道在听什么音乐,背心随着手臂的晃动扬起,隐隐可以看到紧实的腰腹线条。

额角和脖颈上起了一层薄薄的汗,看来是晨跑回来。

江春雷摇头晃脑地感叹:"洛队这颜值这身材——妥妥的人间杀器啊!"

谈墨在心里呵呵。

下午两点的日头正盛,谈墨的护目镜自动进入紫外线屏蔽模式,照例是他和吴雨声驾驶双人飞行器进行空中巡逻,而洛轻云带着其他队员在地面上巡视。

这座边沿城市被炸毁之后,生态隔离可能有没做完善的地方,需要实地勘察。

双人飞行器在废墟上空掠过,吴雨声和谈墨不约而同地打了个哈欠,二人对视一眼,默契地调成自动巡航模式,谈墨向后一靠脑袋一歪就睡着了。

地面上,洛轻云坐副驾驶,旁边是开车的安孝和,车厢里是其他的队员。

大家都很安静,安静得有点诡异。这些日子在灰塔里有诸多传闻,比如什么洛轻云已经越界、洛轻云已经被注射了衰减剂、洛轻云杀死中心城专家、洛轻云不是人等等。一队的成员都被中心城的评估小组请去聊过天,这让队员们面对洛轻云的时候有些紧张。

此时的安孝和开个车都绷直了背脊,一副正在考驾照的架势。

常恒和楚妤分别抱着枪,警戒地对着窗外,仿佛他们下一秒要和鸿蛾单挑。

江春雷低头摆弄自己的无人机系统,而庄敬则抱着胳膊看着他,似乎随时准备发表重要讲话。但是谁都知道,庄敬压根不懂无人机。

巡航的双人飞行器在空中转了个圈,又回到他们车子上空。

洛轻云原本撑着下巴靠着车窗,这时候却将手伸出了窗外,飞行器的影子掠过,他倏忽扣紧了手指。

强烈的日光之下，洛轻云的肤色有种明亮的通透感，眼窝的凹陷与鼻梁的高挺形成强势对比，坐在后排的常恒不小心从后视镜里看到了洛轻云阴郁的表情。

洛轻云很显然也注意到了常恒的目光，他缓缓地松开自己的手，继续撑着下巴，手指在耳朵里的通信器上点了点。

"谈副队，我们说会儿话？"洛轻云慵懒的声音响起。

这是全队频道，所有人都八卦地竖起了耳朵。

过了三秒，仍然很安静，除了风声，还能听到很轻微的鼾声。

大概是吴雨声推了谈墨一下，谈墨醒了，不耐烦地回了一句："大中午的——大太阳晒着——说什么鬼话？睡觉不行吗？"

又是一阵尴尬的沉默。最后是楚妤没忍住，笑了一下。

沉闷的气氛瞬间显得诙谐了起来。

洛轻云继续说："谈副队有没有听到一些传言，比如——"

谈墨白眼朝天上一翻，张嘴放屁："比如你要竞选中心城灰塔负责人吗？我们要去给你刷票了？别担心，就凭你那张脸，灰塔系统里的所有女人都会选你！这就赢下至少五分之二的选票了！"

听着谈墨和洛轻云胡扯，那些恐怖的传言好像真的只是"传言"了。

"——比如我越界了。现在的我，其实是属于开普勒世界的。"

洛轻云就这样在大家最为放松的时候扔下重磅炸弹。

安孝和一个闪神，他们的车拧了个麻花，差点撞上某商场废墟。

"你不就是去开普勒世界的边沿转了一圈吗？顺带还得到了一些更强大的能力？人类追求进步，融合者也要追求进化！以后有危险你上，我们都在你身后，受你保护！做你强有力的后盾！"谈墨凉飕飕地说。

明明是讽刺的语气，却又一次让车厢里的所有人都呼出一口气来。

他们都知道洛轻云被隔离之后，只有谈墨去看过他。

谈墨目前是灰塔最炙手可热的Inspector，他的子弹造就了两位高级融合者——李哲枫和周叙白，还让高炙安然退居二线，现在又从鸿蚬那里拯救下了洛轻云。他对"越界"的判断，可能比中心城的专家还让人信服。

"万一我就是越界之后，又回来了呢？"洛轻云的唇上扬起一抹笑。

昨天晚上，谈墨面对他就像只快要缩进壳里的小鹌鹑，这会儿又朝气蓬勃了。

"你要是真的已经越界了，那要不跟咱们都说说那个世界是啥样的？要真那么美那么有吸引力，让你回都不想回来了，你也带上我？等等，我一个哪儿够，你得带上我们一起去啊。"

洛轻云眼角的笑纹都浮起来了。常恒从后视镜里看着洛轻云的表情，总觉得他好像从那个阴暗的缝隙里又回到了人间。

结果江春雷又不知道哪条筋搭错，好死不死来了一句："还有人说咱们洛队要杀了中心城的专家呢，那肯定也是谣言！"

安孝和立刻附和："就是！估计就是没配合回答他们问的那些弱智问题！他们就造谣我们洛队，说他的坏话！"

洛轻云诚实道："这个不是谣言，我确实是想憋死他们来着，可惜高炙来了。"

第十二章

江春雷和安孝和尴尬得不知道该说什么好，而庄敬和楚妤则盯着洛轻云的后椅背，好奇心折磨得他们快要疯了。

还是楚妤开的口："那，您为什么要这么做啊？"

在空中飞行的谈墨皱起眉头。

"他们废话太多了，我又没什么必要委屈自己来让他们放心。关在那样一个房间里，见不到我想见的人，简直让我无法呼吸。我只是把他们也关进去，让他们感受一下我的感觉而已。"

洛轻云的话轻飘飘的，听不出任何杀意，好像就是作弄了一下他讨厌的人而已。

但是谈墨知道，洛轻云当时是真的想杀了那几个专家。

"啧，那些个不干正事儿的专家，就是欠教训。你看看何教授，人家那么金贵的学者，下高危区调查的时候一点架子都没有。那才是真正的专家。"安孝和说。

"让他们吃瘪也好，下回就不敢再来闹幺蛾子了。"常恒呵呵笑了起来。

他的笑声还挺有感染力，旁边的楚妤和庄敬都跟着一起笑了。

洛轻云撑着下巴，在笑声中并不惹人注意地小声对谈墨道："我只是想出去想疯了而已。"

那声音和着轻微的电磁波近在耳边，让谈墨的心情轻轻飞扬。

下午五点半，他们结束巡查回到基地。

谈墨难得清闲，在基地的生活区遛弯儿，看其他人打篮球。看得正起劲的时候，有人拽了一下他的后衣领。

他转过身，居然看见是韩准。这小家伙好像比起前段时间又长高了一点。

"哟，韩工啊。"谈墨把手里的烟灭了。谁叫韩准还是个孩子呢。

韩准在路边坐下，给了谈墨一个眼神，看来有话要说。于是谈墨在他面前蹲下，洗耳恭听。

"明天我要跟着何教授回中心城，何教授的意思是，希望你也能登机。"

"他要我去中心城干吗？"谈墨问。

"他应该是有什么话要在飞机上对你说吧。"韩准用看傻子的目光看着谈墨，"你申请护送任务，完了再从中心城回来。这事儿别跟别人说了。"

谈墨点了点头。

晚一点谈墨回寝室，洛轻云已经写完了下午的任务报告，正靠在床头看书。

这家伙安静的时候还真是个美男子。

"喂，洛轻云，我问你个事儿。"

"你想问什么？"

"就是……"谈墨觉得自己非常卑微，他走到洛轻云面前，"如果明天早上我有事离开一小段时间，就一小会儿，你自己一个人应该没关系的对吧？"

洛轻云合上书，看着他看了一阵："明天你要去哪儿？"

"我有一个难度级别非常低的护送任务。"

"我知道了，你要护送何映之回中心城。"

"嗯，来回十二个小时。"谈墨说完，又加了一句，"但是这个任务里没有你。"

"何映之有关于你父母的事情要告诉你。"洛轻云低下头，又把书打开了。

谈墨心想，你怎么什么都知道。

"所以，你明天会在寝室里好好轮休，不会发生任何类似把专家关进隔离室抽空氧气的事情，对不对？"谈墨好声好气地问，像在哄小朋友。

洛轻云勾勾手，示意谈墨靠过来，然后在谈墨耳边说："你有没有想过，一旦你抵达中心城，他们会把你扣留下来，从此把你作为控制我的筹码？"

谈墨神情一冷。

"不，他们知道不放我回来会发生什么。"谈墨伸手戳了一下洛轻云的脸，啊，这张该死的脸，"你会干掉整个中心城，掘地三尺也要把我找回来。"

洛轻云伸手过来，轻缓地拨过谈墨额前的碎发，他的表情很阴沉，声音却温柔得不像话。

"既然知道，那无论你的起点是什么，要记住，终点一定在我这里。"

洛轻云这个人虽然有时候脑子有点问题，但他答应的事情总是会做到的。

比如第二天的早晨，他亲自把谈墨叫醒，送去了洗漱间，还在宿舍门口挥手和谈墨告别。

谈墨很敷衍地挥了挥手，转身的时候倒是开始想了，自己不在宿舍里的时候，洛轻云会做点什么？看书，还是继续捣鼓那块表？

谈墨来到何映之的飞行器前，贺泷正在入口处等他，飞行器微微离开地面，保持着悬停的状态。谈墨一上去，舱门就关闭了。

一进入内舱，谈墨就看到了韩准那个臭屁小孩，他穿着一身特别定制的西装，挂着冷淡傲娇的小表情。谈墨路过他的位置时，故意揉搓了一把他的大背头。

"你干什么呢！"韩准不爽地瞪向谈墨。

谈墨笑了一下："你这样才可爱啊。"

"又在胡说八道了。"吴雨声的声音响起。

谈墨一抬头，就看到吴雨声抱着胳膊靠着机要舱的舱门。

"阿声，你怎么也来了？"

"这有什么奇怪的。我是你的戒备员，你到哪儿，我当然跟到哪儿。"

从吴雨声的这句话里，谈墨听出了另一层含义。

恐怕这一次，何映之还真的动了把他调去中心城，让他留在自己身边的心思，但是又担心谈墨去了不适应，才会把吴雨声也一起叫上。

谈墨笑了笑，看来自己得在这趟旅途中让何映之改变主意，毕竟……洛轻云可能早就想去一下中心城"大闹天宫"了。

这还是谈墨第一次进入机要舱，它是专门为重要的科研人员设计制造的，能够承受和抵抗的压强和进攻是普通机舱的几十倍，也只有何映之这个级别的研究员能享受这个待遇。

由于舱壁更坚厚，它比普通的机舱要更加狭窄逼仄，还有独立的制氧系统，虽然狭小，内部的空气还是有种清润沁透的感觉。

他的座位就被安排在何映之的对面，之间有一个小桌子，摆着茶和点心。

何映之看见他就笑了："坐吧，我就要回中心城了，在这里，我可以把过去的事情告诉你了。"

谈墨坐了下来。何映之口中"过去的事情"，就是开普勒探索联盟最大的机密，也是灰塔成立的原因。

——这是关于凌喻和谢阑冰这两位传奇人物的故事。

二十六年前

从开普勒22B返航的飞船被陨石撞击导致坠毁，探索联盟派出精英团队前去进行样本回收。由于四散的样本范围太大，一共启用了上千台飞行器，侦查划分好的数百个区域。

飞行器掠过茂密的丛林上空，年轻的学者凌喻隔着玻璃窗看着这片绿色林海，尽管日光正盛，她却感觉到一种危机四伏的恐怖氛围。

坐在她对面的是一个身着迷彩服的、英俊硬朗的男人，他倾向她打了个响指，关心道："想什么呢？"

"阑冰，我有种不好的预感。"凌喻开口道。

"老实说……我也是。"谢阑冰眯起了眼睛，羡慕地看了一眼坐在凌喻身旁的研究助理何映之，他正趴在小桌子上，睡得很沉。

"真羡慕小何，走到哪儿，就能睡到哪儿。"凌喻笑了一下，轻轻摸了一下何映之的脑袋。

就在这个时候，飞行器一阵晃荡，头顶上的警报器疯狂嗡鸣，机长广播通知他们的飞行器双侧引擎失灵，必须硬着陆。

不仅他们这台飞行器，随行的另外三台飞行器也是如此。

凌喻立刻意识到，这不是意外，而是这片密林里有什么力量引发了这一切！

他们就这样坠落进了密林之中，巨大的冲撞力让凌喻差一点撞到脑袋，对面的谢阑冰一把将她揽入怀中，而何映之直接撞到飞行器的顶部，瞬间晕了过去。

电力中断，四周陷入黑暗。

凌喻从谢阑冰的怀里抬起头来。这里植被茂密，林中几乎没有光照，但窗外有无数飘浮着的淡蓝色微粒，就像夜晚的雪花折射着星光。

"那是什么？"凌喻好奇地来到窗边，用手指隔着窗子轻轻点了一下。

那些淡蓝色的微粒仿佛被吸引一样飘了过来，每当和窗子触碰，就发出很轻微的"噼里啪啦"的声音，像某种电火花。

机长打开内舱门，对他们说："通信已经完全中断了。我们联系不上联盟中心。"

十几米外，另一台飞行器的舱门忽然打开，两个研究员和一小队外勤人员穿着防护服径直走了出来。

凌喻拼命拍着玻璃，用手势警告他们：情况不明，不要离开飞行器！

但对方只是冲凌喻的方向做了个"OK"的手势，执意进入了密林深处。

"你劝不了他们的。李教授他们想优先得到样本的研究权。"谢阑冰沉声说。

"能让所有飞行器的引擎和通信装置失去作用，这里面绝对有什么危险的东西。联盟评估过，开普勒样本已经泄漏，这一整片原始森林可能充满了逸散的样本。看看窗外这些小尘粒，它们带有生物静电的特性，却又像是有自主性，我一碰玻璃窗它们就主动来接近我，绝不只是静电那么简单。"

凌喻的眉头皱得紧紧的。

她镇定下心神，提醒所有人："大家请听好，我们不清楚已经离开机舱的小队会出现什么情况，也不知道联盟多久会派人来救援，从此刻起，水、食物、医疗用品都非常珍贵，要尽量节省使用。如果万不得已要离开机舱，所有人穿好隔离服，明白了吗？"

"明白！"其他的队员都端坐在原位上，继续戒备。

时间一点一点过去，夕阳西下，夜幕渐至。

凌喻低着头照顾昏迷中的何映之，还好医疗扫描仪显示他只是轻微脑震荡。

而谢阑冰神色紧绷地看着窗外："凌喻，你发现什么不对劲了吗？"

凌喻点了点头："几个小时过去了，偌大的原始森林里，我们没有看见任何生物。就连天黑了归林的倦鸟都没有。"

"是啊……它们都去哪儿了呢？"谢阑冰冷声道。

舱内的人打开压缩饼干，喝水补给，而舱外仍然是一片死寂。

李教授离开的方向忽然传来微微的亮光，机长好奇地趴在窗子上看了一阵，叫起来："你们快看啊……那是什么？"

凌喻也跟着看了过去。原始森林里的树树龄都有上百岁，高大茂盛，随着夜幕降临，树干和枝丫上像披着一层淡蓝色的薄纱。细看之下，那薄纱竟是某种藤蔓编织而成的网，像是一点一点在渗入树体当中，在光影之间形成古怪的曼妙线条，有种莫名的凄然。

——有问题。

"它们恐怕已经被开普勒样本感染了。我从未见过地球上的生物会有这样的特性。"凌喻开口道。

谢阑冰说："贺泷，你释放无人机去侦查一下。"

身为队内技术员的贺泷打开随身携带的电脑，一架无人机飞了出去。

它在泛着微光的树林间飞行，传递回来的画面都是相似的树影。大约一个多小时之后，贺泷紧张地喊道："队长！凌教授！你们过来看！"

在无人机画面中，两个研究员正穿着防护服半蹲在地上，打开了样本箱像在收集什么，其他戒备中的外勤队员有的抬头望天，有的扣着枪，但他们都和雕塑一样，保持着现有的姿势，一动不动。

凌喻问："是信号卡顿造成的画面静止吗？"

"不是的，凌教授你看，时间轴还在走，画面也随着无人机飞行变换了角度，但他们就是不动！"

贺泷将飞行器向两个研究员的方向靠近，发现其中一个正是李教授。

他像是发现了什么巨大的惊喜，眼瞳呈现微扩的状态，嘴角上扬，正在笑。而他对面的研究员助理也是张着嘴，正要说什么，可是那句话再也没有被说出来。

谢阑冰忽然开口道："他们的防护面罩呢？怎么是打开的状态？"

经他这一提醒，贺泷才发现飞行器在他们面前没有倒影，面罩已经被打开了。

"靠近一点。"谢阑冰沉声道。

无人机又向着李教授的脸靠过去，惊悚的一幕发生了——无人机带起的气流吹过李教授的脸，他的鼻梁忽然坍塌，接着整个头部沙尘化，扑簌簌落了下来。某种平衡被打破，他整个身躯化作齑粉，只剩下防护衣软绵绵地倒下，正好撞到了对面

第十二章 传奇

的研究助理。

多米诺的骨牌被推倒，研究助理迅速像一个沙包一样瘫了下去。

贺泷被眼前的场景惊呆了，他调整无人机后撤，正好飞过某个外勤队队员的头顶，带起轻微的气流，结果那个外勤队员也瞬间塌陷。

整个场面让人毛骨悚然。

"冷静，看看李教授的样本回收箱里有没有东西！"谢阑冰扣住贺泷的手，让这个年轻的技术员迅速从惶恐中镇定下来。

样本回收箱是打开的状态，但是里面空空如也。

"那个样本不在。"

谢阑冰开口道："贺泷，再走远一点，看看能不能联络上其他的小队。"

无人机继续飞行，终于他们看到类似动物活动的踪影，无人机迅速跟了上去，但那动物移动得很快，轻灵地在树影间穿行，落地的时候甚至没有发出声音。

"这是什么动物？猴子？狒狒？"机长看向凌喻。

凌喻摇了摇头，目光越来越沉，用充满探究和不确定的声音说："这应该不是猴子……它像是……"

"是人。"谢阑冰说，"也许不能算是'人'了……"

那动物忽然停了下来，无人机差点撞上去，借着微弱的月光，终于可以分辨出来——是一个穿着迷彩服的外勤队员！

蓦地，那个外勤人员回过头来，脑袋整整转了一百八十度，脖子都拧成了麻花，一双眼睛睁得很大。

"妈呀，吓死我……"

贺泷的话还没有说完，只听"噗"的一声，那个外勤人员的脑袋骤然爆开，紧接着从脖子的血管里爬出来无数小虫子，密密麻麻，看得人密集恐惧症都要发作了。

"呕——"机长吐了出来，还好旁边的医疗兵动作快，塞了个呕吐袋过去。

这些小虫子爬出几米远之后，无人机才拍清楚它们的尾部拖拽着的无数丝线，纷纷拉扯着那个外勤人员的身体，很快他的身体就这样裂开了。

"那……那可是个活生生的人啊，就……就这么没了？"

头一次见到这种场面的凌喻大脑深处被狠狠撞了一下，对生物的认知被颠覆，某种不祥的预感油然而生。

——泄露的开普勒样本将彻底改变地球生物的存在形式。

"剩下的人呢？看看能不能找到。"谢阑冰开口道。

"生要见人，死要见尸。"凌喻也看了一眼时间，"这么长时间联盟都没有收到我们反馈的信息，肯定已经派人找我们了。我们只要待在机舱里，就能等到救援。其他人的尸体可能无法回收了，至少我们得知道他们是怎么死的。"

真相，是每一个学者的追求。

贺泷继续控制无人机在漆黑的密林中飞行，四面八方仿佛随时会有魔物蹿出来，这架无人机是原始森林里的异类，显得孤独又无助。

"这前方好像没有路了？"贺泷不是很确定地说。

应该是无人机被什么东西堵住了，画面黑黢黢的。

谢阑冰凑过去确认："把灯光都打开，看看到底是个什么东西！"

灯光瞬间亮起，眼前的一幕让盯着屏幕的贺泷向后一仰，谢阑冰也愣住了。

——画面上就是第三组研究负责人的脸！

他睁着大大的眼睛，眼神却完全失焦了，那样子就像被浸泡在什么液体里。他还在用力呼吸，每一用力，都有轻微的气泡从嘴里溢出来。

无人机迅速后撤，照亮的范围变大，这才发现他竟被包裹在一个透明的囊中，并被高高悬挂在一条巨大的藤蔓上。大量相似的藤蔓遍布整面岩壁，整体在轻微地晃动，根据地图，这面岩壁的后面就是个巨大的瀑布。

"这……这是什么？"

凌喻眯起了眼睛，开口道："这是卵。"

"什么？卵？好端端的人怎么会到卵里面去？"

原本还有轻微呼吸的研究负责人此刻已经毫无动静了，凌喻要求无人机开启生物扫描，他们惊讶地发现负责人的大脑早就停止活动了，但心脏竟然还跳动着。

更可怕的是，有什么东西正在他的身体里流动着，细若游丝，遍布了他的血管肌肉，占据了这具本来属于人类的躯壳。

"联盟什么时候派人来？这可不是我们这么几个人可以搞定的。"医疗兵的生物学知识算是外勤人员里面最好的了，眼前的一切已经超出了他的认知范畴。

无人机巡视了一圈，发现其他的外勤人员也都被吸进卵里面。这整面岩壁就像是圣诞节挂满彩灯的礼物墙，只是这些礼物里的内容实在恐怖。

"我们要不要击破其中一个卵，看看能不能再抢救一下？"贺泷问。

谢阑冰再次向凌喻征求意见："凌教授，你觉得呢？"

凌喻分析说："现场没有任何交火的痕迹，说明一切发生得非常快，外勤人员来不及反应。我猜测，发起攻击的就是这些藤蔓，我不认为我们主动击破它们的卵是明智之举……"

就在这个时候，无人机的灯光扫到一个人，他脸朝下倒在地上，双手死死抱着什么东西……是样本回收箱！

"这是第三组的研究助理——柯立！"

听到无人机的引擎声，柯立动了动脑袋，缓慢地爬起来。他看到了半空中盘旋的无人机时，眼神里闪烁着明显的欣喜和期待。

"这个柯立竟然还活着？他有什么特别之处？"谢阑冰眯起了眼睛。

"他一直抱着那个样本箱不放手，是不是箱子里有东西？"凌喻指着画面说。

柯立还算冷静，他在无人机的引领下离开了那片诡异的区域，额头上时不时有血滴下来。看来他的组员被吃进那些卵里的时候，他正好摔晕在地上，逃过了一劫。

他每跑一步都让人为他捏一把冷汗，生怕他忽然变成粉末，或者有虫子从他的七窍里钻出来。但是他就这样大难不死地回到了飞行器坠落的区域，跟随无人机，抵达了谢阑冰和凌喻他们的舱门前。

机长正要给他开门，却被谢阑冰拦住了。

"等等。你们不觉得奇怪吗？"

这时候的柯立已经开始拍打舱门了："让我进去，求你们了快点让我进去——"他看向密林深处，仿佛有什么正在追捕他。

而那些被网一般的藤蔓覆盖的树林就像在向他移动，淡蓝色的微光忽隐忽现。

谢阑冰将手扣在枪上戒备着。

柯立拍门的声音越来越大，叫声也逐渐歇斯底里起来："让我进去！你们就是想要看着我被那些怪物杀了！然后不劳而获拿走我的回收箱是吧——这箱子归你们，我只想活命！凌教授！凌教授你开门啊！我和你是同门啊！让我进去——"

凌喻的肩膀颤了一下，她很想起身去开门，但是谢阑冰却将手指抵在唇上摇了摇头，示意她不要心软。

"这么大的声音都没把怪物给招来，多半有鬼。"

凌喻呼出一口气来："不知道其他区域的开普勒样本回收是否顺利，还是只有我们运气不好正好被派到了异变的中心。"

昏迷中的何映之已经开始发烧了。各种突发状况撞在一起，不容乐观。

半个小时之后，柯立的表情开始变得绝望而狰狞，声音也不再像是人类会发出的声音："好吧……好吧……哈哈哈哈！……凌喻，你不是一直想知道，开普勒生命体……到底是什么样的吗？"

柯立咬着回收箱的把手，忽然原地消失了。

紧接着，有什么砸落在他们的飞行器顶部，"哐啷"一声，接着是奔跑的声音。

舱内的人下意识跟随那阵声音移动视线，直到陷入一片死寂。

贺泷调整无人机的角度，寻找柯立的踪影。

"凌教授——他在你身后！"

凌喻下意识回过头来，就看见柯立一脸阴森笑意，倒挂在凌喻背后的窗子外头，双眼睁得比铜铃还大。

"我去——"机长吓得从座椅上滑下来。

凌喻却丝毫不惧，而是凑近了，死死盯着柯立的眼睛。她在柯立的眼睛里看到了纤细的、不断朝着瞳孔中央汇聚的淡蓝色波纹。

"开普勒生命体比地球上的任何生命形式更高端，是物质与精神相融合的极限……它会打破物种的界限，让人类和其他地球生物变得没有任何不同，只有它选中你……或者淘汰你……"

柯立在飞行器上爬来爬去，发出"吱吱咯咯"的摩擦金属的声音，其他人忍不住低头捂住耳朵。

在这样的声音里，高烧中的何映之醒了过来："发生……什么了……"

"小何，别看。"凌喻轻声说。

忽然，柯立抬起头开始狠狠往凌喻面前的玻璃窗上磕。

第一下，玻璃窗剧烈震动，所有人精神紧绷。

第二下，玻璃窗被撞击出一条指甲盖大小的裂隙，惊得机长向后躲进机舱的角落里，贺泷和其他队员纷纷拔枪对准那条裂隙，凌喻搂着何映之从那个窗口避开。

第三下，"喀啦"一声，柯立的脑袋撞碎了，银蓝色的液体飞溅而出，玻璃窗的裂隙朝四面八方延伸。柯立的尸体缓缓滑落下去，他的眼睛死死盯着凌喻的方向，嘴巴仍然念念有词。

"只有最契合的精神……最完美的基因……才会被它选中……"

"咚——"柯立的身体掉了下去。

接着是死一般的寂静。所有人都有一种窒息的感觉。

"凌姐……他死了吗?"何映之虚弱地问。

"好好休息,别想那些。"凌喻左手护着何映之,右手握枪瞄准着那个窗口。

"喀啦……喀拉喀啦……"

那窗子终于彻底裂开,他们失去了最后的保护。

大家呼吸都哽在喉间,贺泷操纵无人机去查看柯立的尸体,然而正是此刻,无数淡蓝色的细小微粒从尸体中飘散而出,附着在无人机上,嵌入它的机身缝隙里。"砰——",无人机引擎爆炸,砸落在柯立的尸体边。

它最后传回来的画面就是打开的样本箱,箱子里是一小块泛着金色流光的石头。

"那是什么?"贺泷无助地看向凌喻。

"不……不知道……"凌喻看过飞船在开普勒星球上取样的录像。那个星球已经一片荒芜,根本没有任何发光的物体。

紧接着,那些蓝色微粒从土壤里钻出来,从四周所有树木的林叶缝隙间飘出来,很快就溢满了视野。

"我们……估计要完了。"

这些微粒即将飘进窗子里,凌喻当机立断打开医疗舱,谢阑冰很有默契地将何映之抱起来放了进去。

"凌姐……"何映之推了推医疗舱的舱门,但是凌喻已经转过身来挡在舱前了。

那些蓝色微粒飘进来,逐渐汇聚在一起,而那个金色流光的石头居然被这些蓝色微粒包裹着来到了窗口。谢阑冰和凌喻的目光一看过去,它就像被触发了一样,陡然膨胀。

巨大的金色能量团仿佛蕴含着无限的生命力,包罗万象,生生不息。

贺泷他们被那金色的能量团所震慑,不是别过头闭上眼睛,就是抬起手臂遮挡。而谢阑冰和凌喻却像是被牵引了一样,朝着那个能量团走了过去。

"凌姐!凌姐!"何映之拼了命地敲击医疗舱,但是凌喻什么也听不见。

那个金色的能量团将谢阑冰和凌喻完全吞没了,以能量团为中心,能量波从所有肉眼不可视的分子和原子之间呼啸而过,无限星辰奔涌而来,声势浩瀚,宛如宇宙爆炸。随即整个世界毫无预兆地开始坍塌,所有物质又朝着那个中心极速归回。

何映之感觉自己的思想缓缓抽离了身体,整个人昏厥过去。

等到何映之再度醒来的时候,他发现自己躺在医院的病床上,周围都是生命系统检测仪器。

他四肢乏力,艰难地侧过脸看到心脏检测仪器上的时间。

那已经是三个月之后了。

听到这里,谈墨的脸上露出极为惊讶的表情。

何映之点了点头,着重道:"三个月。足够发生很多事了。"

谈墨有很多问题想问,先挑了最关键的:"……那个金色的能量球到底是什么?难道就只是开普勒样本吗?"

"它是抵达地球的所有开普勒样本中,最强大的种子。"

"它……感染了谢阑冰和凌喻?所以他们俩都是融合者?他们的能力是什么?"

何映之摇了摇头,解释道:"它本身并不是'感染'——我们一直用地球上生物的形式来衡量其他的生命体，这其实是错的。应该说，它选择了他们俩作为自己开普勒生命的载体。"

"开普勒生命体和地球生物不一样，它们需要的是这里。"何映之点了点太阳穴，"思想是它们存在的核心，物质只是容器。当物质载体消亡，开普勒能量就会再次回到它的维度里，形成种子，等待下一次萌发。"

"您是说开普勒能量的强弱体现在这里？"谈墨也学着他的样子指了指脑袋，"那如果是这样，它选择所有的科学家不就好了！"

"孩子，我指的不是智商和知识，而是思维的深度和广度，是一种感知力。就好比你，你对开普勒生物的种子就有一种超凡的感知力，对吧？"何映之笑着问。

谈墨点了点头。

"谢阑冰拥有强大的决断力，这是思维的深度；凌喻拥有超强的思维联想能力，这是广度。更重要的是他们相爱，而且彼此理解，这是契合。他们……是人类中最符合开普勒生命体繁衍的范本。"

"他们俩如果有孩子……那就一定是和地球生命存在形式最为适应的开普勒生命体？"

何映之笑了一下，未置可否，那个笑容里有太多不可言说的无奈和苍凉。

他继续讲道："当年有上万人参与了开普勒样本的回收工作，其中数十人变成了融合者，包括贺泷在内，他们的体内都能检测到开普勒能量，让探索联盟得以认识到融合者的存在。我被保护在医疗舱里，因脑震荡处于思维混乱状态，从而没有被那个能量源选中，没能被同化……

"而谢阑冰和凌喻的开普勒能量级别超越了联盟的检测能力，他们一直没有被当作是融合者。后来的一段时间里，凌喻和我都在零号基地进行开普勒研究，而凌喻正是在那段时间里提出了后来那些打破人类认知和思维壁垒的理论观点。"

"比如凌氏镜像桥？"

"还有一些格外先锋和危险的。"何映之摇摇头，"比如她认为，开普勒生命体，是人类进化的终极。我们最终将借由开普勒能量之手，从物质世界进入精神世界。越是高等的开普勒基因，越是会进化成高等的精神体，精神体存在于人类所谓的时空与引力之外，属于另一个维度。"

"这在当时的学术界引起了轩然大波。他们都觉得凌喻的脑子有问题，还说她应该去疗养院，而不是待在零号基地这样全球顶尖的前端研究所。只有深宙集团对凌喻的理论推崇备至，力排众议地保住了她在零号基地的地位。听说当时深宙的掌舵人姜广宇还追求过凌喻，但凌喻的挚爱永远是谢阑冰。"

说到这里，何映之脸上少有地露出嘲讽神色："事到如今，还是没有人能撼动凌喻在开普勒生物学的地位，她依然是最厉害的学者。"

谈墨沉思一阵，又问出一个重要问题："凌喻就是在零号基地里怀孕的，对吗？"

"嗯，是的。"何映之深深地看了谈墨一眼，丢出了爆炸性的信息，"而且……凌喻怀的其实是双生子。"

谈墨的脑海里顿时一片空茫。

"这对双生子给整个与世隔绝的、枯燥的零号基地带来了非同寻常的慰藉，所有的研究员和驻防人员都在期待这两个孩子的诞世。但是新生命，有时候不一定代表希望……"

谈墨想起在虫藓传递的信息里,那个追杀谢阑冰的少年,想起姜怀漾说,凌喻是被自己的孩子亲手杀死的。

"她的孩子,其中一个越界,成为目前开普勒生物中最强大的种子。"

"……那,另一个呢?"

仿佛有一滴水从万里青云之上直坠,落进了谈墨的心田,在他内心最隐秘的角落里,掀起了万丈波澜。

这时,飞行器忽然一阵剧烈的震荡,谈墨一个摇晃,脑袋差点砸在旁边墙壁上。

"怎么回事?遇到气流了吗?"

何映之的飞行器稳定性是灰塔一流,按理来说,不可能这么容易受气流影响。

何映之艰难地维持着平衡,点开自己的通信器:"贺泷,发生什么事了?"

谈墨愣了一下,他这才反应过来,贺泷就是当年那个操控无人机的技术员。这么多年了,他一直都跟在何映之的身边。

贺泷的声音传来:"我们的自动驾驶系统被黑客劫持,机长一直试图切换手动驾驶,但是无法夺回驾驶权。"

谈墨一听,难以置信:"谁敢劫持你的飞行器?这是吃了熊心豹子胆吗?"

何映之的神情瞬间沉冷下来:"你觉得有谁的实力能跟灰塔旗鼓相当?"

"难道说……深宙集团?姜怀漾?"

"是的。在这之前,深宙集团就找我谈过,想让我共享当年凌喻的研究机密。我拒绝了,他们这是软的不行要来硬的了。"何映之闭上眼睛,深深叹了一口气。

谈墨咬牙切齿:"他们太猖狂了吧!"

"他们有猖狂的本钱。就这么说吧,当年探索开普勒22B的核心力量都是来自深宙集团,他们现在有自己的研究基地、自己的探索队,始终在对陷落的零号基地进行深入探索,次数甚至比灰塔还频繁。"

"难道他们不怕死吗?"

"谁会不怕死呢?但深宙集团有钱有势,能做出其他人做不到的承诺,如果一个孩子得了癌症,深宙集团承诺给他以最精尖的治疗,那这个孩子的父母不就会不遗余力地为他们卖命吗?"

何映之对深宙集团的行事作风是极不赞同的。

谈墨想了想说:"洛轻云也去过零号基地。他在那里耗尽了自己的开普勒能量,以至于要被专程护送回银湾。那次任务,是不是灰塔和深宙集团的某种对赌合作?"

只是这个合作到底失败了。

何映之点点头:"如果我没猜错,这次姜怀漾是要把我劫持到他的基地,逼问我双生子里剩下的那个孩子的下落,究竟是不是和官方说法一样,和凌喻一起死在了生态区。"

"所以,凌喻的那个孩子真的死了吗?"

谈墨转头定定地盯着何映之。

何映之伸出手托着谈墨的脸颊,眼底的微微水光颤动。他的掌心是那样温暖,让谈墨无比熟悉,也无比安心。

谈墨的脑海中突然闪过一个画面——年轻的何映之穿着白衬衫,垂着眼微微笑着，臂弯摆动，冲他轻轻地哼着不成调的小曲儿。

"那个孩子当然没有死。在物质世界里，他平安地长大了，有着和谢阑冰一样的眉骨和鼻梁，和凌喻相似的眼睛，他是最出色的Inspector，像他父亲一样，弹无虚发，也像他母亲一样，能和开普勒生命体之间产生超凡的共感。"

答案已经明显到不能更明显。谈墨百感交集，轻轻低下眼睛。

他似乎能看到面前这个孱弱的研究员如何抱着一个婴儿，竭力奔跑躲藏，每分每秒都在担惊受怕，直到最后一刻还在想着要把自己送到最安全的地方。

无法形容的感觉涌上谈墨心头。实际上，这个迟来的答案并没有给他以尘埃落定的欣慰感，反而带来了更多未解的谜团。

飞行器猛然下坠，同时机长广播的声音响起："飞行器预备硬着陆——"

一般的飞行器配备双侧引擎和其余两个备用引擎，而"云河"，也就是何映之乘坐的这款飞行器，备用引擎足足有四个。

机长试图解除自动驾驶，导致系统故障，双侧引擎过载，停止运转；随后机长尝试利用剩下的备用引擎全速滑过这片高危生态区。这个过程中其中三个引擎因过热而报废，剩下的最后一个引擎带着飞行器坠落在高危生态区的边缘。

谁能想到号称人类安全级别最高的飞行器"云河"也有不得不硬着陆的一天。

巨大的撞击让整个机舱都随之嗡鸣，金属共振的声响让人的脑子都快爆开了。

机要舱外，负责何映之安全的警卫员贺泷脸色沉郁，韩准低着头正抓着吴雨声递过来的呕吐袋，机长拼命地发出求救信号，但是距离这里最近的城市就是银湾，另一边还需跨越至少两个中危生态区才能到达深宙集团在沙漠中的基地。

从卫星云图上来看，这个飞行器就像一大片绿色海洋里比米粒还要小的珍珠，散发着无力的微光。

"吴雨声——外面情况怎么样……"

谈墨正要起身，就被何映之一把扣住。

"你必须和我待在一起，哪里都不能去。"何映之忍着头晕目眩，执着地说，"无论是灰塔还是深宙集团，都一定会派人来救我们。"

飞行器内有制氧系统和食物储备，足够他们在这里待上一周。

但就在他们降落的这个编号A0028的高危生态区，灭顶之灾已经悄然而至。

密林之中，阿卡那加魔鬼藤宛如巨蟒一般移动起来，朝着生态区的边缘蜿蜒而去。安静地栖息在山崖崖壁上的鳞鸟慢慢睁开了眼睛，赤红色的眼睛瞳孔骤紧，齐齐地朝着飞行器坠落的方向侧过脑袋。

而在这个生态区的中央，有什么正从地底深处一点一点往外爬行，砂石缓缓向四面八方陷落下去。

"咚——咚——"

谈墨闭上眼睛，侧过脸。

"怎么了？"何映之问。

"我好像听到了什么声音……像心跳。又像火山喷发前的震动……"

何映之神色有些惊惶："我想那是这个生态区最凶狠的开普勒生物，那个'上古四凶兽'之一……你先忍着不要出头，我看不用十分钟，深宙集团的人就会来了。"

他极力让自己显得不那么紧张，但额角的冷汗却让他的心情一览无遗。

谈墨叹了口气："我以为你不怕死。"

"我本来就不怕死。"

"但你是害怕我会死在这里，对吧？"谈墨扣住何映之的手，轻声问。

何映之的声音颤抖了起来："二十五年前是我弄丢了你，一直在茫茫人海里寻找你……你的生命是你的父母，还有零号基地里无数人的性命换来的。你要明白……无论如何你都要好好活着。"

"何叔叔，你刚才说，'在物质世界里'凌喻剩下的那个孩子还活着，那么……他代表开普勒世界的那个部分呢，他的精神呢？"

谈墨用"那个孩子"来指代他自己，还没有习惯自己就是这一切争端的主角。

"你们是怎么界定那个孩子的精神属于哪一方？他和开普勒世界到底有什么关系？"

何映之怔怔地看着谈墨，没有说话。而他们的飞行器被一股巨大的力量一把拽住，颤抖着，被迫向生态区的中心移动。

——是那些魔鬼藤终于缠了上来。

太多的疑惑，太多的谜团，谈墨无法等待何映之回答，就急不可待地抛出下一个问题："凌喻的理论里有没有说，如果物质泯灭，精神……"

"别说了！"何映之忽然吼了出来，他第一次冲谈墨发怒，眼睛红得像滴血，"不要用凌喻的语气跟我说话！什么物质泯灭精神永存！就是为了用精神体困住他，凌喻和谢阑冰才会……才会……"

"才会什么？困住谁？他们到底做了什么？！"

我到底是谁？

为什么我总能找到开普勒生态区的种子？

我的存在意味着什么？

谈墨有一种这些问题不在今天得到解答，就永远不会有答案的感觉。

在谈墨无数个问题之下，何映之几乎是崩溃地吼了出来："如果精神世界真的存在，告诉我……你有见过那个高维世界吗？你有见过他们吗？精神体……精神体……是我的思维不够深还是不够广？我不配被开普勒世界选中吗？只有我被他们保护着，而我什么事都没有为他们做到！我从来不相信开普勒精神体的存在！我不信！他们一次……一次都没有来见过我！"

何映之的眼泪大颗大颗地落下。

这些年他见过了无数的牺牲，所有人都珍惜着他，保护着他，因为他是凌喻最好的学生，也是目前学术界最了解开普勒生态的人。

但往往活下来的人，才是最痛苦的。

"但何叔叔，我相信。"谈墨掰开何映之紧攥的手，珍重地握着，用平缓的目光直视对方，"你知道吗，我去过洛轻云的开普勒世界——他把自己在中心城基地长大的过往像一本书一样摊开给我看。他一直在等有一个人看懂他的孤独，看懂他不想被划分为人类或者开普勒生物的孤独……和他想被保护的孤独。"

何映之的手指颤了一下，谈墨的这番话，像极了当年谢阑冰说起凌喻。

——我能读懂她，我能读懂她的专注，读懂她无法被其他人理解的孤独。她的孤独并不来源于她的天才，而是因为她认知的东西、追求的东西本质上就和其他人不一样。就算她要去探索宇宙的边界,要去闯深不见底的寒渊,我也愿意与她同行,我愿意做她的匕首与铠甲,做她窥得天机的那座通天塔。

"说起来你可能不信,但是……我真的见到过谢阑冰。"谈墨用带着安抚性的语气娓娓道来,这一刻他像是长者,在安慰何映之这个焦虑的孩子,"我和洛轻云较劲,差点断气的时候,我眼前突然出现了一大片沙漠,就在沙漠里我看见了谢阑冰,是他告诉我的,他说洛轻云就是我的桥。"

何映之的目光逐渐从痛苦变得热烈,就像独自在黑暗中行走太久,终于见到了一丝曙光。

"何叔叔,从小我就好像对'死亡'没有应有的恐惧,我想这大概是因为,我内心深处知道,"谈墨抬起手,按住自己的胸口,"就算我的肉体消亡了,我的精神也会以某种形式继续存在下去。"

外面的魔鬼藤越来越多,它们把飞行器的引擎都给拆了下来。

贺泷和吴雨声必须在救援到来之前阻止魔鬼藤把他们拉进生态区的腹地。

贺泷打开通信器道:"何教授,你们就待在里面,无论发生什么都不要出来。"

说完,通信关闭,吴雨声和贺泷站在舱门的两侧,其他人都躲到飞行器的尾部。

"三、二、一!"

贺泷猛地将舱门打开,混合着植物腥气的风涌进来。

其中一根魔鬼藤迎面而来,贺泷一拳打了过去,力道极强,简直就是开山劈石。韩准还是第一次见到有融合者一拳的威力这么大,惊讶得嘴里能塞个鸡蛋。

两人一出去,贺泷就猛地将舱门关闭,其他研究员赶紧冲上去将舱门锁死。

机要舱里的谈墨也为贺泷感到惊诧,忍不住问:"贺泷的开普勒能力是什么?"

"他有个外号,叫'融合者拆迁办'。"何映之拿出两瓶矿泉水,大力摇晃其中一瓶,另一瓶放在桌面上。被摇晃的瓶中液体震荡,和另外一瓶靠着,后者的水面也起了微微的涟漪。"这就是贺泷的能力。他将自己的开普勒能量打入对手的体内,以强烈的震荡引起对方的深度破损。"

谈墨反应了两三秒,愣愣道:"果然,要有这样的水平,才能当您的警卫员。"

"以贺泷的能力,本来可以像洛轻云一样当个队长。只是……你的父亲去世之前请求他保护我,贺泷就把这个任务永远地执行了下去。是我,束缚了他的自由。"

何映之看着谈墨,情绪安定了许多:"他是你父亲的部下,你应该叫他一声'贺叔叔'。他是你父亲那支外勤队伍里,唯一活下来的人。"

而其他的人,都已葬身于零号基地之中了。

贺泷和吴雨声来到机舱外,才发现整个生态区都在向他们极速靠拢,鳞鸟成群结队地飞来,无数魔鬼藤几乎要把飞行器缠绕成一团巨大的绿色毛线球。

吴雨声朝其中一根巨大的魔鬼藤冲过去,后者藤条摆起,眼看就要将他直挺挺拍碎。吴雨声却纵身一跃,径直融进了这根魔鬼藤体内!

魔鬼藤剧烈挣扎,一开始还能看到吴雨声的身形在魔鬼藤中游走,很快便不见踪迹。他已经分散到了魔鬼藤的各个部分,将它完全控制住了。

这根魔鬼藤转过来,托起贺泷,帮他避开了鳞鸟的群攻。

"啧,够意思。"贺泷坐在这根魔鬼藤的身上,乘风破浪一般冲向其他魔鬼藤,每一次经过就重拳出击，打得这些魔鬼藤通体爆裂。

鳞鸟飞行而下，尖锐的鸣叫声此起彼伏，它们疯狂地啄击被吴雨声控制的魔鬼藤，将之啄得千疮百孔。其他魔鬼藤也一拥而上，把它整条地开了膛。

吴雨声在它死掉之前逃了出来，旋即冲进另一根魔鬼藤的体内，开启下一轮厮杀。贺泷沿着吴雨声的魔鬼藤狂奔，遇上鳞鸟就一拳一个，砸得它们稀巴烂。一旦杀不过来，吴雨声就直接让魔鬼藤碾过来，把它们全部卷成肉泥。

一番厮杀下来，吴雨声身上已经伤痕累累，而贺泷也喘着粗气，他的力量都快耗尽了。

吴雨声抹了一把汗水，忍不住说："真想知道洛轻云是怎么单枪匹马干掉一整个生态区的——真是个变态啊！"

这个节骨眼上还有精力背后说人坏话，老二队的精神果然不朽。连贺泷紧绷的嘴角都微微上扬起来。

吴雨声操纵一根魔鬼藤，把飞行器往生态区的外沿推去。正是此刻，几根巨大的倒钩破风袭来，猛地击穿了吴雨声控制的魔鬼藤，将它死死钉在了地上。

吴雨声从魔鬼藤里跳出来，摔落在地，一口鲜血喷了出来。

那些巨大的倒钩轰地一下收了回去，而那根魔鬼藤瞬间四分五裂。

贺泷赶过去一把将吴雨声扛了起来："你还好吗？"

"那是……什么……"

黑云压顶，只见无数巨大的利钩在他们头顶上空悬停欲下。

冷汗浸透了贺泷的后背，他回答吴雨声说："那是桍机。"

第十三章
父母之爱子

洛轻云坐在悍马车里,疾驰赶往即将起飞的飞行器。

破碎的街景从两侧掠过,随着轮胎碾过,扬尘四起。

天空看不到日光,云有些厚,随时会坠下来,把那些将倒未倒的建筑物压垮。

陆颖就坐在洛轻云的对面,双手握拳,抵着下巴,竭力压抑着内心的不安。

"他们坠落的生态区里,栖居着最凶狠的开普勒生物之一——梼杌。我们如果贸然进行远程打击……"

"很有可能会直接把何映之一起炸到灰飞烟灭。"洛轻云接道。

"没错。如果运气好,这会儿深宙集团的救援应该已经赶到了,只是梼杌的攻击范围很大,救援实施难度也大。"

洛轻云神情淡漠,破碎的玻璃折射的光线时不时掠过他的脸庞。

"深宙集团好大的手笔,连灰塔最核心的研究员都敢劫持。这是要'逆天'吧?"

陆颖咬着牙关:"我怀疑姜怀漆脑袋里也有肿瘤,而且时日无多,才会这么疯狂……这是姜家的家族遗传病,也是这个家族的诅咒。"

洛轻云不置可否。

陆颖深深吸了一口气,正色说:"你得到的是除了'云河'之外马力最大的飞行器,银湾市所有可调派的力量都归你调遣。李哲枫和周叙白也会从他们各自的任务地点赶过去,但就时间来说,你会比他们先到。你要记清楚你的任务……"

"救回何映之对吗?很抱歉,对于我而言只有……"

"那是别人的任务,你的任务只有一个——把谈墨带回来。"

洛轻云顿了一下,眯起了眼睛:"在你心里,谈墨比何映之更重要吗?"

"我只知道为了他,何映之不会吝惜自己的性命。"陆颖身体前倾,俯向洛轻云,"这不是灰塔给你的任务,是我给你的任务。谈墨就是死,也绝不能死在生态区。"

洛轻云闭上眼睛,了然地"嗯"了一声。

他们对此有一种默契。

——谈墨是不同的,他的身世和多年前覆灭的零号基地有莫大的关系。

"他不至于死在生态区。"洛轻云轻声道。

一线外勤队伍之间有一个默认的规则,一旦遇到繁育期的开普勒生物,比如克莱因之瓶、米诺斯之茧,走投无路之时,必须自己结果自己的性命。这也是灰塔的监察员守则之一,谈墨一直就是这样被教育的。

但洛轻云曾要求谈墨与他做一个约定。

那个时候谈墨答应过洛轻云,他一定会等他。

贺泷和吴雨声表情凝重地看着头顶梼杌的利爪,就在他们绝望之际,天空中传来飞行器的引擎声——是深宙集团的救援队来了。

这些都是配备了重型火力的飞行器，很快就盘旋到梼杌的上空，它们将梼杌围了起来，猛烈的炮弹源源不断地轰炸下来。

梼杌发出猛烈的咆哮。它身上长着九根巨大的倒刺，由强而有力的骨节衔接，倒刺末尾是锋利的刺钩，甩动的时候发出"喀啦喀啦"的巨响，带起强烈的气流。同时每一根刺钩上都长着一只巨大的眼睛，像多棱镜一样折射着光线。

如果暂时忽略这些抢夺视线的倒刺，那么梼杌更像一种类似海星的生物，整个躯干上面长着一圈密密麻麻的啮齿，张开就是一张巨大的嘴，能从中听见可怕的啸鸣声。

根据开普勒生物学家的分析，梼杌是两种野兽在打斗时齐齐被开普勒基因感染，畸化融合的产物，杀伤力强悍，但不具备繁衍能力。由于它实在太过凶险，人类至今还未能采获它的样本。

一台飞行器压低飞行高度，冲着梼杌的嘴开始猛烈打击，梼杌咆哮着调动倒刺想把那台飞行器扎穿。驾驶员非常灵活，在疯狂甩动的倒刺之间穿行，其他飞行器跟着从外围攻击倒刺上的骨节。

贺泷和吴雨声终于能喘上一口气，趁机飞奔撤退。

"云河"飞行器上仍然缠着几根魔鬼藤，吴雨声潜入其中一条，与贺泷一鼓作气把它们都清扫干净。

四台负责救援的飞行器得以降下绳索，挂住"云河"的四个引擎，将它升起来。

何映之靠着椅背，深深呼出一口气："太好了……不用死在这里了。"

巨大的梼杌被炸得晕头转向，九根倒刺都被重火力炸裂，随即又是几发重炮，它的身体发出一声巨响，向四周轰然裂开，"咕嘟咕嘟"，它的血液和内脏都在沸腾。

只见从沸腾的血液里，一只半透明生物一跃而出！

它弹跳力惊人，通体流动着开普勒能量的光泽，肉眼可以看到它皮肤下的血管和神经线，它就这样毫无预兆地跳到了一台飞行器上，从嘴里喷出无数倒刺，扎穿了这台飞行器。紧接着，它又跳上了另一台飞行器，吐出的倒刺将飞行器的炮口包裹起来，飞行器正试图开炮，能量逆流，直接把自己炸废了。

所有飞行器紧急攀升高度，却没料到它喷出更多的倒刺，像四散的烟花，竟一次性钩住了三台飞行器！它一个落地就迅猛后撤，力量极大，三台飞行器都发出警报，旋转下坠，最终全被它拖倒在地。

在半空中目睹一切的贺泷和吴雨声都惊呆了。

"这才是梼杌的本体吧？但这也太……"

只见那怪物开始狂奔着冲过来。吴雨声和贺泷不得不提醒救援他们的飞行器："快点——飞高一点！它来了！"

"云河"已经距离地面有一段高度了，就在他们以为即将脱险时，生态区中幸存的魔鬼藤彼此缠绕形成一条绳梯，梼杌沿上直追，猛烈跳起！

"我去——"吴雨声瞪大眼睛。

梼杌喷出倒刺，形成一把来势汹汹的矛，螺旋直冲过来，穿透"云河"的舱底。整个机舱猛地向下一沉！

"啊啊啊——"助理研究员们惶恐地紧紧贴着舱壁。

韩准跌坐在地，手肘撑着上半身向后直退，死亡的阴影笼罩上他的心头。

第十三章 父母之爱子

梐杌沿着自己的倒钩向上攀升，火速来到"云河"下方，顺着那个洞口，径直爬进了舱内。

"啊——啊——"

叫声最惨烈的那个研究员吸引了它的注意，首当其冲被扎穿了胸膛，随后又被猛地拽过去。只见梐杌的嘴张得几乎把身体撑开了，一口就把那个研究员塞进了喉咙里。骨头被绞碎的声音传来，韩准眼睁睁地看着那具尸体融入梐杌半透明的身体，瞬间就被银蓝色的液体消化了。

眼泪瞬间沿着脸颊滑落下来，韩准浑身颤抖，他有预感，下一个就会是自己。

果然，那梐杌歪了歪脑袋，朝韩准的方向走过来。就在它即将吐出倒刺的时候，贺泷跳进舱内，狠狠一脚踹在它的身上。能量共振导致它的腹部晃动，它却只是摇晃了一下，转过去看向贺泷，猛地朝他吐出倒刺。

贺泷肩膀和腹部都被穿透，直直掉了下去。

韩准张大了嘴，却发不出任何声音，他向前爬去想抓住贺泷，但太远了……

关键时刻还是吴雨声一把拽住了贺泷，血不断流淌，他们两个人都仅靠着吴雨声手里那根绳索挂在飞行器上，而此时的梐杌又转头吃掉了一个研究员。

机要舱里，谈墨看着何映之，咬牙切齿地问："我们还要在这里躲多久？外面那个东西会吃掉他们所有人！"

何映之闭上眼睛，颤着声音说："你无法使用开普勒的力量，你以为你凭几发子弹，就能和它近距离一战？"

"你知道韩准有多聪明吗？'凤凰'的自动瞄准系统就是他设计的！他还没长大，他的未来不可估量！这个机要舱放一个孩子进来难道很难吗？"

谈墨站起身就要去开门，何映之忽然掏出一把枪，直落落指着自己的太阳穴。

"必要的时候，我会把氧气和食物让给你。但让那个孩子进来了，你就会牺牲自己保护他，我不允许这种可能性发生。"何映之开口道。

"我到底有多重要？我至今感觉不到！我值得让你用这么多人的性命来换吗？"

谈墨来到何映之的面前，双手撑着桌面，倾向他，用力地看着他。

"你当……"

他的话还没有说完，谈墨飞快地就将他的手腕别了过去，瞬间夺下那把枪。

"何教授，这东西还是在我的手里，比较有用处。"谈墨冷声道。

吴雨声和贺泷终于爬回了舱内，吴雨声趁梐杌消化的时机冲进了它的体内，想获得它的掌控权。

梐杌发了狂一般在舱内挣扎乱撞，整台"云河"都在剧烈震颤，隐隐能看见还没有完全融合其中的吴雨声在梐杌体内用双手企图扼住它的脖子。

梐杌强烈的求生欲让它再次喷出倒刺，这一击强劲决绝，直接穿透了机要舱！

谈墨一把推开何映之，他们的小桌子被瞬间击毁，倒刺散开，勾住了舱底。

谈墨立刻瞄准了那些倒刺，开始射击。

"砰砰砰——"他毫不犹豫地把子弹打完，每一发都打在倒刺的骨节上。

梐杌的喉咙里发出类似骨节移动的声音，它用脑袋撞进来，张大了嘴，居然把刚才吃进去的研究员又一个一个吐了出来！

第一个脸已经歪了，下巴都拧到了头顶——他已经变成了泰坦！

何映之正要上前把那家伙踹下去，谈墨却高喊一声"别动！"。

他迅速取出战术刀，趁那头泰坦的双臂还没有伸展出来，果断地割掉了它的脑袋，接着朝脖子里面就是一枪！

"砰——"

与此同时，无数蓝色的触须从梿枑的体内涌出，而它的咽喉忽然收拢，将这些触须裹住，谈墨立刻明白了那是吴雨声还在与它的意识纠缠。

那些倒钩一点一点地离开了舱底，梿枑嘶鸣着坠落下去。

"吴雨声——"

吴雨声挣扎着要从梿枑的身体里脱离，他的一只手从梿枑的触须之中伸出，谈墨迅速滑了下去，终于在绳索的尽头抓住了吴雨声的手。

"谈墨——快上来！谈墨！"何映之趴在裂隙前高喊着谈墨的名字。

深宙集团的救援人员已经失去了他们的耐心，他们损耗了不少飞行器，不能再继续冒险。他们滑下绳索，准备直接进入"云河"舱内带走何映之。

吴雨声成功从梿枑体内挤出了一条胳膊，一边拽开那些触须一边往上爬，当他发现深宙集团的目的时，对谈墨吼道："不要管我——你回去！你给我马上回去！"

他们的绳索正在发出"吱呀吱呀"的声音，随时会超出负荷。

"你废话那么多干什么！给老子爬！"谈墨冷着脸，枪指梿枑，只要吴雨声一完全脱离，他就会毫不留情地把子弹打进它的腹部。

他观察了这东西许久，无论消化也好，还是催动能量也好，它的腹腔里所有的神经都会汇集到一个地方，那里就是它的核心！

而深宙集团的人已经进入舱内，将何映之拽了出来。

何映之不肯跟他们走，惊慌地呼喊："谈墨！快上来！你快上来——"

给自己打了一针止血剂的贺泷强忍着痛苦，荡进舱内，将深宙集团的人给拎了出去："别碰何教授！"

场面非常混乱。

"贺泷，你不要管我，把谈墨拉回来！你知道的，你知道他是谁的！"何映之扣着贺泷的肩膀说。

贺泷意识尚有些混沌，他看向舱下摇晃的绳索，狂风席卷，他的视野逐渐模糊。

那是……谢阑冰的孩子。

这时候吴雨声的腰部已从梿枑的体内挣脱，这一下拉力很沉，"哐啷"一声，绳索的另一端有一半快要从舱顶松脱了。

"别管我了！谈墨你快回去！听我的……"

吴雨声绝望地吼叫。他感觉自己出不来了，梿枑太过强大，从他融入它的体内开始，他就知道自己注定要成为梿枑的一部分了。

"吴雨声——你相信我的判断吗？你可以出来，你绝对可以出来！"

谈墨的视线凌厉地落下，像某种强大的不可逆转的启示。

无论传说中多么危险的开普勒生物，是吞噬李哲枫的海斯提阿，抑或将周叙白结成茧的鸿蜮，最终都死在他的枪下。

如今，他用笃定的语气对吴雨声说，你绝对可以出来。

仿佛有某种信念借由谈墨的目光，借由他们彼此相连的这根绳索，借由环绕着他们的空气，强而有力地传递到了吴雨声身上。
"我数三下，你给老子爬出来！"谈墨的吼声穿透了风鸣。
"呃——啊——"吴雨声不知道哪里来的一股力量，让他浑身血液沸腾。
"三——"
谈墨的每一声计时都像是在拽着吴雨声，不断剥离他和梼杌之间的连接。
"二——"
此刻的吴雨声没有丝毫恐慌，谈墨稳若泰山的枪口让他有一种处于某个绝对强大的领域的保护下的安全感，犹如神兵降临，他能量爆发，一口气挣脱出来！
梼杌的触须像炸开的烟花一般螺旋着迅速收拢，眼看着就要重新裹上吴雨声，而谈墨扣下了扳机。
"砰——砰——砰——"
利落、迅速、精准。
受到巨大威胁的梼杌转而攻击谈墨，谈墨扔了手枪将吴雨声向上一托。
吴雨声扒在舱底的洞边上，贺泷、韩准还有何映之他们赶紧把他拉了上来。吴雨声上来的第一件事就是去够谈墨。
可就在他们的眼前，梼杌的触须就像牢笼一样裹住了谈墨！
"谈墨！"
吴雨声着急地抓着手枪，对梼杌的触须射击，但毫无作用。
而那些触须正吸收着谈墨的生命力，他的呼吸正在衰竭，思维也变得模糊，抓不住绳索。
他感觉到自己每一个细胞都在失去动力，心脏的跃动正逐渐趋于静止，他的一切向着深渊缓缓落去。
……这就是死亡吗？
如果物质消亡了，精神真的有永存的可能吗？
那一刻，有什么触碰上他的脸，他看到了洛轻云的眼睛。
——答应我，你永远不会以毁灭自己来让我绝望。
他不能死在这里，绝不能死在这里。
——洛轻云还在等他。
那个在中心城基地里孤独地看着窗外的洛轻云，自己对于他来说就是钢铁壁垒里开出的那朵小花，是唯一的颜色，是对这个世界最后的渴望。
他不能死在这里——如果他死了，洛轻云一定会发疯！
谈墨用力呼吸，他的心脏血管强韧地泵出血液，像他永不屈服的生命。
他的眼角突然一阵剧痛，那块红色的小疤里仿佛有什么感应到他生存的信念，由此开始生长，最终——破茧而出！
那条绳索终于还是支撑不住，脱落了下去，梼杌的触须彻底抓住了谈墨。
与此同时，有什么薄如蝉翼又锋利无比的东西，从梼杌的触须当中骤然展开！
它有着半透明的身体、巨大的翅膀，翅膀上是银色的纹理，通体折射出淡淡的银光。
飞行器上的所有人都睁大了眼睛看着这一幕。
——那是银月姬。

这只美丽又强大的开普勒生物，竟然是从谈墨的眼睛里飞出来的。

银月姬旋转翅膀，紧紧贴在谈墨身上，将他整个收拢起来。

梼机喷出倒钩，但这对翅膀像旋转的银花刀片般锋利，将那些倒钩尽数切断了。

"它在保护谈墨！那只银月姬在保护谈墨！"韩准惊喜地叫出了声。

这让慌乱的何映之回过神来，他忽然明白过来："这是某个开普勒生物……不，某个融合者留在他身上的保护标记！"

梼机受到重创，彻底跌落下去。坠落过程中，它还在不甘心地嘶吼着。

保护谈墨的银月姬受了伤，翅膀正不断地流出银色的血液，它发出呜咽的声音。

谈墨抬起手，轻轻抚过它颤抖的翅膀，希望能让它好过一点。

三年前他被鸿蜮的神经线刺穿了眼睛，周叙白在为他做手术的时候，就将这只银月姬的卵缝在了那颗小疤里。

三年了，尽管谈墨几乎感觉不到它，但是它一直在那里，默默帮助谈墨的视觉神经愈合，等待在一次危机中保全谈墨的性命。

"谢谢……谢谢你。"谈墨轻轻在它的脑袋上靠了靠。

假如凌喻的理论是真的……我愿你能去到真正的开普勒世界。

银月姬像在濒死的痛苦中得到了慰藉，它的身体失去光泽，化作齑粉消散开来。

如同海市蜃楼一般，谈墨仿佛看到了在荒芜一片的沙漠里，谢阑冰抬起了头来，一片阴影掠过他的头顶，是那只银月姬翩然而至，而谢阑冰抬起手，它便轻灵地落在了他的指尖。

"谈墨！快上来！我们就快拉不住了！"吴雨声大声呐喊。

谈墨一抬头，就看到所有人都在舱底的裂隙拽那根脱落的绳索。

梼机坠地，无数魔鬼藤蜂拥而上，分食它的尸体，仿佛一场饕餮盛宴。

救援飞行器消耗了太多能量，再加上好几个引擎失效，飞行高度有所降低。

就在谈墨顺着绳索爬了一半的时候，听见韩准的呼喊声。

"快看！这是怎么回事？"

谈墨低下头，惊觉整个生态区都在向他们奔涌而来。魔鬼藤形成流动的波纹，它们在吃掉梼机之后，获取了能量，彼此缠绕，像一个巨大的漩涡，追着他们的飞行器狂奔。

何映之忽然发了疯一样开始拽绳索："上来！谈墨你马上上来！这个生态区要繁育啊！"

而谈墨已经被锁定，他是最佳的繁育素材。

听何映之这么一说，谈墨头皮一阵发麻，拼了命地向上爬。

这个绿色的巨大漩涡范围越来越大，也越来越高，就像童话里通天的豌豆藤。

"飞高一点啊！再飞高一点！"

就在谈墨的双手刚能够到"云河"舱底的裂隙时，他的腿被追上来的魔鬼藤缠住了。它们不顾一切地把谈墨向下拽，再这样下去，所有人都会被一起拽下来！

不……不行，不能这样下去……

这些该死的魔鬼藤！

有一股焚尽一切的力量像是听见了谈墨愤怒的召唤，从谈墨小腿的骨骼开始迸发，他的肌肉像抽筋一样拧紧了，疼到谈墨面容扭曲不已。

下一秒，黑色的火焰以谈墨为中心，瞬间猛烈燃烧起来。

魔鬼藤构成的通天塔淹没在火海之中。

这场面就像地狱业火，魔鬼藤挣扎着，抽搐着，被燃烧至极限，纷纷爆裂粉碎。

黑火盛势而下，终于彻底烧断了缠绕着谈墨的魔鬼藤根部，飞行器颠簸着恢复了平衡，带着他们迅速攀升。

谈墨不禁松了一口气，赶快奋力上爬。他这次能死里逃生，多亏了周叙白和李哲枫在他身上留下的开普勒标记！

然而就在他心绪放松的这一刹，地面上再次浪涌，有什么将那成片正在燃烧中的魔鬼藤上拱起来。没有任何人能料到这样的景象——从黑火的灰烬里，竟又有一根硕大的魔鬼藤破土而出！

它不仅是其他魔鬼藤的四五倍粗，顶端居然还有一张巨大的口，就像梼杌的兽口那样，发出了一声惊天动地的咆哮。

燃烧的黑火甚至被它掀起的沙尘熄灭了！

而且让谈墨更难以置信的是，在魔鬼藤的底部，一朵克莱因之瓶正在绽放。

它和谈墨之前见过的克莱因之瓶都不同，花瓣的顶端缀着淡金色，而这层淡金色沿着花瓣的边缘倾泻，形成流动的金边。

那根魔鬼藤猛地朝空中吐出无数胎果，它们在抵达高处的时候迅速孵化。五六只因迪拉从中跳出来扒在谈墨的身上，几只鳞鸟不顾一切去攻击飞行器的引擎。

谈墨看着神色惊惶，但依然不顾一切想拽自己上来的同伴们，他们的脸好像越来越模糊，呼喊声也越来越渺茫。世界突然变得好安静，而谈墨也平静得像是被隔绝到了另一个空间里，只能听到自己心脏那一声一声的跳动。

他知道他要做什么。他知道自己应该做什么。

他松开自己的手，兀自坠落下去。

贺泷和韩准他们的眼睛睁得很大。吴雨声伸长了手，脸上青筋暴起，口型喊的是一声：不——。

而谈墨离他们越来越遥远了。

强烈的失重感裹挟着他的思考，脑海里第一时间想到的，其实是洛轻云带着他跳运输机的画面。

——不是说好了我作天作地，你也会来陪我吗？

谈墨低头看着那朵克莱因之瓶，它似是在迎接他的到来，欢欣地张开了花瓣。谈墨举起枪抵在自己的太阳穴上，内心是一种绝望。

脑子里像是走马灯一样，闪现着和洛轻云在一起的每个瞬间。

他带着自己跳下运输机的果决，他陪自己去打劫深宙集团的爽快，他在虫薛之中把自己高举过头，他在停车场里对自己说……

——我会来救你的。

——我会为你解决掉那个生态区的种子，无论它有多强大，我都会征服它的领域，我会让你自由。

——所以，无论如何，这把枪的枪口，不要对准你自己。

这个男人不轻易承诺，但凡开了口，他就一定会做到。

谈墨忽然觉得轻松起来，他把枪挪开，安然自若地落入黑暗当中。

克莱因之瓶接住了他,花瓣深深合拢,像是对待极其重要的珍宝那样,将他收藏了起来。

"我在这里等你,洛轻云。"

在场的所有融合者,包括贺泷和吴雨声,在那一刻,都第一次听见了来自谈墨的"白驹停隙"。

无数的触丝缠绕上谈墨的身体,一点一点渗透进他的皮肤。这些触丝植根于他的每一根血管,抚摸过他的每一根神经,他身体内每一个细胞都在覆没。

开普勒能量无处不在。

就在他的大脑即将被侵蚀的时候,一股力量从脑海深处涌来,将那些神经触丝全部推了出去,就像一场免疫。

每当克莱因之瓶的力量妄图渗透更深,那股从脑海深处涌来的力量就抵抗得愈发强势。此消彼长,在互相较量中达到某个平衡。

这股力量是什么?

难道,洛轻云也给自己留下了一个印记?

谈墨的思维越来越混沌,他像是在下沉,沉向一个没有底的地方。

黑暗之中,谈墨看到了一抹微光,他下意识朝那个方向而去,越是接近,就越是能感觉到光明与无限的力量。

可是他的身体也变得越来越沉重,像是有无数双手在拽着他,阻止他前进。

——别过去,孩子,别过去!

——那不是你的方向,快点回头!

——那是陷阱!那不是完整的开普勒世界!

这些耳语声越来越多,也越来越响亮。

他们语调那样急切,他们称谈墨为"孩子",让谈墨有一种温暖的感觉。他停留在原地,不知所措。

无形之中一只手摁住谈墨的脑袋,有人横身挡在谈墨的面前。

"那是畸化的开普勒精神源,你要是去了,就会被同化。"

沉冷的声音在他前方响起,谈墨惊讶地抓住对方。

"你是谢阑冰!我认得你的声音!你是谢阑冰!你为什么会在这里?"

"我为什么会在这里?当然是为了守护你啊。"

谈墨感到一阵强烈的眩晕,周围的黑暗被烈日高悬代替,他掉进一片沙漠里。

而谢阑冰就坐在他的身边,皱着眉头看着他:"小鬼,你怎么又来了?"

谈墨的身体重得不行,每一个细胞都像是被灌了铅。

"我……我掉进了克莱因之瓶里……"

谢阑冰冷笑了一下:"果然,他就是不肯放过你。"

"你说谁?"谈墨侧过脸,这个角度只能看到谢阑冰逆光下的轮廓,看不清表情。

"从人类的生物学角度来看,他是你的兄弟。但是从开普勒生物的角度来看,他是人类与开普勒能量融合后的畸化体。"

谈墨呆呆地消化着他的话。

"那么我是什么呢,爸爸?"他突然问。

第十三章 父母之爱子

谢阑冰的肩膀完全僵住了。就是这个反应，让谈墨第一次明确地认识到，这个人就是他的父亲。

他对这个人充满了向往，向往之外，还有和这个人生活在一起的想象。

如果他从小在谢阑冰的身边长大，会是什么样的呢？谢阑冰会陪他玩吗？陪他踢足球、打篮球、打游戏？谢阑冰会在自己被其他人欺负的时候维护他吗？教他怎么反抗，怎么像个男人一样威慑对方？

尽管这个人早早地离开他而去了，不是抛弃他，而是为了保护他。

谈墨深深地吸了一口气，笑着说："别这么惊讶嘛，我看过你年轻时的照片，我队友还说咱俩长得挺像的。就是可惜，我没有我妈那个智商。"

谢阑冰在谈墨身边躺下，双臂枕着脑袋，回忆道："我离开你的时候，你只会皱成一团哇哇哭，我一看你那么傻的样子，就没指望过你能和你妈妈一样聪明。"

"所以……我到底是人类，还是和你们一样的融合者？"

谢阑冰用一种向往着什么的轻柔语气说："你是进化的方向。"

谈墨完全没有想到会是这个答案。

"来我的本我世界吧。"说完，谢阑冰毫无预兆地扣住了谈墨的手。

时间倒转，空间重塑，谈墨闻到食物的香气，看见一群人正兴奋地讨论着什么。

"天啊！我们的基地就要有小生命了！凌教授和谢队长的孩子，那可是人类基因的顶配啊！"

"哈哈哈！好期待！得跟联盟说尽快派医生过来，怀孕了可是要时常监测胎儿发育的啊！我都等不及要看看你俩的孩子长什么样子了！"

谈墨这才发现自己竟然来到了二十多年前的零号基地。

一群穿着白大褂的研究员正和一位年轻的女性聊着天，而那位女性就是开普勒生物学教科书上经常出现的学者——凌喻。

谈墨一步一步走过去，还在那些研究员里看见了年轻的何映之。

而此时的凌喻脸上带着幸福的笑容，一只手轻轻地捂着自己的小腹。

就算说出来也没有人信，谈墨每次在教科书上看到凌喻的照片都会发呆，总觉得这个女人看起来好温柔好熟悉。

原来是因为……这就是他的妈妈呀。

谈墨走到凌喻跟前，抬起手想碰一碰她的脸，但手就那么穿了过去。

这只是谢阑冰的记忆，是一个既成事实，是他永远无法改变的世界。

探索联盟和深宙集团都对凌喻极为重视，派出了专家医疗团队为她呵护胎儿。

那个时候的人类对融合者会繁育出怎样的后代并没有任何直观的了解，凌喻肚子里的，恰恰就是这世上第一个融合者的后代。

当时有人提出来，假设开普勒基因相较人类为隐性基因，那么凌喻和谢阑冰会有四分之一的机会诞生完全的开普勒生命体。但是在前期的检测中，凌喻的两个孩子开普勒值都在正常范围内。

谈墨站在一旁，看着凌喻做各种检查，包括那对双胞胎的全息成像，似乎一切都朝着顺利的方向前行。

直到凌喻怀孕的第五个月，医疗团队发现双生子中有一个生长得过于迅速，并且大量抢占了另一个孩子的养分。任由其发展下去，缺乏营养的孩子可能会胎死腹中，这也会威胁到凌喻的生命安全。

后来，医疗团队做了一个大胆的决定，就是将那个生长得更快的孩子先取出来，进行人工培养；另一个孩子就继续留在母体里发育。

而一切的灾厄，也正是从这个决定开始的。

二十五年前 零号基地

凌喻抚摸着腹部来到培养舱前，她低头注视着在模拟母体环境中成长的大儿子。这个孩子眼睛紧闭，身体蜷缩，小小的很脆弱的样子，却用五个月的时间完成正常胎儿七个月的成长。

谢阑冰来到她的身边，和她一起看着那个孩子："怎么了？"

"我只是想要找出他生长这么快的原因，一切快速生长都不是好事，加速成长也意味着加速衰老和死亡。"凌喻担忧地说。

"你说……会不会和开普勒能量有关？外面那么多生物都被开普勒化了，而我和你又曾经和开普勒样本近距离接触……我担心这个孩子……"

不知道是不是错觉，培养舱里的孩子眉头紧皱了起来。

凌喻"嘘——"了一声，对谢阑冰说："让宝宝好好睡觉。"

他们回到了房间里，凌喻拉着谢阑冰的手，郑重道："阑冰，我想中止培养舱里那孩子的生长，把他先暂时冻起来。"

"你是不是觉得他有什么问题？"

凌喻点了点头："这个孩子从异常生长开始，开普勒值就一直在增加，根据推测，等十个月生长完成……他就会越界。我们现在还在用各种方式尝试控制他的开普勒值，可是我总觉得……"

"我知道，你希望他能平安长大，你想在完全能控制他开普勒能量增长的条件下，再让他继续成长，对吗？"谢阑冰问。

"没错。我是他的妈妈，我会竭尽所能去研究控制开普勒能量的办法，等我有了十足的把握，再重启他的发育，这样对他而言，对我们而言，都是最好的选择。"

谢阑冰郑重地点了点头："我相信你。"

于是凌喻向当时的开普勒探索联盟解释了自己的担忧和提议，申请很快就被联盟通过了。

也是从那一日，凌喻开始为自己的孩子进行有关开普勒能量的研究。

她提取了孩子的胎毛细胞，也对孩子的培养液进行了取样，发现其中的开普勒能量标志远远超过了预计范围。那个时候学术界刚刚提出了"融合者"的概念，但真正的融合者并不多，怎样的融合者才是安全的，还并没有定下后世那样的标准。

但无论如何，危险的预感还是涌上了凌喻的心头。

通过进一步的研究，她发现这个孩子的细胞处于一种过分活跃的状态，只要任何东西能为他提供养分，他的细胞都会疯狂摄取。同时她也用微创的形式提取了肚子里孩子的细胞样本，而其中则检测不出任何开普勒能量。

一日，有一个缇丰的样本被送来基地做研究，表面上它的所有细胞都已经失去了活性。但就在凌喻对它进行基本检查的时候，她感觉到腹中的孩子正在踢蹬自己，像是一股蛮横的力量在拖拽她离开。

第十三章 父母之爱子

何映之见她不舒服，就将她扶出去休息。

他们离开之后没有多久，那个缇丰样本居然复活了，在现场大开杀戒，基地一片混乱，是谢阑冰带人拼死将它解决的。

整个基地笼罩在恐怖的阴影中，他们都不明白那个缇丰为何死而复生。

那天夜晚，谢阑冰陪着凌喻。

凌喻靠在谢阑冰的肩头说："我有一个可怕的设想，我不知道应不应该说……"

"既然是设想，那就说出来，哪一个真相不是在大量的设想中被发现的呢？"谢阑冰轻抚着凌喻的额角，他的手很温柔，眉头却皱得很紧。

"我觉得……开普勒样本泄漏并感染大量的地球生物，是开普勒生命体寻求和地球生态系统共生的方式。既然是寻求共生，那么必然会有适应成功后进化和适应失败后畸化的区别。"

谢阑冰回忆着之前经历的一切，顺着凌喻的思路继续想下去："我们见过那些被开普勒生物吞噬的人类，他们都变成了没有思想的怪物，这不可能是进化，更像是畸化。就像癌症细胞一样，不断复制，高度扩散，想要占领整个宿主，但最终结果是宿主被摧毁，自己也失去了生命载体，走向共同灭亡。"

"像不像……那个在培养舱里的孩子？"凌喻问道。

谢阑冰愣住了，快速的成长过程，过高的开普勒能量值……这都像是某种预兆。

"今天缇丰忽然复活之后，那个原本被中止发育的孩子被检测到有微弱的开普勒值反应。"凌喻开口道。

"……你是说，是那个孩子和缇丰之间有某种联系？这不可能，他和缇丰根本没有接触。"

凌喻接着说："我不知道，可能是身为母亲太过焦虑……我总感觉今天，是培养舱里的孩子利用缇丰要杀死我，而肚子里的这个孩子感应到危险，救了我。"

"可你说过，肚子里面这个孩子根本检测不到开普勒能量啊。"

凌喻呼出一口气来，猜测道："可就像是人体面对癌细胞的免疫一样，我总觉得我肚子里的这个宝宝对我设想中的'畸化'有着免疫的能力。检测不到开普勒能量，是因为他才是真正的完美的融合，也正因此，畸化的开普勒生命体才会想要杀死他，就像病毒要攻破免疫系统才能占领身体一样。是不是听起来像个科幻故事？"

谢阑冰摇了摇头："你那些像是科幻故事一般的灵感，总是在从不同的角度接近真理。"

隔天，出于对自己猜想的担忧，凌喻前去探望培养舱里的孩子，开门时她照例输入自己的信息，门却毫无反应。

她去找到相关负责人质询，得到的解释只是由于缇丰事件，联盟在升级安全权限措施，培养舱暂时无法进入。

凌喻当然知道这其中有古怪，她在房中一直等到晚上十点，负责值守的谢阑冰回来。她将今天的事情告诉谢阑冰，并问他愿不愿意陪自己去一趟培养舱。

"那当然，那也是我的孩子，我也想知道为什么联盟不想让我们见到他。"

凌喻入侵了基地监控系统，让所有监控的画面都往前回溯了一个小时，又破解了另一个负责开普勒胚胎研究的教授的ID权限，将他的生物信息换给了自己。

他们就这样大摇大摆地来到了培养舱门前。凌喻使用他人的指纹和虹膜输入，果然门一下子就开了。

两人交换眼色，走入培养舱。这里的陈设相比之前有所变化，多了许多开普勒的生物胚胎样本，有魔鬼藤的胎果、米诺斯的虫卵等等，这让路过的凌喻和谢阑冰有种非常不适的感觉。

"我们的孩子又不是研究样本，为什么要把他跟这些东西放在一起？"谢阑冰问。

凌喻冷笑了一下："也许在深宙集团的眼里，我们都不算是人，都是某种样本。"

"我好像听见营养交换机在运作。"谢阑冰的眉头皱了起来，"这里都是样本，怎么会用到营养交换机？"

"快点！"凌喻不好的感觉更加强烈。

两人加快脚步，前方出现了微微的亮光，眼前的景象让夫妻俩都怔住了。

——营养交换机里的竟正是那个本应该中止发育的孩子！

他已经长得很大了，微微握着两只拳头放在脸颊边，随时都可能睁开眼睛。

凌喻瞪大眼睛，满脸不可置信："不是说好了会中止他的发育吗？！为什么还在供给营养液？"

谢阑冰走到培养舱的控制面板前，喊道："凌喻，你过来看看这个数据！"

凌喻冲过去，只匆匆扫了一眼，各项指标都让她又惊又怕。

"他的大脑生长已经完成了，现在孩子只要离开培养舱就能苏醒！"

"开普勒值呢？"

"远远高出我们两个之和……可是他还只是个婴儿……"凌喻仔细看着面板上的记录，表情变得更加阴沉，"他们为了下降孩子的开普勒值，竟然给他使用麻痹中枢神经的药物！"

谢阑冰的牙槽都咬了起来："他们还是人吗？"

"但是数据显示，这些药物对孩子毫无作用……他的代谢能力很快。我现在能做的就是立刻让这个孩子进入急冻状态……啊……"凌喻忽然感到肚子一阵疼痛，是肚子里的孩子在踢她。

这孩子一直很乖巧，上一次这样用力踢她，就是昨天缇丰袭击基地的时候……

凌喻和谢阑冰同时抬头，他们看到交换机里的孩子微微睁开了眼睛。

他要醒了吗？

他的唇线和之前有所不同，略微弯起，嘴角凹陷——他在笑。

而且并不是婴儿那种纯真美好的笑，而是带着讥讽的、高高在上的笑容。

这绝对不是光影的变化造成的。

谢阑冰握紧了凌喻的手，而凌喻的手心里都是冷汗。

肚子里的孩子又踹了一下，凌喻蓦地回过神来，她启动应急程序，对培养舱进行急冻。

不过三秒，整个培养舱就在低温下凝固了。

这一番操作势必引起基地的警报，他们来不及离开，被守备队伍团团围住。

谢阑冰环视一周，发现这些人自己一个都不认识："这可真有意思啊，这里是探索联盟的基地，却突然多了这么多深宙集团的守备？"

这帮人二话没说就要给凌喻上脉冲手铐，谢阑冰立刻出手，将他们纷纷撂倒。

混战开启，这帮人居然在这么狭窄的空间里拔出枪来射击，子弹击中了好几个样本容器，液体"哗啦啦"流了一地。

流弹乱飞，凌喻行动不便，刹那间肚子里的孩子又踹了她一脚，她因为疼痛矮下身，子弹就从她头顶险险掠过。

谢阑冰迅速赶到凌喻身前，保护着她。

这时又传来两声枪响，那两个差点打中凌喻的守备人员脑袋被击穿，倒了下去。

开枪的正是赶来的深宙集团负责人姜广宇，他仍然保持着射击的姿势，凛然开口："以后谁还敢对凌教授开枪，这就是下场。"

凌喻看着姜广宇，神色里没有半点感激。

"姜先生，你不要在这里演英雄戏，这本来就是你搞的鬼吧？你的杀鸡儆猴，到底是在警告你的人，还是在警告我们夫妻？"

姜广宇收起枪，走向凌喻，做了一个"请"的手势，柔和道："阿喻，你先不要激动，我们好好谈一谈。"

谢阑冰将凌喻护在身后："姜先生，我们是该好好谈一谈了。"

这场谈判是随后在基地一个小会议室里进行的，非常机密，与会者只有姜广宇、凌喻和谢阑冰三个人。

姜广宇神情激动地和另外两人述说他的发现："这个孩子的大脑神经是由最原始的开普勒能量联结的，但他的大脑构造却和人类一模一样！他特殊的开普勒能量决定了他在开普勒生物中有着不可征服的地位，而他又是货真价实的人类。现在开普勒生态在蔓延，吞噬人类的生存空间，我们拥有他，让他的开普勒值突破天花板，成为开普勒最强大的种子，才可以控制这个局面的恶化，乃至战胜开普勒的侵蚀！"

"姜广宇，你疯了吧，外面那些开普勒生物都是畸化的产物，它们就是癌细胞，而你在企图加速我的孩子癌变！你觉得这个最强大的癌细胞控制了其他癌细胞，它们就会停止对免疫系统的攻击吗？不要天真了！它们的攻击和侵蚀只会变得更有系统性、更加高效！"凌喻简直痛心疾首。

谢阑冰的问题则正中核心："姜先生，你这一番说辞都是借口，你只是不择手段地想找到办法，治愈你的脑部肿瘤吧？"

姜广宇直接无视了他的话，闭上眼睛，叹了一口气："凌教授，我从一开始就没想过要说服你。但你的孩子拥有目前人类中最强的开普勒能量，而他的身体也丝毫没有不能承受的迹象，他会……"

凌喻直接打断了他的话："他会越界。他是目前唯一能用完整的人类躯体承载开普勒能量的融合者，他是被开普勒能量源选中的，你等于送给外面那些没有脑子的开普勒生物一个精明的元帅。"

"他也会是人类的元帅！至少他比那个窝在母亲肚子里的普通孩子要更强大。"

这场谈判不欢而散。

凌喻在基地的所有权限都被冻结，研究项目也被其他人接管。谢阑冰同样被要求交出指挥权。夫妻俩等同于被软禁在房间里，凌喻向开普勒探索联盟发送的无数次申诉都石沉大海。

凌喻肚子里的孩子就在这样压抑的气氛里一天天地长大。

就在她分娩当天,她在产床上承受阵痛的时候,培养舱里的那个孩子失踪了。

姜广宇在通信器里告知了他们这个消息——因为他怀疑这是谢阑冰派人干的。

这件事对凌喻来说是一次毁灭性的打击,在医疗区内难产,血压心率全面下降,一度陷入了昏厥。

也就是这个时候,大量开普勒生物开始像着了魔一样,持续性地对他们的基地发起进攻,探索联盟和深宙集团都紧急调动了大批力量来清理,但战况胶着不下。

谢阑冰不得不暂时离开还在产房里的妻子,带旧部上前线抵御入侵。

医疗人员已经做好了无法挽救凌喻的最坏准备,然而就在她心率即将归零,主治医师准备宣布死亡时间的前一秒,凌喻的身体突然高高拱起,她竟猛地倒吸一口气,睁开了眼睛!

她满头都是汗水,大口呼吸着,竭力呼喊着谢阑冰的名字。

"阑冰——我看到了!我看到了真正的开普勒世界——!我的猜想是对的!真正的开普勒生命有更完整的生存形式!它是蜕变!是新生!阑冰,你听到了吗!"

医疗人员为了保住她的性命,必须安抚她的情绪,考虑到胎儿还在体内的危险,他们要给她实施麻醉,进行剖宫取子。

但凌喻不肯停下来,在谢阑冰没有回应的情况下,她挣扎着开始呼喊何映之的名字。医疗人员没有办法,只得紧急呼叫何映之进入产房。

何映之当时还是一个年轻的研究员,他完全被这个场景吓坏了,凌喻一把扣住他的手,她的语言组织已经很混乱,她拼尽一切向他嘱咐道:"小何,你要记住……所有的物质都只是能量的载体……这个孩子,只有这个孩子他拥有完整的开普勒精神体……他才是人类与开普勒融合的终极形式……他才是种子,他才是那个能将人类导向正确的进化方向的种子……!"

与此同时,谢阑冰在被另一个孩子追杀,那正是当初谈墨在虫藓中看到的场景。而这一次,谈墨看清了他的样子。

那个短短时间就从婴儿长到了十三四岁的少年,无论是眉眼还是漫不经心的神态,都与少年的谈墨刻骨铭心地相似!

这果真就是他的孪生兄弟,那个完全越界的"该隐"。

少年冲谢阑冰释放出克莱因之瓶,被堪堪躲避。

他露出和培养舱里时一样的嘲讽笑容,故意捏着撒娇的语调道:"爸爸,我是你的儿子,你躲什么躲啊!"

千钧一发之际,谢阑冰冲进隔离区,关上了安全门。克莱因之瓶狠狠撞在门上,那声巨响让人胆战心惊。

而那个少年换上一副冷郁中带着癫狂的面孔。

"你们阻止不了任何事——阻止不了我的进化!阻止不了开普勒世界的侵蚀!阻止不了你们终将臣服于我的结局!"

谢阑冰靠着墙,劫后余生地大口呼吸,他拉下警报,每一层的通道被接连封闭。

他奋力地狂奔,回到医疗区,就在他进门的那一刻,传来一声婴儿的啼哭。

——这一天唯一的、真正的新生。

谢阑冰冲到凌喻的身边,将她和孩子紧紧抱住,不停地吻她。

"阑冰……你知道吗,我看到了……也许永远不会相信我……我去到了另一边,那是开普勒真正的世界……现在的我们都是被选中的……"

谢阑冰已经相当疲倦了，他靠在凌喻的肩膀上，寻求着些许安宁与慰藉。

但凌喻仍然在不停地说下去："我们是进化的一环，开普勒能量在更高维的世界，在一个属于精神体的世界！精神体是不会被消灭的！就算有一天，我和你的身体消亡了，我们的精神体也会回到开普勒的能量源，我们会在那里永生！"

一旁的何映之用完全茫然的目光看着凌喻，他根本无法理解凌喻在说些什么。这一切都像是凌喻在濒临死亡的时候看到的幻觉。

"阑冰，你也觉得我疯了，对吗？"凌喻艰难地抬起手，抚摸着谢阑冰的额头。

谢阑冰摇摇头，看着她的眼睛说："不，我永远相信你。就像你说的那样多好，物质终会消亡，但我可以永远爱你。"

此时贺泷匆匆赶来，告知产房里的所有人，零号基地已经陷落，完全淹没在开普勒生态区当中。现在只能从基地顶部突破，乘坐联盟的救援飞行器离开。

"他不会那么轻易放我和凌喻走。"谢阑冰低下头，简单处理着自己手臂上的伤口，"我和凌喻是被选中的，拥有没有畸化的开普勒能量，他想要我们的力量。"

"队长，你在说什么？"贺泷完全听不懂谢阑冰的意思。

谢阑冰将婴儿从凌喻的怀里抱起来，就像每一个初为人父的普通的年轻男人那样，轻轻逗着自己的孩子。

随后他低下头，郑重地吻在婴儿的头顶。

"我们很爱你，与进化无关，也和人类的未来无关。"

小小的婴儿就像知道这是父亲的诀别，忽然嚎啕大哭起来。

遥远的时空以外，就站在他身旁的已经成年的谈墨，也跟着掉下了眼泪。

他早就在梦中见过这个画面。

他早该猜到谢阑冰那时抱着的就是自己。

"贺泷，带凌喻还有小何他们离开。无论如何，都要活下来。"

谢阑冰转身朝来时的方向离去，他要去找那个完全畸化的孩子，阻止他，至少，阻挡他一会儿。

无数开普勒生物碾入基地，谢阑冰杀死它们，逃走，接着杀死它们又逃走。

整座基地成了开普勒少年追捕谢阑冰的修罗场。

无论谢阑冰如何强大，也只是一个融合者，根本无法与畸化的顶端抗衡，直到最后的最后，他精疲力竭地被困在基地的底层。

那个开普勒少年款款前来。

"我也是你和妈妈的孩子，但是为什么，我没有得到你们的任何照顾呢？不都说人类的父母愿意为自己的子女献出一切，哪怕生命吗？"

他用一种认真又略带谴责意味的语气问道。

谢阑冰已经快要睁不开眼睛了，但仍尝试着和他沟通："孩子……我能为你做的……就是不让你走向畸化的终点。"

开普勒少年疯狂大笑了起来："笑话！我拥有的是开普勒生命体中最强大的能力！我可以直接通过能量源来控制所有开普勒生物！我是他们的万物之主！我统领一切！我怎么可能是畸化！？我才是进化！"

他再次释放克莱因之瓶，整个空间的能量都被吸收进去，然后他转向谢阑冰。

"把你的能量给我，爸爸，我会变得更强大的。"

"父母之爱子，必为之计深远……"

谢阑冰喃喃地抬起手，他的手里握着一把枪，枪口就抵着自己的太阳穴。

开普勒少年第一次露出惊恐的表情，他冲上前去。

"不——"

子弹穿透谢阑冰的颅骨，摧毁了他的大脑。

他微笑着向后倒下去。

"啊！啊！啊！"开普勒少年用力摁住谢阑冰的脑袋，但血还是从他的指缝里不停地流出来。

"为什么！为什么不把能量给我！为什么不愿意和我一起走！为什么?!"

……

天旋地转，谢阑冰的故事到此结束了。

谈墨的泪水奔涌而出，他扑上前想去狠狠抱住谢阑冰，但他抱到的只有虚空。

所有画面褪色，流沙窸窣下落，烈日再次刺入谈墨眼中，他重新回到开普勒边沿的荒漠里。

而谢阑冰，又或者说是谢阑冰的精神体一直坐在他的身边。

谈墨侧过脸看向他，眼睛还在发红："为什么……为什么要杀死自己呢……"

"我需要让能量脱离物质载体，回到开普勒的能量之源。那样，我就不会被你的哥哥利用了。"谢阑冰双手撑地，看着远方的天空，"畸化和进化，本就是生物发展的两个方向，只是其中一个发生了错误。我守在开普勒世纪的边沿，就是为了不让你这样的小傻瓜被错误的方向诱导。一旦你去到那个虚假的世界，那就真的无可挽回了。"

这个男人只见过他一面，拥抱过他一次。

但这个男人为他付出了一切。

"我小时候在福利院里，我以为……自己是被父母抛弃的孩子。但其实我的父母……付出了一切来爱我。"

谢阑冰低头笑了一下，手指轻轻敲在了谈墨的眉心。

"你可不光是我们付出一切来爱的孩子，你是被很多人爱着才能活下来的孩子。我有那么多部下，为了你，永远留在了零号基地。无数的研究员，在逃跑的过程中为了保护你而牺牲，还有那对驾驶飞行器的夫妻，他们带你离开，坠毁的前一秒钟都要把你推出去。你知道吗，你的名字'谈墨'，就是他们给自己的孩子取的名字。"

"还有贺泷和何映之这两个活下来的人，你是他们所有人的孩子，明白吗？"

谈墨终于明白，当自己走向畸化源的时候，为什么会有那么多人拦着他。

他们都是曾经保护过他的人。

都是为了换他的生命，而献出了自己的生命的人。

紧蹙的眉心被一只手点开，谢阑冰以指尖的力量让谈墨抬起头来。

"我和你说这些，并不是为了让你觉得你的生命有多么沉重，而是要告诉你，你比任何人都有责任和义务，要幸福、平安。"谢阑冰的声音沉厚而内敛。

"可我……我掉进克莱因之瓶了……"谈墨不知道他还有没有出去的那一天。

"克莱因之瓶也好，米诺斯之茧也好，只不过是开普勒生命体将地球生物引向畸化源的方式。其中诞生了人类中最特别的产物——融合者。他们从畸化的生命体那里获得了开普勒能量，却没有完全走进那个畸形的世界。而你，拥有最完整的开普勒精神体，你和真正的开普勒能量源永远共感，越是能量强大的融合者，越是会被你完整的精神体吸引，被你引导，这是他们走向正确的进化的唯一方法。"

谈墨愣在了那里："你是说……洛轻云对我……只是被我的精神体吸引？"

难道那只是融合者的生物本能？就像昆虫的趋光性？

"哈哈，你怎么就想到洛轻云，不想到别人呢？我可没有说过'吸引'是哪方面的吸引啊。你们之间呢，有一种信任，是精神上的共鸣，这种联系独属于人类，而不是开普勒的共感。至于洛轻云，他也是特别的。"

"什么特别，他哪有什么特别？"

"你感觉不到吗？他是你的桥。桥的这一边是人类的物质世界，桥的另一边是高维的开普勒世界，有了他，你的能量才能流动起来。"

谈墨恍然大悟。所以他能从洛轻云那里摄取能量，而且是不被灰塔检测仪器识别的能量——他用真正的开普勒能量和洛轻云一较高下了。

"我想……你很快就会回去了，回到物质世界。"谢阑冰看了看天空，莫名笑了一下，"有人来找你了。"

第十四章
一位故人

  与深宙集团的救援队刚刚会合的银湾灰塔一队,只得到何映之获救,而谈墨掉进克莱因之瓶的噩耗。整个队伍都处于一种压抑的暴怒中,常恒刚和救援队长吵了一架,两边都有理,只能不了了之。

  洛轻云被叫到何映之的临时病房里。何映之躺在病床上,被打了镇定剂,整个人处于昏睡状态,眉心皱得很紧,嘴里一直在吃语。

  贺泷守在他身边,见洛轻云进来便迎上去。

  "我和吴雨声都听见了。"贺泷单刀直入地说,"谈墨掉下去的时候,我们听见了他的'白驹停隙',他说——他会等你。"

  洛轻云指尖一颤。他立刻转头看向吴雨声:"麻烦,驾驶飞行器陪我走一趟。"

  "洛轻云你要小心,他很特别。他是……"

  贺泷的话还没有说完,洛轻云已经接了下去:"他是谢阑冰和凌喻的儿子。"

  一旁的吴雨声大吃一惊。

  "什么?谢阑冰?凌喻?谈墨怎么……"

  "我们没有时间讨论了,吴雨声,先走。"洛轻云的手搭在他的肩膀上,"谈墨还活着。"

  路上,吴雨声依旧情绪激动,起飞的时候,还不慎让飞行器颤了一下。

  "只有我们够吗?为什么要把其他人留下?"吴雨声试图转移自己的注意力,开口问洛轻云,"他们一定想跟我们一起去救谈墨。"

  洛轻云回答道:"像是这样级别的开普勒生态区,普通人类无能为力。何况我们都处于深宙集团的监视之下,如果大队人马前去寻找谈墨,会让深宙集团对他的身份产生怀疑。有中心城就已经够麻烦了,我不想再多一个深宙集团。"

  他们回到那片疯长的生态区,从高空进行生物扫描的结果只能得到无数活跃的开普勒能量团,根本无法识别谈墨在哪里。

  洛轻云的脸上始终没有任何表情,吴雨声猜不透此刻的他到底是什么样的心情。

  他们来到区域中央的正上空,之前浩浩荡荡仿佛能吞没天际的魔鬼藤漩涡已经看不到了,到处是起伏流动的绿色,淡蓝色的静电微粒随风扬起。吴雨声不得不保持一个较高的飞行高度。

  "现在怎么办?我们该怎么找?"

  洛轻云闭上眼,再度睁开的时候,周身都是淡金色的光泽,这种开普勒能量是吴雨声从没有见过的。像是从某个人类无法凭借物质躯壳抵达的、亘古遥远的地方,有某种能量源不断地涌入洛轻云的体内,随即被他发散出去,朝四面八方延伸。吴雨声猜测,这是一种定位搜寻,但……谈墨只是人类,洛轻云又要怎么锁定他?

  "吴雨声,向西偏四十五度飞行五千米。"洛轻云开口道。

  "你找到谈墨了?"

第十四章　一位故人

"我感应到非常强大的开普勒能量,它正试图孕育出一个幼种来。"

洛轻云的喉结很微妙地起伏着,吴雨声才察觉他其实很紧张,只是深深压抑着,试图保持理智。

静电微粒越来越厚,对飞行器产生了干扰,引擎开始鸣警。

"洛队,我们的高度不能下降了!否则这些能量微粒会让飞行器坠毁。"

洛轻云点点头,取出一个伞包,将带出来的那把"朱雀"背到背上。

吴雨声尽力笑了一下,笑得很难看:"希望这把枪还能用得上。"

"这是他的信仰。"洛轻云来到舱门边,预备跳伞,"他永远是我的监察员。"

"洛队……如果谈墨真的回不来呢?"吴雨声问。

"那就另一个世界相见。"

洛轻云摁开舱门,强烈的气流灌进机舱,他迎着风,像一只海鸟,一跃而下。

洛轻云跌入厚厚的微粒云,那些能量晶体附上他的作战衣,在他的身上积得越来越厚,发出过电般的声响。紧接着,这些淡蓝色的微粒逐渐变成深蓝色,逃窜一般,忽然全部离开了洛轻云的身体。

洛轻云自带的金色微粒和蓝色微粒相互碰撞,能量也随之传导,那片淡蓝色的微粒云随着洛轻云的降落,被拖拽出一道金色的痕迹,像是通往天国的阶梯。

当洛轻云即将抵达地面的时候,魔鬼藤如同海啸一般涌来,它们朝着洛轻云吐出无数的胎果,胎果爆裂,十几头缇丰朝洛轻云吐出它们的消化触丝!

几乎就在同一时刻,那些金色的微粒极速下降,在洛轻云的周围形成能量盾牌,缇丰的触丝撞在这些能量盾上。

洛轻云眼底的淡金色光芒越来越明显,他深深吸了一口气,让自己的开普勒能量流动起来。几根魔鬼藤忽然一震,它们的躯体就像是被占用了一样,开始攻击其他的魔鬼藤,它们互相穿透、绞杀,纷纷发出嘶鸣。

而好几头缇丰也像是被无形的丝线给拖住了,发出"咕噜咕噜"的反胃声,甩着它们的脑袋,一时想进攻洛轻云,一时又退了回去,紧接着便被完全征服了,转身咆哮着和其他缇丰争斗起来。

洛轻云侧了侧脸,如同冷漠的死神。

一根魔鬼藤立刻像是被召唤一般掉头过来,洛轻云单手一撑,骑在魔鬼藤上,加速朝着能量团而去。

无数开普勒生物来袭,洛轻云压低重心,周身拖拽着金色的流光,那些生物一旦触碰到这些金光,要么弹开,要么迟疑。无数阴影从洛轻云的头顶掠过,但他速度不减,势如破竹。

直到他看到面前那朵巨大的克莱因之瓶。

魔鬼藤停了下来,从四面八方涌来的开普勒生物在洛轻云的世界里宛如时间被无限延展了一般缓慢。

他睁大了眼睛,狠狠盯着它,他知道谈墨就在那里面。

洛轻云从来没有遇到过像谈墨这么有意思的人。

他死守着他们之间不可逆转的身份差距,又总是在洛轻云失望的时候给予恰好的慰藉。

他鲜活到不真实，又让洛轻云觉得这就是真实的人类应该有的样子。不然，怎么值得那么多融合者心甘情愿踏入零号基地，换一个人类的未来？

洛轻云曾以为是谈墨的狙击技术让他惊艳，让他相信至少存在一个Inspector可能给他解脱，让他看到了自己如同死水般的生命里天空的倒影。

但他此刻忽然明白了，他需要的其实是谈墨这个人。他向往谈墨面对生死依然热烈的灵魂，他渴望得到谈墨的眷顾，期待谈墨专注的反应，迫切想把自己最真实的世界给另一个人看见，被另一个人温柔以待。

谈墨不是天空的倒影，他就是天空本身。

洛轻云没有告诉过任何人，他曾经到达过开普勒世界的边沿。

当他在零号基地独自殊死挣扎的时候，他再也找不到坚持下去的理由，在无尽的疲惫和绝望中，他决定就此沉沦。他的精神体一层一层陷入深渊，他看到那个畸化的开普勒能量源，那么强大那么猛烈，就像黑洞，仿佛能吞噬一切。

直到早已牺牲的梁幼洁来到他的面前，向他做了一个"禁止通行"的手势。

洛轻云看着这个自己在童年时期就失去了的女人，这个曾经给予他最接近母爱的东西的女人，他很想上前拥抱一下她。

但是梁幼洁只是将手指抵在他的心口上，正声道："孩子，这不是你要走的路。你没有见过光，所以被这样的热烈所迷惑。但真正的开普勒世界不会把你引向毁灭，而是更广袤的天地。我虽然离开了你，但是也一直守护着你。只要有我在，决不会允许你走过这里。"

那一天在银湾市基地的食堂里，谈墨用手指比成枪的样子，点在他的胸口上。

——那是和梁幼洁一模一样的手势。

后来的谈墨也真的做到了和梁幼洁一模一样的事。

——我永远不会让你越界，我会永远保护你。

而此时此刻，开普勒世界却将谈墨带走了。

谈墨也许已经去了那个错误的方向，已经失去了自己的思想，变成一副如同行尸走肉任人驱使的躯壳……

黑暗瞬间侵袭，洛轻云突然卸了力似的无法抵抗，灭顶般的孤独和冰冷要将他压垮。疯狂的魔鬼藤和杀气腾腾的缇丰即将覆没他，就在这瞬间，他突然听见了谈墨的声音。

——我在这里等你，洛轻云。

洛轻云骤然惊醒，随即空间好似突然折叠了一般，所有冲向他的开普勒生物都与他擦肩而过，随后被某种力量束缚住，动弹不得。

旋即，这些被驾驭的生物转头奔涌而去，抵抗其他扑上来的恶兽。

洛轻云来到那朵克莱因之瓶面前，双手撑在上面。

无数能量从克莱因之瓶的顶部朝洛轻云的方向流动，洛轻云低下头，他的骨骼和肌肉都在颤动，过剩的开普勒能量进入他的细胞，企图让它们在同一时刻破裂。

他咬着牙关，身体所承受的痛苦与当初从零号基地各种开普勒生物的围剿中逃生时几乎无异。

终于，这朵克莱因之瓶从略微透着光泽的状态变得暗淡，从顶部开始慢慢显出颓色，接着一点一点枯萎。

第十四章 一位故人

洛轻云用尽力气一推,克莱因之瓶霎时崩溃。

而在残骸的中央,洛轻云看到了谈墨。

他无知无觉地躺在那里,身上都是克莱因之瓶的触丝,其中有很大一部分已经渗入他的体内。

还好,洛轻云在他的大脑里留下的开普勒印记拖延了这些触丝侵蚀他神经的时间,尽可能维持着谈墨思维的自主性。

"谈墨!"

洛轻云将他抱起,想将这些触丝快速扯出来,但是又害怕伤到他,只能用战术刀将它们全部切断。

谈墨表情很平静,没有丝毫痛苦,然而也感觉不到呼吸与心跳。

洛轻云将他放平,按压他的胸口,开始进行心脏复苏。

每按下去一次,谈墨的身体就跟着一颤。

"谈墨!你醒醒!谈墨!"

洛轻云捏住谈墨的鼻子,打开他的嘴,用力向里面呼气。微热的液体顺着洛轻云的脸颊滑落下来,滴在谈墨的脸上,分不清是汗水还是泪水。

十几分钟过去,谈墨依然没有任何反应。周围开普勒生物的厮杀无休无止,无数缇丰、鳞鸟、魔鬼藤的尸体摔落在他们身边,但洛轻云视若无睹。

他低下头,额头抵在谈墨眉心,试图将自己的开普勒能量送入谈墨的体内。

"醒过来,谈墨。"

洛轻云将谈墨扣进自己的怀里,绝望如同海啸一般袭来,无尽黑暗里,洛轻云看不到一丝光亮。

他失去他了。

如果谈墨无法醒过来,如果凌喻的设想是真的,如果物质泯灭精神永存……

那么他只有毁掉人类躯壳,去另一个世界找回他。

洛轻云抬起自己的配枪,抵在太阳穴边。

就在洛轻云的指尖放上扳机的一刻,他怀里的人突然一阵抽气,然后开始大口大口地呼吸。

仿佛绝处逢生,洛轻云立刻扣着谈墨的后脑勺:"慢慢来,呼吸!谈墨呼吸!"

谈墨喘得像个破鼓风机,肺简直像被穿了孔,空气只是从他的体内穿过去,而他微微睁开的眼睛也是迷离失焦的。

"谈墨,谈墨……你知道我是谁吗?"洛轻云的声音在颤抖。

"洛……洛轻云……"谈墨的眼睛里渐渐透出微微的水光,他明明没有力气,却想用手去推开洛轻云的枪。

"我在,我在听,谈墨。"

"下次……再让我看到你……用枪指着自己的脑袋……我就……"

"我知道……我再也不会了……"

洛轻云将谈墨紧紧抱住,像对待一件失而复得的宝物。

"我……好疼……"谈墨哑着声音说。

洛轻云将谈墨背起来,一根魔鬼藤匍匐来到他们面前,洛轻云坐上去,将谈墨护在怀里。

171

谈墨出了很多冷汗，还在发抖："我真的好疼……我的腿……腿好疼……"

洛轻云顿了一下，从战术包里取出镇痛剂，扎进谈墨的腿部。

谈墨紧紧闭着眼睛，环抱着洛轻云，整张脸都压在洛轻云的怀里，即便这样洛轻云还是能听见他的牙关在因疼痛而咯咯作响。

镇痛剂的效果很微弱，克莱因之瓶的触丝加剧了爱德拉神经毒素带来的痛感。

"很快……等我们离开这片区域……吴雨声已经开着飞行器在等我们了。"

洛轻云用手贴着谈墨的脚踝，以自己的能力来减轻他的疼痛。

瞬间，细微的能量进入谈墨的皮肤，刺破他的细胞，在神经中游走，将他身体最细小的部分都温柔地包裹起来。分筋错骨般的痛楚逐渐减弱，取而代之的是洛轻云掌心的温度。

风从谈墨的耳边吹过，一阵又一阵，还有开普勒生物山呼海啸的嘶鸣，但对于谈墨来说，最清晰的只有来自洛轻云胸口的心跳。

"洛队……你胆子真大……自己一个人来的吗？"谈墨迷迷糊糊地说。

"要不然呢？找深宇集团，昭告全天下你是谁的孩子？"洛轻云神情紧绷。

至今为止这个生态区的种子还没有现身。能够让整个生态区在短时间内扩展到这个程度，它一定非常强，强到洛轻云未必能轻易从它手里掠夺领域。

"你是真的相信她的理论吗……何映之替她发表过那些理论……却被人嘲笑说天才最终会变成疯子……"

谈墨身体很沉，他知道自己现在很虚弱。但他不知怎么，就想和洛轻云说说话。洛轻云一回应自己，他就能听见洛轻云胸腔和声带的共振。

"我相信啊，我看见过。"

"谁？我老爸谢阑冰？"

"我看见过梁队。"

谈墨皱了皱眉头，轻声问："这是你……总是去那些危险地方的原因吗？觉得自己到达极限的时候，就能见到她了？"

洛轻云心头一颤。真的如同梁幼洁告诉他的一样，只要不放弃希望，只要爬出深渊，就一定会有人能理解他。

"嗯。"洛轻云轻声回答。

谈墨的体温越来越高，背上全是汗。依照洛轻云的经验，这不像是融合者刚脱离克莱因之瓶的反应，倒像是伤口感染。

"你需要尽快看医生。"洛轻云对他道。

就在这个时候，承载着他们的魔鬼藤忽然停了下来，仿佛面前有无形的屏障一般，它垂直上下挪移着，就是不肯前进。

"来了。"洛轻云的眉头紧紧蹙起。

风中有一种特别的气息，有某种力量正威压而来，形成巨大的壁垒。

"什么东西？"谈墨也感觉到不对劲。

洛轻云垂下眼，谈墨对这个眼神有些熟悉，他隐隐猜到洛轻云想做什么。

"你听好了，前方三千米左右有一处高崖，我会控制魔鬼藤把你送过去。你在那里释放信号弹，吴雨声看到了就会来接你，明白了吗？"洛轻云略微低下头，鼻尖在谈墨的头顶很轻地碰了一下。

第十四章 一位故人

"那你呢？你为什么不亲自带我走？为什么要留下来？"谈墨死死拽住洛轻云。

洛轻云笑了笑，将那把"朱雀"交给谈墨，轻声道："你是我的监察员啊，这里不是你的战场。你应该从远处看着我，对吧？"

谈墨挽留的手被挣脱，洛轻云从魔鬼藤上跃下。

魔鬼藤上延伸出无数藤蔓，将谈墨牢牢固定在上面，不让他跟随。

"你当老子坐过山车系安全带呢!?"谈墨用力挣扎，完全无法挣脱。魔鬼藤长驱而去，瞬间冲出百米开外，差点把谈墨的脖子都甩断了。

"洛轻云你个杀千刀的！你把老子当累赘？？？"

"那你可误会了，谈副队，我是把你当命啊。"

洛轻云带着笑意的声音从远方传来，笑意的尽头是无奈。

谈墨俯身紧紧抱着魔鬼藤，大量找到猎物的鳞鸟俯冲下来，企图接近谈墨，但都被魔鬼藤挡了下来。这个生态区已经有一部分服从于洛轻云，它们懂得识别谈墨的存在。而没有了洛轻云的能量缓解，谈墨的腿又开始叫嚣着剧痛起来。

谈墨几乎直不起背，冷汗直流，依然艰难地回过头去。洛轻云的身影已经淹没在重重叠叠的绿色巨植之间，但他惊觉就在自己刚离开的地方，出现了一条螭吻！

和胚胎样本完全不同，这是体格完全成熟，附着黑色鳞片，头部长着六只生有鳞翼的眼睛的成年螭吻！

洛轻云就是感应到了这条螭吻，才让他先逃跑的！

一股凉意涌上谈墨的心头，那一刻他连腿上的疼痛都忽略了，只能看见突然出现的洛轻云沿着螭吻的脊梁以逆天的速度向上奔跑的背影。

螭吻背部的鳞片一瞬间全部立了起来，以某种频率高速颤动着，有一片叶子正好跌落在鳞片上，眨眼的工夫就被振动的鳞片切成了粉末。

但这种振动存在空隙，那就是洛轻云的可趁之机，他奔跑的每一步都惊险地踩在鳞片振动的极限上，强行以自己的力量和这些鳞片抗衡着。

谈墨看得心都快提到嗓子眼，耳边通信器里却传来洛轻云依旧冷静的声音："向前走，别回头。"

谈墨咬了咬牙，狠下心来扭回头。如果他能背着"朱雀"抵达那个高地，那么他们就还有机会。

"洛轻云，你要死只许死在我手上。"谈墨低声道。

此刻的洛轻云借助魔鬼藤，一跃而起，就在跳入螭吻头顶那只眼睛的时候，他回答了一声："好。"

——我的生死，不想由命，只愿由你。

螭吻两侧的鳞翼飞速振动，周围的空气形成刀刃，划开洛轻云的胳膊、腰侧还有腿，但他就像感觉不到疼痛一样，对准螭吻的眼睛就是"砰砰砰"三枪连射。

螭吻失去了一只眼，痛到翻转，尾部甩向头顶，洛轻云赶紧跳下来，一只鳞鸟飞来接住了他，带着他迅速远离螭吻的攻击范围。然而螭吻的尾部有什么东西紧追着喷射出来，通体纯黑，寒光乍现。

那是它的尾鳞。

哪怕洛轻云以最快的反应速度招来好几根魔鬼藤来抵挡，抓着洛轻云的鳞鸟也尽力向下坠了一下，但还是晚了一步，尾鳞从他的腹部穿透而过。

洛轻云咬紧牙槽，落地的时候哼都没有哼一声。一旦他发出声音，谈墨会从通信器里听到。

他捂住自己的腹部，血源源不断地从他的指缝之间溢出，滴滴答答落在地上。

不能倒下，不能倒下，谈墨还没有安全。

闻到血腥味的螭吻变得更加凶狠，它调转回头，那只被子弹打穿的眼睛让它看起来格外阴戾。

它贴向地面，蓄势待发，所有鳞片的振动都停了下来。

而洛轻云的身形有些不稳。他很清楚螭吻的能耐，想从外部弄死它几乎不可能。

也许唯一的机会，就在内部。

螭吻的身体微微拱起，骤然发力，以摧枯拉朽的速度冲洛轻云张开了嘴。

在那短暂的瞬间，洛轻云闻到空气里全是螭吻的气味，地面上的砂石向着两侧扬起，它的獠牙即将刺透洛轻云的身体。洛轻云忽然朝着螭吻的方向倒下，对准它的喉咙深处射出绳索，将自己送了进去。

螭吻的獠牙相碰，喉咙"咕噜"一下。它的眼睛全部睁大，像是在感应什么。

谈墨看着那座山崖，心中焦急如焚。

这个生态区的种子很强大，洛轻云对这根魔鬼藤的控制随着距离的拉远正在逐渐减弱，而种子的控制能力则相对地越强。若非还要和这个强大的种子抗衡，洛轻云应该有余裕调度更多的开普勒生物来抵御螭吻，以快速脱身。

——快一点！再快一点啊！

但魔鬼藤的移动速度显然没有之前快，有好几只鳞鸟差点就撞到谈墨的脸上，魔鬼藤却没有反应过来。他明白，这不仅是因为距离，更是因为洛轻云已经透支了。

"洛轻云，你不能死，我不许你死在这种地方。"谈墨咬牙切齿地对着通信器说。

但他已经收不到来自洛轻云的信号了，只有"沙沙"的电磁干扰声。

魔鬼藤还在继续向前，这就说明洛轻云还没有出事，但是它的速度越来越慢，甚至都快无法束缚住谈墨了。

一小群因迪拉兴奋地朝谈墨蹿了过来，谈墨摸向自己的腰侧，他以为自己的配枪早就掉了，没想到洛轻云给他捡了回来。

在生态区里任何武器都不能轻易放弃，真不愧是洛轻云。

谈墨"砰砰砰"地打空了自己的弹夹。

他弹无虚发，那些被击中的因迪拉跌落下来，被其他魔鬼藤分吃掉了。

好不容易抵达山崖之下，正在缓慢地攀升的时候，载着谈墨的这根魔鬼藤突然像被什么扼住了喉咙，停在一半的高度一动不动。

这里就是洛轻云的控制力和种子的控制力的平衡点，在这个距离，洛轻云无法继续驱使种子，而种子也无法摆脱洛轻云。

谈墨着急得一拳打在岩石上。

冷静，谈墨，冷静。你还有战斗力，你不是废物。

谈墨把枪背到背上，仰脸看着起码还有几十米高的崖顶，向着一个可以落脚的地方射出绳索，然后忍着疼痛，爬离了这根魔鬼藤。

好不容易来到落脚地，谈墨把绳索回收，试着寻找第二个绳索的着力点，但是

第十四章 一位故人

唯一有可能的那个位置太远了，绳索的射程不够。

也就是说，这段射程以外的距离，他必须靠自己爬上去。

冷汗早就浸透了他的后背，腿部刻骨的疼痛随着他的心脏突突跳动。

他仔细观察着山崖，评估它们每一处凸起和凹陷，是否能承重，是松散或坚固。而他的脚踝正在颤抖，疼痛让他在这样生死攸关的情况下愈发清醒。

他没有多余的时间犹豫，一步一步爬了上去，直到最后一个着力点。那个凸起处的沙土有些软，但是他已经找不到其他可以借力的地方了。

"洛轻云，要是我掉下去了……你还能接住我吗？"

谈墨难看地笑了一下。明知道和他的通信已经断了。

五年了。我以为自己早已足够强大，却还是忍不住向往着你。

谈墨跨出那一步，就像踏着风，在腾空的同时，他朝目标位置射出了绳索。那个凸起如他所料是松散的，沙石扑簌簌滑落，谈墨整个人也跟着坠落下去。

而绳索那头的索铆在这最惊险的一刻刺入崖体，谈墨被猛地拽住了，挂在崖壁上晃荡起来。他没有庆幸的余裕，拽着绳索迅速上爬，来到崖顶。

一条腿刚跨上去，脚踝传来的痛楚尖锐地刺入他的大脑皮层，他动都动不了，眼泪和着汗水大颗大颗往外冒。

他必须要尽快爬上去，他有一种预感，洛轻云的时间不多了。

"呃——啊——"谈墨用尽全身力气，以最狼狈的姿态爬上了崖顶。

烈日当空，热风拂面，从这里可以俯瞰三分之一个生态区。

谈墨把枪从背上拿了下来，迅速伏地，用肩膀抵着枪杆，打开了瞄准镜，开始环境取值，并寻找洛轻云的位置。

谈墨略微侧着脸，汗水从他的额角沿着眼眶流到人中，接着滑落到嘴角。

透过瞄准镜，他看到一簇一簇正活跃着向某处聚拢的开普勒生物群。

那里应该就是洛轻云的所在地。

谈墨深吸一口气，让自己被痛觉支配的神经专注起来。

他找到了螭吻，却没有看到洛轻云。

那条螭吻就像被什么刺激了一般，全身的鳞片都立了起来，却一动不动，它的鳞翼也绷得死紧，似乎快要折断，头顶的眼睛瞪得很大。

它的身体盘旋着，像是在绞杀什么东西，但在谈墨看来，它绞住的只有它自己。

怎么回事？洛轻云呢？

谈墨的指尖顶着扳机，他到处都找不到洛轻云的踪影。

这时候，螭吻的腹部上拱，它整条身子跟痉挛一般，猛烈地蜷缩起来。

谈墨猛然意识到——洛轻云就在螭吻的肚子里！

谈墨当机立断更换弹夹，他得用上爆破弹，为洛轻云打开一个突破口。

他调整着自己的呼吸，开始观察螭吻的行动模式与运动时肌肉和鳞片的特征。

他发现每当螭吻发力，鳞片就会向上竖起，露出底下的皮肉。但这就是一瞬间的事情，但凡他失误，引起螭吻的防备，鳞片就会立刻不留一丝缝隙地覆盖身体，那么他就彻底断送这个帮助洛轻云的机会了。

那条螭吻又开始用力了，谈墨神情一凛，他判断着螭吻身体蜷缩的角度，判断它身体哪些部位的鳞片张开后的角度最适合瞄准，最终他锁定了其中一片。

175

——就是你了。
　　就在它即将张开的瞬间，谈墨稳稳地扣下扳机。
　　爆破弹带来的强烈的后坐力让谈墨痛得差点大叫出声。
　　子弹穿过小半个生态区疾行，它是谈墨力量的延伸，是他判断力与决断力的总和，带着一切决绝命中鳞片之下。远在千米开外，谈墨却仿佛能听到爆炸的声音。
　　血液从那个小小的破点喷溅而出。那附近一小块区域的鳞片尽数被炸飞！
　　螭吻咆哮着扭动着身体，尾部四下晃动，试图找到躲在暗处的偷袭者。
　　谈墨一动不动地等待着，如果这一枪的杀伤力不够，他随时准备开第二枪。
　　他要打到这玩意儿把洛轻云吐出来为止。
　　而螭吻也锁定了谈墨的位置，不顾飙血的伤口，朝他急速奔来，那气势几乎是要把整座山崖迎头撞碎。
　　谈墨没有恐惧，对他而言，若不是洛轻云来救他，今天本就是他的死期。
　　他被螭吻干掉后，洛轻云多半也会死在螭吻的腹中。
　　他相信谢阑冰对自己说的话——物质泯灭，精神永存。
　　大不了在开普勒的高维世界里和洛轻云再见，银湾市灰塔一队正、副队长齐齐整整，也算完满。
　　这条螭吻正在蓄力，它的尾部向上高高卷起，正好挡住了谈墨打开的伤口，随时准备发射自己的尾鳞！
　　谈墨同样在瞄准它，一旦螭吻发动尾鳞攻击，必然会露出伤口，这时候再来一发爆破弹，不信炸不开它！
　　时间的流逝仅仅是短短三秒，而谈墨的瞄准镜里分割出了无数个瞬间。
　　就在螭吻的尾部向后准备发力时，谈墨也扣下了扳机，然后迅速翻滚，卧倒。螭吻的尾鳞飞射而来，狠狠钉进谈墨刚才的位置，那股气流都将谈墨的鼻尖擦红了。
　　谈墨抱紧自己的枪，一咬牙翻到山崖的另一侧，寻找下一个合适的狙击点。他相信自己击中了，但无法确定那是不是一次致命性打击。
　　他听见螭吻痛苦的咆哮，心中大喜，抬起头从两块岩石的缝隙间瞄过去。只见螭吻的身体紧紧蜷缩，那块伤口已经爆裂，其中有一双手伸出来，就撑在伤口的边缘——洛轻云能出来了！
　　螭吻十分不甘，调转头颅就想去咬洛轻云。谈墨瞅准时机，正对着它的眼睛又放了一枪！
　　螭吻完全没有料到，随着爆裂的声响，它仅剩的一只眼睛也中了枪。
　　它陷入癫狂的愤怒当中，尾巴朝着谈墨的方向甩过来，无数尾鳞如暴雨袭来。
　　那场面就像古代城池被攻陷前的箭羽，气势惊人，毁天灭地。
　　"我去——"谈墨根本跑不掉，只能原地抱头一趴。
　　但预想中被刺穿的痛苦并没有到来。谈墨听到了一阵呜咽，那根山崖下的魔鬼藤忽然直起身来，挡在谈墨面前。
　　这些尾鳞是来自螭吻最后的报复，杀伤力极强，穿透了魔鬼藤的身体，但也被改变了角度和速度，散开扎进山崖里。
　　趴在原地的谈墨能感觉到崖体强烈的震动。那根魔鬼藤向着一侧瘫倒下去，坠地的瞬间发出巨响。

第十四章　一位故人

谈墨爬到悬崖边缘，只见洛轻云双手用力一撑，从螭吻的伤口里浴血而出。

螭吻已经油尽灯枯了，卷起尾巴朝洛轻云发射最后的尾鳞，要和他同归于尽！

"洛轻云——"谈墨嘶吼着他的名字。

尾鳞在视线里化作一道迅速消失的线，洛轻云被狠狠撞飞，后背直接砸在一根魔鬼藤上，他狠狠一弹，跌落下去。

而那条螭吻保持着攻击的姿势，晃了晃，两三秒后，也如大厦倾颓般轰然倒下。

一切安静下来，时间凝滞。

谈墨趴在那里，从瞄准镜里死死盯着摔下去的洛轻云。

周身变得冰冷，指尖的神经就像坏死了一样僵硬。

他从来没有像此时此刻这样恐惧过。他的喉咙无数次滚动却发不出声音。

时间一点一点地过去，谈墨始终待在原地不动。

——我会看着你，能杀死你的只有我。

洛轻云周遭的开普勒生物蠢蠢欲动，似乎把洛轻云视作失去威胁的美味佳肴。

谈墨迅速更换弹夹，瞄准了其中一头最近的缇丰。

但没想到这头缇丰直接越过洛轻云，冲进螭吻腹部被炸开的伤口中。

紧接着那个伤口被此起彼伏的魔鬼藤扯开，只听见骨肉绽裂的声响，那头叱咤风云的螭吻就这么被大卸八块，各种开普勒生物闻讯而来，大快朵颐。

螭吻的脑袋歪倒在一边，眼睛睁得很大，似乎还有恨意。

谈墨从未见到过这样的景象。

"洛……洛轻云……"他努力地发出声音。

良久，通信器的那头传来一声闷哼。

"别怕……我在。"

沙哑的，断断续续的，听在谈墨的耳朵里，眼泪都差一点掉下来。

这混账玩意儿，还活着呢！

"洛轻云……"谈墨还是第一次听某个人的声音听出了恍若隔世的感觉。

"我在呢……"

那声音断断续续，听得让谈墨心痛，又让他心安。

为了让谈墨放心，洛轻云艰难地转了个身，手里握着一个黑色铁锚般的东西，冲谈墨的方向晃了晃——他居然在那么近的距离里接住了螭吻的尾鳞。

他的腹部还是有血在不断渗出。谈墨咬着牙，想往洛轻云所在之处爬："你受伤了……我现在……现在过去找你……"

高度集中时的肾上腺素逐渐消退，爱德拉之花的神经毒素带来的痛苦叫嚣着存在感，谈墨浑身都卸了力气，整个摔趴下去。

疼到快要没法呼吸了。

"不，还是我去找你。"洛轻云捂着腹部的伤口，摇摇晃晃地站起来。

谈墨需要他，目前也只有他的手能缓解疼痛了。

痛苦让谈墨的眼前变得一片模糊，透过瞄准镜，他只能隐隐看到一根魔鬼藤伏在洛轻云身边，而洛轻云想爬上去，却脱了力滑下来。

这肯定是洛轻云这辈子最狼狈的时刻。

他伤得很重，又试了两三次都没成功，魔鬼藤上沾满了他滑落时留下的血迹。

谈墨疼得天旋地转，完全失去了理智，本能地扣住战术刀。

他真的受不了了，自己早就该在高炙退役的时候就放弃这条腿，不至于让它现在成了拖累。

切断它，谈墨的脑海里有这个声音，切断它，然后彻底解脱。

"谈墨，求你……"洛轻云仿佛知道他想做什么。

简单两个字，呜咽着说出来，却比任何命令和训诫让谈墨想去服从。

"我好疼……我真的好疼……我不想要它了……"疼痛带来生理性眼泪，泪水混合着谈墨脸上的尘土不断地流下，冲出两道浅色的沟壑。

"会感染的……你会死的。听话……再等我一会儿……"

此时，谈墨身边的岩石上传来一阵突兀的鼓掌声。

那掌声缓慢而有节奏，有一种莫名其妙的讽刺意味。

谈墨挣扎着抬起眼。逆光下，站着一个身着迷彩服的身影。谈墨的第一反应是：哪儿来的外勤队员？

再细看，就发现对方身上的迷彩服已经非常陈旧，到处是斑驳破损，也不像是近年的款式。

他是怎么出现的？自己在这座山崖上埋伏了那么久，为什么都没发现他？

谈墨无力地瞪大眼睛，想弄清楚对方的身份。

那人上前来，从谈墨的手中取走了他的战术刀，指尖轻轻抵着刀尖，丝毫不在乎被划出来的伤口。

"好利的战术刀。划开猎物颈子的时候一定很爽吧。"他的嘴角扬起一抹笑。

"你……是谁？"谈墨问。

"看看洛轻云为了你连命都不要的样子——我真的做梦都想象不到。果然，活得久了什么都能见到啊。"他用幸灾乐祸的语气说。

来者不善。谈墨立刻去够自己的配枪，却被毫不留情地一脚踩住肩膀。对方弯下腰，谈墨终于看清了他的脸。

这人看上去二十七八岁，五官立体，双眼狭长，一种亦正亦邪的面相。

"还没自我介绍，我的名字叫白烃，算是你的前辈……虽然灰塔应该已经把我除名了吧。"

白烃？这个名字把谈墨震住了。

他就是那个自愿被自己的队长连铮感染，成为融合者，然后和对方一起逃离灰塔的白烃？

二人颠覆了监察员与目标之间的平衡，在当时引起轩然大波。灰塔派出了最精锐的部队去追捕他俩，其中就有洛轻云和梁幼洁。

为什么会在这里遇到他？

白烃将谈墨耳朵里的通信器取下来，放到自己的耳朵里。

"好久不见啊，小洛……啊，不对，你长大了，应该叫洛队了。"

第十五章
开普勒的三层世界

那声音乍一听带着久别重逢的喜悦，仔细品味，却是一种高高在上，要将一切踩入泥泞的阴冷。

通信器那头，洛轻云产生了不祥的预感："这片……生态区是你的？"

"对啊，这片生态区都是我的。你既然来了，就是客人，我当然会好好招待你。"白烃一边说，一边将战术刀压在谈墨的颈动脉上。

"你想干什么？！"洛轻云提着一口气，拼了命地往前跑。

白烃掐着谈墨的脖子，笑容里是嘲讽和癫狂。

"明知故问啊，洛队。我当然是要请你体验一下我当年的感觉啊！你的监察员……大概是受了什么伤吧，他看起来很痛苦。你慢慢来吧，小洛，我会耐心地等，等着让他好好见你一面，给你们一个体面的告别——然后……"

恐惧感遍布洛轻云的全身，他仿佛什么听见有什么即将崩坏的声音。

那是要将他推入深渊的绝望。

人类的身体太脆弱了，夺去一条鲜活的生命，只需要微不足道地划一小下。

白烃一定会在洛轻云近在跟前，马上就能碰到谈墨的时候，用刀划下去。

洛轻云知道，这是白烃给他的报复。

在洛轻云十四岁那年，他跟着梁幼洁一起追捕白烃和连铮。

两个心意相通的融合者之间拥有旁人难以企及的默契，梁幼洁和洛轻云根本不是他们的对手。直到洛轻云施展能力，试图掠夺连铮的领域，同时也是掠夺连铮对白烃的控制权，导致连铮需要分心去争夺白烃。

就在这个关头，梁幼洁开枪击中了连铮。于是，就在白烃的眼跟前，连铮用他最后的力量护住了白烃，然后便这么离去了。

灰塔因为这个事件定下了监察员不可越界的铁则。而身为幼种的白烃取代了连铮，成为这片生态区新的种子。

这么多年来，失去连铮的白烃一直带着生态区在开普勒世界里流浪。

就在洛轻云深入这个高危生态区来营救谈墨的时候，白烃感觉到了他，知道自己等待多年的复仇机会终于来了。

白烃知道螨吻并不是洛轻云的对手，只不过是利用螨吻来消耗洛轻云的开普勒能量，等他筋疲力竭，白烃就可以狠狠折磨这个让自己失去一切的年轻人。

白烃心里很清楚，死亡对于洛轻云而言，无足轻重。

很多年前他见到的洛轻云，长着一双空洞麻木的眼睛，对这个世界上的一切都漠不关心。

但这一次，他竟然看到洛轻云为了一个人类，单枪匹马闯进他的领域，把这个人类护在怀里，甚至甘愿奉献生命。

白烃觉得这一定是连铮给他的机会，一个让洛轻云尝到最想保护的人在眼前粉身碎骨的痛苦的机会！

谈墨看着洛轻云靠近的身影，他从没有见过洛轻云露出那样的表情，他立刻领悟了白烃的计划。

"你的队长……是叫连铮对吧？他越界的时候，你为什么不救他？"谈墨突然问。

白烃勾起嘴角来，看穿了谈墨想用连铮来动摇自己的内心。

"你也是监察员，应该知道，anti-Kepler药剂弹的子弹速度比硅弹要慢千分之一秒。那个时候情况非常紧急，药剂弹是赶不上的，但我不想用硅弹击杀他。"

"呵，但我办到了啊。"谈墨说，"是你能力不行，又或者，你根本不够了解连铮。"

白烃怔了一下，他告诉自己，这个Inspector满口谎言，只是企图激怒自己。但他还是忍不住低下头来看谈墨的脸。而谈墨也仰起头和他对视，目光沉静而坦然。

"你在骗我。"白烃咬牙切齿，战术刀的刀尖嵌进谈墨的皮肤里，渗出血珠，"这么多年来灰塔根本没有改进过药剂弹，他们从来没有把融合者的性命放在眼里过。"

谈墨轻笑一声，带着一种Inspector之间才能理解的傲慢："所以我才说，我就是办到了。"

白烃的心突然狠狠落空了一秒。

而谈墨趁机伸长了手臂，就在这一刻，赶到的洛轻云在魔鬼藤的掩护之下一跃而起，跳向谈墨。

谈墨看着洛轻云，眼神烁烁明亮。

——我觉得你是懂我的，就算我从来未曾邀请你来过我的世界。

——因为你早已在我的世界之中了。

谈墨的指尖和洛轻云触碰的瞬间，无数金色的能量线从洛轻云体内流泻而出，汩汩地涌入谈墨体内。

那是洛轻云最后的开普勒能量。

白烃的笑容瞬间扭曲了，他狠狠将战术刀扎进谈墨的脖子。

可让他万万没想到的是，这个被自己压制的人类突然如有神助，不仅直接顶开了战术刀，还一个转身扣住他的腰，将他狠狠摔在了地上。

这一连串挣脱带反击的速度，甚至快过子弹出膛。

白烃正要起身，谈墨就一个锁喉将白烃拿住了。他们大半个身体悬在山崖之外，只要重心再稍微出去一点，就会掉下去。

不可能的，普通人类的速度和力量不可能超过融合者的！

白烃用力挣扎，忽然明白了什么，哈哈笑了起来。

"洛轻云……你……你不也做了和连铮一样的事吗？！……"

"他没有。"谈墨冷静地回答。

白烃看向谈墨，他竟然感觉不到谈墨的开普勒能量。这究竟是为什么？

白烃的脚一直在往外蹬，他想让自己和谈墨都掉下去，同归于尽。

而这片山崖的下方，就是耗尽了能量的洛轻云。他正尽力抓着一处凸起的山石，脚下缺少落脚点，不断打滑。

他需要从开普勒之源取用更多能量，但他的身体已经到了极限。

他是一座桥，可所有的桥都是有载重的。

洛轻云仰面看着谈墨将坠未坠的半个身子，心惊胆战。他再次尝试引动能量，然而只看到能量从自己的指尖和头发丝末端像粒子一样散开，无法凝聚起来。

白烃的脸已经被勒到发紫，但他一直憋着一口气，力气非常大。

谈墨知道自己绝对不能掉下去，他还得把洛轻云捞上来。他深吸一口气，抬头环顾，决定搏一把。

随即他以右手朝旁边的山岩狠狠一击，那一瞬间他对白烃的控制力减弱，白烃将他彻底拱下了悬崖。与此同时被谈墨击中的那一侧，一直卡在两块山岩之间的大石块被震了下来，猛地砸在了白烃的腿上。

"啊——"白烃发出惨叫。

这块石头正好改变了他们俩的重心位置，谈墨勾着白烃的脖子一晃，翻身回到山岩上。

谈墨立刻放下绳索，让洛轻云爬上来。

双腿断裂的痛苦让白烃面目扭曲。他狂躁地大声叫喊，仅剩的上半身扭动，双手挥舞，想找到任何能杀死谈墨的武器，但什么都没有抓到。

疲惫的谈墨靠着石头坐下，用毫无怜悯的目光看着白烃。

"其实你根本就没想过用药剂弹，因为你本来就渴望拥有和连铮一样的力量。"

白烃侧着脸，用阴狠的目光看着谈墨："你在胡说什么？"

他的声音颤抖得厉害，好像被戳穿的风琴。

"我也是监察员，我知道从瞄准镜里看着融合者和开普勒生物战斗的感觉。他们强大，有力量有速度，甚至还拥有控制其他开普勒生物的能力，他们只要不越界，就永远是人类的英雄。而我们，只是远远地看着。"

说着，谈墨瞥了一眼山崖底下，不耐烦地说："洛轻云——你怎么那么慢！"

白烃笑得歇斯底里："说得好像你不想？不然你怎么可能打赢我？这破石头起码有几吨重，哪个正常人类能一拳把它震下来？你和我是一样的！"

"我们是不同的。"谈墨一把拽住了爬上来的洛轻云，两人都累坏了，躺在地上直喘气，"你所谓的力量其实只是'畸化'，是对自己的提前消耗。一根火柴的燃烧确实非常耀眼，可是熄灭也是瞬间的事。"

"你在说什么屁话？你自己也是被洛轻云感染的！你们做的只不过是我和连铮早就做过的事！有什么资格在这里向我说教？！"

仰躺着的洛轻云咳嗽一声，笑了起来："畸化……这个词很准确。像癌症一样，越界，就是生命体走向灭亡的过程。你是他的监察员，却怂恿着他自取灭亡了。"

白烃的瞳孔剧烈颤抖，其实他内心深处一直有一种难以磨灭的感觉，只能暂时忽略，而现在却被不留情面地揭露了。

他好像知道他们说的是什么意思。

洛轻云从口袋里摸了半天，摸出一根烟，又摸出一个打火机。他连摁打火机都费力气，好半天才给谈墨点上。谈墨疼得要命，不得不歪斜着靠在他肩膀上："你这什么烟，抽起来这么臭……"

洛轻云笑笑："不好意思啊，不是烟，是我身上臭。"

"哦。"谈墨这才想起洛轻云去蝻吻肚子里转了一圈，没被拉出来就很幸运了。

这一阵白烃变得很安静，似乎在思索什么，突然不甘心地追问道："那你们呢？谈墨……就算洛轻云没有感染你，你拥有的能量难道不是由于刚才克莱因之瓶的同化吗？如果追求力量就是走向畸化的道路，你不也应该是畸化的产物吗？！"

洛轻云举起手，决定对这个昔日的敌人全盘托出："白烃，谈墨的开普勒能量是我借给他的。而我的能量，来自开普勒能量源，也是真正的能量源。

"而你和你的队长连铮使用的能量，来自畸化后的能量源，打个比方……就像一颗星球坍塌之后变成黑洞，吸收着周围的一切。畸化源的吸引力对于融合者来说趋于无限，但它确实是灭亡，而非进化。"

白烃趴在那里一动不动，他的双眼迷茫地看着洛轻云，口中喃喃低语："不是真的……这不是真的……"

头顶上传来飞行器引擎的声音，是吴雨声终于找到了他们的坐标。

谈墨难看地笑了一下："怎么来得这么晚……"

吴雨声从滑索上降下来，看到眼前的场景顾不得惊讶，先一把将谈墨扛了起来，又用枪指着白烃，问洛轻云道："他是谁？"

"一位故人。"洛轻云回答。

谈墨彻底放松下来，疲倦涌上四肢百骸，脑子越来越沉，彻底失去了意识。

洛轻云接过吴雨声递过来的营养剂，给自己扎了一针，然后摇晃着站起来，走到白烃的面前。

"如果你是个坚定不移的监察员，那么连铮每一次濒临越界的时候，都会想到还有你在守望。"洛轻云伸手，正好夹住从谈墨的嘴里掉下来的烟，已经只剩下三分之一了，他眯着眼睛将它放进嘴里吸了两口。

白烃用漠然的目光看着天空。

"他说，他用药剂弹击中了融合者，是真的吗？"

"是真的。他选择了一个自己想保护的人，用了五年的时间观察他、了解他，然后在最关键的时刻，挽救了他。"

"我不相信。我在连铮的身边，不止五年。"

洛轻云将手腕上的通信器摘下来，放在白烃的脸颊边，轻轻点了一下。

虽然通信器有损毁，画面噪点非常多，白烃还是见识到了那神乎其技的两枪。

他的眼睛睁得很大。那两枪击中的不只是高炙，还有让白烃憎恨灰塔、苟延残喘至今的所有理由。

他忽然觉得自己像个笑话，一个自以为悲壮的笑话。

"你是在用他来嘲笑我吗？"白烃问。

洛轻云摇了摇头："我只是想告诉你，不是只有一条路可走而已。就比如现在，你有两个选择——我对你打一发药剂弹，你失去开普勒能力，跟我们回中心城。"

白烃露出疲惫而自嘲的笑容，他绝对不会让自己受制于灰塔。

"我选择去死。"

洛轻云点了点头，他的子弹早已上膛。

"保护好你的监察员，他如果走向你口中的'畸化'，那么一切就结束了。"白烃闭着眼睛说。

洛轻云眯着眼睛，琢磨起这句话来。

"告诉我，当年你跟连铮做出那样的选择，是不是被什么人蛊惑了？"

白烃的眼皮抖了一下："如果我说是，你会相信吗？"

第十五章 开普勒的三层世界

"是不是一个和谈墨很像的人？"洛轻云又问。

"你怎么知道？"白烃不可思议地睁开眼，语速一下子变得飞快，"连铮执行了好几个极度危险的任务，他说他在濒临越界的时候，见到了一个少年！那个少年引导他得到力量，逆转局面，完成了任务！也是那个少年告诉他说……只要连铮感染了我，我们俩就能联手离开灰塔，获得绝对的自由！"

洛轻云的表情沉了下来："你确定？"

"我不会用连铮来撒谎。"白烃回答。

洛轻云了然地"嗯"了一声，说："作为回报，我也告诉你一件事吧，凌喻说过，在真正的开普勒世界，'物质泯灭，精神永存'，这句话是真的。"

白烃眼睫颤动，原本哀恸疯狂的脸上第一次露出一抹喜悦的笑容。

洛轻云将手里上膛的枪放到白烃的手边，示意白烃拿好它。

"我猜，应该也是那个少年指使你利用谈墨来钓出我的吧。现在你失败了，腿还受了重伤，万一在开普勒边沿，那个少年来找你……"

"洛轻云，你知道的，我不会感谢你。"

白烃出神地看着天空，像是陷入了久远的追思当中。

"砰——"

整个生态区为之一滞，紧接着所有的生物就跟脱缰了一般，四下奔散而去。

吴雨声想回头看，洛轻云阻止了他："给他留点尊严。他曾是很优秀的监察员。"

"你猜到如果留枪给他，他会这么做对吧？"吴雨声说。

洛轻云没有答话，抓住滑索之前，他低头轻轻说了句："但愿你……还能在那个世界见到他。"

回到飞行器内，洛轻云将谈墨放进医疗舱，随即自己也靠着医疗舱坐下，腹部的伤口还在渗血。

吴雨声设置好自动飞行模式，将洛轻云扶起来："其实你比谈墨更需要医疗舱。"

"医疗舱里的麻醉气体能让他进入深度休眠，这样……他就不会觉得腿疼了。"洛轻云拍了拍吴雨声的肩膀，"你去把手术机推过来，我需要缝合。"

"你是在哪里找到他的？按道理……他是不可能活下来的。"

吴雨声对于谈墨还活着这件事非常庆幸，但他们需要对灰塔统一解释的口径。

激光手术刀正在切除洛轻云伤处坏死的部分，疼痛让他的语速变得急促："你见到白烃了不是吗？你就记住，是白烃为了报复我，劫持了谈墨。但最后我和谈墨联手干掉了他。"

吴雨声呼出一口气。他知道洛轻云隐瞒了一部分信息，但这一定是为了保护谈墨。只要谈墨能平安无事，洛轻云要他怎么认为，他就怎么认为。

手术结束，洛轻云的伤口终于被处理好了，他太过疲倦，在疼痛下昏睡过去。

他们的飞行器目前耗能过多，只能重新返回深宙集团的临时基地。

吴雨声担心的是，返回容易，离开就难了。

正当此时，通信器里传来李哲枫的声音："吴雨声，我们二队和三队刚刚抵达深宙集团的临时基地，发动突袭，取得了基地的控制权。请报告你们的情况。"

听到这个消息，吴雨声差点喜极而泣。这意味着这个基地现在是安全的！他们

183

可以放心地在这里休整和疗伤。

"我正带着洛队和谈副队返航！"

那边是长达两三秒的沉默，接着李哲枫带着几分嘶哑的嗓音再次响起。

"收到，还有……谢谢。"

昏迷中的谈墨连带着医疗舱一并被送进隔离室，洛轻云、李哲枫和周叙白他们一起在门外等待着检测结果。

"洛队要是撑不住的话，要不先去治疗吧。"李哲枫看到了洛轻云腹部的伤口。

"不用。"洛轻云想第一时间得到结果，证明自己的猜测。

周叙白抵着下巴，压低了声音问："你们在白烃的生态区里，到底发生了什么？"

洛轻云犹豫了一下，似乎是在判断他们二人的可信度，最终缓缓开口："我是在克莱因之瓶里找到他的。"

声音很轻，也很平稳，却让李哲枫和周叙白都僵住了。

"其实……这也没什么不好。如果他成为融合者的话，至少我们不用再担心他会挂掉了。"周叙白自我安慰道。

洛轻云看了眼周叙白，问道："但是，你们把医疗舱推下来的时候，有在他的身上感应到开普勒能量吗？"

周叙白微微一愣，向前倾侧过脸和李哲枫对视，两人都摇了摇头。

"这正是我的疑虑所在。"洛轻云说。

隔离间的门终于被打开了，一位深宙集团的医疗主管走出来，看着面前的三人，他有点不安，好像担心谁突然把他的脑袋拧下来。

"请问……谁是病患的队长？"

洛轻云站起来："我。检测结果是什么？"

"他……他目前最大的问题是爱德拉之花的神经毒素发作，加上他本人体力消耗，疼痛级别会成倍递增，我们这边的医疗团队给他使用了最新型的镇痛剂……"

"我问的是检测结果，他的开普勒值是多少？"洛轻云难得有点失去耐心。

"零。"对方回答。

"什么？"周叙白皱起眉头。

医疗主管回答："这位病患的开普勒值是零。他的体内没有神经毒素外任何开普勒能量表现，也没有细胞被侵蚀的现象。"

李哲枫站了起来："那么脑部扫描呢？"

"脑部神经也没有发现异常。"

医疗主管摸了一把额角的冷汗。这几位的气场太强，他有点承受不住了。

从他们接到谈墨掉进生态区的消息，到和前往营救的洛轻云失联，这其中的时间足够克莱因之瓶完成对谈墨的侵蚀了。要说洛轻云的营救及时，谈墨的开普勒值比较低，这还能解释。但"零"？

周叙白还要说点什么，被洛轻云抬起胳膊拦住了。

洛轻云拍了拍医疗主管的肩膀，露出安抚式的笑容："我相信深宙集团的医疗水平是顶尖的。谢谢你了，他什么时候会醒？"

看着洛轻云的笑容，医疗主管立刻放松下来："他太过疲倦了，预计需要十二到十八个小时的休息才能醒过来。"

第十五章 开普勒的三层世界

"辛苦您了。"

等到医疗主管走远了,洛轻云悄声对李哲枫和周叙白说:"我希望你们都能对克莱因之瓶的事情保持沉默。我了解中心城的行事作风,为了人类的生存他们不惜一切代价。如果被他们发现谈墨……"

另外两人点了点头,他们都理解洛轻云的担忧。

"我想,我们心中的疑问,何映之应该能回答我们。他是唯一一个真正清楚谈墨身世的人。"李哲枫说。

"还有一个问题,一个小时之后,陆颖就会带中心城的人来接管这个基地。洛轻云,你要想好如何向陆颖报告。"周叙白提醒道。

洛轻云垂下眼,紧锁的眉头松开:"如果是她的话,那就还有回转的余地。"

不知道过了多久,谈墨听到心跳检测仪的声音,还闻到消毒药水的味道。

他确定自己回到了人类的世界。既然还活着,他就想懒洋洋地接着睡下去。

"他怎么还没醒,该不会是伤到了脑子吧?"李哲枫的声音响起。

"还是那个什么医疗团队给他计算的镇痛剂的剂量不对?要不然我让神经触丝进入他的身体来检查一下?"周叙白开口道。

谈墨在心里一万个"我拒绝",他已经体会过克莱因之瓶的感觉,一点都不想体会周叙白的神经触丝了!

"要不我用手试一下。"

谈墨的被子被轻轻抬起,洛轻云的指尖在被子里碰了一下谈墨的手背。

谈墨就像被电到了一样,全身绷了起来。

洛轻云轻轻的笑声传来,带起空气很轻微的振动,不知道为什么,谈墨的心脏也跟着颤动起来。

手指还是洛轻云指腹的触感,没有使用开普勒能力,只是单纯碰了他一下而已。

谈墨喉咙动了一下,缓缓睁开了眼睛,果然看到自己的床边坐着三尊大佛。

李哲枫已经很久没有休息了,眼睑下都是青黑色,看得让人心疼。周叙白的脸颊上带着一道伤疤,估计是为了加速完成任务赶过来,在任务里挂了彩。

还有洛轻云,谈墨记得他的开普勒能量都耗尽了,腹部还被螭吻捅了个对穿。

"你的心肝脾肺肾都还在吗?"谈墨侧过脸来,看着洛轻云问。

一说话他发现自己的喉咙沙哑,倒是嘴唇一点都没有干裂,应该是他睡着的时候一直有人用温水给他润唇。

洛轻云好笑地回答:"你醒了还要装睡,现在关心是不是有点假?"

他穿着宽松的迷彩服,上衣没有扎进腰里,整个人透着松垮悠闲的感觉,要不是他的脸色比平时更白,嘴唇也没有血色,谈墨都想象不到这人身受重伤。

谈墨回答说:"我闻到你的味道了,我知道你在守着我。"

洛轻云无奈地笑了一下,正要把手从被子里收回来,却没想到谈墨的手反过来扣住了他。

也不知道为什么,谈墨生怕他就这么走了。

谈墨见过洛轻云的背影,见过他从螭吻体内逃脱的惨烈,也见过他为了救自己,拖着连呼吸都困难的身体狂奔而来。

明明是只有几个小时的记忆,却像是过完了一生,而在这一生里他有无数次失去洛轻云的可能。

要抓紧他,一定要抓紧他。不然,他会消失的。

洛轻云微微愣了一下,一动不动,任由谈墨握着他。

一旁的李哲枫长长地呼出一口气来,语气里有隐约的欣慰:"好了好了,都是死里逃生,要不要开罐可乐庆祝啊?"

周叙白哼了一下:"他哪儿能喝可乐啊?"

"我们喝,他看着呀。"李哲枫回答。

气氛终于变得轻松了起来。

"白烃……怎么样了?"谈墨问。

"他死了。"洛轻云回答。

谈墨点了点头,心想对于白烃来说,死亡也许才是解脱。

"说不定就像我见到我老爸一样,白烃也能见到连铮呢?"

周叙白露出疑惑的表情:"你到底在说什么?墨哥……你说你见到了你老爸?你老爸是谁?在哪里?他人呢?"

"我老爸现在是死鬼了。"谈墨闭上眼睛叹了口气。

一个世界第一帅,也是世界第一孤独的死鬼。

谈墨环视身周,在这间病房里的都是他最信任的人,他可以把真相托付给他们。

李哲枫见状,很有默契地说了句:"等一等,我们先测试一下病房里有没有监听设备,然后把通信器拿出去。"

周叙白和洛轻云都把通信器交给他。谈墨深吸一口气,开始将一切从头说起。

"我的父亲就是之前和你们说过的谢阑冰,他是开普勒探索联盟时期的特勤队队长,曾经负责过开普勒样本的回收工作。他人生的最后阶段驻守在零号基地,那是我出生的地方,也是他阵亡的地方。"

"那你的母亲呢?"李哲枫问。

"我的母亲……"谈墨的眼睛湿润起来,"其实你们都见过她,每一个灰塔培训班的墙上都有她的照片,每一部开普勒生物学的教材都会提到她的名字……"

"不是吧……"周叙白的脑海中出现了一个人,但哪怕给他一万年他都想不到这个人和谈墨有关。

"以前上开普勒生态学的时候,我就想说了——你跟凌喻长得很像,特别是眼睛。"李哲枫开口道。

谈墨点了点头,努力抬着头,想让氛围不那么凝重:"现在想想我的《开普勒生态学》成绩单真的很对不起我妈。"

"你知道就好。"李哲枫扯过餐巾纸,不怎么温柔地在谈墨的眼睛上摁了摁。

谈墨给他们讲了自己在谢阑冰的本我世界里看到的事,从开普勒样本回收到他出生的全部经过,还有开普勒能量畸化和进化的区别。

"我的父母是被真正的开普勒能量源选中的融合者,也就是说,我是融合者和融合者的孩子。"

李哲枫的表情变得更加严肃:"灰塔一直禁止融合者之间的结合,因为会有四分之一的概率诞生完全越界的孩子……"

第十五章 开普勒的三层世界

"我接下来要说的，估计能让你们惊讶到嘴巴里放下电灯泡。"

洛轻云将床头桌上的温水递给谈墨，谈墨抿了一小口，随即压低声音。

"我的母亲腹中怀的是双生子，我是有一个孪生哥哥的。"

谈墨话音刚落下，立刻响起了两声"我×"。

周叙白和李哲枫难得异口同声地爆出一声脏话。

"我的孪生哥哥越界了，而且他拥有很强的开普勒能量，与畸化源之间产生了很强烈的联系。他控制大量开普勒生物袭击了零号基地，我的父亲为了不让我哥哥从他那里夺去开普勒能量，自杀了。"

谈墨的眼前浮现出谢阑冰抱着他，第一次也是最后一次亲吻他额头的画面。

"然后何映之带着你离开了零号基地？"李哲枫问。

"接下来的事，我是真的不记得，我老爸也没法得知，他的本我世界只持续到他生命的最后一刻。剩下的只能问何叔叔了。"

一时之间，病房里都沉默了。

谈墨又问："你们还有什么问题想问我吗？虽然我不一定回答得上来。"

李哲枫一直在沉思，反倒是周叙白先开口："我记得，在灰塔的一些研究报告里也说过类似开普勒精神世界的理论，这些报告都坚持一个观点，就是开普勒生物是拥有精神体的。这个精神体存在于更高维的世界，我们无法直接与那个高维世界产生联系。可照你这么说，那个世界其实是可以到达的？要怎样才能去呢？"

谈墨看了看洛轻云，他总觉得这个问题应该由洛轻云来回答。

洛轻云低下头来笑了笑，接过话茬："根据我的探索，开普勒世界分为三层。第一层是本我世界，也就是所谓的记忆，是客观发生的事情，属于过去。谢阑冰带谈墨去就是本我世界。这个世界里发生的一切，只能旁观，不可逆转。

"第二层，是客我世界。在这个世界里，我可以和相应的要素互动，对过去做出改变，而我邀请进来的人也可以。这个世界的作用是用来计算'可能性'的，让我看到做出不同选择之后会导致的不同结果。就像是……"洛轻云思考着该怎样让没有去过"客我"世界的人了解它的真髓。

谈墨看着洛轻云那么认真的样子，忍不住笑了："就像'蝴蝶效应'。"

洛轻云愣了一下，认可道："没错，微小的细节可能引起不同的结果。"

"那么第三层呢？"周叙白追问。

"通过开普勒世界的边沿，再深入就是开普勒能量源。我们这些融合者哪怕身体死亡，只要我们的精神没有越界，没有去到畸化源那端，就能回到开普勒的能量源里。这就是开普勒能量源的流转形式。听起来很空泛，好像在说人死了会魂归天堂一样，其实非要这么理解也不是不可以。"洛轻云摊了摊手。

李哲枫点了点头："我虽然还无法切身体会，但我理解了你的意思。假设在另一个人类无法触及的高维空间里，有一个海洋一样的能量源，而我们所有融合者，包括其他开普勒生物的精神体都是其中一滴水，我们的身体则是容器，将这一滴水包裹起来。我们无法直接接触海洋，但又身处海洋之中，能与之交换能量。"

谈墨眼睛一亮，打了个响指："李哲枫你不愧是学霸啊！小白，你听懂了吗？"

周叙白用怜悯的目光看了他一眼："墨哥，这里要担心听不懂的只有你一个人。"

谈墨哽了一下，他忽然悲哀地发现，现场真的只有他一个人是学渣，并且他还

187

是最没有脸当学渣的那个。

周叙白充满疑惑地问:"可是洛队,你又是怎么知道这些的呢?我和李哲枫也是高级融合者,但从来没有产生过精神体,也无法接触开普勒世界。"

洛轻云神色平静地回答:"第一层本我世界,在我很小的时候就已经发现了。我曾经让养大我的梁教授来看过这个世界。至于第二层,是在梁教授去世之后我自己发现的。一开始我并不确定是怎么回事,直到有一些研究员被我带进那个世界里,他们做出了一些改变,得到了和现实不一样的结果。他们认为这都是我故意给他们制造的幻觉,也因此有很长一段时间我因为不懂得控制客我世界而遭到隔离。我被梁队收养之后,她时不时主动让我带她去那个世界里,次数多了,我渐渐开始掌握控制的方法。"

这还是谈墨第一次听洛轻云在其他人面前开诚布公地说起他过去的事情。

谈墨有些心疼,但更多的是为洛轻云感到欣慰。他终于开始一点一点地接受其他人,和其他人产生联系了。

"那么第三层开普勒世界呢?"李哲枫问,"既然是需要作为躯壳的身体毁灭了才能回到那个世界,是不是代表洛队你……"

"我曾经被编入先遣队,进入过零号基地的外沿。那里高危生物的密度太大了,而我们的信息有误,导致全军覆没,我濒死之际,差一点就越界了,甚至已经见到了那个畸化源。"

洛轻云的语气云淡风轻,谈墨却下意识握紧了手指。

"但我就在那时遇到了本已阵亡的梁队。她阻止我继续上前,将我引回了现实世界。那就是梁队在躯体灭亡之后回归开普勒能量源的精神体。"

洛轻云的陈述到这里结束,带来的震撼依然在每个人心中波荡。

李哲枫紧紧蹙着眉,想到了眼下最严峻的问题:"那么谈墨该怎么办呢?他那个六亲不认的孪生哥哥把谢阑冰都逼死了,还会放过谈墨吗?"

周叙白点点头:"他对谈墨有什么图谋,我们都还没有搞清楚。"

洛轻云想了想,问:"李队,有没有办法安排我和姜怀潆见一面?"

李哲枫抬起眼睛:"怎么,你真的打算把他脑袋打爆?"

"他那个脑瘤,就算我不出手也迟早会爆。我只想弄清楚在这件事上,深宙集团还知道些什么,他们到底向灰塔隐瞒了多少东西。"

李哲枫比了个"OK"的手势,站起身来,就和周叙白一起离开了。

病房里只剩下谈墨和洛轻云。

这要是从前,谈墨一定会觉得哪儿都不舒坦,哪儿都很尴尬。

但是此时此刻,谈墨却有一种恍如隔世的感觉。

好像走过好几个世纪,终于又和洛轻云相逢了。

"队长。"他也不知道该说什么,就是这么叫了一声。

洛轻云用手捂住谈墨的眼睛,轻轻笑起来。

第十六章
奇迹

李哲枫说到做到，很快安排上了洛轻云和姜怀漾的会面。

这个年轻人被关押在临时基地的一间小房间里，满脸冷郁，之前在银湾市灰塔的会议室里那副涉世未深的样子荡然无存。他面前摊着一本古董级别的纸质书，三十多年前已经停止发行。姜怀漾在几个小时的沉默之后，突然暴起，把那本书撕了个稀巴烂。

"你们不能把我关在这里！我是深宙集团的董事长！我会收回所有技术专利！我不会再卖给灰塔任何一台飞行器！"

李哲枫靠着门，玩着通信器里的单机游戏，听见洛轻云的脚步声，他连眼皮子都没抬一下："别把人给我弄死了。"

"我知道，不然陆颖来了你也不好交代。"

"嗯。"李哲枫点点头，把门让了出来。

洛轻云进门那一刻，姜怀漾就差没用脑袋去撞桌角了。

他的表情歇斯底里，头发也乱了，和洛轻云对视的时候，眼睛是赤红色的。

洛轻云抬手，轻松拖过桌子，桌脚与地面摩擦，发出让人崩溃的声音。姜怀漾烦躁地捂住耳朵。洛轻云单手一撑，跨坐在桌子上。

"是你……是你……洛轻云……"姜怀漾向后退了两步。

"怎么，我来了你那么害怕？"洛轻云笑了一下，"不过也是，我们有些事情需要清算一下。"

姜怀漾万分警戒地看着洛轻云："你……你想干什么？"

"不干什么，就是问你几个问题而已。你好好回答了，以后你就还是深宙集团的董事长。"

姜怀漾还在后退，他能感觉到洛轻云非同寻常的气场，那种无法抵抗的压迫感。

"第一个问题，你们劫持何映之，真的只是因为他是唯一一个了解凌喻所有研究的学者吗？"

洛轻云的视线扫过，姜怀漾摇晃了一下："不然呢？"

洛轻云摇了摇头："你说谎了。我也是去过零号基地的人，虽然只是在外沿，但我见识到的可比你这个小朋友要多得多。"

"跟所谓'正确的路'有关系，对吧？"

洛轻云话音刚落，姜怀漾整个人都僵在那里。

"之前，灰塔中心城会突然组建先遣队进入零号基地，就是觉得他们找到了'正确的路'。但事实上，他们的判断出了错。"洛轻云摊了摊手，"你们为什么认定何映之就知道什么是正确的路？他当时逃出来都是误打误撞，开普勒生态也早就把基地里外都变了个样子，他根本不可能记得。"

"他不需要'记得'。"姜怀漾冷笑了一下，"中心城没有我们深宙集团的魄力，才会迟迟不愿意利用何映之。剩下的，我不会再告诉你了。"

洛轻云从桌子上跳下来，落地无声，一种非人的异象让姜怀漾心中的恐慌升级。

他来到姜怀漾面前，伸出手。姜怀漾瞳孔颤抖，直觉告诉他，那只手很恐怖，它会连根带出自己所有秘密和内心深处最大的恐惧。

"别碰我——"姜怀漾想逃，无奈洛轻云的手已经摁了下来。

那一刹，姜怀漾的脑袋疼得像快爆开，他的灵魂四分五裂，尽数离开了躯体。他眼前恍惚有无数开普勒生物汹涌而来，咆哮声震耳欲聋，他无所藏匿，甚至连闭上眼睛都无法做到。

"救命——救命啊——杀了我！洛轻云你杀了我吧！"

姜怀漾痛苦地低下头，他看见自己腐烂的身体，他从人类世界的顶端瞬间跌入开普勒世界的最底端，一片泥泞，如同蝼蚁般不值一提。

他就这样被万千开普勒生物所噬咬着、折磨着，连选择死的权利都没有。

"洛轻云……让我离开……求你让我离开……"姜怀漾泪流满面。

姜怀漾一生都是娇生惯养，只有这一刻他体会到了什么是卑贱，什么是弱小，什么是求生不得，求死不能。

"洛轻云……我什么都告诉你！我真的什么都说！求你别把我留在这里……"

洛轻云这才挪开了自己的手，顺带从桌上抽了张餐巾纸，用力地擦了擦手。

姜怀漾的双腿颤抖得厉害，他跌坐在地，心脏剧烈地跳动，仿佛还没有完全离开那个地狱。他睁开眼睛从泪光里看到天花板上的亮光时，还觉得这一切像是梦。

他双手撑着地，鼻涕眼泪到处都是，汗水从他的发梢上滴落下来，全身骨骼都被揉碎了一般发出扭曲的声响，喉咙甚至无法顺畅地吞咽。

"你的样子像一条死狗。"洛轻云开口道。

他的声音和之前在银湾市灰塔的会议室里听到的完全不同。

姜怀漾还记得他对那个副队长说话的语气，纵容的、温柔的。

而不是像此刻，冰冷到感受不出任何属于人类的情绪。

"再不回答我的问题，我就送你回去了。"洛轻云侧了侧脸，杀意汹涌。

"不，不！我说！所谓正确的路，就是从凌喻的开普勒领域进入零号基地！而现在只有何映之才有可能打开她的开普勒领域了！！"

"凌喻不是已经死了吗？她的精神体回归了开普勒能量源，哪里还有什么领域？"

"她如果已经死了，那么贺泷和何映之是怎么逃出来的？"

姜怀漾的反问让洛轻云顿了一下。是的，他们都忽略了一个问题。谢阑冰自杀，只是阻止了谈墨的孪生哥哥夺取他的开普勒能量，并没有达到遏制他的目的。

"你是说，凌喻留在零号基地里，用某种方式控制住了她那个越界的儿子？"

姜怀漾点了点头。

"我们猜想，那个基地现在有一部分是属于她的开普勒领域。为了控制那个越界的孩子，达到能量的平衡，她留在里面，直到今日还在与那个孩子抗衡！如果想成功进入零号基地，那么就必须寻求凌喻的庇护，但无论是之前梁幼洁的那支队伍，还是你参与的先遣队，你们都没有找到凌喻的领域。又或者说，凌喻没有感知到你们的存在，所以没能帮助你们！"

洛轻云整个人都醒悟了。这个真相几乎冲击了他过去的十年人生。

第十六章 奇迹

"梁队去的那一次,她通过卫星扫描来判断危险等级,她选的是开普勒生态密度最小、开普勒能量值最低的一条路。但是她触动的不是凌喻,而是……"

"而是那个越界的魔鬼……"姜怀漾颤着牙关说。

"我那一次,中心城利用无人机携带着何映之的血样,找出了一条路……可是等我们进去,还是全军覆没了——那是魔鬼的陷阱。他控制一些开普勒生物攻击无人机,再控制另一些开普勒生物来假装保护无人机,于是让中心城以为他们终于找到了凌喻留给何映之的那条路!"

姜怀漾抱着胳膊笑了起来:"是啊……凌喻还是没有给我们任何讯息……无论她还活着没有,她的力量都一定还留在那里!我需要她的力量……我需要……"

这才是姜怀漾的最终目的。

他需要凌喻的力量,也就是真正的开普勒能量,来治愈他颅内的肿瘤。

"所以你劫走何映之,是想直接带着他进入零号基地,用他本人来唤醒凌喻保护你?"洛轻云露出一抹嘲弄的笑意。

"只能这样了!他是那把唯一的钥匙!在这个世界上和凌喻关系最紧密的人只剩下他了!他是凌喻最关心的研究员,他了解她研究的一切!如果连他都无法触发凌喻的力量,那人类根本就无法夺回零号基地!"姜怀漾绝望地嘶吼。

他等不起了,他真的等不起了。

洛轻云很轻地嗤笑了一声。这世上和凌喻关系最紧密的人,能让凌喻不惜一切代价去保护的人,根本不是何映之。

"那你就没有想过,你带着何映之贸然进入零号基地,凌喻依旧没有任何回应,你们就会直接在那里丧命?你知道何映之的死亡会给人类在开普勒生物学领域的探索研究带来怎样的重创吗?"

姜怀漾流着泪,仰起脸来问:"那跟我又有什么关系呢?"

洛轻云侧着头垂下眼,很认真地想了一下:"也对,那确实跟你没什么关系。"

他大概是和谈墨待久了,变得开始学会从人类的角度去考虑结果了。

洛轻云转身走出房间,门关上的时候,李哲枫抬起眼来看了看。

"我还以为你真的会弄死他呢。"李哲枫凉凉地说。

洛轻云淡淡地问:"他说的话,你听见了?"

"当然。"李哲枫的脸上没有任何表情。

"怎么想的?"洛轻云问。

"谁要是敢拿他去开路,我会把那个人的骨头一寸一寸都捏碎。"

李哲枫声音平静,洛轻云知道这句话里的"他"并不是指何映之。

"既然如此,今天的这些话,除了周队,其他人不需要知道了。"洛轻云露出他一贯的笑容,"这里的食堂怎么样?"

"充满铜臭味。"

"听上去还挺值得期待的。"洛轻云挥手跟他告别,"我去看看有没有糖醋排骨。"

洛轻云端着餐盘回了病房,谈墨正在通信器上打着无聊的单机游戏。这一点上他和李哲枫确实有着发小的默契。见洛轻云带了饭来,他小狗似的伸长脖子,却发现餐盘里的菜非常清淡,基本上蔬菜就是绿色的,肉就是白色的,顿时失去了兴趣。

"我以为你知道我喜欢吃什么的！"

"我也以为你知道自己现在是个病号。"洛轻云正好探手一摸谈墨凑上来的额头，"你有点低烧啊，谈副队。"

谈墨只好夹了一块猪肉片塞进嘴里，意外发现这菜虽然颜色寡淡，口感却很鲜嫩，顿时食欲大开。

"你去教训姜怀漆了，对吧？"谈墨一边吃一边问。

"你又知道了。"洛轻云就这么看着他鼓起来的腮帮。

"你别把他的脑瘤给吓爆了。"谈墨又说。

"你怎么知道我吓唬他了？"

"我是因为他才掉进生态区的，对不？"

"对。"

"你可怕我死了，对不？"

"对。"

"那还能不给我出气报仇？可姜怀漆是个普通人类啊，还脑子有病，你又不能揍他，那就只能吓唬他了。你……送他去零号基地体验了一把？"

"你可真了解我。"洛轻云点了点头。

"拉倒吧，你就那点把戏。"谈墨叹了口气，把吃完的餐盘又递给洛轻云，"说吧，他招了些什么？"

"凌喻可能没有死。你可能是唯一一个可以进入零号基地的人。"

洛轻云轻飘飘的两句话就像重磅炸弹，把谈墨轰了个彻底。

良久，谈墨才开口说："怪不得……我每次在开普勒世界里只见得到我爸。要是我妈也回归了开普勒之源，干吗不来见我呢？"

洛轻云将自己从姜怀漆那里得知的信息都告诉谈墨。

谈墨整个人蜷坐在床上，皱着眉头思考了许久，这些消息改变了他对开普勒世界、对零号基地，乃至对父母还有那个越界的哥哥的全部认知。

"何叔叔说过，我是许多人不惜牺牲性命也要保护下来的孩子。仅仅是因为我是凌喻的孩子吗？"

"你可以亲自去问问他。"洛轻云看了一眼通信器上的时间，"根据镇静剂的药效时长，何映之应该快醒了。"

他们来到何映之的特护病房，贺泷就守在病床边。

很明显何映之刚醒，眼睛还有些失神地看着天花板，贺泷正要给他喂水。

何映之看到谈墨的第一眼，颓然的双眼里就霎地有了亮光，他挣扎着坐起来，难以置信地伸长了手臂，想去触碰谈墨。

谈墨赶紧过去，在他身边坐下："何叔叔，我平安无事！你怎么样了？"

何映之用手掌贴在谈墨的脸上，随即一把将他抱住了。

"你还活着，你真的还活着……太好了……我以为我又把你给弄丢了……"

不过数十个小时，何映之就像忽然之间苍老了十岁，鬓角都多了好几缕白发。

"何叔叔，我好好的，我掉进克莱因之瓶，是洛轻云救了我。"谈墨握着他的手，安抚他的情绪，"中心城的人马上就要来了！我需要你趁现在，把你知道的有关零号基地的事情统统告诉我。"

第十六章 奇迹

何映之立刻理解了现下的局面，他抹掉眼角的泪，抬头看了一眼洛轻云。

"何叔叔，我在开普勒世界边沿又见到了我的父亲谢阑冰，他告诉我——洛轻云是我的桥。"

何映之露出了一丝惊讶的表情："所以……凌喻关于'开普勒能量桥'的猜想，也是对的。"

这又是谈墨未曾听闻过的理论。

"我现在千头万绪，一时之间还真的不知道从何说起了。但能量桥的事情可能比其他的一切都更重要，这关系到你要如何获取和使用开普勒能量，这种能力会在你进入零号基地的时候起到关键性的作用。"何映之表情严肃起来。

守在一旁的贺泷起身："我去外面帮你们看着。"

何映之反手将他扣住："不，你跟着听吧。我欠你一个解释。当年谢阑冰的小队几乎全军覆没，只有你能替牺牲的队员们了解他们拼尽所有守护的到底是什么了。"

贺泷的目光沉下去，轻声说："我替他们谢谢你。"

整个病房里的人都认真地倾听着何映之的说明。

"我们可以拿有名的'虫洞'来打比方，你们可以把开普勒能量桥理解为连接开普勒能量源和地球生物的虫洞。虫洞是多维空间隧道，能连接不同的时空，无处不在，转瞬即逝；而开普勒能量桥能做到的就是开普勒能量在两个不同的维度之间发生转移，它能打破物质躯壳的壁垒，直接与精神体联系。"

在场的人都不约而同地看向洛轻云。

"那么，桥的形成需要什么条件？"洛轻云问。

"首先，这座桥必须是融合者，融合者本身就介于开普勒生物和人类生物之间，兼具两种生物特性。

"第二，这个融合者必须形成了可以自我掌控的精神体，只有拥有精神体，才能与真正的开普勒能量源相联系。其实绝大部分的融合者都是有精神体的，特别像贺泷你这样的高级融合者，只是你们无法像洛轻云那样感受到它。"

贺泷不是很明白："这是为什么呢？"

"因为，洛轻云是目前为止唯一一个从胚胎时期就被开普勒能量同化的融合者。他整个成长历程都伴随着开普勒能量，他身上的每一个细胞、每一个神经元都充斥着开普勒能量，精神体比任何一个融合者都完整，是近乎完美的开普勒生物。"何映之缓了一口气，郑重地看向洛轻云，"洛队，地球上被开普勒能量同化的各种生物的胚胎非常多，可只有你是活下来，并且没有越界的那个。你是……我们的奇迹。"

洛轻云原本是靠着墙抱着胳膊的姿势，这一刻他的双臂缓慢地垂了下来，他想起谈墨对他说过的话。

——在洛明筠落入克莱因之瓶的那一刻，最强烈的愿望不是关于她自己的，而是希望肚子里的孩子能活下来。

开普勒能量源感应到了他母亲最纯洁最强烈的意念，精心进行着对他的同化。

他不是奇迹，他只是被母亲保护着而已。

"第三个条件，洛队你也做到了，在用精神体直接与开普勒能量源连接的时候，你没有因为能量过载而崩溃。你可以无限地接近越界，没有数字可以规定你的上限，直到你真正被畸化源吸引，走到错误的方向。"何映之说。

"我想更正一下。"谈墨抬起手。以他的菜鸟水平，竟然听出来何映之讲错了，当然迫不及待地要表达。

"请讲。"何映之露出非常感兴趣的表情。

他早就看过谈墨进入灰塔时的成绩单，这孩子小的时候非常聪明，尤其数学成绩格外优异。但中学开始就一落千丈，像是懒得学了一样。

"我觉得'越界'这个说法已经不合适了，现在看来，我们以前的所谓越界就是去到开普勒世界之后，没有连接到真正的能量源，而是被畸化源所迷惑、吞噬。这其中有一个辨识和选择的过程。洛轻云早就接触过真正的开普勒能量源了，而我也去过开普勒世界边沿，但我们都不是传统意义上的'越界'。"

何映之脸上咧开笑容："没错！当年你妈妈就说过，如果把最初感染地球生物的那一部分开普勒样本比作细胞的话，所有细胞的原始状态都是健康的、积极的，只是它们在渗透地球生物的过程中，为了加快发展和进化，复制速度不断攀升，直到走向自我毁灭的方向。以宿主的营养来加速生长，本身就是加速毁灭的过程。"

洛轻云随即又问："那么，作为开普勒能量桥，我可以引导开普勒能量，这种能力有可能用在其他人类身上吗？"

"普通人是不可能的。"何映之回答。

"可是……我可以接收洛轻云的能量啊。"谈墨指着自己，"这一次我在生态区里，差一点被杀的时候，直接从赶来的洛轻云身上拿走了开普勒能量！"

"傻孩子，到现在你还认为你是普通人吗？"

何映之看向谈墨，眼睛里是一种希望。

谈墨的心脏跳得很快。他力量不算强，敏捷度最多中上，受了伤会疼，更不像融合者那样有复原能力，无论做多少次检测，体内的开普勒值也永远是零。

但他要比任何Inspector更容易击中开普勒生态区的种子，看得见时间的流速，接收过也留下过白驹停隙，并且能从克莱因之瓶里全身而退。

他哪里都普通，也哪里都不普通。

何映之开口道："你人类的躯壳里，拥有完整的开普勒精神体。是这个精神体，让你得以接收洛轻云的能量，也是这个精神体，代表着开普勒生态进化的正确方向。你的精神体和真正的开普勒能量源是一致的。这是你的母亲濒死时，看到的真相。"

病房里一片寂静。所有人都在消化着这个震撼人心的信息。

这种完整性，纵然是被何映之称为奇迹的洛轻云也无法达到。

"原来，这就是为什么我能做谈墨的桥……谈墨在物质世界的躯体依然是人类，而我的躯体横跨了人类和开普勒两个世界，开普勒能量借由我的躯体，将能量过渡给无法直接接触开普勒世界的谈墨。谈墨拥有完整的精神体，他可以接收真正的开普勒能量，理论上也可以通过我连接其他融合者，这样我们就能引导他们……"

洛轻云睁大了眼睛，看着何映之，这一番推理让那个惊艳的答案呼之欲出。

"就能引导所有的融合者走向正确的进化方向。"何映之说，"不止是融合者，只要能量源稳定，谈墨的精神体能连接的范围足够广，说不定，有可能引导现存的整个畸化的开普勒世界回到正轨。"

"我的老天……"贺泷完全是震惊，紧接着又是释然。

如果真的能做到这一点，那么当年所有人的付出都是值得的。

第十六章 奇迹

谈墨整个人都蒙了,他用力抓了抓自己的头发,半天才蹦出一句:"所以我……我才是底牌,是人类的'王炸'!"

"没错。前提是你学会使用这个能力,没有在那之前就被干掉。"何映之说。

"小朋友,你的运气可真够好的,在前线那么多年,都没被你那个完全畸化的兄弟发现。"贺泷感慨道。

"那是因为一直以来他的精神体都拥有人类这个躯壳的保护,直到我把他带入开普勒世界,导致他靠近能量源,才让他有了被感知的可能。"洛轻云说。

病房的门突然被推开,陆颖就站在门口,一脸冰冷地看着他们。

"所以这就是你从零号基地出来以后,一直守口如瓶的秘密。"

"陆颖,你来了。"何映之蹙起眉,脑海中开始迅速评估。

如果灰塔知道了这个秘密,会有两种可能。第一种,他们将把谈墨保护起来,成为一张真正的底牌,永远不让任何开普勒生物接触到他,更不可能放任他在战场上继续发光发热;另一种,更冰冷更可怕的可能,就是灰塔会利用谈墨的能力,要求谈墨不断连接其他融合者完成精神体的进化,然后将这些不会越界的融合者一波波送去零号基地——与开普勒生态斗争的最前线。

无论哪一种,都会让谈墨彻底失去自由,沦为人类对抗开普勒畸化源的工具。

所有人都警惕地望着陆颖。贺泷更是站起身来挡在何映之与谈墨之前。

何映之挣扎着想从病床上爬起来,急切地说:"陆颖,请你不要把这件事上报灰塔。凌喻……他妈妈还在等他。现在的人类世界之所以还能持续,全是因为凌喻还在苦苦支撑。如果凌喻真的死了,那个畸化的孩子就会完全挣脱控制,开普勒生态的侵蚀速度会较如今呈指数倍递增……"

听到何映之这么说,谈墨的眼眶瞬间就红了。

他的母亲凌喻还在等着自己,等着他学会使用开普勒能量,等着他以完整的精神体带着所有融合者走出畸化的阴影,等着他回到零号基地……她为此,二十多年来都忍受着孤独和痛苦。而她甚至不知道她和孩子之间还有没有再会的可能。

陆颖只是站在那里,长久地注视着谈墨,不发一言。

"陆颖,我知道你并不了解全部的经过,我可以告诉你……我们一路逃出来,被开普勒生物猎杀,最初是所有的医务人员,他们并没有那么好的体能,却要保护着刚生下来不久的孩子离开。魔鬼藤涌进来,把他们一一吞没,他们在生命的最后一刻,一个一个接力,把孩子抛出了魔爪。"

谈墨愣在那里,按道理他不可能对此有任何印象。但他仿佛感受到了那一颗又一颗用力跳动的心脏,和那些分明恐惧却咬着牙坚持的怀抱……

"我们在登上救援飞行器的时候,需要通过一个狭窄的通道,那里面都是开普勒生物、米诺斯虫、因迪拉……还有那些你听都没有听说过的畸融兽。谢阑冰的队员们负责突围。我眼睁睁看着他们寡不敌众,身体被啃咬、撕碎,即便如此也要让我们踏着他们的尸体爬上去……"

贺泷的喉咙滚动着,眼睛已经变得血红。他的队友们大多葬送在那里。

"我把孩子递到救援飞行器上,贺泷则留在地面上和开普勒生物搏斗。驾驶救援飞行器的是一对夫妻,他们的孩子刚出生没有多久就夭折了。为了给凌喻的孩子一个不被探索联盟发现、也不会被深宙集团利用的身份,他们利用自己的孩子的身份信息伪造了这个孩子的身世。直到我逃出生天,才听说救援飞行器因引擎制动发生问题,坠毁在某座城市的边缘。我发了疯一样去找他们,找到的只有快被开普勒生物啃光了的遗体……"

何映之声音颤抖着,用双手捂住了自己的脸。

"我每次都在自我安慰,孩子没有死,孩子没有被开普勒生物吃掉,孩子被好心人收养了,在某个地方平安长大了……"

陆颖看着何映之,沉声说:"你骗了我那么多年,要我帮你寻找那对驾驶员夫妻的孩子,你说是他们救了你……但其实,你在寻找的是凌喻和谢阑冰的孩子。"

"陆颖,对不起。当时人类处于被开普勒生物全面入侵的恐慌中,那个培养舱里的孩子的能力是毁灭性的,如果被联盟知道凌喻和谢阑冰还有一个孩子留存人世,你觉得他们会让这个孩子活着吗?更重要的是,深宙集团为了攻克家族遗传的脑部肿瘤,那样不计代价,他们会把凌喻的孩子当成实验样本一样来研究……"

何映之恳求着陆颖。

谈墨看向洛轻云,他忽然意识到自己有多么幸运,得以被命运这样眷顾。

如果他像洛轻云一样在研究基地里度过童年,他也会变得对生命只有漠然。

而现在,他就算在福利院里长大,也获得了一生的挚友;就算曾经被无良的夫妻收养过、伤害过,但也被养父母疼爱过。

"陆颖,你如果现在报告灰塔,谈墨就完了,当年所有人的努力也都完了。"

洛轻云低着头,他一直在活动右手,随时可以揪起谈墨的衣领子夺路而出。

只不过是开普勒世界罢了,他们到哪里都可以生存。他会陪着谈墨一片一片领域地去征服,直到畸化源再也连接不了任何生物。

谈墨只看了一眼洛轻云,就明白了他在想什么。

也许,跟着洛轻云去开普勒世界流浪……未必不是一件自由又有趣的事情。

他并不是无路可走。

想到这里,谈墨抬起脸正视陆颖的眼睛。

陆颖看着谈墨,开口道:"有朝一日,你还是要回到灰塔的。"

洛轻云握紧了拳头。

她继续说:"现实一点吧,如果你们真的要去零号基地,凭你们几个单枪匹马,没有装备没有人力,那也就等于送死。"

洛轻云的拳头微微松开了一些。

"你们就留在这里吧,该养伤的养伤,好好谋划一下以后。至于谈墨,你再多成长一些吧,你要是真的值得那么多条人命,至少也得像他一样,一个人能干掉一整个生态区。"陆颖指了指洛轻云。

谈墨马上领悟了她的用意。

这个临时基地已经不再属于深宙集团,也暂时没有被灰塔接管,陆颖可以轻易地控制住这里,给他们提供便利。

"谢谢你,陆阿姨。"洛轻云说。

陆颖偏头,用力地看着他,好像能从他那张俊朗的脸上看出另一个人来。

"我只是想……再见她一面罢了。"

说完,陆颖转身走了出去。

第十六章 奇迹

陆颖背靠病房的门，大颗大颗的泪水从脸颊上落下来。

还记得梁幼洁离开前的那个晚上，她打电话跟陆颖说她做了一桌菜，叫陆颖不要熬夜做研究了，回来吃晚饭。而陆颖回复说自己很忙，晚上有会要开。

梁幼洁笑着要求陆颖开完会一定要回来，但陆颖开完会就被一个阶段性汇报耽误了，转头就去跟进当时的研究。

她对陆颖说的最后一句话就是："我等你啊。"

她是个外勤队长，为人强势果断，唯有那次在电话里轻声细语，温柔得像风。

陆颖却像个傻子一样什么都没有听出来。

直到半个月之后，陆颖得知噩耗。

——中心城一队的队长梁幼洁在任务中殉职。

灰塔联络陆颖，是为了问她愿不愿意做洛轻云的监护人。

陆颖觉得自己在做梦。

她赶过去，只看见一脸冷漠的洛轻云在梁幼洁曾经的办公室里收拾东西。那是少年时代的洛轻云，看向她的眼睛就像刀片一样凌冽伤人。

陆颖拉住几乎是她认识的每一个人说要见梁幼洁的遗体，无数的报告打上去却都石沉大海。

那个人很厉害。那个人是不会死的。

直到许多年后，洛轻云踏上前往零号基地的飞行器。

陆颖知道自己阻止不了他。他和她绝不算亲近，她作为监护人的职责，也就是在他年满十八岁之前替他往各种任务表格里签字。

但她知道洛轻云去零号基地根本不是为了探索人类对抗开普勒生态的奥秘，也不是为了回收什么凌喻的研究资料。

——他就是去找梁幼洁的。

"你会回来的吧？"陆颖问他。

那个一向没有什么表情的孩子已经学会了微笑，他的身形脱离了少年的单薄，透着男人的力量，他很强大。

但是陆颖很清楚，在零号基地面前，每个人都像蝼蚁一样渺小。

"陆阿姨，保重。"洛轻云说。

她知道这个孩子对自己没有什么感情，可是他是这个世界上自己和梁幼洁之间唯一的联系。

"我等你。"陆颖突然说。

刚走出去的洛轻云脚步生生顿了一下。

他转过身，走回来，生平第一次抱紧了陆颖，轻声道："别等了。请你好好吃饭，好好睡觉，不要再等任何人了。"

"我等你。"陆颖坚持着说。

哪怕洛轻云的飞行器远去了，她仍然看着天空不断重复着那句话。

——我等你。

第十七章
星星之火

何映之情绪起伏,导致心率过快,医生过来给他用了药,他就又睡过去了。

洛轻云陪谈墨回他的病房,路过一片落地窗,可以看到基地中央的广场。

这看起来和洛轻云小时候待过的地方很像,只不过广场更小一点。为了避免开普勒悄然入侵,广场中央没有任何植被,光秃秃的,沙土扬尘。

谈墨走到落地窗前,将额头抵在玻璃上,像是在寻找什么。

洛轻云走到他身边,顺着他的目光看过去:"有什么吗?"

"看看有没有石头缝里的小野花之类。"谈墨鼻尖也抵了上去,"你说如果我一开始就被中心城发现了,说不定咱俩能手拉手,做室友呢?"

"想得美。"洛轻云好笑地说,"中心城基地一定会对我们重点观察,隔离培养。可能到离开基地,我们都不会有机会见一面。"

"你想啊,就算他们不让我们见面,你也能感知到我的存在,然后你可以控制米诺斯虫来找我。"

洛轻云发出很轻的笑声:"听起来像是我会做的事。"

"你把开普勒能量借给我,我们一起逃跑?"谈墨露出期待的表情。

洛轻云揭了一下他的脑袋:"我小的时候能量没有那么强。那就不叫逃跑,顶多算离家出走,搞不好没出基地大门就被抓回来了。"

"啧,有可能。抓回来关小黑屋,一起诅咒他们。"谈墨继续放肆想象。

"但是,我会早就知道世上有一个你。"洛轻云轻声说。

谈墨顿了一下,他又想抽烟了。

"洛轻云,你知道吗,小时候在福利院里,我好羡慕那些有父母的孩子啊。他们在爱里长大,摔了有人心疼,哭了有人擦眼泪,疯跑的时候有人叫他们慢一点。而我,只能看着。"

"嗯。"洛轻云轻轻应了一声。

"我经常会想,是我不够好吗?我做错了什么呢?爸爸妈妈不要我。"

洛轻云摸了一下谈墨的发旋。

"后来我被第一对养父母退回福利院,我就在想……这世上不会有人无缘无故地爱我。这个世界上已经没有和我血脉相连的人了,所以我也体会不到爱了。"

"我也这么想过。"洛轻云垂着眼,沉默了一会儿,突然把谈墨的脑袋用力往玻璃上一按,"我说你可以不要学我吗?"

谈墨脸都在玻璃上压扁了,像条小丑鱼,嘴上誓不罢休:"哟!你还知道当年你就是这么一副忧郁的模样啊。"

"但现在你知道了,你不仅不是被抛弃的,而且还是被父母豁出性命保护的。"

"还有很多和我没有血缘关系的人……你说,那些整天搞研究,估计都没有踏出过实验室的人们,是怎么面对着那些怪物的袭击把我送出来的呢……"

第十七章 星星之火

谈墨很久没有这么痛快地流过眼泪了。

"你爸妈一定是非常好的人,被整个基地里的人信任着,所以你妈妈说的话,他们都无条件地相信,真的把希望放在你身上,愿意豁出一切保护你。"洛轻云轻轻地哄着他。

"洛轻云,你都学会安慰人了呢!还像模像样的。"

洛轻云嘴角上扬了一下:"大概是我挺羡慕你的吧,我都没有机会见到那些善良又优秀的人类。"

"你怎么没有?"谈墨转过身,在洛轻云的胸膛上捶了一下,"你有洛明筠那样强大的母亲,被克莱因之瓶吞噬也执着地守护你。你有梁教授那样温柔的学者把你带到这个世界上,抱过你、哄过你,把你当成宝贝珍视你。你还有梁队那样正直无畏的人将你抚养长大……少了他们任何一个,你都不会这么留恋这个世界不是吗?"

谈墨认真地看着洛轻云:"你是奇迹啊,是他们创造的奇迹。"

洛轻云脸上没有任何表情,目光却像是顺着谈墨的眼睛浸入了水里,跟着水波轻轻晃。

随即,他闭上眼睛笑了:"谈副队,我看你才是奇迹,奇迹一样地能说,总让我觉得自己万中无一,很想为你鞠躬尽瘁。"

"我是真心在夸你好吗洛轻云!你这人咋听不懂好赖话呢?"

他们回到病房。谈墨从枕头底下掏出通信器,从中调出一个名为"洛轻云"的文件夹。

"你过来,我给你看个好东西!"

谈墨一边说,一边朝病床上拱了拱,给洛轻云腾了个位置。

"这什么?"洛轻云笑着说问"难不成你平时偷拍我,把偷拍的照片建立了一个文件夹?还是你从前崇拜我的时候搜集了所有跟我相关的灰塔新闻?"

"啧,你可真够自恋的。"谈墨没好气地说。

点开那个文件夹,里面的照片与视频都是关于一位年轻女性的。

有她的身份证照片、中学时代以及大学时代的毕业照,还有参加研讨会时候的演讲视频。第一眼看过去,不算是非常令人惊艳的长相,但多看两眼,会让人有一种明亮舒适的感觉,如沐春风。

她就是洛明筠。

洛轻云抬起手,大概是想碰一碰她,但指尖只是从一堆数据上掠了过去。

"你妈妈很好看。"谈墨说。

洛轻云笑了一下:"就是眼光差了点。"

"打住,眼光是个很玄学的问题。"谈墨用胳膊肘撞了洛轻云一下,耳边传来对方很轻的一声"嘶"。

融合者的愈合速度是要比普通人更快的,谈墨本来以为洛轻云是在演,可是洛轻云脸上却没什么表情,连眉毛都没皱一下,根本就不想让谈墨发现他的疼。

谈墨的眼睛眯了起来,伸手就去摸他的绷带。

"螨吻把你伤得这么重吗?"谈墨的目光落过去,有一种洞穿一切的透彻感。

洛轻云还是面不改色,不紧不慢地反问:"你被扎个对穿试试?"

"你可不只是受伤了这么简单，我看你的反应速度都变得和普通人差不多了，一点也不像融合者。"

谈墨没有再去检查洛轻云的腹部，那里肯定没有愈合。

"你从白烃的生态区回来以后，就空瓶了对吧？"谈墨又严肃地问。

洛轻云还是不太想说这件事的样子，本打算别开视线，可是谈墨眼睛里有他，他有点不舍得挪开。

"说好的'瘦死的骆驼比马大'呢？"谈墨拍了拍洛轻云的脸颊，语气越来越认真，"何叔叔说了，你能从开普勒能量源借取和转移能量的前提，是你不会因为能量过载而崩溃。但在和螭吻战斗的时候，你为了借取能量，伤害了你自己吧。"

洛轻云看着这样的谈墨，笑了笑："你认真起来的样子，真的很帅。"

"我现在想弄死你，你都没辙！你还笑得出来？"谈墨越想越气了。

洛轻云动了动，然而手腕直接被谈墨抓住，拉到头顶。

"我以为我现在这么柔弱可欺，你会对我多一点保护欲的。"洛轻云笑着说。

谈墨的头皮都要起鸡皮疙瘩了："你柔弱可欺？就你？"

洛轻云侧过脸去，笑得更明显了，连肩膀都在微微颤抖。他整个人已经掉到床上了，发丝擦过白色的床单，那细微的声响触动着谈墨的神经。这样毫无防备地半仰着，露出一截脖颈，显得脆弱又天真，仿佛谈墨伸手就能折断他。

仿佛这世上的一切，都能轻而易举地伤害到他。

是的，洛轻云没有说错。谈墨对他充满了保护欲。

"你知道我们当时如果遇到的不是白烃，而是另一个什么听不懂人话的东西，就真的死定了吗？"

明明说好了，洛轻云是他的桥。

谈墨迫切地想要驾驭自己的能力，而不是让洛轻云无休止地消耗。

"……你不用担心我。之前我刚从零号基地回来的时候，不也是空瓶吗？"洛轻云想安慰一下他，只好又搬出何映之来，"这里是深宙集团的基地，有设备有材料，我想等何教授醒来，很快就能帮我想办法的。"

谈墨用力揉搓了一把洛轻云的脑袋，又拎着他的衣领坐起来。

"希望我们真的有那么多时间吧。"谈墨严肃道。他捞过全息屏，点开一张卫星云图，"你仔细看一下这个，这是陆颖刚刚发过来的。"

深宙集团的这个基地原本选址在一个相对安全的地点，方圆几千公里内都是低级生态区。但目前的卫星云图显示，就在他们休整的这几日里，外围的中级生态区逐渐吞噬了内部的低级生态区，而更远处的高级生态区也在将中级生态区同化。

洛轻云盯了一会儿，有点不确定："你是想说这个基地被盯上了，开普勒生态正在包围这里？"

"不，不是这个基地被盯上了，是你被盯上了。"谈墨咬着牙说，"如果我没猜错的话，盯上你的就是畸化源。"

洛轻云沉默，示意谈墨继续说下去。

"你带我看过，早在你身处中心城基地的时候，就有开普勒生物想离间你和人类社会，目的是要你越界。你还记得你那个数学老师被感染之后，明明是他控制了开普勒生物袭击中心城基地，却诬陷说是你控制的吗？"

第十七章 星星之火

"记得。"洛轻云点了点头。

"那可是中心城啊，开普勒生态要渗透是多么困难。为什么不趁机大肆破坏，进行领域侵蚀，而是单单针对一个研究基地？——只能说明它们的目标从一开始就不是人类世界，而是你。"

"你是说畸化源从很早就知道我会是'能量桥'了？"洛轻云也顺着谈墨的思路思考起来。

"这个所谓的'很早'，具体应该追溯到我的出生。因为在我这个拥有完整开普勒精神体的人类诞生之前，你就只是一个比较厉害的融合者而已。我拥有人类的躯体，可以屏蔽我的精神体不被畸化源发现，但你不同，你是可以被畸化源感知的。"

"所以，是你的存在，让我有了成为开普勒能量桥的可能。为了彻底阻断你和开普勒能量源之间的联系，畸化源就要驱使开普勒生物不断逼迫我越界。只要我越界，这座桥就会崩毁，而你永远只是一个普通的人类，不知道自己可以和真正的开普勒世界产生联系。"洛轻云说。

"再想想，那只鸿蜮——千辛万苦潜入银湾市，那么多的融合者，是李哲枫不好吃还是周叙白不够香，怎么就非要吃你呢？"谈墨又问。

"那个时候的我刚从零号基地死里逃生不久，状态不佳，又一直没有补充能量，这是毁掉我的好机会。"洛轻云回答。

"接下来，那就是姜怀洋了。这家伙的开普勒级别不低，完全可以到某个开普勒生态区称王称霸，却非要在银湾市里搞事情，吸引我们的注意，而且还暴露了他自己。唯一的解释就是他是当时最具备条件以镜像桥来摧毁你的血亲。"

这样一梳理，很多问题都解释得通了。

畸化源先是感应到了洛轻云的存在，接着洛轻云又把谈墨带进了他的开普勒世界，这让畸化源确定了他们之间产生了足以威胁自己存在的联系，所以它驱使各种开普勒生物潜入银湾市来毁掉他。

"再想想从前你那些以身犯险的任务，洛轻云，要不是……要不是有梁队一直在保护着你的精神体，我老爸也一直守在开普勒世界的边缘，你早把自己作死了。"谈墨带有报复意味地用力在洛轻云的绷带上摁了一下。

"唔……"洛轻云蜷了起来，眉心都在颤抖。

"知道疼了？你这样子可不会叫我心疼，'活该'两个字送给你。想想你从前那些不要命的举动，是不是特别有病？"

"谈副队，你现在痛骂我的样子，真的很像一个渣男。"洛轻云诚恳道。

"没错，我这个渣男要去跟陆颍说，必须加强这个基地的防御，实在不行就送你回中心城，你这个病弱宝宝！"

说着，谈墨就走出病房。

洛轻云笑了一下，很平静地躺回到病床上。

等到谈墨离开，洛轻云的笑容完全隐没下来，脸上多了几分阴郁。

他抬起手，五指张开又握拳，像在体会自己的无力，以及对周围的一切失去控制的感觉。

他侧过身来，拿过床头桌上的水杯，他能清楚感受到这个杯子比平时要沉。

"这就是……人类的感觉吗？"

陆颖站在基地指挥室，凝重地看着面前的全息显示屏。深宙使用的系统比灰塔指挥中心的版本要更为先进，卫星云图扫描能直接和开普勒生物数据库关联，实时分析周边大小上百个开普勒生态区的发展情况。

谈墨来的时候，陆颖听到他的脚步声，但没有回头。

顺着陆颖的视线，谈墨看向中央那幅巨大的扫描图景。

周围的初级生态区宛如被勒令了一般正在收拢对这个基地的包围圈，才过了两三天而已，推进的程度已经引人发怵。而外面一层中级生态区形成了一个更大的包围圈，能量扫描显示为红色，说明它们的活跃度之高。但是再活跃的中级生态区也不至于让他们没有退路，真正危险的，是与中级生态区毗邻的是四个高级生态区！

"这些高级生态区，我明明记得它们彼此之间的距离没有这么近，离我们也还很遥远。"谈墨握着拳头，他刚才展示给洛轻云的是三个小时之前的云图，而这里的实况早已面目全非，"它们是打算把我们彻底堵死，然后吞并掉？"

陆颖点了点头，用激光笔在图景中画出一条线路："我想在事态陷入不可挽回的地步之前先将何教授送出去，但即便是最安全的线路，也要通过这片中级生态区，然后从两个高级生态区的交界处离开。这风险非常大。"

"就连'云河'也能被它们拖下来，我们还能上哪儿找性能更好的飞行器？我敢打赌他一通过这个位置，这两个高级生态区就会瞬间联结，把他融化。"

"中心城会规划出一个导弹的轰炸线路，用导弹给何教授开路。到时候我们所有人就跟着何教授撤离。"陆颖深深吸了一口气，"我们已经达成了共识，生态区在抓捕洛轻云，它们要赶在洛轻云最虚弱的时候摧毁他。我本来想要你留在这里直到完全掌握自己的能力，但现在看来，它们不打算给你这个机会。"

谈墨的心绪沉了下来。

"我想这世上只有两个人知道我的能力到底是什么，以及该如何提升。"

他们都知道他说的是哪两个人——凌喻和谢阑冰。

凌喻姑且不提，要见到谢阑冰，谈墨就必须再去一次开普勒世界边沿。但要做到这一点，要么谈墨要让自己濒死，要么就得通过洛轻云。

濒死状态要碰运气，而洛轻云……

"我们本来向深宙集团申请了克莱因之瓶的样本，用作给洛轻云制造营养剂的材料。"陆颖头疼地说，"然而那台样本运输飞行器，就坠毁在我们刚才说的那两个高级生态区的交界处了。"

"真是屋漏偏逢连夜雨……"谈墨的脑壳也跟着痛了起来。

"基地人员已经准备就绪，中心城的导弹一到位，我们就撤离，预计时间不会超过三个小时。如果我们有幸逃出生天，你有什么打算？"陆颖问道。

"现在和开普勒生态抗衡的势力无外乎两方，一方是灰塔，另一方是深宙集团。您觉得哪一方更有实力？"

陆颖回答道："各有千秋。灰塔拥有数量最多的融合者，也保存着和你母亲相关的所有研究资料，拥有探索零号基地的丰富经验。而深宙集团的研发实力更强大，拥有技术精尖的运输和武器装备，最重要的是，深宙集团具有更激进的价值观。"

谈墨顺着陆颖的思路分析道："灰塔以维持人类的存续为目的，不会冒任何自取灭亡的风险，也因此格外束手束脚。深宙集团的目的性更强，只要有任何得到开普

第十七章 星星之火

勒终极秘密、结束姜氏家族诅咒的可能性，他们会不惜一切代价。"

"所以，你是怎么想的？"

"我的想法很简单。如果我们能顺利离开这个基地，就要麻烦陆阿姨帮我跟中心城谈谈条件了。"

"你是说……如果灰塔试图限制你的自由，你就要跟深宙集团合作？你可真是胆大包天！"

谈墨笑了起来："陆阿姨，您是第二个这么说我的人。"

"第一个是谁？"

"洛轻云。那一次，他带我跳了运输机。"

陆颖顿了一下，然后笑了："我明白你的意思了，我会尽量为你斡旋……如果，我们能离开这里的话。"

谈墨离开指挥中心回到病房，就看到洛轻云靠着床头，一群医务人员正在为他注射某种药剂，而何映之就坐在旁边。

谈墨快步走过去问："何叔叔，你醒了？这又是在做什么？"

"这是利用李哲枫、周叙白和基地里其他融合者的血液里提取出来的血清制作的营养剂。"何映之解释道，"洛轻云身体状态的毁损是细胞层面的，血清是基本营养物质，含有生长因子，可以保护和修复洛轻云的细胞。虽然没有克莱因之瓶的复原能力那么强，但这已经是我们目前唯一的办法了。"

洛轻云看向谈墨，笑了一下。

"我能感应到它们的靠近。"洛轻云说，"外面很忙碌，我猜测是中心城有了计划，我们要尽快离开这里了，对吗？"

"嗯。"谈墨点了点头，他弯下腰凑到洛轻云的耳边问，"这些营养剂有没有用？够不够让我去见一次我老爸？"

"可以试试，虽然时间不会很长。"

其他人也开始了紧锣密鼓的登机准备。

姜怀潆也从小黑屋里被带了出来，他的情绪很激动，一直叫嚷着，可惜没有人理睬他。

"你们想要干什么！你们要带我去哪里！这个基地是我的！飞行器也是我的！灰塔没有深宙集团就不要想进去零号基地！"

常恒觉得这小少爷真是太吵了，直接给他的脖子上来了一下，扛上肩膀，送进飞行器。

"你悠着点儿！他脑子有病你不知道？"吴雨声对这个做法很不赞同。

常恒回答道："这年头，谁丫脑子没点毛病？就他搞特殊？"

吴雨声张了张嘴，表示常恒很有道理，自己无言反驳。

最后一针营养剂打完，病房里只剩下谈墨和洛轻云，洛轻云朝谈墨伸出手。

瞬间，整个空间飞速折叠，像是要坍塌成一颗微粒，骤然一阵下沉。

干燥的风迎面而来，卷着沙砾，阳光比之前更加炙热。

谈墨看到眼前荒芜一片，只有沙海起伏的世界，他大声呼喊起来："谢阑冰——谢阑冰你在哪儿？"

之前几次，谢阑冰都是直接出现在他的面前，这一次却看不到他的身影。

谈墨又向前迈了好几步，还是一个人也没有。

谈墨快步奔跑起来："谢阑冰！谢阑冰你在不在！……老爸！老爸！"

他去哪儿了呢？

难道……他的精神体已经回归能量源了吗？

恐慌感涌上心头，前行的船在这一刻忽然失去了方向。

一只手突然扣在谈墨的肩头，谢阑冰沉厚的声音响起。

"你跑什么？"

谈墨猛地转过身来，对上谢阑冰的眼睛。

失而复得的喜悦让谈墨一把将对方抱住："老爸！我以为你挂了呢！"

谢阑冰向后趔趄了小半步，似乎有点错愕，一双手悬在那里，良久才拍了拍谈墨的后背。

"无事不登三宝殿，你肯定不是来尽孝的吧？"谢阑冰好笑地说。

"那个……时间有限，我长话短说。我们被困在一个基地里，而这个基地被几个高级生态区包夹，我到底有什么样的能力？要怎么样才能死里逃生？"谈墨问。

"洛轻云在你的身边吗？"谢阑冰问。

"他在。"

谢阑冰笑了一下："那他的能力是什么？"

"吸收开普勒生物胚胎的能量？"

"还有呢？"

"还有……掠夺生态区！可是他现在如果再继续使用这个能力，身体会崩溃！他……"

谢阑冰的手伸过来，在谈墨的头顶上揾了揾。

"他是你的桥，难道桥梁的作用就仅仅是承载和运送吗？"

被谢阑冰这一点，谈墨忽然明白了过来。

——桥真正的作用，是连接两岸。

"你拥有完整的开普勒精神体，在开普勒世界里，精神就是能量源。没有精神体的开普勒生物会被能量源吸引，这也是洛轻云能进行生态区掠夺的本质原因。他和其他融合者不同的地方在于母胎感染，他的大脑是伴随着开普勒能量发育完成的，他是一个能量源，而你也是。"

听到这里，谈墨的心脏快速跳动了起来，他似乎可以想象到谢阑冰接下来会说什么了。

"只要洛轻云把你的精神体和生态区的种子连接起来，你就是那个能让开普勒生物趋之若鹜的能量源。那个种子会像飞蛾扑火一样奔赴你，只要这个吸引力够强大，你就能得到它，从而断开它与畸化源的联系，整个生态区也就不攻自破了。"

就在这个时候，天地晃动起来，周围的一切正在变成虚景。

谈墨知道是时间不够了，自己就要离开这里了。

他不知道下一次见到谢阑冰是什么时候，他想再拥抱对方一下，却穿过了谢阑冰的残像，双臂抱住的变成了另一个人。

烈日消失了，只剩下病房里的白炽灯。

第十七章 星星之火

遮天蔽日的沙砾没有了，取代而之的是另一个人的存在感。
"你干吗？"洛轻云靠在谈墨的耳边说。
谈墨没有松手，反而更用力地抱紧了他。
谢阑冰这么多年来，孤独地守护在开普勒的边界，而同样孤独的还有洛轻云。
谈墨觉得这两个孤独的灵魂，都值得自己好好拥抱。
这时基地一阵剧烈震动，整张病床都歪向另一边。他们差一点撞到墙上，还好洛轻云伸手撑住了。
病房的门被轰然推开，李哲枫冷着脸冲进来吼道："你们是要抱着一块儿死吗？"
洛轻云反应迅速地拉起谈墨，开始跟着李哲枫在通道里奔跑。
"赶紧上飞行器！我们必须飞起来！"李哲枫一边跑一边给他俩扔装备。
"现在是什么情况？"洛轻云问，"中心城导弹不是还有三个小时才会发射吗？"
"有一个高级生态区从地下渗透过来了！"
李哲枫话音刚落，他们面前的通道突然向上拱起，扭曲成难以通过的角度。
金属墙体发出"咯吱咯吱"的声响，谈墨的耳膜和脑仁一起疼了起来。
这样强烈的震动，又是从地底深处潜伏而来——是鸿蜮！
"别愣着！走！"
门体变形，被挤压出只够一个人通过的缝隙。他们必须趁着通道完全变形之前冲出去。
李哲枫停下来，双手撑住门框，他想让谈墨先过去，谈墨却推了他一把。
"走啊——"
李哲枫才刚通过，通道门就被完全碾平。整个基地被翻了个底朝天，地面起伏，大量开普勒生物破土而出。
脚下地面出现裂痕，洛轻云一把将谈墨拽到自己的身后，然而谈墨利落地又把他拽到了身后。
"连能量都没有，后面待着去！"
在战斗力上，洛轻云第一次被嫌弃了。
几个没来得及跑出去的人看着已经扭曲的出口，慌乱了起来。
"我们要怎么出去啊！这是被拧成麻花了吗？！"
而那道裂痕越来越大，某种虫子爬了出来，触须在裂隙间颤动，像在探察什么。
"那是什么？老天爷！"
"别让它们爬出来！"
一群人对着触须疯狂地射击。
那些触须被子弹击中之后，又有其他的触须伸了出来，精准地穿透了那些开枪的人，然后将他们拽入地下。
痛苦的惊叫声不绝于耳。其他人见状转头就跑。
"我们走。"洛轻云拽过谈墨，"我们得去救援飞行器能下降的地方。"
"我知道！基地中央的小广场！"
基地就快被地下那股强势的力量掀翻，地面高高拱起，连他们的前进方向都完全被改变了。一个剧烈的晃动，地面竟折叠成了两段，一道裂沟赫然横在他们面前。
"跳——"洛轻云高声呼喊。

谈墨没有任何迟疑，从那道裂沟前一跃而过。

低下头的那一刻，他看到无数只成年人那么大的米诺斯虫正从裂沟中向外爬。

一落地，他正要确认洛轻云的情况，手腕却被拽了一下。

"别回头！"

洛轻云轻巧地落在他身旁。

其他人错过了最佳时机，再想跳也来不及了。那些虫子已经开始吐出消化触丝，将他们重重包裹起来。血肉被消融，连哀鸣都被封进茧中。

地面一直在移动，还好有洛轻云在，不然以谈墨那悲惨的方向感还真找不到正确的路。

耳边的通信器传来李哲枫的声音。

"谈墨——你们还活着吗？"

"还活着！我们打算去小广场！你看有没有办法去那里接我们！"

他们来到那面巨大的落地窗前。建筑物已经完全变形，一整面的落地玻璃也被摧毁了。烈日斜射而入，空气里不再有净化后的清新感，而是混着干燥的土壤气味，些许像是发霉的味道。

广场上的地面同样在翻动起伏，谈墨刚抬起脚尖就警惕地退回去。

"李队，飞行器不要降落！越高越好！"洛轻云对通信器喊话，也跟着谈墨后退。

地面就像忽然沸腾的海面，沙土形成滚滚浪潮，瞬间掀起了五六米高！

沙浪冲涌进来，充斥着整个空间。谈墨眼睛都睁不开，连连咳嗽。

而挡在他面前的人一动不动。

"你听好，我会尽全力控制住它，李哲枫放下绳索之后你就赶紧上去。"

尘埃徐徐散退，模糊之间，谈墨看到无数只篮球般大的眼珠子在他面前转动。

那是鸿蜮的复眼，看起来像是在寻找什么。

两只节肢爪钩随着地面的颤动翻出，朝洛轻云甩了过来。

洛轻云紧咬牙关，谈墨能看到他企图运转的开普勒能量纷纷从他身上溢出，细碎得就像轻纱，哪怕渗入鸿蜮的体内也根本不足以对这个怪物产生什么影响。

鸿蜮朝洛轻云喷出神经触丝，洛轻云周身瞬间溢出更多能量粒子。

这是一场以卵击石的较量，而洛轻云明显是在透支的那一方。

随着能量的释放，洛轻云的身体也变得像流沙一样溃散。

再这样下去他会消失的。

"停下！"谈墨一把拦住了洛轻云。

而鸿蜮那一大股神经触丝已近到眼前，那势头完全可以将他俩一起贯穿！

突然一个人影落在鸿蜮的头顶，鸿蜮全身猛地一震——原来是周叙白！

周叙白的触丝将鸿蜮的触丝整个卷了起来，弹到洛轻云的身侧，墙壁应声坍塌。

谈墨一直停在额角的一滴冷汗滑落下来。

受到周叙白的威胁，鸿蜮的大半个身子都从地下钻了出来，从它的无数只复眼里，可以看到洛轻云的影子。它死死锁定了猎物，要将他拖入深渊，让他粉身碎骨。

这家伙的目的从始至终都是洛轻云！

李哲枫的飞行器迟迟无法到达有效接触范围，绳索摆荡在半空中，谈墨他们得跳到鸿蜮的脑袋顶上才能抓住。

第十七章 星星之火

鸿蜮晃动着要把周叙白甩下来，周叙白控制触丝的双臂都暴起了青筋。

李哲枫见情势紧张，也一跃而下，落在周叙白的神经触丝网上，黑火顺势而起，将鸿蜮吐出来的触丝都烧断了。

刚得到片刻的喘息，洛轻云和谈墨扭头一望，只见身周早已围满了刚才那种带着黑色甲壳的米诺斯虫。

这真是四面楚歌，他们无路可退。

"对不起。"洛轻云开口道。

谈墨愣了一下，意识到他是在为他没能保护自己而道歉。

"你一定要活着出去。"洛轻云说。

之前在零号基地里，他的许多队友都对他说过这样的话，那个时候洛轻云还不理解他们到底是抱着怎样的心情，而此时此刻，他好像明白了。

洛轻云深吸一口气，他的精神体立刻下潜，飞速通过本我和客我的世界，进入开普勒世界边沿，不断接近处于高维度的开普勒能量源。哪怕身体承受到了极限，他也要放手一搏，把能量传导给谈墨，让谈墨能离开这里。

可随即他就感觉到自己被紧紧抓住了，这场看似无止境的坠落忽然被中断。

他一侧过脸，就发现是谈墨死死扣住了他的手。

"我知道你在想什么，但，还没到时候。"谈墨声音很沉，目光中透着一种力量。

那边的周叙白和李哲枫奋战得相当辛苦，鸿蜮侧过身，用半边的身躯狠狠砸向承重墙，周叙白和李哲枫差一点没躲开。

震荡不绝，谈墨脑子里尽是嗡鸣声。

穹顶横梁应声而落，谈墨摔在地上，但想象中的压迫感没有传来。

他睁开眼睛，只见洛轻云双手撑在他身侧，背脊挺着，浑身颤抖。血顺着横梁的倾斜角度，滴滴答答落了下来。

"洛轻云……"

洛轻云控制不了鸿蜮，但还是利用能力将那些围过来的米诺斯虫控制住了。

"别露出这样的表情，我还死不了。你……赶紧给我爬出去！"

谈墨立刻爬了出去，他想从外侧帮洛轻云撑起横梁，但力气完全不够。

"走啊……！"洛轻云咬着牙道。

谈墨没有离开，而是抓住洛轻云撑在地上的手，飞快道："教我，洛轻云，教我怎么掠夺领域，让我救你。"

他的语气认真而冷静。

"别管我了……你快走吧。你是人类的希望……"

"如果你死在这里，那就让所谓的希望熄灭吧。"谈墨坚定道，"你是我的桥，不仅仅是让我得到能量的桥，也是让我的精神体和其他开普勒生物联系起来的桥。我可以没有枪，但我不能没有你。"

洛轻云神情几乎是怔了一秒，随即唇线弯起。

"好，我们背水一战。"

谈墨的手指挤入地面和洛轻云的掌心之间，洛轻云的开普勒能量流动起来，顺着谈墨的指尖，流入他的体内，包裹他每一个细胞，渗透进他的神经元。

"跟着我，一起下沉。"洛轻云说。

谈墨感觉自己被一股力量牵引着向更深的地方而去。

他第一次意识到自己正在穿越本我世界，无数来自过去的记忆——在福利院的生活、在灰塔受训的点滴、经历过的大大小小的任务——从脑海中一一掠过。

随即他继续下沉，进入客我世界，看到自己曾期望能改变的一切，譬如那场任务中，他不慎跌入了爱德拉花海。

"专心，谈墨。你所做的决定造就了现在的你。你很完美，不用去改变任何事。"洛轻云的声音在脑海中响起。

谈墨的心绪凝聚起来，持续地下沉，他穿过了那片熟悉的沙漠，紧接着来到一个如同小宇宙一般广袤的空间。

而在那个空间的深处，他看到一个巨大的黑洞般的能量体，周围大大小小的能量团都和它连接在一起，宛如一棵无限扩展的病毒株。

畸化源竟然已经这么强大了，仿佛心跳一般鼓动着，要将周围的一切都吞噬。

而谈墨自己也莫名地被它吸引，甚至一点一点地想去靠近。

就在这个时候，谈墨感觉到身后更加遥远的深处有另一股力量。

他转过身，看到了洛轻云，而洛轻云抓住他，纤细的能量线从洛轻云身上延伸到某一点。那里仿佛存在着一个星体，正散发着柔和的、并不耀眼的光，但让谈墨油然感到一种深切的归属感。

原来那就是真正的开普勒能量源。

"把那只鸿蟻和畸化源之间的联系断开，让它和你连在一起。"洛轻云的声音说。

"这要怎么做？"

"让你的能量进入它的能量团里，同化它，带走它。就像克莱因之瓶试图同化你的时候一样。"

他的发丝在这个空荡的高维空间里四散腾起，温柔得像一缕一缕的纱。他的脸颊映着开普勒之源的微光，全身笼罩着一层谈墨在现实里不曾见过的朦胧光亮。

谈墨可以感知到，属于那只鸿蟻的能量团应该是最接近自己的这个黑色的能量团。他深吸一口气，朝着那个能量团释放出自己的开普勒能量。

原本漆黑的能量团逐渐泛起和洛轻云身上相仿的光芒，谈墨拽着它，让它一点一点地远离那个畸化源，而畸化源十分执着，久久不肯让它离开。

谈墨回忆着身处于克莱因之瓶中时的感受，朝它注入千丝万缕的能量，直到那个能量团被彻底点亮。它轻盈地飘起来，似乎对谈墨感到充满好奇，浮游着来到谈墨面前。

"你愿意接纳它吗？"洛轻云的声音问。

"我愿意。"

谈墨将它收拢在手心里，只见它慢慢沉没，消失不见。

"它去哪儿了？"

"它现在已经和你的精神体连在一起了。它的领域，就是你的领域。感受一下那些开普勒生物的存在。"

洛轻云托住谈墨的身体，将他带离了这个高维空间。

他们快速地上浮，回到开普勒世界的边沿，路过客我世界，接着是本我世界。

爆炸声让谈墨霎时间惊醒。

第十七章 星星之火

现实的硝烟和战斗铺面而来。尘埃飞扬，墙体倾颓。

李哲枫和周叙白已经精疲力竭，空中支援的飞行器无法阻止鸿蛔堵住洛轻云和谈墨的逃生之路。

半空中驾驶着飞行器的吴雨声恨不能就这样撞上去。

常恒绝望地捂住了自己的眼睛。

他们没有办法，在这样一个强大到令人生畏的远古开普勒生物面前，没有更强有力的武器，没有洛轻云的掠夺能力，他们无法重现在银湾市创造过的奇迹。

冷不丁地，鸿蛔的节肢朝洛轻云这边伸了过来。

周叙白心中大惊，一边释放触丝要拽住它，一边大吼："快走——"

触丝虽然勒住了鸿蛔的节肢，周叙白却因为惯性被拽了过去，节肢仍然执着地朝洛轻云前行。

就在众人心都要跳到嗓子眼里之际，只见那条节肢温柔地擦过洛轻云的身体，将他背上那根沉重的横梁抬了起来。

沙尘窸窸窣窣撒落下来，谈墨赶紧伸手护着洛轻云的头顶。

洛轻云呼出一口气，重重地倒下去，谈墨一把接住了他。

李哲枫赶过来挡在他们面前，飞行器趁机对着那只鸿蛔扫射，但鸿蛔哪怕被炮击中也没有任何反抗，而是一点点地缩回地下，只露出眼睛来看着他们。

谈墨把洛轻云交给李哲枫，自己快步走向那只鸿蛔。

"谈墨！别过去——"李哲枫简直吓坏了。

周叙白还死死勒着鸿蛔的节肢，谈墨过去拍了拍他的肩膀说："小白，放手吧。"

随即谈墨踩在鸿蛔的节肢上，轻盈地向上一跃，跳到了节肢的第二节。但是鸿蛔就像什么都没有感受到一样，安静地匍匐着，一旁的周叙白都愣住了。

谈墨跳到一个高度，无法再往上，鸿蛔居然抬起了爪子，让谈墨轻轻一滑，落到自己的脑袋顶上。

鸿蛔这才缓慢移动了起来，地面再次开始震动，层层沙土从他们周围落下，气势惊人。

谈墨坐在鸿蛔的头顶摇晃着，看着随时要掉下来。

"这是……这是怎么回事？"

李哲枫和周叙白不约而同地抬起头，日光从破开的穹顶倾泻落下，鸿蛔转动自己的身体，迈出了在地面上的第一步。

从这个角度，只能看到谈墨逆光下的轮廓，而那庞然大物仿佛变成了他的坐骑。

飞行器里的吴雨声惊呆了，他用力晃了晃常恒："老常！你快看啊！谈墨……他坐到鸿蛔头顶上去了！"

"哈？什么？"常恒把手挪开，睁大了眼睛。

其他人也愣住了，江春雷和安孝和的脑袋都快伸进全息影像里去了。

"为什么鸿蛔不攻击他？"

"这到底怎么回事？"

这简直像一场幻觉，可无论他们揉多少遍眼睛，谈墨仍然稳稳地坐在鸿蛔身上。

洛轻云露出了一抹笑容，语气有点骄傲："他现在……是这个生态区的种子了。"

端坐高处的谈墨低下头来，朝洛轻云伸出了手："来不来？"

洛轻云高声道:"来啊——当然来!"

话音刚落,鸿蝛就像完全知晓谈墨需要它做什么一样,朝着洛轻云吐出了一缕神经触丝。

洛轻云拽住触丝,就这样被拉了上去。

"所以,他现在是……鸿蝛的种子?"周叙白见过许多不可思议的场面,但什么都比不上此时此刻给他的震撼。

"我知道他是特别的……知道他总能坚持一些我做不到的事情……但我没想到他竟然能……"

李哲枫睁大了眼睛,他这一生只见过两次奇迹。

第一次,是海斯缇阿燃烧时漫天飞灰的火树黑海。

第二次,就是现在——足以毁灭一座城市的高级开普勒生物鸿蝛向谈墨臣服。

李哲枫忍不住笑了:"这家伙就像个国王一样。"

周叙白喃喃道:"可不是吗……"

折返回来救援的陆颖和何映之刚好赶上这一幕,都惊呆了。

"这是发生什么事了?我都做好实在不行就开着飞行器撞上去同归于尽的准备了!怎么……怎么这俩人就坐到那家伙的背上去了呢?"陆颖震惊道。

而何映之一直握着的拳头终于松开,他眼底闪现了一抹亮光,像星星之火,能点亮幽深无尽的黑夜。

"这就是我们拼了性命也要保护的力量!就是这个……就是这个才能改变现在的开普勒世界!改变人类的未来!"

"你挡着我了。"吴雨声皱着眉头把江春雷从全息影像里扯出来。

江春雷直接放出自己的无人机,朝着那只鸿蝛飞去。

它拍到的不仅仅有鸿蝛,还有跟随着鸿蝛的众多米诺斯虫,它们不再发动攻击,而是一齐排跟在鸿蝛的屁股后头,像拖拽着的巨大尾巴一样。

谈墨回过头来,对着还在原地看着他们的李哲枫和周叙白喊道:"你俩愣着干吗?还不上来?"

鸿蝛的尾巴甩了过去,正好落在李哲枫和周叙白的面前。

两人笑了一下,一齐跃上前去。

第十八章
"他"

头顶的天空一片湛蓝,流云被拉成一条一条的薄纱,没有了被开普勒生态侵蚀的紧张感,整个世界变得无比广阔。

李哲枫向后半躺着,撑着上半身,闭着眼睛吹风:"我还是觉得自己在做梦……我们竟然坐在鸿蜮的身上。"

周叙白则低着头,手掌覆盖在鸿蜮坚硬的甲壳上,感受着它的运动和呼吸:"我就是被和它一样的生物同化成融合者的,我只知道被它吃进肚子里的感觉,从来没有想过有一天会被它背着走。"

"谈墨,你到底做了什么?"李哲枫看向谈墨。

"我让洛轻云带我进入开普勒的世界,让鸿蜮和我的精神体相连接,断开了它和畸化源之间的联系。"谈墨得意地说,眼睛里写满了"快点夸夸我"。

谁知道李哲枫竟然朝洛轻云伸出手,用非常诚恳的语气说:"辛苦你了。"

"应该做的。"洛轻云点头,握了握他的手。

"什么东西啊?他有什么辛苦的?现在跟鸿蜮连接在一起的是我诶!"谈墨气得快要吐血。

"这就是完整精神体的能力吗?"周叙白问,"是不是说如果洛队的身体有足够的承受能力,就能为你借来更多的开普勒能量,你这个完整的精神体就会更有吸引力,直接把我们周边这四个生态区都收了?"

谈墨愣住了,良久才开口道:"周叙白!你可也太贪心了吧!我控制一个就够洛轻云受的了,现在你直接加码到四个!是不是之后就要我征服整个开普勒世界啊?"

他们的通信器和地面恢复了通讯,何映之带着一丝被克制的激动声音传来:"谈墨,你现在终于摸到你能力的边界了。"

谈墨愣在那里,他忽然明白,这就是当年整个零号基地赴汤蹈火将他送出去的原因。

"难道说……何叔叔,我是真的能征服整个开普勒世界吗?"

何映之顿了一下,他是一个学者,对待任何问题都比较谨慎。

"当一个生态企图征服另一个生态,就意味着总有一方会走向灭亡。我不知道你的能力到底是征服、毁灭……还是会有其他更深远的方向。这要你自己去经历,去体会。任何人都没办法替你作答。"

谈墨低下头来,摸了一下身下这只鸿蜮。它选择了自己,那么自己就要给它一个比畸化源更加明亮的方向。

他不知道该如何形容此刻的感受。

他以为人类和开普勒世界的对立,将会永远以侵蚀和抵抗侵蚀的方式持续到某一方灭亡的那一刻。

但是现在,无论是人类,还是开普勒生物,都有了另一个可能性。

而他却是这其中最关键的一环。

"我以为自己只是芸芸众生中很普通的一员而已。"谈墨压抑着声音里的颤抖对何映之说。坐在他身旁的洛轻云看了他一眼。

何映之回复道："我是个学者，我只知道，无论是相较于已知的维度——时间、空间，又或者是未知的维度，比如开普勒世界……任何人类都很普通，都很渺小。我们所做出的改变，无论创造还是毁灭，对于这些永恒的维度而言，都是微不足道的东西。孩子，你仍然是芸芸众生中很普通的一个，只是你可以做到比我们其他人更多的事情。"

谈墨有点说不出话了。

他确实不想成为什么开普勒能量源，也不想成为什么被历史铭记的伟大人物。

他就想像普通人一样在父母身边长大，因为贪玩被数落，因为迟到被叫家长。

如果可以选，他更希望自己的父母还有零号基地里那么多人没有为他牺牲，没有就这样消失，乃至许多人还没有留下名字，还没有被记住他们是谁。

洛轻云的手伸过来，轻轻覆在他头顶。

明明一个字都没有说，谈墨却知道洛轻云能体会他一切的感受。

——他们都是那么向往平凡的人。

风吹了过来，他们脚下出现一整片低级开普勒生态区——是叶轻舞。

上一次看到它们还是在夜晚，洛轻云带着他从灰塔偷摸溜出来的时候。它们在夜风里就像精灵一样优雅，但人只要一踩进去就会被锋利的叶刃割伤。

而现在，虽然没有星垂平野阔，日光倒也能汇成江河湖海。

整个世界无边无际，就像……没有了人类和开普勒世界的界限一样。

谈墨听见洛轻云的脉搏，深深吸了一口气。

"我突然在想，我们现在都有鸿蛾了，接下来还要像狗一样，夹着尾巴逃跑吗？"谈墨撑着下巴，抛出灵魂质问。

"那你想怎样？"洛轻云很有耐心。

"路边野花那么多，统统摘过来送给你。"谈墨说。

洛轻云别过脸去，笑了。

旁边的周叙白忍不住问："他们在说什么野花？"

李哲枫解答："他说的是克莱因之瓶，给洛轻云做营养剂的。"

谈墨敲了敲耳边的通信器："何叔叔，你觉得呢？"

飞行器里的何映之露出一抹笑意："深宙集团的飞行器都是科研级别的，我乘坐的这台上就配备有采样器和离心机。只要有新鲜的克莱因之瓶，我们可以在一个小时内就制作出营养剂。"

谈墨看向洛轻云："如何？"

洛轻云无奈地一笑："你这是要让我过劳死啊。"

而另一台飞行器上，和陆颖在一起的姜怀漾整个人都陷入了癫狂的状态。

"为什么他们能坐在鸿蛾的身上！他们到底是用什么方式操纵的鸿蛾？！"

陆颖并没有给他任何回答。姜怀漾见状，朝她冲了过去，保护陆颖的人连拽都拽不住他。

"是不是洛轻云？你之前要我拿那朵克莱因之瓶的样本是不是为了增强他的能

第十八章 "他"

力？你们到底在研究什么东西？！"

陆颖终于抬起眼睛，看向姜怀漈，扬起嘴角："你觉得这是什么东西？"

"奇迹！这绝对是奇迹！那可是鸿蜮！它竟然不攻击人类！它竟然在为我们开道！"姜怀漈激动得像要口吐白沫了。

"那么，你想和我们共享这个奇迹吗？"陆颖靠近了他，看着他的眼睛，一字一句地问。

姜怀漈一把扣住了陆颖的肩膀："我想！我当然想！"

"那么，你需要跟我们合作。"

陆颖露出胜券在握的表情，让身边的人都出去，只留下自己和姜怀漈。

她对姜怀漈强调道："不是跟灰塔合作，是跟——我们合作。"

姜怀漈呆愣地看着陆颖。

此时，撤离队伍已经越过中级生态区，即将抵达两片高级生态区的交界处。

谈墨侧过脸，能听到远处高空中导弹袭来的声响。

不只是他，鸿蜮和它的米诺斯虫群也不约而同地仰起了脑袋。

"我们是不是回到飞行器上比较安全？"周叙白问。

他们还拿不定主意的时候，鸿蜮身后所有的米诺斯虫身体都开始颤动，紧接着长出了半透明的翅膀来，在这些翅膀上能够看到淡金色的脉络。翅膀加速着颤动，它们就这样飞了起来。

谈墨抬起头，这个场面让人联想到古迹里无数天使吹着号角飞向天堂的壁画。

"这种米诺斯虫……虽然一直有翅膀，但都跟摆设似的，怎么就飞起来了？"周叙白自诩对米诺斯虫这种生物了如指掌，此刻十分惊讶。

洛轻云扬起头来。这些米诺斯虫群围绕着天空中的飞行器，像是在护卫一般。

"也许是因为它们脱离了畸化源，终于完成了本应有的完整进化。"

而他们身下，鸿蜮的腹腔也在剧烈颤动。李哲枫低下头，不可思议道："该不会连它都要长出翅膀来吧？"

"这家伙块头大到惊人，要真是飞起来，那就是空中堡垒了啊！"

但是鸿蜮没有翅膀。它只是吐出了几个巨大的茧，银月姬在半空中破茧而出，翩然起舞。

谈墨立刻会意，高高跃起，跳到了其中一只银月姬的背上。

这只银月姬贴着地面绕着鸿蜮转了一圈之后，扶摇而上，飞向空中。

日光迎面而来，谈墨抬手遮住眼睛，耳边是猎猎风声。

洛轻云他们也跟着乘上了银月姬，很快就融入了米诺斯虫群中。

一声巨响之后，导弹命中目的地，周围的一切都受到了波及，地面上的开普勒生物被一应摧毁。

当烟尘微微散去时，那只鸿蜮仍好端端地待在原处。好家伙，壳果然够硬。

第二枚导弹来临之前，被刺激到的生态区释放出了鳞鸟群。它们嘶鸣尖叫着冲向米诺斯虫群，这些虫子哪怕外壳坚硬，也无法抵挡鳞鸟的喙。

不少米诺斯虫都被啄伤，从高处跌落下来。

但虫群都没有退却，依然层层护卫着，飞行器没有被鳞鸟攻击到。

舱内的吴雨声他们都不得不庆幸有这样强大的保护。否则就算火力全开，也保不齐有坠毁和伤亡。

两片被炸开的高级生态区趁机迅速地相互连接，彼此吞噬，大有融合的趋势。所幸中心城的第三枚导弹紧随其后，稳稳地炸在同一位置，将融合的部分再度分开。

何映之通知其他的飞行器："我们必须尽快突破这个区域！卫星云图显示，另外两个生态区包抄过来了！"

全息屏幕上那成片的红色早就淹没了之前的临时基地，正追着他们涌来。保守估算，二十分钟以内就能和现在这两片生态区实现交融。

这个速度，实在太可怕了！

谈墨眯起了眼睛，冷声道："那就趁它们还没融合之前，各个击破！我们先去拖住其中一个生态区！"

说完，谈墨的那只银月姬就从虫群中飞了出去。

那群鳞鸟也被谈墨吸引了，其中七八只跟着追逐而去。

何映之急得吼了起来："谈墨——你又想干什么！你给我回来！回来！"

洛轻云半开玩笑地说："何教授，儿子长大了，由不得爹了。你找个无人机把'朱雀'带过来给他吧！"

说完，洛轻云也调转方向，冲出虫群的保护，李哲枫和周叙白紧随其后。

"你们要去干什么？心里到底有没有数？"看到洛轻云跟着发疯，陆颖也忍不住开口了。

"去干一票大的。"洛轻云乖巧回答。

"别开玩笑了！你们很快会被四个高级生态区包围！"

"它们的目标是我，我继续跟着你们，你们就会一直没法突围。这就当是我们进入零号基地之前的演练了！"

果然如同洛轻云所料，他一跟随谈墨而去，整个鳞鸟群乌泱泱都追了上去。

"我其实挺想把你踹下去的。你玩完了，我们就自由了。"周叙白半开玩笑地对洛轻云说。

谈墨非常凶："那我会先把你的屁股打烂，周叙白。"

洛轻云闷笑一声，回头看了一眼："谈副队，你的'朱雀'来了。"

只见无人机绕过鳞鸟群的封锁，穿过洛轻云和李哲枫，将"朱雀"安全送达。

"小春雷的无人机操纵技术真是越来越厉害了！回去给他加鸡腿！"

谈墨把"朱雀"背上肩膀，银月姬压低了飞行高度，让谈墨能够更加清晰地观察这片生态区的细节。

"谈墨，你有没有什么计划？"李哲枫问。

谈墨笑了一下："我的计划就是，把种子找出来，灭了它。"

李哲枫无语地叹了口气："还真是简单明了。"

那么，种子到底在哪儿？

他们已经距撤离主队越来越远，但愿那只鸿蛾能够保护着何映之他们顺利突围。

眼前的生态区越来越复杂，从一开始的魔鬼藤交缠，到现在各种植被密度越来越大，树影交叠，已经看不清楚地面的情况了。而谈墨又不可能继续下降高度，一旦陷入生态区，那就是任之宰割了。

第十八章 "他"

"洛队，我觉得你是个好诱饵。"谈墨摸了摸下巴说。

洛轻云回敬："我觉得你是个真渣男。"

谈墨无所谓地回答："渣男还是要满足一些标准的。首先这脸蛋要得天独厚，这一点我肯定不如你；还得事业有成，你看你是队长，而我只是个副队长；人还得聪明，我还在玩泥巴的时候，你都在学高中数学了。你比我更符合条件。"

洛轻云瞥了一眼地面上正在涌动中的生物潮，露出纯良无害的表情说："能不能不要啊，我现在很虚弱，很需要保护的。"

李哲枫飞向洛轻云，直截了当地踹了他一脚："废话那么多干什么！"

洛轻云就这样心不甘情不愿地坠落下去，双手朝向谈墨，一副难以置信的表情。

这画面像极了狗血电视剧里女主角被背叛之后掉下悬崖时看着男主角的场景。

"我明白，我欠你。"谈墨深情道，心里想的是洛轻云可真够欠抽的。

洛轻云掠过重重树影，飞快评估着这片生态区的构成。

目前看到的是魔鬼藤、因迪拉、鳞鸟这些常见的低级生物，但既然这是一片高级生态区，就不可能仅此而已。

这些生物早就锁定了他，正在一点一点地收拢包围圈。

注射了营养血清之后，洛轻云确实恢复了不少。他决定试着掠夺这些低级生物的控制权，以此来挑衅这片生态区的种子。

魔鬼藤最先按捺不住，十几根一齐从四面八方袭来，简直是无死角攻击。

洛轻云发梢微微一振，空气瞬时凝结，时间缓若抽丝，这些魔鬼藤全部保持攻击的姿势悬停半空，一动不动。此时洛轻云睁开眼，眼底散发着淡金色的光。

贪婪的因迪拉管不了那么多，沿着魔鬼藤疯狂地蹿上来，唇口大咧，唾液飞甩。然而它们才刚腾空就失去了自控能力，"噼里啪啦"难看地摔了一地。

洛轻云垂着眼，保持不动，等待着越来越多的开普勒生物成为他的臣民。

原本朝撤离方向涌动的开普勒生物都掉头冲他转来，像一场声势浩大的迁徙。

而处于漩涡中心的洛轻云却很渺小，像碰一下就会碎。

成群的鳞鸟飞过谈墨身侧，这让谈墨瞬间紧张了起来，眼看着这些鳞鸟收紧翅膀，长矛一样冲向洛轻云——

"我去你的——"

银月姬立刻带着谈墨俯冲而下。

"不会让你的宝贝疙瘩受伤的！"

周叙白直接释放神经触丝，一张大网张开，鳞鸟纷纷撞上去，被削掉了鳞羽。李哲枫伸手在网丝上擦过，黑火瞬间蔓延到整张网面，凡是接触到的鳞鸟都烧了起来，发出惨烈的嘶鸣。

可这样仍然不够，还是有几只鳞鸟逃了下去。谈墨连开数枪，将它们统统爆头，洋洋洒洒一大片墨绿色血雾四散。

他们冲破植被的遮蔽，只见鳞鸟的尸体全数撞在魔鬼藤形成的壁垒上，粉身碎骨，没有任何一只能碰到洛轻云。

谈墨呼出一口气来，确实是瘦死的骆驼比马大啊！

吸引火力的目的达到，洛轻云可以回到相对更安全的空中了。谈墨打了个响指，洛轻云的那只银月姬便收拢翅膀，从魔鬼藤的缝隙间滑进去，停在洛轻云的面前。

但洛轻云并没有坐上银月姬,而是闭着眼睛,像在感受什么。

"再等一下,谈墨,这个生态区的种子快来了。"

忽然,洛轻云向后退了小半步,地上有什么东西伸了出来,试探一般,似乎要触碰洛轻云的脚尖,又很快缩了回去。

一切如常,除了地面多出一道小到可以忽略不计的缝隙。

就在洛轻云的后脚跟落地的瞬间,无数尖刺骤然冲出地面,扎向他!

洛轻云唇角勾起,轻声道:"终于来了。"

他移动如鬼魅,惊险地避开了尖刺的攻击。

这些尖刺和一般生物的倒刺不同,它们泛着金属光泽,而且能改变形状,一根尖刺没有命中,就能瞬间又延伸出无数根尖刺。

洛轻云翻身坐上银月姬,越飞越高,那些尖刺穷追不舍,也越长越高,甚至延伸进入了魔鬼藤的体内,强行挪动魔鬼藤来追逐。魔鬼藤的高度不够,这些尖刺就从魔鬼藤的体内穿出,像金属烟花一样炸开,继续伸长,在半空中追击洛轻云。

谈墨瞪大了眼睛,一边往上飞一边在脑海中不断搜索着自己为数不多的开普勒生物知识。他在一线这么多年,还是第一次亲眼见到这种生物!

"真是刷新眼界了!这个就是传说中的'钛妖'吗?"

洛轻云的声音从通信器里传来:"谈副队,你的运气可真好呢。"

——这个方向是谈墨选的。

"不行,钛妖有三分之一的构成是金属元素。黑火烧不着这些金属!"李哲枫也急忙向上空撤。

钛妖是开普勒生物中非常独特的神奇物种。

至今没有人知道它被感染之前究竟是什么样的生物,只知道它处于高级生态区的地下深处,吸收了大量岩层中的金属,并且与之在细胞级别融合。它能随意变化自己的形态,潜伏在任何开普勒生物的体内,乃至在山岩之中游动,宛如妖魔精怪。这就是"钛妖"这个名字的由来。

洛轻云的银月姬翅膀被钛妖刺伤了,银色的血液随风流动成一串一串的珍珠。

它的速度变慢了,眼看着又一波钛妖的尖刺袭来,要将它的双翼钉住。

"砰——",一发子弹擦过洛轻云的脸颊,在钛妖的尖刺之间爆开。

能量波动着向四面八方而去,钛妖的尖刺朝周围坍塌,回归土壤。

洛轻云抬起头,就看到谈墨端着"朱雀",仍然保持着瞄准的姿势。

"别迷恋哥哈,哥的磁爆弹不多了。"谈墨冷声道。

想征服这个生态区,他们必须尽快确认作为种子的钛妖心脏的位置。

洛轻云飞到谈墨的高度,两只银月姬并驾齐驱,他向谈墨深伸出一只手。

谈墨用狐疑的目光看着洛轻云:"你确定吗?我以为你在下面大发神威,已经空瓶了呢。"

洛轻云微笑了一下:"我最后的一点,一定是给你的。"

"这话我听着有歧义。"周叙白飕飕地扔下一句,没眼看似的飞到前方。

谈墨抓住洛轻云的手,两人的手指扣在一起,开普勒能量从洛轻云的指尖溢出,在谈墨的体内形成循环。

洛轻云说:"现在,由你来感知。"

第十八章 "他"

谈墨的思维随即向各个方向辐射开来，他的精神体进入开普勒的生态网络中，有着比洛轻云更敏锐的感知力，能够迅速锁定钛妖的所在。

世界在谈墨的眼中完全变了个模样。

他能看到李哲枫和周叙白周身散发出的能量，比周围一切的能量都要强烈。

谈墨忍不住感叹："你俩真够明亮的。"

"哈？"周叙白回过头来看他。听着像夸奖，但又有点怪，好像在抱怨他和李哲枫是什么大灯泡。

谈墨又看了一眼洛轻云，他整个人身上晕着一层淡金色的光，通透澄澈，发丝轻扬，开普勒能量的微粒从他的发梢溢出，很美。

洛轻云模仿谈墨刚才的语气说："别迷恋哥哈，哥的能量不多了。"

"去你的。"

谈墨的感知继续延伸，连接着这个区域内所有可视与不可视的生物，一层一层过滤，终于捕捉到在地面之下游弋的钛妖，而整片领域的地下都是它留下的痕迹。

这太不可思议了——钛妖就是整个生态区本身。

洛轻云仍然保持着与谈墨十指相扣的姿势，当谈墨感受着这个区域的时候，他也能经由谈墨看到这个区域的一切。

"寻找钛妖的能量最集中的地方。"洛轻云轻声道。

谈墨得到提点，顺着钛妖的动向追踪，越过重林，终于找到了一座山！

就在这座山里，钛妖的能量强烈到炫目。

"它就在这座山里！可是这样的话，我们对付不了它！"

钛妖也发现了谈墨的感知，整座山随之发生运动，只听见轰隆隆的巨响，一块钛妖形成的山石与金属的融合物化作巨兽，朝他们张开了大嘴，这简直是神话里才会出现的恐怖场景。

那张巨嘴里吐出的气流掀起山风，回声阵阵，引发地动山摇。

银月姬拼了命地往高飞，巨兽的大嘴竟然追着他们往前移动！

"这座山应该是蕴含着大量金属矿，又碰上了开普勒生物进化，两者由此融合，形成了钛妖。"洛轻云略微施力，捏疼了谈墨的手指，让他回过神来，"谈副队，如果你真想拿下这个大家伙，也不是没有办法——只要我们能先一步削弱它的力量，把它打散。"

谈墨皱着眉头："打散？贺泷可不在这里，哪怕他在，也无法靠近钛妖！"

"我指的是更大的破坏。"洛轻云开玩笑地说，"和你的何叔叔好好撒个娇吧。"

通信器另一头，何映之很快就明白，他们需要的是从中心城发射的电磁脉冲弹。

电磁脉冲弹不能毁灭有形之物，而是直接对磁场造成影响。

这个手段对付其他凶残的开普勒生物恐怕没什么用，但钛妖是金属质地的，就像刚才谈墨用磁爆弹击退了它的尖刺那样，电磁脉冲会对钛妖造成毁灭性的打击。

人类面临开普勒生态入侵之后，就没有国度的概念了，也不再有国家战争。电磁脉冲弹这种武器，尘封了二十余年，万万没想到会在今天派上用场。

但是电磁脉冲弹会影响所有的通信设备，发射之后，他们之间就无法联络了。

何映之只能和谈墨他们约在一片低级开普勒生态区会合，如果谈墨他们在约定时间没有赶到，何映之会留下一台飞行器。这已经是最好的安排了。

中心城对于何映之的要求是极为重视的，保证在三分钟之内电磁脉冲弹将会到达指定地点。

潜伏着钛妖的山脉还在不断移动，追逐谈墨他们。为了保证命中，谈墨他们只能在原地绕圈，控制钛妖的活动范围，还要避开鳞鸟群的袭击。

脉冲弹如约而至，谈墨他们看准它的轨迹，故意将钛妖引了过去。

山脉不断变形，拔地而起，形成无数猛兽，咆哮如雷，连绵不绝，延伸向天际！

"我去——"

谈墨的后背冷汗直冒，他眼看着千军万马离自己越来越近！

脉冲弹锁定了钛妖的能量团，直接与钛妖形成的兽群相撞。

没有隆隆炮火，也没有硝烟，只有谈墨他们耳边的通信器传来尖锐的"刺啦"一声。谈墨摁住自己的脑袋，赶紧把通信器从耳朵里摘下来。

而原本不咬住他们不罢休的兽群如大厦倾颓一般垮塌下去。

天崩地裂，整条山脉都受到脉冲弹的磁力波及，钛妖再无法随心所欲地控制金属元素来塑造山石的形态，甚至无法凝聚自己的开普勒能量，只能任它们四散。

仅此而已吗？

如果这一击没有伤到它的心脏，一旦电磁的影响消失，它依然能恢复原状。

此时有什么东西飞到谈墨身后，他一回头，看到一只通体漆黑、羽毛圆润的鸟。

"小心——"洛轻云喊道。

谈墨还在惊讶于这只鸟羽毛折射出的金属光泽，洛轻云已经飞扑过来按住了他。

谈墨低下腰，脸几乎贴在了银月姬的背上。

"砰砰砰"接连枪响，是李哲枫和周叙白开枪了。

谈墨被洛轻云半压在怀里，两只银月姬振翅的频率趋同，愣是没让他俩掉下去。

而那只黑色的鸟为了躲避子弹，竟然贴在洛轻云的银月姬身下飞行。

谈墨意识到，这恐怕就是钛妖的心脏！

在电磁脉冲弹炸裂的时候，它就逃了出来，趁谈墨他们还在关注垮塌的山脉，就这么绕到了谈墨的身后。

真是太阴险了！

谈墨换上磁爆弹，他的银月姬很有默契地压低了飞行高度，只消那只黑鸟露出一瞬，他就能击中它！

钛妖早就领教过谈墨的实力，就在谈墨瞄准它的瞬间，黑鸟化作金属尖刺，扎进洛轻云的银月姬体内，也刚好避开了子弹！

洛轻云的银月姬身体内立刻充满金属，神经被破坏，躯体僵直着急坠而下。

"洛轻云——"

谈墨指尖只触碰到洛轻云的发梢，眼睁睁地看着他坠落。

那只银月姬以最后一丝力气减缓了下坠速度，触地的时候，洛轻云一个翻身滚下，银月姬撞上了一棵大树。

而银月姬体内的钛妖在触地的瞬间就躲进地下了。

"洛轻云！你没事吧？！"

洛轻云回头，看到谈墨从不远处跑过来。

第十八章 "他"

"没事。就是可惜了这孩子。"洛轻云半蹲下来，摸了摸那只银月姬，将微弱的开普勒能量传递给它，尽可能地减轻它的痛苦。

它逐渐化作淡金色的粉末，消散了。

洛轻云低声道："希望你可以去陪陪我的队长梁幼洁……别去畸化源。"

谈墨作势要搭上洛轻云的肩膀："你吓死我了！"

他的手即将碰上洛轻云，却被避开，洛轻云直直冲他开了一枪。

"砰——"

子弹擦着谈墨的脸颊滑过，一道黑色的伤痕出现，又迅速愈合。

"啧……"洛轻云叹了口气，"我的准头果然没有谈墨好。"

"你怎么知道我不是谈墨的？"

钛妖歪了歪脑袋，它感受到身后有人来了，枪口已经对准了它的后脑勺。

它身后，真正的谈墨轻轻笑了一下："是啊，洛队，你是怎么发现它不对的？"

身上的作战服是一样的，背上的"朱雀"是一样的，钛妖甚至还复制了眼上的小疤，这么天衣无缝的操作，洛轻云瞬间就辨识出来了？

洛轻云用一本正经的语气回答："因为他笑得太做作了。"

谈墨有点无语地扬了扬眉梢。

李哲枫和周叙白也赶来了，他们一左一右停在钛妖身侧，同样举着枪瞄准它。

"看来只能到此为止了。"钛妖的表情显得很无所谓。

它转过身来，没有把李哲枫和周叙白放在眼里，一步一步迎着枪口走向谈墨。

"这真的很奇妙，我和你可以长得这么像。"钛妖歪着脑袋，用一种神奇的目光打量着谈墨。

那一瞬间，奇妙的感觉涌上心头，谈墨意识到此刻是另一个人在操控着钛妖。

如果……"他"还能被称为人的话。

"是你。"谈墨的枪扣得更紧了。

"惊不惊喜？意不意外？"钛妖摊开双手，仿佛将自己敞开了一样，胸口即将抵在谈墨的枪上。

谈墨又向后退了一步，不能让钛妖接触到枪支，它会吸收枪上的金属元素。

"我们是兄弟，从人类生物学的角度来说——我们的基因是一样的。"

谈墨丝毫没有与血亲相逢的喜悦，想到的只有谢阑冰亲手结果自己的画面。

"当你还在妈妈的肚子里享受母爱的时候，我就已经离开了她独自成长……她选择留下你，而你又能做到什么呢？"

这是来自"他"的质问。这一切都显得那么不公平。

谈墨搭在扳机上的手指颤了一下。

"如果是谈墨被取出来，而你留在母亲的肚子里，结局只会比现在更悲惨。你会直接吸食你母亲的开普勒能量，让她丧命，畸化的世界会变得更加疯狂。但是谈墨，依然会是现在的样子。"

洛轻云的声音透着属于他的温和，以及少许坚定。

"你真的了解人类，了解命运吗？"

钛妖忽然四散开来，又在洛轻云的面前汇聚，再度形成谈墨，不，应该是"他"的样子。"他"在嘲笑洛轻云。

"我不需要了解这些。"洛轻云仍然表情沉静。

对于洛轻云来说,了解谈墨就够了。这个孩子在福利院里长大,从没有感受过来自血亲的爱,却坚韧成长,不曾因人情冷暖而曲折灵魂。所以洛轻云相信,就算凌喻选择把谈墨送进培养仓,谈墨还会是今天的谈墨。

"他"笑了一下,骤然回到谈墨面前,速度之快让周叙白和李哲枫下意识开枪。金属粒子飞散,子弹从中穿过,反而打向了谈墨。

谈墨体内还有洛轻云的开普勒能量,反应速度很快,他单腿下压,子弹从他头顶经过。与此同时,谈墨的肩头仍旧稳稳扛着枪,手指毫不犹豫地扣下扳机。

药剂瞬间渗入一动不动的钛妖体内,瓦解它的开普勒能量团。

钛妖睁大眼睛,向后倒了下去。

"你知道我是谁……却叫不出我的名字……我们的父母……甚至没有给我起名字……"

这句话说完,钛妖的眼睛逐渐失去光泽,身体颜色渐渐变得和脚下的土壤相似。

——"他"已经离开了。

"他就是……零号基地里的那一个吗?"周叙白问。

谈墨点了点头。

洛轻云走过来:"他借用钛妖,应该不只是来说一句话这么简单的吧?"

"他在向我示威,让我知道只要在有开普勒生物存在的地方,他都能出其不意地杀了我。"谈墨回答。

钛妖被消灭了,整个生态区的开普勒生物却没有作鸟兽状散,这说明还有什么在控制着这个生态区。比如说,幼种。

谈墨闭上眼睛,整个生态区的所有生物能量在他脑海中被具象,层层格局清晰可见。而整个区域里的开普勒能量汇聚向了一个地方,那里有一个微弱却明亮的能量团。

"我找到钛妖的幼种了!"

洛轻云眉梢轻微一挑:"你这是打算斩草除根吗?"

谈墨摇了摇头:"钛妖的幼种,未必会像钛妖一样受到畸化源影响这么深。它的能力特殊,我们说不定会需要它。"

洛轻云笑了一下:"原来你是想给鸿蜮找个伴儿。那走吧。"

谈墨将"朱雀"扔给洛轻云,抬了抬下巴示意对方背上。

"不会吧,你的监察员守则忘到哪里去了啊。"洛轻云双手接住,还故意向下沉了沉,坚守自己的虚弱人设。

"你是我的人,当然要背我的枪。"谈墨的语气天经地义,"你的银月姬没了,我背着枪,你怎么坐我后面?你不帮我背枪,那你打算坐谁后面?"

李哲枫冷哼一声,先一步飞上空中:"我独来独往。"

周叙白也拍了拍自己的银月姬,赶紧撤离:"再见!"

钛妖的幼种不像成熟的本尊一样擅长游移和变化,它还处于吸收金属元素的成长过程中。

谈墨在一棵枯败的老树前停了下来,它没有一丝水分,从中感受不到任何生命力,仿佛一个弹指便能让它化作齑粉。

第十八章 "他"

但就在这样一棵树的周围，潜伏着十几头缇丰，于静谧之中倏忽凶相毕露，群起而攻之。

它们一齐朝谈墨吐出神经触丝，像三百六十度无死角的暴雨倾盆。

周叙白以自己的触丝回击，李哲枫的黑火接踵而至。

洛轻云扣住谈墨的手，压低声音说："它们还会攻上来，时间紧迫！"

谈墨闭上眼睛，透过洛轻云感受着那个在高维度广袤空间里的能量源，另一只手伸进了枯树的树洞里。

只听见一阵"嗡嗡嗡"的，像是有什么东西在高频振动的声音，金属粒子从树洞里缓缓飘出，慢慢地凝结成一朵半金属的向日葵状花朵。它拥有植物的脉络，偏偏又是金属的质地。这朵向日葵向往的可不是日光，而是能量源。

谈墨的手毫不犹豫地触碰上去，淡金色的开普勒能量进入金属花朵的体内，纯黑色的花瓣隐隐约约透露出亮光来，一闪一闪，逐渐与谈墨的心跳同步。

原本还想避开谈墨的金属花仿佛被温柔地抚慰了，朝着谈墨的手心下弯，整朵花都乖巧地贴了上来。

谈墨将这个幼种引向了真正的开普勒能量源，在那个瞬间，钛妖幼种迅速成长，花瓣旋转着忽然层层绽开，像是迎接新生的太阳，又像是精灵的裙摆。

那些成群要攻上来的缇丰忽然原地趴下，闭着眼睛，像是在迎接它们新的主宰。

金属向日葵开始变化形态，无数闪烁着亮光的金属丝线游动，最后形成了一枚指环，自动套在谈墨的手指上。

那些缇丰随即朝着其他地方离开了。不光是缇丰，这个生态区其他幸存的生物，都脱离了种子的驱使，奔赴向各自的远方。

"这是什么意思？"周叙白问。

洛轻云笑了笑："它想跟谈墨走。"

谈墨轻轻触摸上手指上的银色小环，它意外地非常柔软，丝毫没有金属冰冷的质感，一抚摸上去就会沿着手指流动起来，流光中透露出它特别的生命力。

谈墨突然想起了洛轻云小的时候窗前的那朵小野花。

钛妖立刻感觉到谈墨所想，按照他的记忆形成枝叶的纹路，朴素的银环中央长出了一朵微小的永不凋谢的花。

洛轻云抬起谈墨的手，看了很长时间。

返回会合点的路上，洛轻云坐在谈墨的身后睡着了。

他的开普勒能量全给了谈墨，已经疲惫不堪了。他把下巴轻轻靠在谈墨的肩头，不停下滑，差点朝着一侧栽下去。

谈墨心头一惊，一把扣住他的手，将他扯了回来。

"我哥哥来看我，把你吓着了吗？"谈墨轻声问。

洛轻云闷着声回答："你们长得一模一样，命运却大相径庭。如果我是他，我也会对你感到好奇。"

谈墨长长地叹了一口气。

"是啊。我们的爸妈拼了命地阻止他得到他想得到的力量，又不惜一切代价也要保护我活着离开，这听起来太不公平。他应该会好奇我身上到底有什么特别之处，能得到这样的垂青。"

"我以为你的特别之处，就是我呢。"洛轻云的声音里带着七分笑意和三分委屈，"看来我自视甚高，被打脸了。"

"哪能呢！你当然是我最大的特别之处！"谈墨用得意的语气哄着他，"我的桥，我的专属充电线，为我出生入死的，他怎么可能不羡慕？怎么可能不嫉妒？"

洛轻云把脸埋在谈墨肩膀后面。

"不过话又说回来，他既然能从零号基地跑出来，操纵这些生态区，就说明我妈妈对他的控制在衰弱，我担心……"谈墨紧紧蹙着眉。

洛轻云好像又笑了，谈墨觉得肩膀痒痒的。他耸起肩头，蹭了洛轻云一下："你笑啥呢？"

"我在想，如果你那个哥哥真的脱离控制了，整个畸化世界都为他所用，他想毁掉一座城市，恐怕只需要几分钟吧。"洛轻云慢慢地说，"可反观人类在干吗呢？灰塔和深宙集团还在较劲，商人们还在想着如何拿开普勒生物牟利，普通的市民就觉得世界末日大概还有几百年，自己总能'苟'完一辈子，剩下的事留给儿孙们头疼吧……"

谈墨听着，抬起手揉了一下洛轻云的脑袋："你可以觉得不值得。"

不值得你包容和谅解，也不值得你为他们披荆斩棘、九死一生。

"算了。"洛轻云的声音有点闷，还有点孩子气，"你值得就好。"

"睡会儿吧。"谈墨说。

"我怕睡着了，会掉下去。"

谈墨将他的手绕到自己的前面，扣住手背道："放心吧，我会一直抓着你。"

我会在你坠落的时候拉住你，在你孤独的时候抱紧你，让你安心入眠，让你心有眷恋。

洛轻云闭上了眼睛。

除了风声，谈墨的耳边就剩下洛轻云的呼吸声。

这种感觉很奇妙，谈墨第一次这么清楚地感觉到一个人信任自己、需要自己，乃至依赖自己。

而这个人不是别人，正是那个强大到在世人眼里无坚不摧的洛轻云。

洛轻云在失眠的夜里，听到的会是来自畸化开普勒世界的声音吗？

至少此刻，睡吧，安心睡一会儿。

第十九章
宣战

他们距离会合点越来越近,打远就感受到强烈的开普勒能量波动,再前进,映入眼帘的是满地稀稀落落的开普勒生物残骸。

——是护送飞行器的那些米诺斯虫。

他们的通信器早就被电磁脉冲损坏了,这期间根本无法和何映之联系,无从得知他们失联之后都发生了什么。

"怎么会这样?"周叙白压低飞行器,想弄清楚到底是什么杀死了这些米诺斯虫。

他看到某只米诺斯虫的腹部有什么黑色锐利的东西正在反射日光,泛起让人心惊的寒意,他用神经触丝将那个东西卷了上来。

"这是什么?应该是鳞片。"周叙白将它拿起来,对着太阳看,哪怕是最薄的边缘也透不出光,质地细密而锋利,"这……难不成是……"

李哲枫眯起眼睛:"螭吻。"

谈墨一瞬间有点窒息。

"我们赶紧!"

他们迅速掠过一地狼藉,前方的米诺斯虫残骸越来越多,气氛也越来越紧张。

下一秒,面前的场景让谈墨全身血液都冻住了。

——撤离主队的飞行器都坠落在一片空地上,所有的引擎都被明显摧毁,其中一台连外舱都被破坏了。

而这些飞行器碎片的旁边,一具巨大的躯壳四分五裂,上面还有明显被噬咬的伤痕。那是鸿蛾,为了保护好撤离队伍,它付出了生命的代价。

它周围躺着三条巨大的螭吻,破损的内脏和神经线到处散落,那片土地都被绿色和蓝色的血水染成了诡异的斑斓。

它真的很英勇,哪怕是死,也和敌人同归于尽了。

洛轻云在银月姬落地的那一刻醒来,看着眼前的场面,很快明白了一切。

飞行器的舱门打开,何映之就站在门口,那一刻谈墨的眼眶又酸又湿,他冲上去一把抱住了何映之。

"何叔叔!"

何映之见谈墨他们平安无事,也长长地呼出一口气来,轻轻拍了拍他的后背。

"是鸿蛾保护了我们,不然我们根本没法平安抵达这里。"

大概是被操控的缘故,洛轻云跟着谈墨离开之后,原先追着飞行器的生态区依然不肯善罢甘休。三条螭吻直接用尾鳞去攻击空中的飞行器。

它们破坏了飞行器的引擎和舱壁,还好有鸿蛾用神经触丝织成的网帮助飞行器硬着陆,不然飞行器就坠毁了。

为了保护飞行器,鸿蛾很难和这三条螭吻放手一搏,硬生生扛下了无数次攻击,最后被击碎了。

谈墨心中感激着这只鸿蜮，随之而来的又是另一种伤感。

按道理，他和鸿蜮不是一个物种，按照地球的生物形式，他们之间甚至没有交流的可能。但开普勒世界让他们的精神体连接在一起，不需要任何语言就能彼此理解，生物之间的隔阂荡然无存。

他们相识的时间很短，只有十几个小时而已。

但是鸿蜮为了保护他们的同伴，献出了生命。

谈墨不认为这是种子对领域内生物的控制，他感觉到这更像是一种彼此理解之后的惺惺相惜。

毕竟，在畸化的开普勒领域里，鸿蜮也有着属于它的孤独。

"它……它的心眼呢？被毁掉了吗？"谈墨抱着最后一丝希望问。

何映之示意谈墨进来，谈墨发现医疗舱在运转，里面正是鸿蜮的心眼！

"你们……你们把它放在医疗舱里？"谈墨很惊讶地问。

何映之皱了皱眉头，说："我知道医疗舱是针对人类设计的，对开普勒生物的作用不大。但除此之外，我找不到其他方式延续它的生命了……"

"不不不……我以为你们会害怕……会觉得它很危险……"

常恒大声嚷嚷了起来："我们有那么忘恩负义吗？谈副队，你是没亲眼看见这位大兄弟有多强悍！有一条螭吻都蹿进它身体里了，生生被它用触丝拽了出来！"

正在维修飞行器电路系统的江春雷也开口了："看到它倒下，大家心里都很难过，以为它真的没了呢！后来就看到这小家伙从地下爬出来，蔫巴巴的样子，我们想也不想就赶快把它捞进来了！"

"你看看，还有没有什么办法能救救它？"吴雨声把脸贴在医疗舱上，看着里面的小家伙身体紧紧蜷着，浑身只剩下腹部一点指甲盖大小的淡金色微光了。

等到这点微光也消失，它就真的要离开了。

谈墨皱着眉："我能想到的只有一个办法，就是把它的精神体导向真正的开普勒能量源，让它从那里直接获取能量修复自己。"

"那就试试看。"洛轻云也走进了机舱。

谈墨问："你去看过陆阿姨了吗？她那边怎么样？"

"她没有事，但是姜怀漈恐怕不行了。"洛轻云用手指敲了敲太阳穴，表示姜怀漈颅内的肿瘤破裂了。

毕竟经历了这么多大风大浪，姜怀漈本来精神状态就不好，他那颗肿瘤要是还不闹点幺蛾子，简直就让人觉得他压根不需要治疗了。

洛轻云靠近谈墨的耳朵，轻声道："趁姜怀漈还没死，必须让鸿蜮恢复能力。"

谈墨怔了一下，立刻明白了洛轻云的用意。

洛轻云伸出手，谈墨也抬起手与洛轻云的手掌贴在一起。他的精神体下沉，在漆黑的蒙昧宇宙中寻找着出口，忽然看见金色的光点。

他朝那道光而去，越来越近，再次看到那个闪耀着蓬勃光彩的星体。

谈墨将和自己连接在一起的鸿蜮送了过去。

无数细小的金色能量线延伸开来，相接的瞬间，鸿蜮快要暗淡下去的能量团被倏忽点亮。

"嘭嘭、嘭嘭——"

第十九章 宣战

谈墨听到富有生命力的脉搏声，以及一道来自鸿蛾精神体的声音。
——谢谢你，给予我自由。
谈墨笑了一下，闭上眼睛上浮，他的精神体离开了高维空间，回到现实。
他睁开眼睛，与洛轻云相视一笑。
"看来我们越来越有默契了。"谈墨笑着说，"就像枪与子弹。"
洛轻云不置可否地一挑眉："你指哪儿，我打哪儿。"
正看护着鸿蛾的常恒喊了起来："嘿！快来看啊！这小家伙变亮堂了！是不是要活了？"
鸿蛾的心眼在医疗舱里晃悠起来，还转了一小圈，像是在伸懒腰。
它轻轻敲了敲医疗舱的门，告诉所有人它已经康复了。
何映之不由得赞叹："这就是真正的能量源的力量啊，濒死的生物也能这么快恢复健康！"
洛轻云将它抱出来，托在手里，细细打量了起来。
"还挺神奇的，鸿蛾那么大的块头，真正的核心却只有茶杯泰迪这么大。"
大家都好奇地围过来看。江春雷把手伸到它头顶，想摸一摸，又有点不敢。
鸿蛾能够感应到他的善意，直接把自己的脑袋往江春雷的掌心里贴了一下。
"喔——喔——"江春雷激动地看着自己的手心，"我摸到鸿蛾的心眼了！我摸到了！这要是被我的同学知道，一定会羡慕死的！"
吴雨声好笑地问："是什么手感？软的硬的？"
江春雷愣了一下："太激动了，忘了……要不我再摸一下？"
洛轻云却带着鸿蛾走出了舱门："还有正事要办，想摸……恐怕是没机会了。"

陆颖所在的那台飞行器上，气氛非常紧张。
医务人员在医疗舱内给姜怀漾处理那颗破裂的肿瘤，仪器显示，他的各项指标都在下降，存活概率渺茫。
陆颖在旁边头疼地捏着眼角，看到洛轻云和谈墨过来，很勉强地露出一抹笑。
"你们平安无事真的太好了。听说你们还打败了钛妖，这可是非常珍贵的战斗经验……"
她的话还没有说完，洛轻云开口道："陆阿姨，让这些人出去吧。"
"你想就这么放弃姜怀漾？他是我们最好控制的筹码了，如果他死了，深宙集团换了新的继承人，我们又得从头争取……"
"所以，要让姜怀漾彻彻底底成为我们的人。"洛轻云搂过陆颖的肩膀，示意她不要担心，"事关人类的生存，那就让所有人类都站到同一个阵营来。"
陆颖愣了一下："你想怎么做？"
"我来'救'他。"洛轻云回答。
此时，医务人员宣布姜怀漾已经脑死亡，他们能做的，就只有维持着这个状态把姜怀漾还给深宙集团了。陆颖没有犹豫太久，就出声遣散了所有医务人员。
等医疗舱里只剩下他们三人，谈墨说出他和洛轻云的计划。
"陆阿姨，我们想造一个'姜怀漾'出来。"谈墨抱着胳膊开口道，"鸿蛾可以与人类的大脑神经接驳，摄取记忆，之前那只入侵银湾市的鸿蛾甚至可以变成洛轻云的样子来哄骗我。现在，这只鸿蛾是我们的朋友，不妨请它帮我们一个忙。"

陆颖完全听懂了："你想让鸿蛾来取代姜怀漾。"

"没错，把控深宙集团的依然是姜怀漾，但同时也是我们的朋友。我们就算之后无法说服灰塔，也不至于无路可走。"

解释间，洛轻云已经将鸿蛾放在姜怀漾的胸口上，退到一边。只见鸿蛾身体伸出的无数触丝透过皮肤进入姜怀漾的体内，形成微波在姜怀漾皮表下流动。

原本依靠呼吸机维持生命体征的姜怀漾恢复了自主呼吸，双眼睁开，用力地看着这个世界。

洛轻云立刻给他取下呼吸机，姜怀漾大口呼吸了几下，谈墨和陆颖走过去看向医疗舱的屏幕，发现他的血压和心跳都已趋于平稳。

洛轻云靠着医疗翼打了个响指："嘿，你现在知道自己是谁吗？"

姜怀漾侧过脸来看向谈墨，只是一个眼神，谈墨就了然。他既是姜怀漾，也是那只鸿蛾。他们融为一体了。

"我的名字是……姜怀漾……深宙集团的现任董事长。按照人类的年龄计算方式，我今年二十四岁……我是你们的朋友。"姜怀漾说话有些结巴，好像还不太会使用声带。

洛轻云笑道："嗯，这比你之前在我面前痛哭流涕的样子要顺眼多了。"

姜怀漾坐起来，歪着脑袋想了一会儿，"哦"了一下，似乎是终于想起洛轻云说的"痛哭流涕"是什么时候了。

"痛哭流涕的不是现在的我。"姜怀漾很认真地说。

他一本正经的样子把谈墨给逗乐了。

"所以现在你算是寄宿在姜怀漾的体内了？"谈墨问。

姜怀漾点了点头："这个人大脑的功能已经被破坏了，我无法阅读他全部的记忆，不能完全复制出另一个他。我只能进入他的大脑，将毁坏的神经元和血管都连接起来，修复成可以使用的状态。"

"你所谓的'进入'，应该只是物质层面的，对吧？"洛轻云问。

"是的，我现在不能离开他的大脑，一旦离开，他就会立即死亡。我听说在人类的世界里，得到什么就要付出相应的代价，应该就是这个意思，对吗？"姜怀漾用小学生提问的目光看向洛轻云。

洛轻云点头："按道理是这样。只是不劳而获的人太多了，希望你不会学坏。"

"这个大脑接受的教育是要向优秀的人类学习。"姜怀漾敲了敲自己的脑袋，上面还缠着手术后的纱布。谈墨有点担心他不小心把自己的脑瓜敲破了。

洛轻云回答说："原则上是这样。只是每个人对'优秀'的定义不一样。"

姜怀漾看向谈墨，眼神坚定地说："在我的心里，谈墨就是优秀的人类，所以我向他学习。"

谈墨差点没给呛死。

"我？优秀？"谈墨眨了眨眼睛，狂笑起来，"谢谢！这真的是好大的恭维啊！"

洛轻云笑着说："这是大实话了。你比这世上绝大多数的人类都要优秀很多。"

陆颖的心情跌宕起伏，之前还在担心姜怀漾死了之后深宙集团会站到他们的对立面去，现在又在担心这个"板正"的姜怀漾会不会露出什么马脚。

第十九章 宣战

"小姜董,如果有人质疑你不是姜怀漾,你该怎么办?"陆颖尝试性地问道,"毕竟……真正的姜怀漾没你这么善良可爱。"

姜怀漾回答:"那就请他们检查我的基因、虹膜和指纹,找出我不是姜怀漾的证据来。"

的确,毕竟这具躯壳还是货真价实的姜怀漾的身体。

洛轻云接着问:"那如果董事会的人质疑脑部肿瘤破裂影响了你的判断力呢?说简单一点,就是如果他们觉得你现在不大清醒,做不出对集团有利的决定来呢?"

姜怀漾直愣愣地看着洛轻云,谈墨还以为是洛轻云的这个问题难倒了他,谁知道姜怀漾的唇线弯了起来,和洛轻云此刻的坏笑如出一辙。只是这坏笑在洛轻云的脸上显得勾人,在姜怀漾的脸上是自信的体现。

"我会给他们看我脑部的CT,告诉他们,如果想得到像我一样治愈绝症的办法,最好听我的。我所掌握的可不仅仅是巨大的商机,而且是人类的未来。人类如果想拥有未来,就必须听我的话。"

这才不到五分钟,姜怀漾同学不但说话利索了,思考问题都学会从人类社会的逻辑出发,平衡利益和结果了。

"你的学习能力真是火箭级别的。"谈墨朝他比了个大拇指。

姜怀漾摸了摸自己的鼻子,露出一副不好意思的表情。

洛轻云拍了拍姜怀漾的肩膀说:"你现在可以躺下继续学习了。"

"我明白。就算是要创造奇迹,也不能凭空捏造。这会让人起疑。"

"对,最好就是你昏睡上两天两夜,忽然手指一动,睁开眼睛,表现出大梦初醒的样子。然后,大家围绕在你的身边,悉心为你做一系列检查,最后发现你的脑部肿瘤真的消失了,而你也没变成傻子!奇迹啊!"

姜怀漾似乎有点困惑:"我以为这些是三流电视剧里的内容。这个身体的主人对这种电视剧貌似很看不起。"

洛轻云和陆颖不约而同地举手表示:"我也看不起。"

谈墨不爽地看着他们:"人类的乐趣,你们懂什么!"

等待中心城的救援飞行器到达期间,何映之为谈墨带来了一个好消息。

"我发现那三条螭吻之中,有一头是繁育期的雌性。"他压低了声音,说得很神秘,"像是螭吻这样凶残的生物,它们的卵营养成分很高,虽然比不上克莱因之瓶,但我在想洛轻云的营养剂,或许也可以使用螭吻卵来做材料。"

谈墨露出为难的表情,也跟着压低声音:"何叔叔,你可能不知道,洛轻云有洁癖,他之前被螭吻吞进肚子里,爬出来之后浑身又脏又臭,产生了很大的心理阴影。你要让他吃下螭吻卵制作的营养剂……我怕他好了很久的神经病又会发作啊。"

"现在是挑三拣四的时候吗?"何映之没好气地问。

"哪怕死到临头了,他还是会挑三拣四的。"谈墨回答。

"那你别告诉他不就行了!"

站在不远处,正和贺泷一起抽烟的洛轻云笑道:"我已经听见了。"

何映之皱起眉:"啧。这些融合者,听力太好了,真是麻烦。"

周叙白和李哲枫就在不远处陪韩准和江春雷维修引擎,也听到了他们的谈话。

227

"我觉得吧，洛队你没有什么发言权，现在的你在我手下过十招的能耐都没了。"李哲枫说着将韩准举起来，让他坐在自己的肩头，去看引擎内部损坏的地方。

周叙白正用自己的触丝充当吊车，帮江春雷把维修机械吊到飞行器顶端。他坐在单侧引擎上，晃着两条长腿，幸灾乐祸地说："洛队，你看你这就不对了，墨哥给你吃什么，你就该老老实实吃什么。螭吻的卵怎么了？又不是螭吻的屎！"

洛轻云冷笑："你怎么不吃？"

周叙白歪了歪脑袋："我不用啊。我年轻，身体好着呢。"

说完，还把刚才拆下来的一个引擎给吊起来转了个圈，引来大家惊呼阵阵。

"周队啊太厉害了！"

"哇，没想到周队的神经触丝这么强韧！"

就连一向口是心非的韩准都对周叙白露出了崇拜的小表情。

贺泷叼着烟冲洛轻云抬抬下巴："那个引擎，你吊得起来吗？"

洛轻云说："当然可以。"

"是以前吧？你这身体得养好啊。"贺泷语重心长地说。

洛轻云抬了抬眼皮，总觉得这两个字别有深意。

他回头找了下谈墨的方位，才发现谈墨一直在用很不爽的表情瞪着他的后脑勺。

贺泷用脚踩灭烟头，走向谈墨："来啊大侄子，我跟你们一起啊。"

洛轻云脸色微微一变："你们想干什么？"

贺泷回答："还有什么？当然是把螭吻卵给你挖出来啦！"

大家纷纷响应何映之的号召，都说给螭吻动手术的一把手非周叙白不可。

周叙白用触丝勒住螭吻，平平整整地就把它的腹部给切开了，螭吻腹中那种恶心的气味在空气中弥漫开来，几个年轻的研究员都戴上了防毒面具。一旁穿着防护衣的何映之称赞周叙白说："真是教科书级别的手术操作。"

洛轻云眉头颤动，那阵味道让他下意识后退了两步："手术操作？这不是分尸操作吗？"

接着，李哲枫用黑火烧掉了多余的组织，周叙白的神经触丝垫到卵的下方，像传送带一样，顺利地将最大的那颗卵取了出来。

很多人还是第一次见到这样的场面，都在鼓掌叫好。

就连深宙集团的人内心也充满了崇拜。

洛轻云又点了一支烟，眼睁睁地看着那颗卵被送进离心机。

然而这并不是结束，周叙白又取出了第二颗卵。这颗卵的微光还没有熄灭，营养价值非常高。众位学者热情高涨，开始讨论如何为洛轻云保留卵的活性成分。

洛轻云的喉咙动了动，胃里面好像有什么反上来，他又向后退了一小步。

第三颗卵也被周叙白吊出来了，大家又是一阵欢呼。

洛轻云胃里的东西已经涌到了嗓子眼，他一转身，撞到一个人。

"谈墨？……你在这里干什么？"

谈墨露出狡黠的笑容，踩在洛轻云的脚尖上，重心向前，身体的重量几乎都压在洛轻云身上，而洛轻云随着谈墨的角度向后，这个后仰的角度已经完全超出人类可以做到的范围。

"洛队，你想去哪儿呀？"谈墨眯着眼睛笑着。

第十九章 宣战

洛轻云脸上摆出公式化的笑容:"我到林子里方便一下。"

"哦,那,我陪你啊。"谈墨的表情让洛轻云有点眼熟。

仔细想了很久,感觉像是八点档狗血电视剧里向良家少女伸出魔爪的土匪恶霸。

洛轻云顺势抓住谈墨,指尖在他脊椎骨节上轻轻敲了两下,释放出轻微的开普勒能量。脊椎神经和大脑衔接度很高,论理谈墨会推开洛轻云的,但是他没有。

"你之前都会阻止我的。"洛轻云说。

"那我现在是欲擒故纵。"谈墨直接拽着洛轻云的衣领朝小树林走去。

"谈副队,你拽得我脖子好疼。"

"疼就对了。"谈墨不为所动。

"谈副队,林子里可能有危险。"

"越危险的地方越安全。"

洛轻云被谈墨拖进树林,也没怎么反抗,看看走在前面的谈墨,头顶有一个讨人喜欢的发旋,后颈很白,胳膊拉着他微微用力,可以看到紧绷流畅的小臂线条。

总的来说,是让人有点柔软的存在。

但万万没想到,柔软的谈墨转过身来直接抓住他胸口,一把将他摁在了地上。

"嘶——"洛轻云的胳膊上传来刺痛。

谈墨手中握着一支针剂,里面的液体已经全部打进去了。

——那就是螭吻卵制成的营养剂。

洛轻云放弃挣扎,向后一倒,用非常难过的语气说:"我不干净了。"

"哟,你哪儿不干净了?"谈墨好笑地拍了拍洛轻云的脸颊。

"我现在鼻子里都是螭吻肚子里那些味道。"

谈墨看着他那副"人间不值得"的表情,有点于心不忍。

"你就当报仇雪恨吧!螭吻把你耗空了瓶,你就断它的子绝它的孙。"

"这不是我自愿的。"

"别这样。大家那么辛苦给你提取的营养剂,你不能浪费大家的好意啊。"

"你的竹马和你的跟屁虫都只是想恶心我而已。"洛轻云一针见血,"这玩意儿还有多少啊?"

他的语气像小朋友问家长自己还有几颗药没吃。

"四五瓶吧,还在分离提取。"谈墨咳嗽了一下,"行了啊洛队,差不多得了,一把年纪了,装可怜什么的,在我这里可没用。"

"那怎么办?"他仰着脸,冲谈墨一抬下巴,"你来点有用的好了。"

中心城派来的救援飞行器如约到达。谈墨和洛轻云走出林子,看到陆颖和救援队队长正在交涉,两方的气氛并不和平。

陆颖知道,一旦把谈墨交到中心城手里,会发生什么情况就无法掌控了,故而她坚持要让他们撤回所属的银湾基地。而中心城的救援队长收到的命令是要把他们所有人,包括谈墨和洛轻云都带回中心城。

对此,银湾一队队长洛轻云很淡定,三队队长李哲枫和四队队长周叙白也没什么特别的反应。

谈墨对何映之点点头:"你回到中心城,我也比较放心。"

何映之转身把谈墨推到另一台飞行器方向："那你别跟着我。"

中心城肯定还是把何映之放在首位，救援队队长势必会带精英队员和何映之同乘一台飞行器。他们分开反倒有利于后面见机行事。

何映之又对贺泷说："你也陪着他们一起去。"

贺泷摇了摇头说："不，我跟着你。"

何映之说："我的任务已经完成了，你的还没有。我知道在你心里，也想再一次回到零号基地，想亲口告诉谢阑冰，他拜托你的事情，你都做到了。"

贺泷的眼睛红了，良久方开口道："那你多保重。"

于是他们分乘两台救援飞行器，在夜幕下起飞返航。

谈墨和洛轻云所在的飞行器上跟着李哲枫周叙白，加上贺泷和一队的几位综合战力人员，一伙人鬼祟地窝在救援队伍，或者说押送队伍的座位背后，正在打牌。

"我对A。"谈墨狠狠甩牌道。

"对2。"洛轻云冷静跟上，他快要赢了。

"洛轻云，你为什么总是压我的牌？"谈墨非常不爽。

"冤枉啊，我也压别人的牌。"洛轻云理着牌，眼皮子都没抬一下。

洛轻云又出了条顺子，大家都以为他能跑了，谁料谈墨也有一条顺子，正好压在洛轻云头上。谈墨顺顺利利地把牌甩出来，耀武扬威地说："还有没有炸啊？有没有炸？哥们儿要走了哈！"

周叙白用谴责的目光看向洛轻云："我觉得你是故意的。"

洛轻云非常无辜："没有的事。"

李哲枫小声说："你就演吧。"

贺泷在一旁不紧不慢地开口道："还有两分钟到达银湾上空。准备好了就动手。"

就在十分钟前，他们从内部通信器接到来自银湾基地的紧急联络讯息。

"洛队，我不知道你们什么时候能回来，但目前银湾基地、北辰市、瀚海市等前线城市都在遭受开普勒生物的袭击，开普勒生态区正在碾压式进攻！我们在不断加固生态隔离措施，但它们就像疯了一样，根本无法抵挡。银湾的生态隔离武器马上就要用完了……这里很快就要守不住了。"

高炙的声音非常紧张，也非常疲倦。

"基地所有的守备人员都是视死如归的战士，但我不希望白白失去任何一个并肩作战的同伴。我代表银湾指挥中心，请求你们的支援！"

李哲枫把一个小箱子在洛轻云的面前打开，里面是一排营养剂。每一支营养剂都是透明的，有淡金色的微粒悬浮其中。

"还好我们早有准备。这可是螭吻的精华所在。"

周叙白看洛轻云一动不动的样子，开始劝导起来："我保证它们没有异味，只是纯粹的营养剂而已。如果这次碰巧遇上克莱因之瓶，我一定给你打包起来！"

洛轻云沉默着取出营养剂，把它们一支支都扎进自己的肌肉里。

吴雨声把"朱雀"递给谈墨，然后打开救援飞行器的装备库："大家动作快点，能带上的东西都带上，保不准会有什么用处。"

常恒也把枪领了："现在老高应该很辛苦吧。做兄弟的就得讲义气，不能让他一个人忙活！"

第十九章 宣战

江春雷得到洛轻云的指示之后,迅速入侵了这台飞行器的系统,只听见一声闷响,舱底门直接打开了。

风"呼啦啦"灌了进来。救援队的人终于发现了不对劲,赶过来想阻止。周叙白当机立断释放触丝,把他们都捆了起来。

门开得有点猝不及防,谈墨的脸都被风吹皱了。

"我去——江春雷你搞什么鬼——"

风里面有一股属于开普勒生物的腥臭味。

谈墨被拽了一下,耳边传来洛轻云的声音:"上双人飞行器!"

两人动作利落地跨上去,谈墨驾驶,洛轻云坐在后面。第一台双人飞行器冲进夜风里。

紧接着周叙白和李哲枫上了第二台双人飞行器,"嗖——"的一下离开了。

舱内警报声不断,再不关闭舱门他们就要失压了。贺泷和吴雨声上了最后一台双人飞行器,也离开了。

"那咱俩咋整?"常恒问江春雷。

江春雷摸了摸脑袋说:"我们可以支援。你来驾驶飞行器,我来操控无人机。"

救援飞行器随即调转方向,在风中跟随谈墨他们而去。

另外一台救援飞行器上,救援队队长很快收到谈墨他们所在的飞行器航线偏离的信号。

"你们早就打算这么做了?故意让他们上了另一台飞行器?你这是在违抗中心城的命令!"

陆颖笑了一下,还想打几个太极,这时躺在医疗舱里的"姜怀漾"忽然有了大脑反应,仪表屏上显示他开始自主呼吸。

这一异象吸引了队长的注意:"不是说姜怀漾已经脑死亡了吗?这是怎么回事?"

陆颖靠坐着,不紧不慢地说:"他被谈墨治好了。"

救援队队长愣住了:"你说什么?"

"这是运用真正的开普勒能力才能创造的奇迹。"陆颖故意夸大了事实经过,"不瞒你说,我们早就找到了控制开普勒能量的方法,这也是为什么谈墨敢带着这么几个人就前往银湾抵御侵袭的原因。你对他们是如何做到这一切的难道不好奇吗?"

救援队队长的眉头皱了起来:"但我的飞行器上还有何教授。"

"我正要提醒你,你的任务是把何映之和谈墨都带回中心城,现在你的任务目标之一跑了,你就打算这么回去和中心城交差?"陆颖继续循循善诱,"不如我们一起追上去,把一切录制下来提交给中心城,让他们自己做决定。"

救援队队长转过头去:"我还是要向中心城请示。"

陆颖耸了耸肩:"随便你,反正我还可以告诉你,我们已经找到了进入零号基地的办法,谈墨和洛轻云在其中发挥的作用至关重要。"

救援队队长转过头来,一双眼睛瞪得就像铜铃。零号基地是所有前线人员长久以来的梦魇,他也有好几个弟兄去了零号基地之后再也没有回来。

救援队队长有点坐不住了,他迫切想看到这群人究竟要如何凭一己之力去对抗一整个暴走中的生态区。

"驾驶舱,改变航线,立刻追上二号飞行器!"

现在是夜晚，整个银湾基地灯火通明。导弹发射台不停歇地发射生态隔离弹，炸裂的时候气体凝华，形成一道一道高耸入云的墙体。

疯狂的魔鬼藤如山呼海啸，前仆后继，形成十几米高的绿浪，用力拍打在墙上。

一些因迪拉之流的攻击型生物顺着藤体上蹿，跳上隔离墙的顶部。它们的腿刚接触墙面，就会被药剂腐蚀，但它们倒下一只，其他的就会更加疯狂地踩在同伴的尸体残骸上往前跳，隔离墙上留下一团团被碾碎的肉泥。

银湾基地的人应接不暇，他们不是没遭遇过生态区的侵袭，但这种力求同归于尽的架势绝对是第一次。

耿劲柔站在办公室的落地窗前，看着漆黑一片的夜空，远处不断炸裂开的生物隔离弹浓烟滚滚，让他有一种开普勒生物已经抵达玻璃另一面的错觉。

张秘书来到他的身后，开口道："先生，刚才高炙叫我一定要说服你去避难。"

耿劲柔笑了一下："我能避到哪里去？"

守住这个基地是他的职责，也是他的使命。

他会与这里共存亡。

此时，已经有一大群因迪拉通过了隔离墙，冲向基地外部的各项设施。

它们见到什么东西都要上前破坏，在之前被摧毁的废墟里乱窜，感受不到这里有活物的气息，它们就再不留恋废墟，朝着基地内部而来。

作为后勤人员的黄丽丽本来是不需要参加战斗的，但她还是在装备库领取了配枪，认真地做着确认。

一旁的夏乘风正在装备库的电脑前核对库存："丽丽，我们的隔离弹也不多了。"

隔离弹用完的一刻，就是那些开普勒生物长驱直入的时候。

黄丽丽顿了一下，恶狠狠地咬牙说："跟它们拼了。"

战略部署室里，高炙看着全息屏幕上的开普勒能量活跃情况，眉头蹙得很紧。

"高队，我们只能抵御住这一波进攻了，越来越多开普勒生物群在朝我们涌来，不断加码，不断增援，我们迟早弹尽粮绝。"高炙的副官魏骧开口道。

"这些都是中高级生态区的生物，到底有什么在操控它们，能让它们如此疯狂？"

"如果银湾基地失守，接下来就是内线城市，这些城市的防守能力还不如银湾和北辰，我敢打赌，只要突破了我们，开普勒生态就能层层深入，最后直捣中心城。"

高炙向后一靠，闭上眼睛思考："这么大规模的生态区移动需要非常大的能量，如果能有什么办法让这些能量断裂……"

屏幕上跳过隔壁北辰市的增援请求，等级已经达到最高，魏骧心中胆寒："高队，我们没有分析的余裕了！北辰已经顶不住了，中心城的隔离弹增援会优先北辰！等下我们怎么办？"

他们银湾基地沦陷事小，人类的存亡……该怎么办？

"如果我的能力还在就好了。"想到这里，高炙苦笑了一下。

他的能力还在又能怎么样，面对这样超乎寻常的侵袭规模，杯水车薪罢了。

耿劲柔眼前的黑暗无边无际，他深深地呼出一口气。

"先生，现在去避难……还来得及。"张秘书再次提醒道。

"不必了，我见过我们最辉煌的时刻，现在看着人类在灰暗中落幕，也算有始有终。"

第十九章 宣战

最后一发隔离弹被打出,将被撞出裂隙的隔离墙再次加固。

接下来能做的就只有等待远程支援了。

也许要一个小时,也许要几个小时,也许……根本等不到。

又是一声巨响,墙体另一处裂隙发出"喀拉喀拉"的悲鸣,几十米厚的隔离墙开裂,魔鬼藤终于找到机会,蜂拥着朝那一处涌去。

——完了。

这是银湾基地里所有看到这一幕的人心中共同的想法。

隔离墙仿佛融毁的冰川,药剂结成的冰凌和粉末在空气中飞扬,像一场暴风雪。

大家都屏着呼吸等待第一根魔鬼藤冲进墙内,但设想中的场面迟迟没有发生。

——那根足有七八米围粗,即将冲锋的魔鬼藤,像突然被什么东西捏住了喉咙,就这么吊在半空中,一动不能动。

不只是它,其他魔鬼藤都被一股无形的力量所阻挠,它们向后高高仰起,层层叠叠,堆起了一堵滑稽的护城墙。

"这是……怎么回事?"

防守在隔离墙后一千米距离的装甲车队都惊呆了。他们已经做好了殊死一战的准备,尽量拖延战况给其他内线城市争取避难的时间,但这些魔鬼藤怎么不动了?

魔鬼藤的城墙越攀越高,想趁乱挤进来的因迪拉被碾在魔鬼藤之间的缝隙里,痛苦地哀号,最后成了墙缝里的碎骨烂肉。

有什么飞过这堵城墙,高射炮台开始移动炮口,准备攻击。

"不,先别开炮!那是我们的飞行器!"

"快看!是洛队和谈副队回来了!"

双人飞行器从墙头一闪而过,厚重的乌云缓慢地移动,月亮露出半圈光晕。

废墟之上,飞行器的影子掠过,那些还在奔跑的因迪拉像被什么东西给挂住了,一开始是动弹不得,紧接着它们颤抖着向后退,然后被镇压,趴在地上瑟瑟发抖。

飞行器上,谈墨与洛轻云坐在一起,谈墨负责驾驶,而洛轻云全身散发出淡金色的光亮,能量正流动着进入谈墨的体内。

护目镜下谈墨双眼沉凝,低声道:"我们还是来晚了一点。"

在肉眼看不到的世界里,那些涌入谈墨体内的能量就像四散的烟花一样,无数的能量线倾洒而下,捕捉所到之处能捉住的任何开普勒生物,进入它们的神经,将它们连成一张巨大的、复杂到无法辨识脉络的网——而这张网的中心就是谈墨。

另一台双人飞行器紧跟在谈墨身后。

周叙白"啧"了一声:"我们才离开多久,这是要变天了吗?"

"我想,这是开普勒世界的宣战。"李哲枫回答。

第二十章
守住北辰

装备库内,夏乘风和黄丽丽带着后勤队员们警戒着。

装备库的金属门非常厚实,就算有开普勒生物找到这里,一时也无法破门而入。

正当他们微微松一口气的时候,忽然有队员注意到装备库角落里的通风口处,无数墨绿色的苔藓正在蔓延。

一开始只是一小块,眨眼的工夫就布满了整片天花板!

"是虫藓!"夏乘风最先反应过来,迅速更换药剂弹,对着通风口开始射击,"把通风口关闭!立刻马上!"

黄丽丽不停地扣着扳机,药剂凝固,虫藓挣脱,药剂再次凝固,虫藓被冻住,又有更多的虫藓涌进来。

黄丽丽眼泪在眼眶里打转,她全身紧绷,没有时间思考自己会不会死,而是担心装备库被开普勒生态占领之后,外勤队员就会失去战斗的武器。

这是她的失职,而她的失职……将会让多少战友丧命!

警报声响彻装备库,红色灯光闪烁。由于虫藓太厚,通风口没法顺利关闭。

头顶成了绿色的海洋。一块接一块的虫藓缓慢坠落下来,沿墙壁和地面蔓延。

所有队员向后撤退,然而撤退已经失去了意义。

夏乘风低下头,看到虫藓已经漫上她的脚尖,绝望占领着她的大脑。

她从来没有出过外勤任务,每次就像听故事一样听外勤队员说着开普勒生态区的复杂与可怕。她敬佩他们,也曾向往和他们一样去看看不一样的世界。

直到此刻,她才明白,那些再也回不来的同伴们经历的究竟是什么。

"既然必死无疑,不如最后干一票大的!"黄丽丽突然出声道,"看到那边的仓库了吗?那里是空的!我们所有人都过去,把虫藓引进去,然后……"

黄丽丽扣向腰间的爆破弹,她的意思很明显了——我们自爆。

队员们安静下来,这一刻他们意识到自己真的要死了,而且是尸骨无存的死法。

他们甚至不确定牺牲之后还有没有人会前来打开这里,找到他们的铭牌。

"走!干他一票大的!"其中一位老队员忽然高声喊道。

这位老队员本来这周就要调派到内线城市的治安队,和妻儿重逢,今天是最后一班岗,没想到却遇上了大侵袭。

原本处于恐慌当中的队员们听到他的声音,像被打了鸡血一样。

"好!就跟它们同归于尽!"

夏乘风看了一眼黄丽丽,释然一笑:"最后竟然跟你死在一起,真是不爽。"

黄丽丽好笑道:"那你想跟谁死在一起?"

"好歹也得是洛轻云那样的美男子吧?"夏乘风说。

"你没看出来洛轻云眼瞎吗?"黄丽丽知道夏乘风有些害怕,伸手抱住了她。

大片大片的虫藓涌进来,把整个空间都填满了。

第二十章 守住北辰

老队员开口道："是时候了！爆了吧！"

黄丽丽紧闭着眼睛，咬着牙发号施令："好，听我数三个数！三——"

"等一下——！！！"夏乘风尖叫着打断她，"你们快看……虫藓怎么不动了？"

本来闭上眼睛准备开炸的队员们都环顾四周，发现虫藓真的都不动了。

不仅是不动，它们甚至开始退潮了。像是被什么吸引，又像是被勒令，虫藓几乎是诚惶诚恐地离开了他们所在的仓库，周围终于又露出原本的金属墙壁。

"到底怎么回事？"黄丽丽快被这大起大落搞糊涂了。

这群虫藓退出仓库，退回了装备库，还源源不断地在从通风口原路溜走。

没有了阻碍，通风口顺利关闭，警报声也停止了。

大家狐疑而戒备地走了出来。

只见装备库的中央，还留着最后一块虫藓，它正逐渐凝聚形成一个人的轮廓。

"我的妈呀——这是什么鬼！"老队员冲它连开数枪。

但这块虫藓的移动速度极快，飞奔闪避，而动作……也像一个有点狼狈的人。

"老黄，别开枪，是我！"谈墨的声音从虫藓中传出来。

"谈……谈墨……"黄丽丽顿了一下，"现在的虫藓都进化到这个地步了？能模仿人类了？"

"进化你个头啊！老子就在装备库门外！我们要领装备！给老子开门！"

黄丽丽微微一怔，有点犹豫，自言自语道："哦豁，这语气也有点像。"

但说完，她还是对着虫藓扔了个药剂弹，"砰——"，虫藓毫无反抗地被炸开了。

夏乘风来到装备库监控前，看了一眼屏幕，顿时喜出望外："丽丽，快看——谈墨他们真的在装备库外面！"

黄丽丽凑过来一看："完了。刚才那玩意儿搞不好真的是谈墨整出来的。"

她凑到装备库的对讲前，正声道："我怎么知道你是谈墨，不是开普勒生物？"

谈墨哼笑了一声："你想怎么验证啊？"

"我们一共开过多少个赌局？"黄丽丽问。

"从你我相识到现在，一共三百二十二局。"

谈墨身边的洛轻云笑了一下，轻声说："你还真是嗜赌成性啊。"

黄丽丽又问："你赢了多少局？"

"二百七十八局。"

"净赚多少钱？"

"六万三千块！"

跟在后面的李哲枫翻了个白眼："抠死你算了。"

"最后一个暗号！赤橙黄绿青蓝紫！"黄丽丽喊了出来。

谈墨挥了挥手，昂首挺胸道："东南西北中发白！"

无论是门内还是门外，所有人不约而同地哽了一下。

黄丽丽终于打开了装备库门。

谈墨才刚跨进来，黄丽丽就一把抱住他，声泪俱下："你个死鬼！还知道回来！我们差点就要自爆了你知不知道！"

谈墨拍了拍黄丽丽的后背说："黄大姐！注意你的措辞！洛轻云就在你背后！"

一瞬间，生死一线的气氛荡然无存。

李哲枫冷着脸走进来，拍了一把谈墨说："叫你控制好虫藓就让它们离开，不要乱吓人，死不听！"

"我这是在练习自己的能力，你没看到我刚才操纵虫藓那精妙的微操吗？以后我们都能用虫藓来传递消息了！"谈墨理由非常充分。

"懒得理你。"李哲枫和谈墨擦身而过。

洛轻云对夏乘风点点头，吩咐道："麻烦各位赶紧准备作战服，还有给我们配备子弹，所有类型的子弹都要，药剂弹、磁爆弹，有多少给多少。"

周叙白补充说："我们还需要备用通信器！再通知一下耿劲柔和高队，尽量配合我们的行动。"

夏乘风问："行动？你们有办法抵抗这么大的生态区入侵？"

"我们打算用开普勒生物来构筑生态隔离墙，打开新局面。"谈墨回答。

所有人都愣住了，他们消化着谈墨说的话。

没有时间解释那么多，谈墨脱掉身上的迷彩服，接过洛轻云递来的作战衣。

其他人很有默契地把通信器调好频道，别到他们的耳朵上。

原本视死如归的装备库队员们，忽然按部就班地忙碌起来，一切回到正轨，仿佛这一次的任务和之前的每一次都没有什么不同。

谈墨在通信器上敲了一下，联络高炙。

"老高，想不想我啊？"谈墨一边调侃，一边快速地将弹夹别在腰侧。

战略部署室里的高炙听到熟悉的声音，精神一下子振奋起来。

"死小子，你在哪儿？"

"装备库抢子弹呢。我们马上就要飞入这个生态区的核心，老高你安心坐你的位置，这一次轮到我孝顺你了。"

"你们想做什么？外面那层魔鬼藤墙是怎么回事？"高炙压低了声音问。

"当然是保护基地用的。你不用担心，只要我没死，这面墙就会一直保护你们。"

高炙笑了一下："你小子出去一趟，长进不少。等这事结束，咱爷俩好好聊聊。"

"爷俩？等你知道我亲爹是谁，吓死你！"

一群人装备妥当，快速离开。谈墨跨上双人飞行器，后勤队员已经给他们的飞行器充好了能量。

"现在我能为你做什么？"高炙问。

"老高，根据你们的推测，攻击我们的生态区种子有可能是什么生物？"

谈墨和洛轻云的双人飞行器起飞，冲了出去。

乌云已经散开，月光将整个银湾照得透亮。为了不给基地造成更大的伤害，谈墨他们要主动迎战。

高炙立刻调出卫星云图，仔细观察了半响。

"谈墨，这个种子有百分之七十的可能性是梼杌。你们打算怎么办？"

谈墨听到了高炙的话，侧过脸来和洛轻云交换了一个眼神。

"梼杌？老对手了。这家伙的外壳很坚硬，攻击性也强。老高，我们会控制它。"

高炙的眉头皱得更紧了，他端着保温杯站起来，绕着全息图景走了一圈，在图景里他可以看到代表谈墨他们的飞行器的几个小黑点朝着生态区的中心飞去。

——渺小得随时会被疯狂扩展的生态区淹没。

"你们？控制梼杌？谈墨，不是你膨胀了，就是我的耳朵坏掉了。"

谈墨张了张嘴，正想着该怎么跟高炙解释，对方的下一句话就来了："说吧，我该怎么配合你的膨胀？"

谈墨笑了——还得是老高啊。

"梼杌这家伙是个套娃。它的外层是寄生外壳，里面有一个像鹿又像马的怪物，我和洛轻云联手，有希望可以控制这个家伙。"

"你需要想办法削弱它的能力，在它能量减弱的时候出手，一击即中？"

"没错！可以的话，帮我把它外面那层壳给炸开！"

"收到。"高炙的回复简单明了。

几乎在他话音落下的同一时刻，一道亮光划过天际。

谈墨抬起头来，看到那是一枚从银湾基地发射的导弹，远处山峦震动，洛轻云侧过脸，在风中分辨着声音。

"击中了吗？"谈墨问。

"中倒是中了，但是炸开的时候梼杌用它的骨镰把导弹甩开了。杀伤力不够。"

"啧。"谈墨的眉头皱了起来。

他见识过梼杌的骨镰，攻击范围很广，可以把半空中的飞行器都钩下来。

还没想到对策，高炙又送来一枚导弹。

梼杌为了闪避，在生态区内迅速移动，只看到无数魔鬼藤四散，几头缇丰飞蹄。

"竟然还有这么多缇丰跟着它……"谈墨倒吸凉气。

如果不慎掉入这个生态区，光是梼杌的爪牙们就能让他们掉一层皮。

导弹炸裂，冲击力形成强烈的波动，他们的双人飞行器也因气流颠簸而动荡。身后的洛轻云一把稳住谈墨。

"这一次打掉了它的尾巴。"洛轻云听了一会儿说。

"打掉了尾巴也好。"谈墨勾起嘴角，"那玩意儿的尾巴很烦人。"

"也许我应该帮老高一把。"洛轻云说。

"你想暂时控制它的行动？"

"嗯，拖慢它。让老高再来一发。"

说完，洛轻云控制开普勒能量从半空中直坠而下，潜伏进生态区内，在各种生物之间穿梭，就在梼杌警惕着来自天空的攻击时，洛轻云的开普勒能量倏忽进入了它的体内，疯狂掠夺它对整个生态区的控制权。

这头梼杌奋力挣扎起来，洛轻云咬紧牙关，谈墨能感受到他正在与梼杌交锋，其实就是在与控制着梼杌的开普勒畸化源交锋。

与梼杌的精神体相连的瞬间，洛轻云感到一阵失重。

他无法发出任何声音，仿佛被困入了另一个世界。

在梼杌的背上，坐着一个黑发的年轻男人。他朝洛轻云仰起脸，一双漂亮的桃花眼，左眼的眼皮上留着红色的小疤，嘴角是洛轻云熟悉的坏笑。

洛轻云调整自己的重心，降落在他的面前。

年轻男人姿态悠闲，作战衣的领口开了，露出洁白的脖颈和线条漂亮的喉结。

"你不是一直想和我去开普勒世界里流浪吗？其实不需要流浪，你和我本来就是这个世界的主人。"

他歪着脸，用极具暗示意味的目光看着洛轻云。

洛轻云轻笑了一声："我提醒过你，谈墨不会笑得这么放荡。"

这位酷似谈墨的年轻男人盘起腿，身子前倾，用好奇的目光看着洛轻云："那在你眼里，谈墨是怎么笑的？"

洛轻云没有回答，忽然身形一闪，避开了梼杌攻击。

然而下一秒，洛轻云就被面前的年轻男人放倒了。

"欢迎来到我的客我世界。"男人的指尖顺着洛轻云的脸颊来到他的唇角，压低声音说，"在这里你想做什么都可以。反正，他不会知道。"

洛轻云忍着笑，别过脸去："你是真的不理解我和谈墨之间那点破事儿。"

"什么？"

"我最享受的就是他吊着我的胃口，在我忍耐力的底线上反复横跳，这让我们之间有一种特别的默契，比如……现在。"

洛轻云话音落下，唇上浮现起一抹笑。

年轻男人意识到什么，直接一拳砸在洛轻云的胸膛。

"唔——"

巨大的疼痛涌入洛轻云的大脑。在客我世界里，哪怕伤不是真的，痛也是真的。

而现实世界里，谈墨正紧紧握着洛轻云的双手，他在摄取洛轻云的开普勒能量，趁着那个控制梼杌的人在客我世界里和洛轻云纠缠，直接进攻梼杌！

高炙的导弹紧随而至，这一次有谈墨牵制，梼杌只能正面承受这一波猛攻。

这一次不用洛轻云分辨，谈墨也能听出来梼杌的外壳已经裂了。

"喂，你没事吧？"谈墨抓紧了洛轻云的手，听见他靠在自己的肩头咳嗽。

"你那位哥哥，报复心可真强。"

"他把你怎么了？"谈墨紧张地回头。

"给我胸口来了一拳。"洛轻云摆摆手，让他别担心。

通信器里传来李哲枫的声音："梼杌的第一层裂开了，老高那边还有储备吗？"

"三发是银湾的权限，还想再有，那就得看中心城了。"

"行，那我和周队去添砖加瓦，给这只金蝉脱一下壳。"

说完，李哲枫和周叙白就朝着梼杌的方向飞去。

"你俩还真是艺高人胆大啊。"谈墨感叹道。

导弹把生态区炸出了一个巨大的坑，而梼杌就在坑底。

它的外壳毁损，有液体正在往外渗，无数的神经线连着裂开的外壳，发出"咔咔"的声响，正要将裂开的外壳重新黏合起来。

周叙白和李哲枫的到来及时阻止了它修复自己的行动，黑火顺着触丝越烧越烈。有什么东西在踢蹬着梼杌的壳，想从里面逃出来。

吴雨声和贺泷对视一眼，提醒李哲枫和周叙白道："里面那东西很麻烦，它的速度很快，弹跳力很强，有可能借由魔鬼藤跳到半空中来追捕我们。"

这都是来源于上一次跟梼杌对战的经验。

李哲枫看了一眼那个坑，当机立断道："把里面那家伙憋住了，再烧一会儿。"

第二十章 守住北辰

周叙白表演了一出天女散花，银色的触丝将梼杌裹了起来，任凭骨镰挥舞，也无法逃脱被重重缠绕束缚。他把梼杌做成了一只茧，黑火就在茧上熊熊燃烧。

追逐谈墨的中心城救援队飞行器正好看到了这一幕。

其他人都非常振奋，在和梼杌的战斗中，人类第一次占据这么大的优势。

但是救援队队长并不乐观："就算把这头梼杌给杀了，还是会有无数的开普勒生物涌来，没完没了……"

"他们的目的可不是杀了这头梼杌。"何映之嘴角露出一丝笑意，"对手有雄兵百万，我们就取之于敌，用之于敌。"

梼杌外壳里那股强大的力量被焚烧得难以忍受，终于突破了周叙白的封锁，从茧中挣脱出来。它奔跑的姿态流畅得就像一匹马，超强的弹跳能力又像一头鹿，身上仍然燃烧着黑火，但它忍受着剧痛，跳上神经触丝，朝李哲枫和周叙白狂奔。

"我去——这什么玩意儿！"

周叙白立刻断开神经触丝，但那东西来势汹汹，眼看着就要把他们撞下来。

这时吴雨声驾驶飞行器掠过，上面的贺泷一拳砸在梼杌的腹部。

这一拳时机和角度俱佳，且力道十足，梼杌的本体剧烈颤动，内脏受到强烈的冲击。它失去平衡，向着一侧倒下，与此同时，它的嘴里吐出倒刺，又想把李哲枫和周叙白的飞行器钩下来。

"砰——"，一声枪响。一枚爆破弹从两台飞行器之间穿过，正中梼杌的背脊。

这家伙被接二连三地打击，早就有伤在身，谈墨观察着它的行动，冲它受创的脊骨来了一发痛击。

果然它掉了下去，砸在魔鬼藤上。魔鬼藤迅速涌动，争先恐后地将它保护起来。

"机会来了，在它恢复之前搞定它。"洛轻云提醒谈墨道。

这头梼杌的衰弱让它的精神体也迷茫起来，与畸化源的联系正变得薄弱，谈墨趁势下潜，准备将它带走。

他刚要朝那个深远的高维空间而去，就感觉到身后的畸化源正在扩张，简直要将他吞没。

更出乎谈墨意料的是，有一双手拽住了他的双腿。

他一回头，看到一个人。这个人和自己长得几乎一模一样，正笑着看向他。

"你以为用洛轻云迷惑我，你就能安然离开这里了？"

他会出现在这里是理所当然的，毕竟他和畸化源有着最为紧密的联系。

不……不仅仅是联系了……他的精神体几乎和畸化源是一体的。

谈墨奋力地挣扎。而他的兄弟顺着他的腿，一点一点爬上来，要用周身的畸化能量把他包裹起来。

远处的亮光越来越遥远。谈墨心想糟了，他要被吸过去了。

正当力不从心的时候，那股亮光突然冲他的方向蔓延而来，像一张轻薄的纱，随风飘过几万光年，一股力量将他拽离畸化源的吸引。

谈墨又听到了无数的耳语。

"你不属于那里！"

"别去那个地方……"

"你有你自己的力量。"

恍然间，他好像看到了一个女人，她正在对他微笑，向他张开怀抱。

——那是凌喻，是他的母亲！

谈墨的心中燃起渴望，他拼了命地向着母亲的怀抱而去。

"妈——妈妈——"

他伸长了手臂，哪怕只是在开普勒的世界里，哪怕只有一瞬，他也想感受母亲怀抱的温度。

谈墨见过无数次别的孩子被母亲宠爱，只有这一次，他知道这是属于他自己的。

强烈的渴望顿时让谈墨浑身充满力量，畸化源拽不住他，能量霎时断开，他朝着光来的地方游了过去。

就在他即将抵达母亲怀抱的那一刻，他看到凌喻微笑着对他说"再见"。

谈墨瞬间回到现实中，他大口呼吸着，冷汗从额角流下来。

"怎么了？"洛轻云问。

"差一点被畸化源抓住了。"谈墨咬了咬牙，"你拒绝了我那位哥哥，他非常不爽，想报复我。"

"抱歉，下一次请他到我的客我世界里来，也给他来一拳。"

"算了，这一次我谢谢他。我……我好像看到了我妈妈。"谈墨呼出一口气来，"何叔叔的推测是对的，我妈一定还留在零号基地里，和我那个越界的哥哥抗衡。"

"梼杌怎么样了？"李哲枫的飞行器下来与他们并行，周叙白垂下眼，看看被魔鬼藤形成的堡垒。

"它已经脱离了畸化源。"谈墨回答。

"听……这是什么声音？"洛轻云侧过脸。

魔鬼藤再度涌动，厚实的皮肉下透出微弱的光芒，一层一层地松动开来。

只见魔鬼藤环绕的中心出现了一只散发着淡金色光泽的生物，它蜷缩在里面，就像个纯真的婴儿。

不一会儿，它缓慢地抬起头，玻璃珠一般澄澈的眼睛仰望着半空中谈墨的方向。

谈墨呼出一口气来，他的脑海中没有出现任何声音，但他就是听到了这头梼杌所有的情绪。

——谢谢。

谈墨笑了一下："不用谢。也请你帮帮我们。"

梼杌忽然站了起来，像黑暗的生态区里一盏明亮的灯。它晃了晃脑袋，动了动前蹄，撒开腿奔跑起来。整个生态区便像飞蛾扑火一样，追随着这光源开始移动。

"这是……怎么回事？"

救援队队长眼睁睁看着这头梼杌在自己的眼皮子底下变了，变成了另一种截然不同的生物。

轻灵、优雅，带着蓬勃的生命力。

而追随着它的那群开普勒生物也被某种力量所感染，身体里逐渐闪烁着和梼杌相似的微小亮斑。

这亮斑被传递，紧接着一小片的生态区都发生了变化，这变化还在不断地扩散，直到整片生态区都发起光来。

救援队队长从没有见过这样的场面，一句话也说不出来。

第二十章 守住北辰

一直跟着陆颖在救援队飞行器上保护陆颖安全的一队元老们都有点坐不住了。

安孝和发出抱怨："早知道就不上这破飞行器了！真想亲眼看看那到底是什么！"

楚好看着奔跑在前方的梼杌，喃喃道："它真的很漂亮……"

"它终于回到了开普勒生物正确的进化方向。"何映之也欣慰不已。

"他们又要去哪里？"救援队队长发现谈墨他们连停下的意思都没有，就跟着梼杌朝着另一个方向离开了。

陆颖对照着全息地图说："这还不明显吗？他们要去救援北辰市了。"

"还是这几个人？北辰的情况比这里严重很多啊！"救援队队长有些激动。

"队长，你看不见吗？他们有一整个生态区呢。"陆颖轻笑了一声。

此时的北辰已经濒临失守，魔鬼藤长驱直入，摧垮了防御工事，装甲车都被掀翻到了半空中，落地时发出巨响。

车里的队员们脑子里一阵嗡鸣，半天回不过神来。

他们也有能力卓著的融合者，形成一张抵御的网，但是在长久的战斗里能量都快要耗尽了。北辰的防线不断后移，而生态区仍然气势汹汹。

一群缇丰随着魔鬼藤蹿了出来，喷出他们的触丝，入侵这些融合者的能量网，直接摄取他们的能量。好不容易一头缇丰被杀死，又有其他的涌上来，源源不绝。

能量网彻底破裂，这些外勤队员们被高高甩起，缇丰们露出贪婪的表情，期待着大快朵颐。

千米开外的高塔上，监察员组成的小队瞄准着缇丰的方向，子弹破风而来，命中缇丰。虽然没有伤到要害，但还是给融合者争取到逃脱的时间。

然而这样的远程袭击让开普勒生物转移了攻击目标，它们很快锁定了监察员们所在的那座高塔。监察员们跳上飞行器紧急撤离，但鳞鸟群在半空中拦路，眼看一台双人飞行器就要被直接撞落，所有人的心弦都紧绷起来。

一道影子轻灵而迅速地掠过，一大群鳞鸟毫无预兆地被倒钩戳穿，跌落在地。

月光落下来，勾勒出那道影子的轮廓，如同鹿般轻盈，又像神驹一样飞扬。

席卷而来的开普勒生物忽然被一股莫名的力量硬生生地按倒在地，它们集体发出痛苦的嘶吼，震耳欲聋。

监察员们在飞行器上捂住耳朵，被喷出的气流送往高空。

下面的融合者们看着这一幕惊呆了。

"这是怎么回事？为什么开普勒生物的攻击被抵挡下来了？"

而北辰市已经被毁掉的隔离墙则被另一群魔鬼藤贴了上来。

一开始所有人惊恐无比，炮击这些魔鬼藤，却发现它们根本没有涌进来厮杀的意思，甚至还帮忙挡下了其他开普勒生物的袭击。

北辰市灰塔指挥中心陷入迷惑之中。

"为什么我觉得最外面那一层魔鬼藤在保护我们？"北辰市灰塔的负责人廖元冰百思不得其解。

"还有这个生物，它是什么？它救了我们埋伏在塔楼上的监察员！"

"很明显有两股开普勒力量正在博弈！这头像鹿又像马的生物，是种子？"

这时候，廖元冰的通信器显示有未知号码请求接通。

熟悉的声音在他耳边响起:"廖先生,好久不见了。"

这个声音低沉中带着一丝调侃,夹杂着猎猎风声而来,听起来是在飞行器上。

"洛……洛轻云?"廖元冰猛地挺直背脊,整个人跟打了鸡血似的,眼睛都亮了起来,"你来支援我们了?外面那些帮我们的开普勒生物是你的手笔?"

洛轻云回答道:"是我家谈副队,我只负责当他的充电线。"

一旁偷听的谈墨眉头皱了起来,怎么又觉得这家伙的话很奇怪呢?

廖元冰稍稍松了一口气:"虽然我听不懂你在说什么,但很感谢你。只是……银湾的情况应该更恶劣,你们为什么……"

"廖先生,银湾基地已经保下来了,具体情况稍后解释。请北辰市灰塔配合我们接下来的行动。"谈墨开口道。

"我该怎么做?"廖元冰问。

"看到那头跑得很快又跳得很高的开普勒生物了吗?它是我们的盟友,请勿对它进行狙杀。"

廖元冰简直怀疑自己听错了,这实在匪夷所思。

"我们人类什么时候和开普勒生物结盟了?就算你是拥有特殊能力的融合者,可你怎么确保自己不会被开普勒生物背叛呢?"

忽然,运送武器的装甲车队前方发生桥体断裂。眼看着排头的车就要掉下去,梼杌一跃而过,魔鬼藤紧跟在后,迅速贴住断裂的桥梁下方,硬是把那辆车托住了。

装甲车队先是犹豫,不知道该开火还是该通过,但一直堵在这里也不是个办法。

排头的装甲车一咬牙,试探一般开过去,发现畅行无阻。拱起来的魔鬼藤像桥体本身一般稳固,连动都没有动一下。

后面的车也跟上,平安高效地通过了这座本来垮塌的桥。

在全息影像里看到这一幕的人都鼓掌欢呼起来。

廖元冰也愣住了。

"只要人类不背叛,那么守护着我们的开普勒生物也不会背叛。"

谈墨的声音里带着一种郑重。

方才心中还满是疑虑的廖元冰,在那一刻忽然相信了谈墨的话。

"接下来你还需要我们做什么?"

"将你的人撤离一线,给梼杌留出足够多的发挥空间,把这些入侵者赶出去!"

一条已经进入市内的螭吻以蛮力拱掉了信号塔,瞬间指挥中心里的全息投影屏缺失了一大块。它像是找到了乐趣,在宽阔的大街上游走,鳞片划过街道两侧的建筑物,留下一道道恐怖的划痕。

它似乎又看上了另一座信号塔。

"好。"廖元冰已经没有时间犹豫了,"也请你们一定要守住北辰。"

人类的世界,寸土必争。

城市上空响起三长三短的警报声,这是撤离的号令。

正在与入侵生物搏斗的外勤队员们下意识抬起头,不知道指挥用意为何。

但是他们必须服从命令,快速登上装甲车和飞行器,纷纷向第二道要塞撤退。

车开在最前面的是北辰市外勤一队的队长陈玖,他回头看了一眼那群正在互相

第二十章 守住北辰

碾压和搏斗中的开普勒生物，眉头皱得很紧。

"这是我们的城市，我不想把它交给开普勒生物。"

其他的队员们心中也有万分纠结和不舍，他们多年来都守卫着这里，总以为自己无论如何也会倒在这座城市之前，结果却只能眼睁睁地看着它沦陷。

"如果不是交给开普勒生物，而是交给我呢？"

陈玖的通信器里响起略带笑意的声音，低沉似夜色。

陈玖怔了一会儿，忽然把头从窗口伸了出去。正在开车的副队长吓了一跳，一边要躲避跌落下来的魔鬼藤和因迪拉，一边还要腾出一只手来抓住自家队长。

"陈队——你疯了吗？等下脑袋被啃掉！"

陈玖却一直仰着头看向天空，一小群双人飞行器从他们的头顶掠过，飞在最前面的那台外表平平无奇，愣是被他看出一股子天上地下任我驰骋的疏狂。

"洛轻云——你个狗崽子终于来了——"

陈玖扯着嗓子吼了出来。

"你小子在银湾市吃了什么？能量暴涨啊！"

正好一只鳞鸟朝他飞来，眼看着就要啄他的脑袋，经过大战的陈玖虽已疲惫不堪，但鳞鸟对他来说只是小意思。

不过他还没来得及把鳞鸟给抢地上，半空中某个Inspector便出手了，子弹太快，角度刁钻，直接击中那头鳞鸟的眼睛，把鳞鸟的脑袋打烂了。

陈玖伸出去的手正好抓了一把鳞鸟的脑浆子，黏黏糊糊的，非常恶心。

"我去——谁啊！这是你的监察员？"陈玖胳膊用力一甩，鳞鸟的尸体正好砸在一头跳起来的因迪拉身上。

"是我的。不过陈队，真没想到还能见到活着的你，实在让我欣慰。"洛轻云的语气很虚伪。

作为前同事，陈玖对洛轻云的性格了如指掌，哈哈大笑起来："那你的监察员知道你不是个好东西吗？"

"他知道。"洛轻云停了一秒，补充了一句，"他就喜欢坏东西。"

谈墨勾起了嘴角："你可不是个东西。"

陈玖听到他们的对话，心情大好："你的这个监察员我很欣赏！等解决了这场侵袭，我请你们喝酒！"

就在他们聊天的时候，又有三头因迪拉蹿了上来。

冰冷的黑夜里，双人飞行器骤然倾斜出一个角度，而谈墨扣下了扳机。

只有一发子弹，那三头因迪拉直接被穿成了糖葫芦，摔在地上，滚了老远。

后面的车子嚣张地从因迪拉的尸体上碾过去。

"天……这是怎么办到的？"开车的副队长差点也把脑袋伸出去，反而被自家队长给摁了回来。

"你给我好好开车！"

陈玖自己其实也惊讶了。灰塔培养的监察员个个都有百步穿杨的能耐，一枪打掉飞扑中的因迪拉不是没可能，只要反应快、角度好、时机准就行。但是一枪打掉三头，而且还是从高空，陈玖必须承认这位监察员刷新了自己对Inspector的认知。

"洛轻云，跟你的监察员说一声，给我一个发挥一下本事的机会。"

风把陈玖的声音吹得断断续续的，但洛轻云还是听懂了对方的用意。

他传达道："陈队说，请你给他点面子。他的能力很有意思，你不妨见识见识。"

谈墨一听，兴致大增："没意思的话，我下一枪就打掉他的轮胎。"

"小朋友，你好狂啊。"陈玖说完，一手扣住车窗，另一只手伸向追击而来的开普勒生物。

只见那只手忽然变化了形态，如同透明的半流体在风中伸长。一根魔鬼藤迫不及待地冲上来，被那流体缠上，瞬间就被腐蚀得千疮百孔。

紧接着，成群的因迪拉不要命地冲了上来，有更多的流体像拉长的缎带一样射了出来，把那群因迪拉裹住。因迪拉在里面拼死挣扎，很快就被分解了。

原本还想攻击他们的开普勒生物都开始忌惮起来，转而去追其他的车。

陈玖把手收了回来，坐回座位上。

"小朋友，你看清楚了吗？"

通信器那端的谈墨笑了一下："你的能力多半是来源于禁湖吧？"

陈玖又惊讶了："这你都知道？"

"你的手臂刚才变得透明化，像是浓稠的液体，和禁湖体内用来消化的琼浆非常相似。我猜想你的身体化作琼浆之后，不仅可以腐蚀那些开普勒生物，还能吸收它们的营养吧？"谈墨说。

"你小子可以啊！很多人第一次见都会被我的能力吓到。你不害怕就算了，还知道这是禁湖，难不成你见过禁湖？"陈玖对洛轻云的这位监察员越来越好奇了。

"洛轻云见过，那就算是我见过吧。"谈墨笑了笑。

眼前就是北辰市的第二道防守要塞了。

全市的居民已经尽数撤离，剩下一座几乎看不到灯光的空城。

所有的车队都驶入要塞，巨型闸门轰隆隆地上升，非常有气势。

空中的飞行队也不断地通过滑道进入停机坪。

那条攻击通信塔的螭吻在经历无数炮火之后，不但没有被逼退，反而像个霸道的土匪，一圈一圈将另一座信号塔给圈住了，以螭吻鳞甲的坚硬程度，这座信号塔恐怕支撑不了一分钟。

钢筋水泥的塔身开始发出金属变形的声音。

围攻螭吻的飞行器原本有五台，结果其中三台都被螭吻的尾鳞射穿了机身或引擎，剩下两台接到撤退的命令，只能用缆索钩住坠毁的飞行器，试图带着同伴一起撤退。

但是那条螭吻早就杀红了眼，不打算给他们逃跑的机会，它的尾巴朝着飞行队撤离的方向甩过去，十几片尾鳞凶狠地发射。

眼看着尾鳞即将刺入机舱，坐在全息屏幕前的指挥官廖元冰忍不住捂上眼睛。

不料，梼杌的身影忽然在半空中一闪而过，通身散发淡金色的光泽，成为黑暗的北辰市上空比月亮更耀眼的光源。它的口中吐出无数倒钩，宛如炸开的烟花，瞬息之间，螭吻的尾鳞被纷纷拦截，飞行队顺利撤离。

"是那头神鹿！它又救了我们的人！"

廖元冰睁开眼，看到梼杌落在了通信塔对面的建筑屋顶，与盘桓在通信塔上的螭吻对峙。

第二十章 守住北辰

"那是梼杌!"廖元冰纠正自己的部下说。

"梼杌是上古凶兽!这名字不吉利!咱还是叫它神鹿吧!"

梼杌向后退了两步,一直退到楼顶的边缘,骤然狂奔起来,冲入夜空之中。

——它像是要给人类冲出一片黎明。

谈墨瞥了一眼洛轻云:"你看看人家梼杌,再看看你,当年对付一条螭吻,要死要活的。"

洛轻云也不生气,实事求是道:"人家梼杌也没有养一头吞金兽啊。"

陈玖在通信器里啧啧称奇:"洛轻云你个狗崽子可以啊!连梼杌都能控制!别一不小心越界了!"

听起来像是在嫌弃洛轻云,实际上是在担心他过度使用能力。

洛轻云笑着回答:"梼杌不是被我控制的。"

"那它凭什么帮我们?"

"我的监察员有着深深的人格魅力,梼杌是他的好哥们儿。"洛轻云玩笑道。

侵略北辰市的生物群就这么被驱赶到了第一道防线之外。

魔鬼藤彼此缠绕,形成巨大的藤墙,驻守在隔离墙之外,简直是万里长城。

梼杌跳上藤墙最高处,魔鬼藤托着梼杌向敌对的生态区示威,后者在梼杌的气场下节节败退,隐入远处的黑暗里。

廖元冰看着卫星扫描传来的图景,有点难以置信。

"我们……守住北辰市了?"

洛轻云肯定道:"是的,你们守住了北辰市。"

廖元冰愣了一下,叹了一口气:"不不不,是你们守住的。"

洛轻云莞尔道:"廖先生,如果你们早早放弃,我们来或不来都没有意义。"

"……谢谢。"廖元冰真诚地说。

北辰市内部开始了清扫工作。陈玖和其他外勤队员都忙碌了起来。

而瀚海市的危机还没有解除,据前线消息,半个瀚海市已经被畸化生物攻陷了。

谈墨几人无暇休整,给飞行器充上能量,匆匆准备再次启程。

这之前,谈墨打开和贺泷的通信频道:"贺叔,我们打算去支援瀚海了。你呢?"

贺泷一如既往地让人感到安心:"当然跟着你。还有,刚才何教授告诉我一个好消息——入侵瀚海市的生态区里有新生的克莱因之瓶。"

谈墨一听,精神大振:"克莱因之瓶?看来我就是不去也得去了。"

"何教授他们会跟着你。当场采集,当场为洛轻云提制营养剂!"

谈墨回过头来,中心城的救援飞行器果然还在跟着他们。

全程,这台飞行器都没有开过火,作为沉默的旁观者,将谈墨他们的一切行动都记录了下来。

谈墨扯起嘴角笑了一下。这样也好,如果他们能把瀚海市也救下来,那就是向中心城证明了他们的能力。

到时候,他谈墨想去哪里就去哪里!

第二十一章
扶桑树

等待飞行器充能期间,何映之给他们传输了目前瀚海市的卫星图景。从画面上看,瀚海市有差不多一半被畸化生物占领着。而被占领的区域正中央立着一棵参天大树,枝叶繁茂,点缀着银蓝色的星光,宛如奇幻电影里的精灵树。

谈墨乍一眼看还以为又是一棵海斯提阿,但很快就被李哲枫否决了。

"这不是海斯提阿,应该是一种树形的开普勒嵌合体。"

全息投影将那棵遮天蔽日的大树集中展示出来,何映之特地放大了部分细节。

"李队的猜测没有错,这个就是绰号为'扶桑树'的开普勒嵌合体。早在我还跟着凌教授一起做研究的时候,就对这种生命体进行过推测,我们认为它代表着开普勒生物高度畸化的形式。大家都听说过连体的畸形动物,比如古代传说中的九头蛇、双头蝎,还有人类的连体婴,这些畸形的原因多半是同卵生物在胚胎发育期间没有正常分离。而扶桑树则是后天融合形成的产物,它融合的是它所统治的生态区内的所有生物,不论种类。"

何映之将画面放大到扶桑树的顶层,所有人仔细一看,都吓了一跳。

它的顶层是无数头畸化的怪物在嘶吼咆哮,将彼此视为营养,相互撕咬,有的死亡被吸收,有的幸存下来,攻击力变得更强。它们身体的上半截可以自由活动,而下半身则与扶桑树绑在一起,无法挣脱。

"扶桑树这个名字来源于古代的传说,传说中它由大海上两棵巨大的桑树交缠而成,能够让凡间与神界乃至冥界相通。树分三层,树冠是第一层,最顶部有一只三足金乌。"

"这……三足金乌号称太阳的魂灵,应该是很神圣的东西,可这些完全就是一群畸融兽啊。"周叙白皱着眉头。

"至于扶桑树的第二层,那就是它的树干。"

何映之将画面继续放大到极限,这已经是卫星遥感能够传递过来的保证清晰度的最大画面了。

那树干看着有七八座通信塔那么粗,而且好像在流动。仔细观察的话,就会发现树干里面传递营养的纤维管其实是一条又一条蛇形的怪物。

"扶桑树的树干是腾蛇相互交融之后形成的。"

何映之话音刚落,只见那些腾蛇已经互相绞扭到一起,彼此肉骨不分,有的脑袋和另一条的背脊长在一起,缠绵的姿态让人非常恶心。

这些腾蛇向树的顶端缓缓聚拢,加入那些畸融兽的争斗中。

"第三层呢?"谈墨开口问道。

"第三层,就是地下的根系。扶桑树的树根延伸至地下上千米,摄取养分,而且……它的根会在地下不断生长。根据地下探测,它的根系已经占据整个瀚海市了,随时可能向周围城市继续扩张。"何映之的声音很紧。

第二十一章 扶桑树

"我和你母亲之前研究过，扶桑树只关注掠夺能量，丝毫不在乎生命的延续性。它在加速自身畸化的同时，也在毁灭周围的生物。"

"它就像个大肿瘤，不断蔓延，将所有的生命体带向异端。我敢打赌，它就是我那位好哥哥送给我的大礼。"谈墨深深叹了一口气，心情陡然沉重起来，"这是'共同灭亡'的宣言啊。"

"必须灭了它。"贺泷突然开口道。他的眼睛发红，拳头握得很紧。

"贺叔叔？"谈墨看向对方，"你……和扶桑树交过手吗？"

贺泷深深吸了一口气，点头道："是的。这东西，是被困在零号基地里的那个兔崽子最先创造出来的东西。"

谈墨愣住了，他没想到这棵树的历史还能追溯到这么久以前。

"当年我们护送你和何教授离开基地的时候，在那条最后的通道里，就是这棵树在追逐我们。也是这样的嵌合体，具备因迪拉、魔鬼藤和禁湖等各种生物的特征……只是还没有长到这么大而已。"贺泷把拳头握得很紧。

谈墨心脏被狠狠刺了一下，他总算知道为什么谢阑冰的队伍会在最后关头直接全军覆没了。

后脑勺被轻轻弹了一下——是洛轻云。

"发什么呆。这玩意儿看着吓人，但是不代表我们弄不死它。"

"你想到什么办法？"谈墨看过去。

只要击败这该死的扶桑树，对他那个零号基地里的哥哥一定能造成沉重打击。

"你挺聪明的。好好想想。"

说完，洛轻云抬起谈墨的手，食指正好扣在谈墨的戒指上。

谈墨眼睛一亮："你是说……用钛妖？"

"钛妖？它能对付扶桑树吗？"周叙白不是很肯定地问。谈墨手指上的钛妖才那么点大，一根绣花针，怎么扎穿参天大树？

何映之也表示："利用钛妖的金属是有办法阻隔扶桑树的养分传递，可它毕竟只是幼种级别，这一点金属……"

谈墨将瀚海市的全息图景打开，着重拉近地下部分画面："也许我们的钛妖小朋友真的可以做到呢？瀚海市的市郊可是有个铜铁矿啊！"

大家这才想起，瀚海市号称边境工业巨头，拥有一座规模可观的铜铁矿并不是什么值得惊奇的事。

何映之立刻对瀚海市的铜铁矿总量进行了调查，根据目前扶桑树的大小以及未来三小时内的长势，推测这个吨位的铜铁倘使进入扶桑树的体内，能否令它金属中毒并直接破坏它的细胞组织。

"大概有五成把握。"何映之得出结论。

谈墨摸了一下自己的手指，钛妖绕着手指转了两圈。他轻声问道："嘿，你愿意试试看吗？"

脑海中有门环叩响的声音。钛妖似乎有点害怕，但是它表示愿意。

"好，我们试一试，不行就撤，保命要紧。"谈墨转了转自己的戒指。

所有的飞行器能量都已经充满了，他们哪怕飞上十几个小时也不怕。

谈墨和洛轻云临行前，陈玖发起与他们的通信。

"洛轻云，听说你们要去干掉扶桑树？"

"是啊。谢谢你的后勤配给。"

"你们得活着回来。"陈玖很认真地说。

"嗯。"洛轻云应道，"搞定了扶桑树，就来找你喝酒。"

"一言为定。"

双人飞行器起飞，驶入黑夜之中。

很快，飞行队伍进入瀚海市的空域。

那棵扶桑树生长的速度超出所有人的想象，咆哮的怪物脑袋彼此啃咬，厮杀的场面比来之前在全息图景里看到的还要恐怖。整棵树通体散发着蓝色的荧光，这说明它的畸化开普勒能量非常强烈。

之前为了抑制它的生长，中心城对这里进行过猛烈的远程打击，十几枚导弹砸在同一个位置，然而只要扶桑树的树根还活着，它就会不断摄取营养从而再生。

感应到有融合者进入它们的领域，扶桑树融合的那些怪物立刻放弃了互相争斗，争先恐后地涌向天空。

它们有的长着两个脑袋，有的嘴巴里还在融合另一头怪物，疯狂而病态。

"我们绕过它。"谈墨对同伴们说。他们的目标是铜铁矿。

但是那些怪物并不想放他们离开，呼啸而来，整棵扶桑树都朝他们倾斜。

没有说什么废话，周叙白直接释放出大量的神经触丝，在半空中展开一张巨大的网，李哲枫的黑火顺着网燃烧起来，那些疯狂的怪物撞到这张网上，挣扎嘶鸣。

等到它们破网而出的时候，谈墨他们早已飞出了老远。

扶桑树不断朝他们生长追逐，原本立于天地间的巨树都扭曲了起来，位于地下的根脉也迫不及待地破土而出，旋转着追击半空中的飞行器。

飞行器马力全开，终于来到铜铁矿的上方。

谈墨手指上的钛妖动了动，形成一个金属小圆球，坠落下去。

它接触地面的瞬间，就迅速开始渗透、凝聚和吸收地下的金属元素。

扶桑树的树顶，那些怪物彼此吞噬转化，集中力量，只剩下最后的九头，攻击速度和范围都远超谈墨的预料。

双人飞行器本就是小型飞行器，高度有限，而那些怪物就快赶上他们了。

他们只能利用飞行角度来引诱怪物撞击彼此。

"小心——"

其中一头怪物直冲到吴雨声和贺泷的身后。还好吴雨声的驾驶技术高超，惊险地避开，不料那头怪物的口中又吐出另一头怪物，眼看就要把他们的飞行器叼下来。

"砰——"，爆破弹出膛，擦过贺泷的脸颊，直截了当地入那头怪物的嘴里。

血雾四散，那头怪物的脑袋被打爆，只剩下脖子软塌塌地落下去，而把它吐出来的怪物旋即一口将它又吞了回去。

为了方便追击，扶桑树把埋藏在底下的树根拔了出来，像一只巨大的水母在陆地上行走。

"我去——这啥玩意儿！还能这么玩？"吴雨声的眼珠子都要爆出来了。

它的根须拽起无数砂石，尘埃阵阵，谈墨他们不约而同地扣上作战服的面罩。

第二十一章 扶桑树

在厚实的沙尘掩护下，两头怪物悄无声息地骤然接近。贺泷反应及时，在它撞上来的瞬间狠狠一拳砸了下去。力的作用是相互的，这一拳下去，他们的飞行器得以加速离开，而那头怪物的脸被贺泷这一拳震到溃烂。

它呜咽着被另一头怪物吞食，血肉骨头被碾碎的声音传来，风中都是一股腥臭的味道，又一轮融合再生开始了。

扶桑树越追越近，谈墨他们不能将它向城市的方向引，只能飞向隔离墙外。

这也意味着他们将深入畸化的生态区，危险系数将成倍递增。

隐隐可以看到破损的隔离墙，就在那一刻，谈墨忽然调转了飞行器的方向。

"怎么了？"周叙白吓了一跳，生怕谈墨这一回头就撞进扶桑树的嘴里。

只见扶桑树像是被什么东西束缚住了，隐隐能看到它在尘埃中挣扎扭曲的身影。

谈墨眯起眼睛："成了。"

"看来我们的钛妖成功进入了扶桑树体内了。"洛轻云的唇线弯了起来。

所有飞行器徘徊在扶桑树周围，不敢轻易靠近。

渐渐地，只听到扶桑树顶的怪物们开始撕心裂肺地咆哮，烟尘终于散去，视野开阔起来，眼前的场景让所有人震惊不已。

金属在扶桑树内游走，覆盖了它吸收营养的枝干，枝干里的腾蛇被钛妖入侵，痛苦不已，树干无法支撑，开始分崩离析。

树顶上畸形的怪物想挣脱逃生，但钛妖化身锐利的金属，将它们全部刺穿。

不过半分钟的时间，扶桑树变成了一棵金属树，僵硬着碎裂开，大厦倾颓，弯折挤迫发出的声响让人耳膜刺痛。

被刺穿的怪兽呜咽着倒下，浑身被扎成了金属花。

"我的天……这可是扶桑树啊！毁掉了一整座城市的扶桑树，就这样……没了？"吴雨声只觉得不可思议。

"不，是钛妖在死死支撑，一旦扶桑树把钛妖赶出体外，就又能快速复原了。"

李哲枫冷声道："那就烧死它。烧透一点。"

周叙白瞬间有了主意："请钛妖帮忙，把它地下的部分全部刨出来吧。"

谈墨能与钛妖共感，他的想法立刻传递给了钛妖。大半个瀚海市的地面开始震颤，扶桑树严密的地下网络就这样被钛妖拽了出来，场面非常壮观。

"这……要怎么烧？"周叙白回头看了一眼李哲枫。

李哲枫的发丝在风中飘扬："能烧多少就烧多少。不弄死它，难道要钛妖永远留在它的体内吗？"

周叙白深深吸了一口气，神经触丝形成引绳，从高空落下，缠绕住其中一头挣扎的怪兽，死死封住它的嘴。李哲枫食指轻轻一弹，黑火沿着这条引绳，烧了下去。

就这样，他们硬生生将扶桑树的树顶烧秃了。树干里的腾蛇挣扎想往外游窜，又被钛妖死死拽住，两方僵持。

黑火的速度还是太慢了。

"也许我们要想办法让李队的火烧得再猛烈一些。"洛轻云靠在谈墨的耳边说。

谈墨回头和他对视了一眼："你是说，我去找到他的精神体，然后连接到开普勒能量源？"

一旦能和开普勒能量源相连，李哲枫别说一口气烧掉这棵扶桑树了，就是一路烧到零号基地搞不好都有可能……假如他的身体不像洛轻云那么容易坏的话。"

谈墨跃跃欲试。他早就在想，如果畸化的开普勒生物都能回归正确的进化方向，那融合者为什么不可以？

那些在零号基地里牺牲的融合者们既然能在谈墨即将越界的时候出声阻止他，就说明他们是有精神体的。他们有的，李哲枫也一定有。

谈墨极速靠近李哲枫，朝他伸出自己的手。

就在这个时候，周叙白原本放出去捕捉腾蛇的神经触丝竟然被扶桑树狠狠拽了一把，力量之大差点将周叙白拽离飞行器。

这一切发生得太过突然，双人飞行器失去平衡，整个翻转了过来。

"周队！"李哲枫第一反应就是去救。

他一手抓住飞行器，一手拽住周叙白，但扶桑树的力量太大，飞行器引擎熄火，他们急坠直下。谈墨被吓得魂都冲到了脑门，驾驶飞行器一路追赶。

而扶桑树刚好这一阵压制住了体内的钛妖，一条腾蛇从树干里仰起头来，冲李哲枫他们张大了嘴。

谈墨全身肌肉紧绷，身体探出飞行器，那一刻他想抓住他们的欲望超过一切。

就在李哲枫和周叙白即将跌落的瞬间，无数淡金色的能量线如天女散花落下，李哲枫与谈墨视线相触，只一秒，他被拽入另一个世界。

那些能量线穿透他的皮肤，在他的细胞中游动，一股难以描述的力量浸透了他的大脑。

李哲枫从小到大并不相信灵魂的存在，可就在这个瞬间，他感觉到有什么脱离了他的身体，向着更深的地方沉了下去。

李哲枫眼前有无数画面走马观花掠过——

他看到自己身上披着毯子，刚从地下室被救出来，手里捧着温热的水杯；

他看到自己回到福利院，睡前上洗手间的时候地面上谈墨长长的影子；

他看到谈墨终于被一对善良的夫妻收养，咧着嘴冲他开心地傻笑，看到他们的养父母在任务中去世，谈墨一个人站在墓碑前，喃喃自语着："我怎么又没有家了……"还看到谈墨兴高采烈奔向他，对他说"我被灰塔录取了！终于有地方可以去了！"

记忆里所有珍贵的画面飞速掠过他的眼前，他想抓却抓不住，而心底深处有个声音告诉他，过去不能改变，他唯有当下。

他的精神还在不断地下沉，失重的感觉让他有一种自己在坠入深渊的错觉。

直到他跌入另一个世界，在这个世界里，他又看到了无限的可能——

比如谈墨兴高采烈地对他说："嘿！阿哲！你知道我的实习任务是跟着谁吗？洛轻云啊洛轻云！"

李哲枫一把抓过他，在他的耳朵边对他说："碰到爱德拉之花的花海你一定要绕过去！不要用绳索跃过！花粉太细了，会卡住你的绳索，你会掉下去的！明白吗？"

谈墨懵懂地看着他，然后用力点了点头："你对我说过的话我都会记在心上的！"

谈墨的承诺让李哲枫有一种安心的感觉。

他再度下沉，干燥的风迎面而来，沙丘如同海浪起伏，看不到尽头。

李哲枫睁大眼睛，他想起谈墨对他说过，这是开普勒世界的边沿。

第二十一章 扶桑树

所以……这就是他的精神体吗？

李哲枫抬起自己的手，掌心纹路清晰，虎口还带着练习射击练出来的茧，它们的存在显得那么真实，一点都不像所谓的"灵魂"。

他弯腰捧起沙砾，感受着它们从指缝中流过。

但是，他要怎样才能突破边界，去到真正的开普勒世界？

"谈墨！谈墨在这里吗？谈墨——是你把我带到这里来的吗？"李哲枫高声呼喊着谈墨的名字。

无人回应。

李哲枫忽然有点恐惧，自己可能会永远被困在这里。

他的肩膀突然被碰了一下，李哲枫回头，看到谈墨。

随即世界颠倒，荒漠高悬，他沉入天际。

周围的一切无限延伸，形成另一个宇宙空间。

一个被金色流光环绕着的能量体出现在他眼前。

看到它的第一眼，李哲枫就确定它是真正的开普勒能量源。它温和、明亮，没有丝毫侵略性，是一种无限广阔的感觉。

谈墨轻轻推了李哲枫一把，李哲枫向前跌去，能量源释放出无数细腻的线，轻轻环绕上李哲枫的指尖。一股从未有过的力量涌入他的四肢百骸。

不是对他身体的占领，而是一种……能让自己变得更加完整、更加坚定的力量。

"李哲枫——"他听到谈墨的呼喊。

李哲枫身体轻微一颤，他在开普勒世界里待了许久，现实里却只是一瞬之间！

腾蛇的獠牙近在眼前，腐朽的气息从它的喉咙里喷出来。

李哲枫猛地用手撑在那对獠牙之上，腾蛇的脑袋瞬间就燃烧了起来。黑火迅速向下蔓延，火势凶猛，一整条腾蛇眨眼间化作灰烬。

李哲枫和周叙白就跌到了这团黑色的灰烬上。还好他们都戴了面罩，不然非被呛死不可。

"李队！你这是……怎么办到的？"周叙白爬了起来。

"我和开普勒能量源连接在一起了。"李哲枫低头看着自己的双手。

又有腾蛇趁机从树干里挣脱出来，想袭击刚跌落的二人。

洛轻云大声向这边喊道："李队！你再也不用担心越界了！"

这句话让李哲枫瞬间反应过来——他可以马力全开了！

李哲枫看着那群争先恐后的腾蛇，它们都是扶桑树输送营养的经脉，只要毁掉它们，扶桑树重生的能力就会被大幅度削弱。

周围的一切像是被放慢了，只有李哲枫在正常的流速当中。

他打了一个响指，带起轻微的空气波动，身体里汹涌的能量从指尖迸发，千军万马冲入天际，静电在空气中急速传播。"轰隆！"腾蛇群被黑色的火海裹挟，火势铺天盖地，如同地狱红莲肆意绽放。

钛妖见势飞快地脱离扶桑树，巨大的树干从外到内被烧了个彻底。等到它完全离开扶桑树的时候，黑火已经烧到了树的根系。

温度越来越高，飞行器开始报警，他们必须尽快飞离高温范围。

吴雨声一把将一旁看呆了的贺泷拽回飞行器里。

李哲枫将他们的飞行器扶起来，扯了周叙白一把："再不走飞行器就报废了！"

黑火足足烧了半个多小时才熄灭。

风一吹，扶桑树的灰烬就飞扬起来，它的体积太大，烧剩下的灰烬都足以形成一场黑色沙尘暴。

贺泷坐在吴雨声背后看着这片余烬，用力闭上眼睛又睁开："扶桑树居然就这么被烧死了……"

他长长地叹了一口气，内心沉重到无法表达的情绪，此刻终于轻了许多。

钛妖已经通过地下回到之前的矿场，将所有的金属又还了回去。

谈墨感应到它的呼唤，驾驶飞行器向矿场的方向飞行。

谈墨到达矿场，将飞行器贴地，伸手摸索着地面。就在他与地面相触的一刹那，一缕泛着淡金色流光的液态金属缠住他的手指——钛妖回来了。

"总觉得应该给它重新起一个名字，毕竟它是我们的伙伴了，得跟其他的钛妖区分开来。"谈墨摸了摸手上的戒指。

"要不然叫它'钛神'？据说北辰市那帮大老粗管梼杌叫'鹿神'，这不正好一个起名风格？"通信器里传来江春雷的声音。

戒指在谈墨的手指紧了紧，看来它不喜欢"钛神"这个名字。

"你呢，讲义气，不作妖，这个'妖'字是实在委屈你了，要不就叫你阿钛吧！"

洛轻云露出一抹无言的表情："谈墨，你是起名废物吗？"

"阿钛不好吗？多亲近啊，还保留了它的生物特性。"

戒指在谈墨的手指上转了一圈，表示它很喜欢这个名字。

谈墨得意道："看见没，它以后就叫阿钛了。"

"下一步我们去哪里？"周叙白问。

"嗯……返回北辰市吧。"谈墨回答。

"怎么不回银湾？耿劲柔见到你的时候，搞不好会跪在你的面前，感谢你的救命之恩。你可以趁机谈条件，要求加薪。"周叙白好笑地说。

"谁稀罕他跪下。他能给我们一张舒服的床好好睡一觉吗？能让我们吃一顿没有压缩饼干的大餐吗？"

洛轻云算是明白了："原来你是记挂着陈玖说的，要请我们喝酒啊。"

"那是。银湾就剩下基地了，一点花花世界的味道都没有。"谈墨回头看了一眼，"而且阿哲很累了。"

"开普勒能量的传导是有限度的。他的身体需要恢复。"洛轻云回答。

"但是在这之前，先把一件重要的事情给做了。"

谈墨调转飞行器，朝崎化的生态区飞去。

一帮人跟着他屁股后头追："我说谈副队，你想干什么能不能直说？你自己方向感不好难道心里没数吗？"

谈墨回过头，不耐烦地回答："我要去采花儿！"

洛轻云在谈墨的飞行器后座上仰着脖颈，笑而不语。

没过多久，北辰市的灰塔指挥中心就眼睁睁地看着一台吊着克莱因之瓶的飞行器从他们的头顶驶过，所有人都惊得目瞪口呆。

正在抽烟的陈玖烟灰都掉到了手背上，他疼得"嘶"了一声，赶紧甩了甩手。

"这狗崽子是越来越不得了了啊？老子还没喘上口气儿，他已经带着胜利的果实回来了？"

其他外勤队员也是仰着头呆愣愣地看着那朵克莱因之瓶经过他们的头顶。

吊着克莱因之瓶的飞行器其实是何映之他们所在的中心城飞行器。一路跟着谈墨他们的救援队队长已经将黑火烧毁瀚海市扶桑树的全程影像，以及在银湾北辰的行动录像都上传给了中心城，等待中心城的指示。而姜怀潆也从医疗舱中苏醒。在陆颖和何映之的主导下，两方在生态区边沿会合同行，谈墨和洛轻云的双人飞行器现在就护卫在克莱因之瓶旁边。

他们飞跃了北辰市刚刚修复的隔离墙，隔离墙外就是梼杌的领域。这个领域像一条长长的缎带，从银湾一直延伸到北辰，梼杌就安然地趴在墙上，似乎睡得很沉。

飞行器的阴影掠过，梼杌抬起头来看向谈墨，谈墨朝它挥了挥手，感谢它保护了两座城市。

梼杌转了一下脑袋，又趴了下来，睡得更安稳了。

飞行器降落在北辰市临时战备基地，廖元冰亲自来迎接他们。

寒暄的话不用多说，廖元冰和洛轻云大力拥抱了一下，然后向何映之点了点头。

"诸位，你们来的时候就说需要大功率离心机，我们已经准备好了。"

一辆科研级别的装甲车开了过来，将那朵克莱因之瓶运走了。

北辰市全市疏散，市区内水电都切断了供应，廖元冰安排他们住在基地宿舍休息。谈墨睡酒店大床的梦想破灭，还是不肯死心："那你说的请我们喝酒呢？难不成是在食堂喝吧！"

跟来一起为他们接风的陈玖咳嗽了一声："你要相信我们北辰基地食堂的啤酒、烧烤、火锅这些，还是要比银湾那个贫瘠的地方好很多的！"

事已至此，谈墨只能勉强说服自己没亏了。

连夜奔袭，分秒必争，紧张的心情一旦放松下来，困意涌上谈墨的心头。

"走走走，睡觉去了。"谈墨的手背在洛轻云的胸膛上拍了拍。

陈玖侧身看了看谈墨的背影，小声和洛轻云唠叨："你这个监察员有点跩啊，感觉你这个队长在他面前都没什么面子。"

洛轻云承认道："我不是跟你说过了吗，保护你们的开普勒生物是他的兄弟，而我……确实没有什么面子可言。"

"他是怎么办到的？"陈玖又问。

洛轻云还没来得及回答，谈墨耳朵尖，一下子听到了，笑嘻嘻地说："当然是用我好看的皮囊和不羁的灵魂。"

陈玖乐了："这自恋级别也挺高的，吹得跟真的似的。"

洛轻云垂下眼，很淡地笑了一下："那可不一定。"

第二十二章
决战前夕

就在他们返回北辰的第二日,中心城就直接派出专家团队抵达北辰,前来评估谈墨的价值了。

这一次,中心城拿出了相当大的诚意,来的都是和开普勒生态直接打过交道的专家,而不是像上次评估洛轻云那样,派一群官僚做派的傻子过来。

这次来的专家们身形不比研究室里那种孱弱的研究员,体态一看就知道一定在外勤队伍里待过,有的虽然戴着眼镜,但脸上还留着伤疤。

带头的一位人高马大,身高起码有一米九,面容严肃,气场雄浑,很能镇住场面。他走到谈墨面前,脖子上的挂牌上显示他的名字是欧阳城,头衔是教授。

欧阳城没有任何介绍和寒暄,直入正题。

"他们都说你是人类的希望,拥有人类的身体和完整的开普勒精神体,你能通过洛轻云从真正的能量源那里获取开普勒能量。我们希望能直接在训练场上见识一下,你这个拥有开普勒能量的人类,究竟有几分能耐。"

谈墨勾起嘴角,很感兴趣地摸着下巴:"这么说,你们想找个融合者来试试我?"

"不错,我们已经安排好了训练室,你可以现在就跟我来。"

训练室里已经坐满了听着风声赶来看热闹的人,有北辰市灰塔的负责人廖元冰和其他外勤队员,隔壁的银湾市也来了好些老熟人。

谈墨先是在人群里看到了周叙白和李哲枫。他熟稔地跑过去,和他们击掌。

李哲枫的美貌一如既往,周叙白倒是今天看着有些蔫,精神不太好。

谈墨用胳膊肘撞了他一下:"小白,你怎么了?"

"啊?没什么。就是可能来了新的地方,睡得不太好吧。"周叙白冲谈墨笑了笑,"我都有点过敏了。"

谈墨发现他手上有些抓痕:"这怎么回事?"

"就是过敏,好痒。"周叙白说完,又忍不住搓了搓手指尖。

"啧,你别挠了。这里面像是有小水泡,挠破了要感染的。"谈墨抓住他的手腕,"一会儿让北辰他们医疗队看看,给你开点药。"

"不是什么大事,我也是做过医疗兵的,我自己的身体情况自己还不知道?"

这时他们身后传来一阵咳嗽声。

谈墨一回头,看到那个穿着迷彩衣的高大身影,先是微微一愣,紧接着扑上去。

"老高——"

"干什么!这么多人在呢,正经一点!"

高炙一把摁住了谈墨的脑袋,脸上的笑意还是没有绷住,那模样,像极了小学门口接娃的爸爸。

黄丽丽抱着胳膊走过来,用膝盖踹了一下谈墨的后背:"你小子可以啊,见到高队就像狗崽子见到肉包一样,你有想过其他人的感受吗?"

"妈呀，我老黄也来了！"

这个称呼让黄丽丽赏了他一通爆捶。

谈墨一抬眼，看到洛轻云揣着口袋站在离人群稍远的地方，望着自己淡淡地笑。

"他们都在这里，那我的对手是谁？"谈墨问欧阳城道。

只见陈玖突然从欧阳城背后露出脸来："嘿嘿，谈副队，没想到吧？我可不会手下留情哦。"

大家都在议论这场看似胜负悬殊的对决。

黄丽丽担忧地说："那个陈玖在北辰市算得上一号人物啊。谈墨再怎么样也是人类，哪儿可能打得过他？"

高炙低声道："中心城敢做这个测试就有他们的道理。也许现在的谈墨已经不是当初你认识的那个谈墨了。"

欧阳城举起双手，示意测试即将开始。

谈墨和陈玖相对而立。现场安静而紧张。

陈玖这些天一直忙于战后城市重建工作，下巴上的胡茬都没来得及剃，显得有点邋遢。反观谈墨，来到北辰市之后他几乎没见过太阳，整个人都很白，呈现出一种被精心雕琢过的良玉的质感，吸引着大家的视线。

陈玖神色一凛，主动向谈墨发起进攻。

——他早就想领教一下这个监察员的实力了。

他一拳挥到半空中，化作半液态，那是他用能力化成的琼浆。

琼浆从谈墨的脸颊边甩过去，谈墨惊险避开。

谈墨闪避的动作只有融合者能看清，他单手撑地倒立着跃起，在半空中用脚跟狠狠砸了下来，目标就是陈玖的脑袋，气势千钧。

陈玖就算全身都能化作琼浆，总不至于脑子里也是一团浆糊吧？

这一击快、狠、准，陈玖收回琼浆的速度不及谈墨下落的速度，只得狼狈侧颈，谈墨的脚跟砸在他的肩窝上。

"噫……"

黄丽丽别过头去，吴雨声捂住眼睛，他们都为陈玖感到疼痛。

陈玖向后一个踉跄，两条胳膊化作琼浆环绕而来，竟直直将谈墨的脸糊住了。

底下一片倒吸冷气的声音，洛轻云抬手拦住了李哲枫和周叙白。

"再看看。"

如他所料，谈墨的脸根本没有被腐蚀，琼浆和他脸部的肌肤之间还保留着部分的空隙，并没有完全贴上去。

这不是陈玖手下留情，而是他真的无法再前进了。

谈墨周身就像被一股磅礴的力量包裹着，琼浆就被这无形的屏障所阻挡。同时，这股力量通过谈墨身上不断溢出的能量线，和另一个人稳稳相连。

陈玖顺着看过去，发现那个人就是站在场外默默观看的洛轻云。

两人之间的能量形成独特的回环，而陈玖就处于这个能量回环之中，能力被压制，无法施展，就像自己的开普勒领域被掠夺了一样。

陈玖难以置信，难道谈墨正在使用洛轻云的开普勒能力吗？

在场的李哲枫是除了洛轻云以外唯一已经与开普勒能量源相连的融合者，他能清楚地看到这二人之间的能量流动形式。

但周叙白只能隐隐感觉到这个空间里有什么在起伏流转，他下意识抬起手，在虚空中拨动了一下，似乎有什么回应了他的指尖。

"啊，李队，我真羡慕你啊。"周叙白闷闷地说，"你肯定知道谈墨做了什么，我却只知道陈玖的能力被他限制住了。"

"不，其实，限制他能力的应该是洛轻云。"李哲枫解释着，看向洛轻云，两人交换了一个眼神。

对战扶桑树的时候，李哲枫和周叙白差一点跌入腾蛇的口中，当时谈墨并没有触碰到李哲枫，李哲枫却被他带入了开普勒的世界。

那对于李哲枫来说是一场精神体的进化，对于谈墨来说也是。

他和洛轻云之间能量的交换，乃至能力的连接，都已经不需要身体的直接接触了，只需要能量线相连即可。

此刻的谈墨和陈玖僵持不下。陈玖将另一只手也融化成琼浆，试图从地面攀上谈墨的腿。一旦碰到，它就会腐蚀掉谈墨的衣物，直接渗进他的皮肤和肌肉，造成不可逆转的伤害。

陈玖原本只是想试探谈墨的实力到底有多强，但没想到试探变成动真格了。

忽然，洛轻云向场内提示道："你可以通过能量源来借用李队的能力。"

话音落下，场下一片哗然。

"李队？是指银湾外勤二队的李哲枫吗？"廖元冰问身边的高炙，"这要怎么借？"

谈墨闻言，立刻专注于感受高维空间里的能量源，而李哲枫在冥冥之中产生了一种特殊的感觉，仿佛自己呼吸着谈墨的呼吸，心跳也逐渐和谈墨达成一致。

——这就是与能量源相连接的精神体之间的共感！

李哲枫被一股力量牵引，身体下意识向前倾。

而谈墨抬起了手，打了一个响指。

他的指尖忽然冒出一颗淡金色的微粒，这颗微粒悬浮飘动，掉落在陈玖左手化作的琼浆上，转眼间，黑色的火焰噼里啪啦地燃烧起来。

"啊——"陈玖一声惊呼，双手瞬间从琼浆转化回人类的手臂。

黑火也立刻熄灭了。

"那是黑火吧？开普勒世界里的生物火花？"

"据说就是那个黑火焚毁了扶桑树！可我听说那是银湾二队队长李哲枫独有的能力啊！"

围观的北辰市外勤队员们陷入热烈的讨论之中。

而银湾这边了解李哲枫的人都看了过去，猜想刚才的黑火是不是李哲枫情急之下释放的。但李哲枫双手自然垂落，根本就没动过。

谈墨走过去要扶起陈玖，陈玖想到刚才被烫到骨子里的疼痛，下意识向后一避。

"兄弟，不用了。安全距离，安全距离啊！"

陈玖的表情让谈墨哈哈大笑。

这是谈墨第一次通过精神体共感来使用李哲枫的能力。

这意味着凡是和开普勒能量源相连的精神体都能互相感知，并实现能量交换。

那么从战略的层面上来说，如果谈墨能把更多的融合者与能量源相连，不仅他们的战斗力能大幅度提升，自己作为人类进入零号基地也不再是天方夜谭。

畸化源只能调动畸化的生物来攻击他们，这是一种驾驭和掌控。

但开普勒能量源却能打破物种之间的思维屏障，让精神体共感，互通有无。

他们将形成一个真正的整体，没有任何形式的团结会比他们更坚固。

谈墨抬起眼，看向在场边评估的专家团队，捕捉到欧阳城眼中那一闪而过的惊喜与对未知世界的好奇。

"刚才的黑火，真的是你使出来的？"欧阳城问。

谈墨抬起手，又打了一个响指，金色的粒子慢悠悠地落下，正好落在欧阳城的鞋尖上。

"哧啦"一声，小小的火花冒起，迅速熄灭了。

欧阳城看了看谈墨，又看向对面的李哲枫，李哲枫还是一动不动的。

"之前何映之和洛轻云向我们汇报情况的时候，我还有点不敢相信。现在看来，你的存在确实有点意思。"欧阳城说。

他的表情依旧严肃，这是一种学者的本能，无论研究进展怎么乐观，不到最后一刻得到结果，他都不能抱有过高期待。

"其实看到救援队传回来的录像，我就知道何映之对你的判断是准确的。但是谈墨，你只是让我们有了从零号基地生还的可能，胜利的把握还是很低。要知道零号基地现在是畸化的核心，整个畸化的开普勒世界都是它的倚仗。"

欧阳城认真地说："就像畸化源控制所有畸化生物那样，你也需要自己的倚仗。"

谈墨低下头，沉默了。

"我也有倚仗。"良久，谈墨坚定道。

欧阳城严肃地告诫道："如果你是说洛轻云，那远远不够，你想象一下，如果你要打败畸化源，洛轻云的身体要崩溃多少次？"

谈墨抬起了眼睛，直视欧阳城："我的倚仗，是所有灰塔的融合者，和外面所有的生态区。我能引导李哲枫和真正的能量源连接，我就能引导其他人。梼杌和钛妖能向正确的方向进化，成为我们的盟友，那么生态区内其他的生物，也一定能。"

欧阳城脸上终于露出了些许笑意："我们要的就是你这个决心。你能够引导的开普勒生态的范围越大，意味着可供畸化源驱使的生命体越少，零号基地里你那位哥哥的能力就会被削弱。"

"你该不会要我把整个世界的畸化生物都引导向能量源之后，才肯让我去找我母亲吧？"谈墨皱着眉头问。

"唯有你的进化能量与现有的畸化能量持平，才能达到进入零号基地的最基本条件。"

谈墨握紧拳头，他知道欧阳城说得没错。然而他必须要加快速度了，凌喻未必能支撑那么久。

欧阳城从他的身边走过，在他的肩膀上按了一下，说："我会把你的情况和表现如实地汇报给中心城的。祝你好运。"

欧阳城带领专家团队离开之后，整个训练室里的气氛顿时活络起来。

陈玖走到谈墨的身边，一把揽上他的肩膀："本来以为你小子是仗着洛轻云才那么嚣张，但是刚才领教了一下，真厉害啊！你也是融合者吗？"

"我……不是。"

这是一个很复杂的问题，谈墨也不确定三言两语能不能跟陈玖解释清楚。

所幸陈玖是一个不太追根究底的人："不管怎样，之前答应的火锅、啤酒还有烧烤可以走起了！我已经让食堂统统安排好了！"

陈玖朝着洛轻云他们的方向抬高了手，用力拍了拍："银湾来的兄弟们！这一次劫后余生，多谢你们了！大难不死必有后福！今天敞开肚子吃，我们北辰供得起！"

一听有吃的，大家都要飞起来了。一堆人乌泱泱跟着陈玖走向食堂。

谈墨转过身去，看到同伴们都在一起，有一种很充实满足的感觉。

洛轻云自然地走到旁边，谈墨拽了一下他，问："诶，我说，周叙白呢？"

"周队说他觉得很累，就不参加聚餐了，想回去再睡一会儿。"

"这样啊。"

谈墨忽然意识到，之前的战斗中，周叙白耗费了非常多的神经触丝。它们不是凭空产生的，都是周叙白身体的一部分，它们的损耗其实就是周叙白身体的损耗。

"我今天看他也觉得有点没精神。端水大师，这一次你可没把水端平啊。"洛轻云半开玩笑道。

谈墨当然明白他的意思，李哲枫已经和能量源相连了，但周叙白还在透支自己。

"等会儿吃完饭去看看他吧。"谈墨皱着眉道。

才走到食堂门口，就闻到一股浓郁的麻辣火锅味道，让人两颊发酸，口水直冒。

大家什么都顾不上了，差点堵在门口打起来。

"别急！别急！我们这儿锅大着呢！早就煮上了，入味儿了！"

谈墨和洛轻云没有往里挤，和李哲枫三人是最后进去的。

面前的大桌上是一个洗澡盆大小的铁锅，正咕嘟咕嘟冒着泡，辣椒和红油融合在一起的液体沸腾翻滚，白色的鱼丸都被煮成了红色。

江春雷首当其冲，正往里面倒着肉片，常恒"咔嚓"一声打开啤酒灌了一大口，安孝和扑上去抢着要涮肉，楚妤看不过去，把安孝和的脑袋捞了回来。

"你能不能悠着点！太丢人了！"

"你嫌我丢人，你别吃啊！"

楚妤这才发现安孝和给她抢了自己最爱吃的鱼豆腐，还有一大勺涮肉。

"没事儿，你继续丢人。"楚妤放开了安孝和。

谈墨和洛轻云坐在一块儿，谈墨摸过一罐啤酒，单手打开，递给洛轻云。

洛轻云接过，也学着谈墨摸过一罐啤酒，打开递给他。

"你先吃着，我去找人给周队熬个粥。"洛轻云站起身，用啤酒罐轻轻碰了一下谈墨的额头。

"去吧。"谈墨挥了挥手。

他看着洛轻云的身影，又转眼看了看这一帮子胡吃海塞的家伙，忽然觉得所谓的幸福，大概就是这么回事儿吧。

周叙白刚到房间门口，通信器颤了一下，是谈墨的信息。

——你先睡哦，我一会儿带吃的给你。

第二十二章 决战前夕

周叙白笑了一下，开了门就往床上一倒。这几天连轴转，他确实很疲惫，连扯个被子的力气都没有了。

睡了不知多久，他忽然觉得很热，慢悠悠地把上衣脱了，扔到一边。

隐约听见门铃声，接着是通信器，有人在申请与他通信。

"喂……谁……"

"您好，周队，我是陈队派来的医疗员，听说周队有些不舒服，我来看看您。"

周叙白闷声笑了笑，他知道一定是谈墨放心不下找来的人，但他现在并不想看医生，只想睡觉。

"过会儿吧……我刚睡着……等我起床去找你开药……"

门外的医疗员听出他声音非常疲惫，但陈玖的交代自己也不能不当回事，于是说："那您再睡一会儿，过一会儿我再来看您。"

周叙白又沉沉睡下，但那股燥热的感觉一直没有消失，从皮肤渗透进了骨子里。周叙白把裤子也脱了，依然没有得到缓解，被单已经被汗浸湿了一大片。

怎么回事啊……

周叙白眼皮子很沉，脑袋发蒙，感觉像小时候发烧似的。

"降温。"周叙白向房间里的声控系统发出指令。

空调发出"呜呜"的声响，风顿时变大，室温降到了20℃。

但周叙白还是觉得热。

"降温。"他发出第二次指令。

系统反馈道："温度已调至15℃。"

……为什么15℃了还是这么热？

"降温……"周叙白不耐烦地继续说。

直到房间温度降低到了零下十度，周叙白才稍微觉得舒适了一些。

不知何时，指尖开始发痒，周叙白用力搓了搓，然而越来越痒。似乎有什么东西在他的血管里游动，像是无数细小的虫子要钻出来，在他肌肉的间隙里爬动着。

渐渐地，他觉得自己的脑仁发疼，仿佛有什么在蚕食他的神经末端。

肺也好，心脏也好，这些维持生命功能的器官逐渐不再属于他。

手腕上的通信器持续振动着。

振动了四五遍之后，通信器的亮光彻底熄灭了。

医疗员再次返回，在发现联络不上周叙白之后，立刻通知了陈玖。

谈墨、洛轻云和李哲枫三人一接到消息就匆匆赶到周叙白的宿舍门口，谈墨刚要敲门就被洛轻云摁住手。

洛轻云的眉头皱得很紧，谈墨从他的表情里看出门那头一定发生了什么。

——周叙白不可能是劳累过度，而是出事了！

谈墨一咬牙，向后退了半步，狠狠踹在了门上。

灰塔宿舍的门一般都是合金制造，宿舍的墙塌了门都未必有事，但愣是被谈墨这一脚踹得"哐啷"一声倒下了。

眼前的场景让谈墨呼吸骤紧。

无数银蓝色光泽的丝线遍布整个房间，密密麻麻，几乎找不到缝隙，所有的家具陈设都淹没在丝线之海里——这里变成了一只巨大的茧。

"周叙白！周叙白你在里面吗？"

谈墨高声喊着周叙白的名字，他无法感应到周叙白的开普勒能量。

不……应该说这个房间里到处都是周叙白的开普勒能量。

这个茧就是周叙白本身。

谈墨正要伸手把这些丝线拨开，就被洛轻云拉了回来。

"小心。"洛轻云当着谈墨的面，用手指在门前的丝线上轻轻勾了一下，他的指尖立刻出现了一道干枯的痕迹。

"这些线……感觉是从周队的身体里出来的。"李哲枫抿了抿嘴唇，"我可以用黑火将它们烧掉，但是我不清楚这些线和周队之间的关系，黑火可能会伤到他。"

"周队平常就运用神经触丝作战，我们没法判断这到底是出了什么意外，还是周队自身的某种自我保护机制。"洛轻云看向谈墨，"我建议……做一次领域掠夺。"

"你想控制小白？"谈墨问。

"嗯。"洛轻云点了点头，"搞清楚这些线的来源。现在周队很虚弱，我们要进入他的开普勒世界应该会很轻松。"

谈墨认同这个计划。通过开普勒能量连接，谈墨迅速潜入周叙白的本我世界。

才一进去，周围的一切就像被撕毁了的报纸，一缕一缕的片段飘散在空中。

有周叙白小时候被父亲扛在肩头的记忆，但周叙白在父亲肩头看到的是什么，这段画面已经碎了。

还有周叙白考上灰塔的医疗班，拿着成绩单兴冲冲奔回家，推开门之后发生了什么，谈墨也看不到，门后面只剩下黑洞洞的虚无空间。

对于周叙白来说，关于谈墨为了救他从高空直坠而下，子弹出膛向着鸿蜮而去的记忆一定非常深刻，可一切也就停留在那一瞬，后面的全没了。

谈墨意识到，有什么正在企图毁掉周叙白的精神体。

他的本我世界在崩毁，谈墨无法继续进入下一层的客我世界，只能堪堪退回。

一回到现实，他看着眼前的景象，骤然反应过来。

"阿哲！烧了这个茧！周叙白的精神体……正在崩溃！这些丝线在蚕食他！"

李哲枫神情一暗，丝毫不顾及丝线的腐蚀，直接把手伸了进去。

"呼啦"一声，黑火烧了起来，这个茧感应到伤害，不断收拢。

"它们想把周队完全吃掉！"洛轻云感应到周叙白的挣扎。

这只茧充满了周叙白的能量，看似是由他在中心制造的。李哲枫原本是想一层一层烧到里面去，这样才能避免烧伤周叙白。但现在看来他们搞错了因果。这只茧完全是在吸收周叙白的能量，才会被他们误认为是周叙白的一部分。

李哲枫一发狠，一把黑火直冲天花板，焚天灭地。

宿舍里警报声响起，陈玖带着人赶来，看到眼前焦黑一片，都惊呆了。

房间的正中央，周叙白就躺在那里，身体僵直，双手死死掐在自己的喉咙上，试图把从里面钻出来的丝线扯出来。

他眼睛无神地睁开，嘴巴微张，疯狂想呼吸，但很明显他已经吸不进空气了。

"周叙白！"谈墨冲了过去。

这一下冲击让周叙白的床轰然化作粉末。

谈墨将人连扛带搬地救出来，哪怕遇到再可怕的开普勒生物，谈墨都没有这么慌过，唯有此刻，他害怕到肩膀都在颤抖。

是他不好，明明周叙白那么难受，自己为什么不陪着他？

火锅有什么好吃的！

谈墨后悔得想一头撞死，他立刻把周叙白放下急救，双手摁在他的胸口上，然而每一下都像是无用功，周叙白一点反应都没有。

跟着陈玖前来的医疗兵赶过来，摸了一下周叙白的颈动脉，愣了一下，看着洛轻云他们摇了摇头。

——已经没有脉搏了。

陈玖惊呆了。在他们北辰的辖区内，一个高级融合者就这么不明不白地死了？

谈墨还在为周叙白做心肺复苏，浑身冷汗直冒。

"他还没死！他不可能死！他还有本我世界！我刚刚还去了他的本我世界！"

他不可能莫名其妙地死在这里。不可以放弃，绝对不能就这样放弃。

"周叙白进入北辰之前是经过体检的，当时的体检报告和洛轻云相似，都是细胞层面的消耗而已，怎么会忽然织出一只大茧来把自己给吃了？"陈玖难以置信。

洛轻云一把抬起谈墨的脸，强迫他和自己对视："谈墨，冷静。既然周队还有本我世界，就说明他的大脑没有死亡。一定是有什么东西在吸取他的能量，让他表现出死亡的体征。"

谈墨看着洛轻云的眼睛，生死瞬间的迷雾在眼前散开，谈墨听到了来自畸化世界的宣战，而周叙白是它们的示威。

"伤害周叙白的一定是米诺斯虫系的开普勒生物，并且就在他的体内，必须想办法将它驱逐出来。"李哲枫说。

陈玖抓了抓脑袋："这可麻烦了！要论对米诺斯虫的了解，还有谁能比周队更厉害吗？连他都倒下了，还能找谁……"

"姜怀漾。""姜怀漾！"

洛轻云和谈墨异口同声道。

他现在就是鸿蜮的躯壳，还有谁能比鸿蜮更了解米诺斯虫吗？

姜怀漾来得特别快，身上还套着银灰色的丝绸睡衣，头发有点乱糟糟的，连鞋都没有穿，他是一路狂奔过来的。

陈玖完全没明白为什么他们要把姜怀漾叫来，刚想说一下具体情况，没想到姜怀漾直接在周叙白身边蹲下，一只手覆盖住周叙白的脸，似乎在寻找和感应什么。

"周队的体内有寄生虫。这种虫子在人类开普勒生物学界的名字叫'酒虫'。"姜怀漾说完，从指尖延伸出很多神经触丝，它们渗透进周叙白的皮肤，在他的血管里游走。

谈墨终于看到了一丝希望，既然鸿蜮出手了，那就说明周叙白还可能得救。

"酒虫？"李哲枫皱着眉说，"我记得酒虫是一种对生存条件要求极为苛刻的寄生虫。它们要求宿主的抵抗力弱，方便寄生，也要求宿主的能量强大，这样才能给它们提供充足的营养。怎么会选上周叙白？"

谈墨现在冷静了下来，想了想："周叙白确实符合条件，他的神经触丝本身是他身体的一部分，超负荷的消耗让他这段时间的抵抗力变差了。"

"难道说真的是酒虫潜入了北辰？"陈玖一听，脸都白了。

如果有这种寄生虫就在身边，融合者们都危险了。

"你们的体力并没有消耗到周叙白的程度，理论上不用担心，不过保险起见，还是开始排查吧。"洛轻云说。

陈玖点点头，步履匆匆地离开了。

此时的周叙白体内都是姜怀漾的神经触丝，他全身散出很淡的金色流光，涣散的瞳孔在某个瞬间收拢，胸膛起伏，他很用力地开始呼吸。

周叙白的手指忽然扣紧，身体剧烈地颤抖，整个人反向弓了起来。

谈墨听到了骨骼关节接近断裂的"咔嚓"一声。

"周叙白！小白你好点了吗？"谈墨下意识抓紧周叙白的手。

就在周叙白反手要捉住谈墨手腕的瞬间，洛轻云目光一凛，将谈墨捞了回来。

姜怀漾的脸色变得难看起来，神经触丝全部断开，惯性让他向后跌了个跟跄。

"他不是周叙白！"姜怀漾高声道。

"周叙白"猛地坐起身来，一拳砸向谈墨的面门，拳风凌厉，那气势就像要把谈墨的脑袋砸开。

谈墨的反应迅速，一手托住"周叙白"的拳头向上，另一手去压他的手肘，"周叙白"的另一拳袭来，直击谈墨的腹部。

洛轻云反应迅速，一拳砸在"周叙白"胳膊上，直接把"周叙白"的小臂捶折了。

"周叙白"很娇气地说了声："好疼啊！"嘴角却勾了起来。

他向后一跃，瞬间离开了洛轻云的攻击范围，转身袭向一旁的姜怀漾。

姜怀漾也不是省油的灯，将神经触丝大把大把地往外喷。"周叙白"见势不对，立刻后退，触丝扑了个空。

——如果他不是周叙白，那么他是谁？

"周叙白"夺门而出，洛轻云紧追在后，直接冲上墙壁，以与地面接近平行的角度绕到他前面，一脚踹过去，谈墨都能隔空感觉到洛轻云凌厉的腿风。

这一击太快，"周叙白"避之不及，被洛轻云踹了回去，摔在李哲枫身边。

李哲枫毫不留情地从后面勒住了"周叙白"的脖子。

"你到底是谁？"李哲枫冷声道。

"周叙白"露出一抹诡异的笑容："你觉得呢？"

他看着谈墨，眼睛里仿佛是无尽深渊。

"是你……酒虫是你控制的！"谈墨背脊发凉，畸化的开普勒生态好说，万万没想到"他"还可以控制自己身边的融合者！

"哈哈哈哈哈。"他的笑声非常癫狂，"其实我本来的目标……是洛轻云呢！"

说完，"周叙白"突然释放神经触丝，刺向身后。

黑火熊熊，触丝在触碰到李哲枫之前就被烧毁了，"周叙白"也趁机挣脱了李哲枫，纵身一跃，跳出窗外。他们三个也跟着翻窗而出。

谈墨终于明白，"他"驱使扶桑树袭击瀚海市的真正目的就是消耗他们！

恐怕酒虫就一直藏在扶桑树里，趁他们乱战不备，顺着周叙白的神经触丝就爬进了他的体内，伺机而动。

本来只要周叙白能和洛轻云有所接触，那么按照洛轻云当时虚弱的状态是完全有可能被寄生的。但战局结束之后，周叙白和洛轻云一直没有接触，再加上洛轻云后来使用了克莱因之瓶制作的营养剂，能量全面恢复，也不符合酒虫的寄生条件了。

"他"只能退而求其次，控制周叙白。

姜怀漾在窗口冲他们喊道："谈墨——一定要修复周叙白的精神体！酒虫必须靠他自己的能力清除！"

"周叙白"一路飞奔，直奔远处基地的停机坪——他想坐飞行器离开北辰市！

洛轻云立刻反应过来："我和李队去追他！谈墨，你来做你该做的事情！"

谈墨释放能量线，再一次进入周叙白的本我世界。

这一次比上一次要好很多，至少谈墨看到了许多完整的记忆。

周叙白的父亲将他扛上肩膀，小小的周叙白捏着对联正在往门上贴，贴歪了还低着头看着爸爸傻笑。

考进灰塔之后，周叙白兴高采烈拿着成绩单冲进门，父亲正在摆碗筷，母亲正在厨房里做饭菜，一盆香喷喷的水煮鱼在他进门的一刻就端上了桌——老两口早就知道周叙白能考上了。

还有那一次，谈墨从高处落下，枪击鸿蚁，那画面有如神兵天降。

谈墨心中非常感动，他知道周叙白很崇拜自己，但没有想到自己在周叙白心里的形象如此光辉伟岸！

这些记忆能够恢复，归功于刚才鸿蚁的神经触丝修复。但再不快一点，周叙白的大脑又要被酒虫破坏了。

谈墨沉入周叙白记忆的最深处，在不断下潜的过程中，他看到了周叙白成为融合者之后经历的许多任务。

危机四伏的地下矿场探索，被凶险的米诺斯虫群淹没，跌入虫群蛀空的洞穴，和半人半虫的怪物厮杀搏斗，从洞穴里伸出无数骨节，他被刺穿身体困在洞中几天几夜……

成为高级融合者并不意味着周叙白就能所向披靡，也并不是被鸿蚁同化了他就能在米诺斯虫群里横行无阻。

事实上，米诺斯虫是种类繁多且能力复杂的开普勒物种，它们多的是出其不意的攻击方式，一只最细小的被认为一根指头就能碾死的小虫，都能冷不丁要走一条性命。

周叙白对米诺斯虫的所有了解，都来源于一次又一次以命相搏的任务。

谈墨看着这样的周叙白，心痛得不行。

明明每次任务回来，这个臭小子都把自己收拾得一尘不染，一副"老子跩上天"的样子，在格斗的时候把谈墨揍到怀疑人生。

周叙白从来不让谈墨知道自己经历过什么，受过怎样的伤，流过怎样的泪。

离开了周叙白的本我世界，谈墨来到他的客我世界。

在这里，谈墨看见了周叙白最悔恨的过往，那是他最渴望改变，却无力回天的一段经历。

那次任务中，周叙白和他的小队首次遭遇了未被记录在开普勒图鉴中的开普勒生物——青蚨。

这种生物有着特别的生命形态，是完全液态的透明生物，可溶于水，能够进入体内水含量达到百分之六十的成年人类身体里，并且借此隐藏自己的开普勒能量，吸收人体的养分。当把养分吸收完毕之后，青蚨就能同化宿主，让宿主变成和自己一样的液态，看起来那个人就像凭空消失了一样。

谈墨凝重地看着这个行进中的客我世界，他知道每一种特别的开普勒生物被发现和定义的过程，通常都有外勤人员为之付出血的代价。

面对未知的生物和前所未见的攻击方式，几乎所有人都乱了阵脚。

而周叙白为了保证队伍的顺利撤离，不得不以药剂弹打击被同化的队友。由于青蚨特殊的寄生方式，队友没能和青蚨相脱离，一同被击毙于撤离的飞行器上。

周叙白根本没有料到这个展开，直接陷入了应激障碍。

谈墨太明白这种感受了——不得已朝着自己的队友开枪。但作为监察员，谈墨长久以来接受的就是这样无时无刻不做好准备、有一天需要击毙越界的队友的训练。但周叙白是医疗兵出身，挽救生命是他放在首位的价值观。

而此刻，他却被迫杀死自己的队友，来保护其他人的性命。

后来，从被带回的遗体当中，中心城的研究员成功提炼出了青蚨样本。针对这种很可能在日常生活中威胁人类的开普勒生物，专家紧急配制了青蚨疫苗。其中含有一种药剂，能阻止青蚨液态化，也能让青蚨以出汗等形式被人体代谢掉。

这是英雄为人类拼搏过的证明。

周叙白被送进隔离观察室整整两个月，直到被确定没有崩溃或越界迹象之后，才获准回到银湾。

这两个月里，他的外勤队伍里多了将近一半新人。周叙白坐在更衣室里，听着新进队员和老队员们聊天，而面前那排衣柜上的有些名字，再也回不来了。

谈墨看着他的背影，远不如以往的挺拔，显得落寞又哀恸，有无形的重量沉沉地压在他的肩膀上。

谈墨还是忍不住走上前，拍了拍周叙白的肩膀。

客我世界里，这一下给他实打实地拍上了，周叙白转过脸疑惑地看着他，问道："墨哥？你怎么来了？"

"比一场。"

谈墨笑着揽过摸不清头脑的周叙白就往训练室走去。

他没办法开口说一些比如"过去都会过去的"之类的屁话，这是周叙白从未和他提起过的往事，他也可以假装从未知晓。

从前谈墨以为周叙白在训练场上对他的狠辣，只是由于开普勒生物也不会对谈墨手下留情。但现在，谈墨明白了周叙白更深的情绪。

他深深恐惧着有朝一日，谈墨也像他的队友那样永远离开他。

谈墨用了十成十的力气，加上这段时间以来运用开普勒能量习得的战斗经验，让周叙白惊叹他的超常发挥，不得不集中精神，也暂时忘却了感伤。

几个小时酣畅淋漓的打斗之后，谈墨和周叙白双双躺在地上，满身是汗，头发全糊在脸上。

周叙白盯着天花板，训练室的灯光不知怎么有点晃眼，他抬起手，挡在眼前。

"墨哥……"周叙白轻轻唤着谈墨，又扯起衣服下摆，擦了一把下巴上的汗水，"你……一定要好好的……"

谈墨知道这句话里包含着多么大的情谊与期许。

谈墨摸了摸口袋，摸出一颗大白兔奶糖，塞进周叙白手里。一直被他揣在裤子口袋里，这颗糖都有点化了。

周叙白一看就乐了："墨哥，你哄小孩儿呢？"

"你在我眼里就是小孩儿。"谈墨开口道。

周叙白微微一顿，又露出他看似阳光的笑容来。

"我都这么大了，有什么好哄的？"周叙白一边说，一边把糖纸打开，将糖塞进嘴里。

"哄你不要轻易放弃。"

"……"

"哄你无论如何，都要和我一起走到最后。"

"墨哥，你到底在说什么啊？"周叙白抬起半个身子，看向谈墨。

"哄你……不要把自己留在遗憾里。"

周叙白睁着大大的眼睛，似乎不明白谈墨为什么忽然对他说这些话，又似乎明白了一切。

"小白，我们无论怎样小心翼翼，怎样殚精竭虑，都会有保护不了的人，也都会有挽回不了的失去。但你一定要相信，还有其他人在等你，还有其他人需要你。比如我，我就很需要你，比你以为的更需要。"

周围明亮的灯光正逐渐熄灭。

训练室的墙壁像一张烧尽的报纸一般被一阵风吹开，露出了背后无边无尽的广袤空间。

谈墨朝着周叙白伸出手："我希望你……跟我去真正的开普勒世界。"

周叙白的双眼倏忽亮了起来，像找到了方向，找到了一个不肯妥协的理由，找到了围困他的一切之中那道可以信任的出口。

他握住谈墨的手。

第二十三章
并蒂莲

现实世界里,周叙白的身体被操控着,正在和洛轻云与李哲枫大战。

停机坪的工作人员完全不知道发生了什么,只见这三个融合者忽然斗得难解难分,只好先向廖元冰汇报。

廖元冰立刻发布命令,让所有飞行器撤离,绝对不能给"他"操纵周叙白的身体离开北辰市的机会,并且在通信器里提醒洛轻云:"你必须就地解决'周叙白',如果他离开那里,为了北辰市的安全,我可能要对他进行炮击了。"

此时畸化的周叙白高高跃起,竟以洛轻云的肩膀为支点,向谈墨翻了过去。

谈墨周身散发着金色的强光,说明他的精神体还在开普勒世界,离能量源很近,而"他"的目的就是趁现在,将谈墨杀了!

畸化的周叙白释放神经触丝,距离谈墨的眉心几乎只有一厘米的时候,洛轻云猛地杀到,扣住他的喉咙,将他拽了回来。

不料对方露出一抹古怪的笑,以一根藏在背后的触丝,刺向洛轻云的心脏!

疼痛感袭上神经末梢,洛轻云已经感觉到触丝刺入他的皮表,根本无法闪避。李哲枫扑了过去,然而黑火也没能赶上。

就在这危急关头,周叙白骤然惊醒,刺入洛轻云体内的触丝立刻像柔软的丝线一样散开,虽然进入了洛轻云的身体,但是成功避开了他的心脏。

"呼……"洛轻云向后退了好几步,一身冷汗。

之前战斗力惊人的周叙白像是被抽空了力气,跪下去双手撑地,大口呼吸着,汗水从他的额头上滴滴答答落下。

他听到自己血液流动的声音,听到比平时更加剧烈的心跳,某种能量正用一种温和的、充满保护性的方式,充盈着他的肺腑。

"……周队?"李哲枫充满戒备地走了过去。

洛轻云看向一直站在旁边的谈墨,此时谈墨全身的光晕已经消失,他筋疲力尽,朝一旁倒下去。洛轻云快步上前,一把接住了他。

谈墨靠在洛轻云怀里,闷闷地说了句:"小白……回来了……"

听到这句话,洛轻云和李哲枫都不约而同地呼出一口气。

李哲枫长腿一迈,两三步来到周叙白的身边,将他扶起来:"你怎么样?"

"我……我感觉体内有开普勒生物……"周叙白艰难地答道。

"你体内有酒虫。零号基地里的那个家伙利用酒虫操纵了你的身体。谈墨是不是引导你去了真正的开普勒能量源?"

周叙白露出开朗的笑容:"是啊……原来,真正的能量源是这种感觉吗?"

周叙白闭上眼睛,感受着体内那股非同寻常的能量,开始用它去驱逐酒虫。他周身散发出金色柔软的光泽,一些比蚂蚁还小的红色半透明的小虫子逐渐从周叙白的肌肤表面浮现出来,然后四处爬动。画面有点恶心,看得李哲枫有些担忧。

第二十三章

"我去！它们出来了！"旁边原本没什么力气的谈墨看到这一幕，宛如老太太摸电门一样瞬间弹起，幸亏洛轻云把他按住了。

周叙白笑了一下："这些酒虫，以后就是我们的了。"

说完，他将手掌摊开，那些细小的红色虫子就爬过去，团聚在周叙白的手心。

谈墨喉咙动了动，向后退了半步："我觉得……小白，以后我们还是不要有肢体接触了，哈哈……哈哈哈……"

周叙白无视了谈墨的话，三两步走过去，一把抱住了他。

"谢谢。"很轻的两个字在谈墨的耳边响起。

——谢谢你又救了我一次。

谈墨愣了愣，缓缓地抬起了手，回抱住周叙白，在他的后背上轻轻拍了拍。

"回来就好。周叙白，你要是下次再这样吓唬我……我真的会暴打你的。"

李哲枫摸了盒烟出来，照例咬着烟点燃了，用力吸了一口，然后活动了一下自己的肩膀。

洛轻云朝他伸出一只手，指尖动了动，李哲枫了然地把烟盒拍在他的手上。

"怎么抱了这么久？"洛轻云眯着眼睛，吸了一口烟。

"是啊。"李哲枫瞥了一眼洛轻云，"我说怎么感觉怪绿的。"

欧阳城带着他的专家团队赶到现场的时候，看到的就是这四个人坐在原地懒洋洋地抽烟的场景。一向稳重的欧阳城额角的青筋隐隐动了动。

不知道的还以为是几个退休老人在晒太阳呢！

周叙白乖乖地被拎回基地里做检查。何映之也接到消息，在贺泷的陪同下特地来看望周叙白，在看过周叙白的检测指标和听说周叙白可以操控酒虫之后，他露出了一抹笑容。

"何教授你怎么看？"欧阳城在一旁问。

何映之回答说："我们的实力又增强了，周队再也不用担心越界这个问题了。"

"你是说，周队他和洛队还有李队一样，也和真正的开普勒能量源连接了？"

"没错，只是我们又有的忙了。"何映之说，"能获得的能量越大，对身体的消耗就越大。他们需要更有效的营养液，保证他们的身体机能维持运转。"

何映之打开了卫星扫描的全息图谱，在上面做着各种标记。

"我们需要找到可能产生克莱因之瓶的高级生态区，让它们源源不断地为洛轻云他们提供营养。"

抱着胳膊靠着门口的洛轻云笑了起来："何教授这是要我们垦荒种粮了？"

"这一方面是种粮食，另一方面也是消耗畸化源的力量嘛。"

洛轻云没再说什么，伸了个懒腰，转过身走到门外的长椅上。只见本来还想等周叙白检查结果的谈墨已经歪着脑袋睡得很熟了。

洛轻云弯下腰，把谈墨背了起来。

谈墨迷迷糊糊地趴在洛轻云的背上，呢喃着不知道说了什么。

洛轻云好笑地侧过脸问："说什么呢？"

"我觉得自己运气很好。"

"怎么呢？"

"我的朋友、亲人,我素昧谋面的恩人,都在不遗余力地保护我。有人挡在我的前头,历经磨难,还要在我的面前装作什么都没发生的样子。"谈墨说着,手臂本来是挂在洛轻云身前的,现在抬起来圈住了他的脖子,"你能想象吗,每天那么阳光的小白,在任务中看着自己的队友一个个消失却无能为力,以至于最后还要亲手解决自己的队友……回来之后他一个人待在隔离间里,孤独地被回忆折磨,懊悔……可见到我的时候,他还是冲我笑。"

洛轻云很轻地笑了一下,把背上的人向上颠了颠。

"每个人都会经历挫折和苦难,你阻止不了所有悲剧的发生。我想说的是,周叙白在你面前的所有笑容难道不是真的吗?能在失去队友的痛苦之后再见到你,对于他来说是一种很好的安慰。"

谈墨不吭声了,似乎在想洛轻云的话。

洛轻云的通信器一直别在耳朵里,他歪着头陪谈墨静了一会儿,突然说:"谈副队,我今晚还有个派对想和你开。"

说完,洛轻云毫无预兆地开始狂奔起来。他全速奔跑的速度像骑着风,随着他的步幅,谈墨也跟着在他背上晃动。习惯了洛轻云突发神经病的性格,谈墨甚至都懒得问他要干什么。夜风迎面而来,洛轻云三两步就跳出了走廊窗户,"咚"的一声,稳稳地落在一辆车的车顶上。

他们一路向前,北辰市灰塔的探照灯光芒变得越来越清晰,谈墨叹了口气:"看来你这个派对,是比较重口味的那种。"

就在灰塔的顶楼,已经陆陆续续有飞行器在起飞,引导空中航道的灯光划过夜空。他们到达的时候,谈墨还看到远处的高炮台也正在做着什么准备。

不用洛轻云说,谈墨也看得出这是一场临时组织的重大任务。

陈玖早就安排了一台双人飞行器给他们,机械师在为飞行器做最后的检查。

他们旁边已经有一台双人飞行器起飞了。谈墨出色的动态视力一下就辨认出来,那上面是李哲枫和周叙白。

而在他们的另一侧,又有一台飞行器亮起——是吴雨声和贺泷。

天空中也有三台研究型飞行器已经起飞,谈墨猜想上面搞不好就是何映之或者欧阳城率领的科研团队。

能出动这么大阵仗的"派对",谈墨能想到的理由只有:"是不是发现了克莱因之瓶?!"

洛轻云一笑:"聪明。"

他反手将一个面罩扣在谈墨的脑袋上。飞行器引擎发动,他们冲了出去。

"为什么忽然这么着急?"谈墨大声问。

"临时侦测到的并蒂莲,非常罕见。"洛轻云回答说,"机不可失,失不再来。"

"并蒂莲"是克莱因之瓶双生体的绰号,是一个高级生态区里孕育出的两朵同源的克莱因之瓶。

这种双生体存在的时间非常有限。

一个生态区不会允许有两个幼种存在。两个幼种会互相争夺营养,互相猎杀,好一点的结果就是物竞天择,强者活下来;如果运气不好,两个幼种会同归于尽。同时,两个幼种也会对种子的统治造成威胁。种子更倾向于会选择发育更好的那一个，吃掉弱的以补充营养。

根据何映之的计算，一株并蒂莲能够提供的养分不止普通单朵克莱因之瓶的两倍，而是五六倍。

"此外，还有高级生态区在朝目的地移动。还记得我们之前在深宙集团的基地也遇到了同样的情况吗？"

谈墨眯起眼睛："你是说，并蒂莲其实是零号基地里那个人的诱饵，想勾引我们深入畸化世界，然后让周围的高级生态区来包抄我们？"

"是啊，你那位哥哥想要玩一出瓮中捉鳖呢。"洛轻云笑了一下，"只是我们的实力今时不同往日。"

"李哲枫的黑火可以烧掉一整棵扶桑树了，至于小白……这一次正好看看他和能量源相连之后，能够厉害到什么地步。"

谈墨勾起嘴角，对即将到来的大战充满了期待。

谈墨把通信调整到和李哲枫周叙白他们的公共频道之前，说了句："洛轻云，以前我觉得你很强大。"

洛轻云叹了口气："意思是我现在不行了是吗？谈副队，你真的很喜新厌旧——"

谈墨又气又乐，伸手在他的氧气面罩上敲了一下："我要说的话是，以前我觉得你很强大，现在我觉得，我们在一起才是真的强大。"

洛轻云的唇线弯了起来。

公共频道里，何映之的声音响起。

"请各位参与任务的人员注意，分析显示，这个高级生态区的种子具有高度畸化特征，请留意我们投射的卫星图像。"

全息图像投影在氧气面罩上，首先让谈墨惊讶的是上面开普勒能量的活跃程度，宛如井喷，红到发黑。

随后他就注意到种子的形态，最明显的就是它拥有鸿蛾的外形特点——巨大而坚硬的甲壳，在地上拖行的长长的骨镰。然而它的尾部和常见的鸿蛾不同，更加细长，像是蛇尾。不仅如此，那层坚硬的甲壳以外长满了鳞片，随着它爬行振动，很明显又融合了螭吻的特征。

"这家伙是鸿蛾吗？这尾巴是怎么回事？"谈墨眯着眼睛问。

何映之的声音再次响起："腾蛇，它的尾巴与腾蛇的特征相符。"

"难不成……这又是像扶桑树那样的嵌合体吗？"谈墨问。

"对，但是没有扶桑树那么大的规模。扶桑树是生态区本身，而这家伙还不足以融合整个生态区，只是这样的形势实在不乐观。"何映之说。

"扶桑树本身就少见，是一个生态区畸化的终极，出现一棵扶桑树，还能理解为是零号基地里的那位刻意驱使的。然而现在我们只是搜寻克莱因之瓶，就揪出来一只这样的嵌合体，看来开普勒生态已经开始进入全面畸化状态了。"洛轻云说。

谈墨忽然紧张了起来，原本他还有点盲目自信，觉得他们这一方的实力足以碾压任何生态区。但现在看来，他们的势力范围还远远不够。

他的那个哥哥能推动这么多生态区走向深度畸化，只能说明凌喻对他的压制越来越弱了。

他必须抓紧时间把能挽回的生态区尽可能地挽回。

洛轻云学着谈墨刚才的样子敲了敲他的氧气面罩，开口道："先把这株并蒂莲拿下。我说过，会陪你征服开普勒世界，说到做到。"

他们飞到目标生态区的上空。

洛轻云将自己的开普勒能量释放出来，在漆黑一片的夜空里，谈墨能看清洛轻云像空中瀑布一般流泻而出的能量，密集、纤细又坚韧。

谈墨将这些能量引向自己，吸收，他的感官再一次成倍地敏锐起来。

不需要面罩的夜视功能，他就能看清楚乃至感知到整片生态区。

这个生态区的畸化能量非常强烈，而散发着强烈蓝色荧光的核心处于正中央。

整个生态区的养分都源源不断地向着那个核心涌去，然后分成了两股，如同地底岩浆向高处喷发，形成克莱因之瓶的形状。

一开始他们以为周围的生态区涌来是为了畸化融合，现在谈墨觉得它们是被这株并蒂莲吸引过来的，都成了并蒂莲养分的来源。

"我在想，这株并蒂莲如果无止境地生长下去，是不是能把地球上所有的开普勒生物吸引过来？"谈墨问。

"那它会孕育出什么呢？"洛轻云也思考着。

此时，并蒂莲的两朵克莱因之瓶在彼此较劲，它们的开普勒能量纠缠，就像互相吞噬的双子星。

生态区的种子，就是那头畸化的巨兽正朝着他们而来。

周叙白在公共频道呼叫谈墨："我和李队联手把这个大怪物拦下来！你和洛轻云去解决并蒂莲！"

谈墨神色一凛，回答："收到。"

他们的双人飞行器再次加速，透过黑夜，那株并蒂莲清晰可见。

缀着蓝色荧光的花瓣微微张开，相触的部分绞在一起。为了强化生存下去的能力，它们的花瓣正向着消化触丝的方向异变，彼此渗透，破坏对方的组织和营养。

这不是天然形成的，而是两个乃至两个以上的生态区相互吞噬才会产生的结果，它们从孕育幼种的克莱因之瓶开始就在融合和畸化！

看着现场传回来的影像，何映之非常惊讶："我之前的推测有误。这个生态区的种子恐怕受制于这株并蒂莲！它对这个生态区已经没有支配权了，所以它不会来吃掉多余的那朵克莱因之瓶，它会保护这株并蒂莲，直到完成畸化。畸化完成后，克莱因之瓶将会孕育出更强大的符合畸化源需求的幼种！"

"这……让它生出来还得了？"贺泷只是听着何映之的分析就起了一身冷汗。

"我们现在就摘了它。"

洛轻云和谈墨俯冲而下，朝着并蒂莲的根部射出了绳索，一声闷响，显然绳索的爪钩并没有刺透。他们抬高高度，保持距离，一晃而过。

谈墨从座位下方摸出"朱雀"，既然爪钩穿不透它，那就用爆破弹开洞！

瞄准镜里，谈墨仔细观察着并蒂莲露出地面部分的茎叶构造，再根据它们的开普勒能量流动，找到了它们之间的衔接点，朝着那个衔接点狠狠开了一枪。

"砰——"随着组织被炸开的声响，一个流淌着蓝色液体的大洞出现了。

并蒂莲发出一阵尖锐的"吱吱"声，响彻整片生态区，歇斯底里。

哪怕是坐在舱内的何映之都受不了，捂住耳朵别过头去。

洛轻云把握时机，将绳索射进谈墨开的口子里。就在他们要拉直绳索的时候，并蒂莲的花瓣就像肉虫一样蜿蜒爬行，眨眼间就缠住了绳索，将它拽了出来。

受惯性影响，洛轻云和谈墨弹出去老远，差点失去平衡，从疯狂沸腾着的魔鬼藤上方掠过。原本忙于互相融合吞噬的魔鬼藤对靠近的飞行器发起进攻。

洛轻云直接朝它们伸出手，释放开普勒能量。谈墨则冷哼一声，打了个响指，从能量源那里借来了黑火。

一颗小小的火种离开了谈墨的指尖，落入了畸变的魔鬼藤海洋里。

顷刻间火海淹没了生态区，除了中央的并蒂莲。畸化生物嘶鸣咆哮，不消片刻只剩下轮廓。

半空中的谈墨咳嗽了一声，几片被烧透的区域坍塌下去，紧接着被焚毁的部分化作齑粉，被飞行器划过的风一带，像倾覆的多米诺骨牌。

舱内的何映之看着这一幕，露出了一抹欣慰的笑意："越来越游刃有余了。"

洛轻云带着谈墨再度飞回并蒂莲的上空，它似乎非常恼火，所有花瓣向花心收拢，此起彼伏，酝酿着一股力量。之前被谈墨的爆破弹开出的大洞也已经愈合了。

谈墨冷笑了一下，他是不介意再开一个的。

"小心——"

并蒂莲的花瓣忽然化作触丝，射向他们，触丝之间还携带着某种蓝色的花粉！

"是静电微粒！"洛轻云疾声道。

"我去！"

他们高度攀升的速度不如静电微粒释放能量的速度，并蒂莲的上空瞬间亮起无数蓝色的闪电。

飞行器开始报警，洛轻云和谈墨直坠而下。

他们跌入静电微粒中，像无数个迷你炮仗在身上爆开，看着能量不大，但每一下都像是沿着神经线爆破，剧烈的痛感传遍全身。

"再烧一次！"洛轻云提醒道。

谈墨眼中燃起淡金色光泽，他通过能量源再次借取了李哲枫的黑火，所有静电微粒被黑火压制，就像黑色的天幕，直落向那株并蒂莲！

不料黑火并没有让并蒂莲燃烧起来，而是被它们触丝化的花瓣给吸收了！

它们的花瓣朝着四面八方猛地散开，像在互相争抢猎物。

洛轻云本已准备好直接吸干它们的能量，那些触丝却贪婪地缠绕上了他们。

"我去——"空中的吴雨声直追而下，贺泷也准备好了请它们吃拳头，但是没想到从土壤里钻出了许多七手八脚的怪物，有的明明长着因迪拉的头，嘴却长在后脑勺的位置，有的是腹部长着缇丰的脑袋，头骨里又钻出啮齿花来。

各个长相奇丑无比，都是生命体七拼八凑出来的，让人恶心反胃。但它们动作快得出人意料，一眨眼就顺着并蒂莲的茎爬到高处，差点跳到吴雨声的飞行器上。

欧阳城下令支援，悬浮于空中的飞行器朝着并蒂莲的根疯狂扫射，然而其他生态区靠近的畸化能量还在输送，源源不断地让并蒂莲愈合。

吴雨声和贺泷闪躲着怪物的群击。

"李队——周队——你们再不来，洛轻云和谈墨就要被并蒂莲吃了！"

"给老子坚持一分钟!"周叙白也吼了出来。

"我来了!"陈玖和他的副队长飞到吴雨声的身旁。

陈玖看着那群乱七八糟的家伙,眯起眼睛,胳膊一甩,半透明的液体粘上跳得最高的怪物,强大的腐蚀性瞬间将那头怪物一分为二。

其他怪物一看此状,一拥而上,把它分食个精光。

"啧,这也吃得下去?老子佩服死你们了!"

趁着那群怪物围在一起,陈玖将双臂都甩出去,把它们捆了起来。

它们被琼浆腐蚀,流出绿色和黑色的液体,一部分肢体还在空气中抽动挥舞。

李哲枫和周叙白则在和生态区的种子鏖战。

周叙白的神经触丝在夜空中张开一张巨大的网,像是从九天飞驰而下的瀑布,迅速地笼罩住了生态区的种子。

种子的鳞片振动起来,要将神经触丝全部切断,周叙白一咬牙,驾驶飞行器在空中绕过一个微妙的角度,触丝便嵌入鳞片和外壳之间,接着又是一勒。

"周队!谈墨他们不行了!"李哲枫冷声传达。

周叙白一咬牙,拧转手腕,整张网就像翻花一样,随着飞行器急速前进,网丝把鳞片勒得摇摇欲坠。

"呜——啊——"种子发出凄厉的咆哮声,追着周叙白和李哲枫跑了起来,想跑过飞行器的速度,从网中挣脱出来。

但李哲枫没有给它机会,飞行器与地面垂直九十度向上驰骋而去,直冲云霄!

只听见"咔嚓嚓"的声响传来,种子连挣扎都来不及,周身的黑色鳞片终于被坚韧的触丝尽数刮了下来!

蓝色的液体从无数创口流出来,嘶鸣声响彻整个生态区,吴雨声等人的耳膜都要被震破,脑袋里都是嗡嗡的声响。

周叙白在半空中将收拢的触丝网猛地抖开,那些鳞片像一场黑色的暴雨,稀里哗啦落进生态区。没被黑火烧死的生物此时被这阵暴雨扎得哀号遍野,无处可藏。

而种子忽然趴了下去,身体紧贴着生态区,无数根茎一样的东西从它的腹部穿进地下。

何映之高声提醒道:"快点解决它——它想吸收能量复原!"

李哲枫冷哼了一声:"想得美。"他手腕轻微一转,打了一个响指。

一条黑色的巨龙咆哮而出,不再是火焰的形态,更像是高密度的电流,轰然冲向种子,它们凶狠地从种子的皮肉中穿进去,在它的肌肉组织里疯狂流窜,种子像要被拆散架了一般,剧烈地颤抖着。

它的骨镰疯狂挥舞,深入地下的根须被黑色的电流破坏,从地底隐隐渗出黑色的电火花,紧接着是一声巨响,它的外壳四分五裂,巨大的气流推向四面八方,像一场小型风暴。

畸化生物的尸体猛地被冲开,就连并蒂莲被这气流扫过,也摇晃了起来。

和何映之待在同一台飞行器里的队员都惊呆了。

"李队……太厉害了!这是怎么办到的啊!"身为技术控的江春雷嘴巴张得可以放下鸵鸟蛋。

"是高强度的电流在一瞬间进入种子的身体,导致细胞破裂,让种子自爆了!"

而此时的谈墨和洛轻云被卷入并蒂莲之中。

无数的触丝在往谈墨的身体里钻，大脑的神经末梢也被它们层层裹起来，谈墨的记忆正在被对方以极快的速度抽取。失去了一部分，又被不属于自己的什么东西强行填进来，像是在拆毁他的整体。

这就是畸化，将他的躯壳和畸化的生物结合到一起，这样他的身体就会被畸化源所掌控，再也无法恢复原样，而他的精神体也将会被囚禁在畸化的躯体里。

——这就是那个人真正的阴谋！

意识一点一点地模糊，他能感觉到自己和开普勒能量源之间的联系正在削弱。

"洛轻云……洛轻云你是不是……"

而洛轻云在相应的另一朵克莱因之瓶里，触丝也在迅速破坏他的大脑，但他听到了谈墨的呼喊，尽力高声道："谈墨——你可以做到的！就像周叙白之前那样！"

说完，洛轻云开始不顾一切地吸收并蒂莲的能量，他已经不在乎能不能把这鬼玩意儿摘回去做营养剂了——他只想让它立刻枯萎！

空中观战的何映之眉心锁得很死，欧阳城则有点坐不住了。

"已经到这个地步了！我们必须联系中心城，炮击并蒂莲！把谈墨救出来！"

"再等一会儿……再一会儿……"

何映之握紧拳头，额角上冷汗流下。

"这株并蒂莲吸引着周围的畸化生态区，像一个巨大的黑洞。它有着难以估量的吸引力，这也意味着它拥有我们想象不到的辐射范围。如果谈墨能够将并蒂莲也同化，那么围绕着并蒂莲的所有生态区都会脱离畸化！这是我们获取与畸化源对抗的力量的契机！"

"那我们去帮忙！削弱并蒂莲的能力，就是帮谈墨！让这些畸化生物见识见识真正的开普勒能量！"

周叙白和李哲枫交换了一个眼神，他们此刻已经有了主意。

这株并蒂莲看起来油盐不进，就算对它造成重创，它也能迅速吸收营养恢复，如果对着它打，那就会陷入死循环。

最有效的方式就是减缓它的能量摄取速度，截断它和周围世界的联系，孤立它，然后破坏它！

周叙白和李哲枫的双人飞行器以螺旋轨迹驰向高空，这种飞行器的高度是有限的，无法进入云层，他们的飞行方式可谓冒险之极。

当飞行系统发出警告的时候，李哲枫才调整方向，开始平飞。

周叙白双手向上一挥，触丝网在黑夜之中蔓延生长，只有当灯光扫过，才能隐约看到上面折射出淡金色的流波。这张网越张越大，像巨大的封印，覆盖在这片生态区之上。

它与生态区接触的瞬间，就逐渐消失了。

从卫星云图上能看到一个像能量罩一样的东西将这片生态区给罩住了，而这张网就在地下急速捕捉着并蒂莲的根。

才不到半个小时而已，并蒂莲的根须已经控制住了整个生态区，并且向周边无限扩张，仿佛要将这个星球上所有的生命体都一口吞下去。

而就在另外的半球上，与这株并蒂莲相对的位置，恰恰就是零号基地的所在。

欧阳城看着全息图景，心脏都提到了嗓子眼，但同时，他也看到了转机。

"如果任由这株并蒂莲发展下去，它会和零号基地相连，覆盖整个星球！然而，只要谈墨能收服这株并蒂莲，我们就等于直接拥有了与零号基地分庭抗礼的力量！

"所有融合者听好——这对我们是危机，也是希望！我要你们不惜一切代价来攻击它！以所有方式来牵制它！必须给谈墨创造机会！"

话音刚落，夜空中立刻回应似的响起一阵巨大的雷鸣，闪电的亮光将云层身后的黑夜照得雪白。

黑色的乌云团聚着，越来越壮大，酝酿着一道开天辟地的天雷，直冲而下，劈向那株并蒂莲！

"轰隆——"地动山摇。

静电微粒扩散开来，发出噼里啪啦的声响。

"李哲枫你太冲动了！！！"欧阳城吓得声音都有点发抖。

这一击简直劈山填海！

不仅冲击了并蒂莲，而且静电微粒还沿着周叙白的能量网肆意蔓延，并蒂莲的地下根系都被毁掉了大半，它的能量团瞬间偃旗息鼓。

它渴望着向周边吸取能量，失去活力的干枯根须还拼了命地想要延展，却没想到原本聚拢过来的生态区都被刚才那道天雷所震慑，踟蹰着后退。它不仅吸收不到能量，甚至还在被洛轻云消耗着。

一股一股的开普勒能量进入了洛轻云的体内，他急切地想救谈墨，根本顾不上自己身体的承受能力，细胞因过度充沛而相互挤压震荡，皮肤表面不断逸散的能量粒子顺着并蒂莲紧密的触丝溢出来。

"再这样下去不行！"陈玖一咬牙，"我去弄掉这些乱七八糟的触丝！"

说完，陈玖就挂着绳索从飞行器上降了下去。

"陈队还真是猛啊！"吴雨声立刻飞到一侧，为陈玖掩护。

陈玖离谈墨所在的那朵克莱因之瓶越来越近，吴雨声将飞行器上的武器对准了它，贺泷也准备好随时一跃而下给予它震荡一击。

就在陈玖下降至它上方五六米的时候，触丝流动起来，拧成了漩涡。

而陈玖在漩涡的中央看到了已经被触丝侵蚀了全身的谈墨！

他的双眼毫无焦距，皮肤之下隐隐能看到触丝在涌动。陈玖感应不到他的呼吸，就连他微弱的心跳里都掺杂着某种奇特的声音——是并蒂莲在侵蚀！

在漩涡企图将陈玖也往里拽的时候，陈玖立刻进入禁湖状态，不只是双臂，就连身体也化作了琼浆。

他想消耗那些触丝，但没想到那些触丝也反过来吸收他的能量。无数触丝被他腐蚀崩断，又有更多的触丝缠绕上来，甚至穿进了陈玖液态化的身体里。

"陈玖回来！你也会被它吸进去！"何映之怒吼。

陈玖一咬牙，顾不上挣断那些触丝的剧烈痛苦，赶紧撤离出来。

"我看到谈墨了！我快要感觉不到谈墨的生命体征了！我们必须弄死这玩意儿！不然就是谈墨被它弄死！"

这话给予其他人极大的冲击。欧阳城已经无法按兵不动了，他清楚谈墨对于人类的命运有多么重要，他不能冒险了。

"大家做好准备！我已经通知中心城准备精准打击，导弹将在两分钟后抵达！攻击范围内所有人员撤离！所有人员撤离！"

克莱因之瓶里，还在顽强和畸化能量对抗的洛轻云心脏一阵收紧。哪怕要他畸化，要他和并蒂莲融合，他也必须把谈墨送出去！

他全身心投入对并蒂莲能量的吸收，要与之玉石俱焚，他的精神放弃了对畸化源的抵抗，触丝瞬间侵入他的全身，在他的体内肆意蔓延。

另一朵克莱因之瓶显然也闻到了养分的气味，这正是它所需要的。它朝洛轻云的方向倾斜，触丝与触丝交缠，几乎就要融合洛轻云了。

而此时，洛轻云的精神体已经沉入开普勒世界的边缘。

风很热也很干，从脸上吹过，留下一道道沙尘的痕迹。

在一片荒芜之中，他看到有两只银月姬翩翩飞舞。

其中一只落在一个穿迷彩服的男人肩头，男人侧着脸，笑着摸了摸它的翅膀。

"谢……谢阑冰？"洛轻云强忍着喉咙干哑，摇晃着朝他走过去。

谢阑冰露出失望的表情："小白脸，怎么是你？我还以为是我儿子来看我了呢。"

洛轻云无奈地一笑："谈墨现在……可能都控制不了精神体了……"

"怎么？并蒂莲想把你和谈墨融为一体吗？这不是正合你意？"谢阑冰似乎了解地面上发生的一切，但脸上毫无担忧的神色。

洛轻云皱着眉道："不，它想把谈墨的身体和畸化世界融合起来，这样……"

"你需要并蒂莲吗？"谢阑冰忽然问。

"……我的身体承受不了在极短时间内的能量井喷式转移，我需要并蒂莲来增强我细胞的修复能力。"洛轻云没能理解这个问题的用意，"问这个做什么？"

谢阑冰又不回答了，他凑近洛轻云，仔细打量，又毫无道理地说了一句："咋回事，你这皮囊长得不错，怎么脑子一点都不好使呢？"

洛轻云将近三十年的人生里，还是第一次收到"脑子不好使"的评价，让他一时非常哑然。

"与其把并蒂莲制成营养剂，不如让它永远生长在你的体内，由它来替你承担能量过渡的损耗。"

洛轻云怔住了，脑海中有什么一闪而过，一下子透彻了起来。

并蒂莲想吸收他，他当然也可以借助开普勒能量源来吸收并蒂莲，让它直接成为自己身体细胞组织里的一部分，达到身体真正的强化。

这样，他就再也不需要营养剂了。

"快去吧，我的傻儿子还在等你呢。"谢阑冰冲他挥挥手，身影逐渐模糊遥远。

洛轻云的精神体穿过边沿，来到高维世界，朝着那个巨大明亮的星体前进。

开普勒能量千丝万缕地将他包裹了起来，他的精神体带着这股能量迅速返回现实世界。

淡金色的能量线与并蒂莲的触丝相互交织，融合。原本包裹着洛轻云的触丝正在变薄，变得半透明，他成为整片生态区里唯一的发光体。

"怎么回事……为什么我觉得这些触丝不像是在分解和畸化洛轻云，反而像是……"李哲枫皱起了眉头。

何映之将能量扫描图景放大，发现畸化能量在进入洛轻云体内之后，迅速填满他的身体，并逐渐被他同化，变得和他体内的能量一致。

"这是怎么回事？"欧阳城不解地问。

何映之的喉咙动了一下，他强压着心底的激动，开口道："他可能是在消化并蒂莲……并蒂莲想拆毁他的身体，分解他的基因，可那些触丝进入他的体内后，同样也成了他吸收并蒂莲的途径！"

欧阳生眼底涌起一线希望，他不可思议道："这可能真的只有洛轻云能办到……他本来的能力就是吸收开普勒生物的能量！而现在他吸收的可不仅仅是能量，而是克莱因之瓶本身！"

何映之用力地点点头："我想，这就是洛轻云的进化方向吧。"

并蒂莲的触丝还在源源不断地涌向洛轻云，可就如同泥牛入海，纷纷消失在他的血管里，没入他的肌肉之间。两朵克莱因之瓶之间的能量流动越来越汹涌，原本缠绕谈墨的触丝也像被强行拔出来了一般，转瞬之间就被洛轻云吸走了。

体内的克莱因之瓶触丝越来越少，谈墨指尖轻微一颤，他终于恢复了知觉。

被触丝束缚的心脏也逐渐恢复功能，血液顺畅地流动起来，他听见"嘭嘭""嘭嘭"的声音，反应过来那是自己的心跳。

他失去意识多久了？

谈墨涣散的双眼重新找到焦点，在细密的触丝之间看到天空中徘徊的飞行器。

耳畔的通信器里传来李哲枫的声音："谈墨——你到底要睡到什么时候！"

谈墨猛地惊醒。他想起在自己昏过去之前，洛轻云好像还对他说了什么。

——周叙白做到的，你也可以。

对啊，之前周叙白被酒虫寄生，不仅仅失去了意识，身体还被完全操控，但周叙白全凭精神体将控制权夺了回来。现在的谈墨和周叙白处境相似，他为什么不能借助开普勒能量把这些触丝逼出身体，顺带……来一波反向控制？

此时的洛轻云本就能量爆满，正愁没地方释放，一感应到谈墨的能量需求，他立刻毫无保留地将自己的能量传递了过去。

李哲枫和周叙白低空飞行，他们能看见两朵克莱因之瓶附近的空间出现了淡金色能量线，它们越来越清晰，仿佛双子星之间的磁场，彼此吸引，互为中心。

谈墨将开普勒能量汇聚到自己的大脑，开始修复脑神经，入侵他大脑的触丝被他的能量蚕食，脑海深处传来噼里啪啦的细碎声响。

等大脑中的触丝尽数死亡，谈墨就将能量推向身体中各个部分，神经触丝争先恐后地撤离他的身体，以免被碾压摧毁。

谈墨身上的触丝越来越少，并蒂莲见状，竟张嘴把他吐了出来！

李哲枫立刻压低飞行器，周叙白张开网将谈墨罩住，在他砸向地面的前一秒种把他救了上来。

"呼——"欧阳城松了一口气，可算是救出来一个。

何映之冷汗都流到眼睛里了，他抬起手胡乱抹了一把。

"洛轻云……洛轻云他还在……"谈墨气都喘不匀地喊道。

放弃了谈墨的克莱因之瓶所有触丝忽然爆发，转而喷向洛轻云。

"糟了——它们想融合！"

何映之话音刚落，吴雨声驾驶飞行器不顾一切冲过去。

"我来！"贺泷腰间挂着滑索跳了下去。

他一拳狠狠砸向克莱因之瓶的底部，这一拳几乎耗尽他全部的开普勒能量，能量从这一拳传递开来，连空气都为之一震！

这朵克莱因之瓶的花茎部分发出折断的声音，出现一道巨大的切口，可以看到那里的能量运输路径明显被打断了一截。

"就是那里！"

李哲枫释放黑火，火焰径直烧入了它的体内，那些延伸出去的触丝骤然绷紧，荧蓝色的亮光开始熄灭。

而另一朵克莱因之瓶里，包裹着洛轻云的神经触丝一点一点消失，他原本的身形露出来，悬浮于瓶口之上，所有人都能看得很清楚。

"洛轻云现在是活着呢……还是被畸化了？"陈玖担忧地问。

何映之无法给他一个确切的答案。

中心城精准打击的倒计时已经只剩下十几秒了。

被网住的谈墨大喊："洛轻云——你怎么还不醒——洛轻云——"

就在此时，有一缕细微的能量触碰了一下谈墨伸出去的指尖，那一瞬谈墨感觉到了汹涌澎湃的浪潮将他包裹着，奔腾万里，无休无止。

"洛轻云他没有畸化！！！"

谈墨才刚喊出来，中心城的导弹骤然而至。

时间就像静止了一般，导弹爆炸开掀起巨大的尘埃，冲向四面八方。

他们的飞行器也被这股冲击波推向远方。

谈墨睁大眼睛看着洛轻云的方向，觉得自己躯壳在这里，精神却像失踪了一样。他迫切地想去救洛轻云，可是无法挣开周叙白的网。

何映之用力闭上了眼睛。

安孝和激动得要跳出舱去，被庄敬还有常恒一把摁在地上。

"放我出去！我要去救洛队！"

"安孝和你有点脑子行不行！导弹又不是瞄准洛队的！"庄敬吼了出来。

常恒也劝道："导弹打击的是并蒂莲的根系！不是克莱因之瓶！我们要搞清楚情况才能下去帮忙！"

安孝和狠狠在地上捶了一下，强行压下内心的狂躁。

掀起的风沙在谈墨脸颊上留下一道一道划痕，他却像感觉不到疼痛。

一颗指甲盖大小的石子朝着他的眼睛袭来，他眼睛都没有眨，只是傻愣愣地看着洛轻云的方向。

冥冥中忽而有一股力量温柔地抬起谈墨的手，让它挡在眼前，将那颗小石子一把扣住。

耳边响起洛轻云的声音："相信我，别怕。"

第二十四章
全面进化

谈墨的心瞬间落回了原处。

这两个字由洛轻云说出来，简直就是定海神针。

洛轻云就在自己身边，即便看不见也摸不着，谈墨也知道，洛轻云还活着。

导弹造成的硝烟缓缓散去。在烟尘之中，隐隐能看到远处笼罩的圆形轮廓，沉厚的云向天边翻涌，一整个夜晚过去了，日与夜的边界泛起一道明亮的白线。

卫星图从闪烁的雪花一点点变得完整清晰，何映之看着中央那团强烈的开普勒能量，握紧拳头，手心都被掐出了血痕。

这团能量甚至比之前并蒂莲未被打击的时候还要耀眼。

"这是……怎么回事？"欧阳城难以置信。

所有人都死死地盯着卫星图景。

烟尘终于完全散开，眼前的场面让人惊诧不已。

并蒂莲本来的两朵克莱因之瓶如今只剩下一朵，而原本呈荧蓝色的花瓣化作了淡金色的流光喷泉，从最高处的花萼垂落下来，没有任何损伤，看上去是形成了一道能量屏障，硬生生地挡住了方才那一击导弹。

喷泉从克莱因之瓶顶部流入地面，然后又从土壤中回到并蒂莲的根茎，能量回环，无穷无尽。

"现在是什么情况？"

"洛队到底怎么样了？"

"不好，那些被逼退的畸化生物又在向我们靠近了！"欧阳城注意到他们正在被生态区包围，层层叠叠，越来越多，"它们是被召唤来的吗？我们应该尽快撤离！"

"不，不……我们不用做任何事，它们是被洛轻云吸引来的。"何映之的声音透露出克制不住的喜悦，"你看啊！"

淡金色的流光喷泉越聚越大，四方的开普勒生物就像奔腾的河流汇聚入海，流入这股金色的能量之中。

那简直就是开普勒能量源在人间的具象。

从这座不断流淌的能量喷泉中，洛轻云拨开并蒂莲的触丝，一步一步走了出来。

他周身延伸出千丝万缕的能量线，与汩汩流淌着能量的并蒂莲紧紧相连。

谈墨微微张嘴，想喊出洛轻云的名字，可就当他走向自己的那一刻，谈墨又什么都说不出来了。

由于轰炸和之前的战斗，方圆几百米内已经是空荡一片。

洛轻云的脸上带着笑，风肆无忌惮地从远处涌来，吹拂着他的发丝，还未及汇入能量瀑布的淡金色微粒随风洋洋洒洒飘向远方。

如今的并蒂莲已经与他完全融合，甚至看不出过去克莱因之瓶的形态。它以一种婀娜的姿态飘荡在洛轻云的身后，整个蓬勃的能量体也随之缓慢地移动。

第二十四章 全面进化

明明距离有几十米远，可是谈墨还是清晰听到对方很轻也很温柔地念了一声他的名字。

——谈墨。

这是最动听的语言，让谈墨从血管到心脏都充满了劫后余生的喜悦。

谈墨用力地拽了拽神经触丝网，了解他想法的周叙白松开手，让谈墨就这样直坠而下。

洛轻云随即飞奔而来。

他身后的并蒂莲张开触丝，形成某种流波，将他以飞快的速度推向谈墨。

就在坠地的瞬间，谈墨被洛轻云一把给接住了。

"年轻人啊……！"

半空中眼睁睁看着这幕的何映之紧张得心脏病都要犯了。

并蒂莲迤迤然盘桓在他们身边，花瓣好奇地张开闭拢，像转着圈的裙摆。能量仍然在源源不断地向外涌，一整片开普勒能量的金色海洋迎接着谈墨的到来。

李哲枫将一只通信器从空中扔了下来，洛轻云将它一把接住，放在耳边。

何映之克制着激动问道："洛队，这究竟是……"

洛轻云平静地回答："现在，并蒂莲是我的一部分，我可以通过它来借取能量，而不用担心身体的损耗。促进我们融合的不是我也不是它，而是开普勒能量源。"

何映之的喉咙动了动，这是人类前所未有的经验，并且与他和凌喻曾设想过的那种理想的生命体状态极其相似。

人类的生命形式很可能会迎来一次巨大变革。

"那现在正在包围我们的生态区……你有没有什么办法？"

只是这么几句话的工夫，活跃的畸化生态区已经杀到百米开外了，它们是被零号基地里的"他"驱策的千军万马，浩浩荡荡，正酝酿着一场大战。

这株并蒂莲与洛轻云的融合，导致那个人拥有的优势不复存在，本来是一个陷阱的诱饵，却变成了洛轻云的武器。

他怎么可能忍受就此灭亡，于是调动了整个半球的战斗力，势要把洛轻云和谈墨消灭在这里。

"办法并不取决于我。"

洛轻云回答完，低头看着谈墨。

"我现在就是你最坚固的桥，我会为你输送用之不竭的能量，而你所能延伸的领域有多广阔，那就全看你了！"

谈墨知道，这是一个承诺。

而洛轻云的承诺，一向言出必行。

谈墨笑了一下，轻声说："洛轻云，别怕。"

洛轻云怔了一下。

这两个字，在他们之间，有着太多的含义。

——我会因为你而不甘妥协，会为了你而更强大。

——不需要总想着牺牲你自己，因为我也想保护你。

谈墨看着洛轻云的眼睛，从那里穿行进入他的思维深处，与那个不可捉摸的能量源相连。

原本谈墨觉得，相较于广袤的宇宙与无尽的时间，自己只是沧海一粟。

但当他感受到丰沛的能量正在成为自己精神体的一部分时，他还是忍不住狂妄起来。

——我即一切。

那群被驱使的畸化生物已经进入了他们的守备范围。

地面上是梼杌、鸿蛾、腾蛇这些攻击性极强的物种，而空中是成群的飞行生物，米诺斯虫在土壤中钻袭，魔鬼藤碾压过被炮轰之后的疮痍的地面，尖锐的嘶鸣声此起彼伏，简直是末日的景象。

随行的研究用飞行器上的几个年轻研究员哪里见过这等场面，都慌了神。

"我们难道还不撤离吗？！"

"那可是梼杌啊！天啊，还不止一头，快点联系中心城发射导弹！"

"有鳞鸟在攻击飞行器了！！"

只听见"砰"的一声巨响，一台飞行器的左侧引擎就被鳞鸟群摧毁掉了。

所有飞行器只能不断地改变航向闪避，飞行队伍乱成了一锅粥。

一直沉默的何映之忽然吼了出来："冷静！"

他的声音在公共频道里，所有人都能听到。舱内迅速安静了下来。

"所有飞行器飞高，保持防御状态！洛轻云已经吸收了并蒂莲，这一场任务的目的已经达到！如果洛轻云和谈墨没有把握控制这些畸化生物，他们应该会立刻要我们撤离，既然没有，就说明现在的洛轻云和谈墨有能力应对这个情况！"

何映之的话很有道理，尽管没法安抚所有人心中的惶恐，但至少没让飞行队伍乱了阵脚。

忽然，杀气腾腾的梼杌从地面一跃而起，庞大的阴影迅速掠过地面，几乎要将空中的所有飞行器一口吞没！

飞行队伍被冲击得四散开来。

梼杌的骨镰划过半空，狠狠砸向何映之所在的飞行器的引擎。驾驶员为了避免引擎受损，只能以舱体侧面硬扛。

机舱发生剧烈的震动，红色报警闪烁，显示舱体三级损伤，舱壁严重凹陷。

何映之一身冷汗。

这一击掀起了畸化生物进攻的狂潮。

鳞鸟群大肆冲来，他们的飞行速度再快也无法避开！

而与此同时，谈墨的双手轻轻搭在洛轻云的双肩，额头抵着洛轻云的额头，两人相接触的地方微微发亮。

开普勒能量在谈墨的身体里汇成汪洋。

他成了这片开普勒领域里的一颗磁星，巨大的能量爆炸一般地释放了出去！

耀眼的金色射线强势穿透了所有攻击范围内的生物。

那些原本会直接撞上飞行器的鳞鸟群在千钧一发之际被谈墨释放出的能量吸引，偏离了方向。几台飞行器惊险避开，逃过一劫。

凶残的梼杌似乎突然失去了浑身的力气，轰隆隆地跌落在地面上。

空间凝结，时间放缓，仿佛进入了另一个维度。

第二十四章 全面进化

巨大的能量网成倍扩散，被覆盖的生物都通体散发出很淡的金色光泽，而它们与高维空间中畸化源的联系被一股巨大的力量摧枯拉朽般地扯断。

开普勒能量源与畸化源是这个高维空间中两颗对峙的恒星，无数的开普勒精神体被这两股力量拖拽着，直到畸化源的引力彻底被压制，万千精神体朝真正的能量源奔赴而去，形成另一个更加庞大和明亮的星系。

地面上梼杌的外壳骤然开裂，似鹿似马的生物冲出桎梏，宛如破茧成蝶。半透明的身体流淌着金色的光泽，它像一位来自山林的神祇，让人挪不开眼。

"这……是鹿神吧！是救了我们北辰市的鹿神吧？"

"但这不是保护我们的那个——是新的鹿神！"

天空越来越亮，黑幕被白昼彻底拉开，盘旋的鳞鸟群身上鳞羽迎风剥落，就像花瓣纷落，在触碰到飞行器或者地面的时候化作了齑粉，消散不见。而鳞鸟的身上重新长出了另一种半透明的羽毛，在风中柔软地颤动。

飞行器上的外勤队员和研究员们看着这些，眼睛发亮。

何映之揉了揉眼睛，缓慢地说道："过去，地球上的所有开普勒生物实质上都是畸化生物，它们着重于攻击性和捕猎能力的发育，而现在……它们回到了进化的正轨，这才是它们应有的模样。"

江春雷趴在飞行器的窗口上，露出恍然大悟的表情。

"这一次的开普勒能量辐射简直像大爆炸。"李哲枫抬起手，能量放射的时候，他的精神体也为之震颤。

周叙白则闭着眼睛，风掠过他的发丝。

"我好像又看到能量源了……它比之前更加明亮，也更加浩大……"

之前周叙白用整张能量网来覆盖这片区域，那种消耗是极大的，而现在他感觉到充沛的能量在他的体内流动着，仿佛取之不尽、用之不竭。

震撼最大的莫过于吴雨声。他的眼前展现出无尽的空间，他看到那团巨大的能量，而自己也成为了这个能量的一部分。

"我……也和开普勒能量源相连了吗？"

吴雨声并不是高级融合者，和李哲枫还有周叙白他们没法比，他以为自己永远就只能这样，不被畸化就是最大的幸运，可现在，他竟然进入了传说中的高维空间！

贺泷也自然受到谈墨和洛轻云释放的能量的辐射，有什么东西在他的大脑深处凝结，成形，露出完整的轮廓。

每次他听何映之和谈墨说起精神体的时候，都觉得那就是天方夜谭。

他从来不相信灵魂的存在，否则，他为什么一次都不曾见到自己逝去的战友？

如果真的有高维的开普勒精神世界，他为什么一次都没有见过谢阑冰？

可是现在，脑海深处那个轮廓越来越清晰，直觉告诉他，那就是自己的精神体！

贺泷仿佛开启了时空之旅，看见过去的自己。

他看到自己刚加入谢阑冰的小队时，作为技术员，背着装备跟在谢阑冰身后，攀悬崖，蹚深水，每一次遇到危险，谢阑冰总会回头拉他一把；看到谢阑冰第一次也是唯一一次抱起孩子时，脸上恍惚的喜悦；听见保护何映之撤离零号基地时，每一个队友最后对他所说的话……

——贺泷，你要好好活下去，代替我们看这个世界。

——贺泷，你一定要保护好那个孩子！

——贺泷，我只能陪你到这里了。

不……不……活着对我来说没有那么重要，我宁愿和你们一起死在零号基地。

为什么是我呢？为什么让我活到最后？

贺泷拼命地追逐，想要抓回自己的记忆，直到他的精神体再一次下沉。

他看到自己最想改变的那一刻！

何映之抱着孩子从高空跌落，将孩子扔回飞行器内。

贺泷接住了何映之，却没能救到孩子。

在之后的二十多年里，他身处无尽的黑暗与折磨。每一次他得到关于那个孩子的消息，总是满怀希望地前去，最终失望而归。

午夜梦回，他总能听到队友们的质问。

——我们以性命交付的孩子，你怎么弄丢了？

他企图改变一切。何映之抱着孩子从高处坠落，这一次他拖拽着绳索一跃而下。

就在即将接住那孩子的时候，耳边却响起队友们的声音。

"小贺，别把自己困在这里啊！还有更重要的事情等着你呢！"

"贺泷，你把小何保护得很好，我们都知道！"

他再一次下沉，跌入一片沙海之中。风沙滚滚，空荡渺远。

太阳很烈，让他睁不开眼。

"这里……是哪儿？"贺泷摇晃了一下。

头顶有什么飞过，在沙海上留下相互追逐的影子。

贺泷抬头，看到两只眼熟的银月姬。

"这是……怎么回事？"

风沙的尽头，一个熟悉到让贺泷眼眶发热的身影，逆着光，越来越近。

来者穿着迷彩服，戴着当年探索联盟发放的手套，手套被剪开，露出食指。他削劲有力的身型，在贺泷的梦里出现过无数回。

"谢……队？"

谢阑冰来到了他的面前，眼角没有皱纹，笑容成熟爽朗，一如初见。

"好久不见了，小贺。"

这句问候，贺泷等了二十多年。

能量源仍然在通过洛轻云不断地向外辐射，就像一个白洞。

无数的融合者，无论是正在巡防的，还是正在执行任务的，都不约而同地感受到这种力量的牵引与渗透。

北辰市隔离墙外，高炙正坐在梻杋的身边，他伸出手，梻杋便乖巧地侧过脸，靠在他的掌心。

高炙笑了笑："听说，你和真正的开普勒能量源是连着的，所以即便你不会说人类的语言，谈墨他们也能知道你的意思。而我呢……只能这样和你聊天。你不懂我，我也不懂你。"

梻杋歪着脑袋看着高炙，那双澄澈的眼睛里倒映着高炙的身影。

高炙无奈地一笑："对啊，你是鹿神，而我……只是凡人。"

第二十四章 全面进化

梼杌忽然抬起头，看向很遥远的地方，神情专注，像是在等待什么到来。

"看什么呢？"高炙顺着梼杌看的方向望去。

他听到了一阵心跳，那是来自所有生命体的共振。

有什么穿透了他，某种能量在他的血管中奔腾，他早已经退化的五感逐渐变得敏锐起来。

旷野的风、枝叶的私语、土地之下米诺斯虫的移动，一切变得清晰无比。

高炙意识到了什么，又不敢确定，他的大脑却先一步挣脱物质的束缚，来到另一个空间。

那一团金色的亮光，就像能量充沛的太阳，形成了一个星系，无数的能量体围绕着它，而高炙也是其中之一。

"这是怎么回事？"高炙心跳越来越快，比之从前，他拥有的似乎是另一种能量。

身旁的梼杌用脑袋轻轻碰了他一下，高炙反应过来，看着梼杌的眼睛，一瞬间，他听懂了梼杌的话语。

高炙一个翻身跳到梼杌的背上。

梼杌起身，沿着隔离墙奔跑起来，它脚步轻灵，像随时会腾空而起。

风一缕一缕地拽起高炙的发丝，空气中不再充斥着畸化生物那种腐朽的味道，相反的，他闻到远处被风带来的清香，那是一种孕育着生命的、沁人心脾的味道。

梼杌背脊两侧突然颤动起来，它发出轻轻的呜咽声，不像是痛苦，更像是要从长久的束缚中挣脱出来，而自由近在眼前。

梼杌越跑越快，风在高炙的耳边"呼啦啦"作响，他为了不掉下去，不得不压低重心，趴在梼杌的背上。

他没有问梼杌为什么突然加速，他知道梼杌和自己有着同样的渴望。

——飞起来！

梼杌从断裂的岩层一跃而过，下面是之前螭吻的袭击留下的巨大沟壑，里面还留有许多畸化生物的骸骨。只听见"哗啦"一声，空气被高速划穿。

巨大的羽翼忽然从梼杌的背脊两侧张开，高炙先是感到猛地一阵下沉，紧接着他们就飞了起来！

羽翼振动，天地变换角度。

高炙已经很久没有离天空这么近了，好像伸长手，云就会从手指间流过。

他们越飞越远，高炙低下头就能看到成群的开普勒生物。

那些让人恶心反胃的因迪拉正结伴奔跑，在地面上追逐着梼杌的影子。

一旦仔细观察，就会发现它们正在变化，满是脓疮和腐肉的身体竟然渐渐变得雪白，嘴里也不再乱飞口水，身形越来越流畅优美，隐隐透着淡金色的光泽。

梼杌越飞越远，离开了安全区，高炙的心中却没有任何恐惧。

他只觉得天地如此广阔，前方的世界是属于他的，也是属于它的。

不知道过了多久，洛轻云向后仰起下巴，他快到达极限了。

谈墨看着洛轻云蹙起的眉心，将他一把截住："可以了，洛轻云。我们已经引导很多开普勒生物进化了！你可以休息一下了！"

闻言，喷涌的能量停止了。洛轻云失去知觉，向后倒去，谈墨一把接住了他。

当一切安静下来，生死不再迫在眉睫，谈墨终于可以倾听洛轻云的心跳。

每一声都是与自己，还有整个世界的共鸣。

在空中盘旋的帝江鸟降落在谈墨身边，这种畸化形态时没有肉眼的鸟类，终于剥开了所有蒙在眼部的结痂，重见光明。

谈墨把手掌贴在帝江刚刚生长出的眼睛上，感到生命是如此神奇。

空中的李哲枫笑了一下："看来，他俩不需要我们带回去了。"

周叙白深深地呼出一口气来："今晚算不算大功告成？"

李哲枫示意周叙白看一看头顶的太阳："现在已经不是'今晚'了。"

黑夜过去，又是一个风清日朗的白天。

谈墨将洛轻云扶到帝江的背上，一跃而上，从后面紧紧抱着他。

洛轻云半睡半醒，但是他知道谈墨就在他身边。

帝江展开自己巨大的羽翼，起飞时带起的风吹动地面上的砂石。

不需要谈墨说一个字，帝江就知道他们的目的地，径直朝着北辰市飞去。

一直神经紧绷的何映之长长地呼出一口气来。

他在心中对凌喻说，喻姐姐，你看到了吗？那是你的儿子……这个畸变的世界因为他而回归正途。

欧阳城走到他身边："何教授，我们看到的是奇迹，对吗？"

何映之心中动容，张了张嘴，过去的种种涌上心头。

"我们看到的是奇迹，是无数人创造的奇迹。"

谈墨垂下眼，看到所有脱离畸化源之后的开普勒生物都在快速地进化，像是要追回这二十多年的时间。

中途，有一头开普勒生物与他们擦肩而过。

谈墨回过头，认出了坐在梼杌上的高炙。

"欢迎回来！"高炙朝着谈墨大喊。

那一瞬，谈墨的眼睛红了。

他们直接抵达北辰市的医疗基地，廖元冰亲自来迎接他们。

医疗人员紧张地忙碌着。谈墨看着洛轻云被送进医疗间，只能坐在长椅上等待。

廖元冰在谈墨的身边坐下，拍了拍他的肩膀说："我知道现在安慰你，叫你别担心什么的都是徒劳。我只是想代表我个人，对你们说一声谢谢。"

谈墨很淡地笑了一下。他不需要谢谢，他只想洛轻云安然无恙。

"你曾告诉我你父亲谢阑冰留下了一段视频，但是你无法打开。"

谈墨看向廖元冰："你找到了办法？"

"那段视频需要用的是凌喻的生物信息。中心城会对重要学者的生物信息进行备案。我之前就向中心城提出了申请，使用凌喻的生物信息成功解锁了那段视频。你现在打开自己的通信器，应该可以看到。"

谈墨心里有点感动，但没有多说什么。廖元冰拍了拍谈墨的肩膀，起身离开，把空间留给他自己。

谈墨果然在通信器里找到了视频。中心城没有使用加密频道，说明视频内容应该和开普勒探索联盟的机密无关。

他打开视频。

画面上出现的是谢阑冰那张又帅又有男人味的脸,只是离得太近了,像要钻进镜头里,谈墨都能看到他下巴上微微冒出来的胡茬。

折腾半天,总算调整好合适的距离之后,谢阑冰整了整衣领,大概是领口的扣子有点紧,谢阑冰又活动了一下脖子,表情还有点不自在,跟谈墨在开普勒世界里见到的不大一样。

那里的谢阑冰老神在在的,似乎通晓一切。

而视频里的谢阑冰一脸紧张,整个人都绷着,背挺得笔直,感觉像要求婚。

"是不是傻!要求婚就当着我妈的面来。发条视频算什么汉子啊?"

谈墨嘴上抱怨,心里倒是期待得很。

他没听人说过父母如何相识相知,也不知道他们恋爱中的趣事,唯一知道的就是自己的父母非常相爱。

谢阑冰清了清嗓子,又磨磨唧唧半天,总算开口了。

"那什么……这段话是给我未来的孩子……我也是今天,其实也就是半小时前吧,才听说这个世界上有了你们。当然,现在的你们还在妈妈的肚子里,还没见过这个世界,也没见过我。"

谢阑冰停了一下,好像是忘记了要说什么,又或者他也没刻意准备要说什么,所以尴尬冷场了。

但谈墨的心里忽然就像被什么给塞满了,涨得厉害。

"很抱歉我没能陪在你们妈妈的身边,亲口对你们说这些话。但也没办法,我是个特勤队员,有值守的任务。等你们长大一点就知道了,除了人类,外面还有很多危险的生物。我得保护你们。"

"我得保护你们"这几个字,谢阑冰说得很轻,很平常,没什么特别。

但是在谈墨听来,非常郑重。

这不是承诺,而是他的本心。

"我很期待你们的到来。你们的妈妈是我见过最聪明睿智而且心地最善良的女人,而你们的爸爸我……"谢阑冰拍了拍胸口,"据你们妈妈说的,是她说的,不是我自封的啊!"

谈墨看谢阑冰那个样子,忍不住笑了出来。

"她说,我是她见过的长得最帅,身材最好,最让她有安全感的男人。"

提起心爱女人的夸奖,谢阑冰的脸上还微微发红。

谈墨忍不住腹诽:"老爹,原来你就是个傻子啊!还好意思说我!"

视频里的谢阑冰侧过脸,看着很遥远的地方。

"所以……为了让她有安全感,也为了你们,我可能很长一段时间回不去了。"

像遗憾的叹息,又像是在坚定自己的决心。

"但是,我的孩子们,不要恐惧,这个世界上,还有无数个像我一样的人在这个世界上守护着你们。"

谢阑冰的目光很深,百转千回,融化时光。

"我知道。"谈墨轻声说,眼睛又有点发红。

"不要失去探索未知的勇气,不要将自己关在名为'安全'的象牙塔里。我希望你们像你们的妈妈一样,去思考事物之间的联系,去寻找因果的关系,直到,建立新的秩序。打破强弱的屏障，撕掉那些固定的标签，没有什么能规定你们该怎样活着。退一万步好了，如果改变不了世界，至少，遵从本心，做你们自己。"

谢阑冰的影像在泪水中变得模糊起来。谈墨赶紧把自己的眼泪擦掉。

"啊，我还没说说今天的重点！关于你们的名字。我想了好久，都被你们的妈妈鄙视了。她怎么可以鄙视我呢？我起的名字寓意很好啊！"

说完，谢阑冰把摄像头取下来，走到窗边。

原来他所在的地方是一台飞行器，正停落在一处山峦的顶峰。

此时谈墨看到的，就是当年谢阑冰看到的景象。

黎明温和的太阳与细长的地平线紧密地贴合，淡金色的日光浸透了流云，在辽阔的天地间奔流出一道一道金边，气势如虹，照亮山峦旷野。

谈墨的心中忽然涌起一抹热血与悍勇。

"这不美吗？谢云扬、谢云远——这名字不好吗？我希望你们像云一样变幻自由，可以万马奔腾、气吞山河，也可以安然自得、晴空悠远。哪里不好了？"

谈墨捂着嘴，一边笑一边流泪。

原来，他们并不是没有名字的。

谢阑冰和凌喻从知道他们的存在开始，就在想他们的名字了。

视频到这里就结束了。

谈墨忍不住回放了一遍又一遍，直到医疗室的门打开，主治医生走出来，示意谈墨现在可以进去看望洛轻云了。

"洛队的身体没有任何问题，他现在的细胞复原能力非常强，是一般融合者的数倍。目前他还没有醒过来，可能是在通过睡眠修复自己的损伤。"

谈墨两三步走进医疗间，看见洛轻云躺在病床上，正在输液。液体里有无数淡金色细小的微粒，应该是用中心城的克莱因之瓶标本库存配制的营养液。

谈墨坐在病床边的椅子上，托腮看着洛轻云熟睡的脸。

"你倒是睡得香，我有好多话想和你说呢……"

看完视频的第一刻，谈墨就想把自己有了新名字的事情分享给洛轻云。

然而现在他只能捏捏洛轻云的鼻子，自言自语："我问你，'谢云扬'和'谢云远'这两个名字，哪个好听？"

没料到洛轻云忽然睁开眼睛，抓住他捏自己鼻子的手。

"我去！你吓死我了！诈尸一样！"谈墨疯狂挣扎。

"你不是知道我醒了吗。"洛轻云好笑地说。他们之间现在可没有什么秘密可言了。"怎么，你要改名了？我还是更喜欢'谈墨'这个名字。"

"我才不改呢。但是我老爹说这是他给两个孩子起的。我得先占一个我喜欢的，另一个就给那个'破坏狂'！"

洛轻云想了想，认真道："那就谢云扬吧，听着轻松自由。至于'云远'，听着有种终将会消散的惆怅。"

"行，那从此以后，谢云扬是我，谢云远就是'他'了。"

谈墨笑着说道。

第二十五章
人有重逢时

在这次大规模生态区进化之后，全球开普勒能量分布发生了很大变化。根据欧阳城和何映之的观测预估，目前百分之四十五左右的生态世界是属于开普勒能量源统辖的，等于说，全球有约一半的开普勒生命体正在和谈墨共感。

这是他们绝无仅有的良机。这一次，中心城一反谨小慎微的常态，直接开始进行战略部署，准备对零号基地发起反攻。

所有前线精英都收到了征召，前往中心城集结，第一波飞行器队伍将在半小时后进入零号基地空域。

谈墨和洛轻云没有太多休整时间，就准备和何映之他们一起返回中心城，在那里与其他前线队伍会合。

超过一半的融合者都通过能量源和谈墨联系着，谈墨再也不用担心中心城会限制他的自由，因为现在已经没有任何人类的势力可以匹敌他的强大。

"现在的中心城，对于你们来说只是一个枢纽而已。"何映之在前往停机坪的车辆上和谈墨交换着信息，"这次姜怀漾也要去中心城，他会代表深宙集团和中心城谈判合作。"

谈墨和洛轻云不由得相视一笑。

姜怀漾去和中心城谈判，说白了就是谈墨他们需要什么，姜怀漾就谈什么。

何映之也笑了一下："深宙集团已经表示，愿意和我们共享信息，并且提供一切物资和技术支持。"

停机坪上，好几台飞行器都在准备起飞。他们登上其中一台，贺泷打开机舱接过何映之的行李，看见谈墨的时候，很轻微地点了点头。

谈墨探着脑袋往机舱里看，李哲枫和周叙白就坐在最前面。

李哲枫脑袋靠窗，闭着眼，呼吸很平稳。谈墨并不是没见过他在飞行器里睡觉的样子，那时他总是抱着胳膊，好像随时戒备着什么。但现在，大概是太累了，两只手都垂了下来。

周叙白睡觉的样子倒是几百年没变过，半仰着头向后靠着，嘴巴微微张开，像孩子一样打着小鼾。谈墨偶尔会使坏，给他的嘴角抹点辣椒油或者芥末，因为周叙白睡醒的第一件事就是下意识舔嘴角，一定会被辣得又是咳嗽，又是流眼泪。

谈墨蹲在两人的座位前，摸了摸下巴，忽然起了坏心眼，托着李哲枫的脸靠向周叙白。就在两人还差一点点就要相碰的时候，他们一个伸出左手，一个伸出右手，拎着谈墨的耳朵把他拽了起来。

"哎哟！你俩没睡着啊！"

"我俩要是睡着了，你想干什么？"李哲枫睁开眼睛，目光一如既往地锐利。

周叙白也哼了一下："墨哥，看来洛队是真的不大行啊，瞧你每天不惹是生非就难受的劲儿。"

后排洛轻云已经坐下了，他早就料到谈墨会是这个下场，只是笑了笑说：“我继续努力。”

并排坐着的高炙咳嗽了一声。谈墨心里有种被老爸抓包的尴尬。

他走到洛轻云的座位边，直接踹了洛轻云一脚。

洛轻云撑着下巴看着窗外，平日里推都推不动，掰也掰不开，谈墨也就脚尖在他的腿上碰了一下，这家伙竟然弱柳扶风似的晃了晃。

谈墨瞪了过去。装，叫你装。

高炙旁边坐着的是吴雨声，他故意看向窗外，明摆着笑了一下。

后排是贺泷还有陈玖。

何映之走了进来，在谈墨的脑袋上揉了一把。

"飞行时间不到四小时，大家还是抓紧时间好好休息。"

谈墨点了点头。他为了守着洛轻云，一直没能合眼，总算可以好好睡一下了。

广播里是飞行器起飞的提示，谈墨侧了侧脸，然后一把拽过洛轻云的胳膊，枕在他的肩膀上。

"你好霸道啊。"洛轻云无奈地小声说。

"我可以换个人。"

"那你还是霸道着吧。"

整个机舱暗了下来，谈墨缓缓入睡，思维逐渐涣散开来。

他好像离开了这个机舱，精神融入了江河湖海，仿佛能听见所有开普勒生物的生命脉搏。

渐渐地，他来到进化的开普勒生态区与畸化生态区的边界，看到畸化生物正在对人类的防御工事发起进攻。

隔离墙被拆毁，战火四起，导弹密集地发射，却阻止不了畸化生物的肆虐。

魔鬼藤将防守的外勤队员们绞杀，吞入腹中，因迪拉在疯狂狩猎，螭吻一个轻微的颤抖，黑色鳞片就像暴雨一样落下，贯穿了来不及撤离的装甲车。

从各个方向赶来的进化的开普勒生物与畸化生物短兵相接，两方对抗，战势浩大，畸化生物被限制住了，无法继续入侵。

进化的开普勒生物异常骁勇，驻守起一道防线，形成两个对立的世界。

这对于它们来说也是生存之战。

谈墨越过这道防线，思维继续驰骋，在畸化世界中穿梭。

腾蛇张大了嘴，獠牙从他的身边穿过，咬住了一条螭吻。谈墨回头看到螭吻振动鳞片攻击腾蛇，而腾蛇的尾巴狠狠刺入螭吻的体内，惊得他冷汗直冒。

一只鸿蜮朝他狂奔而来，谈墨瞬间闪避，紧接着又有一头忽然冲过来的梼杌和那只鸿蜮撞在一起，差点把中间的谈墨挤成肉饼。

谈墨忽然意识到，这些畸化生物没有在追逐自己，而是在互相猎杀。

接近一半的开普勒生物已经和真正的能量源连接，脱离了畸化源的影响。如果畸化生物还是单独的个体，就会被进化的开普勒生物和人类围攻，各个击破。

等到最后，"他"……不对，谢云远就成了孤家寡人了！

所以畸化世界正在以前所未有的速度，将其中仅存的生物融合起来，形成难以攻坚的嵌合体。

但是……为什么自己会看到这一切?

谈墨抬起头,被梣机杀死的鸿蜮垂下脑袋,无数触丝坠落下来,掉到他身上。如果是谈墨的本体在这里,早就被压垮了。

这绝对不是谢云远在炫耀他的畸化能力,他虽然狂妄,但还不至于无知。

而且,和谈墨共感的是开普勒能量源,谢云远根本无法和他共感,给不了他这么身临其境的体验。

所以……是凌喻?

"妈……是你吗?你在哪儿?"谈墨问。

没有人回答。

他继续向前,看到了无数厮杀和吞噬,畸化生物正在形成嵌合体,整个过程扭曲又邪恶,惨不忍睹。

如果放在从前,他被中心城召入先遣队,就要直面这样的场景。而普通人类,枪法再弹无虚发,在这样疯狂的全面畸化面前,也根本毫无用武之地。

周围无数的畸化生物都朝着零号基地赶去,对谈墨视而不见。

既然它们感受不到他的存在,那就搭一程顺风车好了!

谈墨顺着其中一条腾蛇的尾巴向上奔跑,一跃来到它脑袋上,这些畸化生物的移动速度非常快,像一股巨大的浪潮,涌向它们唯一的核心——零号基地。

眼前的场景让谈墨瞪大了眼睛,零号基地已经完全成了一个巨型嵌合体,直直向天空延伸。

这个嵌合体浑身密集的蓝色能量,而且密度越来越大。但是在蓝色的能量中,谈墨看到有淡金色的微光隐约透出来。

——那是凌喻的能量!凌喻就在这里面!

谈墨的心绪被猛地拽了过去。

"我亲爱的兄弟,你怎么来了?"

一个带着调笑和邪肆的声音在他身后响起。

谈墨猛地回头,看到了那个和自己长得一模一样的家伙。

是谢云远。

他就站在腾蛇的背部,重力仿佛对他毫无影响,他宛如悬浮着沿腾蛇的背脊向上走来,每一步都很轻松。

他的身上还穿着迷彩服,谈墨注意到他手臂上的六芒星标志。

谢云远顺着谈墨的视线侧过脸,笑着扯了扯自己的臂章。

"没办法,其他人的衣服都不怎么合身,特别是肩膀和腰不合适,裤腿也不够长。这样一看,咱们老爸的身材在人类里面是真的很不错啊。"

谈墨向后退了半步,他想动用开普勒能量,但是他在这里感应不到洛轻云的存在,也就无法从能量源借取能量。

"你把妈妈关在里面,你想干什么?"谈墨冷声问。

谢云远笑了,满满的嚣张里透着一丝对世间万物不在意的孤冷。

"我没有关住她,而是她把我困在了这里。"谢云远走到谈墨的面前,猛然一把掐住了谈墨的脖子,用偏执而疯狂的目光看着他,"她大概是真的很想你……竟然把你的精神体引到了我的面前!"

"唔……"谈墨硬生生被谢云远提了起来。

"就让我在妈妈面前毁掉你吧。免得她总惦记着你,不肯把她的能量给我。"

谢云远的笑容变得癫狂。

谈墨的脚尖离开地面,轻轻蹬踹起来。

可恶……洛轻云,和我共感啊!借点……借点能量给我!不然老子就……

有什么从虚空之中延伸而来,撞飞无数畸化生物,倏忽绽放。

谢云远露出惊讶的神情,瞬间松开了谈墨。

来物周身散发着强烈的金色能量,花瓣如同羽翼般旋转,猛地将谈墨收拢其中。

——那是一朵巨大的克莱因之瓶。

"谈墨!谈墨你醒醒!谈墨!"

谈墨耳边传来洛轻云的声音,他狠狠吸了一口气,一把捂住自己的喉咙。差点被谢云远掐死的感觉还在脑海中残留着,他从脖子到背上都是冷汗。

"哈……哈……"谈墨睁大了眼睛,发现自己正紧紧抓着洛轻云的手。

"呼吸,谈墨,慢慢呼吸!别担心,你回来了!"

飞行器里的灯光亮了起来。

李哲枫和周叙白从前排绕过来,都被谈墨的样子吓坏了。何映之听到声响也赶了过来,同时来的还有飞行器上的随行医生。

"他的心率很快!是什么刺激到了他?"医生检查了谈墨的心脏脉搏,正要拨开眼皮查看他的瞳孔时,被谈墨挥开了手。

"我……我没事……我见到谢云远了……"

"谢云远?谁啊?"周叙白听都没听过这个名字。

"零号基地里的那一个。"洛轻云解释道。

"我看到剩下的畸化生命体都在向零号基地聚集……谢云远想创造一个嵌合体!而我妈……就是凌喻,就在那个嵌合体里面!谢云远说……是我妈把他困在了零号基地……我妈觉得自己快不行了,所以把我叫过去……但是谢云远发现了我,差点就地扼杀了我的精神体。"谈墨一口气把重要信息都倒了出来。

"你是怎么回来的?"何映之问。

谈墨看向洛轻云:"是你吧?"

"是我。"洛轻云的眼底还带着一丝恐慌,他亲眼看到谈墨被掌握在谢云远手里的样子,但凡他再晚一点,谈墨可能就回不来了。

"好厉害啊,我们离得那么远,都能共感呢……"谈墨抬起手,在洛轻云的胸口上撞了一下。

"你还贫?你知不知道如果谢云远真的杀了你的精神体,你再也醒不过来了!"

洛轻云从谈墨的睡梦中嗅到了一丝莫名的危险,立刻通过开普勒能量源与谈墨共感,用克莱因之瓶作为两个世界的桥梁,将谈墨带了回来。

"你的克莱因之瓶真的很漂亮,就像你一样。"谈墨笑了笑。

洛轻云"啧"了一声,他已经酝酿好了所有责备的话,结果被谈墨轻飘飘的这一句,全部堵没了。

何映之听完谈墨的复述,沉默了两三秒之后,忽然转身。

"何教授,你要去哪儿?"贺泷站了起来,跟在何映之的身后。

第二十五章 人有重逢时

"零号基地正在形成嵌合体，但这个嵌合体并不是拿来对付人类或者开普勒能量源的，而是用来对付凌喻的！"

听见这句话，谈墨一下子被震住了。

"你是说……就像之前并蒂莲想把我和洛轻云打包带走那样，这一次它们想用嵌合体畸化的对象，是我妈妈？"

"是！"何映之回答。

"那么现在该怎么办？我们必须救回凌教授！"贺泷握着拳说。

何映之看着他们，严肃地说："这是生存之战。首先要让开普勒生物尽可能多地消灭畸化生物，可供零号基地嵌合的畸化生物越少，它的能力就越弱！而我们必须尽快赶到零号基地，摧毁嵌合体，绝不能任由它发展下去！"

"明白了。"洛轻云眉头紧蹙，深深吸了一口气。

这意味着抵达中心城不会太久，他们就要抓紧时间奔赴零号基地了。

他们的飞行队穿过云层，中心城的轮廓离他们越来越近。

谈墨以前唯一一次来中心城，是在从灰塔毕业之际，来到中心城的外勤基地，进行监察员最后的测试。那个时候，他就和李哲枫讨论过，为什么从外勤基地看不到中心城的灰塔。按理来说，每座城市的灰塔都是全城视线的焦点，是那种一抬头就能望到的存在。

而这一次谈墨透过飞行器的舷窗，看到中心城灰塔的全貌，总算知道了原因。

原来它并不是高耸入云的大楼，更像是城市中央的一座封闭式堡垒。

谈墨在灰塔受训的时候，听过一个神秘传说——中心城灰塔其实是一艘宇宙飞船。如果开普勒生态真的彻底占领了地球，这艘飞船就会发射起飞，以求保留人类这种生物最后的火种。

这也是为什么全球的科技精英都要在这座城里搞研究的原因，一旦人类真的需要放弃地球的时候，直接把中心城灰塔里的所有人都带走就好。

但是谈墨现在无心搞清楚这个传说的真假，他只想尽快赶往零号基地，解救自己受困的母亲。

他还记得自己被并蒂莲吞没的感觉，那种挣扎无力的、即将被吞噬殆尽的恐惧。而凌喻却在这样的恐惧中坚持了二十多年。

谈墨把拳头握得很紧，指节发白，心脏无比沉重。

中心城比谈墨见过的任何一座城市都要繁华，摩天大楼比比皆是，公共交通与基础建筑设施都保持着地球被开普勒生物入侵之前的水平。天空中是列队巡逻的飞行器，无人机在城市楼宇之间穿行，无时无刻不在进行着生物扫描。

它是人类文明的中心。

而在谈墨的眼中，这些不过是一堆没有感情的钢筋水泥。

他们在中心城灰塔顶层的起降坪降落，起降坪就像一只伸出去的手，面积很大，以特殊方式加固。

专门的接驳车来到飞行器的入口处。一行人步入车内，前来迎接他们的是一位融合者，他戴着材质特殊的眼镜，看不到眼睛，脖子上挂着工作牌，显示是个高级研究主管，名字是吕翙。他只朝何映之微微颔首。

"中心城的一号会议室已经准备好了。部署会议结束之后，行动就会开始。"

谈墨深深吸了一口气。手背上忽然被另一只手温暖的掌心碰了碰，是洛轻云。

洛轻云轻声道："是真的。"

"什么？"谈墨没反应过来，转过去看他的眼睛。

孤独、背叛、生死瞬间乃至失去，洛轻云都经历得比谈墨多得多。此刻这双眼睛里的淡定和从容，让谈墨浮躁焦虑的心情平复了下来。

"中心城灰塔是一艘宇宙飞船，随时可以点火，带着人类的精英离开地球。"

"你怎么知道我在想……算了。"谈墨笑了笑，"看来中心城的保密工作确实不太行，几乎每个灰塔学员都知道这件事了。"

此时的接驳车已经进入中心城灰塔的内部。这里完全不比城区的高级华丽，只有在有限空间里展现出的强大功能性，让人有一种束手束脚的感觉。

到达一号会议室门前，吕翙将谈墨他们放下，继续送何映之前往研究室取会议所需资料。

面前的会议室门打开，谈墨被眼前的景象惊到了。

这个会议室是圆形的，会议室的中央是个巨大的全息图景，可以三百六十度看到零号基地的情况。而围绕着全息图景的，是已经落座并且神情冷峻的融合者们，他们都是从各个地方抽调来的精英。

这些座位就像伞一样，一旦会议结束，所有座位就会纵向收回，整个会议室会被压缩到只有电梯通道的大小——这就是中心城内部最大限度利用空间的原则。

谈墨和洛轻云走进去，一路侧身走向会议室中央的位置。谈墨感受到来自四面八方的视线，有好奇的，也有审视的，还有激动和崇拜的。

谈墨知道他们中的绝大部分人都已经和能量源连接，彼此之间都能共感。

这就是一种无声的交流方式，瞬间的共感之后，所有对谈墨的疑虑全部消失。谈墨朝他们点头致意，而他们向谈墨报以兴奋或认可的眼神。

姜怀漾就坐在离谈墨不远处，冲他微微点头。

一位打扮和耿劲柔出奇相似的男人走到会议室正前方。

"大家好，我是新任中心城灰塔负责人凌厚。"

标准的西装三件套，打底的白衬衫领子翻折得平平整整，他看起来应该有快七十岁，鬓角已经花白，但是精神矍铄，双眼中有一种淡定而睿智的光芒。

"我在此不多废话，请大家打起精神，一句话都不要漏听。"

现场的气氛变得十分严肃紧张。

谈墨愣了一下，小声说："这个负责人跟我想象的不太一样。"

由于洛轻云童年时代的遭遇，谈墨对中心城灰塔充满成见。在他看来中心城的人要么满满官僚主义，要么就是为了保证人类能够存续下去而"不惜一切代价"的冰冷机器。

但眼前这个凌厚，行事直截了当，作风也很接地气。而且他的姓氏……

洛轻云蹙了蹙眉，回答道："那是你外公。"

"什么？外公？我还以为……我还以为……"

一时之间谈墨完全说不出话来，下巴都要惊掉了。

而凌厚很显然看到了谈墨的表情，他微微咳嗽一声，于是现场所有人都向他看着的方向，也就是谈墨的方向看去。

"好吧，为了让这次行动的核心人物能够专心听我的任务分析，请允许我用三十秒时间介绍一下我自己。"凌厚举手向谈墨示意。

"我是凌厚，几十年以来生活在我女儿凌喻的盛名之下。同样身为科研者，我的研究方向是航空航天技术，从三十多年前我就在反对人类对于开普勒22B星球的觊觎之心，然而根本没有人在乎。探索联盟成立后，我'被迫'离开研究室，参与设计建造中心城灰塔。很抱歉，在科研领域我没有我女儿那般出类拔萃，也很抱歉身为技术人员我的保密期长达三十年，这三十年来没有办法为我的女儿做任何事。更加抱歉的是，直到三个月前我才把所有的竞争者都击败了，成为灰塔的负责人。"

凌厚的每一句话对谈墨都是一次不小的震撼。

三个月前？怪不得最近一段时间中心城的行事作风和以往大相径庭。

比如这次这个反击零号基地的行动，临时组织起来，根本不可能面面俱到，如果是从前的中心城，不讨论准备个三五个月压根不会出手，但是现在竟然说干就干！

看来这就是凌厚的作风。

"小伙子们，我知道你们在担心，这么仓促的行动是不是在让你们都去送死。"凌厚摊了摊手，"我也不敢说所有人都能活着回来。反正如果你们失败，我和剩下来的人类都不会比你们多活几天了，所以也不用有太大的压力。"

听到这里，陈玖差一点被自己的口水呛到："说话这么直白的？"

谈墨却勾起嘴角："我就喜欢这样的直白。"

凌厚对上谈墨的眼神，笑了一下。

"以人类目前的能力水平，三个小时以内可以做的准备与用三五个月做到的不会有太大差别。然而拖到那个时候，这个大怪物会比现在更难对付，应该说，就没有对付它的必要了，我们直接躺平就完了。"凌厚指了指身后的全息图景。

嵌合体的畸化程度比起谈墨与凌喻共感时看到的要更加严重。

畸化生物的特性相互交错，魔鬼藤、腾蛇、螭吻等生物交缠在外层，禁湖从夹缝中生长出来，只要有敌人靠近，就会骤然喷出琼浆。在嵌合体的腰部，有好几个鸿蜮的脑袋，它们的复眼正在转动，而身子却在嵌合体的底部，似乎是为了加固，头和身子之间连接着无数的神经线，而神经线之间又嵌合着其他乱七八糟的生物。

"我三年前吃的饭都要吐出来了。"陈玖说。

凌厚调出这个嵌合体内部三分之一左右的扫描图，它的畸化能量肉眼可见地比当初的扶桑树更加密集，而且已经看不出来原本的生物形态了。

"它现在就是生长在我们星球上的大毒瘤，会把整个星球的生命力都抽走，非得切掉不可。现在动刀，切得干净，顶多元气大伤。再晚几个小时，就是病入膏肓，无药可救的程度了。"周叙白说。

李哲枫开口道："从这个全息图景来看，我还找不到任何可能突入的切口，无论是对空还是地面，它都有强烈的自主意识，只要我们接近就会被各种攻击性生物撕碎。何教授呢？他怎么还没来？"

何映之是开普勒生物学的顶级专家，应该由他来分析突破口。

他话音刚落，谈墨和洛轻云忽然同时感觉到一种强烈的不安。

"走——去何教授那里！他出事了！"谈墨立刻起身。

洛轻云的眼睛里骤然亮起强烈的金色光泽，他释放开普勒能量，透过中心城的重重金属墙壁，开启狩猎状态。

所有人陷入疑惑之中，凌厚却马上反应过来，下达指令。

"距离何映之教授最近的人火速赶往救援！"

此时，何映之的研究室里，红色的鲜血像绽放的克莱因之瓶，流得到处都是。

陆颖就靠着墙，全身都是血窟窿，呼吸衰竭，右手还死死扣着一把枪。

何映之已经完全慌了，他大声呼喊着陆颖的名字，手忙脚乱地按着她出血的伤口，按住了一个，其他的还在汩汩向外流血。

止不住，根本止不住。

"陆颖……对不起！你再坚持一下！再坚持一下医疗队就来了！我刚给你打了止血剂！你很快就没事了！"

不远处倒着一个人，正是吕翊。

他睁大了眼睛看着何映之的方向，全身长着无数的骨刺，只是这些骨刺还未来得及完全锐化，他就已经中了药剂弹，被凝固在发动攻击的一刻。

陆颖看着何映之，脸上露出一抹笑。她已经很清楚等待她的是什么了。

"以后……没人再罩着你了……要圆滑一点了……"陆颖抬起手来想摸一下何映之的脸，但是她没有力气了。

"我就是这个性子！你说过的，我什么都不要多想，好好做研究就可以了！你不能死！你死了，我以后怎么办啊？我只会做研究，不会跟人打交道！"

何映之的脸上、胸膛上都是血，和眼泪混在一起。

研究室的门被撞开，谈墨和洛轻云冲了进来。

何映之听到声音，转过身来，满脸都是血和泪。

"救救她！求你们救救她！她是为了保护我才这样的……"

洛轻云走到何映之的身边，看到靠着墙的是陆颖的时候，一时间怔住了。

"陆阿姨……"

陆颖已经快要喘不上气了，她很费力地笑了一下。

她本以为洛轻云见到她这个样子并不会太慌乱，毕竟她知道他一直是一个不太会表露情感的孩子。但他此时微微颤动的目光和停滞的呼吸，让陆颖有种"这辈子算是值了"的感觉。

洛轻云的每一次任务，她都会为他担惊受怕。

她从来没有机会拥有一个自己的孩子，洛轻云是她在这世上最大的牵挂。

周叙白也挤进来，身为医疗员出身的他比其他人都要镇定。

"何教授请让开，我来！"

周叙白单膝跪在陆颖身边，释放出大量神经线进入陆颖体内，开始高速修补她破损的血管和内脏。

谈墨将何映之扶了起来，后者的肩膀还在颤抖。

"这到底怎么回事？"谈墨看了一眼倒在地上的另一个人，"是吕翊干的吗？"

"我……我不知道……我和陆颖正在整理……吕翊忽然靠近了我们。陆颖……陆颖……"

何映之情绪激动，大脑无法自控，他一直在颤抖和流泪，说不出一句完整的话。

"陆阿姨推开了你，却被吕翊身上的骨刺刺中了？"谈墨问。

何映之用力地点头。

"然后洛轻云的开普勒能量捉到了吕翊，陆阿姨趁机击中了他？"谈墨又问。

何映之继续点头，只能用口型不断地重复着一句话："救救她……救救她……"

早在当年从零号基地死里逃生，何映之就经历过诸多同伴的牺牲。

这之后二十多年的岁月，除了贺泷，就是陆颖为他打理一切。也许何映之从来没有向陆颖表达过，但是他们之间情谊很深，根本不是"谢谢"两个字可以总结的。

那是惺惺相惜，是理解，是支持，是信任。

周叙白的手术已经做完，他看向洛轻云，微微摇了摇头。

他可以为陆颖止血，却阻止不了失血过量而导致的脏器损伤和衰竭，虽然他在持续给陆颖输血，但是她坚持不了太久了。

洛轻云的喉咙轻轻动了一下，他半蹲在陆颖的面前，握住她的手。

"陆阿姨，我还有什么能为你做的吗？"

陆颖很淡地对他笑了一下，没有说话。

她最大的盼望，其实就是洛轻云能把梁幼洁带回来，尽管她知道这是一件根本不可能的事。

眼泪从洛轻云的眼角滑落，沿着脸颊落在陆颖身周的血泊里。

陆颖还是看着他，就像是要用力记住他的样子。

我为你担心过，为你等待过，也无比希望你能像其他孩子一样过上平凡的生活，有喜欢做的事，有爱你的人，然后晒着太阳慢慢变老，安稳而幸福地度过一生。

但是……你注定是不平凡的啊。

真的好可惜，没办法代替幼洁守护你了。

我们的孩子。

幼洁……我好想再见你一面……

真的好想。

"洛轻云！你还愣着干什么！用克莱因之瓶啊！"

谈墨的声音让洛轻云瞬间惊醒。

他伸出手，掌心之中，一朵金色的克莱因之瓶快速成形，金色的能量从花瓣中流泻而出，进入陆颖的身体，紧接着，花瓣就将她完全包裹了进去。

能量线在陆颖体内快速游动，在心脏停止跳动的前一秒钟，她的思维深处仿佛出现了另一个自己。

有人扣住她的手腕，她一回头，看到了谈墨。

"谈副队，我……死了吗？"

"物质泯灭，精神永存。这不就是开普勒世界存在的价值吗？"谈墨看向陆颖，"生死不可逆，但洛轻云在最后一刻用克莱因之瓶同化了你，让你拥有了精神体。不过，你的精神体并不完整，没有能力走到开普勒世界。所以，这最后一程，我来送你。"

"我们去哪里？"陆颖问。

谈墨笑了一下："还记得我们第一次见面的时候，我注意到你手指上的戒指，我们说了什么吗？"

"花有重开日……人有重逢时。"

那一刻，陆颖早已经冷却的期待在那一刻再度热烈起来。

她所有的青春年少，所有的懵懂期许，犹如时间倒流一样，向她款款归来。

仿佛还是十五六岁的年纪，她背着书包和梁幼洁一起走在回家的路上。她想吃冰激凌，但喉咙总是发炎，家里怕她在外面偷吃，就不给她零花钱。这个时候，梁幼洁会买一支甜筒，伸到她的面前，让她舔掉最上面那个小小的尖角。

"陆阿姨，这里就是洛轻云的开普勒世界边沿。而梁队，一直守在这里。"

眼前的沙漠炙热无比，放肆的日光照射着大地，风沙很大，吹得人睁不开眼。

沙尘之中，一个熟悉的身影正一步一步朝他们走来。

她穿着迷彩服，背脊挺拔，哪怕逆着光，陆颖也能认出她的模样。

"阿颖，你来了。"

那一刻，多年的等待终于有了答案。

陆颖终于回到暌违已久的怀抱里。

洛轻云将克莱因之瓶收回身体，无数能量丝线从陆颖的身上退去。

她闭上了眼睛，嘴角带着一丝笑意，永远沉睡了。

"她见到她了吗?"洛轻云轻声问。

"嗯。"谈墨点了点头。

"我十几岁的时候出任务，经常半夜才回来。她房间里的灯都亮着……我知道她在等我。"洛轻云单膝跪在陆颖的身边，替她整理凌乱的头发。

"我没满十八岁之前，每次出任务都要她作为监护人给我签字。她是个骄傲又非常有原则的人，遵守一切规章制度，但她会避开我到阳台上打电话，质问灰塔为什么派我去那么危险的地方。她以为我睡着了，其实我都听到了。"

谈墨和洛轻云并肩蹲着，这时候任何安慰都没有用，他愿意听洛轻云诉说所有来不及对陆颖说的话。

"后来我离开了中心城，申请调去北辰。我是故意的，我不想……我不想她再这样牵挂着我了，我想离开她的视线……因为……"洛轻云的脸上没有什么表情，却没能把这句话说完。

"因为你觉得所有牵挂你、在意你的人，最后都会以离开你收场。你不想陆阿姨和他们一样。你不想她为你付出、为你奉献、为你牺牲。你不想有朝一日又过上失去她的生活。"

洛轻云低下了头，轻声问："你不会像他们那样的，对吗?"

"我不会。"谈墨很肯定地说。

"可是世事无常，你凭什么认为自己不会?"洛轻云又问。

他这一生大概经常这样吧，用最平静的语气问对方最刻骨铭心的问题。

谈墨的手指轻轻点在洛轻云的眉心，回答道："因为，我们都知道，物质泯灭，爱意永存。"

"根据开普勒定律是吗?"

"不。是根据你和我的定律。"

一切变得安静下来，周围的声音，人也好、物也好，都不属于他们的世界。

第二十五章 人有重逢时

只有谈墨的目光，他的呼吸心跳，他的存在变得格外清晰。

洛轻云顿了一下，内心震荡不已。

这时候，凌厚带着贺泷来到实验室。他看着陆颖的遗体，很长地叹了一口气，然后走到了吕翊的尸体边。

贺泷看到何映之失神的样子，三两步走过去，扶住了摇摇欲坠的他。

"你们有谁能快速检查一下吕翊，看他到底怎么回事吗？"凌厚开口道。

"我来。"周叙白单膝跪在吕翊的尸体边，手掌覆盖在他的头顶，千丝万缕的神经触丝伸了进去，检查他所有的脑神经。

"找到了。"周叙白说。

无数红色的小虫从他的手指间溢出，沿着神经触丝爬进了吕翊的颅骨中，一阵让人毛骨悚然的碰撞声传来，周叙白终于把那个东西拖了出来。

它被神经触丝束缚着，却还在空气里拼命地挣扎，密密麻麻的酒虫在它身上爬来爬去，吸取着它的养分。

李哲枫拿过一个采样器，把盖子打开，周叙白将它放了进去。

"这是什么玩意儿？"周叙白拿着瓶子仔细观察，按照构成推断，应该是寄生类的米诺斯虫，但是周叙白从来没有见过。

贺泷接过采样器，递给何映之。何映之已经在安抚下竭力平复了自己的情绪。

陆颖是为了保护他才牺牲的，他不能乱。

采样器里的生物是半透明的，婴儿手掌心大小，有点像迷你版的鸿鹕。在它的尾部有许多神经触丝，长度和它的躯体完全不相符，如果是寄生在人类的大脑里，这些触丝足够从大脑一路延伸到脊髓，可以从思想到行为上控制宿主。

"这是非常罕见的米诺斯虫。在很早以前，我和凌喻的一位同事也曾被它控制，杀害了许多自己的队友。后来这位同事被击毙，我们给他做尸检的时候，发现了这种米诺斯虫。它在还是虫卵的时候完全处于休眠状态，可以数年甚至到宿主死亡都不发作，所以我和凌喻给它起了个名字，叫作'暗蛊'。"何映之说。

"在什么样的情况下它会苏醒呢？"谈墨问道。

何映之走到电脑前，调出了二十多年前的资料。

"只有那么一次，后来暗蛊就再没有出现过了。凌喻对那个暗蛊样本进行过解剖和神经学分析，我们一致认为暗蛊是高级种子的附属生物，能够与种子共感，替种子控制宿主，完成一些特定的任务。"

洛轻云走到电脑前，迅速浏览当初的研究资料，补充道："并不是所有开普勒种子都能培养出附属生物，种子本身必须有非常高的智力。如果种子只知道狩猎和生存，也就不需要附属了。"

听到这里，大家差不多都明白这只暗蛊是谁操纵的了。

而且它寄宿在吕翊体内的时间恐怕不止一两年而已。

洛轻云调出了吕翊这些年的体检报告。他的体质在研究员里可以说是非常好，而且作为研究员中少有的融合者，他经常跟着外勤队伍深入开普勒生态区考察，这也为暗蛊的寄生提供了非常重要的条件。

一条医疗记录引起了洛轻云的注意。吕翊在八年前曾被困在一个米诺斯虫的巢穴里，熬了两个多小时才等来救援。他原本就是被米诺斯虫感染成为融合者的，拥有将身体化作骨刺的能力。他以骨刺和米诺斯虫搏斗，身上共有七十多处伤口，其中一处在脊椎。

"如果我没有猜错，暗蛊就是从他脊椎的这个伤口进去，然后一直游移，进入他的大脑。暗蛊的卵非常微小，又和神经组织长在一起，完全成了人体的一部分，除非它苏醒，否则以人类的医疗检查技术，根本无法分辨。它就是零号基地打进中心城最深的一枚钉子。"洛轻云说。

谈墨露出了不理解的表情："这么长时间的埋伏，它为什么选择现在苏醒，而且苏醒之后的目标是何教授呢？让吕翃悄无声息地接近我，出其不意地干掉我，这才比较有价值啊。"

凌厚来到谈墨的身边，背着手眯着眼睛看着电脑。

这还是谈墨第一次和自己有真正血缘关系的人那么接近，一下子还有点紧张。

"干掉你？他有这个能耐吗？你和开普勒能量源共感了，洛轻云还在一个随时可以和你进行能量连接的范围，区区一个吕翃可杀不动你。所以零号基地里的那个小疯子就只能退而求其次，杀掉对他而言最有威胁的人。我想，何教授掌握着对抗他的某个关键信息，而且必然与现在的大畸化有关。"

凌厚又直起了腰，看向何映之："小何，请你好好想一想，你的研究里面，包括之前你和凌喻的研究，还有凌喻对你说过的所有她的猜想里面，有没有可能存在一种解决大畸化的方法？"

而这就是敌人选择在这个时刻对付何映之的原因！

一切豁然开朗，而这一点让决战胜利的天平有了向他们倾斜的趋势。

谈墨被凌厚的沉稳和理智深深感染，他临危不乱，心思缜密，只用了三个月的时间就彻底拿下了中心城的控制权。如果他真的有野心的话，他可以更早就成为中心城的掌权者。但是他一直蛰伏，等待着最佳时机，直到此刻，成为谈墨这一次行动最强有力的后盾。

何映之与凌厚对视，纷乱的心绪逐渐平静下来。

"和畸化有关……让我想想……大畸化在当时只是一种设想，我们顶多只是聊聊，并没有真的去深入研究……"

贺泷拉过椅子，让何映之坐下。何映之靠着椅背，仔细回忆着凌喻那些天马行空的猜想和理论。

谈墨回想着从谢阑冰的本我世界里看到的细节，忽然顿悟："何叔叔！这个方法一定是你、我妈妈还有那个孩子都在的时候你们讨论的。否则他是不可能知道的！"

这个提示让何映之脑海中灵光一闪。

"我知道了！是克莱因之瓶！是克莱因之瓶！"何映之激动起来，若不是贺泷在一旁看着，他肯定从椅子上翻下来了。

"小何，你理清楚逻辑思路，慢慢说。"凌厚开口道。

何映之调整着自己的呼吸，徐徐调出记忆的每个细节。

"那天，凌教授刚做完产检，测试过胎儿的开普勒能量。当时得出的结果是正常的，是两个孩子应有的能量值，但是我们那时没发现，谈墨根本没有开普勒能量，当时检测到的能量都是属于另一个孩子的。所以对于那个孩子来说，开普勒能量其实已经快临界了。谢队长有任务，不在基地里，我陪着凌教授散步聊天，我们说起，如果孩子越界了,我们该怎么挽救。"

谈墨心中一震,凌喻当时可能就是带着玩笑的心态随口那么一提,没想到这个玩笑恰恰就是解决问题的正确答案。

"凌喻说,那她愿意化身克莱因之瓶来同化他。"

"什么?"谈墨觉得自己脑子又不够用了。人要怎么变成克莱因之瓶?

"如果在二十多年前,我会觉得这只是玩笑。但今天我见识到了洛轻云的能力,他刚才就同化了陆颖,让她进化出精神体,进入了开普勒世界,对吗?"

何映之用一种属于学者的严肃目光看着洛轻云,洛轻云点了点头。

"那么……凌喻也可以。别忘了,她也是种子级别的融合者,而且是最原始的融合者。她在基因上和自己的孩子是匹配的!她的克莱因之瓶的同化能力在面对自己的孩子时是最卓越的!这就是她当初阻拦下那个越界的孩子的方法!"

谈墨立刻意识到,如果凌喻已经化身为克莱因之瓶来困住谢云远,那么现在大畸化的目的,就是对凌喻的克莱因之瓶完成最后的侵蚀。

那一次凌喻和谈墨的共感,是求助,也是提示。然而谢云远迫不及待地来阻止他们的精神体相会,凌喻想表达的信息没能传递给谈墨。

"所以,现在我们该怎么办?"洛轻云问。

凌厚没有考虑太长时间,就给出了一个可行的计划。

"我们得调动全世界可以调动的力量,包括已经进化的开普勒生物,我们要共同进退,阻止零号基地的嵌合体吸收更多生物。而这个嵌合体本身是一道巨大的屏障,阻挡着凌喻和能量源之间的能量交换,所以我们要把这个屏障打碎、打开!这需要所有融合者的努力,要知道,普通的热武器并不能对嵌合体造成致命打击,它依然可以依靠畸化源不断再生。"凌厚看向李哲枫还有周叙白。

"放心,我们会和它对战到最后一刻,一定会把它连骨头带筋全部扒出来!"李哲枫狠厉道。

"是啊,'抽筋扒骨',我很擅长。"周叙白点头。

"此外,就是谈墨,你和洛轻云,你们一定要配合起来。凌喻的精神体已经很脆弱了,她需要你的引导,才能回到开普勒能量源。如果你做不到,凌喻这二十多年的苦就白熬了。明白吗?"

凌厚看向谈墨,他的目光像磐石一样,能镇住谈墨所有的犹豫。

谈墨咬紧了牙关,回答道:"明白!"

凌厚点点头,环视一周,在场所有人脸上都挂着一种坚定的神情。

"很好,这应该就是我们的最后一战了。赢了,这颗星球就还是属于我们的。我们要让所有的牺牲、付出,都有价值!"

第二十六章
万物奔流，生生不息

十分钟之后，世界各地的灰塔都派出他们最强的飞行队伍，开启进攻和轰炸。

深宙集团也出动了所有的飞行器，并且派出了成百上千的特殊装甲车，都编入了中心城的队伍之中。

"真要谢谢小姜啊，把深宙集团的老本都掏出来了。"谈墨看着浩浩汤汤前进的车队笑着说。

洛轻云在谈墨的后脑勺上轻轻点了一下："你太小看深宙集团了。要是真到了人类灭亡的那一天，你要相信深宙集团早就准备好了飞船，他们会第一个冲出地球，探索宇宙中的出路。"

这时候，谈墨的通信器响了，是姜怀漾的联络。

"小姜啊，我和洛队刚才还在聊你呢！我说你掏空了深宙的老本，但是洛队说你一定还有所保留。"

姜怀漾发出轻笑："谈副队，那你要不要来看看我们深宙集团的最高技术呢？"

谈墨和洛轻云来到灰塔安排给深宙集团的运输机场，看到戴着墨镜的姜怀漾，还有工作人员给他打着伞。

"还真的很有董事长的派头啊。"

他们迎着日光走了过去，看到姜怀漾面前放着一个箱子。

"小姜董，要给我们看什么高科技啊？"谈墨好笑地说。

姜怀漾踢了一下面前的箱子："谈副队提起来试一试。"

"我的力气在人类里面还是很大的。"说完谈墨就扣住箱子的把手，向上一提。

里面不知道装了什么，根本提不起来，连轻微离开地面都办不到。

"我的妈呀，里面装了什么？洛轻云，给点力！"

"给力，给力。"洛轻云一边点头一边释放开普勒能量。

可奇怪的是，谈墨就算吸收了开普勒能量也无法将这个箱子提起来。

洛轻云也开始觉得有意思了，他活动了一下手腕，扣住把手。他注意到这个箱子是特制的，把手也是航天级别材质，可以扛下几吨的拖拽力。

洛轻云用尽全身力气，脖子和手臂的青筋都暴了起来，看得谈墨都担心了。

"洛轻云你悠着点！我知道你行！你很行！放下，放下吧！"

万一拉伤了老胳膊老腿儿的，可怎么办！

"这里面的东西密度很大。是什么？"洛轻云刚把箱子放下，而且很明显是轻拿轻放的，他们脚下的地面还是被砸凹了。

"超密度钛合金。"姜怀漾看向谈墨的手指，笑着说，"阿钛，你也要上阵了，这是我送给你的礼物。"

谈墨恍然大悟，如果要发挥钛妖的战斗力，不给它足够的金属怎么行？

阿钛从谈墨的指尖滑落下来，拉成一道细线，钻进箱子里。随即一朵金属太阳花在谈墨的面前绽开，花朵旋转着，越开越大，几乎笼罩住了大半个运输机场。

谈墨仰着头，难以置信眼前看到的景象。

洛轻云微笑着开口道："阿钛，拜托了。"

下一秒，这朵巨型金属太阳花渗入地下，飞速流向零号基地的方向。

"看来阿钛是要大杀四方了。"谈墨有种自家儿子长大了要去闯荡世界的感慨。

姜怀漾在谈墨面前潇洒地打了个响指："看着你们崇拜和惊讶的目光，我感受到了身为人类的虚荣和快乐。接下来，我还会跟你们一起……"

姜怀漾的话还没有说完，谈墨就用拳头抵了他的胸口上。

"不，我要请你留在这里，帮我保护好何教授，还有，我的外公。"谈墨看着姜怀漾，很认真地说。

姜怀漾愣了一下："原来这就是所谓'士为知己者死'，如果我答应了你，是不是'君子一言，驷马难追'？"

谈墨乐了，和洛轻云对视。

"小姜董，你可以啊！这么有文化了？虽然古语如此，你也是我们的知己，但我们可不希望你死。"谈墨很郑重地说。

姜怀漾也学着用拳头在谈墨的胸口上碰了碰："那我也请你们平安归来。"

通信器传来消息，第一波导弹已经炸到了零号基地，生存之战打响了第一枪。

谈墨和洛轻云即将登机。

风猎猎地刮起降坪，太阳光就像开普勒世界边沿的阳光那样强烈，一瞬间谈墨感到恍惚，仿佛一回头他就会看到谢阑冰。

他下意识转身，没想到凌厚就站在那里。老人家背脊笔挺，手里还握着保温杯。

谈墨点开了通信器，看着他的方向说："我要走了……外公。"

这是谈墨第一次和自己的血亲道别。

"啊，哦。"凌厚的声音很沉，尽管压抑得很好，但还是能听得出其中的颤抖。

谈墨走上飞行器，在靠着窗的位置坐下，从这个角度还能看到凌厚的身影。

虽然还有那么多工作人员在忙碌，但谈墨的视野里只剩下凌厚一个人了，他像独立于悬崖上的苍松，孤绝挺拔。

凌厚缓缓开口道："你没有在我的身边长大，也不认识我是谁，何况直到三个月之前我才知道你的存在……"

谈墨的眼眶有点湿润，他怎么会不知道老人家说这些话是为什么。无非是想自己的孙儿无所牵绊，一往无前。

"要是我的存在不重要，你都做'咸鱼'那么多年了，为什么还要去争当灰塔的负责人呢？要知道，万一我败了，你就是让人类提前灭亡的罪人了。"

老人家的笑声在耳边传来："我不是都说了，败了就败了。是非都是给人议论的，只有自己知道自己要的是什么。孩子，不要去想人类的成败，你只需要明白一件事——没有任何一个物种能够长盛不衰。这不光是地球的宿命，也是整个宇宙所有事物必然迎接的结局。"

谈墨看着他的身影，难以想象当他接到凌喻和谢阑冰阵亡的消息时，会是怎样的心情和表情。每一次何映之和贺泷出发去寻找自己的时候，这个老人是不是也默默地心存期待呢？

"如果不能昂首挺胸有尊严地延绵下去，那就索性轰轰烈烈地完结。"

这是凌厚对他最后说的话。

"放心吧，外公，等我回来。"谈墨说。

他们的飞行器在万众瞩目之下，离开了中心城。

整个世界的生命体形成了一股浪潮，源源不断地涌向零号基地。

两方对战激烈到无法形容的地步。嘶鸣声响彻云霄，开普勒生物非常英勇，它们拉起一道防线，挡下畸化生物继续向零号基地融合的脚步。

洛轻云发出一声感慨："以前我们深入零号基地的时候，是那么渺小。个人的能力再强，也逃脱不了被吞噬的命运。梁队是这样，我也是这样……它曾经是所有融合者的噩梦。"

谈墨揽上洛轻云的肩膀，多年前怪物的嘶鸣咆哮似乎仍在耳畔，队友的惨烈牺牲对于活下来的人是无尽折磨。

"但是现在，它正饱受着围攻和吞噬。一个人，或者几个融合者，都很渺小，可是我不相信它能抵抗来自整个星球的浪潮。"

洛轻云笑了，日光从舷窗照进来，正好给他的侧脸镀上了一层光晕。

那层金色的光就像黎明照透黑夜的边界，让谈墨一瞬间失神。

"你在看什么？"洛轻云问。

谈墨别过头去，露出正经而严肃的表情说："秘密。"

他目视着前方，两根手指像小人散步一样从洛轻云的小臂上方"走"下去，"走"过洛轻云的手背，与洛轻云十指交扣。

"我们再来一次，看看我们的领域能延伸到多远？"

"乐意奉陪。"洛轻云笑了笑。

他们的飞行器变成一股明亮的能量源泉，所到之处，所有的生命体都被辐射。

畸化生物被这能量笼罩，逐渐发生变化。它们就像被静止了一样，仰着头颅，仿佛在感应更深层次的力量和召唤。

"呜——呜——"

低鸣声此起彼伏，像是某种信息的传递，又像是一声声解脱的喜悦呐喊。

所有的生命体被无形的力量连接起来，强而有力的脉搏在这个网络里跃动，遥远的空间里涌来壮阔的洪流，代替了生命的衰败与叹息。

天幕被扯开，日光所到之处，开普勒生物正在蜕变，以赤诚的灵魂展现它们勃发的生命力。

被截断了能量供给的零号基地开始疯狂地吞噬围攻上来的开普勒生物。

眼看着一头梣机就要被零号基地伸出来的畸化怪物给一口咬住，打头阵的贺泷拽着绳索一跃而下，一拳打在怪物的脑袋上。

只听见"咔嚓咔嚓"的声音沿着他的拳头深入怪物的脑袋、颅骨与脊椎，这头怪物的皮肉向外连续膨胀，贺泷这一拳的威力在它的体内越去越深。

紧接着一声巨响，怪物的脑袋爆了。

那怪物的脑袋得有两三辆卡车那么大，皮肉脑浆都飞溅开来，范围猛烈，好几台空中的飞行器都被溅到了，挂上了难看的油彩。

第二十六章 万物奔流，生生不息

还好梣机跑得快，不然洁白无瑕的鹿神就惨不忍睹了。

吴雨声早就料到了这个场面，在那一拳击中的时候立刻攀升，把贺泷给拽了上来，伸到飞行器外头的靴子上瞬间溅满了怪物的组织物。

"可以啊，你这一拳的威力是从前的四五倍啊！一拳爆体！下一次能不能提前打声招呼？"吴雨声抱怨道。

这时候，覆盖在零号基地外层的魔鬼藤纷纷鼓噪起来，它们孕育了不少胎果，骤然间全部孵化，一大群黑漆漆的鳞鸟朝着这些飞行器涌来。

飞行器火力大开，炮声隆隆。但鳞鸟群不顾死活，接连撞毁了好几台飞行器。

原本都做好了坠毁的准备，却没想到地面上的开普勒生物纷纷上前，将飞行器托住了。

"我们……是被开普勒生物救了吗？"

鳞鸟群的攻击太过凶狠，驾驶着飞行器的常恒已经一背都是冷汗了。

江春雷坐在角落里不知道捣鼓着什么，常恒不得不朝他吼了出来："江春雷！你好歹帮个忙！要是坠毁了我们都会被鳞鸟吃了！你想变成鳞鸟的粑粑吗？"

"吵吵啥？马上！"

江春雷往自己的电脑里输入了几行代码，每台飞行器上配备的无人机全部启动，"嗖嗖嗖"飞了出去。

"再来个锁定！"

每架无人机都配备了自动瞄准系统，但是原本的无人机程式无法辨别敌我双方的开普勒生物，这种无差别攻击会误伤友军。

但是江春雷早在出发的时候就将自己设定的一套新系统和现在的卫星扫描相连接，植入到这些无人机里。新系统启动，无人机拥有了识别敌我的能力。

无人机在天空中高速穿梭，一旦锁定猎物，不击落绝不罢休。

有了无人机的帮忙，空中战斗的压力顿时减轻。

鳞鸟被无人机追逐得狼狈逃窜，一会儿低空飞行，一会儿飞到其他飞行生物的后方，都不敢轻易攻击飞行器了。因为在江春雷设定的程序里，凡是对飞行器有攻击行为的生物就是敌人，会被无人机群攻。

"我去！无人机厉害了啊！江春雷你很可以啊！"安孝和发出惊叹。

"江春雷！以前还觉得你是个累赘，现在发现你很有战斗力啊！"很少夸奖人的楚妤也开口了。

江春雷摸了摸下巴："这叫科技改变命运！不要总想着用蛮力，咱们得用科技解决问题！"

楚妤笑了出来："小春雷，你还真是给你点阳光就灿烂啊！"

鳞鸟的数量越来越多，大家只能奋力攻击挂着胎果的魔鬼藤。

"真你丫太烦人了！没完没了！"

"有没有什么办法把这些魔鬼藤全砍了！"

"你以为是你家的葡萄藤呢！这些魔鬼藤都是融合在一起的，每一条都是正常的几倍粗！怎么砍？！"

公共频道还在讨论着，忽然听见"哗啦——"一声，尖锐的金属倒棘刺穿了这些魔鬼藤，将它们从上至下利落地剖开，还在孵化的胎果被尽数摧毁！

"是阿钛！是阿钛啊！"谈墨兴奋地吹了声口哨。

洛轻云也笑了："这儿子，没白养啊。"

紧接着，帝江带着一大群飞行生物加入了战局。

帝江扇动翅膀，一个吞吐就震掉一群鳞鸟，看得人心情振奋，坐在飞行器里的驾驶员都忍不住鼓掌叫好。

谈墨和洛轻云的飞行器盘旋在空中，可以看到整个巨大的嵌合体散发着强烈的蓝色荧光，有耀眼的蓝色波纹在其中流动。

"它不会束手就擒的。"谈墨的神经紧绷起来。

果然，嵌合体生长出了许多肉瘤，每一个都在膨胀，而且畸化能量非常强烈。

"所有人请注意！小心那些肉瘤！"谈墨通过全频道警告所有人。

不到一秒，炮口、枪口都对准了这些肉瘤，其他的开普勒生物和谈墨共感，也进入戒备状态。

谈墨的神经随着畸化能量的集中和爆发狠狠一抽，这些肉瘤就像眼睛一样忽然睁开，每个"眼睛"的中央都长着啮齿花，而啮齿花向四面八方喷出了黑色的骨刺，这些骨刺一旦击中了猎物，就开始大量吸收能量。被它们击中的开普勒生物会在短短几秒内被抽干能量，失去性命。

它的穿透力极强，就连飞行器的机舱都能轻易贯穿。

阿钛率先开始切割这些肉瘤，但是它们的生长速度比阿钛还要更快，畸化能量正在捕捉阿钛，一旦被捕捉到，阿钛就会被它吸收！

阿钛只能撤了出来，隐入地下，探查零号基地的路径分布。

常恒他们的飞行器也被好几根骨刺扎穿了，要不是他在千钧一发的时候将飞行器四十五度侧起，双侧引擎就一起报废了。

风灌了进来，机舱失压的警报声响起。所有机组人员二话不说，拍上氧气面罩，继续战斗。

"李队，来一发大的！"周叙白开口道。

"想要有多大？"李哲枫闭上了眼睛，再度睁开的时候，周身的开普勒能量外溢。

"最好烧成灰，用引擎就能把它吹走的那种！"

周叙白话音刚落下，李哲枫从所有开普勒生物那里借来了它们的生物静电。这些淡金色的微粒团聚在一起，压抑着、凝聚着，瞬息间迸发而出，黑色电流如海啸，痛击嵌合体，高压电流炸裂的声音此起彼伏，那些释放骨刺的肉瘤全部爆开了！

不仅仅是人类，就连开普勒生物都为李哲枫齐齐发出"呜呜"的欢呼。

但谈墨并没有松一口气，洛轻云的眉头也是紧紧皱着，他冷声提醒所有人："它的畸化能量还是很强！黑火只是烧掉了它的外层防御！"

嵌合体落下极厚的一层黑色灰尘，被飞行器引擎产生的气流吹得扬起，一时之间视野都被遮挡起来。

烟尘之中，只听到一声凄厉的嘶鸣，一只鸿蜮被咬碎了外壳，大量的神经线被撕扯了出来。

紧接着，无数的怪物从烟尘中涌出，攻击快得令人目不暇接。

飞行器坠毁了，装甲车被掀翻了，大量开普勒生物也被击中，要么身受重伤，要么……死去了。

第二十六章 万物奔流，生生不息

周叙白神情凛然，开口道："必须减少我方的伤亡！我去网住它们！"

李哲枫回到双人飞行器上，带着周叙白冲进黑色的尘嚣里。

他们飞上高处，周叙白尽可能地编织出一张巨大的网，猛地朝嵌合体释放。网中无数怪物挣扎，周叙白和李哲枫向着更高处而去，最大程度地限制怪物的动作。

但是双人飞行器的牵引力对于嵌合体而言显然不够，引擎已经濒临极限。

嵌合体突然朝着他们的方向释放出大量的神经线，神经线末端还长出破坏力极强的骨刺。

李哲枫当机立断释放黑火，但还是有一根骨刺击穿了他们的飞行器，并从李哲枫和周叙白的座位之间穿了出去。

"我去——差点断了我的小白！"周叙白气到头发都要竖起来了。

"现在是担心这个的时候？"李哲枫试图拉起飞行器，但引擎已经彻底被毁了。

两人被直直往嵌合体中拉去，此时，一只帝江高速飞行而过，稳稳地将他们抓了起来。紧接着，第二只、第三只帝江飞过来，它们的力量远大过双人飞行器，将周叙白织就的这张巨大的神经触丝网再一次拽起。

后面又来了一波在最新的进化中长出翅膀的鸿鹕，它们以庞大的体型阻挡着网中怪物的噬咬，帮助帝江将网拉得更高。

"别愣着！掩护它们！"公频中响起洛轻云有条不紊的指挥。

一瞬间，低迷的战局逆转，他们的精神气势陡然为之一振。

开普勒生物能飞的都飞了起来，不能飞的也不顾一切冲上前线和怪物搏斗。

眼见着一只鸿鹕已经被十几头怪物咬住动弹不得，常恒热血上涌，集中火力对着那些怪物一阵狂轰。

"丫不松嘴老子就打烂你们！！！！"

又有怪物咬了过来，常恒为了保护那只鸿鹕，开着千疮百孔的飞行器就撞了上去。好不容易把怪物撞开，结果飞行器也从中间断裂，机舱人员不得不跳伞逃生。

降落的过程中，又有无数的肉瘤睁开了眼睛，朝着他们喷射骨刺。

"我去——"

一头怪物对准常恒张大嘴，腥臭的唾沫都喷到了他的氧气面罩上。

江春雷是被倒出来的，他的伞包被骨刺划破，打不开了。

楚妤想要在急速下坠的半空中抓住江春雷，却几乎不可能，她和安孝和两个人只能不断开枪将那些接近的怪物逼退。

就在江春雷即将坠地的时候，一群米诺斯虫振翅飞过，接住了他。

其他在躲避攻击的人也被米诺斯虫迅速带走，那些吸收能量的骨刺全部扑空。

"……我还活着？我竟然还活着？我还以为我挂了呢！"江春雷用力拍着自己差点停跳的心脏，心有余悸地摸了摸米诺斯虫的背部，"天啊，兄弟！谢谢你！"

刚放下楚妤的米诺斯虫被后方的骨刺击中，落在她身边抽搐了两下，不动了。

"为什么……"

它们在以生命的代价保护着他们。

谈墨在通信器里轻声解释道："那只鸿鹕是它们的种子，你们不惜坠机也要保护它，所以它们也会不惜一切来保护你们。"

听到这里，不光楚妤的眼眶红了，就连常恒这个大老粗都觉得万分心痛。

305

周叙白的网收得越来越紧，强烈的开普勒能量顺着这些神经网迅速蔓延，变得锋锐无比，生生地将这些畸化的怪物切成了肉泥。

同时李哲枫的黑火从高处冲击而下，黑色电流狂暴奔涌，如同奔流瀑布，和周叙白的能量叠加之后，简直就像神话中的天罚。

地面震动，地上的开普勒生物都在想办法避开这道电流，其威力可想而知。

洛轻云和谈墨紧紧相连，从精神层面尽可能地接近被困住的凌喻。

"还不够……还不够……还要让嵌合体更脆弱一些！"

谈墨将洛轻云的开普勒能量释放，开始试图侵入嵌合体。嵌合体比起之前已然显出颓势，但核心还是被掩盖得密不透风。

"我们得想办法把嵌合体中运输能量的脉络打断，否则，这家伙会把我们耗到弹尽粮绝。"洛轻云眯起眼睛思考了片刻，冲谈墨歪了歪头，"走吧监察员，该做你最擅长的事情了。"

谈墨勾起嘴角，从座位底下抽出"朱雀"。

"刚想说呢，我这个监察员好久不开枪了，手痒得不行啊！"

谈墨自己背满了弹夹不够，还拼命给洛轻云身上塞储备弹夹，里头装的全是穿透力强的高爆弹。

两人离开指挥机舱，坐上双人飞行器，乘风破浪，驶入战局中心。

谈墨的出现使得畸化怪物们立刻转移了首要攻击目标，无数骨刺朝他们狂暴而来，所有人看得胆战心惊。李哲枫和周叙白迅速降低飞行高度，赶来掩护。

风暴之中，谈墨平静地将"朱雀"架在肩头，稳如泰山，仔细观察着嵌合体中那些运输能量的脉络。

纤细交织的那些最多是毛细血管，主动脉一定是那种粗壮的、不断弹跳的……

"砰砰砰——"

三发高爆弹利落地被射了出去，角度毫无偏差，都打在同一个地方。

阿钛与他默契无间，趁机化作无数金属利刃，团聚着从地面向上攀，切断那处被击中的脉络，彻底让它无力复原。

这效果立竿见影。许多怪物与吐骨刺的肉瘤行动速度都缓慢下来，攻击再没有之前那样猛烈了。

"这管用的话，监察员我们有的是啊！"常恒欣喜道，"至少还能让它掉层皮！"

江春雷忽然想到了什么："送我去飞行器啊！我们可以让卫星能量扫描的实时图景传送到外面那些监察员们的面罩上！"

他话音刚落，身下的米诺斯虫忽然加速，把他送到了一台科研用的飞行器上。

"不是……你怎么听懂的？"江春雷一脸蒙，还以为自己也进化了。

谈墨在通信器里哈哈大笑："还能怎么？我告诉它的啊！"

江春雷一摸到设备，就开始熟练地写起了代码。

和畸化生物作战不算是他的转场，但论起敲键盘，他自认是个天才！

凌厚从通信里得知这个计划之后，第一时间调动了卫星，把功能集中在对嵌合体的扫描和传输上。

原本监察员都是待在距离战场较远的地方，现在为了保证最大限度发挥高爆弹的效果，他们都离开了原本的位置，离那个巨大的嵌合体越来越近。

第二十六章 万物奔流，生生不息

卫星信号接通了，所有监察员都可以像谈墨一样，从面罩上看到嵌合体源源不断的能量流。

监察员接受的是埋伏与远程攻击的训练，他们中的大部分应该都是第一次直面畸化生物的咆哮声。

洛轻云有点隐隐的担忧："谈墨，这些监察员可都是灰塔仅有的硕果了，如果他们折在这里……"

"年轻人你瞧不起谁呢？本来你们不越界了，我们就没活可干！打完这一仗，人类以后，再也不需要监察员了！"

谈墨心绪一震，这声音太耳熟了。

"冯教官！是你吗？"

"是我是我！不要再废话让我分心了！"

热血瞬间涌上谈墨心头。冯教官是过去谈墨在灰塔受训时的教官，传授过谈墨不少狙击技巧，那都是无价之宝，是几代监察员用性命换来的经验。

没想到这次连本已退役的前辈，也响应了灰塔最后一战的征召。

老监察员们都经验丰富，高爆弹连发，能量流动的截断率很高。

年轻一点的监察员虽然一开始抓不住要点，但是通过观察前辈们的狙杀，很快也跟上了脚步。

一条能量带被打断，与之相连的怪物就会反应变慢或者直接死亡。

然而这些能量带一直在变化移动，对于监察员而言，狙击难度相当大。

此时，公频里又传来熟悉的声音。

"请各位监察员做好瞄准工作，接下来，我会尽可能让这些能量带停止移动！"

谈墨一听这个声音，喜上眉梢——他怎么能忘了老高呢！

高炙的能力就是控制开普勒生物的能量流动。嵌合体是个巨大的畸化能量体，单凭高炙一个人也确实做不到让它长时间地静止，但是现在的高炙以真正的开普勒能量源为依托，至少能让它停住一瞬，哪怕半秒。

而半秒对于监察员来说，就是全部！

所有监察员屏息凝神，哪怕周围怪物如潮汹涌，也没有丝毫畏惧。

高炙发动了能力。喧嚣沸腾的战场上，一股无形的力量逐渐凝固住嵌合体，那些正在张大嘴咆哮的怪物就像被哽住了一样，准备发射的骨刺卡了壳。

一声闷响。

那其实是上百位监察员同时扣下扳机的声音。高爆弹在嵌合体的表面一枚一枚地爆开，紧接着，就是第二枪、第三枪……！

洛轻云忍不住看了一眼坐在自己身后的谈墨，他的神情坚毅而专注。他也是这些监察员中的一员，他的子弹也在这场连发的弹雨之中。

不知道从什么时候开始，洛轻云就不再纠结于自己是不是谈墨瞄准镜里的全部。

因为，他已经是他的后背了。

不需要信号或指令，人与人的默契在这一刻达到无声的高度，这么多发高爆弹同时爆炸，气压向四周扩散，大家不约而同地后撤。

而这个嵌合体在这一波攻击下失去了躯壳的保护，露出其中畸化源的核心。

"能感应到你母亲的精神体吗？"洛轻云问。

谈墨皱起了眉头:"能隐隐感觉到她在哪里,但没办法建立联系,我去不了她的开普勒世界。"

凌喻的开普勒世界正在崩坏。

洛轻云一咬牙:"兄弟们,我们还需要一波攻击,争取更多机会!"

"收到!""来了!""看我们的!"

没有一个人退却。

金色的静电微粒在天空中凝聚,神经触丝结成的网更加紧密地收缩。半空中,贺泷不遗余力地暴击那些怪物,腥臭的血雨四处狂飙。

陈玖把身上的作战服脱了。

"陈队!现在不是你展现好身材的时候!"吴雨声永远都是在最紧急的时刻也不忘打诨的那个。

陈玖扯着嗓门道:"又不是脱给你看!"

话音落下,陈玖整个人就忽然化作液态,渗进地下,开始腐蚀这个嵌合体的地下根脉。

阿钛也转了一圈,跟着陈玖潜了下去。

他们在地下大刀阔斧地搞破坏,李哲枫就从天上引来雷电,又是一声巨响,沙尘滚滚,形成的震荡将空中和地面上的生物都推出老远。

深宙集团的装甲车满载着伤员从风尘中驶出来。

一位监察员的腹部被骨刺刺穿了,正在大出血,他露出一抹无奈的笑容:"人还是不得不服老,年纪大了出任务就没有小年轻的反应快……"

这个人正是冯教官,他在高炙控制嵌合体之前就被骨刺击中了,但他瞄准着一条非常活跃的能量带,强忍着疼痛直到行动结束,才失去平衡从飞行器上摔下来。

一只米诺斯虫接住了他,把他送到医疗装甲车上,装甲车里的医疗员七手八脚地把冯教官抬进来。

庄敬负责给他动手术。他的动作必须精湛准确,但是车子并非在平坦的路面上行进,一个颠簸,庄敬心都要撞上嗓子眼,眼看着被夹紧的血管就要滑脱,身旁的医疗员眼明手快,从另一边将它夹住了。

庄敬立刻恢复了冷静,他看向这位年轻的医疗员,称赞道:"干得好。"

止血、缝合,庄敬和这位年轻的医疗员配合得天衣无缝,迅速完成了手术。

冯教官才刚输完血,就要起身。

"你要去哪儿啊!"庄敬一把拦住他。

"还能干啥?只要有一口气在,就要上阵啊!"冯教官说完,就背着枪,跳到一只刚把伤员放下的米诺斯虫背上。

庄敬还想出言阻止。那位年轻的医疗员却开口了:"冯教官的战场在零号基地,而我们的战场在这里。庄前辈,还有人等着我们医治呢!"

庄敬顿了一下,觉得自己身经百战,却还没有后辈成熟。

"诶,你叫什么名字?"庄敬一边做着下一场手术的准备,一边问。

"王小二,怎么,不记得我了?"

庄敬顿了一下,笑出声来:"原来是你啊,实习队友!"

王小二也笑了:"我早就毕业了,要不是临时开战,我就是你的正式队友了!"

第二十六章 万物奔流，生生不息

头顶的电离子云越来越厚，大家都期待着李哲枫这一下能把嵌合体劈开。

黑色巨龙咆哮而下，却没想到嵌合体中有另一股能量冷不丁冲了出来。

两股巨大的能量在半空中相遇，空中李哲枫和周叙白都被冲击掀翻，其他在附近拖拽触丝网的开普勒生物也被掀飞！

而那股能量并没有停止的意思，而是逐渐团聚成一个巨大的能量球。

谈墨认出来了，这是海斯提阿！

之前它一直隐忍不发，就是在积攒能量，等着这一刻干掉李哲枫！

这也是这个嵌合体蓄力到这一步的最强反击！

"把我的能力转移给李哲枫！"洛轻云对愣住的谈墨吼道。

几乎同一刻，李哲枫感觉到开普勒之源的能量涌了出来。

嵌合体的能量冲破李哲枫的电流墙，直击向他。

一朵克莱因之瓶从李哲枫的身体中倏然生长，花瓣大张，那架势，宛如要一口把这个嵌合体吞下肚去！

嵌合体的能量径直冲进克莱因之瓶里，李哲枫毫发无损。

克莱因之瓶的花瓣旋转着收拢，与这致命的一击相互抵消了。

而这朵克莱因之瓶也被畸化能量震碎，从花心到花瓣，一点一点消散，空气中悬浮着淡金色的微粒，洋洋洒洒地飘落，接着纷纷熄灭。

"唔……"

谈墨的耳边传来很轻的一声闷哼，他猛地回过头，就见洛轻云低着头死死地捂着嘴，但是根本捂不住他从指缝之间流出来的鲜血。

那朵克莱因之瓶是洛轻云本体的一部分，被毁掉当然也是对洛轻云的伤害。

"洛轻云！"谈墨掰开他的手，看到洛轻云强忍着要把血吞下去。"别忍了！我知道你受伤了！洛……"

谈墨还没来得及说完，嵌合体就朝着他们的方向倾倒而来，无数怪物张开大嘴，又开始融合，形成另一头畸形的怪物。它的脸上和脖子上还长着其他怪物的嘴和眼，畸化能量就团聚在它的喉咙里，朝谈墨的后背喷了过来。

这一切发生得太快了，黑火和神经触丝跟着万千开普勒生物冲赴上来，也没来得及拦下。

谈墨从那个怪兽的眼中看到疯狂的怒火和绝望，那是来自他的哥哥，谢云远的怒火和绝望。

那一刻不知道为什么，谈墨像被钉住了一样，愣在那里，没有躲开。

直到洛轻云抱住他，另一朵克莱因之瓶将他们给包裹了起来。

这是并蒂莲仅剩的那朵克莱因之瓶，与它一起承受巨大伤害的依然是洛轻云。

拥抱着谈墨的怀抱在摇晃，谈墨听见了骨头碎裂的声响。

"不要……"谈墨慌乱地想保护洛轻云。

"听着，现在就是你的机会……别犹豫……快！"洛轻云的声音却极为坚定。

这一击是谢云远酝酿已久的必杀一击。之前他对付李哲枫，本意是声东击西，并顺利毁掉了洛轻云的一朵克莱因之瓶；而现在这一下，趁其他人鞭长莫及的时候，他要彻底毁掉洛轻云和谈墨。

但同时，全身心贯注于进攻，也让他对凌喻的控制分了神。

洛轻云怀抱一紧，克莱因之瓶内部的能量不断注入谈墨的体内，脑海中一直有温润的水流声响，而谈墨感到自己在洛轻云的怀里越沉越深。

耳边"咕噜咕噜"冒着泡泡，又像是隔着什么东西，有人在冲他温柔地说话。

"宝宝你看……这是细胞核，这是细胞壁……"

那是凌喻的声音。

谈墨迫切地想看看她，哪怕在谢阑冰的记忆里见过，谈墨还是觉得内心很空，想要真正见她一面。

"宝宝啊，你知道生命最美好的地方是什么吗？是成长。当然，成长是对于单独的个体而言的，那你知道一个族群，一个物种的成长叫什么吗？"

谈墨的心颤抖得厉害，他当然知道答案——进化。

"无论是单独个体的成长，还是一种生物的进化，都可能会走到错误的方向去。错误的代价也许会很沉重，充满了流血和牺牲，但是……还是会有希望的。比如说，当你深深爱着一个人的时候，就会想义无反顾地保护他，无论付出什么代价，都想陪他走回正确的路上。"

水流声逐渐减弱、消失，眼前的一切明亮得让谈墨睁不开眼。

谈墨意识到自己已经进入凌喻的本我世界了。

他听到一个小女孩的笑声。

凌喻在学校的走廊上奔跑，她拿了比赛第一名，不是谈墨以为的数学或者物理之类的第一名，而是儿童画画比赛的第一名。

小时候，凌喻的理想竟然不是成为科学家，而是成为一个画家。

得知她拿到第一的凌厚眯着眼睛笑着，把她扛到肩膀上，作为奖励，给她买了一百零八种颜色的水彩笔。

谈墨捂着嘴，眼眶中泪水滚烫。

凌喻就这样笑着、闹着，在爱里长大。其间，凌厚因为不赞成开普勒22B的探索项目而被研究所雪藏，凌喻感受到父亲的郁郁不得志。

没过多久，她上了高中，展现出惊人的天赋，在父亲的引导下，她考上大学，念了硕士，成了一名前途无量的研究员。

如果说凌厚在自己领域里面有所遗憾，那他人生中最大的成就就是凌喻。

后来，一次极地科考期间，凌喻不小心跌进了雪窟窿里，把腿摔折了。她疼痛难忍，还在洞里发了烧，只能原地等待救援。

凌喻等啊等，等到意识快要模糊的时候，她终于听到救援人员的声音。对方戴着防风面罩，给她背上氧气瓶，让凌喻坐在他的肩膀，扯着绳子，一点一点把她送了出去。

凌喻看不清那个人长什么样子，只想等自己伤好了，就去谢谢对方。

凌喻的同事笑着说，来救援的都是五大三粗的，见了面，怕凌喻会幻灭。

但凌喻还是坚持。

凌喻的同事又问，救她的人没有留名字，凌喻又没看见长相，怎么道谢？

凌喻想了想，说："我记得他的声音。"

"你都发烧了，昏昏沉沉的。你记得他对你说过什么？"

"他说'别怕，我在'。"

第二十六章　万物奔流，生生不息

谈墨听到这里，整个人就像被击中了一样。

两三年之后，在针对科研人员的体能训练里，凌喻扣着绳索做攀爬练习，她没踩准位置，差点掉下去，吓得惊叫出声。

旁边有教官荡过来，一把稳住了她。

还是那句"别怕，我在"。

凌喻睁大眼睛，四个字就让她认出了谢阑冰。

"你根本不是五大三粗！……你很好看啊！"

"……谁告诉你我五大三粗？不过，你也很好看。"

谈墨笑起来，他的父母之间果然又浪漫、又甜蜜。

谈墨没有时间继续沉湎于凌喻的记忆，他继续下沉，来到凌喻的客我世界。

他闭上眼睛轻声道："妈……是我来了……"

无数的记忆片段向上涌去，在头顶的虚无之中消散。

谈墨的眼前出现谢阑冰抱着小婴儿郑重吻别的画面。

这就是凌喻一生最为遗憾、最想改变的瞬间——谢阑冰最后的诀别。

她明白谢阑冰要去做什么，她有预感，谢阑冰这一去就不会回来了。

"这个是我们的孩子，那个也是我们的孩子。做父母的，无论如何都不会放弃自己的孩子，对吧？"谢阑冰看着凌喻说。

凌喻泪流满面，牙关颤抖着，她是那么想让谢阑冰留下来，和自己一起走。

"父母之爱子，必为之计深远。他的未来不能是畸化，也不能是毁灭……"凌喻最终吻上谢阑冰，目送他离开。

谈墨呆呆地看着这一切，直到耳边响起凌喻的声音。

"我心底最大的遗憾，就是不得不和你们的父亲分别。这个瞬间存在于我的客我世界，根深蒂固，无论我的精神世界受到怎样的侵蚀，都永远不会改变。"

谈墨骤然扭头，看到了站在他身边的凌喻的侧脸。

她还是三十岁出头的模样，穿着那件研究员的白大褂，唇上是温和的笑容。

"妈妈……"谈墨的嘴唇动了动，抬起手来，这一次他的手指没有穿过去，而是真正触碰到了她。

温暖的、让人心中柔软的触感。

他找到她了。

"知道我为什么给你看这一幕吗？"

谈墨看着凌喻的眼睛，那是一双沉静而强大的眼睛。忍受了二十多年的孤独，与畸化源抗衡到现在的她，当然拥有这样一双眼睛。

"你想念我爸爸……你想改变和他分开的结局？"

"物质世界里，一切都是不可逆转的。况且，我不会阻止阑冰去做对的事情，就像现在我希望你不要阻止我去做对的事情。"凌喻开口道。

谈墨的心脏像是被狠狠捏住了，他睁大了眼睛看着他的母亲，痛觉从大脑延伸到四肢百骸。

"你想……做什么？"

凌喻抬起双臂，将谈墨搂进怀里。

这就是母亲的怀抱啊，那么让人留恋，让人充满安全感。他天生就属于这里。

凌喻向后倒去，他们穿过荒芜的开普勒世界边沿，即将沉入无尽深渊。

忽然，凌喻将他向上一推，谈墨猛地睁开眼睛，才发现他面前是巨大的畸化源，它像一个黑洞，吞噬着周围的一切。

而凌喻的身体已经被它的能量侵蚀了，只剩下微弱的精神体。

"妈……我会拉你出来！我马上……"

凌喻很淡地笑了一下，郑重地吻在谈墨的额头上，一如记忆中的谢阑冰吻着还是婴儿的他。

"你的哥哥还在里面。给我一个改变他的机会，让我再孕育他一次……以进化的方式，好吗？"

原来，这就是凌喻给他看谢阑冰与他们诀别那一幕的原因。

有一些事情，无论成败和生死都必须要去做。

那是由爱延伸出来的本能。

无法妥协，也不可逆转。

谈墨的眼泪再次夺眶而出，他知道这一次是真正的诀别。

开普勒能量从谈墨的指尖溢出，源源不断地涌入凌喻的体内。他们一开始只是巨大黑洞前的微小星光，但是很快，这股星光爆炸一般辐射开来，势要将最深处的黑暗照亮！

地面在震动，阿钛和陈玖第一时间发觉到变故，迅速撤退。

那头已经咬住洛轻云的怪物忽然抽搐起来，巨大的嵌合体也隐隐有分崩离析的趋势。

只见金色的花瓣从嵌合体的内部生长而出，散发出耀眼的光芒，开普勒能量瀑布一般涌了出来，灌溉在嵌合体的表面，嵌进它崩裂的缝隙中。

畸化的怪物们被抽走了能量，变得萎靡衰败。

在众人和开普勒生物的注视之下，这朵新生的、巨大的克莱因之瓶将整个嵌合体都包裹了起来。

"咚——咚——"那是来自遥远空间的声音。

克莱因之瓶越收越紧，强烈的能量穿透了嵌合体。而嵌合体就像一条通道，大量的能量穿透过去，涌入畸化源。

谈墨看着那个黑洞燃烧了起来，而凌喻也一点一点地陷落其中。

"妈……不要啊……"

凌喻用力推了他一把，将他推离自己："傻瓜，你和我还会有重聚之日。"

凌喻就像一颗火种，掉进畸化源中，带来熊熊烈焰。

谈墨听见谢云远挣扎的呼喊，他从燃烧崩毁的畸化源里蹿出半个身子，一把抓住谈墨，想把谈墨也拽下去。

"我们是兄弟！我们是孪生的——我们的命运应该是一样的！"

而谈墨没有把他推开，而是拥抱了他。

"你错了。"

"什么我错了？我没有错！"

"我是说，你之前责怪我们的父母偏心，连名字都没有给你起，这是错的。"谈墨看着他，认真地说，"我们的父亲说了，你叫'谢云远'。"

第二十六章 万物奔流，生生不息

谢云远怔住了。

"是云行高远，自由自在的意思。"谈墨看着那双和自己几乎一模一样的眼睛说。

"谢……云远……"他轻轻呢喃着。

"父母之爱子，必为之计深远。他们愿意用生命来换取你的进化……说真的，谢云远，我好羡慕你……"

谈墨说完，无数双手从畸化源中伸出，拽住谢云远。那些阵亡的外勤队员还有研究员们，纷纷将谢云远拉了回去。

谢云远看着谈墨，慢慢地闭上自己的眼睛，直到被金色的能量淹没。

谈墨看到远方一个更加巨大和明亮的星体，和面前无数人与他道别。

"孩子，该回去了。"

"还有人在等你！"

"现在这里，还不是你该来的地方！"

现实里，洛轻云的克莱因之瓶崩毁碎裂，他紧紧抱着谈墨从空中坠落。

无数的开普勒生物向他们涌来，互相攀附着，像一个伸向天际的巨大火把，将他们稳稳地接住。

包裹着零号基地的克莱因之瓶垂落下一片花瓣，轻柔地抚过他们的头顶，仿佛是无数英灵最后的道别。

李哲枫和周叙白跳到他们的身边，将谈墨和洛轻云扶了起来。

"谈墨！谈墨你醒醒！谈墨！"

原本克莱因之瓶中有大量神经触丝和谈墨的大脑连接，现在它们都慢慢枯萎了。

谈墨却始终没有任何反应。

而洛轻云已经把周叙白彻底吓坏了。他全身都是血，连心跳和脉搏都摸不到了。他的心脏已经被骨刺击穿了。

谈墨的精神体离开物质世界去寻找凌喻的时候，所有来自嵌合体的攻击，都是洛轻云抵挡住的。

周叙白一边用神经触丝来修补洛轻云的伤，一边高声呼喊："医疗员！医疗员在哪里！这边有人需要输血！他需要输血！"

帝江载着庄敬和王小二赶来。

"洛轻云你不能死！"周叙白眼睛发红地吼了出来。

中心城灰塔。凌厚正坐在书桌前翻看女儿的影集，看到抓拍到的凌喻摔跤的样子，老人家嘿嘿一笑。

这一笑，让他的心脏忽然一紧，没来由地，就掉下泪来。

房间里没有开窗，却好像有一阵温暖的风吹过他的脸颊，擦干了他眼角的泪。

他愣在那里，有一种预感。

"凌老！凌老！我们赢了！我们真的赢了！"

年轻的助理冲进了他的房间，兴高采烈地向他展示云图。那个黑色毒瘤般拼命摄取这个星球生命力的嵌合体已经消失了，取而代之的是一朵金色的克莱因之瓶。

"凌老！这真的是奇迹！这是……这是……"年轻的助理激动到说不出话来。

凌厚伸出手，手指穿透了那个立体影像。

"我知道这是什么……这是我的女儿。"

无数的飞行器在开普勒生物的护送下返航,在蓝天上拖拽出一道一道的细线。

耿劲柔端着白瓷茶杯,站在窗前看向远方,来自人类的欢呼声沸腾不息。

全世界的灰塔都亮了起来。

洛轻云行走在一片荒漠里,风沙很大,他不知道何处是尽头。

"臭小子,你跑这儿来干什么?"一个熟悉而爽朗的声音响起。

洛轻云猛地回头,看到了梁幼洁,还有她身后的陆颖。

"我……我很想你……"

任何言语都不足以表达洛轻云此刻的心情。

"想我干什么啊?你的世界不在这里。"梁幼洁走向他,"让我看看你。多好啊,心有牵挂,还有期待。但是你的牵挂和期待都不属于我。而且……你想要的已经得到。既然得到,怎么能不珍惜呢?"

"我想要的……是什么?"洛轻云不解地问。

"有人懂你,有人珍惜你,看在你目前还算漂亮的皮囊……"梁幼洁撇了撇嘴,不是很甘愿地说,"还有你赤诚的灵魂。"

洛轻云又问:"那我们……还会再见吗?"

"当然会。下一次重逢,希望你没有遗憾,余生尽兴。"

梁幼洁指向了一个方向,然后和陆颖异口同声地说。

"孩子,别回头,向前走——"

加护病房里,到处是仪器运作的声音与消毒药水的味道。

洛轻云躺在病床上,戴着呼吸机。

这是他昏睡的第一百天。

每天谈墨都会来陪着他,和他说说话。

"你知道吗,我妈妈的克莱因之瓶是不会死的,只要开普勒能量源不灭,它就会一直在那里。我外公去看了她好多次了。"

"江春雷被调去中心城了,他设计的系统无人可及,我外公说他以后一定是这个领域里的尖端精英。你是没看到他那副得意的嘴脸。"

"老常这一次是真的退役了,终于可以回去陪着孩子了。"

谈墨见洛轻云没动静,就用手点一下他的鼻尖。

"忘了跟你说,安孝和受了伤,为了救楚妤,没了一条腿。他俩都是你的部下,你听着也挺心疼对吧?不过傻人有傻福,楚妤说了,要跟他一辈子在一起。他俩之前见面就互掐,我都没看出来,原来这就是恋爱的情趣?不过现在义肢技术很发达,他以后的生活不会有什么影响。他'嫁'给楚妤之后……啊,不是,我是说,他俩结婚之后,安孝和还做饭做家务呢。"

这么精彩的八卦都没法把洛轻云给炸起来,谈墨泄愤地在他胳膊上掐了一下,但又没敢真的用力。

"还有,现在开普勒生物跟人类都是地球的主人。灰塔要出台开普勒生物保护法了你知道吗?开普勒生物除了没有投票权之外,我都怀疑灰塔要给它们上社保了！你说从前他们怎么没这么自觉地要'人与自然和谐发展'呢？"

谈墨摸了摸洛轻云的脸，靠在他的身边，与他并肩躺下，侧着脸看向他。

"你说你搁这装睡有意思吗？我每天……也不见你醒啊！你这是什么意思？懒得理我是吧？"谈墨狠狠拔了一下洛轻云的头发。

这一百天来，他从最初以为洛轻云会像从前一样，迅速活蹦乱跳地醒过来，到后面每天都期待落空一次，已经逐渐有些习惯了。

谈墨深深呼了一口气。

他心里很明白，洛轻云的并蒂莲被摧毁了，那是他的精神体寄宿的地方，很可能他的精神体也迷失了。

这就是洛轻云醒不过来的原因。

"人怎么能这样呢，洛轻云，你救了我，救了全世界，你自己却去了别的地方，不回来看看我？"

谈墨从腰间取出自己的枪，抵住自己的太阳穴。

"你不肯回来……那我去找你好了。看看他们说的到底是不是真的，物质泯灭……什么能永存？"

谈墨的手指缓缓弯曲，就在他即将扣动扳机的那一刻，一只手猛地扣住了他的手腕，将那把枪卸了下来。

"你在干什么啊……"

那一瞬间，所有的仪器都在嘀嘀作响，是洛轻云的心跳和脉搏陡然加快。

医务人员冲了进来，就看见昏迷了一百天的洛轻云坐起身来，一手扣着谈墨的枪，另一手挡在他的太阳穴上，一双眼睛灼灼地看着谈墨。

他的呼吸不稳，胸腔因为过度呼吸发出气鸣声。

"你……你醒了……？"

"我问你在干什么！"洛轻云吼了出来，"你还记得自己答应过我什么吗！？"

他双眼发红，身体颤抖得厉害。

谈墨上前一把稳住他："我在吓唬你啊！我只是在吓唬你！我不会自杀的！"

洛轻云愣了一下，手指轻轻向上一拨，才发现那把枪根本没装弹夹。

洛轻云缓缓回过神来，把枪一扔，抱紧了谈墨。

"你怎么能这样吓唬我……你怎么能……"洛轻云的喉咙哽住了，谈墨都感觉自己有点无法呼吸。

但谈墨闭上眼睛，只觉得这样证明了这个人的存在与归来，安全又真实。

日光照透了这片天地，帝江洁白的羽翼掠过云霄，椽杌在山林旷野间飞奔，大江大河湍流而过，鸿螖在白浪中从容渡江。

人类的飞行器飞过林海，带起一阵绿色波浪。

万物奔流，生生不息。

（全文完）